NE RÉVEILLEZ PAS
LE DIABLE QUI DORT

DU MÊME AUTEUR

658, Grasset, 2011.
N'OUVRE PAS LES YEUX, Grasset, 2012.

JOHN VERDON

NE RÉVEILLEZ PAS LE DIABLE QUI DORT

roman

Traduit de l'anglais (États-Unis)
par
PHILIPPE BONNET *et* SABINE BOULONGNE

BERNARD GRASSET
PARIS

L'édition originale de cet ouvrage a été publiée par Crown Publishers,
à New York, en 2012, sous le titre :

LET THE DEVIL SLEEP

Photo de couverture : © Massimo Merlini / Getty Images

ISBN : 978-2-246-80309-6
ISSN : 1263-9559

Pour Naomi

PREMIÈRE PARTIE

Les Orphelins du meurtre

Prologue

IL FALLAIT QU'ELLE ARRÊTE.

Les conseils n'avaient rien donné. Les petits coups de coude étaient demeurés sans effet. Il fallait une action plus ferme. Quelque chose de spectaculaire et de tangible.

La clarté de l'explication était cruciale. On ne pouvait laisser aucune place au doute ni aux interrogations. Il fallait faire en sorte que la police, les médias et la naïve petite fouineuse comprennent le message, s'accordent sur sa signification.

Il regarda pensivement le bloc jaune devant lui et se mit à écrire.

Vous devez abandonner immédiatement ce projet mal avisé. Ce que vous vous proposez de faire est intolérable. Cela revient à glorifier les individus les plus destructeurs de la terre. Cela ridiculise ma quête de justice en exaltant les criminels que j'ai exécutés. Cela crée un mouvement de sympathie immérité pour les plus vils. Ce n'est pas possible. Je ne le permettrai pas. Pendant dix ans, je me suis endormi dans la paix de ce que j'avais accompli, dans la paix de mon message au monde, dans la paix de ma justice. Forcez-moi à reprendre les armes et le prix sera terrible.

Il relut ce qu'il avait écrit. Puis il secoua lentement la tête. Il n'était pas satisfait du ton. Il arracha la page du bloc et la glissa dans la fente de la déchiqueteuse à côté de son bureau. Il recommença sur une nouvelle page :

Arrêtez ce que vous êtes en train de faire. Arrêtez tout de suite et allez-vous-en. Ou il y aura à nouveau du sang, encore plus de sang. Vous êtes prévenue. Ne troublez pas ma paix.

C'était mieux. Mais pas tout à fait suffisant.

Il devrait retravailler le texte. En affiner le contenu. Ne laisser planer aucun doute. Le rendre parfait.

Et il restait si peu de temps.

CHAPITRE 1

Printemps

LA PORTE-FENÊTRE ÉTAIT OUVERTE.

De là où il se trouvait, près de la table de petit déjeuner, Dave Gurney pouvait voir que les derniers lambeaux de neige hivernale, tels des glaciers réticents, avaient disparu du pré pour ne subsister que dans les zones les plus à l'ombre et les plus retirées des bois environnants.

Les senteurs mêlées de la terre récemment mise à nu et du foin non fauché de l'été précédent pénétraient dans la cuisine de la grande ferme. Ces odeurs avaient jadis le pouvoir de l'enchanter. Aujourd'hui, c'est à peine si elles le touchaient.

— Tu devrais sortir un peu, dit Madeleine, debout devant l'évier où elle lavait son bol à céréales. Te mettre au soleil. Il fait un temps splendide.

— Oui, je vois ça, répondit-il sans bouger.

— Installe-toi sur une des chaises de jardin pour prendre ton café, reprit-elle, posant le bol dans l'égouttoir sur le plan de travail. Un peu de soleil ne te ferait pas de mal.

— Hmm. (Il acquiesça sans conviction et but une nouvelle gorgée de café.) C'est le même café que celui qu'on prend d'habitude ?

— Pourquoi, il n'est pas bon ?

— Je n'ai pas dit qu'il n'était pas bon.

— Oui, c'est le même.

Il poussa un soupir.

— Je crois que j'ai pris froid. Depuis deux jours, les choses n'ont pas beaucoup de goût.

Elle posa les mains sur le bord de l'évier et se tourna vers lui.

— Tu as besoin de sortir davantage. De *faire* quelque chose.

— Tu as raison.

— Je ne plaisante pas. Tu ne peux pas rester enfermé à contempler les murs toute la journée. Ça va finir par te rendre malade. Ça te *rend* malade. Bien sûr que rien n'a de goût. Tu as rappelé Connie Clarke ?

— Je le ferai.

— Quand ?

— Quand j'en aurai envie.

Il lui semblait peu probable qu'une telle envie lui vienne dans un avenir prévisible. C'est ainsi qu'il se sentait ces jours-ci – ainsi qu'il s'était senti tout au long de ces six derniers mois. Comme si, après les blessures qu'il avait reçues à la fin de la bizarre affaire du meurtre de Jillian Perry, il s'était retiré de tout ce qui avait trait à la vie normale : tâches quotidiennes, gens, coups de téléphone, engagements quels qu'ils soient. Il en était arrivé à un point où rien ne lui plaisait davantage qu'une page de calendrier vierge pour le mois à venir – pas de rendez-vous, pas de promesses. Il avait fini par associer repli sur soi-même et liberté.

En même temps, il était suffisamment objectif pour savoir que ce qui lui arrivait n'était pas bien, qu'il n'y avait aucune quiétude dans sa liberté. Que son sentiment dominant était l'hostilité et non la sérénité.

Dans une certaine mesure, il avait conscience de l'étrange entropie qui dénouait le tissu de sa vie et contribuait à l'isoler. Ou du moins, il était capable de dresser la liste de ce qu'il croyait en être les causes. En tête, il plaçait l'acouphène qui l'affectait depuis qu'il était sorti du coma. Selon toute probabilité, cela avait commencé en réalité deux semaines avant ça, lorsqu'on lui avait tiré dessus à trois reprises dans une pièce exiguë, presque à bout portant.

Ce son continuel dans ses oreilles (qui n'était aucunement un « son », lui avait expliqué l'ORL, mais bien plutôt une anomalie neuronale que le cerveau interprétait comme un son) était difficile à décrire. D'une hauteur élevée, à bas volume, un timbre comme celui d'une note de musique sifflée doucement. Un phénomène assez fréquent parmi les musiciens de rock et les anciens combattants, mystérieux du point de vue anatomique et, mis à part quelques cas de rémission spontanée, généralement incurable. « Franchement, inspecteur Gurney, avait conclu le médecin, compte tenu des épreuves que vous avez traversées, du traumatisme et du coma, vous avez une sacrée veine de vous en tirer avec un simple bourdonnement d'oreilles. »

Conclusion que Dave ne pouvait guère démentir. Cela ne l'avait pas aidé pour autant à s'habituer à ce léger vrombissement qui l'enveloppait quand tout le reste était silencieux. Cela posait surtout un problème la nuit. Ce qui, pendant la journée, ressemblait au sifflement inoffensif d'une bouilloire dans une pièce éloignée devenait, dans l'obscurité, une présence sinistre, créant une atmosphère glaciale, métallique, qui l'emprisonnait.

Et puis il y avait les rêves – des rêves claustrophobiques qui lui rappelaient ses impressions d'hôpital, le plâtre désagréable lui immobilisant le bras, ses difficultés à respirer –, des rêves qui lui laissaient un sentiment de panique de longues minutes après son réveil.

Il avait encore un point insensible à l'avant-bras droit, là où la première balle de son agresseur avait brisé l'os du poignet. Il y jetait régulièrement un coup d'œil, parfois toutes les heures, en espérant que l'insensibilité s'estompe – ou, dans ses plus mauvais jours, de peur qu'elle ne s'étende. Il avait de temps à autre, et de manière imprévisible, des douleurs lancinantes au côté, à l'endroit où la seconde balle l'avait transpercé. Et aussi un picotement sporadique – comme une envie irrésistible de se gratter – au milieu du cuir chevelu, là où la troisième balle lui avait fracturé le crâne.

Conséquence peut-être la plus affligeante du fait d'avoir été blessé, il ressentait à présent le besoin d'être constamment armé. Il avait porté un pistolet au travail parce que le règlement l'exigeait. Contrairement à la plupart des flics, il n'avait aucune prédilection pour les armes à feu. Et lorsqu'il avait quitté la brigade au bout de vingt-cinq ans de service, il avait laissé derrière lui, avec son insigne doré d'inspecteur, l'obligation d'en porter une.

Jusqu'à ce qu'on lui tire dessus.

Et maintenant, chaque matin au moment de s'habiller, l'accessoire final dont il se munissait inéluctablement était un petit étui de cheville contenant un Beretta calibre .32. Il détestait cette nécessité psychologique. Détestait ce changement en lui qui le contraignait à ne jamais se séparer de ce maudit engin. Il espérait que ce besoin diminuerait peu à peu, mais jusque-là ça ne s'était pas produit.

Pour couronner le tout, il lui semblait que Madeleine s'était mise à l'observer ces dernières semaines avec une inquiétude d'un genre nouveau dans les yeux – non pas les regards furtifs de douleur et de panique qu'il lui avait vus à l'hôpital, ou les expressions alternant entre espoir et anxiété qui avaient accompagné le début de son rétablissement, mais quelque chose de plus silencieux et de plus profond, une peur chronique à demi cachée, comme si elle assistait à un événement épouvantable.

Toujours planté à côté de la table de petit déjeuner, il finit son café en deux longues gorgées. Puis il porta le bol jusqu'à l'évier et fit couler de l'eau chaude dedans. Il entendit Madeleine traverser le couloir menant au cellier, puis se mettre à nettoyer la litière du chat. Ce chat était venu agrandir depuis peu la maisonnée à l'initiative de Madeleine. Gurney se demandait pourquoi. Était-ce pour lui remonter le moral ? L'impliquer dans la vie d'une créature autre que lui-même ? Dans ce cas, ça n'avait pas marché. Il ne s'intéressait pas plus à l'animal qu'à quoi que ce soit d'autre.

— Je vais prendre une douche, annonça-t-il.

Il entendit Madeleine, dans le cellier, dire quelque chose qui ressemblait à un « bon ». Il n'en était pas sûr, mais il ne voyait pas l'utilité de poser la question. Il se rendit dans la salle de bains et ouvrit l'eau chaude.

Une longue douche avec plein de vapeur – le jet énergétique lui martelant le dos, de la base du cou à l'extrémité de la colonne vertébrale, détendant les muscles, dilatant les vaisseaux capillaires, libérant l'esprit et dégageant les sinus – lui procura une impression de bien-être à la fois merveilleuse et fugace.

Lorsque, une fois rhabillé, il regagna la porte-fenêtre, le sentiment de malaise et d'irritation commençait déjà à le reprendre. Madeleine se trouvait à présent dehors, sur la terrasse de pierre bleue. Au-delà s'étendait la petite parcelle de pré qui avait fini, après deux ans de tontes fréquentes, par avoir l'air d'une pelouse. Vêtue d'une veste de sport en tissu grossier, d'un pantalon de jogging orange et de bottes en caoutchouc vertes, elle avançait le long du bord des dalles, enfonçant du pied avec enthousiasme sa bêche tous les vingt centimètres, créant une démarcation nette, déterrant les racines envahissantes des mauvaises herbes. Elle le regarda d'un air qui sembla tout d'abord l'inviter à se joindre à cette besogne, puis se mua en déception devant sa répugnance manifeste.

Agacé, il détourna la tête, laissa son regard dériver le long de la colline jusqu'à son tracteur vert, stationné à côté de la grange. Elle suivit son regard.

— Je me demandais, est-ce que tu pourrais te servir du tracteur pour aplanir les ornières ?

— Les ornières ?

— Là où on gare les voitures.

— Oui…, répondit-il en hésitant. Je suppose.

— Ça n'a pas besoin d'être fait dans la minute.

— Hmm.

Toute trace de l'apaisement que lui avait procuré sa douche s'était maintenant envolée alors qu'il réfléchissait au problème bizarre du tracteur qu'il avait découvert un mois plus tôt et qu'il avait en grande partie oublié – sauf dans ces moments de paranoïa où la chose le rendait fou.

Madeleine parut l'étudier. Elle sourit, posa sa bêche et se dirigea vers la porte latérale, apparemment pour ôter ses bottes dans le cellier avant d'aller dans la cuisine.

Il prit une profonde inspiration et se mit à regarder fixement le tracteur en s'interrogeant pour la vingtième fois sur ce frein qui se coinçait mystérieusement. Comme par une perfidie concertée, un nuage noir recouvrait peu à peu le soleil. Le printemps, semblait-il, était venu et reparti.

CHAPITRE 2

Un grand service à Connie Clarke

LA PROPRIÉTÉ DE GURNEY ÉTAIT SITUÉE sur une crête, au bout d'une route de campagne, à la sortie du village de Walnut Crossing, dans les Catskill. Un vieux corps de ferme bâti sur le flanc sud, en pente douce. Un pré envahi par la végétation le séparait d'une vaste grange rouge et d'un étang profond entouré de quenouilles et de saules, adossé à un bois de hêtres, d'érables et de merisiers. Au nord, un second pré montait le long de la ligne de crête vers une forêt de pins et une série de carrières de pierre de taille abandonnées surplombant la vallée suivante.

Le temps avait effectué une de ces volte-face spectaculaires plus fréquentes dans les monts Catskill qu'à New York, d'où venaient Dave et Madeleine. Le ciel s'était changé en une couverture ardoise tirée sur les collines. La température semblait avoir chuté d'au moins dix degrés en dix minutes.

Une neige fondue commençait à tomber. Gurney ferma la porte-fenêtre. Comme il la maintenait pour mettre les targettes, il ressentit une douleur cuisante au côté droit. Suivie d'une autre un instant plus tard. Il en avait l'habitude. Rien que trois comprimés d'ibuprofène ne puissent faire disparaître. Il mit le cap sur l'armoire à pharmacie de la salle de bains tout en songeant que le pire n'était pas la gêne physique, mais le sentiment de vulnérabilité, la prise de conscience que la seule raison pour laquelle il était en vie, c'est qu'il avait eu de la chance.

La chance n'était pas une notion qu'il aimait beaucoup. Il y voyait un substitut de la compétence pour les imbéciles. Le hasard lui avait sauvé la vie, mais le hasard n'était pas un allié digne de confiance. Il connaissait des hommes plus jeunes qui croyaient à la chance, s'appuyaient sur elle, y pensaient comme à quelque chose leur appartenant. Mais à l'âge de quarante-huit ans, Gurney savait pertinemment que la chance n'est rien d'autre que de la chance, et que la main invisible qui lance la pièce est aussi froide qu'un cadavre.

La douleur au côté lui rappela également qu'il avait eu l'intention d'annuler son prochain rendez-vous avec le neurologue de Binghamton. Il l'avait vu quatre fois en moins de quatre mois et n'avait rien retiré de ces rendez-vous, à part de nouvelles factures à envoyer à sa compagnie d'assurances.

Le numéro de téléphone se trouvait avec ses autres papiers dans le bureau. Il s'y rendit pour passer le coup de fil en question au lieu d'aller dans la salle de bains chercher l'ibuprofène. Tandis qu'il composait le numéro, il imaginait le médecin : un type préoccupé, la trentaine finissante, des cheveux noirs ondulés commençant déjà à se clairsemer, de petits yeux, une bouche féminine, un menton fuyant, des mains soyeuses, des ongles manucurés, des mocassins coûteux, des manières hautaines et aucun intérêt visible pour ce que Gurney pensait ou éprouvait. Les trois femmes occupant la salle de réception élégante, dans le style contemporain, semblaient perpétuellement déconcertées et agacées par le médecin, ses patients et les données sur leur écran d'ordinateur.

On répondit à la quatrième sonnerie avec une impatience frisant le mépris.

— Cabinet du Dr Huffbarger.

— David Gurney à l'appareil. J'ai un rendez-vous que je…

La voix aiguë le coupa.

— Ne quittez pas, s'il vous plaît.

À l'arrière-plan, il entendit une voix masculine dont il crut un instant qu'elle appartenait à un patient furieux se plaignant longuement et avec énergie – jusqu'à ce qu'une deuxième voix pose une question et qu'une troisième se mêle à l'échauffourée sur le même ton saccadé et vibrant d'indignation –, et Gurney compris alors qu'il s'agissait de la chaîne d'information par câble qui faisait de chacun de ses brefs séjours dans la salle d'attente de Huffbarger une épreuve insupportable.

— Allô ? fit-il avec une longueur d'avance. Il y a quelqu'un ? *Allô ?*

— Un instant, s'il vous plaît.

Les voix qu'ils trouvaient si sottement irritées continuèrent à l'arrière-plan. Il s'apprêtait à raccrocher quand il entendit à nouveau la voix de la réceptionniste.

— Cabinet du Dr Huffbarger, puis-je vous aider ?

— Oui. Ici David Gurney. Je voudrais annuler un rendez-vous.

— À quelle date ?

— Dans une semaine, à 11 h 40.

— Merci d'épeler votre nom.

Il était sur le point de demander s'il y avait beaucoup de gens qui avaient un rendez-vous le même jour à 11 h 40, mais il s'exécuta néanmoins.

— Et vous souhaitez le reporter à quand ?

— Eh bien, je l'annule simplement.

— Vous devez le reporter.

— Je vous demande pardon ?

— Je peux reporter les rendez-vous du Dr Huffbarger, pas les annuler.

— Mais le fait est…

Elle l'interrompit, l'air exaspérée.

— Il est impossible de supprimer un rendez-vous dans le système informatique sans insérer une nouvelle date. C'est la politique du docteur.

Gurney sentit ses lèvres se serrer avec colère, beaucoup trop de colère.

— Je me fiche éperdument de son système informatique ou de sa politique. Considérez que mon rendez-vous est annulé.

— Il y aura des frais de rendez-vous manqué.

— Non, il n'y en aura pas. Et si Huffbarger a un problème avec ça, dites-lui de m'appeler.

Il raccrocha, crispé, non sans une pointe de remords pour la grossièreté puérile avec laquelle il avait lancé le nom du neurologue sans le faire précéder de son titre.

Par la fenêtre du bureau, il se mit à regarder la prairie d'alpage sans vraiment la voir.

Mais qu'est-ce qui te prend ?

Une douleur intense au côté droit lui offrit une réponse partielle. Et lui rappela également qu'il allait à l'armoire à pharmacie quand il avait fait un détour pour annuler son rendez-vous.

Il retourna à la salle de bains. Il n'aima pas beaucoup le regard de l'homme qui lui rendit le sien depuis la glace sur la porte de l'armoire. Son front était plissé par l'inquiétude, son teint pâle, ses yeux ternes et fatigués.

Bon Dieu !

Il savait qu'il fallait qu'il reprenne son programme d'exercices quotidiens – les séries de pompes, de tractions, de redressements assis qui l'avaient maintenu jadis en meilleure forme que bien des hommes ayant la moitié de son âge. Mais pour l'heure, le type dans la glace avait bel et bien l'air d'avoir quarante-huit ans, et il n'était pas content. Il n'était pas content des *memento mori* quotidiens que lui adressait son corps. Pas content de sa dégringolade de la simple introversion à l'isolement. Il n'était content... de rien.

Il prit le flacon d'ibuprofène sur l'étagère, fit tomber trois petites pilules brunes dans sa main, les regarda d'un œil mauvais, puis les goba. Comme il faisait couler l'eau, attendant qu'elle refroidisse, le téléphone se mit à sonner dans le bureau. Huffbarger, pensa-t-il. Ou le cabinet de Huffbarger. Il ne fit pas un mouvement pour répondre. *Qu'ils aillent se faire voir.*

C'est alors qu'il entendit Madeleine descendre. Quelques instants plus tard, elle décrocha, juste au moment où l'appel était transféré sur leur vieux répondeur. Il distinguait sa voix, sans comprendre les mots. Il remplit à moitié d'eau un petit gobelet en plastique et but pour avaler les pilules qui commençaient à fondre sur sa langue.

Il supposa que Madeleine était en train de traiter le problème Huffbarger. Ce qui lui allait parfaitement. Puis il l'entendit traverser le couloir et pénétrer dans la chambre. Elle franchit la porte ouverte de la salle de bains, le combiné à la main.

— C'est pour toi, annonça-t-elle en le lui tendant avant de quitter la pièce.

Craignant quelque désagrément de la part de Huffbarger ou d'une de ses réceptionnistes mécontentes, Gurney dit d'un ton brusque :

— Oui ?

Il y eut une seconde de silence avant que la personne au bout du fil se décide à parler.

— David ?

Cette voix féminine enjouée lui disait assurément quelque chose, sans qu'il parvienne à lui associer un nom ou un visage.

— Oui, fit-il, avec un peu plus de chaleur cette fois. Excusez-moi, mais j'ai du mal à...

— Oh, comment avez-vous pu oublier ? Vraiment, je suis affreusement vexée, *inspecteur Gurney* ! s'exclama son interlocutrice avec une exagération pleine d'humour – et soudain le timbre et l'intonation rieuse firent surgir le souvenir de la personne en question : une blonde, mince, intelligente, pleine d'énergie, avec l'accent du Queens et des pommettes de mannequin.

— Connie. Bonté divine ! Connie Clarke. Ça fait un bail.

— Six ans, pour être exact.

— Six ans, Seigneur Dieu !

Ce chiffre ne lui évoquait pas grand-chose, ne le surprenait pas, mais il ne savait pas quoi dire d'autre.

Il se souvenait de leurs relations avec des sentiments mitigés. Journaliste free lance, Connie Clarke avait écrit un article élogieux sur lui dans le magazine *New York* au moment où il avait résolu l'affaire du tristement célèbre tueur en série Jason Strunk – trois ans après qu'il avait été nommé inspecteur de première classe pour avoir élucidé l'affaire d'un autre tueur en série, Jorge Kunzman. L'article était d'ailleurs un peu trop élogieux à son goût, s'attardant sur son nombre record d'arrestations de meurtriers et le qualifiant de « superflic du NYPD » – sobriquet se prêtant à des dizaines de variations amusantes forgées par ses collègues les plus imaginatifs.

— Eh bien, comment ça se passe dans ce petit coin de retraite paisible ?

Il devina le sourire derrière la question, et il en conclut qu'elle était au courant du rôle non officiel qu'il avait joué dans les affaires Mellery et Perry.

— Plus paisible à certains moments qu'à d'autres.

— Vous m'en direz tant ! C'est une façon de parler, je suppose. Vous quittez le NYPD au bout de vingt-cinq ans, et vous n'êtes pas dans les somnolentes Catskill depuis dix minutes que vous voilà plongé dans une succession d'histoires d'homicides. À croire que vous avez un don pour attirer le crime. Incroyable ! Et qu'en pense Madeleine ?

— Vous venez de l'avoir au téléphone. Vous auriez dû lui poser la question.

Connie éclata de rire comme s'il avait dit quelque chose d'extrêmement spirituel.

— Et entre les affaires de meurtre, à quoi ressemblent vos journées ?

— Pas grand-chose à raconter. Plutôt calme. Madeleine s'occupe davantage que moi.

— J'ai tellement de mal à vous imaginer au fin fond d'une espèce d'Amérique à la Norman Rockwell. Dave faisant du sirop d'érable. Dave fabriquant du cidre. Dave allant chercher des œufs au poulailler.

— Je crains que ce ne soit pas le cas. Ni sirop, ni cidre, ni œufs.

Le scénario qui lui vint en tête pour décrire ces six derniers mois était très différent. *Dave jouant les héros. Dave se faisant tirer dessus. Dave se rétablissant bien trop lentement, bon sang de bois. Dave passant son temps à écouter le bourdonnement dans ses oreilles. Dave sombrant dans la dépression, hostile, isolé. Dave ressentant chaque activité proposée comme une agression exaspérante contre son droit à demeurer en proie à une angoisse paralysante. Dave ne voulant rien avoir à faire avec quoi que ce soit.*

— Alors qu'allez-vous faire aujourd'hui ?

— Pour être tout à fait franc avec vous, Connie, pas grand-chose. À la rigueur, marcher en bordure des champs, peut-être ramasser quelques branches tombées pendant l'hiver, ou mettre de l'engrais dans les plates-bandes. Ce genre de choses.

— Ça ne m'a pas l'air si mal. Je connais des gens qui donneraient gros pour échanger leur place contre la vôtre.

Il ne répondit pas, se contenta de faire durer le silence en se disant que ça la forcerait peut-être à en venir à la raison de son coup de téléphone. Il y en avait certainement une. Il se souvenait de Connie comme d'une femme cordiale et exubérante, mais qui avait toujours un but. Son cerveau, sous la crinière blonde ébouriffée par le vent, ne cessait jamais de fonctionner.

— Vous vous demandez pourquoi je vous appelle, dit-elle. C'est ça ?

— La question m'a en effet traversé l'esprit.

— Je vous appelle parce que j'ai un service à vous demander. Un grand service.

Gurney réfléchit un instant puis se mit à rire.

Elle parut momentanément désarçonnée.

— Qu'est-ce qu'il y a de drôle ?

— Vous m'avez dit un jour qu'il vaut toujours mieux demander un grand service qu'un petit parce que les petits sont plus faciles à refuser.

— Non ! Je ne peux pas croire que j'aie dit une chose pareille. Ça semble tellement *manipulateur*. C'est *affreux*. Vous venez de l'inventer, n'est-ce pas ?

Elle était pleine d'une joyeuse indignation. Connie ne restait jamais longtemps désarçonnée.

— Eh bien, que puis-je pour vous ?

— Mais oui, vous l'avez inventé ! Je le savais !

— Je vous le répète, que puis-je pour vous ?

— À présent, ça me gêne de le dire, mais c'est vraiment un grand, grand service. (Elle marqua un temps d'arrêt.) Vous vous souvenez de Kim ?

— Votre fille ?

— Ma fille qui vous adore.

— Je vous demande pardon ?

— Ne me dites pas que vous l'ignoriez.

— De quoi parlez-vous ?

— Oh, David, David, David, toutes les femmes vous aiment, et vous ne vous en rendez même pas compte.

— Je pense m'être trouvé dans la même pièce que votre fille une fois, quand elle avait… quoi, peut-être quinze ans ?

Il se rappelait une jeune fille jolie mais à la mine extrêmement sérieuse lors d'un déjeuner chez Connie, se tenant en marge de la conversation, disant à peine un mot.

— Elle en avait dix-sept. Et d'accord, « adorer » est peut-être un terme un peu fort. Mais vous lui avez paru très, très intelligent – et pour Kim, cela signifie beaucoup. Elle a maintenant vingt-trois ans, et je sais qu'elle a toujours une haute opinion de David Gurney, superflic.

— C'est fort aimable, mais… je suis un peu perdu.

— Bien sûr, vu que je suis en train de faire tout un tas de chichis pour vous demander un énorme service. Vous devriez peut-être vous asseoir, cela risque de prendre quelques minutes.

Gurney était toujours planté à côté du lavabo de la salle de bains. Il sortit et traversa le couloir pour se rendre dans le bureau. N'ayant aucun désir de s'asseoir, il demeura près de la fenêtre.

— Voilà, Connie, je suis assis. Que se passe-t-il ?

— Rien de grave, à vrai dire. Quelque chose de très positif, au contraire. Une occasion unique s'offre à Kim. Vous ai-je dit qu'elle s'intéressait au journalisme ?

— Elle marche dans les pas de sa mère ?

— Mon Dieu, ne lui dites jamais ça, elle changerait aussitôt d'orientation. À mon avis, acquérir une totale indépendance vis-à-vis de sa mère constitue son objectif premier ! Et oubliez les *pas*. Elle est sur le point de faire un *bond* considérable. Mais laissez-moi vous donner les détails ou je vais finir par vous embrouiller complètement. Elle termine un master de journalisme à Syracuse. Ce n'est pas loin de chez vous, non ?

— Pas vraiment la porte à côté non plus. Environ une heure quarante-cinq de trajet.

— Ça va, ce n'est pas si terrible. Pas pire que le temps que je mets pour aller à New York. Quoi qu'il en soit, pour son projet de dernière année, elle a eu l'idée d'une sorte de minisérie documentaire sur les victimes de meurtre… à vrai dire, pas les victimes elles-mêmes, mais les familles, les enfants. Elle veut connaître les effets à long terme causés par le fait d'avoir eu un parent assassiné, sans que le cas n'ait été résolu.

— Sans…

— Exact. Il ne s'agira que d'affaires où le coupable court toujours. De sorte que la blessure ne s'est jamais entièrement refermée. Peu importe le temps écoulé, cela reste l'événement psychologique le plus important de leur vie : un gigantesque champ de force ayant tout changé et pour toujours. Elle a intitulé la série *Les Orphelins du meurtre*. Ce n'est pas formidable ?

— L'idée est intéressante.

— *Très* intéressante ! Mais j'ai omis la partie explosive. Ce n'est pas juste une idée. Ça va réellement *se faire* ! Au départ, il ne s'agissait que d'un projet universitaire, mais son conseiller de thèse a été si impressionné qu'il l'a aidée à transformer son ébauche en proposition concrète. Il l'a même poussée à négocier un contrat d'exclusivité avec certains des participants prévus pour qu'elle ait une garantie. Puis il a transmis la proposition à un de ses contacts au service de la production de RAM-TV. Et devinez quoi ? Le type de RAM veut absolument le projet ! Du jour au lendemain, ce qui était un fichu devoir de fin de semestre est devenu une sorte d'expérience en milieu professionnel à faire pâlir d'envie des gens ayant vingt ans de métier. RAM est la chaîne qui fait le plus d'audience par ici.

Pour Gurney, RAM-TV était l'organisme principalement responsable du changement des émissions d'actualités traditionnelles en un cirque superficiel, tapageur, alarmiste, aux opinions nocives – mais il résista à la tentation de donner son avis.

— Et maintenant, vous vous demandez, continua Connie avec enthousiasme, ce que tout ça a à voir avec mon inspecteur de police préféré, n'est-ce pas ?

— J'attends.

— Deux choses. La première : j'ai besoin que vous jetiez un œil par-dessus son épaule.

— Ce qui veut dire ?

— Juste que vous la rencontriez. Histoire de vous rendre compte de ce qu'elle fait. De voir si cela reflète l'univers des victimes d'homicide tel que vous le connaissez. Elle a une opportunité énorme. Si elle ne commet pas trop d'erreurs, tout est possible.

— Hmm.

— Est-ce que ce petit grognement signifie que vous le ferez ? Vous voulez bien, David ?

— Connie, je ne connais absolument rien au journalisme.

Ce qu'il en connaissait lui inspirait surtout du dégoût, mais là encore il garda ça pour lui.

— Côté journalisme, elle est parfaitement au point. Et elle a autant de jugeote que la plupart, mais ce n'est encore qu'une gosse.

— Alors qu'est-ce que j'apporte ? Le grand âge ?

— Le pragmatisme. Le savoir. L'expérience. Un point de vue différent. L'extraordinaire clairvoyance que donnent... combien d'affaires d'homicide ?

Il lui semblait que la question n'était pas là, aussi n'essaya-t-il même pas de répondre.

Connie redoubla de vivacité.

— Elle est très capable, mais l'aptitude ne remplace pas l'expérience de la vie. Elle s'apprête à interviewer des gens ayant perdu un parent ou un être cher à cause d'un meurtrier. Pour ça, elle doit être dans un état d'esprit réaliste. Avoir une vue générale du terrain, en quelque sorte. Je veux dire, l'enjeu est si important, elle a besoin d'en savoir le plus possible.

Gurney poussa un soupir.

— Il existe à l'heure actuelle une flopée de choses sur le chagrin, la mort, la perte d'un...

Elle l'interrompit.

— Oui, oui, je sais... la psychologie du deuil à la portée de tous, cinq stages de bobards à la noix, ce genre de truc. Ce n'est pas ça qu'il lui faut. Elle a besoin de discuter avec quelqu'un qui s'y connaît en matière de *crime*, quelqu'un qui a vu les victimes, parlé à leurs familles, observé l'horreur dans leurs yeux... quelqu'un qui sait, pas un type qui a écrit un foutu bouquin. (Il y eut un long silence.) Alors, vous voulez bien ? La rencontrer juste une fois, jeter un œil aux éléments qu'elle a rassemblés et à son projet. Voir si cela vous semble tenir debout.

Tandis qu'il regardait par la fenêtre du bureau le pré à l'arrière de la ferme, l'idée de rencontrer la fille de Connie pour revoir son billet d'entrée dans le monde de la télévision poubelle était une des perspectives les moins attrayantes de la terre.

— Vous avez parlé de *deux* choses, Connie. Quelle est la seconde ?

— Euh… (Sa voix faiblit.) Il se peut qu'il y ait un problème avec un ex-petit ami.

— Quel genre de problème ?

— Toute la question est là. Kim aime se donner l'air invulnérable, si vous voyez ce que je veux dire. Comme si elle n'avait peur de rien ni de personne.

— Mais… ?

— Mais ce connard lui a joué de vilains petits tours, pour dire le moins.

— Comme quoi ?

— Comme s'introduire dans son appartement et changer des objets de place. Elle a mentionné un couteau qui avait disparu pour réapparaître ensuite, mais lorsque je lui ai posé des questions, elle a refusé d'en dire plus.

— Dans ce cas, pourquoi a-t-elle abordé le sujet, d'après vous ?

— Peut-être qu'elle veut de l'aide sans en vouloir, et qu'elle n'arrive pas à se décider.

— Est-ce que le connard a un nom ?

— Il s'appelle Robert Meese. Mais il se fait appeler Robert Montague.

— Cela a-t-il un lien quelconque avec son projet pour la télévision ?

— Je l'ignore. J'ai simplement l'impression que la situation est pire qu'elle ne veut bien l'admettre. En tout cas, quand elle m'en parle à moi. Alors… David ? S'il vous plaît ? Je ne sais pas à qui demander d'autre.

Comme il ne répondait pas, elle ajouta :

— Peut-être que je réagis de manière excessive. Que j'imagine des choses. Qu'il n'y a aucun problème. Dans tous les cas, ce serait déjà formidable si vous pouviez l'écouter parler de son projet, de ces victimes d'homicide et de leurs familles. Cela compte énormément pour elle. C'est la chance de sa vie. Elle est si résolue, si confiante.

— Vous avez l'air un peu ébranlée.

— Je ne sais pas. Je... je me fais du mauvais sang, voilà tout.

— À propos de son projet ou de son ex-petit ami ?

— Les deux, probablement. Je veux dire, d'un côté, c'est fantastique, n'est-ce pas ? Mais ça me fend le cœur de penser qu'elle pourrait être résolue, confiante et autonome au point de se mettre dans de sales draps sans me le dire, sans que je sois en mesure de l'aider. Bon sang, David, vous avez un fils, non ? Vous savez ce que je ressens ?

Dix minutes après la fin du coup de téléphone, Gurney était toujours devant la grande fenêtre du bureau orientée au nord, s'efforçant de mettre de l'ordre dans les propos étrangement décousus de Connie tout en se demandant pourquoi il avait finalement accepté de parler à Kim et pourquoi cette histoire le mettait tellement mal à l'aise.

Il soupçonnait que cela avait à voir avec la dernière remarque qu'elle avait faite concernant son fils. Ce qui était, comme toujours, une zone sensible – pour des raisons qu'il n'avait nullement l'intention d'approfondir pour le moment.

Le téléphone se mit à sonner. À sa grande surprise, il s'aperçut qu'il avait oublié de le reposer sur son support et qu'il l'avait encore à la main. *Cette fois*, songea-t-il, *c'est sûrement Huffbarger, appelant pour justifier sa stupide politique d'annulation.* Il fut tenté de laisser sonner, jusqu'à ce que le répondeur prenne le message, de faire poireauter le toubib. Mais il avait aussi envie d'être débarrassé de ça, de ne plus avoir à y penser. Il décrocha.

— Dave Gurney à l'appareil.

— Dave, fit la voix claire et limpide d'une jeune femme. Je tenais à vous remercier ! Connie vient de me téléphoner pour me dire que vous seriez disposé à discuter avec moi.

Pendant une seconde, il se sentit désorienté. Ça le faisait toujours grincer des dents quand il entendait un gosse appeler ses parents par leur prénom.

— Kim ?

— Bien sûr ! Qui d'autre ? (Comme il ne disait rien, elle reprit aussitôt.) Je vous explique pourquoi c'est absolument génial. Je me rends en ce moment même à Syracuse. À cet instant précis, je me trouve à l'embranchement de la nationale 17 et de la I-81. Ce qui veut dire que je peux rejoindre la I-88 et être à Walnut Crossing dans à peu près trente-cinq minutes. Est-ce que ça vous va ? Je sais, c'est un délai super court, mais ça tombe tellement bien ! Et je meurs d'envie de vous revoir !

CHAPITRE 3

Les incidences du meurtre

Les routes 17, 81 et 88 convergent dans le voisinage de Binghamton, à une bonne heure de Walnut Crossing. Gurney se demanda si l'estimation optimiste du temps de trajet donnée par Kim découlait d'un manque d'information ou d'un excès d'enthousiasme. Mais c'était la moindre des questions occupant son esprit lorsqu'il vit la jolie petite Mazda rouge remonter le sentier jusqu'à la maison.

Il ouvrit la porte latérale et s'avança sur le tapis d'herbe et de gravier où était garée son Outback. La Mazda s'arrêta à côté et une jeune femme en descendit, tenant un mince porte-documents. Elle était vêtue d'un jean, d'un tee-shirt et d'un élégant blazer aux manches retroussées.

— Est-ce que vous m'auriez reconnue, demanda-t-elle avec un grand sourire, si je ne vous avais pas dit que je venais ?

— Peut-être, si j'avais eu le temps de vous regarder, répondit-il en observant le cadre souple de cheveux bruns et brillants, séparés par une vague raie au milieu. C'est le même visage, mais plus décontracté et plus souriant que le jour où j'ai déjeuné avec vous et votre mère.

Elle fronça les sourcils pensivement puis elle se mit à rire.

— Pas seulement ce jour-là, ces *années-là*. Je ne me sentais pas très bien dans ma peau pendant cette période. Il m'a fallu un certain temps pour arriver à savoir ce que je voulais faire de ma vie.

— Vous semblez l'avoir compris plus rapidement que la plupart des gens.

Elle haussa les épaules, parcourant des yeux les champs et les bois.

— C'est magnifique. Vous devez vous plaire dans cet endroit. L'air est si pur et frais.

— Peut-être même un peu trop frais pour une première semaine de printemps.

— Mon Dieu, vous avez raison ! Je suis tellement occupée que je ne me souviens de rien. C'est déjà le printemps. Comment ai-je pu oublier ?

— Ce n'est pas très difficile, dit-il. Entrez. Il fait plus chaud dans la maison.

Une demi-heure plus tard, Kim et Dave étaient assis l'un en face de l'autre à la table de petit déjeuner en pin dans un coin près de la porte-fenêtre. Ils finissaient les omelettes, toasts et cafés que Madeleine avait tenu à préparer en apprenant que Kim avait voyagé toute la matinée sans rien manger. Ayant terminé la première, Madeleine nettoyait la cuisinière. Kim était en train de raconter son histoire, l'histoire à l'origine de sa visite.

— C'est une idée que j'ai depuis des années – examiner le sentiment d'horreur provoqué par un meurtre à travers ses incidences sur la famille de la victime –, seulement je ne savais pas quoi en faire. Parfois je n'y pensais pas pendant un moment, mais cela finissait toujours par revenir, avec plus de force que jamais. C'est devenu une idée fixe – il *fallait* que j'en fasse quelque chose. Tout d'abord, je me suis dit que cela pouvait donner lieu à une étude spécialisée – éventuellement une monographie de psychologie ou de sociologie. J'ai donc écrit à un tas d'éditeurs universitaires, mais comme je n'avais pas les diplômes qu'il faut, ils ne m'ont même pas répondu. J'ai alors pensé à un essai. Mais pour un livre, il faut un agent, ce qui signifiait de nouveaux courriers de présentation. Et devinez quoi ? Degré d'intérêt zéro. Comme j'ai vingt et un, vingt-deux ans, qui suis-je ? Qu'ai-je écrit avant ? Quelles sont mes références ? En fait, je ne suis qu'une gamine. La seule chose que j'ai, c'est une idée. Puis ça m'est venu tout à coup. Évidemment ! *Ce n'est pas pour un livre. C'est pour la télévision !* À partir de là, les choses ont commencé à prendre tournure. J'ai vu ça comme une série d'entretiens exclusifs – de la « télé-réalité » dans le meilleur sens du terme, ce qui, j'en ai bien conscience, paraît un peu racoleur par les temps qui courent, mais ce n'est pas nécessairement le cas – *pas si cela exprime une vérité psychologique !*

Elle s'arrêta, comme soudain affectée par ses propres paroles, lança un sourire gêné, se racla la gorge et poursuivit.

— Bref, j'ai tout rassemblé sous la forme d'un descriptif détaillé pour ma thèse de master et je l'ai soumis au professeur Wilson, mon conseiller. Il a trouvé que c'était une excellente idée, qui présentait un vrai potentiel. Il m'a aidée à lui donner la forme d'une proposition commerciale, s'est assuré que j'étais couverte sur le plan juridique, après quoi il a fait quelque chose qu'il n'avait encore jamais fait, m'a-t-il dit. Il l'a transmise à un directeur de production de RAM-TV – un certain Rudy Getz. Et Getz nous a recontactés environ une semaine plus tard en disant : « D'accord, on le fait. »

— Comme ça ? demanda Gurney.

— J'ai été surprise, moi aussi. Mais Getz a affirmé que c'est ainsi que fonctionne RAM-TV. Je n'allais pas le contredire. Rien que le fait que je puisse concrétiser cette idée, explorer le sujet…

Elle secoua la tête, comme pour repousser une émotion passagère.

Madeleine vint à la table, s'assit et exprima ce que pensait Gurney.

— C'est important pour vous, n'est-ce pas ? Je veux dire, *vraiment* important, au-delà d'être un tremplin dans votre carrière.

— Oh, mon Dieu, oui !

Madeleine sourit doucement.

— Et l'idée *fondamentale…* la partie qui compte tellement pour vous… ?

— Les familles, *les enfants…*

À nouveau, elle s'interrompit quelques secondes, manifestement submergée par une image que ses propos avaient fait surgir. Elle repoussa sa chaise, se leva et contourna la table pour aller jusqu'à la porte-fenêtre d'où l'on apercevait la terrasse, le jardin, le pré et plus loin la forêt.

— C'est stupide, je n'arrive pas à l'expliquer, dit-elle, le dos tourné, mais il m'est plus facile de parler de ça debout. (Elle s'éclaircit la gorge à deux reprises avant de continuer d'une voix à peine audible.) Je crois que le meurtre change tout et pour toujours. Il vole quelque chose qu'on ne peut jamais remplacer. Ses conséquences vont bien au-delà de ce qui se passe pour la victime. La victime se voit privée de la vie, ce qui est une chose terrible, injuste, mais pour elle, c'est fini, terminé. Elle a perdu tout ce qui aurait pu être, mais elle n'en sait rien. Elle ne va pas *ressentir* cette perte, *imaginer* ce qui aurait pu exister.

Levant les mains, elle pressa ses paumes contre les vitres en un geste exprimant à la fois une vive émotion et un grand effort de contrôle.

Elle poursuivit, un peu plus fort.

— Ce n'est pas la victime qui se réveille dans un lit à moitié vide, à l'intérieur d'une maison à moitié déserte. Qui rêve qu'elle est toujours vivante pour se rendre compte avec désespoir en ouvrant les yeux qu'il n'en est rien. Elle n'éprouve pas de rage dévastatrice, ni les migraines que provoque sa mort. Elle ne continue pas à voir la chaise vide à la table, à entendre des voix rappelant sa propre voix. À se figurer l'armoire pleine de ses vêtements… (Sa voix devenait de plus en plus rauque. Elle se racla une nouvelle fois la gorge.) Elle ne connaît pas l'angoisse – *l'angoisse d'avoir sa vie brisée.*

Kim s'appuya à la vitre pendant de longues secondes puis s'en écarta lentement. Lorsqu'elle se tourna vers la table, son visage était sillonné de larmes.

— Vous connaissez les douleurs fantômes ? Ce phénomène qui fait suite à une amputation ? Ressentir de la douleur là où se trouvait auparavant votre bras ou votre jambe ? Le meurtre est ainsi pour la famille laissée dans le deuil. Comme un mal sourd dans un membre fantôme – une douleur intolérable dans un endroit vide.

Elle resta immobile un court instant, absorbée par une vision intérieure. Puis elle s'essuya le visage avec les deux mains, avant de reprendre avec une froide détermination dans le regard et la voix.

— Pour savoir ce qu'est vraiment le meurtre, il faut parler aux familles. C'est ma théorie, mon projet, mon objectif. Et c'est ce qui emballe Rudy Getz. (Elle inspira à fond et expira lentement.) Puis-je vous demander une autre tasse de café, si ça ne vous dérange pas trop ?

— Cela devrait pouvoir se faire, répondit Madeleine en souriant avant de se diriger vers l'évier pour remplir la cafetière.

Adossé à sa chaise, les mains jointes sous le menton, Gurney réfléchissait. Personne ne dit mot pendant quelques minutes. La cafetière fit entendre ses premiers crachotements.

Kim parcourut du regard la grande cuisine rustique.

— C'est très mignon. Très accueillant, chaleureux. Vraiment parfait. La maison de campagne comme on en rêve tous.

Après que Madeleine eut apporté le café à la table, Gurney fut le premier à prendre la parole.

— Il est clair que ce sujet vous passionne, qu'il signifie beaucoup pour vous. J'aimerais être aussi clair quant à l'aide que je peux vous apporter.

— Qu'est-ce que Connie vous a demandé ?

— « Regarder par-dessus votre épaule » – c'est l'expression qu'elle a utilisée, me semble-t-il.

— Elle n'a pas mentionné… d'autres problèmes ?

Il sembla à Gurney qu'elle faisait un effort d'une limpidité enfantine pour donner à la question une tonalité désinvolte.

— Peut-on considérer votre ex-petit ami comme un problème ?

— Elle a parlé de Robby ?

— D'un certain Robert Meese… ou Montague.

— Meese. Son truc avec Montague, c'est juste un… (Sa voix s'éteignit et elle secoua la tête.) Connie pense que j'ai besoin de protection. Mais ce n'est pas le cas. Robby est un minable, extrêmement agaçant, rien que je ne puisse gérer.

— A-t-il un lien avec votre projet pour la télévision ?

— Plus maintenant. Pourquoi me demandez-vous ça ?

— Simple curiosité.

Mais pourquoi ? Dans quoi suis-je en train de me fourrer ? Pourquoi rester là à écouter une étudiante surmenée, ayant des problèmes avec un petit ami maboul, m'exposer ses idées sentimentales sur le meurtre et ses chances de connaître la gloire sur le réseau câblé le plus ordurier d'Amérique ? Il est temps de fuir les sables mouvants.

Kim le regardait fixement comme si elle possédait le don de Madeleine pour lire dans les pensées.

— Ce n'est pas très compliqué. Comme vous avez eu la générosité de me proposer votre aide, je dois être franche avec vous.

— Nous reviendrons sur ce qui concerne mon aide, mais je ne vois pas…

Madeleine, qui pressait une éponge au-dessus de l'évier après avoir lavé les assiettes, intervint d'une voix douce.

— Pourquoi ne pas écouter ce que Kim a à dire ?

Gurney acquiesça.

— Bonne idée.

— J'ai fait la connaissance de Robby au club de théâtre il y a un peu moins d'un an. C'était de loin le type le plus séduisant du campus. Une sorte de Johnny Depp jeune. Il y a environ six mois, nous avons emménagé ensemble. Pendant un moment, j'ai eu l'impression d'être la fille la plus heureuse de la terre. Lorsque je me suis investie totalement dans mon projet sur le meurtre, il a paru me soutenir. En fait, quand j'ai choisi les familles que je voulais commencer à interroger, il m'a accompagnée, s'est joint aux discussions, a participé à tout. Et c'est… c'est alors… que le monstre est apparu.

Elle marqua une pause, but une gorgée de café.

— À mesure qu'il s'impliquait, il a pris peu à peu les choses en main. Il ne m'aidait plus dans *mon* projet… c'était devenu *notre* projet, puis il s'est mis à agir comme s'il s'agissait de *son* projet. Lorsqu'on rencontrait les membres d'une famille, il leur donnait *sa* carte avec *ses* coordonnées, leur disait qu'ils pouvaient le contacter à tout moment. C'est alors qu'a débuté cette ridicule histoire Montague, quand il a fait imprimer des cartes avec marqué dessus : « Robert Montague, cabinet-conseil en création et en productions documentaires ».

Gurney semblait sceptique.

— Il essayait de vous écarter, de voler le projet ?

— C'était encore plus sordide que ça. Robert Meese ressemble à un dieu, mais il vient d'un milieu dysfonctionnel, et il a passé la plus grande partie de son enfance dans des foyers d'accueil également chaotiques. En son for intérieur, c'est l'individu le plus ridiculement angoissé qu'on puisse rencontrer. Certaines des familles auxquelles nous avons parlé, que nous cherchions à persuader d'avoir un entretien officiel, Robby s'efforçait désespérément de les impressionner. Je pense qu'il aurait fait *n'importe quoi* pour obtenir leur approbation, pour se faire accepter par elles. Pour les rendre *semblables* à lui. C'en était répugnant.

— Qu'avez-vous fait ?

— Dans un premier temps, je n'ai pas su quoi faire. Puis les choses se sont envenimées lorsque j'ai découvert qu'il était de son côté en pourparlers avec un des membres d'une famille clé, un type que je voulais vraiment avoir. Quand j'ai abordé le sujet avec Robby, ça a tourné au concours de hurlements. À la suite de quoi je l'ai flanqué à la porte de notre appartement – de *mon* appartement. Et j'ai demandé à l'avocat de Connie de lui adresser une gentille petite lettre de menace pour le tenir à l'écart du projet – de *mon* projet.

— Comment l'a-t-il pris ?

— Tout d'abord, il a été très gentil, dans le style mielleux. Je l'ai envoyé sur les roses. Bientôt il a commencé à me dire que s'amuser avec de vieilles affaires de meurtre pouvait être risqué et que j'avais intérêt à me montrer prudente, que je ne savais peut-être pas dans quoi je m'embarquais. Il appelait en pleine nuit, laissait des messages sur mon téléphone pour m'expliquer qu'il pouvait me protéger et que la plupart des gens à qui j'avais affaire – y compris mon conseiller de thèse – n'étaient pas ce qu'ils semblaient être.

Gurney se redressa un peu sur sa chaise.

— Et alors ?

— Alors ? Je lui ai dit que s'il ne me laissait pas tranquille, je porterais plainte et je le ferais arrêter pour harcèlement.

— Cela a eu un effet ?

— Tout dépend de ce qu'on entend par là. Les coups de téléphone ont cessé. Mais ensuite des trucs étranges ont commencé à se produire.

Madeleine arrêta ce qu'elle était en train de faire pour venir à la table.

— On dirait que ça devient sérieux. Ça vous dérange si je me joins à vous ?

— Pas de problème, répondit Kim. (Madeleine s'assit et Kim continua.) Les couteaux de cuisine se sont mis à disparaître. Une fois, je suis rentrée après un cours et je n'ai pas retrouvé mon chat. Finalement, je l'ai entendu miauler. Il était dans un des placards, la porte fermée – placard que je n'utilisais jamais. Et une autre fois, j'ai dormi trop longtemps parce qu'on avait réglé la sonnerie du réveil sur une autre heure.

— Exaspérant, mais assez inoffensif, dit Gurney. (L'expression sur le visage de Madeleine semblait indiquer un profond désaccord.) Je ne dis pas cela pour minimiser l'impact psychologique que peut avoir ce genre de mauvaises farces. Je pense aux degrés de harcèlement pouvant faire l'objet de poursuites.

Kim acquiesça.

— Vous avez raison. Mais les farces étaient devenues de plus en plus mauvaises. Une nuit où je suis rentrée tard, il y avait une goutte de sang sur le sol de la salle de bains – de la taille d'une pièce de monnaie. Et un de mes couteaux manquants gisait à côté.

— Mon Dieu, fit Madeleine.

— Quelques jours plus tard, des bruits étranges ont commencé. Quelque chose me réveillait – sans que je sache très bien quoi –, j'entendais le plancher craquer, puis plus rien, puis une sorte de respiration, et à nouveau plus rien.

Madeleine avait l'air horrifiée.

— C'est un appartement ?

— Dans une petite maison, avec un logement à l'étage et un autre au rez-de-chaussée, plus un sous-sol. Il y a un tas de vieilles baraques du même genre à l'extérieur du campus, divisées en appartements bon marché pour les étudiants. Pour l'instant, je suis la seule locataire.

— Vous êtes là-bas toute seule ? demanda Madeleine avec de grands yeux. Vous êtes plus courageuse que moi. Je déguerpirais à toute vitesse…

Un éclair de fureur brilla dans le regard de Kim.

— Je ne vais pas m'enfuir à cause de ce petit crétin !

— Vous avez signalé ces incidents à la police ?

Elle eut un petit rire amer.

— Bien sûr. Le sang, le couteau, les bruits la nuit. Les flics débarquent à la maison, ils jettent un coup d'œil, examinent les fenêtres, l'air de mourir d'ennui. À chaque fois que j'appelle et que je leur donne mon nom et mon adresse, je peux les imaginer levant les yeux au ciel. Il est évident que, pour eux, je suis une emmerdeuse paranoïaque. Une égocentrique. La petite garce à moitié dingue se mettant martel en tête à cause de ses problèmes de petit copain.

— Je suppose que vous avez fait changer les serrures ? demanda Gurney avec douceur.

— Deux fois. Ça n'a servi à rien.

— Vous pensez que Robby Meese est responsable de ces… intimidations ?

— Je ne le pense pas. Je le *sais*.

— Comment pouvez-vous en être si sûre ?

— Si vous aviez entendu sa voix – quand il n'arrêtait pas de me téléphoner après que je l'ai envoyé balader. Ou si vous aviez vu l'expression de son visage lorsqu'on se croisait sur le campus. Alors vous comprendriez. C'était la même *bizarrerie*. Je ne sais pas comment expliquer, mais tous ces trucs qui se sont produits… Ça fait froid dans le dos, tout comme Robby fait froid dans le dos.

Dans le silence qui suivit, Kim serra sa tasse entre ses mains. Ce qui rappela à Gurney la façon dont elle s'était tenue à la porte-fenêtre un peu plus tôt, les paumes contre la vitre. Émotion et contrôle.

Il songea à son idée d'émission, à son point de vue sur le chagrin engendré par le meurtre. Ce qu'elle avait dit n'était pas dénué de fondement. Dans certains cas, la blessure causée par l'assassin déchirait toute une famille, laissait épouse, enfants, parents en proie au désespoir, remplissait leur existence de tristesse et de rage.

Dans d'autres cas, en revanche, cela ne suscitait que bien peu de souffrance, d'émotion d'aucune sorte. Gurney n'avait connu que trop d'affaires de ce type. Des individus menant des vies hideuses et mourant d'une mort hideuse. Dealers, maquereaux, criminels endurcis, ados membres de gangs jouant à des jeux vidéo avec des armes à feu bien réelles. Le goût des êtres humains pour la destruction était stupéfiant. Parfois, il faisait un rêve, toujours le même, où apparaissait une image des camps de concentration. Un bulldozer poussait des corps squelettiques dans une vaste fosse. Les poussait comme des mannequins. Comme des gravats.

Il se mit à contempler la jeune femme au regard sombre et intense qui continuait à serrer sa tasse tiède, penchée au-dessus de celle-ci, ses cheveux brillants cachant la plus grande partie de son visage.

Puis il se tourna vers Madeleine, une question dans les yeux.

Elle eut un léger haussement d'épaules, une ombre de sourire. On aurait dit une invitation à l'action.

Il considéra à nouveau Kim.

— Très bien. Revenons à la question centrale. Comment puis-je vous aider ?

CHAPITRE 4

Comme un cercueil

Ce qu'elle désirait, c'est qu'il revienne avec elle à son appartement de Syracuse, où elle gardait tout ce qui concernait son projet. De cette manière, il pourrait voir les choses directement : ses échanges de lettres avec les interviewés potentiels, les deux premiers entretiens qu'elle avait réalisés et soumis dans le cadre de sa proposition, ses intentions pour les entretiens encore à venir, son contrat avec Rudy Getz de RAM-TV, la présentation du positionnement général et des axes forts qu'elle préparait pour la série. Il pourrait tout voir, se faire une opinion, lui dire ce qui sonnait juste ou pas.

Il avait autant envie de se rendre à Syracuse qu'il en avait eu pour toute autre activité au cours de ces derniers mois, c'est-à-dire pratiquement aucune. Mais cela lui paraissait le moyen le plus rapide de satisfaire à l'obligation qu'il estimait avoir vis-à-vis de Connie Clarke. Il irait, jetterait un coup d'œil, ferait quelques commentaires. Devoir rempli. Service rendu. Puis il réintégrerait sa tanière.

Les instructions de Google pour aller au domicile de Kim qu'il avait imprimées au cas où ils se perdraient de vue donnaient une estimation d'une heure quarante-neuf minutes pour le trajet depuis Walnut Crossing, mais il n'y avait presque pas de circulation sur les deux autoroutes qui constituaient l'essentiel du parcours, et la petite Mazda devant lui descendait rarement au-dessous de la vitesse maximale.

S'il avait été de meilleure humeur, Gurney aurait peut-être apprécié le voyage, le paysage vallonné de bois et de prairies qu'il traversait, les torrents larges et tumultueux, les champs où l'on venait de labourer la terre noirâtre pour les semis de printemps, les emblématiques silos et granges rouges. Mais étant donné son état d'esprit, ces images bucoliques se réduisaient à une étendue humide et boueuse – une région de déclin agricole et de mauvais temps.

Sa première vision des environs de Syracuse ne fit que renforcer ses idées noires. Il se rappela avoir lu quelque part que la ville était située au bord du lac Onondaga, qui devait sa célébrité au fait d'avoir été l'un des lacs les plus pollués d'Amérique. Cela réveilla un souvenir de son enfance dans le Bronx – celui de la baie d'Eastchester, dont le chenal de navigation aux eaux troubles était constamment encombré de péniches et de remorqueurs. Pleine de résidus d'hydrocarbures, la baie était un prolongement du détroit de Long Island où rien ne semblait vivre à part des algues crasseuses et d'affreux crabes bruns – des créatures cuirassées, primitives, impropres à la consommation –, encore capables de lui donner la chair de poule rien que d'y penser.

Il quitta l'autoroute à la suite de la Mazda de Kim pour pénétrer dans un quartier à l'air vétuste et apparemment sans restrictions de zonage. Il passa devant une succession hétéroclite de petites habitations individuelles, de maisons spacieuses, plus anciennes, fractionnées à présent en plusieurs appartements, de magasins de proximité miteux, d'immeubles commerciaux sinistres et d'espaces verts dévastés entourés de grillages.

Au coin d'un restaurant de plats à emporter – Aux Princes Onondagas de la Pizza –, la Mazda tourna dans une rue transversale plus étroite pour s'arrêter devant une maison des années 1970. De chaque côté, une allée étroite la séparait d'une maison identique. Devant, une bande de terre dure – pas plus large qu'une tombe double – avait cruellement besoin de fleurs et d'herbe. Gurney se gara derrière Kim et la regarda descendre de la petite voiture, fermer puis vérifier les portières. Elle scruta la maison et l'allée – avec méfiance, eut-il l'impression. Comme il la rejoignait, elle lui adressa un sourire nerveux.

— Quelque chose qui cloche ? demanda-t-il.

— Non, tout… tout paraît normal.

Elle grimpa les trois marches menant à la porte d'entrée, qui n'était pas verrouillée. Toutefois, elle permettait seulement d'accéder à un minuscule vestibule avec deux autres portes. Celle de droite était munie de deux solides serrures qu'elle ouvrit avec des clés distinctes. Avant de tourner la poignée, elle la regarda d'un air suspicieux puis la secoua à plusieurs reprises d'un geste sec.

Cette porte donnait sur un couloir. Kim le conduisit dans la première pièce à droite – une petite salle de séjour à l'ameublement Ikea réduit au strict nécessaire : un canapé futon, une table basse, deux fauteuils en bois avec coussins indépendants, deux lampadaires minimalistes, une bibliothèque, un classeur métallique comportant deux tiroirs et une table faisant office de bureau avec une chaise droite. Le sol était recouvert de moquette ocre.

Il sourit, l'air intrigué.

— Quel était le problème avec la poignée de porte ?

— Il est déjà arrivé qu'elle me reste dans la main.

— Vous voulez dire qu'on l'avait dévissée exprès ?

— Oh, on l'a bel et bien fait exprès. Deux fois. La première fois, la police a regardé et en a conclu qu'on m'avait fait une blague. La seconde fois, elle n'a même pas pris la peine d'envoyer quelqu'un. Le flic au téléphone avait l'air de trouver ça drôle.

— Moi, je ne trouve pas ça drôle.

— Merci.

— Je sais que je vous ai déjà posé la question, mais…

— La réponse est oui, je suis sûre qu'il s'agit de Robby. Et non, je n'ai aucune preuve. Mais qui d'autre est-ce que cela pourrait être ?

Comme elle finissait de parler, on sonna à la porte – un carillon musical complexe.

— Mon Dieu ! Une idée de ma mère. Elle m'en a fait cadeau quand j'ai emménagé. Il y avait une sonnerie qu'elle détestait. Un instant.

Elle sortit de la pièce pour ouvrir.

Et revint une minute plus tard avec une grande boîte de pizza et deux canettes de Coca-Cola light.

— Bonne synchronisation. J'ai passé la commande sur mon portable en chemin. Je me suis dit que nous aurions besoin de manger quelque chose. La pizza vous va ?

— Très bien.

Elle posa la boîte sur la table basse, souleva le couvercle et approcha un des fauteuils. Gurney s'installa sur le canapé.

Lorsqu'ils eurent mangé chacun une tranche en buvant du soda, elle dit :

— Bon. Par où voulez-vous commencer ?

— Vous avez eu cette idée de parler aux familles de victimes de meurtre. Je suppose donc que la première chose que vous avez dû faire, c'est sélectionner un certain nombre de meurtres ?

— Exact.

Elle l'observait avec attention.

— Ce ne sont pas les affaires d'homicide qui manquent. Même en vous limitant à l'État de New York et à une seule année, vous aviez le choix entre des centaines.

— Tout à fait.

Il se pencha en avant.

— Alors, dites-moi comment vous avez fait votre choix. Selon quels critères ?

— Les critères ont changé en cours de route. Au début, je pensais inclure tous les types de victimes, d'homicides, de familles, les différentes origines raciales et ethniques, les divers laps de temps entre le crime et maintenant. Une variété totale ! Mais le professeur Wilson n'arrêtait pas de me dire : « Simplifiez, simplifiez ! » Il soutenait que je devais réduire les variables au minimum. Chercher un angle d'attaque, quelque chose qui permette au téléspectateur de mieux comprendre. « Plus vous restreindrez le champ, plus le point de vue sera fort. » Au bout de la dixième fois, j'ai compris. Les choses ont commencé à se raccorder, à se mettre en place. Et alors j'ai pensé : « Oui ! Ça y est ! Je sais exactement ce que je vais faire ! »

Tout en l'écoutant, Gurney se sentait bizarrement touché par son enthousiasme.

— Et alors, quel a été le critère, en définitive ?

— Une bonne partie de ce que m'avait conseillé le professeur Wilson : réduire les variables. Restreindre le champ. Trouver un angle d'attaque. Une fois que je me suis mise à réfléchir de cette façon, la réponse s'est en quelque sorte matérialisée. Je me suis rendu compte que je pouvais axer l'ensemble du projet sur les victimes du Bon Berger.

— Le type qui a tué par balle une kyrielle de conducteurs de Mercedes il y a de ça huit ou neuf ans ?

— Dix. Dix ans exactement. Ses agressions ont toutes eu lieu au printemps 2000.

Gurney s'adossa à sa chaise, hochant la tête. Il se souvenait de l'abominable série de six fusillades qui avait dissuadé près de la moitié des habitants du Nord-Est de rouler la nuit.

— Intéressant. Ainsi, la nature de l'élément déclencheur est la même dans les six exemples, tout comme le temps écoulé depuis le crime. Même tireur, même mobile, même degré d'attention accordé par les enquêteurs.

— C'est ça ! Et le même échec à traduire l'assassin en justice – la même impossibilité de clore l'affaire, la même blessure ouverte. Ce qui fait du cas du Bon Berger un moyen idéal pour étudier comment des familles différentes réagissent au fil du temps à la même catastrophe, comment elles assument la perte d'un des leurs, comment elles supportent l'injustice qui leur est faite, ce qu'elles ressentent – et en particulier les enfants. Différents impacts d'une même tragédie.

Elle se leva, s'approcha du classeur près de la table servant de bureau. Elle en retira une chemise bleu fluo et la tendit à Gurney. Sur la couverture était collée une étiquette sur laquelle on pouvait lire en caractères gras : LES ORPHELINS DU MEURTRE, UN DOCUMENTAIRE PROPOSÉ PAR KIM CORAZON.

Remarquant peut-être que son regard s'arrêtait sur « Corazon », elle dit :

— Vous pensiez que je m'appelais Clarke ?

Il se remémora l'époque où Connie l'avait interviewé pour le portrait dans le magazine *New York*.

— C'est le seul nom de famille qu'il me semble avoir entendu mentionner.

— Clarke est le nom de jeune fille de Connie. Elle l'a repris lorsqu'elle a divorcé de mon père, quand j'étais gosse. Il s'appelait – *s'appelle* – Corazon. Et moi aussi.

Sous la mince surface de cette déclaration factuelle se dissimulait à l'évidence du ressentiment. Il se demanda s'il fallait y voir la cause de sa répugnance à désigner Connie par le terme de « maman » ou de « mère ».

Gurney n'avait aucun désir de creuser la question. Il ouvrit le dossier, vit qu'il contenait un épais document – plus d'une cinquantaine de feuillets. La première page répétait le titre. La deuxième fournissait la table des matières : « Concept », « Vue d'ensemble du documentaire », « Style et méthodologie », « Critères de sélection du cas », « Victimes et circonstances des homicides du Bon Berger », « Personnes à interviewer », « Coordonnées des contacts et statut », « Transcriptions des entretiens initiaux », « LDIBB (Annexe) ».

Il parcourut à nouveau la table des matières, plus lentement cette fois.

— C'est vous qui avez rédigé ça ? Qui l'avez organisé ainsi ?

— Oui. Il y a un problème ?

— Pas du tout.

— Quoi, alors ?

— La façon dont vous en avez parlé tout à l'heure traduisait beaucoup de passion. L'organisation témoigne d'une grande logique.

Ce qu'il voulait dire, c'est que sa passion lui faisait penser à Madeleine tandis que sa logique lui faisait penser à lui-même.

— On croirait quelque chose que j'ai écrit.

Elle lui lança un regard entendu.

— Je suppose que c'est un compliment ?

Il éclata de rire pour la première fois de la journée, peut-être même du mois. Après un temps d'arrêt, il revint au dernier élément de la liste.

— Je présume que BB correspond au « Bon Berger ». Et LDI ?

— Oh, c'est l'intitulé de l'explication de vingt pages qu'il a envoyée aux médias et à la police : « Lettre de déclaration d'intention ».

Gurney acquiesça.

— Cela me revient à présent. Les médias ont parlé de « manifeste » – le même qualificatif qu'ils avaient appliqué au texte d'Unabomber cinq ans plus tôt.

Ce fut au tour de Kim de hocher la tête.

— Ce qui nous ramène à une des questions que je voulais vous poser – au sujet de ces histoires de tueurs en série. Cela paraît assez confus. Je veux dire, Unabomber et le Bon Berger ne semblent pas avoir grand-chose en commun avec Jeffrey Dahmer et Ted Bundy – ni avec les monstres que vous avez vous-même arrêtés, comme Peter Piggert ou ce Père Noël satanique qui expédiait par la poste des morceaux de ses victimes aux flics locaux. Bon Dieu ! Ce genre de comportement n'est même pas humain !

Un frisson visible la parcourut. Elle se frotta les bras avec énergie comme pour les réchauffer.

Dehors, dans le ciel gris de Syracuse, Gurney entendit la pulsation distincte d'un hélicoptère croître peu à peu, puis s'affaiblir et disparaître dans le silence.

— Mes propos indigneraient un certain nombre de spécialistes en sciences sociales, dit-il, mais la notion de « tueur en série », comme une grande partie de la terminologie utilisée dans ce domaine, a des contours on ne peut plus flous. Il m'arrive de penser que ces « spécialistes » ne sont qu'une bande d'étiqueteurs autoproclamés qui ont réussi à former un petit club lucratif. Ils mènent des recherches discutables, regroupent des comportements ou des caractéristiques similaires en « syndrome », lui donnent un nom à résonance scientifique, puis proposent une formation permettant à des esprits tout aussi brouillons de mémoriser les étiquettes, de passer un examen et de rejoindre le club.

Il s'aperçut qu'elle le dévisageait avec étonnement.

Conscient de son ton irrité – et du fait que cette irritation avait probablement autant à voir avec son humeur du moment qu'avec l'état de la criminologie –, il changea son fusil d'épaule.

— La réponse brève à votre question est que, du point de vue du mobile apparent, il ne semble pas y avoir beaucoup de points de convergence entre un cannibale obnubilé par le pouvoir et le contrôle et un type prétendant corriger les maux de la société. Mais peut-être ont-ils plus d'affinités que vous ne le pensez.

Kim ouvrit de grands yeux.

— Vous voulez dire qu'ils tuent tous les deux des gens ? Et vous pensez que c'est de ça qu'il s'agit, quelle que soit l'image que revêt leur mobile ?

Gurney était frappé par son énergie, sa vivacité. Cela le fit sourire.

— Unabomber disait vouloir éliminer les effets dévastateurs de la technologie dans le monde. Le Bon Berger, si je me souviens bien, avait la prétention d'éradiquer les effets nocifs de la cupidité. Et pourtant, en dépit de l'intelligence apparente de leurs déclarations écrites, tous deux ont choisi une voie contre-productive pour atteindre l'objectif qu'ils s'étaient fixé. Tuer ne saurait avoir le résultat qu'ils se proposaient obtenir. Cette voie ne peut avoir de sens que d'une seule manière.

L'esprit de Kim fonctionnait visiblement à toute allure.

— Vous voulez dire que la voie en question était en réalité le but.

— Exact. On les trouve souvent inversés. Les moyens et la fin. Les actes d'Unabomber et du Bon Berger deviennent parfaitement logiques si vous vous fondez sur l'hypothèse que le meurtre lui-même était le véritable objectif – le bénéfice psychologique – et les soi-disant manifestes des alibis purs et simples.

Elle battit des paupières, cherchant, semble-t-il, à saisir les conséquences que cela risquait d'avoir pour son projet.

— Mais qu'est-ce que ça signifie… du point de vue de la victime ?

— Du point de vue de la victime, ça ne signifie rien. Pour elle, le mobile importe peu. Surtout s'il n'existait aucun lien personnel entre elle et l'assassin. Sur une route mal éclairée, depuis une voiture anonyme, une balle dans la tête est une balle dans la tête, quel que soit le mobile.

— Et les familles ?

— Ah, les familles. Eh bien…

Gurney ferma les yeux, passant lentement en revue sa carrière aux homicides, d'une conversation sinistre à une autre. Il y en avait eu tellement au fil des années. Au fil des décennies. Parents. Épouses. Amants. Enfants. Visages stupéfaits. Refus de croire aux terribles nouvelles. Questions désespérées. Cris. Gémissements. Plaintes. Rage. Accusations. Menaces extravagantes. Coups de poing dans les murs. Regards hébétés. Regards vides. Vieillards pleurnichant comme des enfants. Un homme trébuchant en arrière comme si on l'avait frappé. Et le pire de tout, ceux qui restent sans réaction. Les traits figés, les yeux morts. Incapables de comprendre, muets, impassibles. Se tournant pour allumer une cigarette.

— Eh bien… continua-t-il au bout d'un moment. J'ai toujours trouvé que la vérité était encore la meilleure chose. Aussi, je pense qu'arriver à comprendre dans une certaine mesure la raison pour laquelle un de leurs proches a été assassiné est préférable pour les survivants. Mais attention, je ne prétends pas savoir pourquoi Unabomber et le Bon Berger ont agi comme ils l'ont fait. Ils ne le savent probablement pas eux-mêmes. Ce qu'il y a de sûr, c'est que ce n'est pas pour le motif qu'ils ont indiqué.

Elle le scruta de l'autre côté de la table basse et ouvrit la bouche, comme pour poser une nouvelle question, lorsqu'un bruit sourd, ténu, dans le mur de la partie supérieure de la maison, l'arrêta net. Elle se raidit, l'oreille tendue.

— Qu'est-ce que c'était, à votre avis ? demanda-t-elle au bout de quelques secondes, un doigt pointé vers la source du bruit.

— Aucune idée. Peut-être un cognement dans une conduite d'eau chaude ?

— Cela ferait ça ?

— Et vous, que croyez-vous que ce soit ?

Comme elle ne répondait pas, il demanda :

— Qui habite au-dessus ?

— Personne. Du moins, personne n'est *supposé* y habiter. Ils ont été expulsés, puis ils sont revenus. Les flics ont perquisitionné l'appartement. Des petits dealers à la con, ils ont tous été arrêtés.

Mais on les a probablement relâchés depuis, alors comment savoir ? Cette ville est plutôt pourrie.

— Le premier étage est donc vacant ?

— Oui. Soi-disant. (Elle regarda la table basse, concentrant son attention sur la boîte de pizza ouverte.) Merde ! Ça n'a pas l'air terrible. Est-ce que je la réchauffe ?

— Merci, pas pour moi.

Il s'apprêtait à annoncer qu'il était temps pour lui de partir, quand il se rendit compte que cela ne faisait pas très longtemps qu'il était là. Une de ses tendances naturelles, qui n'avait fait que s'aggraver depuis ces six derniers mois : le désir de réduire au minimum le temps qu'il passait avec les autres.

Levant le dossier bleu fluo, il dit :

— Je ne suis pas sûr d'arriver à l'examiner en entier maintenant. Ça a l'air très détaillé.

Tel un nuage dans un ciel radieux, une ombre de déception apparut brièvement sur le visage de la jeune femme.

— Ce soir peut-être ? Je veux dire, vous pouvez le prendre avec vous et le regarder quand vous aurez le temps.

Il se sentit étrangement affecté par sa réaction – « touché » était le seul mot qui convenait –, tout comme il l'avait été un peu plus tôt lorsqu'elle lui avait expliqué qu'elle avait réduit le champ aux meurtres du Bon Berger. À cet instant, il lui sembla comprendre d'où venait ce sentiment.

C'était l'engagement sans réserve de Kim, son énergie, son optimisme – sa *jeunesse* éclatante et déterminée. Et le fait qu'elle entreprenne cela toute seule. Toute seule dans une maison peu sûre, au milieu d'un quartier désolé, poursuivie par un harceleur sordide. Il soupçonnait ce mélange de détermination et de vulnérabilité de réveiller son instinct parental atrophié.

— Je jetterai un coup d'œil ce soir, promit-il.

— Merci.

Les battements d'un hélicoptère émergèrent à nouveau au loin, s'amplifièrent, passèrent au-dessus d'eux puis s'atténuèrent graduellement. Elle se racla nerveusement la gorge, joignit ses mains sur ses genoux et se mit à parler avec une gêne évidente.

— Il y a quelque chose que je voulais vous demander.

Elle secoua fortement la tête comme si elle désapprouvait sa propre hésitation.

— Qu'est-ce que c'est ?

Sa gorge se serra.

— Est-ce que je pourrais vous engager ? Pendant, par exemple, une journée ?

— *M'engager* ? Pour faire quoi ?

— Ça a l'air insensé, je sais. Je me fais honte. Je ne devrais pas vous mettre la pression comme ça. Mais c'est si important pour moi.

— Que voulez-vous que je fasse ?

— Demain... peut-être vous serait-il possible... de m'accompagner ? Vous n'aurez rien à faire. Il se trouve que j'ai deux rendez-vous. L'un pour une éventuelle interview, l'autre avec Rudy Getz. Tout ce que je vous demande, c'est d'être là – de m'écouter, de les écouter – et ensuite de me donner votre première réaction, votre avis, je ne sais pas... Je raconte n'importe quoi, n'est-ce pas ?

— Où ont lieu ces rendez-vous demain ?

— Vous voulez bien ? Vous viendrez avec moi ? Oh, mon Dieu, merci, merci ! En fait, ils ne sont pas très loin de chez vous. Enfin, pas vraiment près, mais pas très loin non plus. L'un se trouve à Turnwell – Jimi Brewster, le fils d'une des victimes. Et Rudy Getz habite à une quinzaine de kilomètres de là, au sommet d'une colline surplombant le réservoir d'Ashokan. On rencontrera d'abord Brewster, à dix heures, ce qui veut dire qu'il faudrait que je passe vous prendre vers huit heures et demie. Ça vous irait ?

Sa première réaction fut de décliner cette offre afin de prendre sa propre voiture. Mais il semblait plus judicieux de mettre à profit la durée du trajet pour lui poser les questions qui ne manqueraient pas de lui venir à l'esprit entre-temps. Histoire de savoir un peu mieux dans quoi il mettait les pieds.

— D'accord, répondit-il. C'est parfait.

Il regrettait déjà de s'être engagé, même pour une journée, mais il se sentait incapable de refuser.

— Il y a un poste des services de conseil dans le budget préliminaire que j'ai établi avec RAM-TV, de sorte que je pourrai vous payer sept cent cinquante dollars par jour. J'espère que c'est suffisant.

Il faillit répondre qu'elle n'avait pas besoin de le payer, que ce n'était pas pour ça qu'il le faisait. Mais son ton sérieux et pragmatique montrait clairement qu'elle tenait à ce qu'il en soit ainsi.

— Bien sûr, répéta-t-il. C'est très bien.

Un peu plus tard, après des propos décousus sur la vie quotidienne à l'université et les problèmes de drogue à Syracuse, hélas tout ce qu'il y a de plus banals, il se leva et réitéra sa promesse de la voir le lendemain matin.

Elle le raccompagna à la porte, lui serra fermement la main, le remercia à nouveau. Alors qu'il descendait les marches jusqu'au trottoir crevassé, il entendit les deux gros verrous de la porte s'enclencher derrière lui. Il inspecta la rue triste dans un sens et dans l'autre. Elle avait l'air crasseuse, avec ici et là des traces de sel – les résidus séchés, supposa-t-il, de ce qui avait été répandu pour faire fondre la dernière accumulation de neige. Une odeur âcre flottait dans l'air.

Il monta dans sa voiture, tourna la clé de contact, brancha son GPS portable pour obtenir les indications routières jusque chez lui. Il fallut à l'appareil une minute pour capter les signaux satellites. Alors qu'il donnait les premières instructions, Gurney entendit une porte s'ouvrir à toute volée. Levant la tête, il vit Kim sortir précipitamment de la maison. En haut des marches, elle trébucha, s'étalant sur le trottoir. Au moment où Gurney la rejoignait, elle se relevait en s'appuyant sur une poubelle.

— Vous n'avez rien ?

— Je ne sais pas... Ma cheville...

Elle haletait, l'air apeurée.

Il la tenait par les bras, s'efforçant de la soutenir.

— Que s'est-il passé ?

— Du sang... dans la cuisine.

— Quoi ?

— Du sang. Sur le sol de la cuisine.

— Il y a quelqu'un d'autre à l'intérieur ?

— Non. Je ne sais pas. Je n'ai vu personne.

— Beaucoup de sang ?

— Je ne sais pas. Des gouttes par terre. Comme une traînée. Allant vers le couloir à l'arrière. Je ne suis pas sûre.

— Vous n'avez vu ni entendu personne ?

— Non. Je ne pense pas.

— OK. Tout va bien maintenant. Vous êtes en sécurité.

Elle se mit à battre des paupières. Il y avait des larmes dans ses yeux.

— Tout va bien, répéta-t-il doucement. Vous n'avez rien à craindre. Vous êtes en sécurité.

Elle essuya ses larmes, s'efforça de reprendre contenance.

— Oui. Ça va.

Lorsque sa respiration commença à redevenir normale, il dit :

— Allez vous asseoir dans ma voiture. Vous pouvez verrouiller la portière. Je vais aller jeter un coup d'œil dans l'appartement.

— Je viens avec vous.

— Il vaudrait mieux que vous restiez dans la voiture.

— Non ! (Elle le regarda d'un air suppliant.) C'est mon appartement. Il ne va pas me chasser de mon propre appartement !

Certes, il était contraire aux procédures policières habituelles de laisser un particulier regagner les lieux dans ces circonstances avant de les avoir fouillés, mais Gurney ne faisait plus partie de la police et les procédures n'étaient plus une question primordiale. Vu l'état d'esprit de Kim, il jugea préférable de la garder avec lui plutôt que d'insister pour qu'elle demeure seule dans la voiture – verrouillée ou pas.

— Très bien, dit-il, retirant le Beretta de son étui de cheville pour le glisser dans sa poche de veste.

Il la précéda à l'intérieur, laissant les deux portes ouvertes derrière lui. Il se figea devant la salle de séjour. Le couloir continuait tout droit sur cinq ou six mètres, se terminant par une arcade donnant sur la cuisine. Entre celle-ci et la salle de séjour se trouvaient deux portes ouvertes sur la droite.

— Où mènent-elles ?

— La première est celle de ma chambre. La seconde celle de la salle de bains.

— Je vais jeter un coup d'œil dans chacune d'elles. Si vous entendez quoi que ce soit, ou si vous m'appelez et que je ne réponds pas tout de suite, sortez le plus vite possible, enfermez-vous dans ma voiture et appelez police-secours. Compris ?

— Oui.

Il s'avança dans le couloir, regarda dans la première pièce puis entra et alluma la lampe du plafond. Il n'y avait pas grand-chose à voir. Un lit, une petite table, un miroir mural, deux chaises pliantes, une armoire branlante en guise de placard. Il jeta un coup d'œil dans l'armoire et sous le lit. Puis il regagna le couloir en reculant, fit signe à Kim le pouce levé, passa dans la salle de bains et répéta l'opération.

Venait ensuite la cuisine.

— Où avez-vous vu les gouttes de sang ? demanda-t-il.

— Elles commencent devant le réfrigérateur et se dirigent vers le couloir du fond.

Il entra avec circonspection dans la cuisine, content pour la première fois en six mois d'être armé. C'était une grande pièce. À l'extrême droite, il y avait une table-dînette avec deux chaises devant une fenêtre faisant face à l'allée et à la maison voisine. La fenêtre apportait un peu de lumière dans la pièce, mais pas beaucoup.

Devant lui, un plan de travail avec des placards en dessous, un évier et un réfrigérateur. Entre lui et le réfrigérateur, un petit bloc de découpe. Sur le bloc était posé un couperet. Comme il contournait le bloc, il aperçut le sang – une succession de taches sombres sur le linoléum usé, chacune de la dimension d'une pièce de monnaie, une tous les deux ou trois pas, allant du réfrigérateur à la porte au fond de la cuisine et au-delà dans une zone d'ombre.

Soudain, il entendit une respiration derrière lui. Il pivota en s'accroupissant et tira en même temps le Beretta de sa poche. Kim se tenait à un mètre de lui, telle une biche prise dans les phares d'une voiture, regardant fixement le canon du petit .32, la bouche entrouverte.

— Bon Dieu ! s'exclama-t-il, avalant une goulée d'air et abaissant le pistolet.

— Désolée. J'essayais de ne pas faire de bruit. Vous voulez que j'allume ?

Il acquiesça. L'interrupteur se trouvait sur le mur au-dessus de l'évier. Il commandait deux longs tubes fluorescents fixés au plafond. Dans la lumière éclatante, les taches de sang sur le sol avaient l'air plus rouges.

— Y a-t-il un interrupteur pour ce couloir à l'arrière ?

— Au mur, à droite du réfrigérateur.

Il le trouva, alluma et l'obscurité au-delà de la porte fut remplacée par la lueur froide d'un néon bon marché, bourdonnant et clignotant, manifestement en fin de vie. Il s'approcha lentement de la porte, le Beretta pointé vers le bas.

À l'exception d'une boîte à ordures en plastique verte, le bref couloir de derrière était vide. À l'extrémité se trouvait une porte extérieure massive munie d'un solide verrou de sûreté. Une seconde porte se découpait dans le mur de droite de cet espace exigu. C'est à celle-là que menaient les gouttes de sang.

Gurney regarda rapidement Kim.

— Qu'y a-t-il derrière cette porte ?

— Un escalier… L'escalier… du sous-sol.

De la peur perçait à nouveau dans sa voix.

— Quand êtes-vous descendue pour la dernière fois ?

— Descendue… Ma foi, je ne sais pas. Peut-être… peut-être il y a un an. Le disjoncteur a sauté, et le type chargé de l'entretien par le propriétaire m'a montré comment le remettre.

— Y a-t-il un autre accès ?

— Non.

— Des fenêtres ?

— Des petites au niveau du sol, mais elles ont des barreaux.

— Où se trouve l'interrupteur ?

— À droite de la porte, je pense.

Il y avait une goutte de sang juste devant. S'aplatissant contre le mur, il tourna le bouton et ouvrit prestement la porte. Une odeur d'air stagnant et de moisi emplit le petit couloir. Il attendit, écouta puis considéra les marches. Elles étaient faiblement éclairées par la lampe clignotant derrière lui. Il y avait un bouton électrique au mur. Il l'actionna d'une pichenette, et une faible lueur jaunâtre filtra de quelque part dans le sous-sol.

Il demanda à Kim d'éteindre le néon dans le couloir, pour arrêter le bourdonnement.

Cela fait, il tendit à nouveau l'oreille pendant au moins une minute. Silence. Il scruta l'escalier. On distinguait une tache foncée toutes les deux ou trois marches.

— Qu'est-ce que c'est ? Qu'est-ce que vous voyez ?

La voix de Kim n'aurait pas pu être plus crispée.

— D'autres gouttes de sang, répondit-il d'une voix égale. Je vais aller regarder de plus près. Restez où vous êtes. Si vous entendez quoi que ce soit, sortez de cette maison en vitesse, retournez à ma voiture...

Elle l'interrompit.

— Pas question ! Je reste avec vous !

Gurney avait le don d'exprimer un calme directement proportionnel à l'agitation des gens qui l'entouraient.

— Très bien. Mais à une condition : que vous vous teniez à au moins deux mètres derrière moi. (Il serra plus fortement le Beretta.) Si je dois agir vite, j'ai besoin de place. D'accord ?

Elle acquiesça.

Il se mit à descendre lentement les marches. L'escalier, vétuste, n'avait pas de rampes. Arrivé en bas, il vit que la piste de taches sombres continuait sur le sol poussiéreux jusqu'à un coffre bas dans le coin le plus éloigné. Contre un mur, il y avait une chaudière ainsi que deux réservoirs de mazout. Sur le mur adjacent, une boîte de disjoncteur et, au-dessus, touchant presque les solives apparentes, une rangée de petites fenêtres horizontales. Des barreaux extérieurs étaient vaguement visibles à travers les vitres sales. La faible lumière émanait d'une simple ampoule nue aussi encrassée que les fenêtres.

Gurney reporta son attention sur le coffre.

— J'ai une lampe de poche. (La voix de Kim venait de l'escalier.) Vous la voulez ?

Il leva les yeux vers elle. Elle alluma la lampe et la lui tendit. C'était une Mini Maglite. Les petites piles avaient besoin d'être remplacées, mais c'était mieux que rien.

— Qu'est-ce que vous voyez ? demanda-t-elle.

— Je ne suis pas sûr. La dernière fois que vous êtes venue ici, vous souvenez-vous d'avoir vu une caisse ou un coffre contre le mur ?

— Seigneur, je n'en ai aucune idée. Il m'a montré les trucs du circuit, les boutons de commande ou je ne sais quoi. Qu'est-ce que vous voyez ? répéta-t-elle.

— Je vais vous le dire dans une minute.

Il s'avança avec appréhension, suivant la traînée de sang jusqu'au long coffre bas.

D'un côté, il ne s'agissait apparemment que d'un très vieux banc coffre. Mais, de l'autre, Gurney n'arrivait pas à s'ôter de la tête l'idée mélodramatique qu'il avait la bonne taille pour un cercueil.

— Bon sang, qu'est-ce que c'est que ça ?

Kim lui avait emboîté le pas et se trouvait maintenant à quelques pas derrière lui. Sa voix n'était plus qu'un murmure.

Gurney se mit la torche entre les dents, pointée vers la caisse. Le Beretta dans la main droite, il leva avec précaution le couvercle de la main gauche.

Pendant un instant, il crut qu'il n'y avait rien à l'intérieur.

Puis il aperçut le couteau, brillant légèrement dans la petite flaque de lumière jaune de la lampe.

Un couteau à éplucher. Même dans la lumière pâle, il pouvait voir que la lame avait été aiguisée au point d'être anormalement fine et tranchante. Au bout, il y avait une minuscule goutte de sang.

CHAPITRE 5

Dans un fouillis d'épines

En dépit des efforts de Gurney pour la convaincre, Kim refusa d'appeler la police.

— Je vous le répète. J'ai déjà appelé. Je ne recommencerai pas. Il ne se passe rien. Pire que rien. Ils viennent à l'appartement, furètent autour des portes et des fenêtres, et me disent qu'il n'y a aucune trace d'effraction. Puis ils demandent si quelqu'un a été blessé, si on a volé des objets précieux, si quoi que ce soit de valeur a été cassé. C'est comme si, le problème ne rentrant pas dans une de ces catégories, il n'y avait pas de problème. La dernière fois, quand j'ai téléphoné pour signaler que j'avais retrouvé le couteau dans la salle de bains, ils ont eu l'air de s'en contrefiche dès qu'ils ont su qu'il m'appartenait – bien que je n'aie cessé de leur répéter que le couteau avait disparu deux semaines plus tôt. Ils ont gratté un peu de sang à côté sur le sol, l'ont emporté et n'ont jamais plus donné de nouvelles. S'ils doivent venir ici pour me faire sentir que je ne suis qu'une bonne femme hystérique leur faisant perdre leur temps, qu'ils aillent se faire voir ! Vous savez ce qu'a fait l'un d'eux la dernière fois ? Il s'est mis à bâiller. Incroyable, il m'a vraiment bâillé sous le nez !

Gurney réfléchit à la chose, à cette sélection que chaque policier urbain affairé opérait intuitivement chaque fois qu'un nouvel incident lui tombait sur le paletot. Tout cela était très relatif – relatif à ce qu'il avait sur la planche, aux autres urgences du mois, de la semaine, de la journée. Il se souvenait d'un coéquipier qu'il avait eu voilà de nombreuses années à la brigade des homicides du NYPD, un type habitant une paisible petite ville de l'ouest du New Jersey, au fin fond de la banlieue. Un jour, il avait apporté le journal local. L'article en première page concernait un bain pour oiseaux qui avait disparu de la cour de quelqu'un. À la même époque, New York connaissait une moyenne de vingt meurtres par semaine – dont la plupart avaient à peine droit à une ligne dans la presse. De fait, tout dépendait du contexte. Et même s'il ne le disait pas à Kim, il comprenait que la découverte du couteau de celle-ci sur le sol de sa salle de bains n'ait pas semblé la fin du monde à un flic s'occupant de viols et d'assassinats.

Mais il comprenait également combien elle était perturbée. D'autant que les actes de l'intrus avaient un caractère manifestement sinistre que lui-même trouvait perturbant. Il lui laissa entendre que ce serait peut-être une bonne idée qu'elle quitte Syracuse, qu'elle aille habiter chez sa mère un moment.

Ce qui eut le don de changer sa colère en fureur.

— Ce sale fils de pute ! s'écria-t-elle d'une voix sifflante. S'il croit qu'il va gagner cette bataille, il ne me connaît pas.

Gurney attendit qu'elle se calme, puis il lui demanda si elle se souvenait du nom des policiers qui avaient répondu à ses coups de fil précédents.

— Encore une fois, je ne les rappellerai pas.

— Je comprends. Mais j'aimerais leur dire quelques mots. Au cas où ils posséderaient des informations dont ils ne vous auraient pas parlé.

— Sur quoi ?

— Robby Meese, par exemple. Qui sait ? Je n'en aurai le cœur net qu'après avoir discuté avec eux.

Les lèvres serrées, Kim plongea son regard sombre dans celui de Gurney.

— Elwood Gates et James Schiff. Gates, c'est le petit, et Schiff le grand. Le même abruti dans deux corps différents.

L'inspecteur James Schiff avait emmené Gurney dans une salle d'interrogatoire libre, à deux couloirs de la réception. Il avait laissé la porte ouverte, n'avait pas apporté de chaise, et n'en avait pas proposé à Gurney non plus. Il se passa les mains sur le visage, s'efforça de réprimer un bâillement puis capitula.

— Longue journée ?

— Vous pouvez le dire. Voilà dix-huit heures d'affilée que je bosse, et il en reste encore six.

— De la paperasse ?

— Exact, multiplié par dix. Voyez-vous, mon vieux, ce service a exactement la mauvaise taille. Juste assez grand pour se ramasser toute la merde bureaucratique de la grande ville et juste assez petit pour qu'il n'y ait nulle part où se cacher. On a fait une descente dans une fumerie de crack la nuit dernière qui s'est révélée attirer un monde fou. Résultat, j'ai une cage pleine de zombies et une autre pleine de putains accros, plus une montagne de sachets de preuve qu'il faut que je finisse d'enregistrer. Alors venons-en au fait. Pourquoi au juste le NYPD s'intéresse-t-il à Kim Corazon ?

— Désolé... je n'ai peut-être pas été assez clair au téléphone. Je suis retraité du NYPD. Je l'ai quitté il y a deux ans et demi.

— *Retraité* ? Non, ça a dû m'échapper. Et qu'est-ce que vous êtes ? Détective privé ?

— Disons plutôt un ami de la famille. La mère de Kim est journaliste ; elle a écrit pas mal d'articles sur les flics. Nos chemins se sont croisés alors que je travaillais encore.

— Donc vous connaissez bien Kim.

— Bien, non. J'essaie de l'aider à réaliser un projet de journalisme, portant sur les meurtres non résolus, mais nous avons eu quelques complications aujourd'hui.

— Écoutez, je n'ai pas beaucoup de temps. Peut-être pourriez-vous être un peu plus précis ?

— La jeune femme est en butte à un désaxé, du genre pas très agréable.

— Vraiment ?

— Vous n'étiez pas au courant ?

Le regard de Schiff s'assombrit.

— Je m'y perds. Pourquoi avons-nous cette conversation ?

— Bonne question. Seriez-vous surpris si je vous disais qu'il y a en ce moment, dans l'appartement de Kim Corazon, de nouvelles preuves d'intrusion illégale et d'actes de vandalisme extrêmement bizarres avec l'intention manifeste d'intimider ?

— Surpris ? Je ne peux pas dire ça. Nous avons déjà exploré cette piste à plusieurs reprises avec Mlle Corazon.

— Et ?

— Beaucoup de nids-de-poule.

— Je ne suis pas sûr de comprendre.

Schiff retira un peu de cire de son oreille et l'expédia par terre d'une chiquenaude.

— Elle vous a dit qui elle tenait pour responsable ?

— Son ex-petit ami, Robby Meese.

— Vous avez parlé à Meese ?

— Non. Et vous ?

— Ouais, je lui ai parlé. (Il consulta à nouveau son téléphone portable.) Bon, je peux vous donner exactement trois minutes. Courtoisie professionnelle. Au fait, vous avez une pièce d'identité sur vous ?

Gurney lui montra sa carte de l'association de bienfaisance de la police et son permis de conduire.

— Très bien, Mister NYPD, voici un bref résumé, de façon non officielle. En fait, la version de Meese semble aussi valable que la sienne. Chacun d'eux affirme que l'autre est agressif, instable, réagit mal à leur rupture. Elle prétend qu'il s'est introduit trois ou quatre fois dans son appartement. Toutes sortes d'idioties ridicules : il aurait dévissé des boutons de porte, déplacé des objets, planqué des trucs, volé des couteaux qu'il aurait ensuite remis en place...

Gurney l'interrompit.

— Vous voulez dire, posé un couteau par terre dans sa salle de bains à côté d'une tache de sang. Ce n'est pas ce que j'appellerais le remettre en place. Je ne vois pas comment vous pouvez ignorer...

— Ho ! Personne n'a rien ignoré. Les actes initiaux, les boutons de porte et autres stupidités – tout ça a été traité par une patrouille en uniforme. Est-ce qu'on s'est empressé de saupoudrer les boutons desserrés pour y chercher des empreintes ? Il aurait fallu être cinglé pour faire ça. On vit dans une vraie ville, ici, avec de vrais problèmes. Mais les procédures ont été respectées. Les rapports d'incident figurent dans le dossier. La plainte ultérieure relative à du sang nous a été remise par une patrouille. Je suis allé là-bas avec mon coéquipier ; on a envoyé au labo des échantillons, le couteau pour les empreintes, etc. Il s'est avéré que les seules empreintes sur le couteau étaient celles de Mlle Corazon. La minuscule tache de sang sur le sol était du sang de bœuf. Vous savez ? Comme du bifteck.

— Vous avez interrogé Meese ?

— Bien sûr que nous l'avons interrogé.

— Et ?

— Il ne reconnaît rien, et il n'existe aucune preuve de son implication. Il s'en tient à son histoire, comme quoi Corazon est une garce vindicative qui essaie de lui attirer des ennuis.

— Et ici, quelle est la théorie actuelle ? demanda Gurney, incrédule. Que Kim est suffisamment folle pour avoir commis ces actes elle-même ? Dans le but d'en imputer la faute à son ex-petit ami ?

Le regard de Schiff sembla dire qu'il était tout à fait prêt à le croire. Puis il haussa les épaules.

— Ou alors il s'agit d'un tiers, pour des raisons qui restent à découvrir. (Il regarda son téléphone portable pour la troisième fois.) Il faut que j'y aille. C'est incroyable ce que le temps passe vite quand on s'amuse.

Il commença à se diriger vers la porte ouverte de la salle d'interrogatoire.

— Comme se fait-il qu'il n'y ait pas de caméras ? demanda Gurney.

— Vous pouvez répéter ?

— La réponse évidente à des plaintes pour violation de domicile et vandalisme serait d'installer des caméras de sécurité sur les lieux.

— C'est ce que j'ai fortement conseillé à Mlle Corazon. Elle a refusé. A qualifié ça d'ingérence intolérable dans sa vie privée.

— Je suis surpris qu'elle ait réagi de cette façon.

— Sauf si ses plaintes ne sont que de la foutaise et qu'une caméra le prouverait.

Ils retournèrent à la réception, passèrent devant le sergent de permanence, s'approchèrent de la porte principale. Au moment où Gurney s'apprêtait à sortir, Schiff l'arrêta.

— Vous n'avez pas dit il y a quelques minutes que vous aviez découvert dans son appartement de nouveaux indices que je devrais connaître ?

— En effet.

— Eh bien. Qu'est-ce que c'est ?

— Vous tenez vraiment à le savoir ?

Une lueur de colère brilla dans les yeux de Schiff.

— Ouais, j'aimerais le savoir.

— Il y a des gouttes de sang menant de la cuisine à un coffre au sous-sol. Et un petit couteau aiguisé dans le coffre. Mais ce n'est peut-être pas grand-chose, hein ? Peut-être que Kim a pressé le jus d'un bifteck qu'elle a répandu goutte à goutte dans l'escalier. Peut-être qu'elle devient plus cinglée et plus vindicative de minute en minute.

Le trajet de retour de Gurney ne fut pas des plus agréable. Il n'arrêtait pas d'entendre l'écho de ses pointes sarcastiques à Schiff. Plus il les retournait dans sa tête et plus elles lui paraissaient suivre un schéma – celui de cette petite agressivité mesquine qui dominait ses pensées et son comportement depuis qu'il avait été blessé.

Il avait toujours eu pour habitude de mettre en cause la croyance dominante dans toute situation, et un talent pour détecter les incohérences. Mais il prenait lentement conscience que quelque chose d'autre se passait en lui, quelque chose de moins objectif. Son penchant intellectuel à examiner la logique de chaque opinion, chaque conclusion, s'était imprégné d'hostilité – une hostilité allant d'une humeur grincheuse à un sentiment frisant la rage. Il était devenu de plus en plus isolé, de plus en plus sur la défensive, de plus en plus fermé à toute idée autre que la sienne. Et il était convaincu que tout avait commencé six mois plus tôt avec les trois balles qui avaient bien failli le tuer. L'objectivité, avantage qu'il tenait autrefois pour acquis, était à présent une qualité pour laquelle il lui fallait se battre. Mais il savait que ça en valait la peine. Sans objectivité, il n'avait rien.

Un thérapeute lui avait dit il y a longtemps : « Chaque fois que vous êtes troublé, essayez d'identifier la peur derrière le trouble. La cause est presque toujours la peur, et à moins d'y faire face, nous avons tendance à agir de manière inadéquate. » À ce moment, prenant calmement du recul, Gurney se demanda de quoi il avait peur. La question l'occupa pendant la plus grande partie du trajet restant. La réponse la plus claire qui lui vint à l'esprit était aussi la plus embarrassante.

Il avait peur de se tromper.

Il se gara à côté de la voiture de Madeleine, près de la porte latérale de la ferme. L'air de la montagne était froid. Il entra, accrocha sa veste dans le cellier, continua jusque dans la cuisine et lança : « Je suis rentré. » Pas de réponse. Il régnait dans la maison un silence indéfinissable – cette sensation de vide bizarre qu'elle dégageait quand Madeleine était sortie.

Il se rendait aux toilettes quand il se souvint qu'il avait oublié d'apporter le dossier de Kim. Il ressortit, mais il n'avait pas atteint la voiture que quelque chose de vif et de rouge à droite de l'aire de stationnement attira son attention. Cela se trouvait au milieu du parterre surélevé où Madeleine avait planté des fleurs l'année précédente – d'où son impression première, à savoir qu'il s'agissait d'une espèce de fleur rouge au sommet d'une tige droite. Au bout d'un instant, il songea que la période de l'année rendait toute fleur improbable. Cependant, lorsqu'il arriva devant le parterre et qu'il comprit ce qu'il avait sous les yeux, la vérité ne lui parut pas avoir plus de sens qu'une rose en pleine floraison.

La tige droite était la hampe d'une flèche. La flèche se trouvait enfoncée pointe en bas dans la terre meuble et humide, et la « fleur » était l'empennage à l'extrémité entaillée : trois demi-plumes écarlates scintillant dans le soleil oblique.

Gurley la contempla avec étonnement. Était-ce Madeleine qui l'avait mise là ? Dans ce cas, où l'avait-elle dénichée ? L'utilisait-elle comme une sorte de repère ? Elle avait l'air neuve, intacte, de sorte qu'elle n'avait pas pu passer tout l'hiver sous la neige. Si

Madeleine ne l'avait pas mise là, qui d'autre ? Se pouvait-il qu'elle n'ait pas été « mise là » du tout, mais envoyée avec un arc ? Toutefois, pour qu'elle se plante ainsi, presque droite, il aurait fallu qu'elle soit tirée dans les airs quasiment à la verticale. Quand ? Pourquoi ? Par qui ? D'où ?

Il s'approcha, saisit la hampe à quelques centimètres du sol et la retira lentement. Elle se terminait par une pointe à tête large présentant quatre pans aiguisés comme des rasoirs – ce qui en faisait le genre de flèche avec laquelle un chasseur équipé d'un arc robuste pouvait transpercer un cerf. Tout en examinant le projectile meurtrier, il se dit que tomber le même jour sur deux armes blanches posant des questions troublantes représentait une coïncidence des plus improbable.

Bien sûr, Madeleine devait avoir une explication simple pour la flèche. Il l'emporta dans la maison, jusqu'à l'évier de la cuisine, la nettoya sous l'eau courante. La pointe semblait être en acier carbone, assez tranchante pour se raser avec. Ce qui le fit repenser au couteau dans le sous-sol de Kim. Lequel lui rappela que le dossier de celle-ci était toujours dans la voiture. Il posa avec précaution la flèche sur le buffet en pin et traversa le petit couloir en direction du cellier.

Comme il ouvrait la porte, il se trouva nez à nez avec Madeleine, arborant un de ses surprenants mélanges de couleurs : pantalon de jogging rose, polaire lavande et casquette de baseball orange. Légèrement hors d'haleine, elle avait cet air réjoui qu'elle avait toujours quand elle revenait d'une promenade dans les collines. Il s'effaça pour la laisser entrer.

— C'est siiii beau ! s'exclama-t-elle avec un grand sourire. Est-ce que tu as vu cette lumière incroyable sur la montagne ? Avec ce rouge des bourgeons… Tu l'as remarquée ?

— Quels bourgeons ?

— Tu ne l'as pas vue ? Oh, allons, viens. (Elle le prit par le bras pour l'emmener dehors, désigna joyeusement les arbres au-delà du pré.) Elle n'apparaît qu'au début du printemps – cette touche de rose dans les érables.

Gurney vit de quoi elle parlait, mais ne partagea pas son euphorie. Au lieu de ça, la légère tache de couleur sur le fond brun-gris du paysage fit surgir un vieux souvenir – un souvenir qui le remplit de dégoût : de l'eau brunâtre dans un fossé au bord d'une voie de service abandonnée derrière l'aéroport de La Guardia, une vague ombre rougeâtre dans l'eau fétide. La teinte suintait d'un cadavre criblé de balles sous la surface.

Elle le regarda avec inquiétude.

— Ça va ?

— Fatigué, c'est tout.

— Tu veux du café ?

— Non, répondit-il sèchement, sans savoir pourquoi.

— Rentre, dit-elle, retirant polaire et casquette et les accrochant dans le cellier.

Il la suivit dans la cuisine. Elle alla à l'évier, ouvrit le robinet.

— Comment s'est passé ton voyage à Syracuse ?

Il lui vint à l'esprit que ce fichu dossier bleu se trouvait toujours dans sa voiture.

— Avec l'eau qui coule, je ne t'entends pas.

Cela faisait... quoi ? Trois fois qu'il oubliait de le rapporter ? *Trois fois au cours des dernières dix minutes ? Bon Dieu !*

Elle remplit un verre et ferma le robinet.

— Je t'ai demandé comment s'était passé ton voyage à Syracuse.

Il poussa un soupir.

— De façon assez bizarre. Syracuse est une ville sinistre. Attends... Je vais te raconter dans une minute.

Il alla à la voiture et revint cette fois avec l'objet.

Madeleine avait l'air perplexe.

— J'ai entendu dire qu'il y avait de très vieux quartiers. Peut-être pas dans la partie où tu étais ?

— Oui et non. De jolis quartiers anciens entrecoupés de quartiers de cauchemar.

Elle regarda le dossier qu'il avait à la main.

— C'est le projet de Kim ?

— Pardon ? Ah, oui. (Il chercha autour de lui une place où le poser et aperçut la flèche sur le buffet, à l'endroit où il l'avait laissée. Il la lui montra du doigt.) Qu'est-ce que tu sais à propos de ça ?

— Ça ? (Elle s'approcha, examina la flèche sans y toucher.) C'est le truc que j'ai vu dehors ?

— Quand l'as-tu vu ?

— Je ne me rappelle plus. Au moment où je suis sortie. Il y a une heure ?

— C'est tout ce que tu sais ?

— Seulement qu'elle était enfoncée dans la plate-bande. J'ai cru que c'est toi qui l'y avais mise. (Il y eut un long silence tandis qu'il regardait fixement la flèche et qu'elle le dévisageait.) Quelqu'un qui chasse par ici, d'après toi ? demanda-t-elle, plissant les yeux.

— Ce n'est pas la saison de la chasse.

— Peut-être un ivrogne persuadé du contraire.

— Perspective peu rassurante.

Elle lança un regard furieux à la flèche puis haussa les épaules.

— Tu as l'air épuisé. Viens t'asseoir. (Elle indiqua la table près de la porte-fenêtre.) Parle-moi de ta journée.

Lorsqu'il eut raconté tout ce dont il se souvenait, y compris la demande de Kim de l'engager pour aller avec elle à deux rendez-vous le lendemain, il scruta le visage de Madeleine, en quête d'une réaction. Mais au lieu de faire des commentaires sur son récit, elle changea de sujet.

— J'ai eu une journée assez éprouvante, moi aussi.

En même temps, elle se pencha en avant, les coudes sur la table, et joignit ses paumes, le menton appuyé sur ses pouces. Puis elle ferma les yeux, et pendant ce qui parut une éternité, elle ne dit rien.

— Tu te souviens de ce mathématicien dont je t'ai parlé ?

— Vaguement.

— Le prof de maths, qui était un client de la clinique ?

— Oui, en effet.

— À l'origine on nous l'avait adressé à la suite d'une seconde inculpation pour état d'ivresse. Problèmes de carrière ayant abouti à plus de carrière du tout, divorce difficile, éloignement d'avec ses enfants, démêlés avec les voisins. Idées noires, troubles du sommeil, obsédé par les aspects négatifs de chaque situation dans laquelle il était impliqué. Esprit brillant, mais enfermé dans une spirale dépressive. Il venait à trois séances de thérapie de groupe par semaine, plus une séance individuelle. En général, il se montrait disposé à parler. Ou je devrais plutôt dire à se plaindre, à accuser tout le monde d'être responsable de ses malheurs. Mais il ne voulait jamais rien *faire*. Même pas sortir de chez lui, à moins d'y être forcé par une décision judiciaire. Refusait de prendre des antidépresseurs parce qu'il lui aurait fallu admettre que sa propre alchimie mentale faisait partie intégrante de ses nombreux problèmes. C'est presque comique. Il était bien décidé à tout faire à sa façon, et sa façon était de ne rien faire du tout.

Elle sourit tristement et se mit à regarder par la fenêtre.

— Qu'est-il arrivé ?

— Il s'est tiré une balle la nuit dernière.

Pendant un long moment, ils restèrent assis en silence à la table, observant les collines depuis leur siège respectif. Gurney se sentait étrangement déconnecté du temps et du lieu.

— Alors comme ça, déclara-t-elle en se tournant à nouveau vers lui, la petite jeune fille veut t'engager. Et tout ce que tu auras à faire, c'est l'accompagner et lui dire ce que tu penses de la manière dont elle s'y prend.

— C'est ce qu'elle prétend.

— Et tu te demandes s'il n'y a pas autre chose ?

— Si je me base sur la journée d'aujourd'hui, il pourrait bien y avoir quelques virages cachés.

Elle fixa sur lui un de ces longs regards songeurs comme si elle explorait son âme. Puis, avec un effort manifeste, elle se composa un sourire radieux.

— Avec toi sur le coup, j'imagine qu'ils ne resteront pas cachés longtemps.

CHAPITRE 6

Méandres

LE SOIR, ILS DÎNÈRENT TRANQUILLEMENT d'une soupe de patates douces et d'une salade d'épinards. Ensuite, Madeleine fit un petit feu dans le vieux poêle à l'autre bout de la pièce avant de s'installer dans son fauteuil favori avec un livre – *Guerre et Paix*, ouvrage qu'elle lisait à ses moments perdus depuis près d'un an.

Il nota qu'elle n'avait pas pris la peine de mettre ses lunettes de lecture et que le livre reposait, fermé, sur ses genoux. Il éprouva le besoin de dire quelque chose.

— Quand as-tu su au sujet… ?

— Du suicide ? En fin de matinée.

— Quelqu'un t'a téléphoné ?

— La directrice. Elle tenait à ce que tous ceux qui avaient été en contact avec lui se réunissent. Soi-disant pour échanger des informations, absorber le choc ensemble. Des sornettes, naturellement. En réalité, il s'agissait uniquement de se couvrir, de limiter les dégâts, appelle ça comme tu veux.

— Combien de temps a duré cette réunion ?

— Je ne sais pas. Qu'est-ce que ça change ?

Il ne répondit pas, n'avait pas vraiment de réponse, ne savait même pas pourquoi il avait posé la question. Elle ouvrit le livre, apparemment au hasard, baissa les yeux.

Au bout de quelques minutes, Gurney alla prendre le dossier de Kim sur le buffet et le posa sur la table. Il passa les parties intitulées « Concept » et « Vue d'ensemble du documentaire », feuilleta rapidement « Style et méthodologie », ne s'arrêtant que pour lire plus attentivement une phrase que Kim avait soulignée : Les interviews porteront sur les conséquences durables des meurtres, examinant en profondeur toutes les façons dont la vie des familles a été affectée.

Il parcourut en diagonale plusieurs autres parties, ralentissant lorsqu'il arriva à celle qui avait pour titre : « Coordonnées des contacts et statuts ». Elle reprenait l'ordre des six agressions commises par le Bon Berger. Les informations remplissaient une feuille de calcul, avec des colonnes sous trois rubriques : Victimes des attaques, Membres de la famille disponibles, Attitude actuelle à l'égard d'une participation.

Il considéra la liste des victimes : Bruno et Carmella Mellani, Carl Rotker, Ian Sterne, Sharon Stone, Dr James Brewster, Harold Blum. Après le nom de Carmella Mellani, il y avait un astérisque avec une note correspondante précisant : « A survécu à un grave traumatisme crânien lors de l'attaque, demeure dans un état végétatif persistant. »

Il sauta la deuxième colonne, qui donnait une liste détaillée des membres des familles (avec leur adresse, leur situation, leur âge et leur description physique), et jeta un coup d'œil aux résumés de leur « attitude actuelle » figurant dans la troisième colonne.

La veuve de Harold Blum était, lisait-on, « totalement coopérative, reconnaissante de l'intérêt manifesté, très émotive, pleure encore lors des discussions sur le sujet ».

Le fils du Dr Brewster était décrit comme « injurieux envers la mémoire de son père, ouvertement en accord avec la philosophie de la LDI, obsédé par le fléau du matérialisme ».

Le fils d'Ian Sterne, entrepreneur dentaire, était pour sa part « discret, réticent à participer, préoccupé par les effets psychologiques déstabilisants du projet, sceptique quant aux intentions de RAM-TV, critique par rapport au sensationnalisme implacable avec lequel ils avaient couvert les fusillades à l'origine.

Le fils de la courtière en immobilier Sharon Stone « manifestait un grand enthousiasme pour le projet, parlait avec empressement des qualités de sa mère, de l'horreur provoquée par sa mort, des effets dévastateurs sur sa propre vie, de l'injustice intolérable due au fait que l'assassin s'en soit tiré ».

Il y avait d'autres proches et d'autres descriptions, suivies de la transcription de deux entretiens – avec Jimi Brewster et Ruth Blum – et d'une copie de vingt pages de la « Déclaration d'intention » du Bon Berger. Alors que Gurney s'apprêtait à mettre le dossier de côté, il s'aperçut qu'il y avait une page finale qui n'avait pas été répertoriée dans la table des matières – page intitulée : « Contacts pour informations de base ».

Trois noms y étaient inscrits, avec une adresse électronique et un numéro de téléphone pour chacun : Matthew Trout, agent spécial du FBI, Max Clinter, (ancien) enquêteur principal de la NYSP, et Jack Hardwick, enquêteur principal de la NYSP.

Il regarda avec étonnement le troisième nom. Jack Hardwick était un inspecteur particulièrement futé, et décapant, avec qui il entretenait une relation complexe, ayant croisé son chemin dans des circonstances bizarres et tumultueuses.

Gurney se dirigea vers le téléphone pour appeler Kim. Il souhaitait discuter avec Hardwick, mais, auparavant, il voulait savoir pourquoi elle l'avait cité comme source d'information.

Elle répondit immédiatement.

— Dave ?

— Oui.

— J'allais justement vous appeler. (Elle avait l'air plus tendue que contente.) Votre conversation avec Schiff a provoqué du remue-ménage.

— Comment ça ?

— Il est venu à l'appartement, juste après que vous lui avez parlé, je suppose. Il voulait voir tout ce que vous avez mentionné. Il semblait furieux que j'aie lavé le sol de la cuisine, mais tant pis, hein ? Comment aurais-je pu deviner qu'il se pointerait ? Il m'a prévenue qu'un spécialiste de la collecte d'indices reviendrait ce soir pour examiner le sous-sol. Heureusement que je n'ai pas eu le courage de descendre et de nettoyer l'escalier. Bon Dieu, j'en ai la chair de poule rien que d'y penser ! Et il insiste pour truffer l'appartement de ces abominables petites caméras espions.

— Est-il vrai que vous avez refusé précédemment ?

— C'est ce qu'il a dit ?

— Oui, et aussi qu'il a demandé des tests de laboratoire pour la tache de sang dans la salle de bains.

— Et alors ?

— À vous entendre, j'avais l'impression qu'il n'avait pas fait grand-chose.

Elle marqua un temps d'arrêt avant de répondre.

— Ce n'est pas tant ce qu'il a fait ou pas. Le problème, c'était son *attitude*. Il a été imbuvable. Il s'en foutait royalement.

Cette réponse ne réglait pas tout à fait la question dans l'esprit de Gurney, mais il préféra laisser tomber – pour le moment, du moins.

— Kim, j'ai sous les yeux les sources de base qui figurent à la dernière page de votre document – et notamment un inspecteur du nom de Hardwick. Comment se fait-il qu'il soit mêlé à ça ?

— Vous le connaissez ?

Elle paraissait sur ses gardes.

— Oui.

— Eh bien… quand j'ai commencé à me documenter sur l'affaire du Bon Berger il y a quelques mois, j'ai rassemblé les noms des membres de la police mentionnés dans les rapports de l'époque. Une des premières fusillades a eu lieu dans le secteur de Hardwick, et il a été l'un des investigateurs de la police de l'État à s'occuper temporairement de l'enquête.

— Temporairement ?

— Tout a changé après le troisième week-end, si je me rappelle bien, lorsqu'une des agressions a eu lieu de l'autre côté des frontières de l'État, dans le Massachusetts. Le FBI a alors pris le relais.

— L'agent spécial Matthew Trout ?

— Ouais, Trout. Une espèce de maniaque de l'autorité.

— Vous lui avez parlé ?

— Il m'a dit de relire les communiqués à la presse émis par le FBI à ce moment-là. Puis il m'a priée de soumettre mes questions par écrit. Après quoi il a refusé d'y répondre. Si vous appelez ça lui parler, alors je présume que oui. Sale bureaucrate !

Gurney sourit en lui-même. *Bienvenue au FBI.*

— Mais Hardwick, lui, a accepté de vous parler ?

— Pas au début… jusqu'à ce qu'il s'aperçoive que Trout essayait de contrôler la circulation de l'information. Il a ensuite paru ravi de faire tout ce qui pouvait embêter Trout.

— Du Jack tout craché. Il prétendait que l'abréviation FBI signifiait Foutue Bande d'Idiots.

— Il continue.

— Alors pourquoi mettre Trout dans votre liste s'il ne veut pas vous fournir de renseignements ?

— C'est surtout pour RAM-TV. Trout refuse peut-être de me parler, mais Rudy Getz, c'est une autre affaire. Vous seriez surpris du nombre de gens qui le rappellent. Et à quelle vitesse.

— Intéressant. Et le troisième nom : Max Clinter ?

— Max Clinter. Eh bien. Par où commencer ? Vous savez quelque chose à son sujet ?

— Le nom m'est vaguement familier, rien de plus.

— Clinter est le policier qui s'est retrouvé coincé, alors qu'il n'était pas de service, dans la dernière attaque du Bon Berger.

Les comptes rendus des tabloïdes lui revinrent en mémoire.

— Ce n'est pas le type avec une étudiante en art dans sa voiture… complètement ivre… qui a tiré par la vitre… pris un motard en écharpe… et qui a été tenu pour responsable de la fuite du Bon Berger ?

— Oui.

— C'est une de vos sources ?

— Je prends qui et ce que je peux, dit-elle, sur la défensive. Le problème, c'est que presque tous ceux qui ont participé à l'affaire soumettent les questions à Trout – ce qui veut dire qu'elles tombent dans un trou noir.

— Eh bien, qu'avez-vous réussi à tirer de Clinter ?

— Pas facile de répondre à ça. C'est un type étrange. Qui passe son temps à cogiter. Je ne suis pas sûre de tout comprendre. On pourrait peut-être en discuter demain dans la voiture ? Je n'avais pas conscience qu'il était si tard, et je dois prendre une douche.

Gurney ne la croyait pas, mais il n'éleva aucune objection. Il avait hâte de parler à Jack Hardwick.

L'appel atterrit dans sa boîte vocale. Il laissa un message.

L'obscurité tombait rapidement. Plutôt que d'allumer dans le bureau, il emporta le dossier du projet de Kim jusqu'à la table de la cuisine. Madeleine était toujours assise dans son fauteuil, près du poêle qui clignotait, au bout de la pièce. *Guerre et Paix* était passé de ses genoux à la table basse devant elle, et elle était en train de tricoter.

— Eh bien, as-tu découvert d'où venait cette flèche ? demanda-t-elle sans lever les yeux.

Il regarda en direction du buffet la hampe en graphite noire et son empennage rouge. Ce qui le mit mal à l'aise.

Puis, comme si ce sentiment avait réveillé un souvenir, il se rappela un incident survenu dans l'appartement du Bronx où il avait passé son enfance. Il avait treize ans. Il faisait noir dehors. Son père travaillait tard ou il était sorti boire. Sa mère était à une de ses leçons de danse de salon dans un studio de Manhattan – une passion dévorante qui avait remplacé son engouement pour la peinture à doigts. Dans sa chambre, sa grand-mère égrenait son chapelet en marmonnant. Lui se trouvait dans la chambre de sa mère – dont elle avait la jouissance exclusive depuis que son père s'était mis à dormir sur le canapé du salon et rangeait ses vêtements dans un des placards de l'entrée.

Il avait ouvert une des deux fenêtres. L'air froid sentait la neige. Il avait un arc en bois – un vrai, pas un jouet. Qu'il avait acheté en économisant deux ans d'argent de poche. Il rêvait d'aller chasser un jour avec dans une forêt loin du Bronx. Il se tenait devant la fenêtre grande ouverte, l'air froid se déversant sur lui. Il cala une flèche aux plumes écarlates sur la corde et, pris d'une étrange exaltation, il leva l'arc vers le ciel noir au-delà de la fenêtre de la chambre du cinquième étage, tira la corde en arrière et fit voler la flèche dans la nuit. Une peur soudaine lui serrant l'estomac, il épia l'impact – un claquement sec sur le toit d'un des immeubles moins hauts du voisinage, un tintement métallique sur le toit d'une voiture en stationnement ou encore un son aigu sur un trottoir –, mais il n'entendit rien. Rien du tout.

Ce silence inattendu commença à le terrifier.

Il se dit qu'une flèche aiguisée pouvait probablement toucher une personne sans faire de bruit.

Il passa le reste de la nuit à réfléchir aux conséquences possibles. Et ces conséquences l'épouvantaient. Mais l'effet durable, le bout d'expérience inassimilable, ce qui le hantait encore maintenant, trente-cinq ans après, c'était la question à laquelle il n'avait jamais été capable de répondre : pourquoi ?

Pourquoi avait-il agi ainsi ? Quelle force s'était emparée de lui pour qu'il fasse quelque chose d'aussi irresponsable à l'évidence, ne pouvant rien lui rapporter et présentant tant de risques inutiles ?

Gurney regarda à nouveau le buffet et fut frappé par l'étrange parallèle entre ces deux mystères : la flèche qu'il avait tirée depuis la fenêtre de la chambre de sa mère, pour un motif et avec un résultat inconnus, et celle qui avait atterri dans le jardin de sa femme, pour un motif et depuis un endroit inconnus. Il secoua la tête, comme pour en chasser un brouillard intérieur. Il était temps de passer à un autre sujet.

Comme par hasard, son portable se mit à sonner. C'était Connie Clarke.

— Je voulais ajouter une chose – une chose que je n'ai pas mentionnée ce matin.

— Ah ?

— Je ne l'ai pas laissée de côté à dessein. C'est juste un de ces vagues éléments qui semblent parfois liés à la situation.

— Oui ?

— Je suppose qu'il s'agit plus d'une coïncidence que d'autre chose. Les meurtres du Bon Berger se sont tous produits il y a exactement dix ans, n'est-ce pas ? Eh bien, c'est aussi l'époque où le père de Kim a disparu de la circulation. Nous étions divorcés depuis deux ans, et il n'arrêtait pas de répéter qu'il avait envie de parcourir le monde. Je ne pensais pas qu'il le ferait vraiment – encore qu'il pouvait se montrer extrêmement impulsif et irresponsable, ce qui est une des raisons pour lesquelles j'ai divorcé –, puis un beau jour il nous a laissé un message téléphonique disant que le moment était venu, que c'était maintenant ou jamais. Absurde. Mais c'est ainsi. La première semaine de printemps, il y a dix ans. Nous n'avons plus jamais eu de ses nouvelles. Vous vous rendez compte ? Un sale égoïste sans cervelle ! Kim en a été anéantie. D'autant qu'elle avait déjà subi le divorce deux ans plus tôt. *Littéralement anéantie.*

— La date vous paraît avoir une signification ?

— Non, non, je ne prétends nullement qu'il y ait un rapport entre l'affaire du Bon Berger et la disparition d'Emilio. Comment serait-ce possible ? Simplement, les deux événements ont eu lieu le même mois : mars 2000. Peut-être que si Kim éprouve une telle compassion à l'égard de ces familles ayant perdu un proche, c'est en partie parce qu'elle a perdu son propre père à la même période.

Gurney comprenait maintenant.

— Et qu'il est impossible de clore l'histoire là non plus…

— Oui. Les meurtres du Bon Berger n'ont pas été résolus parce qu'on n'a jamais attrapé le coupable. Et Kim n'a jamais réussi à se remettre de la disparition de son père parce qu'il se pourrait bien qu'elle ne sache jamais ce qui lui est vraiment arrivé. Quand elle parle des familles de victimes de meurtres en proie à une souffrance omniprésente, je pense qu'elle parle d'elle.

Après sa conversation avec Connie, Gurney resta assis à la table un long moment, s'efforçant de peser les implications du départ d'Emilio Corazon dans la vie de Kim.

Il prit peu à peu conscience du cliquetis doux et régulier des aiguilles de Madeleine. Elle se tenait dans un cercle de lumière jaune, une pelote de laine vert pâle à côté d'elle dans le fauteuil, un pull vert pâle se formant sur ses genoux.

Il ouvrit le dossier bleu à la partie consacrée à la « Déclaration d'intention » du Bon Berger. Sur une première page fournissant des informations contextuelles, quelqu'un, sans doute Kim, avait indiqué que le document original avait été expédié par courrier express dans une enveloppe en papier kraft de format 21 × 29,7, adressée au « Directeur de la police de New York, Bureau des enquêtes criminelles ». La date de distribution était le 22 mars 2000 – le mercredi après le week-end des deux premières fusillades.

Tournant la page, Gurney se mit à lire la déclaration proprement dite. Elle commençait de façon abrupte, par un exposé sommaire composé de phrases numérotées.

> *1. Si l'amour de l'argent, que l'on nomme la cupidité, représente la cause de tous les maux, il s'ensuit que le plus grand bien serait atteint par son éradication. 2. Dans la mesure où la cupidité n'existe pas en soi, mais chez les êtres humains qui en usent, le seul moyen d'éradiquer la cupidité est donc d'éradiquer ses adeptes. 3. Le Bon Berger trie le troupeau, sépare les brebis malades des brebis en bonne santé parce qu'il est bon d'empêcher que l'infection se propage. Il est bon de protéger les animaux sains des animaux malades. 4. Bien que la patience soit une vertu, ce n'est pas un péché de perdre patience avec la cupidité. Ce n'est pas un péché de prendre les armes contre les loups qui dévorent les enfants. 5. Ceci est notre déclaration de guerre aux vains adeptes de la cupidité, aux pickpockets se qualifiant de banquiers, à la pourriture en limousine, à la vermine en Mercedes. 6. Nous voulons libérer la terre de cette ultime contagion, de chacun des porteurs de cette maladie, remplaçant le silence de la passivité par le fracas de crânes explosant jusqu'à ce que la terre soit propre, le fracas de crânes explosant jusqu'à ce que le troupeau ait été trié, le fracas de crânes explosant jusqu'à ce que la racine de tout le mal soit morte et qu'elle ait disparu de la terre.*

Les dix-neuf pages suivantes revenaient en détail sur cette idée, le manifeste oscillant entre prophétie et didactisme. Les aspects rationnels de l'argumentation reposaient sur un grand nombre de données relatives à la répartition des richesses – données censées démontrer l'injustice de la structure économique des États-Unis –, que venaient compléter des analyses statistiques montrant que le pays sombrait dans une économie tiers-mondiste des extrêmes, où une richesse énorme se trouvait concentrée au sommet, où la pauvreté augmentait et où la classe moyenne se réduisait à vue d'œil.

La partie principale se terminait ainsi :

> *Cette injustice flagrante et grandissante est dictée par la cupidité des puissants et par le pouvoir des cupides. De surcroît, le contrôle exercé par cette classe infâme et vorace sur les médias – principale source d'influence dans la société – est quasiment absolu. Les canaux de communication (canaux qui, dans des mains indépendantes, pourraient être des vecteurs de changement) sont possédés, dirigés et contaminés par des méga-entreprises et par des particuliers milliardaires dont les intérêts découlent de la virulence de la cupidité. Telle est la situation désespérée qui nous conduit à la conclusion inéluctable qui est la nôtre, à notre résolution sans équivoque et à notre action directe.*

Le document était signé : « Le Bon Berger ».

Dans une note séparée, attachée à la dernière page, l'auteur avait inclus des informations sur le moment et le lieu précis des deux agressions précédentes.

N'ayant pas encore été rendus publics, ces faits donnaient du poids à la prétention de l'auteur d'être l'assassin. Un post-scriptum à cette note indiquait que des copies de la totalité du document avaient été adressées simultanément à une longue liste d'organes de presse locaux et nationaux.

Gurney parcourut à nouveau l'ensemble. Lorsqu'il posa le dossier une demi-heure plus tard, il comprenait pourquoi l'affaire avait acquis son statut emblématique dans le domaine de la criminologie – et pourquoi elle avait détrôné l'affaire Unabomber comme cas d'école s'agissant de meurtres à mission sociétale.

Le document était plus clair et moins digressif que le manifeste d'Unabomber. Le lien logique entre le problème posé et la solution meurtrière plus direct que les lettres piégées de Ted Kaczynski à des victimes dont le rapport avec la question était pour le moins discutable.

Le Bon Berger avait parfaitement résumé son approche dans les deux premiers points de sa lettre : « 1. Si l'amour de l'argent, que l'on nomme la cupidité, représente la cause de tous les maux, il s'ensuit que le plus grand bien serait atteint par son éradication. 2. Dans la mesure où la cupidité n'existe pas en soi, mais chez les êtres humains qui en usent, le seul moyen d'éradiquer la cupidité est donc d'éradiquer ses adeptes. »

Quoi de plus direct que ça ?

Et les fusillades meurtrières du Bon Berger étaient mémorables en soi. Elles possédaient tous les ingrédients d'une pièce de théâtre captivante : un lieu simple, un laps de temps concentré, un suspense haletant, une menace bien réelle, une attaque spectaculaire contre la richesse et les privilèges, des victimes aisément définies, des moments de confrontation horribles. Elle avait l'étoffe d'une légende et trouvait tout naturellement sa place dans l'esprit des gens. En fait, elle en trouvait au moins deux : pour ceux qui se sentaient menacés par une offensive contre la richesse, le Bon Berger était l'incarnation du révolutionnaire lanceur de bombes, déterminé à saper les fondements de la plus importante organisation sociale de l'histoire. Pour ceux qui considéraient les riches comme des porcs, le Bon Berger était un idéaliste, un Robin des Bois corrigeant la pire injustice d'un monde injuste.

Que l'affaire soit devenue la coqueluche des cours de psychologie et de criminologie n'avait rien d'étonnant. Les professeurs la présentaient avec plaisir parce qu'elle permettait d'établir les éléments qu'ils désiraient faire valoir concernant un certain type d'assassin et – chance rare dans les sciences humaines – qu'elle les établissait sans ambiguïté. Les étudiants étaient ravis d'en entendre parler parce que, comme beaucoup d'histoires d'horreur pure et simple, elle était monstrueusement divertissante. Même la fuite de l'assassin dans la nuit devenait un avantage, conférant à l'affaire une actualité permanente qui donnait le frisson.

Comme Gurney refermait le dossier, réfléchissant à la puissance naturelle de l'exposé des faits, il éprouvait des sentiments mitigés.

— Un problème ?

Il leva les yeux, vit Madeleine qui le regardait de l'autre bout de la pièce, ses aiguilles à tricoter posées sur ses genoux.

Il secoua la tête.

— Mon irritabilité naturelle, probablement.

Elle continuait à le regarder. Il savait qu'elle attendait une meilleure réponse.

— Le documentaire de Kim porte entièrement sur l'affaire du Bon Berger.

Madeleine fronça les sourcils.

— Est-ce que ça n'a pas déjà été fait et refait ? À l'époque, on ne parlait plus que de ça à la télévision.

— Elle a son propre angle d'attaque. À l'époque, il n'était question que du manifeste, de la chasse au coupable, des hypothèses sur ses origines, son niveau d'études, de l'endroit où il pouvait bien se cacher, de la violence en Amérique, du laxisme des lois sur les armes, etc., etc. Mais Kim laisse tout cela de côté pour se concentrer sur les dommages permanents occasionnés aux familles des victimes – comment leur vie a changé.

Madeleine sembla intéressée, puis elle fronça à nouveau les sourcils.

— Eh bien, quel est le problème ?

— Rien que je puisse définir avec précision. C'est peut-être seulement moi. Comme j'ai dit, je ne suis pas de très bonne humeur.

CHAPITRE 7

Achab, le chasseur de baleines

LE LENDEMAIN MATIN, IL FAISAIT un temps froid et couvert, typique du printemps dans les Catskill, avec des flocons de neige volant en biais devant la porte-fenêtre des Gurney.

À 8 heures, Kim Corazon appela avec un plan révisé. Au lieu de voir Jimi Brewster à Turnwell dans la matinée et d'aller ensuite déjeuner avec Rudy Getz à Ashokan Heights, le premier rendez-vous était remplacé par une rencontre l'après-midi avec Larry Sterne à son domicile de Stone Ridge, à environ vingt minutes de trajet au sud du réservoir d'Ashokan. Le déjeuner avec Getz ne bougeait pas.

— Une raison particulière à ce changement ? demanda Gurney.

— Plus ou moins. J'avais établi le programme initial avant de savoir que vous seriez disponible. Mais Larry étant beaucoup plus distant que Jimi, je préférerais que vous soyez présent à cet entretien-là. Jimi a des opinions de gauche bien arrêtées. De sorte qu'il participera à coup sûr – ça lui procure une tribune pour stigmatiser le matérialisme. Mais avec Larry, ce n'est pas aussi simple. Il semble avoir perdu ses illusions sur les médias en général, à cause de tout le tapage ayant entouré la mort d'un de ses amis il y a plusieurs années.

— Vous avez bien conscience que je n'ai pas l'intention de vous aider à faire du baratin publicitaire ?

— Bien sûr ! Tout ce que je veux, c'est que vous écoutiez, que vous vous fassiez une opinion, que vous me disiez ce vous en pensez. Je passerai donc vous prendre à 11 h 30 au lieu de 8 h 30. D'accord ?

— D'accord, répondit Gurney sans enthousiasme.

Il n'avait aucune objection précise quant à ce nouveau programme, juste un vague sentiment que quelque chose n'allait pas.

Alors qu'il s'apprêtait à glisser son portable dans sa poche, il se rappela que Jack Hardwick ne lui avait pas retourné son coup de fil, aussi composa-t-il le numéro.

Après une seule sonnerie, une voix éraillée déclara :

— Patience, Gurney, patience. J'allais t'appeler.

— Bonjour, Jack.

— Ma main est à peine guérie, champion. Tu as trouvé une nouvelle combine pour que je me fasse buter ?

C'était une allusion au fait que, six mois plus tôt, au point culminant de l'affaire Perry, une des trois balles reçues par Gurney lui avait traversé les côtes pour se loger dans la main de Hardwick.

— Bonjour, Jack.

— Bonjour à toi, enfoiré.

Tel était le rituel des débuts de conversation avec l'enquêteur principal de la police de l'État de New York Hardwick. Cet individu querelleur, aux yeux bleu pâle de malamute, à l'esprit acéré et aux manières revêches, semblait résolu à faire de toute communication avec lui une épreuve.

— Je t'appelle à propos de Kim Corazon.

— La petite Kimmy ? La gamine avec le projet scolaire ?

— Je suppose qu'on peut dire ça. Elle a ton nom dans une liste de sources d'information sur l'affaire du Bon Berger.

— Sans blague. Comment l'as-tu rencontrée ?

— C'est une longue histoire. Je me disais que tu pourrais peut-être me donner quelques renseignements.

— Du genre ?

— Tout ce que je ne trouverai sans doute pas sur le Net.

— Des détails juteux ?

— Si tu penses qu'ils sont importants.

Il y eut un bruit de toux sur la ligne.

— Je n'ai pas encore bu mon café.

Gurney garda le silence, sachant ce qui allait suivre.

— Alors voilà ce que je te propose, grommela Hardwick. Tu apportes un beau grand Sumatra de chez Abelard et peut-être que ça me motivera pour te refiler des détails significatifs.

— Il y en a ?

— Qui sait ? Si je ne me souviens d'aucun, j'en inventerai. Ce qui a de l'importance pour un gus est bien sûr de la foutaise pour un autre. Je prendrai mon Sumatra noir avec trois sucres.

Quarante minutes plus tard, avec deux grands cafés dans la voiture, Gurney remontait la route de terre sinueuse menant de l'épicerie Abelard, à Dillweed, à la route de terre encore plus sinueuse – à peine une route en fait, plutôt un ancien chemin de troupeau – au bout de laquelle Jack Hardwick vivait dans une petite ferme en location. Gurney se gara à côté de la voiture de sport de Hardwick – une Pontiac GTO rouge de 1970 en partie restaurée.

Les flocons de neige tombant par intermittence avaient cédé la place à un brouillard piquant. Comme Gurney montait sur le porche grinçant, un gobelet de café dans chaque main, la porte s'ouvrit toute grande sur un Hardwick en tee-shirt et pantalon de survêtement, ses cheveux gris coupés en brosse non peignés. Ils ne s'étaient vus qu'une seule fois en tête à tête depuis l'hospitalisation de Gurney six mois auparavant, lors de l'enquête de la police de l'État sur les coups de feu, mais l'entrée en matière de Hardwick fut caractéristique.

— Eh bien, dis-moi… comment se fait-il que tu connaisses la petite Kimmy ?

Gurney tendit un des cafés.

— Par l'intermédiaire de sa mère. Tu veux celui-ci ?

Hardwick le prit, leva le rabat sur le couvercle, y goûta.

— Est-ce que la maman est aussi bandante que la gosse ?

— Bon Dieu, Jack…

— C'est un oui ou un non ?

Hardwick recula pour laisser entrer Gurney.

La porte extérieure donnait directement sur une vaste pièce dont Gurney se serait attendu à ce qu'elle soit meublée comme une salle de séjour, mais il n'y avait presque pas de meubles. Les deux fauteuils en cuir avec une pile de livres entre eux sur le plancher en pin donnaient davantage l'impression d'objets qu'on s'apprête à déménager qu'à un emplacement prévu pour s'asseoir. Hardwick l'observait.

— On a rompu, Marcy et moi, dit-il comme pour expliquer le vide de la pièce.

— Désolé de l'apprendre. Qui est Marcy ?

— Bonne question. Je pensais le savoir. Apparemment pas. (Il but une longue gorgée de café.) Je dois avoir un gros angle mort quand il s'agit de juger les cinglées à jolis nichons. (Une nouvelle gorgée, encore plus longue.) Et après ? On a tous nos angles morts, n'est-ce pas, Davey ?

Gurney s'était rendu compte depuis longtemps que le côté de Hardwick qui le piquait au vif était celui qui lui rappelait son père – en dépit du fait que Gurney avait quarante-huit ans et que Hardwick, malgré ses cheveux gris et son visage tanné, n'en avait pas tout à fait quarante.

De temps à autre, Hardwick émettait la note de cynisme précise, l'écho parfait qui ramenait Gurney dans cet appartement de la fenêtre duquel il avait tiré la flèche inexplicable, l'appartement que son premier mariage lui avait permis de fuir.

À cet instant, lui vint l'image suivante : il se trouvait dans la salle de séjour de cet appartement minuscule, son père débitant des tirades de poivrot, lui disant que sa mère avait une case en moins, que toutes les bonnes femmes avaient une case en moins, qu'on ne pouvait pas leur faire confiance. Avec elles, mieux valait la fermer. « Toi et moi, on est des hommes, Davey. On se comprend. Ta mère, elle est un peu… braque, tu vois ce que je veux dire ? Pas besoin qu'elle sache que je suis allé boire aujourd'hui, OK ? Ça ne servirait qu'à semer la zizanie. Nous, on est des hommes. On peut se parler. » Gurney avait huit ans.

Le Gurney de quarante-huit ans fit un effort pour revenir dans la salle de séjour de Hardwick.

— Elle a embarqué la moitié de la merde que contenait cette baraque, disait celui-ci. (Il but une nouvelle gorgée, s'installa dans un des fauteuils, fit un signe de la main en direction de l'autre.) Qu'est-ce que je peux faire pour toi ?

Gurney s'assit à son tour.

— La mère de Kim est journaliste. Je l'ai connue il y a des années, quand j'étais encore en fonction. Elle m'a demandé de lui rendre un service… « Regarder par-dessus l'épaule de Kim », pour reprendre son expression. À présent, j'essaie de savoir dans quoi je me suis embarqué. J'ai pensé que tu pourrais peut-être m'aider. Comme je te l'ai dit au téléphone, Kim t'a mis dans sa liste de contacts.

Hardwick regarda fixement son gobelet comme si c'était un objet déroutant.

— Qui y a-t-il d'autre sur la liste ?

— Un type du FBI du nom de Trout. Et Max Clinter, le flic qui a bousillé la poursuite du tireur.

Hardwick laissa échapper un braiment qui vira à la quinte de toux.

— Hé ben ! La tête de nœud du siècle et un ivrogne déjanté. Je suis en vachement bonne compagnie.

Gurney avala une longue gorgée de café.

— Quand est-ce qu'on en vient aux détails juteux et significatifs ?

Hardwick allongea ses jambes musclées, grêlées de cicatrices, et se renversa un peu plus dans son fauteuil.

— Tout vient à point à qui sait attendre.

— D'accord.

— Je suppose qu'un des détails en question pourrait être les petits animaux. Tu ne savais pas ça, hein ?

— Les petits animaux ?

— Des miniatures en plastique. Faisant partie d'un jeu. Un éléphant. Un lion. Une girafe. Un zèbre. Un singe. Plus un sixième que j'ai oublié.

— Et comment est-ce que…

— On en a trouvé un sur le lieu de chaque attaque.

— Où ?

— Dans les environs immédiats de la voiture de la victime.

— Les environs immédiats ?

— Ouais, comme s'ils avaient été lancés depuis le véhicule du tireur.

— Les analyses effectuées sur ces petits animaux ont donné quelque chose ?

— Pas d'empreintes ni rien.

— Mais ?

— Mais ils provenaient d'un jeu pour les mômes. Un machin appelé Le Monde de Noé. Un genre de diorama. Le mouflet construit une maquette de l'arche de Noé puis il met les animaux dedans.

— Des variantes de distribution, magasins, usines, permettant de retracer cette série précise ?

— Une impasse. Le jeu fait un tabac. Article de base de Walmart. Ils en ont vendu dans les soixante-dix-huit mille. Tous identiques, tous fabriqués dans la même usine, à Cheng de Médeu.

— Où ça ?

— En Chine. Comment savoir, putain ? Aucune importance. Les jeux sont tous pareils.

— Des théories concernant la signification de chaque animal ?

— À la pelle. Rien que du vent.

Gurney nota mentalement d'aborder à nouveau la question plus tard.

Quand, plus tard ? Où avait-il la tête ? Le plan était de regarder par-dessus l'épaule de Kim. Pas de se porter volontaire pour un travail que personne ne lui avait demandé de faire.

— Intéressant, dit-il. D'autres petites bizarreries n'ayant pas été livrées en pâture au public ?

— J'imagine qu'on peut qualifier l'arme à feu de bizarrerie.

— Si je me souviens bien, les journaux ont seulement parlé d'un pistolet de gros calibre.

— Il s'agissait d'un Desert Eagle.

— Le monstre de calibre .50.

— Lui-même.

— Les profileurs ont dû s'en donner à cœur joie.

— Ouais, quelque chose de bien. Mais la bizarrerie, ce n'était pas la taille de l'arme. Sur les six fusillades, on a récupéré deux projectiles en suffisamment bon état pour une analyse balistique fiable, et une troisième, d'un intérêt secondaire pour une utilisation auprès d'un tribunal, mais très suggestive.

— Suggestive de quoi ?

— Les trois balles provenaient de trois Desert Eagle différents.

— Hein ?

— Ça a été la réaction de tout le monde.

— A-t-on envisagé l'hypothèse de plusieurs tireurs ?

— Pendant environ dix minutes. Arlo Blatt nous a gratifiés d'une de ses idées plus ridicules tu meurs, à savoir que les fusillades étaient un genre de rituel initiatique de gang et que chaque membre possédait son propre Desert Eagle. Ce qui, évidemment, laissait de côté le petit problème du manifeste, lequel fait l'effet d'avoir été écrit par un prof de collège, sans compter que le membre de gang moyen n'arriverait même pas à épeler le mot « gang ». D'autres ont eu des idées un peu moins stupides, mais la théorie du tireur unique a fini par l'emporter. Surtout après avoir reçu l'aval des petits génies de l'Unité comportementale du FBI. Le lieu des attaques était pour l'essentiel identique. De même que la tactique, l'exécution et la fuite, à en croire les reconstitutions. Et après quelques petits bidouillages psychologiques de leur modèle, il a paru tout aussi logique aux profileurs que ce type se serve de six Desert Eagle ou d'un seul.

Gurney se contenta de répondre par une expression maussade. Il avait eu des expériences mitigées avec les profileurs au cours de sa carrière et avait tendance à considérer leurs succès comme relevant du simple bon sens et leurs échecs comme la preuve de la vacuité de leur profession. Le problème avec les profileurs, notamment lorsqu'ils avaient une molécule d'arrogance du FBI dans leur ADN, c'est qu'ils étaient persuadés de savoir quelque chose et que leurs spéculations avaient une valeur scientifique.

— En d'autres termes, dit Gurney, utiliser six armes absurdes n'est pas plus absurde que d'en utiliser une seule, vu que ce qui est absurde est absurde.

Hardwick sourit.

— Il y a une dernière bizarrerie. Toutes les voitures des victimes étaient noires.

— Une couleur de Mercedes plutôt répandue, non ?

— Le noir basique représente environ trente pour cent de la production totale des modèles concernés, plus peut-être trois pour cent s'agissant d'une variante de noir métallisé. Soit un tiers – trente-trois pour cent. La probabilité était donc que deux, sur les six véhicules attaqués, soient noirs… à moins que la couleur noire fasse partie des critères de sélection du tireur.

— Pourquoi la couleur serait-elle un facteur ?

Hardwick haussa les épaules, inclinant son gobelet de café puis avalant le reste.

— Autre bonne question.

Ils restèrent un moment silencieux. Gurney s'efforçait de relier les « bizarreries » entre elles d'une manière qui permette de les expliquer toutes, mais il abandonna, comprenant qu'il lui faudrait en savoir beaucoup plus avant que ces détails fortuits n'en viennent à former un schéma.

— Parle-moi de Max Clinter.

— Maxie est un type d'un genre spécial. Avec du bon et du mauvais.

— Comment ça ?

— Il a des antécédents. (Il sembla réfléchir, puis il éclata à nouveau d'un rire râpeux.) J'aimerais bien vous voir tous les deux ensemble, les gars. Sherlock le génie de la déduction rencontrant Achab le chasseur de baleines.

— La baleine en question étant… ?

— La baleine étant le Bon Berger. Maxie avait toujours tendance à ne pas lâcher le morceau une fois qu'il avait mordu dedans, mais après la petite mésaventure qui a mis fin à sa carrière, il est devenu l'incarnation même de l'obstination démente. Attraper le Bon Berger n'était pas le but *principal* de sa vie, c'était son *unique* but. Ça flanquait les jetons à un tas de gens. (Il lança un regard en biais à Gurney, accompagné d'un nouveau ricanement.) Serait marrant de vous voir tailler une bavette, Achab et toi.

— Jack, est-ce qu'on t'a déjà dit que ton rire ressemblait à un bruit de chasse d'eau ?

— Personne qui m'ait demandé un service. (Il se leva de son siège, brandissant son gobelet de café vide.) Incroyable à quelle vitesse le corps humain peut changer ce truc en pisse.

Il sortit de la pièce.

Il revint quelques minutes plus tard et se percha sur le bras du fauteuil.

— Si tu veux en savoir plus sur Maxie, le meilleur point de départ est sans doute le fameux incident avec la bande de Buffalo.

— Fameux ?

— Fameux dans notre petit monde du nord de l'État. Les détectives éminents de la grande ville tels que toi n'en ont sans doute jamais entendu parler.

— Que s'est-il passé ?

— Il y avait un truand à Buffalo nommé Frankie Benno, responsable du regain du trafic d'héroïne dans l'ouest de l'État de New York. Tout le monde le savait, mais Frankie était malin, prudent et protégé par une brochette de fumiers de politiciens. La situation a commencé à obséder Maxie. Il était résolu à embarquer Frankie pour le cuisiner, même s'il ne pouvait l'accuser de rien de précis. Il décida de précipiter les choses en « harcelant ce connard pour qu'il commette une erreur » – ce furent les dernières paroles de Maxie à sa rombière avant d'aller au restaurant qui était un des repaires connus des hommes de Frankie, dans un immeuble que possédait ce dernier.

La première pensée de Gurney fut que « harceler ce connard pour qu'il commette une erreur » constituait un objectif délicat. La seconde, qu'il l'avait souvent fait lui-même, sauf qu'il appelait ça « mettre la pression sur le suspect pour voir ses réactions ».

Hardwick poursuivit.

— Maxie pénètre dans le restaurant avec des sapes et des manières de gangster. Il se dirige tout droit vers l'arrière-salle, où traînait l'équipe de Frankie quand elle n'était pas occupée à casser des têtes. Il y a deux malfrats dans la pièce, en train de bouffer des linguine aux palourdes. Maxie s'approche d'eux, sort un pistolet et un petit appareil photo jetable. Il leur déclare qu'ils ont le choix : ils peuvent être pris en photo soit avec la cervelle en bouillie, soit en train de se tailler mutuellement une pipe. À eux de voir. C'est comme ils veulent. Ils ont dix secondes pour se décider. Ou bien s'empoigner réciproquement la bite ou bien avoir la cervelle étalée sur le mur. Dix... neuf... huit... sept... six...

Hardwick se pencha vers Gurney, les yeux brillants, apparemment captivé par son propre récit.

— Mais Maxie se tient tout près d'eux – trop près – et un des truands étend le bras et lui arrache le pistolet. Maxie recule et tombe sur son cul. Comme les mecs s'apprêtent à le réduire en chair à pâté, Maxie abandonne soudain son numéro de dur à cuire et se met à crier qu'il n'est pas celui qu'il prétendait, juste un acteur, en réalité. Il leur raconte que quelqu'un lui a demandé de le faire et qu'ils ne risquaient rien de toute façon vu que le flingue n'est même pas un vrai, qu'il s'agit d'un accessoire de théâtre. Il est presque en larmes. Les truands examinent le flingue. Effectivement, c'est un faux. Alors maintenant ils veulent savoir ce qui se trame, qui le lui a demandé, etc. Max prétend qu'il n'en sait rien, qu'il doit rencontrer le type le lendemain pour lui rendre l'appareil avec les photos de fellation et recevoir cinq mille dollars pour sa peine. Un des truands va jusqu'à un téléphone public qui se trouve au coin de la rue – c'était avant que tout le monde ait un portable. Lorsqu'il revient, il dit à Maxie qu'ils vont le conduire en haut parce M. Benno est très contrarié. Maxie donne l'impression qu'il va chier dans son froc. Mais ils le font monter. En haut, il y a un burlingue fortifié. Portes en acier, verrous, caméras. Sécurité maousse. Frankie Benno est là avec deux autres truands. Lorsqu'ils amènent Maxie dans le saint des saints, Frankie le regarde attentivement. Puis il lui adresse un sourire mauvais, comme s'il venait d'avoir une excellente idée. « Enlève tes fringues », qu'il lui ordonne. Maxie se met à geindre comme un bébé. « Enlève tes putains de fringues, répète Frankie, et file-moi ce putain d'appareil photo. » Maxie lui remet l'appareil avant d'aller s'adosser au mur comme s'il cherchait à s'éloigner le plus possible de ces types. Il ôte sa veste et sa chemise, puis laisse tomber son pantalon. Mais il a toujours ses godasses.

Alors il s'assoit par terre et se met à pousser son pantalon vers le bas, mais celui-ci est coincé, formant un bourrelet au niveau des chevilles. Frankie lui dit de se grouiller. Ses quatre gorilles sourient jusqu'aux oreilles. Tout à coup, Maxie sort les mains du pantalon autour de ses guiboles, et dans chacune il tient un gentil petit pistolet SIG .38. (Hardwick marqua un temps d'arrêt théâtral.) Qu'est-ce que tu penses de ça ?

La première chose à laquelle pensa Gurney fut son propre Beretta caché.

Puis il songea à Clinter. L'homme avait beau être un joueur, et probablement un peu dingue, il savait bâtir un récit à niveaux multiples et le faire tenir jusqu'au bout. Il savait également manipuler des crapules et des individus impulsifs, les amener à la conclusion qu'il désirait. Pour un flic sous couverture – ou un illusionniste –, il n'y avait pas de talent plus précieux. Mais Gurney avait le sentiment que quelque chose se dissimulait derrière le fil de l'histoire – quelque chose annonçant une vilaine fin.

Hardwick continua.

— Ce qui s'est passé exactement ensuite a fait l'objet d'une enquête approfondie du FBI. Mais au bout du compte, ils n'avaient que la parole de Maxie. Il a simplement dit qu'il avait cru que sa vie était réellement en danger et qu'il avait agi en conséquence, avec des moyens appropriés aux circonstances. En un mot, il avait laissé cinq gangsters refroidis dans ce burlingue et s'en était tiré sans une égratignure. Depuis ce jour-là jusqu'à la nuit, cinq ans plus tard, où il a tout foutu en l'air, Max Clinter a bénéficié d'une aura d'invincibilité.

— Sais-tu ce qu'il fait maintenant, comment il subvient à ses besoins ?

Hardwick sourit.

— Ouais. Il est armurier. Des armes inhabituelles. Pour collectionneurs. Des trucs militaires farfelus. Peut-être même des Desert Eagle.

CHAPITRE 8

Le projet complexe de Kim Corazon

Lorsque Gurney rentra à 11 h 15 de chez Hardwick à Dillweed, Kim attendait à côté de la porte latérale dans sa Mazda rouge. Alors qu'il s'arrêtait près d'elle, elle posa son téléphone et baissa la vitre.

— J'allais vous appeler. J'ai frappé à la porte, mais personne n'a répondu.

— Vous êtes en avance.

— Je suis toujours en avance. Je ne supporte pas d'être en retard. Une sorte de phobie. On peut partir tout de suite pour le déjeuner avec Rudy Getz, à moins que vous ayez des choses à faire avant.

— J'en ai pour une minute.

Il entra dans la maison pour aller aux toilettes. Il jeta un coup d'œil aux messages téléphoniques. Il n'y en avait pas. Puis il consulta les mails dans l'ordinateur portable. Ils étaient tous pour Madeleine.

Lorsqu'il ressortit, il fut frappé par l'odeur de terre humide qui flottait dans l'air. Odeur qui fit surgir l'image de la flèche dans la plate-bande – la hampe noire avec les plumes rouges, enfoncée dans le sol brunâtre. Il se tourna vers l'endroit, s'attendant presque à…

Mais il n'y avait rien.

Bien sûr que non. Pourquoi y aurait-il quelque chose ? Mais qu'est-ce qui te prend, bon Dieu ?

Il se dirigea vers la Mazda et s'installa sur le siège bas du passager. Kim traversa le pré en cahotant, passa devant la grange et l'étang, puis s'engagea sur la route de terre et de gravier qui descendait la montagne le long du torrent. Lorsqu'ils furent sur la départementale, roulant vers l'est, Gurney demanda :

— D'autres problèmes depuis hier ?

Elle fit la grimace.

— Je crois que je suis trop énervée. Ce que les psychiatres appelleraient de l'« hypervigilance ».

— Vous voulez dire, éprouver continuellement la crainte d'un danger ?

— Éprouver continuellement de la crainte, et de façon tellement obsessionnelle que tout a l'air d'une menace. C'est comme avoir un détecteur de fumée si sensible qu'il se déclenche dès que vous utilisez le grille-pain. Ou se demander sans cesse : ai-je vraiment laissé mon stylo sur cette table ? N'avais-je pas déjà lavé cette fourchette ? Cette plante ne se trouvait-elle pas cinq centimètres plus à gauche ? Ce genre de trucs. Comme hier soir. Je suis sortie une heure, et à mon retour la lumière de la salle de bains était allumée.

— Vous êtes sûre de l'avoir éteinte avant de partir ?

— Je l'éteins toujours. Mais ce n'est pas tout. Il m'a semblé sentir l'horrible eau de Cologne de Robby. Juste une infime trace. J'ai commencé à courir à travers l'appartement en flairant partout, et pendant un moment j'ai cru la sentir à nouveau. (Elle poussa un soupir exaspéré.) Vous voyez ce que je veux dire ? Je perds la tête. Il y a des gens qui se mettent à avoir des visions. Moi, ce sont les odeurs.

Elle conduisit en silence pendant plusieurs kilomètres. Le brouillard était revenu, et elle mit ses essuie-glaces. À la fin de chaque arc de cercle, ils émettaient un bref grincement. Elle semblait ne pas s'en apercevoir.

Gurney l'observait attentivement. Elle portait des vêtements élégants et discrets. Les traits réguliers, des yeux châtain foncé, une bouche ravissante, des cheveux bruns et brillants. Son teint clair se colorait d'un soupçon de hâle méditerranéen. Une jolie jeune femme – pleine d'idées, d'ambition, sans être imbue d'elle-même pour autant. Et elle était intelligente. C'était le côté que Gurney aimait le plus chez elle. Mais il était curieux de savoir comment quelqu'un d'aussi intelligent avait pu se retrouver empêtrée dans une relation avec un type aussi perturbé que Robby.

— Dites-m'en un peu plus sur ce Meese.

Il crut tout d'abord qu'elle n'avait pas entendu tellement elle mit de temps à répondre.

— Comme je vous l'ai déjà expliqué, il a été retiré d'un milieu familial difficile et placé dans toute une série de foyers d'accueil. Il y a peut-être des enfants qui en sortent indemnes, mais ce n'est pas le cas de la plupart. Je n'ai jamais su les détails. Simplement, il avait l'air différent. Au fond de lui. Peut-être même un peu dangereux. (Elle hésita.) L'autre chose qui le rendait attirant, j'imagine, c'est que Connie le détestait.

— Cela vous inspirait de la sympathie pour lui ?

— Je pense qu'elle le détestait et que je l'aimais pour la même raison : il nous rappelait à toutes les deux mon père. Mon père avait un comportement fantasque, et il venait d'un milieu tordu.

Mon père. De temps à autre, ces mots avaient le pouvoir de déclencher une vague de tristesse chez Gurney. Il éprouvait à l'égard de son propre père des sentiments contradictoires et en grande partie réprimés. À l'instar de ses sentiments envers lui-même en tant que père – le père de deux fils, l'un vivant et l'autre mort. Alors que l'émotion commençait à diminuer, il s'efforça de la chasser plus vite en reportant son attention sur un autre aspect du projet de Kim, un point intéressant.

— Vous aviez commencé à me parler au téléphone de vos contacts avec Max Clinter. Vous le trouviez *étrange*, je crois que c'est le terme que vous avez employé.

— Très impétueux. Plus qu'impétueux, en fait.

— C'est-à-dire ?

— Il avait l'air paranoïaque.

— Qu'est-ce qui vous fait penser ça ?

— La lueur dans ses yeux. Une lueur du genre je-connais-des-secrets-terribles. Il n'arrêtait pas de répéter que je ne savais pas où je mettais les pieds, que je risquais ma vie, que le Bon Berger était *le mal à l'état pur*.

— On dirait qu'il vous a flanqué la frousse.

— En effet. Le « mal à l'état pur » est un tel cliché. Mais il réussissait à vous faire croire que c'était vrai.

Un peu plus loin, le GPS de Kim leur indiqua de quitter la nationale 28 à la sortie de Boiceville. Ils roulèrent le long d'un torrent aux eaux vives, grossies par la fonte des neiges, jusqu'à ce qu'ils atteignent la Mountainside Drive, une route montant en lacet à travers une forêt d'arbres à feuillage persistant. Laquelle route les mena à la Falcon's Nest Lane. Les numéros de la rue étaient affichés près d'entrées ouvrant sur des maisons protégées des regards indiscrets par d'épais conifères ou de hauts murs de pierre. Un intervalle d'au moins cinq cents mètres séparait chaque entrée de la suivante, estima Gurney. Le dernier numéro de la rue était le douze – gravé en script sur une plaque de cuivre fixée à l'un des deux piliers en pierre de taille encadrant l'entrée. Au sommet de chacun des piliers se trouvait une pierre ronde de la dimension d'un ballon de basket, sur laquelle était perché un aigle sculpté déployant ses ailes, les serres tendues.

Kim tourna dans l'élégante allée pavée puis continua lentement à travers un quasi-tunnel de massifs de rhododendrons. Le tunnel prit fin, l'allée s'élargit, et ils se retrouvèrent soudain face à la maison de Rudy Getz – une bâtisse anguleuse, en verre et en béton, peu avenante.

— Et voilà, dit Kim en s'arrêtant devant des marches de ciment en console menant à une porte métallique.

Ils sortirent de la voiture, grimpèrent les marches, et ils s'apprêtaient à frapper lorsque la porte s'ouvrit. L'homme qui les accueillit était petit et trapu, le teint pâle, des cheveux gris clairsemés et des paupières tombantes. Il portait un jean noir, un tee-shirt noir et une veste de sport en lin blanc cassé. Il tenait une boisson incolore dans un verre court et épais. Il rappela à Gurney un producteur de films pornos.

— Hé, ravi de vous voir, dit-il à Kim avec la cordialité d'un monstre de Gila somnolent. (Il toisa Gurney, sa bouche s'étirant en un sourire sans émotion.) Vous devez être le policier célèbre qui lui sert de conseiller. Je vous en prie. Entrez. (Il se recula, leur faisant signe avec son verre, scruta le ciel grisâtre.) Saloperie de temps, pas vrai ?

L'intérieur de la maison était aussi agressivement moderne et anguleux que l'extérieur : cuir, métal, verre, couleurs froides et parquets en chêne blanc, pour l'essentiel.

— Qu'est-ce que vous buvez, inspecteur ?

— Rien.

— Rien. D'accord. Et pour vous, Mlle *Corazon* ?

Il prononça le nom avec un accent espagnol outré, qui, combiné à son sourire, faisait l'effet d'une caresse obscène.

— Juste un peu d'eau peut-être ?

— De l'eau.

Il hocha la tête comme s'il s'agissait d'une remarque intéressante et non d'une requête.

— Eh bien, entrez, asseyez-vous.

Il leur indiqua avec son verre un espace salon devant une fenêtre de la taille d'un vitrail de cathédrale. Tandis qu'il parlait, une jeune femme vêtue d'un justaucorps noir traversa l'immense pièce sur des rollers étrangement silencieux avant de disparaître par une porte dans le mur tout au bout.

Getz les conduisit jusqu'à un ensemble de six chaises en aluminium brossé autour d'une table basse en acrylique, sa bouche s'élargissant en un similisourire, frappant par son absence de chaleur.

Une fois qu'ils furent assis à la table, les rollers retraversèrent la pièce puis disparurent par une autre porte.

— Claudia, annonça Getz avec un clin d'œil, l'air de révéler un secret. Mignonne, hein ?

— Qui est-ce ? demanda Kim, apparemment décontenancée par ce spectacle.

— Ma nièce. Elle est venue pour quelques jours. Elle aime faire du roller. (Il marqua un temps d'arrêt.) Mais nous sommes ici pour parler affaires, n'est-ce pas ? (Le sourire s'évapora comme si le moment des petits bavardages était passé.) J'ai d'excellentes nouvelles pour vous. *Les Orphelins du meurtre* a obtenu la meilleure note dans notre sondage d'opinion.

Kim sembla plus perplexe que contente.

— Mais comment avez-vous… ?

Getz l'interrompit.

— Nous possédons notre propre système pour évaluer les concepts d'émission. Nous créons une partie emblématique du doc en question, que nous montrons via un podcast à un échantillon représentatif de spectateurs, ce qui nous permet d'obtenir une réaction directe en ligne. Qui s'est révélée extrêmement prometteuse.

— Mais quels matériaux avez-vous utilisés ? Mes entretiens avec Ruth et Jimi ?

— Des fragments. Des fragments représentatifs. Plus un peu d'info, histoire de planter le décor.

— Mais ces entretiens ont été filmés avec ma caméra d'amateur. Ils n'étaient pas destinés…

Getz se pencha au-dessus de la table vers Kim.

— Il se trouve que cet air soi-disant amateur s'est révélé parfait dans le cas précis. Quelquefois, le genre valeurs-de-production-inexistantes est exactement ce qui convient. Cela donne une impression d'honnêteté. Tout comme votre personnalité. Sérieux. Franchise. Jeunesse. Innocence. Voyez-vous, c'est un autre aspect sur lequel nous renseigne notre test auprès du public. Je ne devrais pas vous le dire, mais je vais le faire quand même. Parce que je tiens à ce que vous ayez confiance en moi. Ils vous adorent. Ils vous adorent absolument ! Je pense donc que nous avons un avenir devant nous. Qu'est-ce que vous en dites ?

Kim écarquillait les yeux, la bouche ouverte.

— Je ne sais pas. Je veux dire… Ils ont juste vu un fragment d'entretien ?

— Avec un peu de rembourrage autour pour fournir des éclaircissements, indiquer les grandes lignes – comme on ferait pour une émission réelle. Les éléments testés dans le podcast sont groupés sous la forme d'un spectacle d'une heure, composé de quatre concepts d'émission – treize minutes chacun. En l'occurrence, nous avons inclus la vôtre, plus trois autres émissions à l'étude. Ce test s'intitule *Ça passe ou ça casse*. Certains trouvent ça un peu sommaire, mais il y a une bonne raison à ça. C'est *viscéral.* (Getz prononça le mot sur un ton confidentiel, presque avec révérence.) Vous voulez connaître le véritable secret du succès de RAM News ? Le voilà. C'est *viscéral.* Dans le bon vieux temps, les chaînes pensaient que l'information était l'information et le divertissement le divertissement. Raison pour laquelle leurs émissions d'actualités perdaient de l'argent. Ils étaient assis sur une mine d'or et ils ne le savaient pas. Pour eux, les nouvelles consistaient en des faits purs et simples, présentés de la manière la plus ennuyeuse possible.

Getz secoua la tête avec indulgence en songeant à la propension de la race humaine à prendre des vessies pour des lanternes.

Gurney sourit.

— De toute évidence, ils se trompaient complètement.

Getz pointa un doigt vers lui comme un enseignant attirant l'attention sur un élève à l'esprit vif.

— De toute évidence ! L'information, c'est la vie, la vie, de l'émotion, et l'émotion, du *viscéral.* Drame, sang, triomphe, larmes. Rien à voir avec une espèce de cul serré lisant des chiffres et des faits bruts. Il s'agit de conflit. Allez vous faire foutre... Non, vous, allez vous faire foutre !... Merde alors, qui êtes-vous pour me dire d'aller me faire foutre ? Bam, bam, bam ! Pardonnez mon langage – mais vous voyez ce que je veux dire ?

— C'est clair comme de l'eau de roche, répondit faiblement Gurney.

— Voilà pourquoi nous appelons le panorama où nous testons nos idées *Ça passe ou ça casse.* Parce que c'est ça qu'aime le public. Choix simples. Pouvoir. Comme l'empereur regardant le gladiateur dans l'arène. Pouce levé, la grâce. Pouce baissé, la mort. Les gens adorent le noir et blanc. Le gris leur flanque la migraine. Les nuances leur donnent la nausée.

Kim battit des paupières, avala sa salive.

— Et... *Les Orphelins du meurtre*... ont eu droit à un pouce levé ?

— Un gros pouce, bien haut !

Kim commençait à poser une autre question, mais Getz l'interrompit, continuant sur sa lancée.

— Bien haut ! Ce dont je me réjouis personnellement. La totale ! Parce que c'est notre couverture initiale du Bon Berger qui a catapulté RAM News au sommet. Où se trouve notre vraie place. L'idée d'y revenir maintenant, tout juste dix ans après – ce serait du tonnerre. Je vois ça d'ici ! À présent, que diriez-vous d'un bon déjeuner ?

Aussitôt, Claudia réapparut, tenant en équilibre un grand plateau qu'elle posa sur la table basse. Ses cheveux en épis fixés au gel, que Gurney avait d'abord cru noirs, étaient bleu foncé, nota-t-il à cet instant – un bleu un peu plus sombre que ses yeux, qui rencontrèrent brièvement les siens avec une assurance troublante. Elle exécuta une pirouette sur le bout d'un de ses rollers, puis sillonna langoureusement la pièce, regardant une fois en arrière avant de s'éclipser.

Il y avait trois assiettes sur le plateau. Et dans chaque assiette, un arrangement de sushis, compliqué et disposé avec soin. Il avait des couleurs superbes, des formes enchevêtrées. Aucun des ingrédients n'était familier à Gurney – ni apparemment à Kim, qui contemplait cet étalage avec inquiétude.

— Encore un chef-d'œuvre de Toshiro, dit Getz.

— Qui est Toshiro ? demanda Kim.

Les yeux de Getz scintillèrent.

— La pépite que j'ai raflée à un fantastique restaurant de sushis de New York.

Il prit un des petits blocs brillants dans l'assiette la plus proche et l'engloutit.

Gurney suivit son exemple. C'était indéfinissable, mais étonnamment bon.

Kim, qui semblait faire appel à ses réserves de courage, essaya avec un morceau et se détendit visiblement au bout de quelques secondes de mastication.

— Délicieux, dit-elle. Et il est devenu votre chef cuisinier ?

— Un des avantages.

— Vous devez être très bon dans ce que vous faites, remarqua Gurney.

— Je suis très bon pour sentir ce qui accrochera les gens. (Il marqua une pause avant de poursuivre, comme si cette réflexion venait tout juste de surgir à son esprit.) Mon talent, c'est la capacité à reconnaître le talent.

Gurney acquiesça mollement, intrigué par la suffisance effrontée du personnage.

Kim paraissait avoir hâte de ramener la conversation aux *Orphelins*.

— Je me demandais... est-ce que votre sondage *Ça passe ou ça casse* vous a appris quelque chose dont je devrais tenir compte dans les entretiens restants ?

Il lui lança un regard perspicace.

— Continuez à faire ce que vous faites. Vous avez pour vous cette espèce d'innocence naturelle. Ne pensez pas trop. Pour le moment. À long terme, je pressens des prolongements et des opportunités possibles. Le concept des *Orphelins* recèle une forte charge émotionnelle. Il possède assez de ressort pour le propulser bien au-delà des six familles dévastées par le Bon Berger. Il serait facile de l'étendre à d'autres familles victimes de meurtres. C'est une suite logique, alors on peut peut-être en tirer parti. Mais ça conduit également à un second concept – l'aspect *non résolu*. Actuellement, on a les deux choses imbriquées. On a la douleur des familles, d'accord ? Mais on a aussi un assassin en cavale, d'où le côté inabouti. Alors je pense que si les *Orphelins* arrivait à bout de souffle, on pourrait modifier la perspective. Par exemple, une nouvelle émission, du genre : *Que justice soit faite*. On se contente de déplacer le point de vue sur l'injustice des crimes non résolus. L'injustice persistante.

Getz se renversa en arrière, la regardant assimiler ce qu'il venait de dire.

Elle paraissait hésitante.

— Ça... ça pourrait marcher... je suppose.

Getz se pencha en avant.

— Écoutez, je comprends votre démarche – l'angle émotionnel, le chagrin, la souffrance, la perte. C'est juste une question de trouver l'équilibre. Série un, l'accent est mis davantage sur la douleur et la perte. Série deux, on accorde une grande place au crime non résolu. Mais j'ai une tout autre idée. Qui m'est venue comme ça en regardant votre ami ici présent.

Il indiqua Gurney, une lueur fébrile dans ses yeux aux paupières tombantes.

— Écoutez bien. Je ne fais que réfléchir tout haut, mais… que diriez-vous de devenir la nouvelle équipe de télé-réalité la plus sensationnelle d'Amérique ?

Kim cligna des yeux, l'air à la fois excitée et perplexe.

Getz donna des précisions.

— Je vois là une source naturelle de tension dramatique. Un conflit de personnalités juteux. La gosse sensible qui ne s'intéresse qu'aux victimes, à leur affliction – enfermée dans un partenariat amour-haine avec le flic au regard d'acier qui ne pense qu'à boucler l'enquête, clore le dossier. Ça a de la vie. C'est *viscéral* !

CHAPITRE 9

Un orphelin réticent

— Qu'est-ce que vous en pensez ? demanda Kim en jetant un coup d'œil nerveux à Gurney tandis qu'elle réglait à nouveau la vitesse de ses essuie-glaces.

Ils venaient de traverser le pont-jetée du réservoir d'Ashokan et se dirigeaient au sud vers Stone Ridge. Il était un peu plus de deux heures. L'après-midi demeurait gris et brumeux par intermittence.

Comme il ne répondait pas, elle ajouta :

— Vous avez l'air plutôt morose.

— Écouter votre associé m'a rappelé quelques souvenirs quant à la manière dont RAM-TV a rendu compte de l'affaire du Bon Berger. Ça ne vous évoque sans doute rien. Vous ne deviez pas regarder beaucoup la télévision à l'âge de treize ans.

Elle battit des paupières, observant la route mouillée devant elle.

— Comment s'y sont-ils pris ?

— Ils ont distillé de la peur vingt-quatre heures sur vingt-quatre, sept jours sur sept. Donnaient sans cesse des surnoms différents au tireur – le forcené des Mercedes, le dément de minuit, l'assassin du clair de lune – jusqu'à ce qu'il envoie son manifeste aux médias, signé « Le Bon Berger ». Après ça, c'est ainsi qu'ils l'ont baptisé. RAM s'est acharné sur le message anticupidité contenu dans la déclaration et s'est mis à semer la panique en affirmant que les fusillades étaient le commencement d'une sorte de révolution – une guérilla socialiste menée contre l'Amérique, contre le capitalisme. Du pur délire. Du matin au soir, ils faisaient défiler des « spécialistes » divaguant sur les conséquences épouvantables, les horreurs qui risquaient de se produire, les complots qui pouvaient se cacher derrière. Ils avaient des « consultants en sécurité » déclarant que le moment était venu pour chaque Américain de s'armer – un revolver chez vous, un revolver dans votre voiture, un revolver dans votre poche. Qu'il fallait cesser de dorloter les délinquants antisociaux. En finir avec les « droits des criminels ». Même lorsque les agressions ont cessé, RAM a continué comme avant. Parlant sans arrêt de lutte des classes – expliquant qu'elle était devenue souterraine, mais qu'elle éclaterait sûrement à nouveau de façon encore plus épouvantable. Ils ont battu de ce tambour pendant encore un an et demi. En définitive, le but de RAM était clair : provoquer le maximum de fureur et de panique dans le service d'audimat et de recettes publicitaires. Le plus triste, c'est que ça a marché. La couverture de l'affaire du Bon Berger par RAM a créé le modèle ordurier suprême pour les chaînes d'information par câble : débats stupides, amplification des conflits, théories du complot hideux, apologie de la violence, explications passe-partout fondées sur le blâme. Et Rudy Getz semble absolument ravi de s'en attribuer le mérite.

Kim serrait le volant à deux mains.

— Ce que vous voulez dire, c'est que ce n'est pas quelqu'un avec qui je devrais traiter ?

— Je ne dis rien d'autre sur Getz que ce qui ressortait clairement dans la réunion que nous venons d'avoir.

— Si vous étiez à ma place, est-ce que vous traiteriez avec lui ?

— Vous êtes assez intelligente pour savoir qu'il s'agit d'une question dénuée de sens.

— Non. Imaginez un instant que vous vous trouviez dans la même situation.

— Vous êtes en train de me demander quel genre de décision je prendrais si je n'étais pas *moi* – avec mon passé, mes sentiments, mes opinions, ma famille, mes priorités, ma vie. Vous ne voyez pas ? Jamais mon existence ne pourrait m'amener à être à votre place. C'est une hypothèse absurde.

Elle battit des paupières, désorientée.

— Qu'est-ce qui vous met tellement en colère ?

La question le prit par surprise. Elle avait raison. Il était en colère. Il aurait été facile de répondre que les requins sans scrupules comme Getz l'exaspéraient, que la transformation des médias de sources d'information relativement anodines en moteurs cyniques de polarisation le scandalisait, que convertir des assassinats en divertissements « réels » le rendait malade. Mais il se connaissait suffisamment pour savoir que les raisons extérieures de ses colères servaient bien souvent d'alibi à des raisons plus profondes.

La colère est comme une balise à la surface de l'eau, lui avait dit un jour un homme avisé. Ce que vous prenez pour le motif de votre colère n'est que la partie visible du problème. Il vous faut remonter la chaîne d'un bout à l'autre pour découvrir ce qui y est fixé, ce qui la maintient en place.

Il décida de remonter la chaîne et se tourna vers Kim.

— Pourquoi m'avez-vous emmené à cette réunion ?

— Je vous l'ai déjà expliqué.

— Vous voulez dire que j'étais là pour regarder par-dessus votre épaule ? Pour *observer* ?

— Et pour me donner votre avis sur ce que vous avez vu, sur la façon dont je me débrouillais.

— Je ne peux pas évaluer vos performances si je ne sais pas quel était votre objectif.

— Je n'avais pas d'*objectif*.

— Vraiment ?

Elle pivota vers lui.

— Est-ce que vous me traitez de menteuse ?

— Faites attention à la route, répondit-il d'une voix sévère, parentale.

Lorsqu'elle fixa les yeux devant elle, il continua :

— Comme se fait-il que Rudy Getz ne sache pas que vous m'avez seulement engagé pour une journée ? Comment se fait-il qu'il pense que je suis plus impliqué dans cette affaire que je ne le suis réellement ?

— Je l'ignore. Ce n'est pas à cause de ce que j'ai dit.

Elle serrait les lèvres. Gurney avait l'impression qu'elle s'efforçait de ne pas pleurer. Il dit calmement :

— Je veux connaître toute l'histoire. Je veux savoir pourquoi je suis ici.

Elle acquiesça de façon presque imperceptible, mais il s'écoula encore au moins une minute avant qu'elle ne réponde.

— Après que mon conseiller de thèse eut soumis ma proposition et les premiers entretiens à Rudy Getz, les choses sont allées très vite. Je n'ai jamais cru qu'il marcherait, mais lorsqu'il a dit qu'il était preneur, j'ai commencé à paniquer. Une chance formidable m'était offerte, et je ne voulais pas la laisser passer. Je n'arrêtais pas de me répéter, imagine que les gens de RAM News se réveillent brusquement et se disent : « C'est juste une gamine de vingt-trois ans ? Qu'est-ce qu'elle sait sur les affaires de meurtre ? Qu'est-ce qu'elle sait sur quoi que ce soit ? » Connie et moi, on a pensé que si quelqu'un possédant une véritable expérience, un authentique expert, pouvait être partie prenante, cela donnerait à la chose une base plus solide. Et on a songé toutes les deux à vous. Connie a dit que personne ne s'y connaissait mieux que vous en matière d'homicide et que l'article qu'elle vous avait consacré vous avait en quelque sorte rendu célèbre. Vous étiez donc la personne idéale.

— Avez-vous montré cet article à Getz ?

— Quand je l'ai appelé hier pour lui dire que vous aviez accepté de m'aider, il me semble en avoir fait mention.

— Et Robby Meese ?

— Quoi ?

— Vous espériez également que je vous aide à son sujet ?

— Peut-être. Peut-être qu'il me fait plus peur que je ne veux bien l'admettre.

La longue carrière de Gurney dans la police lui avait appris que la tromperie peut se présenter sous différents emballages, les uns savamment élaborés, les autres confectionnés à la hâte, mais que la vérité a quelque chose de sobre et de dépouillé. Quelles que soient les complexités de la vie, la vérité est généralement simple. Il sentit cette simplicité dans la voix de Kim. Cela le fit sourire.

— Alors je suis censé être votre consultant expert en homicide, policier vedette, fournisseur de crédibilité, co-animateur d'émissions de télé-réalité, garde du corps anti-harcèlement. Quoi encore ?

Elle hésita.

— Au risque de passer pour une idiote et une manipulatrice, je dois reconnaître que je nourrissais un autre espoir fou. Je pensais que votre présence au rendez-vous où nous allons maintenant – avec Larry Sterne – le persuaderait peut-être de participer en fin de compte.

— Pourquoi ?

— Voilà qui va vraiment paraître sournois. Je me disais que, comme vous êtes un policier célèbre, il en conclurait qu'on envisage de relancer les poursuites contre l'assassin – et que la possibilité que celui-ci soit enfin arrêté suffirait à le convaincre de prendre part au projet.

— Alors en plus de tout le reste, je suis censé être votre spécialiste des affaires non résolues sur la piste du Bon Berger ?

Elle poussa un soupir.

— Stupide, n'est-ce pas ?

Il ne prit pas la peine de répondre et elle n'insista pas.

Quelque part au-dessus d'eux, le lourd battement d'un hélicoptère grandit puis diminua avant de s'évanouir.

Contrastant avec les aigles spectaculaires de Rudy Getz, l'allée de Larry Sterne était indiquée par une boîte aux lettres ordinaire près d'une ouverture dans un muret en pierre. La maison, un de ces pavillons du dix-huitième siècle typiques de la région, se dressait à une cinquantaine de mètres au bout d'une pelouse plus ou moins entretenue. Kim gara la Mazda devant un garage indépendant.

La porte d'entrée était ouverte lorsqu'ils y arrivèrent. L'homme qui se tenait sur le seuil était de corpulence et de taille moyennes et semblait avoir dans les quarante ans. Il portait une chemise de golf, un cardigan froissé, un pantalon ample et des mocassins à l'air coûteux – le tout dans des tons fauves accordés à ses cheveux brun clair.

D'après le souvenir qu'avait gardé Gurney des renseignements contenus dans le dossier bleu de Kim, Larry Sterne était, comme son père assassiné dont il avait repris la clientèle, un dentiste haut de gamme.

— Kim, dit-il en souriant, heureux de vous revoir. L'inspecteur Gurney, sans doute ?

— *À la retraite*, souligna Gurney.

Sterne hocha plaisamment la tête, comme s'il se réjouissait de cette distinction.

— Entrez, nous allons nous mettre dans cette pièce. (Tout en parlant, il les conduisit jusqu'à un salon lumineux, avec un parquet à larges lattes et des meubles anciens de bon goût.) Je ne voudrais pas me montrer impoli, Kim, mais je n'ai pas beaucoup de temps aujourd'hui, aussi j'aimerais que nous allions directement à l'essentiel.

Ils s'assirent dans des bergères disposées autour d'un tapis rond devant une cheminée en pierre. Les braises rougeoyantes d'un feu donnaient à la pièce une chaleur agréable.

— Je sais ce que vous pensez de RAM News, dit Kim avec beaucoup de franchise, mais il m'a paru important de répondre encore une fois à vos objections.

Sterne afficha un sourire patient. Puis il se mit à parler comme on le ferait avec un enfant.

— Je suis toujours prêt à vous écouter. J'espère que vous êtes prête à en faire autant avec moi.

La voix douce rappela à Gurney quelqu'un qu'il n'arrivait pas à situer.

— Bien sûr, fit Kim de manière peu convaincante.

Sterne se pencha un peu en avant, incarnation même de l'attention polie.

— À vous de commencer.

— Très bien. Premièrement, je serai la personne responsable de la mise en forme et du style de la série. Ce n'est donc pas comme si vous deviez traiter avec un groupe audiovisuel anonyme. C'est moi qui conduirai les entretiens, poserai les questions. Deuxièmement, les enfants des victimes – les personnes comme vous – fourniront quatre-vingt-quinze pour cent du contenu. Vos réponses à mes questions représentent l'objectif. La matière de la série sera constituée presque uniquement de vos déclarations. Troisièmement, la vérité est la seule chose qui m'intéresse – le véritable impact du meurtre sur une famille. Quatrièmement, les gens de RAM peuvent bien avoir leurs propres idées commerciales, ils ne servent dans ce cas que de relais, de canal de communication. Ils sont le véhicule. Vous êtes le message.

Sterne sourit à nouveau.

— Très éloquent, Kim. Toutefois, cela n'a pas dissipé mes craintes pour autant. Je reprendrai votre technique de numérotation pour exposer mes arguments. Premièrement, on ne peut pas dire que RAM soit une entreprise particulièrement sympathique. Elle est à la pointe de tout ce qu'il y a de pire dans les médias aujourd'hui. Elle est devenue le porte-voix des sentiments les plus vils et les plus antagonistes agitant la société. Elle prône l'agressivité et fait de l'ignorance une vertu. Transmettre la vérité est peut-être votre priorité, mais ce n'est pas la sienne. Deuxièmement, ses dirigeants ont davantage d'expérience pour ce qui est de manipuler les gens que vous n'en avez s'agissant de gérer les gens comme eux. Il n'y pas la plus petite chance que vous restiez maître de votre série. Je sais que vous avez demandé aux participants de signer un accord d'exclusivité avec vous, mais ne vous étonnez pas si RAM trouve un moyen de le contourner. Troisièmement, même si RAM ne poursuit pas des desseins pernicieux, je vous conseillerais de renoncer à votre projet. Votre principe de base est intéressant, mais vous risquez néanmoins de provoquer de grandes souffrances. Les inconvénients de votre projet l'emportent sur les points positifs. Vous avez de bonnes intentions, mais les bonnes intentions peuvent avoir des résultats désastreux, surtout quand on rend publics des sentiments intimes. Quatrièmement, mon expérience personnelle demeure, après toutes ces années, une preuve vivante de ce que j'avance. J'y ai déjà fait allusion, Kim, mais peut-être devrais-je être plus précis. Il y a dix-neuf ans, alors que j'étais à l'école dentaire, un ami proche faisant ses études dans une autre université a été tué. Je me souviens d'une couverture médiatique, superficielle, vulgaire, hystérique, tout à fait répugnante. Et tout à fait caractéristique. Le plus triste, c'est que les impératifs sous-jacents de l'activité des médias favorisent la production d'inepties. Le marché de l'ineptie est bien plus vaste que celui des commentaires raisonnables et intelligents. Cela tient tout bonnement à la nature de la profession, à la nature du public. Ce qu'on appelle l'économie des médias à l'ère numérique.

La discussion se poursuivit encore un certain temps, chacun reformulant les opinions qu'il avait déjà exprimées tout en arrondissant les angles avec courtoisie. L'échange prit fin lorsque Sterne regarda l'heure et s'excusa de ne pas pouvoir continuer.

— Est-ce que vous faites la navette entre ici et votre cabinet de New York ? demanda Gurney.

— Un ou deux jours par semaine seulement. Je n'ai plus guère d'activité pratique. Le cabinet est en réalité un centre médico-dentaire important, et mon travail se rapproche davantage de celui d'un président de conseil d'administration que d'un dentiste en exercice. J'ai la chance d'avoir de bons associés et des gestionnaires efficaces. Aussi je passe la plus grande partie de mon temps à rencontrer des représentants d'organisations médicales et dentaires extérieures – caritatives et autres. À cet égard, je suis un homme heureux.

— Larry, mon chéri…

Dans l'embrasure de la porte du salon, une femme élancée, élégante, aux yeux en amande, indiquait du doigt une fine montre en or attachée à son poignet.

— Oui, Lila, je sais. Mes invités sont sur le point de partir.

Elle sourit et se retira.

Tandis qu'il les raccompagnait à la porte d'entrée, Sterne exhorta Kim à garder l'esprit ouvert et l'invita à rester en contact avec lui. Tout en serrant la main à Gurney, il lui dit avec un sourire aimable :

— J'espère qu'un de ces jours, nous aurons l'occasion de parler de votre carrière dans la police. L'article de la mère de Kim était tout à fait passionnant.

C'est alors que Gurney comprit à qui l'homme lui faisait penser.

Mister Rogers*.

Un Mister Rogers doté d'une épouse sortie du harem d'un sultan.

---

* Fred Rogers, créateur et présentateur d'une célèbre émission pédagogique pour les enfants diffusée à la télévision américaine de 1966 à 2001, *Mister Rogers' Neighborhood*.

CHAPITRE 10

Un point de vue radicalement différent

Au bout de l'allée de Sterne, bien qu'il n'y eût pas de circulation, Kim arrêta la voiture au moment de s'engager sur la chaussée.

— Avant que vous ne posiez la question, annonça-t-elle sur le ton de la confession, la réponse est oui. Lorsque j'ai fixé le rendez-vous et que je lui ai dit que vous veniez avec moi, je lui ai donné l'adresse du site Web avec l'article de Connie.

Gurney garda le silence.

— Vous m'en voulez ?

— J'ai l'impression de me trouver au milieu d'un chantier de fouilles archéologiques.

— Que voulez-vous dire ?

— De petits bouts de la situation ne cessent d'émerger. Je me demande quel sera le prochain.

— Il n'y a pas de « prochain ». Du moins, je n'en vois pas. C'est à ça que ressemblait votre travail ?

— À quoi ?

— Un chantier archéologique ?

— À certains égards, oui.

En fait, c'était une image à laquelle il avait souvent pensé : découvrir les pièces du puzzle, les disposer, étudier les formes et les textures, les assembler provisoirement entre elles, rechercher des motifs. De temps à autre, vous pouviez prendre le temps. Mais le plus souvent, vous deviez agir vite – dans les affaires de meurtres en série, par exemple, quand les délais pour trouver et interpréter les morceaux pouvaient signifier d'autres meurtres, d'autres atrocités.

Kim sortit son portable, le regarda, regarda Gurney.

— Vous savez, je viens de penser, dans la mesure où il n'est pas encore trois heures... Est-ce que vous seriez disponible pour une rencontre supplémentaire avant que je vous ramène chez vous ?

Avant qu'il ait pu répondre, elle ajouta :

— C'est sur le chemin, alors ça ne prendra pas beaucoup de temps en plus.

— Il faut que je sois rentré à six heures.

Ce n'était pas entièrement vrai, mais il voulait fixer une limite.

— Je ne pense pas que ce soit un problème. (Elle composa un numéro puis colla le téléphone à son oreille.) Roberta ? C'est Kim Corazon.

Une minute plus tard, après une conversation des plus brèves, Kim exprima ses remerciements et ils reprirent la route.

— Ça paraissait simple, remarqua Gurney.

— Roberta a été enthousiasmée par l'idée du documentaire dès que j'ai pris contact avec elle. Elle n'a pas peur de parler de ses sentiments – ou de ses opinions. À l'exception, peut-être, de Jimi Brewster, c'est la participante la plus offensive.

Roberta Rotker vivait juste à la sortie du village de Peacock, dans une maison en brique ressemblant à une forteresse au beau milieu d'un champ, lequel avait été vaguement fauché afin de lui donner l'aspect d'une pelouse. Il n'y avait ni arbres, ni arbustes, ni plates-bandes d'aucune sorte. Une clôture grillagée d'un mètre quatre-vingts de haut entourait la propriété. À l'intérieur de la propriété, des caméras de surveillance étaient montées sur des poteaux à intervalles réguliers. Le lourd portail, coulissant sur des rails, était commandé à distance depuis la maison.

Alors qu'ils arrivaient devant, le portail s'ouvrit. Une allée goudronnée rectiligne menait à une aire de stationnement également goudronnée faisant face à un garage en brique à trois places. L'endroit dégageait une atmosphère institutionnelle, dans le genre bâtiment sécurisé utilisé par un organisme gouvernemental. Gurney compta quatre caméras de surveillance supplémentaires : deux sur les coins avant du garage et deux autres sous les auvents de la maison.

La femme qui ouvrit la porte d'entrée avait une allure aussi pragmatique que la construction. Elle était vêtue d'une chemise à carreaux et d'un pantalon en sergé. Ses cheveux blond roux coupés court de façon peu flatteuse ne faisaient que souligner le peu d'intérêt qu'elle semblait porter à son apparence. Le regard qu'elle posa sur Gurney était impassible et peu avenant. Elle lui fit songer à un flic – impression renforcée par le pistolet SIG Sauer .9 mm dans un holster à dégaine rapide fixé à sa ceinture.

Elle serra la main de Kim avec cette ferme détermination qu'adoptent parfois les femmes travaillant dans des professions traditionnellement masculines. Cette dernière ayant présenté Gurney et expliqué sa présence en tant que « conseiller » sur le projet, Roberta Rotker le gratifia d'un bref hochement de tête, s'effaça et leur fit signe d'entrer.

Sur le plan structurel, c'était une maison de style colonial avec un couloir central, sauf que le couloir lui-même était totalement nu – un passage vide allant de l'avant à l'arrière. Sur la gauche, il y avait deux portes et un escalier ; sur la droite, trois portes, toutes fermées. Un logis qui ne divulguait pas volontiers des informations.

Tandis que, précédés par leur hôte, Kim et lui franchissaient la première porte à droite pour pénétrer dans une salle de séjour au mobilier succinct, Gurney demanda :

— Vous appartenez aux forces de l'ordre ?

Roberta Rotker ne répondit qu'après avoir refermé fermement la porte derrière elle.

— Manifestement.

Une réaction quelque peu insolite.

— Je voulais dire, êtes-vous employée par un organisme de maintien de l'ordre ?

— En quoi mon emploi vous intéresse-t-il ?

Gurney eut un sourire doucereux.

— Je me demandais seulement si votre arme de poing était une exigence de l'emploi ou une préférence personnelle.

— Distinction sans importance. La réponse est : les deux à la fois. Installez-vous.

Elle indiqua un canapé au rembourrage spartiate, qui rappela à Gurney celui qui se trouvait dans la salle d'attente de la clinique où Madeleine travaillait trois jours par semaine. Lorsque Kim et lui furent assis, Rotker continua :

— C'est une préférence personnelle parce que je me sens plus tranquille avec. Et aussi une exigence – nécessitée par l'état de la société dans laquelle nous vivons. J'estime que c'est le devoir de tout citoyen responsable de répondre de manière adéquate à la réalité. Est-ce que cela satisfait votre curiosité ?

— En partie.

Elle le dévisagea.

— Nous sommes en *guerre*, inspecteur. En guerre avec des créatures qui n'ont pas notre sens du bien et du mal. Si nous ne réussissons pas à avoir leur peau, c'est eux qui auront la nôtre. La voilà, la réalité.

Gurney songea, peut-être pour la centième fois dans son existence, à la manière dont l'émotion invente sa propre logique, dont la peur est invariablement la mère de la certitude. C'était sûrement une des grandes ironies de la nature humaine que plus nous sommes aveuglés par ce que nous ressentons et plus nous sommes persuadés de voir les choses clairement.

— Vous avez été flic, poursuivit-elle. Vous savez donc de quoi je parle. Nous vivons dans un monde où tout ce qui brille coûte cher, mais où la vie est bon marché.

Ce sombre raccourci fut suivi d'un silence, bientôt rompu par Kim avec ce qui avait l'air d'une agréable diversion.

— Ah, au fait, je voulais parler à Dave de votre stand de tir privé. Peut-être pourriez-vous le lui montrer ? Je parie qu'il serait content de le voir.

— Pourquoi pas ? répondit Rotker sans hésitation ni enthousiasme.

Elle leur fit traverser le couloir, franchir la porte arrière, près de laquelle un chenil grillagé courait sur la moitié de la longueur de la maison. Quatre rottweilers musclés surgirent dans un concert d'aboiements furieux qui cessa à l'instant même où leur maîtresse leur lança un ordre en allemand.

Au-delà du chenil, dans un champ derrière la maison, un bâtiment étroit, sans fenêtre, s'étendait vers la clôture du fond. Rotker déverrouilla la porte métallique et alluma. À l'intérieur se trouvait un petit stand de tir avec un seul poste et un rameneur de cible motorisé.

Elle marcha jusqu'à la table à hauteur de taille installée à l'extrémité la plus proche et appuya sur l'interrupteur mural placé à côté. Une cible neuve en papier, représentant une silhouette humaine grandeur nature déjà suspendue à un support en fil de fer, se mit à s'avancer. Elle s'arrêta à la marque des 7,50 mètres.

— Ça vous tente, inspecteur ?

— J'aimerais mieux vous regarder, répondit-il avec un sourire. J'ai l'impression que vous vous y connaissez.

Elle lui retourna son sourire, froidement.

— Suffisamment dans la plupart des cas.

Elle appuya à nouveau sur l'interrupteur et la cible se mit à reculer. Avant de s'arrêter au bout du rail, à la distance de 15 mètres. Elle prit un casque de protection auditive et des lunettes de sécurité à un crochet près de l'interrupteur et les mit avant de se retourner vers Gurney et Kim.

— Désolé, je n'en ai pas d'autres. Je n'ai pas l'habitude d'avoir un public.

Elle dégaina son SIG, vérifia le chargeur, ôta le cran de sûreté et demeura parfaitement immobile, la tête inclinée tel un plongeur olympique avant l'instant crucial. Puis elle fit quelque chose dont Gurney sut qu'il s'en souviendrait jusqu'à la fin de ses jours.

Elle poussa un hurlement – un cri furieux, bestial, au point que le mot qui en était l'amorce retentit dans la pièce plus comme le déchirement de la foudre que comme quoi que ce soit de verbal. « *FUCK !* » En même temps, elle leva le pistolet dans un mouvement brusque et, sans avoir fait le moindre geste apparent pour viser, elle tira chacune des quinze balles que contenait le chargeur en ce qui parut à Gurney moins de quatre secondes.

Puis elle abaissa lentement son arme et la posa sur la table, retira ses lunettes de sécurité et son casque de protection qu'elle suspendit soigneusement au mur. Elle leva ensuite la main vers l'interrupteur, et la cible glissa depuis l'extrémité du stand vers la table. Elle la détacha avec précaution et pivota, un sourire placide aux lèvres, visiblement en pleine possession de ses moyens.

Elle brandit la cible pour que Gurney l'examine. La zone de visée normale – le centre du corps – était intacte. En fait, il n'y avait aucun trou de projectile à l'intérieur du contour de la silhouette, sauf à un endroit.

Le milieu du front avait été éradiqué.

CHAPITRE 11

Conséquences étranges

À BORD DE LA MAZDA, Kim et Gurney quittèrent le village presque inexistant de Peacock pour rejoindre la route de campagne qui les ramènerait, à travers une succession de collines et de vallons, à Walnut Crossing. Il était tout juste cinq heures, le ciel se dégageait et le brouillard avait fini par se dissiper.

— J'ai été encore plus abasourdi que vous par cette séance.

Kim lui jeta un regard pour le jauger.

— D'où vous en concluez que je l'avais déjà vue. C'est vrai.

— Raison pour laquelle vous avez suggéré qu'elle me montre le stand de tir ? Pour que je puisse voir par moi-même son petit numéro ?

— Oui.

— Eh bien, j'en suis resté pantois.

— Je veux que vous voyiez tout. Ou du moins, tout ce que vous avez le temps de voir.

Ils se turent l'un et l'autre. Gurney avait l'impression d'en avoir déjà vu beaucoup. Il avait du mal à croire qu'il n'avait reçu le coup de fil de Connie Clarke que le matin précédent. Il ferma les yeux et s'efforça de mettre de l'ordre dans le flot d'observations, de conversations. Cela donnait le vertige. Le projet était bizarre. Sa participation était bizarre.

Il se réveilla alors que Kim tournait sur la petite route qui gravissait le flanc de montagne jusque chez lui.

— Bon sang. Je ne voulais pas m'endormir.

— Dormir fait du bien, dit-elle d'un ton las et sérieux.

Trois cerfs grimpèrent soudain un talus à une courte distance.

— Vous en avez déjà heurté ? demanda-t-elle.

— Oui.

Quelque chose dans sa façon de répondre incita Kim à lui jeter un coup d'œil intrigué.

Cela s'était passé six mois plus tôt. Venant des bois sur la gauche, une biche avait franchi la Route 10 juste devant lui pour gagner un champ sur la droite. Comme il atteignait l'endroit où elle avait traversé, son faon avait jailli à quelques mètres de sa voiture.

Il grimaça au souvenir toujours vivace du bruit sourd. Se ranger le long du fossé. Descendre. Retourner en arrière. Le petit corps tordu. Les yeux ouverts et sans vie. La biche figée dans le champ, regardant derrière elle, attendant. Il avait été rempli de tristesse et d'horreur, et il éprouva le même sentiment à cet instant.

Kim passa devant une ferme miteuse avec une douzaine de vaches au pelage sale et cinq ou six voitures rouillées.

— Vous vous entendez bien avec vos voisins ? demanda-t-elle.

Gurney fit entendre un son à mi-chemin entre un grognement et un rire.

— Certains oui, d'autres non.

Un kilomètre plus loin, ils arrivèrent en vue de la grange rouge au bout du sentier, près de l'étang.

— Laissez-moi là, dit-il. Je monterai à travers le pré. Cela me réveillera, m'éclaircira les idées.

Elle eut un froncement de sourcils.

— L'herbe semble mouillée.

— Ça ne fait rien. J'enlèverai mes chaussures en rentrant.

Elle s'arrêta devant la porte de la grange et coupa le moteur tout en gardant la main sur la clé de contact, l'air étrangement préoccupée.

Au lieu de sortir, il attendit, sentant qu'elle voulait dire quelque chose.

— Eh bien… commença-t-elle avant de s'interrompre brièvement. Euh… qu'est-ce qu'on fait maintenant ?

Gurney haussa les épaules.

— Vous m'avez engagé pour une journée. La journée est finie.

— Est-ce qu'il pourrait y en avoir une autre ?

— Pour quoi faire ?

— Parler à Max Clinter ?

— Pour quelle raison ?

— Parce que je n'arrive pas à le cerner. Il donne l'impression de savoir quelque chose sur l'affaire du Bon Berger. Quelque chose de terrible. Mais est-ce vraiment le cas ou s'agit-il seulement d'un truc un peu fou chez lui, une sorte de délire, je n'en sais rien. Je me disais que, peut-être, comme vous avez travaillé dans la police l'un et l'autre, il se montrerait plus honnête avec vous – surtout si je ne suis pas là, que vous n'êtes que tous les deux, discutant entre flics.

— Où habite-t-il ?

— Vous le ferez ? Vous lui parlerez ?

— Je n'ai pas dit ça. Je vous ai demandé où il habitait.

— Pas très loin du lac Cayuga. Tout près de sa désastreuse poursuite en voiture. Ce qui est une des raisons pour lesquelles je crains qu'il ne soit un peu timbré.

— Parce qu'il a choisi d'habiter dans ce coin ?

— À cause du *motif* pour lequel il a choisi d'y habiter. Il prétend que c'est là que son chemin et celui du Bon Berger se sont croisés et là que leur karma les réunira à nouveau.

— Et c'est avec ce type que vous voulez que je parle ?

— Dingue, n'est-ce pas ?

Il lui dit qu'il y réfléchirait.

— Je vous promets que vous le trouverez… intéressant.

— On verra. Je vous préviendrai.

Il sortit de la petite voiture, la regarda faire un demi-tour puis redescendre la route étroite.

Sa brève marche à travers le pré fut une coupure salutaire, emplissant sa conscience des arômes de la nature en ce début de printemps : la douceur complexe de la terre humide, l'air qui sentait suffisamment le propre pour purifier l'âme – pour emporter les obstacles se dressant entre l'esprit et la vérité des choses.

C'est ce qui lui sembla en tout cas – jusqu'à ce qu'il ait passé cinq minutes dans la maison, qu'il soit allé dans la salle de bains, se soit rafraîchi le visage et que Madeleine l'ait interrogé sur sa journée.

Il lui fit un récit aussi détaillé que possible des trois rendez-vous singuliers qu'il avait eus avec Kim et des gens auxquels elle était mêlée : Rudy Getz et sa mordue de roller, Larry Sterne et son cardigan à la Mister Rogers, Roberta Rotker et son inquiétante démonstration de tir à la cible. Et il lui raconta tout ce qu'il savait sur Max Clinter – l'étrange et tragique personnage dont la vie avait été changée pour toujours par le Bon Berger.

Il était assis près de la porte-fenêtre pendant que Madeleine épluchait des légumes sur une planche à découper à côté de l'évier.

— Kim souhaite que je m'occupe de cette histoire pendant encore une journée. Je ne sais absolument pas quoi faire.

Madeleine trancha l'extrémité d'un gros oignon rouge.

— Comment va ton bras ?

— Pardon ?

— Ton bras. La zone insensible. Comment ça va ?

— Je ne sais pas. Je veux dire, je n'ai pas… (Sa voix s'éteignit tandis qu'il se frottait l'avant-bras et le poignet.) Bien… toujours pareil, je suppose. Pourquoi me demandes-tu ça ?

Elle retourna l'oignon dans sa main, enlevant deux ou trois couches de la paroi externe dure.

— Et la douleur dans tes côtes ?

— Pas de problème, pour l'instant. C'est seulement par intermittence. Ça apparaît et disparaît.

— Toutes les dix minutes environ, c'est ce que tu m'as dit, je crois ?

— Plus ou moins.

— Et aujourd'hui, c'est arrivé souvent ?

— Je n'en suis pas sûr.

— Pas sûr de l'avoir ressentie du tout ?

— Je ne pourrais pas dire.

Hochant la tête, elle fendit une longue courgette par le milieu et posa sur la planche les deux moitiés, dont elle se mit à faire des morceaux en demi-lunes.

Il battit des paupières, la regarda fixement, se racla la gorge.

— Alors tu penses que je devrais laisser Kim m'engager pour une deuxième journée ?

— J'ai dit ça ?

— Il m'a semblé.

Il y eut un long silence. Madeleine coupa une aubergine, une courge jaune et un poivron rouge doux, puis versa le tout dans un grand récipient qu'elle porta jusqu'à la cuisinière, où elle fit mijoter les ingrédients dans un wok.

— C'est une jeune fille intéressante, dit-elle.

— En quel sens ?

— Intelligente, séduisante, ambitieuse, subtile, énergique – ce n'est pas ton avis ?

— Hmm. Elle possède une certaine profondeur, c'est sûr.

— Tu devrais peut-être la présenter à Kyle.

— Mon fils ?

— Je ne connais pas d'autre Kyle.

— Qu'est-ce qui te fait penser… ?

— Je les verrais bien ensemble, c'est tout. Des personnalités différentes, mais sur la même longueur d'onde.

Il essaya d'imaginer cette hypothétique alchimie relationnelle. En moins d'une minute, il y renonça. Trop de possibilités, trop peu de données. Il envia l'efficacité de l'intuition de Madeleine. Elle lui permettait de sauter par-dessus des inconnues qui, pour sa part, l'arrêtaient tout net.

CHAPITRE 12

La folie de Max Clinter

« ARRIVÉE À DESTINATION, À DROITE. »

Le GPS de Gurney l'avait conduit à un croisement non marqué où un étroit chemin de terre partait de la route pavée – une route qu'il suivait depuis trois kilomètres et demi sans apercevoir une seule maison qui n'ait pas l'air sur le point de s'écrouler.

D'un côté du chemin de terre se trouvait un portail ouvert et, de l'autre, un chêne mort, une cicatrice laissée par la foudre gravée dans son écorce. Un squelette humain était fixé au tronc – ou, du moins, supposa Gurney, une réplique des plus convaincante. Pendue au cou du squelette, une pancarte sur laquelle on pouvait lire, peint à la main : LE DERNIER INTRUS.

D'après ce que Dave avait appris jusqu'ici sur Max Clinter, y compris l'impression que lui avait faite la conversation qu'il avait eue avec celui-ci le matin même, l'écriteau n'avait rien d'étonnant.

Gurney tourna dans le chemin creusé d'ornières, qui traversa bientôt, telle une sorte de pont primitif, un vaste étang de castors. Après quoi il continuait à travers un bouquet d'érables rouges, jusqu'à une cabane en rondins construite sur un bout de terre ferme surélevée, entouré par une étendue d'eau et de végétation des marais.

Une frontière insolite cernait la cabane : une bande de mauvaises herbes enchevêtrées semblable à une douve, enfermée par un grillage à mailles fines. Le sentier menant à la porte de la cabane passait à travers ces broussailles, dont il était séparé des deux côtés par une clôture. Tandis que Gurney s'interrogeait sur le but d'un tel dispositif, la porte de la cabane s'ouvrit, et un homme s'avança sur une petite marche en pierre. Il portait une chemise et un pantalon de camouflage qui formaient un violent contraste avec les bottes en peau de serpent. Il n'avait pas l'air commode.

— Des serpents à sonnette, dit-il d'une voix rocailleuse.

— Pardon ?

— Dans les herbes. C'est la question que vous vous posiez, hein ? (Il parlait avec un accent bizarre, son regard attentif fixé sur son visiteur.) Des petits serpents à sonnette. Les petits sont les plus dangereux. À ce qu'il paraît. Un excellent moyen de dissuasion.

— Je n'aurais pas cru qu'ils puissent être d'une quelconque utilité alors qu'ils hibernent par temps froid, répondit Gurney d'un ton aimable. Vous êtes monsieur Clinter, je présume ?

— Maximilian Clinter. Le temps est seulement un problème pour les serpents *concrets*. C'est l'*idée* des serpents qui tient les indésirables à distance. Dans leur tête, la météo n'a aucun effet sur ces bestioles. Vous comprenez ce que je veux dire, monsieur Gurney ? Je vous inviterais bien à entrer, mais je ne laisse jamais entrer personne. Peux pas le supporter. Syndrome de stress post-traumatique. Si vous entriez, je devrais rester dehors. À plus de deux il y a foule. Me mets à étouffer.

Il se fendit d'un sourire quelque peu dément. En réalité, songea Gurney, il parlait avec une sorte d'accent du terroir sporadique, comme Marlon Brando dans *Missouri Breaks*.

— Je reçois mes invités en plein air. J'espère que vous n'êtes pas vexé. Suivez-moi.

Il fit contourner à Gurney les herbes clôturées jusqu'à une table de pique-nique érodée par les intempéries à l'arrière de la cabane. Un peu plus loin, garée juste au bord du marécage, se trouvait une authentique jeep Humvee, de couleur beige.

— C'est vous qui conduisez cet engin ? demanda Gurney.

— À certaines occasions. (Clinter lui fit un clin d'œil d'un air de conspirateur en s'installant à la table. Il prit une paire de musclets de main posé sur le banc et se mit à les presser.) Asseyez-vous, monsieur Gurney, et dites-moi pourquoi vous vous intéressez à l'affaire du Bon Berger.

— Je vous l'ai expliqué au téléphone. On m'a demandé de…

— Regarder par-dessus la ravissante épaule de la languissante Mlle Cœur Brisé ?

— Cœur Brisé ?

— *Corazón* signifie « cœur ». De l'espagnol basique. Mais je suis sûr que vous le saviez. Un nom qui lui va comme un gant, vous ne pensez pas ? Histoires de cœur. Passion qui tourne mal. Pitié pour les victimes de crimes. Mais qu'est-ce que Maximilian Clinter vient faire là-dedans ?

Dans cette dernière question, l'accent sporadique s'était volatilisé. L'homme l'observait d'un regard perçant.

Gurney dut décider rapidement d'une tactique. Il opta pour une ouverture franche.

— Kim pense que vous savez des trucs sur l'affaire, des trucs que vous ne lui dites pas. Elle n'arrive pas à vous comprendre. À mon avis, vous lui avez flanqué la frousse. (Gurney aurait juré que Clinter était ravi, mais ne voulait pas le montrer. Jouer cartes sur table semblait la meilleure conduite à tenir.) Soit dit en passant, j'ai été impressionné par le récit de votre numéro de Buffalo Bill. Si la moitié de ce que j'ai entendu dire est vrai, vous êtes un homme de talent.

Clinter sourit.

— Gros Miel.

— Pardon ?

— C'était le surnom de Frankie Benno dans le milieu.

— Parce qu'il était tellement doux ?

Les yeux de Clinter scintillèrent.

— À cause de son hobby. Il était apiculteur.

Gurney éclata de rire à cette idée.

— Et vous, Max ? Quel genre de brave citoyen êtes-vous ? D'après ce qu'on raconte, vous feriez dans le commerce, spécialité armurerie.

Clinter lui lança un regard entendu, ses mains comprimant les musclets rapidement, presque sans effort.

— Objets de collection neutralisés.

— Vous voulez dire des armes à feu qui ne marchent pas ?

— Tout le gros matériel militaire a été rendu plus ou moins inutilisable. J'ai aussi quelques pièces intéressantes, plus petites et qui fonctionnent encore. Mais je ne suis pas marchand. Les marchands ont besoin d'une licence fédérale. Je ne rentre donc pas dans cette catégorie. Je suis ce que la loi appelle un amateur. Et parfois, je vends un objet faisant partie de ma collection personnelle à un autre amateur. Vous me suivez ?

— Je pense. Quel genre d'arme vendez-vous ?

— Des armes inhabituelles. Et dans chaque cas, il faut que je sente qu'elle répond bien au désir de l'individu en question. Je tiens à ce que les choses soient parfaitement claires. *Si ce que vous voulez, c'est un Glock de merde, alors vous n'avez qu'à aller dans un putain de Walmart*. C'est ma philosophie en matière d'armes à feu, et je m'en cache pas. (L'accent du terroir était revenu.) Par contre, si voulez une mitrailleuse Vickers de la Seconde Guerre mondiale, plus ou moins neutralisée, avec un trépied antiaérien assorti, on pourrait avoir de bonnes raisons de discuter, à supposer que vous soyez un amateur comme moi.

Gurney pivota nonchalamment sur le banc afin de pouvoir regarder l'eau brune du marais. Il bâilla, s'étira puis sourit à Clinter.

— Eh bien, dites-moi, est-ce que vous savez vraiment quelque chose sur l'affaire du Bon Berger, comme le pense Kim ? Ou c'est juste des foutaises ?

L'homme dévisagea son visiteur un long moment avant de répondre.

— C'est peut-être des foutaises que toutes les voitures étaient noires ? Et que deux des victimes avaient fréquenté le même lycée à Brooklyn ? Des foutaises également que les meurtres du Bon Berger ont triplé l'écoute et les recettes de RAM News ? Et que le FBI a entouré l'affaire d'un mur du silence complet ?

Gurney tourna ses mains en signe de perplexité.

— Qu'est-ce que c'est censé signifier ?

— La malfaisance, monsieur Gurney. À la base de cette affaire, il y a une malfaisance incroyable. (Ses mains pressaient, relâchaient, pressaient, relâchaient les musclets avec des mouvement si rapides qu'ils paraissaient convulsifs.) Du reste, est-ce que vous saviez qu'il y a des abrutis qui prennent leur pied en regardant des vidéos d'accidents de voitures ? Vous saviez ça ?

— Il me semble que quelqu'un a fait un film là-dessus dans les années 1990. Mais vous ne pensez pas que l'affaire du Bon Berger a quoi que ce soit à voir… n'est-ce pas ?

— Je ne pense rien. J'ai seulement des questions. Une flopée de questions. Le manifeste était-il l'emballage d'une bombe d'un autre genre – un cadeau de Noël dans un lapin de Pâques ? Notre Clyde avait-il une Bonnie dans sa voiture ? Les six petits animaux de l'arche de Noé sont-ils la clé de tout ? Existe-t-il entre les victimes des liens cachés que personne n'a encore entrevus ? Est-ce la richesse elle-même qui a peint une cible sur leur dos ou est-ce de cette façon qu'ils sont devenus riches ? Voilà un point intéressant, vous ne trouvez pas ? (Il gratifia Gurney d'un clin d'œil. Manifestement, il ne se souciait pas d'obtenir une réponse. Il suivait le fil de sa propre logique.) Tant de questions. Le berger pourrait-il être une bergère – une Bonnie agissant seule –, une garce siphonnée ayant une dent contre les rupins ?

Il se tut. Le seul bruit dans le silence sinistre était le grincement répétitif émis par les ressorts des musclets.

— Vous devez avoir des mains extrêmement robustes, remarqua Gurney.

Clinter lui lança un sourire féroce.

— Lorsque j'ai rencontré le Bon Berger, j'étais terriblement, dramatiquement, scandaleusement mal préparé. Ce ne sera pas le cas la prochaine fois.

Gurney songea un instant à la scène finale de *Moby Dick*, où Achab, empoignant le harpon, le plante dans le dos de la baleine. Achab et la baleine, couple imbriqué l'un dans l'autre, disparaissant à jamais dans les profondeurs de la mer.

CHAPITRE 13

Massacre en série

AYANT QUITTÉ L'ENCLOS EXTRAVAGANT de Clinter, avec ses serpents à sonnette réels ou imaginaires, sa douve marécageuse et son squelette posté en sentinelle, et mis quelques kilomètres derrière lui, Gurney s'arrêta sur une aire de repos. Elle se trouvait au sommet d'une côte qui lui offrait une vue de la pointe nord du lac Cayuga, d'un bleu aussi éclatant que le ciel au-dessus.

Il sortit son téléphone, entra le numéro de Jack Hardwick et tomba sur la messagerie vocale.

— Hé, Jack. J'ai des questions. Je viens d'avoir un entretien avec M. Clinter. J'aurais besoin de tes lumières. Rappelle-moi. Le plus tôt sera le mieux. Merci.

Puis il appela Kim.

— Dave ?

— Bonjour. Je suis dans vos parages, en train d'examiner certaines choses. Je pensais que dire un mot à Robby Meese serait peut-être une bonne idée. Vous avez son adresse et son numéro de téléphone ?

— Qu'est-ce que... De quoi voulez-vous lui parler ?

— Y a-t-il une raison pour laquelle vous ne voulez pas que je le fasse ?

— Non. C'est simplement que... Je ne sais pas... Bon, d'accord, un instant. (Moins d'une minute plus tard, elle revint en ligne.) Il a un appartement à Tipperary Hill, 3003 South Lowell.

(Puis elle lut un numéro de téléphone portable, que Dave nota.) N'oubliez pas, il utilise le nom Montague, pas Meese. Mais… que voulez-vous faire ?

— Juste lui poser des questions, pour voir si je peux trouver quelque chose qui ait un sens.

— Un sens ?

— Plus j'en apprends sur votre projet – ou l'affaire sur laquelle il est basé – et plus cela devient confus. Je suis avide d'un peu de clarté.

— De clarté ? Et vous pensez pouvoir en obtenir de lui ?

— Peut-être pas directement, mais il semble jouer un rôle dans votre petit drame, et je ne sais pas vraiment lequel. Ce qui me met mal à l'aise.

— Je vous ai dit tout ce que je savais à son sujet.

Elle avait l'air blessée, sur la défensive.

— Je n'en doute pas.

— Alors pourquoi…

— Si vous voulez mon aide, Kim, il faut me laisser un peu de marge.

Elle hésita.

— Bon… très bien. Soyez prudent. Il est… bizarre.

— Comme souvent les types ayant plus d'un nom de famille.

Il mit fin à la communication. Le téléphone se mit à sonner alors qu'il le glissait dans sa poche. L'écran affichait J. Hardwick.

— Salut, Jack. Merci de me rappeler.

— Je ne suis qu'un humble fonctionnaire, Sherlock. Que puis-je faire pour le célèbre détective, aujourd'hui ?

— Je ne sais pas trop. Sur quel genre de pièces du dossier du Bon Berger peux-tu mettre la main ?

— Ah, je vois.

Il avait pris ce ton espiègle que Gurney détestait.

— Tu vois quoi ?

— J'ai comme l'impression qu'une partie des cellules du cerveau à la retraite de Sherlock sont en train de se réveiller.

Gurney ne releva pas.

— Alors, à quoi as-tu accès ?

Hardwick se racla la gorge avec une application à vous soulever l'estomac.

— Rapports d'incident initiaux, informations concernant l'identité et les antécédents des victimes, photographies des dommages occasionnés aux visages et aux crânes par une balle de gros calibre... En parlant de ça, voilà qu'une anecdote croustillante me revient à l'esprit. Une des victimes, une femme chic bossant dans l'immobilier, a perdu une bonne partie de ses mâchoires et de sa caboche sous l'effet du boulet de canon de ce Desert Eagle. En passant au peigne fin la scène de crime, un jeune type de l'équipe des indices a fait une découverte qu'il n'oubliera jamais. Un morceau du lobe de l'oreille de la dame en question, de la taille d'une pièce de monnaie, était accroché à un buisson de sumacs au bord de la route avec un gros clou en diamant encore à l'intérieur. Tu imagines, champion ? C'est le genre de machin qui a tendance à se graver dans la mémoire. (Il s'interrompit un instant, comme pour laisser l'image faire son chemin.) Bref, on a un tas de détails du même genre, plus les constatations du médecin légiste, des rapports de laboratoire à la pelle, les rapports d'enquête, le profil dressé par l'Unité comportementale du FBI, etc., etc., et encore des tonnes de conneries, certaines accessibles, d'autres non. Qu'est-ce que tu cherches ?

— Que dirais-tu de tout ce que tu peux m'envoyer sans trop de problèmes ?

Hardwick réagit en éclatant de son rire de papier de verre.

— N'importe quel truc impliquant le FBI constitue un problème potentiel. Une bande de connards arrogants, politicards et obsédés du contrôle. (Il marqua un temps d'arrêt.) Je vais voir ce que je peux faire. Je t'enverrai deux ou trois choses tout de suite et davantage plus tard. Vérifie tes mails.

Hardwick se montrait toujours très obligeant quand il avait l'occasion de violer les règlements et de marcher sur des pieds sensibles.

— Au fait, dit Gurney. Je reviens d'une entrevue avec le sieur Clinter.

Hardwick éclata à nouveau de rire, plus fort cette fois.

— Maxie t'a fait impression ?

— Tu as déjà vu l'endroit où il vit ?

— Squelettes, serpents, Humvee et crottin de cheval. C'est de cet endroit-là que tu parles ?

— On dirait que tu n'accordes pas beaucoup de poids aux radotages dudit Clinter.

— Toi, si ?

— Je n'ai pas encore décidé quoi faire de lui. Il y a une composante psycho dans l'attirail, mais aussi une composante cabotin faisant semblant d'être un psycho. Difficile de faire la distinction entre les deux. Il a évoqué un syndrome de stress post-traumatique. Est-ce que tu sais si cela provient de l'accident éthylique qui a conduit à son limogeage ?

— Non. De la première guerre du Golfe. Un tir ami d'un hélicoptère a fait exploser un type à côté de lui. À ce moment-là, Maxie est passé au travers ou l'a dissimulé, peu importe. Mais ça a probablement joué à précipiter son effondrement total après le gâchis du Bon Berger. Qui sait ? Peut-être qu'il a cru qu'il tirait sur un putain d'hélicoptère cette nuit-là.

— Quelqu'un a prêté attention à ses théories sur l'affaire ?

— Il n'a pas de théories. Il a des idées à la mords-moi-le-nœud, basées sur les conneries qui lui passent par la tête. Tu as déjà entendu un maboul expliquer comment le nombre de pieds d'une chaise multiplié par le chiffre mystique 7 te donne le nombre de jours d'un mois lunaire ? Maxie était bourré jusqu'aux yeux de débilités de ce genre.

— Alors tu penses qu'il ne peut rien apporter de concret ?

Hardwick laissa échapper un grognement songeur.

— S'il y a quoi que ce soit de concret que Maxie puisse mettre sur la table, c'est la haine, l'obsession et des intuitions du genre déjanté.

Une combinaison que Gurney avait déjà rencontrée. Et qui menait tout droit au désastre.

Un quart d'heure plus tard, à la sortie d'Auburn, ayant roulé à travers les collines pastorales séparant les lacs Cayuga et Owasco, Gurny s'arrêta à une station-service-supérette pour prendre de l'essence et recharger ses propres batteries à l'aide d'un grand café. D'après l'horloge du tableau de bord, il était 13 h 05.

Après avoir fait le plein, il se dirigea vers un coin de l'aire de stationnement pour siroter son café et préparer son entretien avec Meese Montague.

Son téléphone se mit à sonner. Il s'agissait d'un texto : CONSULTE TA BOÎTE MAIL.

Ce faisant, il découvrit un message de Hardwick : « Regarde les pièces jointes : Rapports d'incident (6), Complément mouvements antérieurs, Rapports ViCAP, Récapitulatif des éléments communs, Photos pré-autopsie des victimes. »

L'intitulé de chacun des rapports d'incident comportait un numéro de un à six, qui indiquait apparemment sa place dans la série, suivi du nom de la victime. Gurney sélectionna le document « 1-MELLANI » et commença à parcourir les cinquante-deux pages.

Étaient inclus les observations des policiers ayant répondu à l'appel, les croquis de la scène de crime, les photographies du site, une reconstitution à partir des éléments probants accompagnée d'un récit hypothétique du déroulement des faits, le rapport concernant les dommages aux véhicules, le rapport sur les indices matériels, la liste des unités arrivées sur les lieux, le rapport préliminaire du médecin légiste et une liste des analyses de laboratoire.

Si ce premier des six rapports d'incident était représentatif des autres pour la longueur et la quantité de renseignements, cela faisait plus de trois cent cinquante pages à éplucher. Ce n'était pas une tâche que Gurney avait l'intention d'effectuer sur l'écran de sept centimètres de son téléphone portable.

Il retourna à la liste des pièces jointes et sélectionna « Récapitulatif des éléments communs » – les paramètres liant les six homicides. Il fut soulagé de ne voir qu'une seule page, comportant treize points précis.

1. Attaques intervenues au cours de week-ends consécutifs, entre le 18 mars et le 1er avril 2000.
2. Attaques intervenues dans un créneau de deux heures, de 9 h 11 à 11 h 10.

3. Attaques intervenues à l'intérieur d'un rectangle d'environ 300 kilomètres sur 80, s'étendant du centre de New York jusque dans le Massachusetts.
4. Attaques intervenues dans des virages à gauche avec bonne visibilité vers l'avant.
5. Vitesse modérée du véhicule (75-90 km/h) au moment du coup de feu.
6. Peu ou pas de circulation, aucun témoin connu, aucune caméra de surveillance, pas de bâtiments commerciaux ou résidentiels à proximité.
7. Attaques intervenues sur des routes rurales secondaires reliant des axes principaux à des quartiers chic.
8. Véhicule des victimes : Mercedes noire dernier modèle, catégorie super-luxe (de 82 400 à 162 760 dollars PDSF).
9. Un seul coup de feu dans la tête du conducteur. Lésions cérébrales importantes, décès plus ou moins instantané.
10. Distance estimée entre le tireur et la victime dans chaque cas : de 1,80 m à 3,60 m.
11. Toutes les cartouches récupérées : calibre .50 Action Express – propre au pistolet Desert Eagle.
12. Animaux en plastique venant d'un jeu pour enfant très populaire déposés sur la scène de crime. Ordre d'apparition : lion, girafe, léopard, zèbre, singe, éléphant.
13. Conducteurs hommes dans cinq attaques sur six.

Presque toutes les rubriques de la liste soulevaient une ou deux questions dans l'esprit de Gurney. Il referma les « Éléments communs » et ouvrit les « Photos pré-autopsie des victimes » – grimaçant à l'idée de ce qu'il allait voir. Il y avait douze photographies, deux pour chaque victime : l'une prise dans le véhicule sur la scène de crime et l'autre de face sur la table d'autopsie.

Gurney serra les dents et se mit à faire défiler le musée des horreurs photographique. Ce qui lui rappela une nouvelle fois que les flics et le personnel des services d'urgence partagent le redoutable privilège de savoir quelque chose que quatre-vingt-dix-neuf pour cent de la population préfère ignorer : ce qu'une balle à pointe creuse peut faire à une tête humaine. Cela peut la réduire à une chose effroyablement, odieusement ridicule. Transformer un crâne en un casque démoli, un cuir chevelu en un chapeau extravagant de guingois sur le front. Remodeler un visage en un simulacre d'irritation ou de surprise. Lui imprimer une expression grotesque d'indignation ou de stupidité. Ou le pulvériser complètement – ne laissant qu'un paysage charnu de cervelle, de cavités et de dents.

Gurney ferma le dossier des photos, quitta le logiciel de messagerie et prit son café. Il était froid. Il en but néanmoins quelques gorgées puis le posa sur le côté et appela Hardwick.

— Bordel, qu'est-ce qui se passe, Sherlock ?

— Je te remercie pour les documents. Ça a été rapide.

— Ouais. Qu'est-ce que tu veux, maintenant ?

— J'appelais pour te remercier.

— Mon cul. Qu'est-ce que tu veux ?

— Tout ce qui n'est pas marqué.

— Tu sembles penser que j'en sais plus que ce n'est le cas.

— Je n'ai jamais rencontré quelqu'un ayant une meilleure mémoire que toi. À croire que même la merde te reste dans le cerveau. C'est peut-être ton plus grand talent.

— Va te faire voir.

— Après toi. Bon, pourrais-tu me brosser un rapide portrait des victimes, éventuellement de là où elles venaient quand on les a abattues ?

— Premier attentat, Bruno Mellani. Bruno et sa femme, Carmella, regagnaient leur maison de campagne à Chatham, dans l'État de New York, après être allés à un baptême à Long Island. En réalité, une occasion de serrer la pince à des associés en affaires. Bruno ne connaissait que le pognon et les affaires. Le bruit courait qu'il avait des relations dans la Mafia, mais sans doute pas plus qu'un tas de gus dans l'industrie du bâtiment à New York, et ces rumeurs servaient probablement son image. La balle a traversé la vitre latérale de sa Mercedes, emporté un tiers de son crâne et touché Carmella, qui a perdu connaissance. Le fils, Paul, et la fille, Paula, tous deux dans la vingtaine à l'époque, ont paru réellement effondrés, alors peut-être que papa avait quand même des qualités. C'est ce genre de conneries que tu cherches ?

— Tout ce qui te vient à l'esprit.

— OK. Deuxième attentat. Carl Rotker rentrait chez lui, dans un ensemble résidentiel protégé près de Bolton Landing, sur la rive ouest du lac George, depuis son gigantesque magasin d'articles de plomberie à Schenectady. Comme souvent avec Carl, son trajet avait été rallongé par un détour jusqu'à l'appartement d'une Brésilienne de la moitié de son âge. Il avait mis le système audio de sa Mercedes à fond, lequel jouait un CD de Sinatra. On le sait parce que ce foutu engin continuait à brailler « My Way » quand le flic a trouvé la voiture renversée près de la route, avec la majeure partie du sang de Carl formant une flaque à l'intérieur du toit. Tu en veux plus ?

— Autant que tu peux m'en fournir.

— Le troisième. Ian Sterne, un dentiste extrêmement florissant – propriétaire et promoteur en chef d'un cabinet lucratif employant plus d'une dizaine de praticiens dans l'Upper East Side à Manhattan. Orthodontie, prosthodontie, chirurgie maxillo-faciale et esthétique – pour l'essentiel une usine fabriquant des sourires parfaits et des pommettes impeccables pour des zèbres avides d'échanger le fric qu'ils possèdent contre la beauté qui leur manque. Le toubib lui-même, un petit vieux rabougri ressemblant à un lézard rusé, avait une gentille relation artistique avec une jeune Russe, élève de piano à Julliard. Rumeurs de mariage. La fin est assez cocasse : la balle foudroyante ayant fracassé le cortex cérébral de Ian et la grosse Mercedes classe S ayant piqué une tête dans une rivière voisine, la première chose que le flic arrivé sur les lieux a pu voir clairement – juste au-dessus de l'eau, éclairée par les feux clignotants qui s'étaient allumés sous l'effet du choc –, ç'a été la plaque d'immatriculation de Ian : A SMILE 4U*. Tu n'en as pas encore assez ?

— Loin de là, Jack. Tu es un conteur né.

— Numéro quatre. Sharon Stone, une virtuose de la vente immobilière, avec un nom sacrément approprié, retournait chez

* Soit : « A smile for you » (un sourire pour vous).

elle, dans le petit village chicos de Barkham Dell, après avoir fait la bringue avec des amis et membres influents du gouvernement de l'État. Vivait dans une splendide maison de style colonial avec son fils homo de vingt-sept ans et un jardinier musclé dont on prétendait qu'il avait une liaison à la fois avec la mère et avec le fils. Mme Stone était la propriétaire du lobe d'oreille égaré dont je t'ai parlé tout à l'heure.

Hardwick marqua une pause, comme s'il attendait une réaction.

— Continue, dit Gurney.

— Numéro cinq : James Brewster, un grand chirurgien cardiologue. Son savoir-faire, son répertoire bien fourni et sa boulimie de travail avaient fait sa fortune, mis fin à ses deux premiers mariages et transformé son fils en un solitaire aigri et déconnecté, qui ne lui avait pas parlé depuis des années et a semblé se réjouir de sa mort. En cette soirée fatidique, il avait quitté le Centre médical d'Albany pour rentrer à son domicile, au milieu des collines ondulantes, et dégoulinantes de fric, à la lisière de Williamstown, Massachusetts. Le contrôle automatique de sa Mercedes AMG coupé soigneusement réglé sur la limite de vitesse, le toubib dictait sa réponse à une invitation à un congrès de chirurgie cardiaque à Aspen. Les débris de l'appareil enregistreur qu'il utilisait de même que sa cervelle couvraient le siège passager de la voiture. Le fait que ce soit arrivé à deux kilomètres de la frontière de l'État du Massachusetts a finalement conduit le FBI à se mettre de la partie.

— La Brigade criminelle n'a pas vu ça comme un gros atout ?

Cette fois, le rire avait quelque chose de tuberculeux.

— Ce qui nous amène au bouquet final. Numéro six. Maître Harold Blum était loin d'être au sommet de la profession d'avocat et, à l'âge de cinquante-cinq ans, il ne risquait pas d'aller beaucoup plus haut. Harold était du genre qui s'échine de donner l'impression que ses efforts en valent la peine. D'après sa tendre moitié, Ruthie, qui avait beaucoup à dire, Harold était le consommateur parfait, effectuant toujours des achats au-dessus de ses moyens, comme si ces possessions pouvaient faire une différence – ou du moins attirer des clients d'une classe supérieure. Elle semblait avoir pas mal d'affection pour lui. Ce soir-là, il faisait le trajet de son bureau dans Horseheads à sa maison au bord du lac Cayuga, conduisant sa Mercedes Sedan flambant neuve, dont les mensualités de paiement, prétendait sa femme, l'asphyxiaient déjà. D'après la reconstitution, le Bon Berger, fidèle à lui-même, avait surgi sur la gauche et tiré une seule balle. Le cortex visuel de Harold avait probablement été réduit en miettes avant même qu'il ait eu le temps de distinguer l'éclair au bout du canon.

— Et c'est alors que Max Clinter entre en scène ?

— Sur les chapeaux de roues. Max entend distinctement le coup de feu qui a tué Blum. Il jette un œil par la vitre de sa voiture en stationnement pour voir la Mercedes de Blum déraper sur l'accotement et les feux arrière du second véhicule s'éloigner à toute blinde. Il met alors en marche sa Camaro SS de 320 chevaux, sort de derrière un bouquet de rhododendrons et s'engage sur la route nationale pour se lancer dans une course folle à la poursuite des feux arrière. Problème : Max n'est pas seul, et il a un coup dans le nez. Bien qu'il soit marié et père de trois gosses, sur le siège passager se trouve une nana de vingt et un ans qu'il a rencontrée une heure plus tôt dans un des bars d'Ithaca fréquentés par les étudiants et avec qui il a tiré laborieusement un coup, l'esprit embrumé par l'alcool, dans sa caisse derrière les rhododendrons. Il a maintenant le pied au plancher, la Camaro faisant du 180 – mais il n'a pas de plan, pas de téléphone portable, pas la moindre idée rationnelle sur où ça mène. C'est de la poursuite pure, animale, primitive. La nana se met à pousser des cris. Il lui dit de la boucler. Le type devant est en train de se faire la malle. À présent, Maxie a pété un câble sous l'emprise de l'alcool, de l'amour-propre et de l'adrénaline. Il glisse la main sous sa veste, sort son Glock calibre .40, baisse sa vitre et se met à tirer sur la bagnole devant lui. Un truc de dingue. Hautement risqué et hautement illégal. La fille hurle. Maxie perd complètement les pédales, la Camaro tangue.

— On croirait que tu étais sur la banquette arrière.

— Il a raconté l'histoire à un tas de zigues. Ça s'est ébruité. Une sacrée histoire.

— Un sacré suicide professionnel, tu veux dire.

— Au final, oui. Mais si Max avait eu de la chance et qu'une de ses balles avait abattu le Bon Berger, si aucun innocent n'avait été blessé, ou si les blessures avaient été moins graves, si son taux d'alcool dans le sang n'avait pas été trois fois la limite permise... peut-être que la folie de tirer quinze coups de feu en huit secondes depuis un véhicule en marche, sur une cible mal définie, avec à bord un ou plusieurs occupants inconnus, le long d'une route sombre, tout en roulant à une vitesse assurément dangereuse... peut-être que tout ça se serait tassé ou aurait été reformulé de manière à ne pas le foutre dans la merde. Mais ce n'est pas ce qui s'est passé. Ce qui s'est passé, c'est que les choses ont tout de suite tourné au vinaigre. Alors que la Camaro zigzaguait sur la voie en sens inverse, un motocycliste a débouché d'une côte sans visibilité avec trop peu d'espace pour dégager le passage. La moto s'est couchée, le conducteur a été éjecté. À 150 kilomètres heure, la voiture de Max a fait un tête-à-queue, est passée par-dessus un talus, puis a percuté une saillie rocheuse. Sous la violence du choc, Max a eu le dos fracturé en deux endroits, la jeune femme s'est rompu le cou et les deux bras, et le pare-brise leur a explosé à la figure. Le Bon Berger a réussi à s'en tirer. Mais pas Maxie. Cette soirée lui a coûté sa carrière, son mariage, sa maison, sa relation avec ses enfants, sa réputation et, d'après certains, son équilibre mental et émotionnel. Mais c'est un autre problème.

— Bel effort de mémoire, Jack. Tu devrais faire don de ton cerveau à la science.

— La question est la suivante : qu'est-ce que tu vas faire de ces informations ?

— Je ne sais pas.

— Alors tu m'as appelé pour me faire perdre mon temps ?

— Pas exactement. J'ai une drôle de sensation.

— À propos de quoi ?

— Tout ce truc du Bon Berger. J'ai l'impression que quelque chose m'échappe. D'un côté, c'est si simple. Tuer les riches, créer un monde meilleur. Le cas classique du cinglé se croyant investi d'une mission. D'un autre côté...

— D'un autre côté, quoi ?

— Je ne sais pas. Quelque chose ne va pas. Je n'arrive pas à mettre le doigt dessus.

— Mon petit Davey. Je t'admire, vraiment.

Hardwick était dans son mode narquois.

— Pourquoi ça, Jack ?

— Tu te rends bien compte que ce que tu appelles « tout ce truc du Bon Berger » a été examiné et réexaminé, analysé et réanalysé par les plus brillants et les plus talentueux. Bon Dieu, même ta chouette petite copine psychologue a dit son mot.

— Pardon ?

— Tu n'étais pas au courant ?

— De qui parles-tu ?

— Merde, là tu m'étonnes vraiment. Combien connais-tu de nanas bandantes qui soient titulaires d'un doctorat ?

— Jack, mais de quoi est-ce que tu parles ?

— Je pense que le docteur Holdenfield serait blessée par ton attitude.

— Rebecca Holdenfield ? Est-ce que tu as perdu la tête ?

Gurney savait que sa réaction était exagérée – pas du fait d'une quelconque maladresse de sa part, mais peut-être parce que, durant les deux affaires sur lesquelles ils avaient travaillé ensemble, il avait accordé un peu plus d'attention qu'il n'aurait dû au charme indéniable de la psychologue judiciaire.

Il avait également conscience que sa réaction excessive était le but recherché par Hardwick. Celui-ci possédait une extrême sensibilité à l'inconfort d'autrui et éprouvait un malin plaisir à l'augmenter.

— Son travail figure en note du profil dressé par le FBI concernant le Bon Berger, dit Hardwick.

— Tu en as un exemplaire ?

— Oui et non.

— Ce qui signifie ?

— Non, parce qu'il s'agit d'un document du FBI déclaré confidentiel, dont la diffusion est limitée à ceux qui ont besoin d'en avoir connaissance, besoin que je n'ai pas à l'heure actuelle, et donc je n'ai pas officiellement accès au profil.

— Est-ce qu'il n'a pas été publié dans tous les grands journaux juste après les six meurtres ?

— Un résumé a été communiqué aux médias, pas le profil lui-même. Nos grands frères du FBI sont assez regardants sur qui voit les productions inédites de leur sagesse particulière. Ils se considèrent résolument comme des Décideurs avec un D majuscule.

— Mais ne serait-il pas possible d'une façon ou d'une autre… ?

— Tout est possible d'une façon ou d'une autre. À condition d'avoir le temps nécessaire. Et la motivation. Est-ce que ce n'est pas une loi de la logique ?

Gurney connaissait suffisamment Hardwick pour savoir comment jouer le coup.

— Je ne voudrais pas t'attirer de gros ennuis avec cette Foutue Bande d'Idiots.

Un silence pensif s'étira entre eux, gros de possibilités. Il fut finalement rompu par Hardwick.

— Eh bien, mon petit Davey, y a-t-il autre chose que je puisse faire pour toi aujourd'hui ?

— Bien sûr, Jack. Tu peux te mettre le « petit Davey » où je pense.

Hardwick éclata d'un grand rire sonore. Semblable à celui d'un tigre atteint d'une bronchite.

Le sauvait le fait qu'il aimait autant recevoir des affronts qu'en distribuer.

C'était apparemment son idée d'une relation saine.

CHAPITRE 14

Une étrange visite à un homme agité

SA CONVERSATION AVEC HARDWICK TERMINÉE, Gurney finit le reste de son café froid, rentra dans son GPS l'adresse de Robby Meese que Kim lui avait donnée et reprit la route en direction de Syracuse. Il utilisa le temps du trajet pour réfléchir à la façon d'aborder le jeune homme – les divers personnages qu'il pouvait adopter lors de l'entretien. Finalement, il choisit une manière semi-factuelle de se présenter, lui ainsi que le but de sa visite. Une fois qu'ils se seraient mis à parler, il verrait bien et manœuvrerait en fonction des besoins.

Les faubourgs ouest de la ville, d'après ce qu'il pouvait en voir depuis sa voiture, étaient déprimants. Une zone couturée d'entreprises commerciales et industrielles mortes ou mourantes et le plus souvent hideuses. Le zonage semblait des plus aléatoire, un ensemble hétéroclite au mieux. Son GPS lui indiqua de quitter la route principale et de s'enfoncer dans un quartier formé de petites maisons mal entretenues et qui semblait avoir perdu depuis longtemps couleur, vie et individualité. Cela rappela à Gurney le quartier où il avait grandi – une sorte de camp retranché où fleurissaient l'échec scolaire, l'ignorance et le racisme, ainsi qu'une fierté bornée. Un endroit si petit, petit sur bien des plans, triste à bien des égards.

Une autre indication de son GPS ramena Gurney à la tâche qui l'attendait. Il tourna à gauche, roula une centaine de mètres, traversa une grande artère, alla jusqu'à la rue suivante et se retrouva dans un autre type de quartier – avec davantage d'arbres, des maisons plus spacieuses, des pelouses plus soignées, des trottoirs plus propres. Certaines des maisons avaient été divisées en appartements, mais même celles-là paraissaient bien entretenues.

Le GPS annonça son « arrivée à destination » alors qu'il passait devant une vaste demeure multicolore de style victorien. Il continua jusqu'au carrefour suivant, fit demi-tour et se gara de l'autre côté de la rue, à un emplacement d'où il pouvait apercevoir le porche et la porte principale.

Alors qu'il s'apprêtait à sortir de la voiture, son téléphone émit un signal de texto. Il s'immobilisa, jeta un coup d'œil et vit qu'il était de Kim : PROJET CARTONNE !! BESOIN DE PARLER DÈS QUE POSSIBLE !! SVP !!

Gurney considéra le « dès que possible » comme une notion flexible, étirable jusqu'à un moment donné après sa rencontre avec Meese. Il descendit de voiture et marcha jusqu'à la maison victorienne.

La porte d'entrée ouvrait depuis le large porche sur un hall carrelé comportant deux autres portes. Sur le mur entre elles étaient fixées deux boîtes aux lettres. Celle de droite était étiquetée : « R. Montague ». Gurney frappa à la porte, attendit, frappa à nouveau, cette fois plus fermement. Pas de réponse. Il prit son téléphone, trouva le numéro de Meese et appela, tout en collant son oreille contre le panneau pour voir s'il entendait une sonnerie. Il n'y eut aucun son perceptible. Lorsqu'il obtint la boîte vocale, il coupa la communication et retourna à sa voiture.

Il inclina le siège de quelques centimètres et se détendit. Puis il se mit à parcourir les rapports d'incident ainsi que les annexes complémentaires concernant les faits et gestes des victimes dans les heures ayant précédé les fusillades. S'immergeant dans les détails, il chercha instinctivement quelque chose qui retienne son attention, quelque chose que les premiers enquêteurs auraient raté dans toute cette masse de données.

Rien ne lui sauta aux yeux. Il n'existait aucun lien manifeste entre les victimes, aucune similitude flagrante à part une certaine capacité financière, une préférence commune pour la marque Mercedes et une résidence principale ou secondaire située à l'intérieur d'un périmètre de quatre-vingts kilomètres sur trois cents. Mis à part leur statut professionnel, leurs proches parents et leurs déplacements le soir des agressions, on n'avait pas réuni beaucoup d'informations sur les victimes elles-mêmes – ce qui se comprenait dans une affaire où le seul critère de sélection de celles-ci semblait être leur véhicule. Si l'insigne Mercedes était la cible du tireur, qui le portait et quel lycée il avait fréquenté n'avaient guère d'importance.

Mais qu'est-ce que je m'attendais à trouver ? Et qu'est-ce qui me chiffonne tellement dans ces meurtres du Bon Berger ?

Il n'était pas seulement chiffonné, il avait soif. Il se souvint avoir vu une sorte de magasin à quelques centaines de mètres en arrière dans la grand-rue. Il verrouilla la voiture et s'y rendit à pied. Il s'avéra qu'il s'agissait d'une épicerie minable, avec des prix prohibitifs, pas un seul client, des étagères poussiéreuses et une odeur désagréable. Le refroidisseur de boissons sentait le lait tourné, bien qu'il n'y eût pas de lait à l'intérieur. Gurney acheta une bouteille d'eau, paya à la fille se morfondant au comptoir et ressortit de là aussi rapidement que possible.

De retour dans la voiture, alors qu'il ouvrait la bouteille, son téléphone sonna. C'était un nouveau texto de Hardwick. REGARDE TES MESSAGES. PROFIL BON BERGER. NOTE CONCERNANT LA BELLE BECCA.

Il récupéra le mail, ouvrit la pièce jointe et la lut lentement.

F.B.I.
Groupe de Réponse aux Incidents Critiques
Centre d'Analyse National des Crimes Violents
Unité 2 d'analyse comportementale.

ACCÈS : RÉSERVÉ, NCAVC, CODE B-7

Service d'analyse des enquêtes criminelles, catégorie : profil des délinquants
Date : 25 avril 2000
Sujet : inconnu
Pseudonyme : « Le Bon Berger »

Conclusions basées sur des méthodes de profilage inductives et déductives, utilisant des analyses factuelles, physiques, historiques, linguistiques et physiologiques de la « Déclaration d'intention » du suspect ; sur l'étude médicolégale des indices de la scène de crime, des documents photographiques, du minutage et de l'organisation ; et sur les critères de sélection des victimes.

AVIS SYNTHÉTIQUE SUR LE SUSPECT INCONNU

Le suspect est un homme blanc, ayant entre vingt-cinq et quarante ans, titulaire d'un diplôme universitaire, éventuellement de troisième cycle, possédant une intelligence exceptionnelle. Fonctionnement cognitif excellent.
Le suspect est poli, introverti, cérémonieux dans ses manières et ses relations sociales, avec une faible aptitude à l'intimité. C'est un perfectionniste compulsif dépourvu d'amis proches.
Il est bien coordonné, doué de bons réflexes. Il se peut qu'il exerce régulièrement dans un cadre privé. Il est alors considéré comme autonome et méthodique. Il a l'habitude de se servir d'une arme de poing, de sorte qu'il s'agit peut-être d'un collectionneur d'armes ou d'un tireur sur cible.
Son vocabulaire est raffiné et précis. Syntaxe et ponctuation impeccables, sans traits ethniques ni régionaux. Cela pourrait provenir d'une formation cosmopolite ou de contacts avec une grande diversité culturelle, à moins que ce ne soit le fruit d'une volonté délibérée d'effacer les traces et souvenirs de son éducation.
On notera l'emploi de rythmes bibliques et d'une imagerie de la vengeance dans sa condamnation de la cupidité, le choix du « Bon Berger » pour s'identifier et la disposition d'animaux de l'arche de Noé sur le lieu des attaques. Le contexte religieux – dans lequel le blanc (la lumière) symbolise le bien et le noir (les ténèbres) le mal – explique peut-être le ciblage de véhicules noirs, soulignant l'amalgame entre la richesse et le mal.

Préparatifs et mise en œuvre sont hautement organisés. Les emplacements des attaques suggèrent une reconnaissance minutieuse – emplacements tous situés sur des routes couramment utilisées, reliant des axes principaux à des quartiers chic (c'est-à-dire des zones lui promettant des victimes cibles). Ces routes sont toutes non éclairées, faiblement habitées, sans barrières de péage ni dispositifs de caméras de surveillance.
Toutes les attaques ont été perpétrées dans des virages à gauche. À la suite des coups de feu, les véhicules des victimes sont tous sortis du côté droit de la route. La raison évidente étant l'incapacité du conducteur due au relâchement de la pression sur le volant, avec pour conséquence la tendance de la voiture à s'écarter du virage pour aller en ligne droite. Et pour conséquence supplémentaire que le véhicule handicapé (sans direction) s'éloignerait du véhicule du tireur (roulant dans la file à gauche de la cible au moment du coup de feu), réduisant ainsi les risques de collision. Le degré de prévoyance et de synchronisation dans un tel scénario placerait notre suspect parmi les plus organisés des tueurs.
MOTIVATION NIVEAU 1 : Les raisons invoquées par le suspect pour les attentats sont l'injustice inhérente à la répartition inégale des richesses. Il prétend que la cause de cette iniquité est le vice de la cupidité et qu'on ne peut l'éliminer qu'en éliminant les individus cupides. Il associe cupidité et possession d'une voiture de luxe, et choisit Mercedes comme l'archétype d'un tel véhicule, faisant de cette marque la caractéristique particulière de ses victimes.
MOTIVATION NIVEAU 2 : Il semble que cette affaire du Bon Berger soit susceptible d'une formulation psychanalytique classique : une fureur œdipienne à l'encontre d'un père autoritaire et abusif. Tout au long de sa Déclaration d'intention, le suspect associe cupidité, richesse et pouvoir. Étayant également l'interprétation psychanalytique, le choix de l'arme par le suspect (une des armes de poing les plus grosses du

monde) a des implications phalliques certaines et constitue un indice significatif de ce type de pathologie.

NOTE : On pourrait objecter à la motivation du père haï la présence d'une femme parmi les victimes. Cependant, Sharon était exceptionnellement grande pour une femme, avait les cheveux coupés court dans un style de coiffure unisexe et portait une veste en cuir noire. Vue la nuit à travers la vitre latérale de sa voiture avec seulement le maigre éclairage du tableau de bord faisant ressortir son visage, il se peut qu'elle ait donné l'impression d'une allure plus masculine que féminine. Il se peut aussi que l'unique critère du suspect ait été le véhicule de luxe lui-même, le sexe du conducteur n'ayant pas d'importance.

Le document se terminait par une liste d'articles de revues apparentés, dans des domaines tels que la linguistique judiciaire, la psychométrie et la psychopathologie. Suivait une liste d'ouvrages professionnels écrits par des auteurs bardés de diplômes : *La Sublimation de la colère*, *Répression sexuelle et violence*, *Structure familiale et attitudes sociétales*, *Pathologies favorisées par les abus*, *Les Croisades sociétales comme expressions de traumatismes de l'enfance*, et pour finir… *Les Meurtres en série missionnaires* de Rebecca Holdenfield, docteur en psychologie.

Après avoir contemplé un long moment ce nom familier, Gurney revint au début du document et le lut à nouveau d'un bout à l'autre – en faisant de son mieux pour garder l'esprit ouvert. Ce qui n'était pas facile. Les conclusions on ne peut moins scientifiques enveloppées dans un jargon de spécialiste et le ton savant et assuré suscitaient en lui un sentiment d'irritation, comme le faisaient tous les profils.

En passant vingt ans au service des homicides, il avait découvert que les profils étaient tantôt justes tantôt erronés, et le plus souvent un mélange des deux. Jusqu'à ce que la partie soit finie, vous ne pouviez pas savoir si vous en aviez un bon, et, naturellement, pour peu qu'elle n'ait pas de fin, vous ne le saviez jamais.

Mais ce n'était pas seulement la faillibilité des profils qui l'inquiétait. C'était l'incapacité de beaucoup de leurs auteurs et de leurs utilisateurs à reconnaître cette faillibilité.

Il se demanda pourquoi il avait été si pressé de lire celui-là, pourquoi ça ne pouvait pas attendre plus tard, vu son peu de foi dans cet art. Était-ce seulement l'humeur combative dans laquelle il se trouvait ? Le désir de chercher la petite bête, de discutailler à propos d'une chose ou d'une autre ?

Il secoua la tête, dégoûté de lui-même. Combien de questions inutiles pouvaient lui venir à l'esprit ? Combien d'anges peuvent tenir sur une tête d'épingle ?

Il se laissa aller en arrière et ferma les yeux.

Il les rouvrit en sursaut.

D'après l'horloge du tableau de bord, il était 17 h 55. Il balaya du regard la rue où habitait Meese. Le soleil était bas dans le ciel, et la maison se trouvait à présent dans l'ombre du gigantesque érable planté devant.

Il sortit de voiture et parcourut la centaine de mètres qui l'en séparait. Arrivé à la porte de Meese, il tendit l'oreille. On entendait un genre de musique techno. Il frappa. Personne ne répondit. Il frappa à nouveau, en vain là encore.

Il prit son téléphone, masqua l'identification et appela le numéro de Meese. À sa grande surprise, on décrocha à la deuxième sonnerie.

— Robert à l'appareil.

La voix était suave, affectée.

— Bonjour, Robert. C'est Dave.

— Dave ?

— Il faut qu'on parle.

— Excusez-moi ? Est-ce que je vous connais ?

La voix s'était légèrement durcie.

— Difficile à dire, Robert. Peut-être que oui, peut-être que non. Pourquoi ne pas ouvrir votre porte pour vous en assurer ?

— Je vous demande pardon ?

— Votre porte, Robert. Je suis devant votre porte. À attendre.

— Je ne comprends pas. Qui êtes-vous ? D'où est-ce que je vous connais ?

— Nous avons des amis communs. Mais ça ne vous paraît pas un peu stupide de discuter au téléphone alors que vous êtes là et moi juste ici ?

— Un instant.

La voix était déconcertée, anxieuse. On coupa la communication. Puis la musique cessa. Au bout d'une minute, la porte s'ouvrit timidement, pas tout à fait à moitié.

— Que voulez-vous ?

Le jeune homme qui posa la question se tenait en partie derrière le battant, s'en servant comme d'une sorte de bouclier, pensa Gurney, comme un moyen de dissimuler ce qu'il tenait dans sa main gauche. Il était à peu près de la taille de Gurney, un peu moins d'un mètre quatre-vingts. Mince, les traits ciselés, des cheveux noirs en bataille et des yeux étonnamment bleus de vedette de cinéma. Un seul détail venait ternir cette image parfaite : l'expression revêche de sa bouche, qui donnait à celle-ci quelque chose de méchant, de cruel.

— Bonjour, monsieur Montague. Je m'appelle Dave Gurney.

Les paupières du jeune homme eurent un infime tremblement.

— Est-ce un nom qui vous est familier ? demanda Gurney.

— Ça devrait ?

— Vous semblez l'avoir reconnu.

Le tremblement continuait.

— Que voulez-vous ?

Gurney opta pour une stratégie à faible risque, qu'il trouvait particulièrement utile quand il ignorait ce que sa cible savait exactement sur lui. Stratégie consistant à s'en tenir aux faits, mais à jouer avec le ton. À manipuler les courants sous-jacents.

— Ce que je veux ? Bonne question, Robert. (Il sourit de façon inexpressive tout en parlant avec l'air désabusé d'un tueur à gages souffrant d'arthrite.) Tout dépend de la situation. Pour commencer, j'aurais besoin d'un conseil. Voyez-vous, je n'arrive pas à décider si je dois accepter un travail qu'on m'a proposé et, si je le fais, quelles devraient être les conditions. Vous connaissez une femme du nom de Connie Clarke ?

— Je ne suis pas sûr. Pourquoi ?

— Vous n'êtes pas sûr ? Vous la connaissez peut-être, mais vous n'en êtes pas certain ? Je ne comprends pas.

— Le nom me dit quelque chose, voilà tout.

— Ah, je vois. Si je vous dis que sa fille s'appelle Kim Corazon, est-ce que ça vous rafraîchit la mémoire ?

Il battit des paupières.

— Qui êtes-vous ? De quoi s'agit-il ?

— Puis-je entrer, monsieur Montague ? C'est suffisamment personnel pour ne pas en parler dans une embrasure de porte.

— Non, vous ne pouvez pas. (Il déplaça légèrement son poids, sa main gauche toujours hors de vue.) Venez-en au fait, je vous prie.

Gurney poussa un soupir, se gratta l'épaule d'un air absent puis fixa un regard mort sur Robert Meese.

— On m'a demandé d'assurer la sécurité personnelle de Mlle Corazon, et j'essaie de déterminer mes honoraires.

— Vos honoraires ? Je ne... Enfin... Je ne vois pas... De quoi parlez-vous ?

— Ce qu'il y a, c'est que je tiens à être juste. Si je n'ai vraiment rien à faire – si je dois seulement poireauter, ouvrir l'œil, gérer ce qui se présente –, c'est un certain type de barème. Mais si la situation nécessite, disons, une action préventive, alors c'est un autre tarif. Vous avez saisi mon dilemme, Bobby ?

Le tremblement des paupières parut s'accentuer.

— Est-ce que vous êtes en train de me menacer ?

— Suis-je en train de vous *menacer* ? Pourquoi ferais-je une chose pareille ? Vous menacer serait contraire à la loi. En tant qu'officier de police à la retraite, j'ai le plus grand respect pour la loi. Quelques-uns de mes meilleurs amis sont policiers. Certains travaillent ici, à Syracuse. Jimmy Schiff, par exemple. Vous le connaissez peut-être. Quoi qu'il en soit, j'aime bien procéder à une analyse des frais avant d'accepter un travail. Vous pouvez comprendre ça, n'est-ce pas ? Alors je vous repose la question : voyez-vous une raison pour laquelle, en paiement de mes services pour veiller sur la sécurité personnelle de Mlle Corazon, je devrais réclamer quelque chose en plus de mes honoraires habituels ?

Une expression de malaise apparut dans le regard de Meese.

— Comment pourrais-je être au courant de ses problèmes de sécurité ? En quoi est-ce que ça me concerne ?

— Pour ça, vous avez raison, Bobby. Vous faites l'effet d'un brave jeune homme, un fort séduisant jeune homme, qui pour rien au monde ne voudrait créer d'ennuis à qui que ce soit. Est-ce que je me trompe ?

— Les ennuis, ce n'est pas moi qui les crée.

Gurney hocha lentement la tête et attendit, sentant le vent tourner.

Meese se mordit la lèvre inférieure.

— Nous avions une relation super. Je ne voulais pas que ça finisse comme ça. Tous ces reproches stupides. Ces fausses accusations. Ces mensonges. Ces calomnies. Ces plaintes de merde à la police. Et maintenant vous. Je ne comprends même pas ce que vous fichez là.

— Je vous l'ai déjà expliqué.

— Sauf que ça n'a aucun sens. Vous ne devriez pas m'importuner. Vous feriez mieux d'aller voir les ordures qu'elle fréquente. Si elle a des problèmes de sécurité, c'est à cause d'eux.

— De quelles ordures s'agit-il ?

Meese éclata de rire. Un rire véhément, débridé. À l'effet théâtral.

— Saviez-vous qu'elle baise avec son prof, son soi-disant conseiller universitaire ? En fait, avec tous ceux qui sont susceptibles de faire avancer sa putain de carrière ? Comme Rudy Getz, la plus grosse ordure qu'il y ait dans ce monde pourri. Saviez-vous qu'elle est complètement folle ? Vous saviez ça ?

Meese semblait monter un cheval émotif en train de lui échapper.

Gurney tenait à ce que ça continue, pour voir où ça mènerait.

— Non, je n'en savais rien. Mais je vous remercie pour l'information, Robert. Je ne m'étais pas aperçu qu'elle était folle. Et c'est le genre de chose qui pourrait très bien influer sur ma grille tarifaire. Assurer la sécurité d'une folle peut être sacrément empoisonnant. À quel point est-elle folle, d'après vous ?

Meese secoua la tête.

— Vous le verrez. Je n'en dis pas plus. Vous le verrez. Vous savez où j'étais cet après-midi ? Dans le bureau de mon avocat. Nous allons engager des poursuites contre cette garce. Et si j'ai un conseil à vous donner, c'est de rester loin d'elle. Très loin.

Il claqua la porte.

Le claquement fut suivi du bruit de deux verrous qu'on enclenche.

Si tout ça n'était que du cinéma, songea Gurney, en tout cas le film était intéressant.

CHAPITRE 15

Escalade

TANDIS QUE GURNEY SUIVAIT LES INDICATIONS de son GPS pour regagner la grand-route, le sombre reflet d'un coucher de soleil fuchsia envahissait le lac Onondaga. Sur toute autre étendue d'eau, cela aurait été un spectacle splendide. Toutefois, ce qui se tapit dans un coin de notre cervelle a une profonde incidence sur la manière dont nous traitons les données transmises par nos nerfs optiques. Ainsi, ce que voyait Gurney n'était pas le reflet d'un coucher de soleil, mais ce qu'il imaginait être l'enfer d'un incendie d'origine chimique dans le lit pollué du lac à vingt mètres sous la surface.

Il n'ignorait pas que des initiatives avaient été prises pour remédier aux dommages causés au lac. Mais ces mesures allant dans le bon sens ne changeaient rien à l'image qu'il avait de l'endroit. Bizarrement, cela ne faisait qu'empirer les choses. Comme si voir un type sortir d'une réunion des AA donnait à son problème un caractère beaucoup plus grave que de le voir sortir d'un bar.

Il avait à peine rejoint la I-81 que son téléphone sonna. L'appel provenait de sa ligne fixe. Il regarda l'heure : 18 h 58. Madeleine devait être rentrée de son travail à la clinique depuis au moins trois quarts d'heure. Il se sentit soudain coupable.

— Désolé, j'aurais dû t'appeler, dit-il rapidement.

— Où es-tu ?

Elle avait l'air plus inquiète que contrariée.

— Entre Syracuse et Binghamton. Je devrais être à la maison un peu après huit heures.

— Tu es resté tout ce temps avec ce Clinter ?

— Avec lui, avec Jack Hardwick au téléphone, dans ma voiture à lire des pièces du dossier que ce dernier m'a envoyées par mail, avec l'ex-petit ami de Kim Corazon, etc.

— Le désaxé ?

— Je ne sais pas ce qu'il est. Non plus, du reste, que Clinter.

— D'après ce que tu m'as raconté hier soir, il semble dangereusement instable.

— Oui, euh, c'est possible. Là encore...

— Tu devrais faire attention à...

Gurney avait atteint une zone blanche. La communication fut interrompue. Il décida d'attendre qu'elle rappelle. Il posa le téléphone debout dans un des porte-gobelets du tableau de bord. Moins d'une minute plus tard, il se mit à sonner.

— La dernière chose que je t'ai entendu dire, commença-t-il, c'est que je devrais faire attention à quelque chose.

— Allô ?

— Je suis là. Je n'avais plus de réseau.

— Excusez-moi... qu'est-ce que vous avez dit ?

C'était une voix de femme, mais pas celle de Madeleine.

— Ah, pardon, je pensais qu'il s'agissait de quelqu'un d'autre.

— Dave ? C'est Kim. Je vous dérange ?

— Ce n'est rien. Au fait, désolé de ne pas vous avoir rappelée. Que se passe-t-il ?

— Vous avez eu mon message ? Comme quoi RAM-TV allait réaliser le premier épisode ?

— Quelque chose comme ça. « Le projet marche du tonnerre », disiez-vous, si je me souviens bien.

— La première émission sera diffusée ce dimanche. Je ne me doutais pas que ça irait aussi vite. Ils se servent du document de démonstration que j'avais fait avec Ruth Blum, comme l'a déclaré Rudy Getz. Et ils veulent que j'effectue le plus d'entretiens possible avec les autres familles. La série sera diffusée chaque dimanche.

— Alors les choses avancent comme vous l'espériez ?

— Tout à fait.

— Mais ?

— Oh, je n'ai aucune réserve à ce sujet. C'est absolument formidable.

— Mais ?

— Mais… j'ai un… un petit problème stupide ici.

— Oui ?

— Les lumières. Elles sont à nouveau en panne.

— Les lumières de votre appartement ?

— Oui. Je vous ai parlé de la fois où les ampoules avaient été dévissées.

— On a recommencé ?

— Non. J'ai vérifié la lampe dans la salle de séjour, et l'ampoule est bien fixée. Alors je suppose que c'est le disjoncteur. Mais il n'est pas question que je descende au sous-sol vérifier.

— Avez-vous appelé quelqu'un ?

— Pour eux, il ne s'agit pas d'une urgence.

— Pour qui ?

— La police. Il est *possible* qu'ils demandent à quelqu'un de passer plus tard. Mais je ne compte pas trop là-dessus. Les disjoncteurs ne relèvent pas de leur domaine, affirment-ils. Il vaudrait mieux que j'appelle le propriétaire, ou la personne chargée de l'entretien, ou un électricien, ou un voisin serviable, ou, apparemment, n'importe qui sauf eux.

— Et vous l'avez fait ?

— Appeler le propriétaire ? Naturellement. J'ai eu sa boîte vocale. Dieu seul sait s'il la consulte et quand. Le type de l'entretien ? Il travaille actuellement à Cortland dans un immeuble appartenant au même proprio. Dit que ce serait ridicule de sa part de faire tout le chemin jusqu'à Syracuse rien que pour actionner un disjoncteur. Il ne veut rien entendre. L'électricien que j'ai contacté exige un minimum de cent cinquante dollars pour se déplacer. Et je n'ai pas de voisins *serviables*. (Elle marqua une pause.) Alors voilà… mon petit problème stupide. Un conseil ?

— Êtes-vous dans votre appartement en ce moment ?

— Non. Je suis ressortie. Je me trouve dans ma voiture. Il commence à faire sombre, et je ne tiens pas à être à l'intérieur sans lumière. Je n'arrête pas de penser à ce sous-sol et à ce qu'il pourrait y avoir en bas.

— Et si vous alliez habiter chez votre mère jusqu'à ce que le problème soit réglé ?

— Non ! (Sa réaction n'était pas moins irritée que la dernière fois qu'il lui avait fait cette suggestion.) Ce n'est plus chez moi... Chez moi, c'est ici. Je n'ai pas l'intention de partir en courant chez ma maman comme une petite fille effrayée, juste parce qu'un connard joue à des petits jeux avec moi.

Mais une petite fille effrayée, c'est exactement l'impression qu'elle donnait à Gurney. Une petite fille effrayée s'efforçant d'agir comme une adulte. Cette image l'emplissait d'un sentiment d'appréhension et de responsabilité presque douloureux.

— D'accord, répondit-il, se rabattant impulsivement dans la file de droite pour prendre la bretelle de sortie à la dernière seconde. Restez où vous êtes. Je peux être là dans vingt minutes.

Ayant effectué la majeure partie du trajet à 120 kilomètres heure, Gurney parvenait dix-neuf minutes plus tard au pâté de maisons délabrées de Kim Corazon à Syracuse et se garait le long du trottoir en face de l'appartement. La nuit était tombée, et c'est à peine s'il reconnut l'endroit qu'il avait vu en plein jour l'avant-veille. Il ouvrit la boîte à gants et y prit une grosse lampe-torche en métal noir. Alors qu'il traversait la rue, Kim sortit de sa voiture. Elle paraissait nerveuse et embarrassée.

— Je me sens tellement bête.

Elle croisa les bras avec force comme pour s'empêcher de trembler.

— Pourquoi ?

— Parce que c'est comme si j'avais peur du noir. Peur de mon propre appartement. Je m'en veux tellement de vous avoir obligé à faire demi-tour comme ça.

— C'était mon idée. Vous voulez attendre ici pendant que je vais jeter un coup d'œil à l'intérieur ?

— Non ! Je ne suis pas complètement un bébé. Je viens avec vous.

Gurney se rappela avoir déjà eu cette conversation auparavant et préféra laisser filer.

La porte d'entrée de la maison ainsi que celle de l'appartement de Kim n'étaient pas fermées à clé. Ils entrèrent, Gurney en tête, sa lampe-torche éclairant le chemin. Arrivé devant une série d'interrupteurs sur le mur du couloir, il les fit pivoter en haut et en bas, sans résultat. À la porte de la salle de séjour, il balaya l'espace avec la lampe. Il fit de même sur le seuil de la salle de bains puis de la chambre avant de gagner la dernière pièce au bout du couloir : la cuisine.

Promenant lentement le faisceau dans la pièce, il demanda :

— Vous avez jeté un coup d'œil avant de retourner à votre voiture ?

— Vraiment à toute vitesse. J'ai à peine regardé dans la cuisine. Et je ne me suis pas approchée de la porte du sous-sol, c'est certain. Je sais que l'interrupteur de la lampe de plafond ne fonctionne pas. La seule autre chose que j'ai remarquée, c'est que le four à micro-ondes n'affichait pas l'heure. Ce qui veut dire que le problème doit venir du disjoncteur, non ?

— Je suppose.

Il pénétra dans la cuisine, Kim tout près derrière lui, la main posée sur son dos. Le seul éclairage provenait des reflets vacillants du faisceau de la lampe-torche sur les murs et les appareils. Il entendit ce qui ressemblait à un léger cliquetis. Se figeant, il écouta. Il l'entendit à nouveau quelques secondes plus tard et se rendit compte que ce n'était que de l'eau tombant goutte à goutte dans l'évier en métal. Il se dirigea à pas feutrés vers le couloir menant de la cuisine à l'escalier du sous-sol et à la porte arrière de la maison. La main de Kim se déplaça de son dos à son bras, l'agrippant fermement. La porte extérieure à l'extrémité du couloir paraissait solide, la poignée verrouillée. Le bruit de gouttes d'eau s'échappant de la cuisine semblait capté et amplifié par l'espace vide.

Comme il atteignait la porte du sous-sol et s'apprêtait à l'ouvrir, les doigts de Kim s'enfoncèrent dans son bras.

— Du calme, dit-il à voix basse.

— Désolée.

Elle relâcha son étreinte, mais pas beaucoup.

Il ouvrit la porte, dirigeant la lampe vers les marches, aux aguets.

Flic… floc…

Rien d'autre.

Il se tourna vers Kim.

— Restez ici à la porte.

Elle avait l'air terrifiée.

Il chercha quelque chose à dire – quelque chose de banal, susceptible de détourner son attention – pour la calmer.

— Le tableau électrique… est-ce qu'il comporte un disjoncteur principal en plus des disjoncteurs pour les divers circuits ?

— Pardon ?

— Je me demandais à quelle sorte de tableau je vais avoir affaire.

— Quelle sorte ? Je n'en ai aucune idée. C'est un problème ?

— Non, pas du tout. Si j'ai besoin d'un tournevis, je vous le dirai, d'accord ?

Il savait que tout cela était inutile, et sans doute déroutant pour elle, mais à ce stade cela valait mieux qu'une crise de panique.

Il descendit les marches avec précaution, faisant des mouvements de va-et-vient avec la torche.

Tout semblait parfaitement tranquille.

Puis, juste au moment où il songeait que mettre une rampe à cet escalier branlant serait une bonne chose – juste au moment où il portait son poids sur la troisième marche à partir du bas –, il y eut un craquement sec, le dessus de la marche s'effondra et il partit en avant.

Tout se passa en une fraction de seconde.

Son pied glissa dans le vide et il bascula, levant instinctivement les mains pour protéger son visage et sa tête.

Il s'abattit sur le sol en ciment au pied de l'escalier. La lentille de la lampe-torche se fracassa, la lumière s'éteignit. Une douleur aiguë vrilla telle une décharge électrique l'os de son avant-bras droit.

Kim se mit à crier. Hystérique. Lui demandant si ça allait. Puis des pas battant en retraite, courant, trébuchant.

Gurney était étourdi, mais conscient.

Il s'apprêtait à tenter quelques mouvements, pour évaluer les dégâts.

Mais avant que ses muscles aient pu réagir, il entendit un son qui lui fit dresser les cheveux sur la tête. Un chuchotement, tout près de son oreille. Un chuchotement rauque et sifflant. Un chuchotement semblable au crachement d'un chat furieux :

« Ne réveillez pas le diable qui dort. »

DEUXIÈME PARTIE

Que justice soit faite

CHAPITRE 16

Doutes

LORSQUE GURNEY SE RÉVEILLA le lendemain matin chez lui, il se sentait inquiet et épuisé, avec une sensation de brûlure cuisante dans l'avant-bras droit et de douloureuses courbatures dans tout le corps. Les fenêtres de la chambre étaient ouvertes, et il faisait frais et humide.

Madeleine était déjà debout, comme à l'accoutumée. Elle aimait se lever avec les oiseaux. Il semblait y avoir un fluide secret dans les premières lueurs du jour qui la remplissait d'énergie.

Il avait les pieds froids et moites. Le monde au-dehors était gris. Cela faisait longtemps qu'il n'avait pas eu la gueule de bois, mais il avait l'impression d'en avoir une à cet instant. Il avait passé une nuit affreusement agitée. Les souvenirs des événements dans le sous-sol de Kim, les découvertes qu'il avait faites après sa chute et les hypothèses qu'elles suggéraient ne cessaient de tourbillonner dans sa tête, sans cohérence ni conclusion, tordus et altérés par des douleurs multiples. Il avait fini par s'endormir juste avant l'aube. À présent, deux heures plus tard, il était de nouveau réveillé. Son degré d'effervescence lui disait qu'un supplément de sommeil serait impossible.

Structurer et comprendre ce qui s'était produit constituait l'impératif prioritaire. Pour la énième fois, il passa l'épisode en revue, fouillant sa mémoire à la recherche du maximum de détails possible.

Il se rappelait avoir descendu prudemment les marches, se servant de sa lampe-torche pour éclairer non seulement l'escalier, mais aussi les parties du sous-sol à gauche et à droite. Pas un bruit ni un mouvement quelconque. Alors qu'il se trouvait encore à quelques marches du bas, il avait décrit un vaste cercle sur les murs avec le faisceau pour localiser le tableau électrique. C'était un boîtier en métal gris, fixé pas très loin du sinistre coffre où l'avaient conduit les taches de sang deux jours plus tôt. Les taches sombres se distinguaient encore nettement dans l'escalier en bois et sur le sol en ciment.

Il se revoyait posant un pied sur la marche suivante, puis entendant, stupéfait, le craquement de la planche cédant sous lui. Le faisceau de sa lampe avait dévié d'un coup brusque tandis que ses mains se plaçaient instinctivement devant son visage. Il savait qu'il allait tomber, qu'il n'y pouvait rien et que ça n'aurait rien d'agréable. Une fraction de seconde plus tard, ses bras, son épaule droite, sa poitrine et le côté de sa tête heurtaient le sol.

Des cris avaient retenti en haut de l'escalier. Tout d'abord un cri pur et simple, suivi de deux questions lancées à tue-tête : *« Est-ce que ça va ? Qu'est-ce qui s'est passé ? »*

Il était resté un instant hébété, incapable de répondre. Puis, quelque part, il n'aurait su dire où, il avait entendu ce qui ressemblait à une ruée, des pieds qui couraient, rentraient peut-être dans un mur, trébuchaient, se remettaient à courir.

Il avait essayé de bouger. Mais le chuchotement, si proche, l'avait paralysé.

C'était un son fébrile, plus animal qu'humain, les mots fusant en sifflements sous pression telle de la vapeur s'échappant à travers des dents serrées.

Il avait tendu le bras vers son étui de cheville, sorti le Beretta et attendu dans l'obscurité silencieuse, l'oreille dressée. La situation était si troublante qu'il ne gardait pratiquement aucun souvenir de l'intervalle de temps qui s'était écoulé – trente secondes, une minute, deux minutes, voire plus – avant que Kim ne revienne, sa Mini Maglite à la main, le faisceau beaucoup plus lumineux que lorsqu'ils s'en étaient servis pour examiner le coffre au bout de la piste de taches de sang.

Elle s'était engagée dans l'escalier juste au moment où il se relevait en tremblant, une douleur intense s'élançant de son poignet vers son épaule, les jambes chancelantes. Il lui avait ordonné de ne pas aller plus loin, de braquer simplement la lampe-torche sur les marches. Puis il était monté jusqu'à elle aussi vite que possible, perdant presque l'équilibre à deux reprises sous l'effet de l'étourdissement. Il lui avait pris la lampe, l'avait tournée de manière à couvrir autant de surface par terre qu'il pouvait en voir depuis cette position.

Il avait descendu deux marches supplémentaires, le pistolet dans une main, la lampe dans l'autre, et répété le mouvement de va-et-vient avec le mince pinceau lumineux. Encore deux marches… et il avait été en mesure de promener le faisceau sur tout l'espace du sous-sol : dalle, murs, colonnes en acier, poutres du plafond. Toujours pas de signe du chuchotement. Rien n'était renversé, rien en désordre, pas d'autre mouvement que les ombres sinistres des colonnes se mouvant sur les murs de béton tandis qu'il orientait la Mini Maglite.

Lorsqu'il avait atteint la dalle du sous-sol, balançant sans interruption le faisceau autour de lui, il en avait conclu – avec non moins de perplexité que de soulagement – qu'il n'y avait pas de renfoncements, pas de cachettes, pas de recoins obscurs où un homme pouvait se mettre hors de portée de la lumière. À l'exception éventuelle du coffre, le sous-sol n'offrait apparemment aucun moyen de se dissimuler.

Il avait demandé à Kim, plantée en haut de l'escalier, si elle avait entendu quoi que ce soit après qu'il fut tombé.

— Comme quoi ?

— Une voix… un murmure… quelque chose de ce genre ?

— Non. Non, que voulez-vous dire ? avait-elle répliqué avec une inquiétude croissante.

— Rien, je… (Il avait secoué la tête.) Il devait s'agir de ma propre respiration.

Puis il lui avait demandé si les pas qui couraient étaient les siens.

Oui, avait-elle répondu, elle avait probablement couru, c'est du moins ce qu'il lui semblait, et peut-être avait-elle trébuché, marché rapidement, peut-être – elle ne s'en souvenait pas vraiment, dans l'état d'affolement qui était le sien –, cherchant à tâtons son chemin jusqu'à la chambre où était restée la lampe-torche sur sa table de nuit.

— Pourquoi cette question ?

— Juste pour vérifier mes impressions, avait-il répondu de manière vague.

Il ne tenait pas à spéculer à haute voix sur l'autre possibilité, à savoir que l'intrus avait grimpé l'escalier d'un bond et quitté le sous-sol pendant que Kim se rendait dans la chambre, qu'il avait profité de l'obscurité pour se dissimuler, qu'il s'était peut-être même trouvé à un moment donné à quelques centimètres d'elle et s'était glissé hors de la maison lorsqu'elle était revenue.

Mais quel que soit l'endroit où il avait filé et la façon dont il était sorti – à supposer qu'il soit sorti et ne se soit pas recroquevillé dans le coffre –, à quoi est-ce que cela rimait ? Que faisait-il dans le sous-sol pour commencer ? Était-il possible qu'il s'agisse de Robby Meese ? Sur le plan logistique, rien ne s'y opposait. Mais dans quel but ?

Tout cela avait traversé l'esprit de Gurney au bas de l'escalier, alors qu'il braquait le faisceau de la lampe sur le coffre en se demandant quoi faire.

Plutôt que d'affronter l'être ou la chose que pouvait contenir le coffre sans autre lumière que celle qu'il avait à la main, il avait appelé Kim pour lui dire de mettre l'interrupteur au sommet des marches sur la position « allumé » – même s'il savait que cela ne changerait rien dans l'immédiat. Éclairant alternativement le coffre et le tableau électrique, il s'était frayé un chemin vers ce dernier. La lampe coincée sous un bras, il avait ouvert la porte en métal et vu que le disjoncteur principal en haut était sur la position « arrêt ». Il avait alors actionné le commutateur en plastique noir dans le sens inverse.

L'ampoule nue du plafond du sous-sol s'était allumée instantanément. Ce qui semblait être un moteur de réfrigérateur s'était mis à ronronner dans la cuisine. Il avait entendu Kim s'exclamer : « Dieu merci ! »

Il avait jeté un bref coup d'œil au sous-sol, ce qui avait achevé de le convaincre qu'il n'y avait nulle part où se cacher sauf dans le coffre.

Il s'en était approché, peur et chair de poule remplacées à présent par de la colère et un désir de confrontation. La sagesse lui conseillait de ne pas soulever le couvercle, mais de retourner le coffre. Fourrant la lampe-torche dans sa poche de veste, il avait agrippé le meuble par un coin et l'avait renversé sur le côté, constatant, vu la facilité à le faire, qu'il était vide – fait qu'il avait confirmé en l'ouvrant d'un coup de pied.

Kim était maintenant à la moitié des marches, scrutant le sous-sol comme un chat effrayé. Son regard s'était arrêté sur la marche cassée.

— Vous auriez pu vous tuer, avait-elle dit, les yeux écarquillés, comme si les implications de l'accident venaient seulement de lui apparaître. Elle s'est brisée, comme ça, quand vous avez posé le pied dessus ?

— Comme ça.

Alors qu'elle examinait avec horreur l'endroit où il était tombé, il avait été touché par quelque chose de naïf dans son expression. La même jeune femme qui avait rassemblé une documentation ambitieuse sur les terribles conséquences des meurtres semblait épouvantée à l'idée que la vie puisse être aussi périlleuse.

Suivant son regard, lui aussi avait reporté son attention sur la cassure dans le bois – et vite relevé ce qu'elle n'avait pas vu ou dont la signification lui avait échappé. Avant de céder, le dessus de la marche avait été presque entièrement découpé aux deux bouts.

Lorsqu'il le lui avait indiqué du doigt, elle avait froncé les sourcils, éberluée.

— Que voulez-vous dire ? Comme est-ce possible ?

— Un mystère de plus à ajouter aux autres, s'était-il contenté de répondre.

À présent, allongé dans son lit, regardant le plafond et se massant le bras sans beaucoup d'effet tout en reconstituant le fil des événements de la veille, il réfléchissait à cette réponse plus en détail.

Le sabotage était probablement l'œuvre de l'auteur des chuchotements, Kim la victime visée et Gurney n'avait peut-être été qu'un obstacle.

L'escalier piégé en sciant partiellement une des marches constituait un classique du film policier. Classique qu'il était difficile de rater. Les marques de scie aisément décelables montreraient clairement que la marche ne s'était pas brisée de façon fortuite – ce qui signifiait presque à coup sûr que l'on voulait que les marques elles-mêmes soient découvertes. En ce sens, elles faisaient partie intégrante de l'avertissement.

En faisait peut-être également partie le choix d'une marche du bas – destiné à provoquer une chute désagréable, mais pas aussi mauvaise que depuis une marche plus élevée. Pas une chute fatale. Pas encore.

Il se pouvait que le message explicite soit : « Si vous ne tenez pas compte de mes mises en garde, elles deviendront plus brutales. Plus douloureuses. Plus meurtrières. »

Mais contre quoi au juste voulait-on mettre Kim en garde ? La réponse évidente était son documentaire sur les meurtres, dans la mesure où il représentait pour l'heure la grande affaire de sa vie. Peut-être le message était-il le suivant : « Laisse tomber, Kim, cesse de fouiller dans le passé, ou les conséquences seront terribles. Il y a un démon enfoui dans l'affaire du Bon Berger, et tu ferais mieux de ne pas le réveiller. »

Cela signifiait-il que l'intrus était lié à cette célèbre affaire ? Quelqu'un qui avait intérêt à ce que les choses restent en l'état ?

Ou était-ce seulement, comme l'avait affirmé Kim, ce sale petit Robby Meese ?

Était-il crédible que toutes les ingérences récentes dans sa vie, les assauts contre sa tranquillité d'esprit aient été orchestrés par un ex-petit ami minable ? Qu'il soit amer à un degré maladif que Kim ait mis fin à leur relation ? Que tout – ampoules dévissées, couteaux manquants, taches de sang, marche sciée, et même le chuchotement démoniaque – soit motivé par de la pure jalousie, par un désir de vengeance suite à une rupture ?

D'un autre côté, si le coupable était effectivement Meese, peut-être était-il animé de motifs plus obscurs et plus tordus que le simple dépit. Peut-être prévenait-il la jeune femme que, à moins qu'elle le reprenne, sa rancune se transformerait en quelque chose de vraiment horrible. Qu'il deviendrait un monstre, un démon.

La vie intérieure de Meese était peut-être plus pathologique que Kim ne l'avait supposé.

La véhémence du chuchotement en donnait indéniablement l'impression.

Mais il existait une autre possibilité. Une possibilité qui effrayait Gurney par-dessus tout. Qu'il osait à peine envisager.

La possibilité qu'il n'y ait pas eu de chuchotement.

Et si ce qu'il avait « entendu » résultait de sa chute, une sorte de mini-hallucination ? Si le fameux « bruit » n'était que la conséquence du coup qu'il avait reçu à la tête alors qu'il commençait tout juste à se remettre de sa blessure ? Après tout, le léger sifflement de l'acouphène dans ses oreilles n'était pas un vrai sifflement, comme le lui avait expliqué le docteur Huffbarger, seulement une mauvaise interprétation cognitive d'une agitation neuronale n'ayant pas lieu d'être. Et si cette menace sifflante – avec toute sa rage impétueuse – n'appartenait pas au monde réel ? L'idée que ce que l'on voit et entend ne soit rien d'autre que le fruit de tissus meurtris, de synapses perturbés, lui donna des frissons.

Peut-être était-ce un sentiment inconscient de malaise lié à ce chuchotement qui l'avait retenu d'en faire état auprès de l'agent de patrouille venu à l'appartement de Kim en réponse au coup de téléphone qu'il avait donné après la découverte de la marche sciée. Et peut-être cette même angoisse l'avait-elle empêché d'en faire mention à Schiff quand il était arrivé une demi-heure plus tard.

Il était difficile à ce stade de déchiffrer l'expression de Schiff. Une chose était claire : elle n'avait rien de joyeux. Il n'arrêtait pas d'observer Gurney comme s'il sentait qu'il manquait une partie de l'histoire. Puis le policier dubitatif avait dirigé son attention vers Kim, lui posant une série de questions afin de déterminer un laps de temps pendant lequel l'acte de vandalisme avait pu se produire.

— C'est ainsi que vous appelez ça ? avait lancé Gurney la seconde fois où Schiff avait employé le terme. Du vandalisme ?

— Pour le moment, oui, répondit Schiff d'un ton affable. Ça vous pose un problème ?

— Une forme douloureuse de vandalisme, fit remarquer Gurney en se frottant lentement l'avant-bras.

— Vous désirez une ambulance ?

Avant que Gurney ait pu répondre, Kim déclara :

— Je vais l'emmener aux urgences.

— Vraiment ? demanda Schiff sans quitter Gurney des yeux.

— Ça me va très bien.

Schiff le dévisagea un instant, puis dit à l'agent de patrouille debout dans le fond :

— Notez que M. Gurney a refusé le transport par ambulance.

Gurney sourit.

— Eh bien, où en est-on avec ces caméras ?

Schiff fit mine de ne pas avoir entendu.

Gurney haussa les épaules.

— Hier aurait été un bon jour pour les installer.

Une étincelle de colère brilla dans les yeux de Schiff. Il jeta un dernier regard au sous-sol, parla en maugréant de relever les empreintes le lendemain sur le tableau électrique, s'enquit de la raison pour laquelle le coffre était couché sur le côté, inspecta l'intérieur.

Après quoi il prit la planche sciée pour l'emporter avec lui, puis passa les dix minutes suivantes à examiner les portes et les fenêtres de l'appartement. Il demanda à Kim si elle avait reçu des coups de fil inhabituels au cours de ces derniers jours, ou un appel quelconque de Meese. Pour finir, il demanda comment il pourrait accéder à l'appartement le lendemain s'il en avait besoin. Enfin il s'en alla, l'agent de patrouille dans son sillage.

CHAPITRE 17

Une simple initiative

LE PLAFOND DE LA CHAMBRE SEMBLAIT maintenant un peu plus clair, le drap couvrant Gurney un peu plus chaud. Il trouvait sa reconstitution des différentes phases de l'incident de la veille raisonnablement complète et ordonnée. Restait à établir sa signification, ses causes, ses objectifs et ses motivations. Mais au moins, il avait le sentiment d'être sur la voie.

Il ferma les yeux.

Il fut réveillé quelques minutes plus tard par le téléphone, suivi de bruits de pas. On décrocha à la fin de la quatrième sonnerie. Il entendit la voix de Madeleine, de manière indistincte, venant du bureau. Quelques phrases, un silence puis à nouveau des bruits de pas. Il se dit qu'elle lui apportait peut-être l'appareil. Quelqu'un le demandait. Huffbarger, le neurologue ? Il repensa à l'échange acerbe qu'il avait eu avec la secrétaire du médecin. Bon sang, quand était-ce ? Deux ou trois jours plus tôt ? Cela semblait une éternité.

Un bruit de pas devant la porte de la chambre, puis en direction de la cuisine.

Des voix féminines.

Madeleine et Kim.

Kim l'avait reconduit à Walnut Crossing après l'avoir amené aux urgences de Syracuse. Il avait été incapable d'empoigner le changement de vitesses de son Outback sans éprouver la sensation qu'on lui transperçait l'épaule avec un fer rouge – d'où il avait conclu que son bras était peut-être fracturé et que le bouger ne serait pas judicieux – et Kim avait semblé trop heureuse d'avoir une excuse pour passer la nuit ailleurs que dans son appartement.

Il se rappelait avec quelle insistance elle avait fait valoir qu'il serait imprudent de sa part de conduire – même après que les radiographies eurent révélé l'absence de fracture.

Il y avait quelque chose dans l'attitude de Kim, dans sa façon de se présenter au monde extérieur, qui le faisait sourire. Elle pouvait quitter de bon gré son appartement pour une mission humanitaire, mais en aucun cas parce qu'elle en était chassée par la peur.

Il se força à sortir du lit – se découvrant par la même occasion de nouvelles douleurs dans les muscles. Il avala quatre ibuprofènes et prit une douche chaude.

Douche et pilule accomplirent, dans une certaine mesure, leur magie réparatrice. Lorsqu'il fut séché et habillé et que, ayant mis en route la cafetière dans la cuisine, il se versa sa première tasse salutaire, il se sentit un peu mieux. Il plia les doigts de sa main droite, constata que la douleur était supportable. Puis il serra la tasse de café. Cela lui arracha une grimace, mais il en conclut néanmoins qu'il pourrait se servir du changement de vitesses s'il avait besoin de conduire. Ce ne serait pas confortable, mais il n'était pas totalement démuni.

Aucun signe de Madeleine ou de Kim dans la maison. Il perçut un léger murmure par la fenêtre ouverte près du buffet. Il apporta sa tasse à la table de petit déjeuner devant la baie vitrée. C'est alors qu'il les vit, au-delà de la terrasse de pierre bleue, après le pommier envahi par la végétation, dans le petit carré de champ fauché qu'ils appelaient « la pelouse ».

Elles étaient assises dans des chaises longues assorties. Madeleine portait une de ses vestes aux couleurs vives, et Kim en avait une semblable – fournie sans nul doute par Madeleine. Chacune tenait une tasse de café à deux mains comme pour se réchauffer les doigts autour d'une flamme agréable. Les roses et les mauves, les oranges et les verts de leurs vestes rayonnaient dans le pâle soleil matinal qui commençait à filtrer à travers le ciel couvert.

Leur expression laissait supposer que leur conversation, de même que leurs vêtements, était plus animée que l'humeur de Gurney.

Il fut tenté d'ouvrir la porte-fenêtre pour savoir si le soleil avait éliminé un tant soit peu la froideur de l'air. Mais il savait que Madeleine l'aurait à peine aperçu qu'elle lui dirait de les rejoindre, que la matinée promettait d'être splendide, que tout sentait si bon. Et plus elle s'extasierait sur les délices d'être en plein air, plus il s'entêterait à rester à l'intérieur. C'était un combat rituel dont ils avaient l'habitude, lisant pratiquement les répliques d'un scénario. À la fin, ayant clairement fait comprendre qu'il était trop occupé pour sortir, il changerait inévitablement d'avis et, inévitablement, une fois dehors, il serait ravi de la beauté de la journée et honteux de sa résistance puérile.

À cet instant, toutefois, il n'avait aucun désir de lancer le rituel. À la place, il décida de prendre une seconde tasse de café, d'imprimer le profil du Bon Berger et d'essayer de l'aborder avec un esprit ouvert : ouvert à la présence éventuelle de la vérité, plutôt qu'à celle de foutaises.

Il gagna le bureau et consulta les messages de Hardwick dans son ordinateur, une amélioration appréciable par rapport au minuscule écran du téléphone portable. Pendant que le profil s'imprimait, il ouvrit le premier des rapports d'incident qu'il avait parcourus à toute vitesse l'après-midi précédent.

Il ne savait pas trop ce qu'il cherchait. Il en était encore au stade où la tâche primordiale consistait à tout regarder, à absorber le plus possible de données. Décider ce qui était significatif, échafauder des hypothèses… cela viendrait plus tard.

Il se rendit compte qu'il avait été trop pressé la première fois. Il lui fallait ralentir. Il avait découvert au fil du temps qu'une des erreurs les plus dévastatrices que puisse commettre un policier était de se jeter sur une théorie possible avec trop peu d'éléments. Parce que, une fois que vous en aviez entrevu une, vous aviez tendance à rejeter les données qui ne collaient pas. L'affinité naturelle du cerveau pour la formation de motifs dévalue les points qui ne contribuent pas au schéma. Sans compter que, de par sa profession, un policier a besoin de saisir rapidement les grandes lignes d'une situation, d'où un penchant à tirer des conclusions hâtives.

La phase du simple *regarder, écouter, s'imprégner* revêtait une grande importance. Lui accorder sa juste place était toujours le meilleur moyen de commencer une enquête.

Commencer une enquête ?

Commencer une enquête sur quoi, au juste ? À la demande de qui ? Avec quelle autorisation légale ? Au risque d'entrer en conflit avec Schiff et qui d'autre ?

Il décida de simplifier le problème – ou du moins d'édulcorer la terminologie – en ramenant la chose à une initiative privée d'établissement des faits, une tentative modeste pour répondre à quelques questions. Par exemple :

Qui se cachait derrière les premières « farces » ayant perturbé Kim ?

Lequel était le plus proche de la vérité, le portrait de Meese fait par Kim, ou le portrait de celle-ci fait par lui ?

Qui avait tendu le méchant petit piège qui l'avait envoyé valdinguer dans le sous-sol ? Était-il la victime visée ou était-ce Kim ?

Si le chuchotement avait été bien réel, qui était le chuchoteur ? Pourquoi se dissimulait-il dans le sous-sol ? Comment et quand s'était-il introduit dans la maison et comment en était-il reparti ?

Que signifiait l'avertissement : « Ne réveillez pas le diable qui dort » ?

Et, si tant est qu'il y en ait un, quel lien unissait les événements actuels à une série de meurtres commis contre des automobilistes dix ans auparavant ?

Gurney envisageait de commencer par un réexamen du contenu des rapports d'incident et des annexes, des rapports ViCAP, du profil dressé par le FBI, des bulletins de situation dans le dossier du projet de Kim ainsi que des notes qu'il avait prises en écoutant le résumé acerbe de la personnalité des victimes donné par Hardwick.

Tout cela, il pouvait le faire lui-même. Mais il éprouvait aussi un besoin urgent de s'asseoir avec Rebecca Holdenfield pour aller un peu plus loin dans le profil du Bon Berger et les diverses hypothèses de travail – comment on avait rassemblé, analysé, hiérarchisé les données de base ; testé les autres possibilités théoriques ; comment un consensus avait émergé ; et si son point de vue sur l'affaire avait changé au fil du temps. Il était également curieux de savoir si elle avait jamais parlé à Max Clinter.

Gurney avait encore le numéro de Holdenfield dans son portable. (Ils avaient collaboré brièvement sur les affaires Mark Mellery et Jillian Perry, et il s'était dit que leurs chemins se croiseraient peut-être encore.) Il afficha le numéro sur l'écran et passa l'appel. Qui aboutit à sa boîte vocale.

Il écouta le long message d'introduction concernant ses heures de travail, son site Web et l'adresse électronique où les demandes de renseignements pouvaient être envoyées. Le son de la voix fit surgir l'image de sa propriétaire. Dure, intelligente, sportive et ambitieuse. Les traits de son visage étaient parfaits sans être jolis. Son regard frappant, intense, mais dénué de la chaleur qui aurait pu le rendre beau. C'était une professionnelle zélée, qui consacrait à la pratique de la psychothérapie le temps que n'occupait pas sa carrière de psychologue judiciaire.

Il laissa un message laconique, qui, espérait-il, piquerait sa curiosité. « Bonjour, Rebecca. Dave Gurney à l'appareil. J'espère que tout va bien. Je me trouve mêlé à une situation quelque peu inhabituelle dont j'aimerais discuter avec vous afin d'avoir votre avis. Cela concerne l'affaire du Bon Berger. Je sais que vous êtes terriblement occupée. Rappelez-moi quand vous pourrez. » Il termina la communication en lui donnant son numéro de portable.

À toute autre personne n'ayant pas eu de ses nouvelles depuis six mois, ce message aurait pu sembler trop succinct et impersonnel, mais il savait que, pour Holdenfield, rien n'était jamais trop succinct ni impersonnel. Ce qui ne diminuait en rien sa sympathie pour elle. Il se rappelait des moments du passé où il avait même trouvé un attrait inquiétant à ses manières tranchantes.

Appeler lui donna la sensation satisfaisante d'avoir mis quelque chose en branle. Il retourna au rapport d'incident ouvert sur le bureau de son ordinateur et se mit à le parcourir. Une heure plus tard, il en était à la moitié du cinquième rapport lorsque le téléphone sonna. Il jeta un coup d'œil à l'écran, qui affichait : EXPERTS-CONSEILS EN MÉDECINE LÉGALE D'ALBANY.

— Rebecca ?

— Bonjour, David. Je viens de m'arrêter pour prendre de l'essence. Que puis-je pour vous ?

Sa voix reflétait son étrange mélange de brusquerie et de disponibilité.

— Je crois savoir que vous êtes un peu une spécialiste de l'affaire du Bon Berger.

— Un peu.

— Pourrait-on se voir pour en discuter un moment ?

— Pourquoi ?

— Il s'est passé des choses bizarres qui s'y rattachent peut-être, et j'aimerais avoir l'avis de quelqu'un qui sait de quoi il parle.

— Il y a une tonne de trucs sur le Net.

— J'ai besoin d'un point de vue auquel je puisse me fier.

— Quand ?

— Le plus tôt sera le mieux.

— Je suis en route pour l'Otesaga.

— Pardon ?

— L'hôtel Otesaga à Cooperstown. Si vous m'y retrouvez, je peux dégager quarante-cinq minutes – de 13 h 15 à 14 h.

— Parfait. Où est-ce que…

— Venez au salon Fenimore. Je fais une communication à 12 h 30, suivie d'une brève séance de questions, elle-même suivie de bavardages autour d'un buffet. Je peux me passer des bavardages. Pouvez-vous être là à 13 h 15 ?

Il ouvrit et ferma la main, se persuadant à nouveau qu'il saurait manier le pommeau de levier de vitesses.

— Oui.

— Alors à tout à l'heure.

Elle coupa la communication.

Gurney sourit. Il se sentait une affinité avec quiconque était prêt à se passer de bavardages. C'était peut-être ce qu'il préférait chez Holdenfield : le minimalisme de sa sociabilité. Pendant un instant, il se laissa aller à imaginer quelle forme pouvait prendre cette caractéristique dans sa vie sexuelle. Puis il secoua la tête, chassant cette pensée.

Il revint au milieu du cinquième rapport d'incident – la partie composée de photographies légendées des véhicules et des scènes de crime. La Mercedes du Dr James Brewster était montrée sous de multiples angles, à moitié écrasée contre un tronc d'arbre au bord de la route. Comme la plupart des autres véhicules cibles, la voiture de prestige à cent mille dollars n'était plus qu'une chose méconnaissable, indescriptible et sans valeur.

Gurney se demanda si c'était un des objectifs du Bon Berger, son grand frisson – pas seulement tuer de riches propriétaires présumés, mais réduire les symboles de leur richesse à de vulgaires tas de ferraille. L'humiliation finale des grands et puissants. La poussière redevenant poussière.

— On te dérange ?

C'était la voix de Madeleine.

Gurney leva la tête, sursautant. Elle se tenait sur le seuil du bureau, Kim derrière elle. Il ne les avait pas entendues rentrer dans la maison. Elles portaient toujours leurs vestes de couleurs vives.

— Me déranger ?

— Tu avais l'air en pleine concentration.

— J'essaie d'assimiler certaines informations. Qu'est-ce que vous faites ?

— Le soleil est revenu. La journée va être magnifique. J'emmène Kim se promener sur la crête.

— Ça ne risque pas d'être boueux ?

Il perçut une pointe d'irritabilité dans sa propre voix.

— Elle peut prendre une de mes paires de bottes.

— Vous partez maintenant ?

— Ça pose un problème ?

— Non, bien sûr que non. En fait, j'ai moi-même besoin de m'absenter quelques heures.

Elle le regarda avec inquiétude.

— En voiture ? Avec ton bras dans cet état ?

— L'ibuprofène fait des miracles.

— L'ibuprofène ? Il y a douze heures, tu es tombé dans un escalier, au point que tu as fini aux urgences et qu'il a fallu te ramener chez toi. À présent, deux ou trois comprimés et te voilà comme neuf ?

— Pas comme neuf. Mais pas infirme au point de ne pas pouvoir me déplacer.

Elle écarquilla les yeux, exaspérée.

— Qu'as-tu donc à faire de si important ?

— Tu te souviens d'un certain Dr Holdenfield ?

— Je me souviens du prénom. Rebecca, c'est ça ?

— Oui. Rebecca. Une psychologue médico-légale.

— Où est-elle ?

— Son bureau se trouve à Albany.

Madeleine haussa un sourcil.

— Albany ? C'est là-bas que tu vas ?

— Non. Elle sera à Cooperstown aujourd'hui pour un genre de colloque.

— À l'Otesaga ?

— Comment le sais-tu ?

— Où peut-on organiser un colloque à Cooperstown ? (Elle le regarda avec curiosité.) Il est arrivé quelque chose d'urgent ?

— Non, il n'est rien arrivé. Mais j'ai quelques questions au sujet de l'affaire du Bon Berger. Un de ses livres sur les meurtres en série était cité en note dans le profil du FBI. Il se peut qu'elle ait écrit des articles sur l'affaire par la suite.

— Tu ne peux pas lui poser tes questions par téléphone ?

— Trop nombreuses. Trop compliqué.

— À quelle heure seras-tu de retour ?

— Elle m'accorde quarante-cinq minutes, jusqu'à deux heures, je devrais donc être rentré à trois heures au plus tard.

— Trois heures au plus tard. N'oublie pas.

— Pourquoi ?

— Tu me demandes pourquoi tu ne dois pas oublier ?

— Eh bien, est-ce qu'il se passe quelque chose à trois heures précises que j'ignore ?

— Quand tu me dis que tu vas faire quelque chose, ce serait bien que tu le fasses réellement. Si tu me dis que tu seras à la maison à trois heures, j'aimerais pouvoir compter sur le fait que tu seras à la maison à trois heures. Voilà tout. C'est d'accord ?

— Absolument.

Si Kim n'avait pas été là, il se serait sans doute montré moins conciliant sur le moment, plus tenace s'agissant de savoir pourquoi la question revêtait une importance particulière en ce jour particulier. Mais il avait grandi dans un milieu où l'on n'exprimait jamais le plus petit différend devant un étranger. Et cette règle sacrosainte du savoir-vivre irlando-anglais demeurait gravée dans la moelle de ses os.

Kim paraissait soucieuse.

— Je devrais peut-être venir avec vous ?

— Déjà que je ne devrais pas y aller. Il n'y a aucune raison que nous soyons deux.

— Venez, dit Madeleine à l'adresse de Kim. Je vais vous trouver des bottes. Allons à la crête pendant qu'il y a du soleil.

Deux minutes plus tard, Gurney, toujours dans son bureau, entendit le bruit de la porte, puis la maison fut plongée dans le silence. Il se tourna vers l'écran de son ordinateur, ferma le document contenant les photos de la Mercedes fracassée du Dr Brewster et lança une recherche sur Google à partir des termes « Holdenfield » et « Berger ».

Le premier résultat se rapportant au travail de Rebecca sur l'affaire consistait en un article de revue au titre universitaire intimidant : « Figures de résonance : inférences pour la formation de la personnalité, appliquées à un tireur inconnu (dit le Bon Berger), obtenues par le biais de protocoles de modélisation bivalents, inductifs et déductifs. R. Holdenfield et al. »

Gurney fit défiler les autres résultats – sautant les réponses dans lesquelles le moteur de recherche avait fait apparaître n'importe quoi, depuis un article de journal sur un habitant de Holdenfield, au Nebraska, qui avait été mordu par un berger allemand, jusqu'à la notice nécrologique de Selmer Holdenfield, un tromboniste noir. À la fin, il dénombra une douzaine d'entrées liant Rebecca à l'affaire des meurtres, toutes en rapport avec des articles professionnels.

Dans la plupart des cas, on ne pouvait avoir accès aux articles qu'en s'abonnant aux revues qui les avaient publiés. Le coût de l'abonnement était supérieur à sa curiosité, et à en juger d'après le langage décrivant l'article sur les figures de résonance, la lecture du texte intégral risquait de lui flanquer la migraine.

CHAPITRE 18

Figures de résonance

COOPERSTOWN ÉTAIT SITUÉE À L'EXTRÉMITÉ SUD d'un lac tout en longueur, niché dans les collines rurales du comté d'Otsego. Une ville à la personnalité scindée entre une aisance modeste et le tourisme du base-ball, entre une artère principale regorgeant de magasins d'articles de sport et de petites rues calmes où les chênes centenaires ombrageaient les maisons de style néoclassique. L'Amérique profonde au milieu de la ville et Brooks Brothers sous les grands arbres.

Le trajet depuis Walnut Crossing prit un peu plus d'une heure, plus longtemps qu'il ne l'aurait cru, mais peu importait car il était parti suffisamment tôt pour arriver à l'Otesaga bien avant l'heure du rendez-vous. Il avait dans l'idée qu'entendre l'exposé de Holdenfied, du moins en partie, pourrait l'intéresser.

La fin mars n'était pas une saison de vacances très prisée dans le nord de l'État, en particulier pour les stations près des lacs. Le parking était à peine rempli au tiers, et il n'y avait pas un chat dans le parc, pourtant parfaitement entretenu.

Gurney se piquait de pouvoir deviner la cherté d'un hôtel à l'empressement et l'amabilité avec lesquels on lui ouvrait la porte d'entrée. Moyennant quoi, il conclut qu'une chambre à l'Otesaga dépassait largement ses moyens.

L'élégance du hall confirma son impression. Il s'apprêtait à demander où se trouvait le salon Fenimore lorsqu'il tomba sur un chevalet en bois surmonté d'un panneau avec une flèche répondant à sa question. Laquelle flèche indiquait un vaste couloir aux habituels murs lambrissés. D'après le panneau, la salle était réservée ce jour-là à une réunion de l'Association américaine de psychologie cognitive.

Un panneau identique se dressait à côté d'une porte ouverte au bout du couloir. Alors qu'il approchait, Gurney entendit une salve d'applaudissements. En arrivant, il vit qu'on venait juste de présenter Rebecca Holdenfield et qu'elle gagnait sa place, sur un podium situé à l'extrémité de la salle – un espace haut de plafond dans lequel une assemblée de sénateurs romains n'aurait pas eu l'air incongrue.

Pas mal, pensa Gurney.

Il estima le nombre de chaises à environ deux cents, pour la plupart occupées. L'assistance se composait en grande majorité d'hommes, principalement d'âge mûr ou même âgés. Il pénétra dans la pièce et choisit un siège dans la rangée du fond – comme lorsqu'il allait à un mariage et autre manifestation où il se sentait en porte-à-faux.

Holdenfield croisa son regard, mais sans manifester le moindre signe qu'elle l'avait reconnu. Elle lissa quelques feuilles de papier sur le pupitre et adressa à son public un sourire qui exprimait de la confiance en soi et de l'énergie plutôt que de la chaleur.

Rien de nouveau là-dedans, se dit Gurney.

— Merci, monsieur le président. (Le sourire avait disparu, la voix était nette et autoritaire.) Si je suis ici aujourd'hui, c'est pour vous faire part d'une simple idée. Je ne vous demande pas de l'approuver ou de la désapprouver. Je vous demande d'y réfléchir. Ce que je vous soumets ici, c'est une vision nouvelle du rôle de l'*imitation* dans notre vie – et comment elle affecte la totalité de nos pensées, de nos sensations et de nos actes. Je vous suggère que l'imitation constitue un instinct de survie de l'espèce humaine – aussi indispensable que la sexualité. Cette idée à elle seule est *révolutionnaire*. L'imitation n'a jamais été classée comme un instinct – une tendance à l'action, induite par l'accumulation et le relâchement d'une tension. Mais n'est-ce pas précisément ce qu'elle est ?

Elle marqua une pause. Son auditoire était parfaitement immobile.

— Le fait peut-être le plus révélateur et qu'on oublie trop souvent au sujet de l'imitation, c'est qu'elle... *fait du bien*. Le phénomène de l'imitation procure à l'organisme humain une forme de plaisir : il allège les tensions. Dans tout ce que nous faisons, il existe un biais en faveur de la répétition – parce que ça fait du bien.

Holdenfield avait les yeux brillants et son public paraissait hypnotisé.

— Nous nous réjouissons de voir ce que nous avons déjà vu et de faire ce que nous avons déjà fait. Le cerveau recherche une *figure de résonance* parce que la résonance procure du plaisir.

Elle quitta le podium, comme pour se relier de façon plus directe avec ses auditeurs.

— La survie de n'importe quelle espèce dépend de la capacité de chaque nouvelle génération à reproduire les comportements de la génération précédente. La reproduction peut découler de la programmation génétique ou de l'apprentissage. Les fourmis s'appuient essentiellement sur la programmation génétique dans leur comportement. Nous nous appuyons essentiellement sur l'apprentissage. Le cerveau des insectes naît en sachant pratiquement tout ce qu'il a besoin de savoir, alors que le cerveau humain naît en ne sachant pratiquement rien de ce qu'il a besoin de savoir. *L'impératif de survie de l'insecte est d'agir. L'impératif de survie de l'être humain est d'apprendre*. Les instincts de l'insecte le guident à travers les *actes spécifiques* de son cycle de vie, alors que notre instinct d'imitation nous guide à travers le processus d'apprentissage du *comment agir*.

Pour autant que Gurney pût en juger depuis le fond de la salle, tout le monde était suspendu à ses lèvres. Dans cette pièce, c'était une rock-star.

— Dans cet instinct résident les racines de l'art, de l'habitude, la joie de la créativité, la douleur de la frustration. Une grande part de la souffrance humaine résulte du fait que l'instinct d'imitation s'oppose directement aux récompenses et châtiments extérieurs. Prenons le cas d'un parent qui frappe un enfant pour avoir frappé un autre enfant. Il y a là deux leçons : d'une part, que frapper est une *mauvaise* façon de réagir à un comportement que l'on trouve inadmissible (puisqu'elle est sanctionnée) et que frapper est une *bonne* façon de réagir à un comportement que l'on trouve inadmissible (puisqu'elle est donnée comme un modèle de punition). Les dégâts psychiques potentiels sont énormes quand le comportement érigé en modèle est aussi le comportement que l'on punit.

Pendant la demi-heure suivante, il sembla à Gurney que Holdenfield se contentait de répéter avec d'autres mots ce qu'elle avait déjà dit. Mais, loin de lasser son auditoire, cela ne fit apparemment que le captiver davantage. Marchant de long en large tout en gesticulant, elle donnait l'impression d'une femme parvenue au paradis dont elle avait toujours rêvé.

Finalement, elle reprit sa place à l'arrière du podium avec une expression qui parut à Gurney rien moins que triomphale.

— Par conséquent, je vous demande d'examiner la possibilité que le besoin de satisfaire l'instinct d'imitation soit l'une des plus importantes pièces manquantes dans notre connaissance de la nature humaine elle-même. Je vous remercie de votre attention.

Un tonnerre d'applaudissements retentit dans la salle. Un membre de l'assistance, cheveux blancs, visage rubicond, se leva au premier rang et s'adressa aux autres participants avec la voix rassurante d'un animateur de radio aguerri.

— Au nom de tous, j'aimerais remercier le Dr Holdenfield pour cette remarquable présentation. Elle dit avoir voulu nous donner matière à réflexion, et c'est à coup sûr ce qu'elle a fait. Un concept des plus fascinants. Dans une quinzaine de minutes, notre bar et un agréable buffet seront à votre disposition. En attendant, vous avez la possibilité de poser des questions et de formuler des commentaires. Est-ce que cela vous convient, Rebecca ?

— Bien sûr.

Les « questions » qui suivirent consistaient surtout en des louanges sur l'originalité de sa pensée et des témoignages de gratitude pour sa présence. Au bout de vingt minutes dans cette veine, l'homme aux cheveux blancs se leva à nouveau, remercia encore une fois avec déférence Rebecca au nom du groupe et annonça que le bar était maintenant ouvert.

— Intéressant, fit Gurney avec un sourire teinté d'ironie.

Holdenfield lui lança un regard mi-interrogateur mi-agressif. Ils étaient assis à une petite table dans une véranda donnant sur une pelouse impeccable, parsemée de massifs de buis. Le soleil brillait et le lac au-delà de la pelouse était aussi bleu que le ciel. Elle portait un ensemble en soie beige et un chemisier en soie blanche. Pas de maquillage, ni de bijoux – à l'exception d'une montre en or à l'aspect coûteux. Ses cheveux auburn, ni longs ni courts, retombaient librement. Ses yeux marron foncé l'étudiaient.

— Vous êtes arrivé plutôt en avance, fit-elle remarquer.

— Autant en apprendre le plus possible.

— Sur la psychologie cognitive ?

— Sur votre façon de penser.

— Ma façon de penser ?

— Je suis curieux de savoir comment vous parvenez à vos conclusions.

— En général ? Ou y a-t-il une question précise que vous ne posez pas ?

Il rit.

— Comment ça va ?

— Pardon ?

— Vous êtes superbe. Comment ça va ?

— Bien, je suppose. Occupée. Très occupée, en fait.

— Ça semble porter ses fruits.

— Que voulez-vous dire ?

— Gloire. Respect. Applaudissements. Livres. Articles. Conférences.

Elle opina, inclina la tête sur le côté, l'observa, attendit.

— Et alors ?

Il regarda le lac miroitant de l'autre côté de la pelouse.

— C'était une simple observation sur le parcours remarquable que vous avez accompli. D'abord une autorité en psychologie médico-légale, maintenant une autorité en psychologie cognitive. L'enseigne Holdenfield s'étend et rayonne. Je suis impressionné.

— Non, j'en doute. Vous n'êtes pas aussi impressionnable. Que voulez-vous ?

Il haussa les épaules.

— J'ai besoin d'aide pour comprendre l'affaire du Bon Berger.

— Pourquoi ça ?

— C'est une longue histoire.

— Donnez-moi la version courte.

— La fille d'une vieille connaissance produit un documentaire pour la télévision sur les familles des victimes du Bon Berger. Souhaiterait que je jette un regard par-dessus son épaule, que je joue le rôle d'une sorte de policier conseil, etc.

Au moment même où il le prononçait, le flou de ce « etc. » le tarabusta.

— Que désirez-vous savoir ?

— Un tas de choses. Pas facile de décider par où commencer.

Un tic s'agita au coin de la bouche de son interlocutrice.

— Mieux vaut n'importe où que nulle part.

— Figure de résonance.

Elle battit des paupières.

— Quoi ?

— C'est un terme que vous avez utilisé aujourd'hui dans votre exposé. Vous vous en êtes servi également comme titre d'un article que vous avez écrit il y a neuf ans. Qu'est-ce qu'il signifie ?

— Vous avez lu cet article ?

— La longueur du titre m'a effarouché, et j'ai pensé que le reste me passerait au-dessus de la tête.

— Mon Dieu, ce que vous pouvez être baratineur.

À l'entendre, on aurait dit un compliment.

— Eh bien, parlez-moi de cette figure de résonance.

Elle consulta à nouveau sa montre.

— Je ne suis pas sûre d'avoir assez de temps.

— Essayez.

— Cela se réfère au transfert d'énergie entre des constructions mentales.

— Ce qui veut dire, dans le vocabulaire d'un modeste détective à la retraite, originaire du Bronx… ?

Elle le considéra avec une lueur amusée dans les yeux.

— C'est une refonte du concept de sublimation employé par Freud – le détournement forcé d'énergie sexuelle ou agressive dangereuse dans des voies alternatives plus sûres.

— Rebecca, les humbles policiers à la retraite parlent un langage simple.

— Bon sang, Gurney, vous êtes vraiment nul. Mais d'accord, comme vous voudrez. Oubliez Freud. Il existe un poème célèbre sur une jeune fille nommée Marguerite, qui éprouve du chagrin au moment de la chute des feuilles en automne. Les deux derniers vers sont les suivants : « C'est pour la flétrissure que l'homme est né / C'est sur Marguerite que vous pleurez. » Il s'agit d'une figure de résonance. L'émotion intense qui envahit la jeune fille en observant le dépérissement des feuilles provient en réalité d'une connaissance plus profonde du destin inéluctable qui est le sien.

— Votre idée étant que l'énergie émotionnelle liée à une expérience peut être transférée dans une autre sans…

— Sans que l'on ait conscience que ce que l'on ressent dans l'instant présent ne découle peut-être pas de ce qui se passe à cet instant. Voilà ce que je veux dire.

Il y avait une fierté de propriétaire dans sa voix.

— Comment est-ce que cela s'applique au Bon Berger ?

— *Comment* ? De toutes les manières possibles. Ses actes, ses pensées, son langage, sa motivation s'accordent parfaitement avec ce concept. L'affaire du Bon Berger en est une des confirmations les plus claires. Ce genre de meurtres motivés par une mission ne sont jamais ce dont ils ont l'air. Derrière le motif conscient du tueur se dissimule toujours une autre source d'énergie, une ou plusieurs expériences traumatisantes survenues beaucoup plus tôt dans sa vie. Il a au fond de lui tout un stock d'angoisse et de fureur refoulées dues à ces expériences. Par un processus d'association, il relie ses expériences passées à une situation actuelle, et les vieux sentiments se mettent alors à animer ses pensées présentes. Nous sommes portés à croire que ce que nous éprouvons maintenant est le résultat de ce que nous vivons maintenant. Si je suis contente ou triste, je suppose que c'est parce que quelque chose en ce moment dans ma vie se passe bien ou mal – et non parce qu'un peu d'énergie émotionnelle a été transférée d'un souvenir réprimé dans le présent. Normalement, il s'agit d'une erreur inoffensive. Mais elle l'est beaucoup moins quand l'émotion transférée est une rage pathologique. Et c'est exactement ce qui se passe chez un certain type d'assassin – dont le Bon Berger constitue un exemple parfait.

— Avez-vous une idée du type d'expérience enfantine pouvant être à l'origine de toute cette énergie transférée alimentant ses meurtres ?

— Je dirais, une terreur traumatisante inspirée par un père matérialiste et violent.

— Alors pourquoi a-t-il arrêté au bout de six, à votre avis ?

— Avez-vous songé qu'il était peut-être mort ? (Holdenfield regarda sa montre avec un froncement de sourcils alarmé.) Désolée, David, je n'ai vraiment plus le temps.

— Je vous suis reconnaissant de m'avoir fait une place dans votre emploi du temps chargé. Au fait, lorsque vous avez étudié l'affaire, avez-vous parlé à Max Clinter ?

— Ha ! Clinter. Oui, bien sûr. Qu'est-ce qu'il a ?

— C'est la question que je vous pose.

Holdenfield poussa un soupir impatient puis se mit à parler à toute vitesse.

— Max Clinter est un narcissique complet qui ne voit dans l'affaire du Bon Berger que sa propre personne. Il se gargarise de théories du complot n'ayant aucun sens. C'est aussi un ivrogne égocentrique qui a fichu en l'air sa vie et celle de sa famille au cours d'une soirée calamiteuse – et qui depuis s'efforce de boucher les trous de façon à pouvoir blâmer tout le monde sauf lui.

— Qu'est-ce qui vous fait penser qu'il est mort ?

— Pardon ?

— Vous avez dit que le Bon Berger était peut-être mort.

— Oui. *Peut-être*.

— Sinon, pour quelle autre raison se serait-il arrêté ?

Elle poussa un nouveau soupir d'impatience, plus ostensible que le précédent.

— Il se peut qu'une des balles démentes de Clinter soient passées très près ou même l'aient touché. Qu'il souffre d'une dépression nerveuse, d'une décompensation psychotique. Qu'il se trouve dans un hôpital psychiatrique, voire en prison, pour des événements n'ayant rien à voir avec les fusillades. Il pourrait y avoir un tas d'explications au fait qu'il ait disparu de la circulation. Sans éléments supplémentaires, il ne sert à rien de spéculer.

Holdenfield s'éloigna de la table.

— Désolée. Il faut que j'y aille.

Elle fit un bref signe de tête à Gurney en guise d'au revoir et se dirigea vers la porte séparant la véranda du hall de l'hôtel.

Gurney s'adressa à son dos.

— Y a-t-il une raison pour laquelle quelqu'un voudrait empêcher un réexamen de l'affaire ?

Elle se retourna et le regarda fixement.

— De quoi parlez-vous ?

— La jeune femme qui fait le documentaire que j'ai mentionné tout à l'heure ? Il lui est arrivé des choses étranges. Des choses que l'on pourrait interpréter comme des menaces. Ou, à tout le moins, des mises en garde hostiles lui suggérant de laisser tomber le projet.

Holdenfield semblait perplexe.

— Comme quoi ?

— Intrusions dans son appartement, objets personnels déplacés, couteaux de cuisine disparaissant et réapparaissant dans des endroits où ils ne devraient pas se trouver, gouttes de sang, disjoncteurs trafiqués, une marche de l'escalier de la cave sciée... (Il s'apprêtait à mentionner l'avertissement chuchoté, mais son incertitude à ce propos l'arrêta.) Il est possible qu'on la harcèle pour un autre motif, que les menaces ne soient pas directement liées à l'affaire – mais je pense qu'elles le sont. Laissez-moi vous poser une question. Dans le cas où le Bon Berger serait toujours en liberté, croyez-vous qu'il voudrait empêcher que l'affaire ne soit débattue à la télévision ?

Elle secoua la tête d'un air catégorique.

— Au contraire. Il adorerait ça. Vous êtes en train de parler de quelqu'un qui a rédigé un manifeste de vingt pages et l'a posté à tous les grands médias du pays. Ce genre de psychopathes nourrissant des rancœurs contre la société ont besoin d'un public. Un besoin maladif. Ils tiennent à ce que l'importance de leur mission soit reconnue. Par tous.

— Voyez-vous quelqu'un d'autre qui pourrait vouloir se mettre en travers du chemin ?

— Non.

— Me voilà donc avec un étrange petit mystère sur les bras. Il y a peu de chance que l'agent chargé du dossier accepte de me parler, je présume ?

— Matt Trout ? Vous plaisantez.

— Oui, c'est tout à fait moi. Ce vieux blagueur de Dave. Merci de m'avoir accordé de votre temps, Rebecca.

La mine toujours perplexe, elle pivota et gagna le hall.

CHAPITRE 19

Remous

TROIS GARÇONS EN TEE-SHIRT ET SHORT ROUGES jouaient avec un ballon de foot sur la pelouse impeccable au bord du lac. Le soleil avait disparu derrière un banc de nuages, ramenant ce début de printemps à la fin de l'hiver, mais ils n'avaient pas l'air de s'en soucier.

Se levant de table, Gurney se frotta les bras pour se réchauffer. Il ressentait à présent des douleurs dans tout le corps à cause de sa chute de la veille. L'acouphène, dont il n'avait eu conscience que de façon sporadique, semblait maintenant plus envahissant. Alors qu'il se dirigeait d'une démarche quelque peu incertaine vers la porte du hall, elle lui fut ouverte par un jeune homme dans l'uniforme de rigueur, avec un sourire mécanique et une voix indistincte brouillant les mots.

— Je vous demande pardon ? dit Gurney.

Le jeune homme se mit à parler plus fort, tel un infirmier dans une maison de repos.

— Je vous demandais si tout allait bien, monsieur.

— Oui, très bien, merci.

Gurney retourna au parking. Un quatuor de golfeurs vêtus de la tenue traditionnelle, pantalon à carreaux et pull à col en V, descendait au même moment d'un énorme 4 × 4 qui lui fit penser à un appareil électroménager haut de gamme. En temps normal, l'idée qu'on puisse payer soixante-quinze mille dollars pour rouler dans un grille-pain géant l'aurait fait sourire. Mais à cet instant, il y vit un symptôme de plus d'un monde dégénéré, un monde où des crétins avides se complaisaient à amasser sans cesse le plus de cochonneries possibles.

Le Bon Berger avait peut-être raison.

Il monta dans sa voiture, s'adossa au siège et ferma les yeux.

Il se rendit compte qu'il avait soif. Il jeta un coup œil sur la banquette arrière, où il savait qu'il y avait deux bouteilles d'eau, mais ne les vit nulle part, ce qui signifiait qu'elles avaient dégringolé et roulé sous le siège avant. Il sortit, ouvrit la porte arrière et récupéra une des bouteilles. Il en but la moitié et remonta dans la voiture.

Il ferma à nouveau les yeux, pensant qu'un petit somme de cinq minutes lui éclaircirait peut-être les idées. Mais une phrase de Holdenfield emporta son désir d'oubli.

Vous plaisantez.

Il se dit que c'était une simple formule – que Holdenfield faisait allusion à la prétention et aux airs inaccessibles de Trout, et non à son insignifiance à lui dans le monde de l'application active de la loi – ou juste une façon brusque de repousser ce qu'elle interprétait comme une demande d'introduction. Dans un cas comme dans l'autre, ressasser une telle remarque serait un gaspillage de temps puéril.

Mais c'étaient là des arguments rationnels, et il n'y avait guère de rationalité dans la colère qu'il éprouvait. De la colère contre l'obsédé du contrôle vaniteux qui refuserait soi-disant de le voir, contre Holdenfield, trop obnubilée par ses propres priorités pour intercéder en sa faveur, contre le FBI et ses manières arrogantes.

Dans son esprit tourbillonnaient des bribes de la conférence de Holdenfield, son concept de figure de résonance des meurtres en série, le profil du Bon Berger, la marche sciée, les propos de Robby Meese décrivant Kim Corazon comme une dangereuse déséquilibrée, l'étrange Max Clinter, l'abject Rudy Getz, la maudite flèche à plumes rouges dans le jardin. Mais au milieu de ce méli-mélo, ses pensées ne cessaient de revenir à cette piqûre cuisante : *Vous plaisantez.*

Quelle réponse aurait-il préféré ? « Bien sûr qu'il acceptera de vous rencontrer. Avec votre incroyable réputation au NYPD, comment l'agent Trout pourrait-il ne pas vouloir vous rencontrer ? »

Bon Dieu ! Était-il aussi pitoyablement attaché à sa réputation ? Attaché à la reconnaissance de son image de détective vedette au sein des services de police ? Chaque fois que cette image avait été reconnue publiquement, il en avait conçu de la gêne. Mais qu'on l'ignore à présent était pire. Ce qui débouchait sur une autre question angoissante :

Qui était-il sans ce statut, sans cette réputation ?

Un type ordinaire ayant fait son temps. Un type ordinaire se demandant qui il pouvait bien être parce que la structure de pouvoir qui lui avait donné son identité avait aussi le pouvoir de le passer à la trappe ? Un ex-flic aigri, assis sur la ligne de touche, rêvant de l'époque où sa vie avait un sens et nourrissant l'espoir qu'on le rappelle dans le jeu ?

Bon sang, quel apitoiement stupide.

Assez !

Je suis un policier. Je l'ai peut-être toujours été, et d'une façon ou d'une autre je le serai toujours. Cela fait partie de ma vie – indépendamment de mon chèque de salaire et de la chaîne de commandement. Je possède des talents qui font de moi ce que je suis. L'exercice de ces talents, c'est tout ce qui compte, et non l'opinion de Rebecca Holdenfield, de l'agent Trout ou de qui que ce soit d'autre. Mon estime de moi – mon goût de la vie – dépend de mon propre comportement, et non des réactions d'une profileuse avec son charabia psychologique ou d'un fonctionnaire fédéral que je n'ai jamais vu.

Il se cramponna à cette assertion pour recouvrer son assurance alors même qu'il sentait ce qu'elle comportait d'excessif. Mais n'importe quel degré de conviction valait mieux que pas de conviction du tout. Et il comprit que, s'il tenait à garder l'équilibre, comme un homme sur un vélo, il avait besoin d'une dynamique. Besoin de *faire* quelque chose.

Il prit son portable, alla dans sa messagerie et ouvrit une fois de plus la série de rapports d'incident que lui avait envoyés Hardwick.

En les parcourant il se souvint que l'agent immobilier – la femme au nom de vedette de cinéma – ne se trouvait qu'à quelques kilomètres de chez elle, à Barkham Dell, lorsqu'elle était devenue la quatrième victime du Bon Berger.

Barkham Dell n'était pas loin de Cooperstown. Dans le rapport d'incident, il repêcha le lieu exact dans Long Swamp Road, ainsi que les photos annotées de l'endroit où Sharon Stone avait eu la moitié du visage emportée tandis que, sortant de la route, sa voiture se jetait dans la boue.

Il entra les coordonnées du lieu dans son GPS et quitta le parking de l'Otesaga – sans s'attendre à une découverte majeure, mais avec le sentiment modeste de revenir au point de départ, de marcher enfin sur la terre ferme.

Sa première visite à l'une des scènes de crime, même dix ans après les faits, produisit sur Gurney un effet qu'il avait du mal à définir. La qualifier de stimulante aurait été pervers, mais elle aiguisa assurément ses sens. Les réactions chimiques qu'elle provoqua dans son cerveau eurent pour résultat de rendre tout ce qu'il voyait plus mémorable que les spectacles et événements de sa vie de tous les jours.

Ce n'était pas la première fois qu'il se rendait sur le théâtre d'un crime commis il y a longtemps. Parmi les aveux qu'il avait jadis arrachés à un tueur en série figurait l'assassinat d'une adolescente dans une zone plantée d'arbres d'Orchard Beach, dans le Bronx – assassinat ayant eu lieu douze ans avant les aveux en question.

Tandis qu'il prenait lentement la courbe vers la gauche où Long Swamp Road quittait la nationale en direction du lac Dead Dog, il adopta la même méthode qu'il avait suivie à Orchard Beach – soustrayant mentalement les années de croissance des arbres, effaçant arbustes et buissons.

Il avait les photos du rapport d'incident pour guider ses ajustements. Il n'y avait pas eu d'additions ou de soustractions aux structures d'origine humaine. Pas de constructions ni de panneaux d'affichage ou de poteaux téléphoniques. La route n'avait pas de rambarde de sécurité en 2000, et c'était toujours le cas. Trois grands arbres n'avaient pratiquement pas changé. L'époque de l'année, le début du printemps, était la même alors et maintenant, conférant aux vieilles photos une illusion d'actualité.

La position des grands arbres, ajoutée aux annotations des clichés et aux mesures d'angle et de distance, permit à Gurney de localiser l'emplacement approximatif de la voiture de Sharon au moment où la balle avait atteint celle-ci.

Il rebroussa chemin jusqu'à un carrefour d'où partait une route reliant la nationale. De là il roula jusqu'au lieu du coup de feu, parcourut ensuite trois kilomètres de tourbières et de marécages, passa devant le lac Dead Dog, traversa le village pittoresque de Barkham Dell et fit encore un kilomètre et demi jusqu'au croisement de Long Swamp Road avec une départementale très fréquentée.

Puis il retourna à son point de départ et recommença – mais cette fois-ci comme il supposait que le Bon Berger l'avait fait. Tout d'abord, il trouva un coin discret pour se garer au bord de la route, non loin du raccordement avec la nationale – un bon endroit pour quelqu'un devant attendre le passage d'une Mercedes, véhicule très populaire parmi les gens en week-end à Barkham Dell.

Puis il démarra derrière une Mercedes noire imaginaire, la « fila » jusqu'au début de la longue courbe, accéléra dans le virage, passa sur la voie de gauche, abaissa la vitre du passager, et, au point approximatif indiqué dans la reconstitution de l'accident, il leva son bras droit et le pointa vers le conducteur fictif.

— Bam ! cria-t-il aussi fort que possible, tout en sachant qu'aucun son qu'il pouvait faire n'approchait même d'un dixième celui du monstrueux calibre .50 utilisé dans la fusillade réelle, comme l'indiquait le rapport. En même temps qu'il simulait la détonation, il écrasa le frein, tandis qu'il se représentait la voiture de la victime déviant de l'arc de la courbe pour plonger dans le marais, à peut-être une centaine de mètres devant lui. Il fit semblant de poser l'arme sur le siège pour prendre un minuscule animal jouet dans sa poche de chemise et le jeter sur le bas-côté de la route, pas très loin de là où la voiture avait dû s'enfoncer dans la boue, entourée des vestiges des herbes aquatiques brunâtres datant de la saison précédente.

L'attaque hypothétique terminée, il mit le cap sur Barkham Dell. En cours de route, il réfléchit aux différents moyens de se débarrasser d'un pistolet Desert Eagle. Trois voitures passèrent en sens inverse. L'une se trouvait être une Mercedes noire – ce qui lui fit froid dans le dos.

Au feu dans le village, il fit demi-tour afin de répéter toute l'opération. Mais, alors qu'il approchait du lac Dead Dog, évaluant ses avantages et ses inconvénients pour faire disparaître un pistolet, son portable se mit à sonner. L'appel provenait de sa propre ligne fixe.

— Madeleine ?

— Où es-tu ?

— Sur une petite route près de Barkham Dell. Pourquoi ?

— Pourquoi ?

Il hésita.

— Il y a un problème ?

— Quelle heure est-il ? demanda-t-elle avec un calme troublant.

— Quelle heure ? Je ne... Ah, nom d'un chien ! J'ai oublié.

La pendule du tableau de bord indiquait 15 h 15. Il avait promis d'être rentré à trois heures. Trois heures *au plus tard.*

— Tu as oublié ?

— Désolé.

— C'est bien ça ? Tu as oublié ?

Il y avait une réelle colère dans son ton contrôlé.

— Je suis désolé. Oublier n'est pas quelque chose que je maîtrise. Je ne fais pas exprès d'oublier.

— Mais si.

— Comment veux-tu ? Oublier, c'est oublier. Ce n'est pas un acte intentionnel.

— Tu te souviens de ce qui a de l'importance pour toi. Tu oublies ce qui n'en a pas.

— Ce n'est pas...

— Si. Tu rejettes toujours la faute sur ta mémoire. Ça n'a rien à voir. Tu n'as jamais oublié une convocation devant un tribunal, n'est-ce pas ? Tu n'as jamais oublié un rendez-vous avec le procureur. Tu n'as pas de problème de *mémoire*, David, tu as un problème d'*empathie*.

— Écoute, je m'excuse.

— D'accord. Alors quand seras-tu à la maison ?

— Je suis en route. Trente-cinq, quarante minutes ?

— Tu es en train de dire que tu seras là à quatre heures ?

— À quatre heures, c'est sûr. Peut-être avant.

— Très bien. Quatre heures. Juste une heure de retard. Alors à plus tard.

La communication fut coupée.

À 15 h 52, il atteignit la petite route paisible qui grimpait le long du torrent, au milieu des collines, jusqu'à leur ferme. Au bout d'un kilomètre, il s'arrêta sur une bande herbeuse devant une cabane de week-end rarement utilisée.

Il avait passé les dix premières minutes du trajet depuis Barkham Dell à se demander pourquoi Madeleine paraissait si irritée – plus que d'habitude – par ses oublis, son insouciance, son incapacité à marquer les choses qui risquaient de lui sortir de la tête. Le reste du parcours, il l'avait employé à réfléchir aux meurtres du Bon Berger.

Il se demanda si des progrès accomplis dans l'affaire, une fois celle-ci entre les mains du bureau du FBI à Albany, n'avaient pas été notés dans les dossiers de la police de l'État accessibles à Hardwick. Et s'il y avait un moyen de répondre à cette question sans passer par l'agent Trout. Il n'en vit aucun.

Cependant… si Trout était aussi rigide que tout le monde semblait le croire, il devait être fragile également. Gurney avait maintes fois constaté qu'un homme a tendance à rassembler ses défenses les plus fortes à son point le plus faible.

Ainsi, la manie du contrôle trahit bien souvent une terreur du chaos.

Ce qui indiquait une brèche dans la forteresse.

Il sortit son téléphone et composa le numéro de Holdenfield. Il tomba sur sa boîte vocale.

— Salut, Rebecca. Désolé de vous déranger à nouveau un jour aussi chargé. Mais il y a certaines choses au sujet de l'affaire du Bon Berger qui ne collent pas vraiment. En fait, il se pourrait qu'il y ait une faille grave dans la théorie du FBI. Quand vous aurez un moment, rappelez-moi.

Il remit le téléphone dans sa poche et poursuivit sa route jusqu'au sommet de la colline.

CHAPITRE 20

Surprise

COMME IL PASSAIT ENTRE L'ÉTANG ET LA GRANGE, la maison surgissant en haut du pré, il vit, à peine visible au-dessus des touffes d'herbe brune, le guidon et le réservoir d'une moto à côté de la voiture de Madeleine.

Il réagit à ce spectacle avec un mélange d'intérêt et de soupçon. Quand il s'arrêta à proximité, son intérêt augmenta d'un cran. La motocyclette, en parfait état, était une BSA Cyclone, une machine de plus en plus rare, qu'on avait cessé de fabriquer dans les années 1960.

Cela lui rappela une moto qu'il avait eue lui-même. En 1979, alors qu'il se trouvait en première année à Fordham et qu'il vivait chez ses parents dans le Bronx, il se rendait à l'université sur une Triumph Bonneville vieille de vingt ans. Lorsqu'elle lui fut volée, au cours de l'été entre sa première et sa seconde année, il avait à son actif suffisamment de pluies cinglantes et de quasi-accidents sur la Cross Bronx Expressway pour que l'ennui d'un bus lui semble acceptable.

Il pénétra dans la maison par la porte de côté, qui menait, via un petit couloir, à la cuisine spacieuse. Il s'attendait à entendre des voix, peut-être celle du visiteur à la moto, mais le seul bruit qui lui parvint était celui de grésillements sur la cuisinière. Lorsqu'il entra dans la pièce, elle était pleine de l'arôme des oignons que Madeleine faisait sauter dans un wok. Elle ne leva pas la tête.

— À qui appartient la moto ? demanda-t-il.

— Elle te gênait pour passer ?
— Je n'ai pas dit ça. (Il attendit, regardant fixement le dos de Madeleine.) Eh bien ?
— Eh bien quoi ?
— À qui est-elle ?
— Je ne suis pas censée le dire.
— Quoi ?
Elle poussa un soupir.
— Je ne suis pas censée le dire.
— Et pourquoi ça ?
— Parce que... quelqu'un veut que sa visite soit une surprise.
— Qui ? Où est-il ?
— Il s'agit d'une surprise.
Elle semblait mécontente de la position dans laquelle on l'avait mise.
— Quelqu'un est ici pour me voir ?
— Exact.
Elle éteignit le brûleur, retira le wok et versa les oignons sur une couche de riz dans un plat de cuisson à côté de la cuisinière.
— Où est Kim ?
— Ton visiteur et elle sont partis se promener.
Elle sortit du réfrigérateur un saladier de crevettes crues décortiquées, un second saladier contenant des poivrons et du céleri hachés et un verre avec de l'ail émincé.
— Tu sais, dit Gurney, je n'aime pas beaucoup les surprises.
— Moi non plus.
Elle ralluma le gaz sous le wok, qu'elle remplit avec les légumes, puis tourna vigoureusement avec une spatule.
Aucun d'eux ne parla pendant une bonne minute. Ce silence mit Gurney mal à l'aise.
— Je suppose que c'est quelqu'un que je connais ?
Il regretta aussitôt l'inanité de la question.
Madeleine le regarda droit dans les yeux pour la première fois depuis qu'il était dans la pièce.
— Je l'espère.
Il avala une grande goulée d'air.

— C'est totalement stupide. Dis-moi qui est venu sur cette moto et pourquoi il est ici.

Madeleine haussa les épaules.

— Kyle. Pour te voir.

— Quoi ?

— Tu as très bien entendu. Ton acouphène n'est pas si terrible.

— Mon fils, Kyle ? Venu de New York en moto ? Pour me voir ?

— Pour te faire une surprise. Il avait d'abord prévu d'être là à trois heures. Parce que tu as dit que tu serais alors rentré. *Trois heures au plus tard*. Puis il a décidé d'arriver à deux heures. Afin de passer plus de temps avec toi au cas où tu reviendrais plus tôt. Tout ce que j'ai fait, c'est de lui dire l'heure à laquelle tu serais là – l'heure à laquelle *tu as dit* que tu serais là. Pourquoi me regardes-tu comme ça ?

— Drôle de coïncidence : pas plus tard qu'hier, tu laissais entendre que Kyle et Kim feraient un couple intéressant, et voilà qu'ils sont ici, faisant une promenade ensemble.

— Les coïncidences, ça arrive. C'est pour ça que le mot existe.

Elle reporta son attention sur le wok.

Gurney se sentait plus troublé qu'il ne voulait bien l'admettre. Il décida d'y voir un symptôme de sa profonde aversion pour tout ce qui pouvait bouleverser ses plans, un défi à son illusion de contrôle. Ça et aussi le fait que sa relation avec Kyle, le fils de vingt-six ans issu de son premier mariage, avait toujours été extrêmement difficile. Que l'effet des ibuprofènes qu'il avait pris pour le nerf coincé dans son bras se dissipait. Que les douleurs causées par sa chute dans le sous-sol empiraient. Etc., etc., etc.

Il essaya de ne laisser percer dans sa voix ni hostilité ni apitoiement.

— Tu sais où ils sont allés se promener ?

Madeleine ôta le wok du brûleur et ajouta son contenu au riz et aux oignons dans le plat de cuisson. Elle ne répondit pas jusqu'à ce qu'elle ait nettoyé et replacé le wok sur le feu puis remis de l'huile.

— Je leur ai suggéré le sentier de la crête qui redescend vers l'étang.

— Quand sont-ils partis ?

— Quand tu m'as annoncé au téléphone que tu aurais une heure de retard.

— J'aurais préféré que tu me le dises.

— Ça aurait fait une différence ?

— Bien sûr que ça aurait fait une différence.

— Voilà qui est intéressant.

L'huile dans le wok commençait à fumer. Madeleine alla au placard où étaient rangées les épices, revint avec du gingembre, de la cardamome et de la coriandre en poudre, ainsi qu'un sac de noix de cajou. Elle augmenta le débit de la hotte, mit une poignée de noix dans le wok, une cuiller à café de chacune des épices et entreprit de remuer le tout.

Elle indiqua d'un signe de tête la fenêtre près de la cuisinière.

— Ils montent la colline.

Il s'approcha et regarda dehors. Suivant d'un pas paisible le chemin herbeux qui traversait le pré, Kim était vêtue du coupe-vent bariolé de Madeleine et Kyle d'un jean délavé et d'une veste en cuir noire. Ils semblaient rire.

Alors qu'il les observait, Madeleine le toisait, lui.

— Avant qu'ils atteignent la porte, dit-elle, tu pourrais peut-être prendre un air plus accueillant.

— J'étais en train de penser à cette moto.

Elle déversa le mélange de noix et d'épices du wok sur les autres ingrédients dans le plat de cuisson.

— Qu'est-ce qu'elle a ?

— Un classique du genre vieux de cinquante ans et remis en parfait état, ce n'est pas bon marché.

— Ha ! (Elle posa le wok dans l'évier et fit couler de l'eau dessus.) Kyle a-t-il jamais possédé quoi que ce soit de bon marché ?

Gurney hocha vaguement la tête.

— La seule et unique fois où il a mis les pieds ici, c'est il y a deux ans pour montrer cette fichue Porsche jaune qu'il avait achetée avec sa prime de Wall Street. Et maintenant, une BSA coûtant la peau des fesses. Seigneur Dieu !

— Tu es son père.

— Ce qui veut dire ?

Poussant un soupir, Madeleine lui lança un regard où l'agacement se mêlait à la compassion.

— N'est-ce pas évident ? Il veut que tu sois fier de lui. D'accord, il n'utilise pas le bon moyen pour ça. Vous deux ne vous connaissez pas très bien, n'est-ce pas ?

— Je suppose que non. (Il la regarda mettre le plat dans le four.) Ces trucs de luxe scintillants… toutes ces conneries avec des noms de marque… ça ne me rappelle que trop le gène matérialiste qu'il a hérité de son agent immobilier de mère. Elle était très forte pour gagner de l'argent, et encore meilleure pour le dépenser. N'arrêtait pas de me répéter que je perdais mon temps dans la police, que je devrais faire des études de droit parce que défendre les criminels est bien plus rentable que de les attraper. Et maintenant Kyle est en fac de droit. Elle doit être contente.

— Es-tu en colère parce que tu penses qu'il veut défendre les criminels ?

— Je ne suis pas en colère.

Elle lui jeta un coup d'œil dubitatif.

— Peut-être que si. Je ne sais pas. On dirait que tout me tape sur les nerfs ces derniers temps.

Madeleine eut un haussement d'épaules.

— Tâche de te rappeler que c'est ton fils qui est venu te voir aujourd'hui, pas ton ex-femme.

— Oui. J'espère simplement que…

Il fut interrompu par le bruit de la porte latérale qu'on ouvrait, suivi de la voix animée de Kim dans le couloir.

— Impossible, c'est beaucoup trop bizarre ! Je veux dire, c'est la chose la plus immonde que j'aie jamais entendue !

Kyle entra le premier dans la cuisine, un grand sourire aux lèvres.

— Hé, papa ! Ça fait plaisir de te voir !

Ils se saluèrent avec des embrassades maladroites.

— Moi aussi, fiston. Ça a dû être un long voyage pour venir, sur cette moto ?

— Impeccable, en fait. Presque pas de circulation sur la 17, et de la 17 jusqu'ici, ce sont des routes idéales pour la moto.

— Je ne crois pas en avoir jamais vu d'aussi belle.

— Moi non plus. Je l'adore. Tu as a eu une bécane comme ça, n'est-ce pas ?

— Pas aussi chic.

— Je l'ai trouvée il y a deux semaines au salon de la moto ancienne d'Atlantic City. Je ne pensais pas acheter quelque chose, mais je n'ai pas pu résister. Jamais vu une aussi chouette… même pas celle de mon patron.

— Ton patron ?

— Ouais, je suis à moitié de retour à Wall Street, en quelque sorte. Je travaille à temps partiel pour des types de l'ancienne boîte qui a fait faillite.

— Mais tu es toujours à Columbia ?

— Sûr, absolument. La charrette de la première année. Des tonnes de lectures. Destinées à éliminer tous ceux qui ne sont pas motivés. J'ai tellement de boulot que j'en deviens cinglé, mais bon.

Kim s'avança dans la cuisine avec un sourire jovial à l'adresse de Madeleine.

— Merci encore pour la veste. Je l'ai accrochée dans le cellier. J'ai bien fait ?

— Très bien. Mais je meurs de curiosité.

— À quel sujet ?

— J'essaie d'imaginer « la chose la plus immonde que vous ayez jamais entendue ».

— Pardon ? J'ai dit ça ? Euh… Kyle était en train de raconter quelque chose. Beurk. (Elle le regarda.) Dis-le, toi. Moi, je n'ai aucune envie d'en parler.

— Eh bien… c'est à propos de troubles particuliers dont souffrent certaines personnes. Ce n'est probablement pas le meilleur moment pour entrer dans les détails. Cela demande certaines explications. Plus tard, peut-être.

— OK, je reposerai la question plus tard. À présent, je suis *vraiment* curieuse. En attendant, aimeriez-vous une boisson ou des amuse-gueules ? Fromage, biscuits salés, olives, fruits, quelque chose ?

Kyle et Kim se regardèrent, secouèrent la tête.

— Pas pour moi, dit Kyle.

— Non, merci, dit Kim.

— Bon, mettez-vous à l'aise. (Madeleine montra d'un geste les fauteuils autour de la cheminée, à l'extrémité de la pièce.) Je n'ai pas encore tout à fait fini. On dînera vers six heures.

Kim lui demanda si elle pouvait l'aider et, comme Madeleine répondait par la négative, elle s'excusa et se dirigea vers la salle de bains. Gurney et Kyle s'installèrent dans deux bergères se faisant face de chaque côté d'une table basse en cerisier.

— Alors… commencèrent-ils en chœur, puis ils éclatèrent de rire.

Gurney eut une pensée singulière. Mis à part le fait que Kyle avait la bouche et les cheveux noirs de jais de sa mère, le regarder équivalait à regarder dans un miroir magique une image restaurée de lui-même – avec deux décennies d'usure en moins.

— Toi d'abord, dit Gurney.

Kyle sourit. Il avait la bouche de sa mère, mais les dents de son père.

— Kim m'a parlé de cette histoire de télé à laquelle tu es associé.

— Je ne suis pas associé directement à l'aspect télévisé. En fait, j'aimerais rester aussi loin que possible de cette partie-là.

— Quelle autre partie y a-t-il ?

Une question toute simple, songea Gurney en essayant de penser à une réponse simple.

— L'affaire elle-même, je suppose.

— Les meurtres du Bon Berger ?

— Les meurtres, les victimes, les témoignages, le mode opératoire, les raisons invoquées dans le manifeste, les fondements de l'enquête.

Kyle sembla surpris.

— Tu as des doutes là-dessus ?

— Des doutes ? Je ne sais pas. Peut-être juste de la curiosité.

— Je croyais que tout ce bazar du Bon Berger avait été analysé à mort il y a dix ans.

— Peut-être que j'ai des doutes quant au bien-fondé, du fait que personne n'en a. Plus quelques petites choses bizarres qui sont arrivées.

— Comme son ex à la masse sabotant l'escalier.

— C'est de cette façon qu'elle t'a décrit ce qui s'est passé ?

Kyle fronça les sourcils.

— Il en existe une autre ?

— Qui sait ? Comme je disais, je suis juste un peu curieux. (Il marqua un temps d'arrêt.) D'un autre côté, cette soi-disant curiosité n'est peut-être rien d'autre que de l'indigestion mentale. On verra. Il y a un agent du FBI à qui j'aimerais parler.

— Pourquoi ?

— Je suis à peu près certain d'en savoir autant que la police de l'État, mais nos amis au niveau fédéral – en particulier l'individu qui s'occupait de l'affaire – ont la manie de garder le plus croustillant pour eux.

— Et tu penses pouvoir lui faire cracher le morceau.

— Peut-être pas, mais j'aimerais essayer.

Il y eut tout à coup un fracas de verre cassé.

— Merde ! s'écria Madeleine à l'autre bout de la pièce en levant sa main de l'évier et en la regardant.

— Ça va ? demanda Gurney.

Elle arracha un morceau de papier essuie-tout au rouleau posé sur le bloc évier. Le rouleau bascula et tomba par terre. Elle l'ignora, de même que la question, et se mit à tamponner la paume de sa main gauche.

— Tu as besoin d'aide ? (Il se leva pour jeter un coup d'œil à sa main. Ramassa le rouleau de papier et le reposa sur le comptoir.) Laisse-moi voir.

Kyle l'avait suivi.

— Pourquoi ne pas regagner vos places, messieurs ? dit-elle avec un froncement de sourcils, gênée d'attirer ainsi l'attention. Je pense pouvoir régler ça. Juste un petit peu de sang, rien de grave. Tout ce qu'il faut, c'est de l'eau oxygénée et un pansement.

Elle leur adressa un sourire froid et sortit de la pièce.

Les deux hommes se regardèrent, eurent un léger haussement d'épaules.

— Tu veux un café ? demanda Gurney.

Kyle secoua la tête.

— J'essayais de me rappeler... Le FBI a repris l'affaire à cause du type du Massachusetts, c'est ça ? Le chirurgien cardiaque ?

Gurney battit des paupières.

— Comment se fait-il que tu t'en souviennes ?

— C'était un cas d'homicide géant.

En voyant son expression, Gurney comprit soudain : Kyle aurait forcément prêté attention à une chose de ce genre car c'était le monde dans lequel son père était un spécialiste.

— Exact, répondit-il avec un petit pincement provoqué par une émotion inconnue. Tu es sûr de ne pas vouloir de café ?

— Peut-être bien. Enfin, si tu en prends aussi.

Tandis que le café se faisait, ils regardaient, debout, par la porte-fenêtre. Le soleil jaune de l'après-midi éclairait obliquement le pré couvert de chaume.

Après un long silence, Kyle demanda :

— Eh bien, qu'est-ce que tu penses de ce truc dont elle s'occupe ?

— Kim ?

— Oui.

— C'est une grande question. Je suppose que tout dépend de l'exécution finale.

— A la manière dont elle me l'a expliqué, on dirait qu'elle a vraiment envie de faire un portrait honnête des gens concernés.

— Ce qu'elle veut que ce soit et ce qu'en fera RAM-TV sont peut-être deux choses différentes.

Kyle cligna des yeux, l'air inquiet.

— Sûr et certain qu'ils n'ont pas lésiné sur les moyens à l'époque. Vingt-quatre heures sur vingt-quatre de salades, semaine après semaine.

— Tu t'en souviens ?

— On ne parlait plus que de ça. Je venais juste de partir de chez maman pour aller habiter chez Stacey Marx quand les fusillades ont eu lieu.

— Tu avais quoi... quinze ans ?

— Seize. Quand maman s'est mise à sortir avec Tom Gerard. Le roi de l'immobilier. Maman et son jules, ajouta-t-il avec une pointe d'ironie et une lueur d'émotion dans les yeux.

— Alors, enchaîna Gurney, tu te souviens des reportages à la télévision ?

— Les parents de Stacey avaient tout le temps la télé allumée. RAM News, non-stop. Bon Dieu, je revois encore les reconstitutions.

— Des agressions ?

— Ouais. Ils avaient un présentateur au ton sinistre qui débitait en voix off un récit ayant vaguement rapport avec les faits, tandis qu'on montrait un acteur roulant dans une voiture noir métallisé sur une route déserte. Et tout était du même acabit, jusqu'au moment où on entendait un coup de feu et où la bagnole sortait de la route, un minuscule avis de non-responsabilité pour la reconstitution s'affichant sur l'écran pendant une fraction de seconde. On aurait dit de la télé-réalité sans la réalité. Jour après jour. Ils se sont tellement servis de ce truc qu'ils auraient dû filer du fric au Bon Berger.

— Ça me revient maintenant, dit Gurney. Toute la mascarade organisée par RAM-TV.

— À propos de mascarade, tu as déjà regardé *Cops* ? Ça avait pas mal de succès à la télé à ce moment-là.

— J'ai vu un bout d'un épisode.

— Je ne pensais pas te l'avoir jamais dit, mais il y avait un crétin dans les premières années du collège qui savait que tu appartenais au NYPD, et il n'arrêtait pas de me demander : « Ton père flic, c'est comme ça qu'il gagne sa vie : en enfonçant des portes dans des parcs de caravanes ? » L'abruti complet. Moi, je lui répondais : « Non, connard, c'est pas comme ça. Et pour ta gouverne, il n'est pas juste flic, il est inspecteur à la Criminelle. » Inspecteur de première classe, n'est-ce pas, papa ?

— Oui.

Kyle lui faisait l'effet d'être si jeune à cet instant, un vrai gosse, qu'il en eut un serrement dans la poitrine. Il détourna la tête, regarda la colline puis la grange.

— Dommage que le papier du magazine *New York* sur toi n'ait pas encore paru à l'époque. Ça lui aurait cloué le bec. C'était un article fantastique !

— Je suppose que Kim t'a dit que c'est sa mère qui a écrit cet article ?

— Ouais… quand je lui ai demandé comment elle te connaissait. Elle t'aime beaucoup.

— Qui ça ?

— Kim. Sa mère aussi, peut-être. (Kyle sourit, l'air d'avoir à nouveau seize ans.) Cet écusson en or de la police, ça en jette, hein ?

Gurney réussit à se fendre d'un petit rire.

Un nuage recouvrit lentement le soleil, et le pré se ternit, virant d'un brun doré à un beige grisâtre, évoquant à Gurney, pendant un instant déchirant, la peau d'un cadavre. Un cadavre bien précis. Un tueur à gages dominicain ayant perdu son teint hâlé en même temps que son sang sur un trottoir de Harlem. Gurney se racla la gorge comme pour chasser cette image.

Puis il eut conscience de coups sourds dans le ciel. Le bruit augmenta, et peu après il comprit qu'il s'agissait d'un hélicoptère. Moins d'une minute plus tard, l'appareil passa furtivement derrière la cime des arbres le long de la crête. Le grondement distinct, assourdissant du rotor s'estompa et tout redevint silencieux.

— Vous avez une base militaire par ici ? demanda Kyle.

— Non, seulement des réservoirs alimentant New York.

— Des réservoirs ? (Il parut réfléchir.) Alors, à ton avis, cet hélico, c'est un engin de la Sécurité intérieure ?

— Sans doute.

CHAPITRE 21

Autres surprises

ILS ÉTAIENT ASSIS À LA TABLE À TRÉTEAUX de style shaker séparant le coin cuisine de la longue pièce de l'espace salon près de la cheminée. Ils avaient attaqué le dîner, et Kim ainsi que Kyle n'avaient pas ménagé leurs compliments à Madeleine pour son plat épicé de riz aux crevettes. Gurney avait fait un écho distrait à leurs remarques, après quoi ils avaient mangé un moment sans parler.

Kyle rompit le silence.

— Ces personnes que tu as interviewées, est-ce qu'elles ont beaucoup de points communs ?

Kim mastiqua d'un air pensif, avalant avant de parler.

— La colère.

— Toutes ? Après toutes ces années ?

— Chez certaines, cela se voit davantage, parce qu'elles l'expriment de façon plus directe. Mais je suppose que la colère est présente chez chacune d'elles, sous une forme ou une autre. Ça se comprend, n'est-ce pas ?

Kyle fronça les sourcils.

— Je croyais que la colère était une étape du deuil qui finissait par passer.

— Pas en l'absence de conclusion émotive.

— Parce qu'on n'a jamais attrapé le Bon Berger ?

— Ni attrapé, ni identifié. Et après la folle poursuite en voiture de Max Clinter, il s'est tout bonnement évaporé dans la nuit. C'est une histoire sans conclusion.

Gurney fit la moue.

— Il se pourrait que ce ne soit pas seulement une conclusion qui manque à cette histoire.

Il y eut un bref silence autour de la table tandis que chacun le regardait, l'air d'attendre.

Kyle finit par le pousser à parler.

— Tu penses que le FBI s'est trompé ?

— C'est ce que je voudrais savoir.

Kim semblait déconcertée.

— Trompé sur quoi ? Quelle partie ?

— Je ne peux pas affirmer avec certitude qu'ils se sont trompés quelque part, je dis seulement que c'est une possibilité.

L'expression de Kim devint plus animée.

— Sur quelle partie se sont-ils trompés ?

— D'après le peu que je sais pour l'instant, il est possible qu'ils se soient gourés de A à Z.

Il jeta un coup d'œil à Madeleine. Son visage exprimait des émotions contradictoires, trop subtiles pour qu'ils puissent les identifier.

Kim paraissait choquée.

— Je ne comprends pas. Que voulez-vous dire ?

— Je n'aime pas beaucoup utiliser ce genre de termes, mais toute cette histoire a l'air bancale. Comme une énorme bâtisse sur de minuscules fondations.

Kim secouait rapidement la tête en une sorte de désaccord automatique.

— Mais enfin, quand vous dites qu'ils se sont gourés de A à Z, qu'est-ce que… ?

Sa voix s'éteignit tandis que le téléphone dans la poche de Gurney se mettait à sonner.

Il le sortit, regarda le numéro affiché et sourit.

— J'ai l'impression qu'on va me reposer cette question dans cinq secondes.

Il se leva de la table et colla le téléphone à son oreille.

— Bonsoir, Rebecca. Merci de me rappeler.

— Une faille grave dans la théorie du FBI ? (Il perçut une pointe de colère dans sa voix.) Qu'est-ce que c'était que ce message ?

Gurney se dirigea vers la porte-fenêtre pour s'éloigner de la table.

— Rien de concluant. J'ai juste des questions. Il y a peut-être un problème ou peut-être pas, tout dépend des réponses.

Le dos tourné aux autres, il se mit à contempler les collines et les restes pourpres du coucher de soleil sans vraiment se rendre compte de la beauté de ce qu'il voyait. Il n'avait qu'une idée en tête : se faire inviter à une réunion avec l'agent Trout.

— Des questions ? Quelles questions ?

— À vrai dire, j'en ai un certain nombre. Vous avez le temps de les écouter ?

— Pas vraiment. Mais je suis curieuse. Allez-y.

— La première est la plus importante. Avez-vous jamais eu des doutes à propos de cette affaire ?

— Des doutes ? Par exemple ?

— Par exemple ce dont il s'agit vraiment.

— Ce que vous dites n'a pas de sens. Soyez plus précis.

— Vous, le FBI, le milieu psycho-judiciaire, les criminologues, les sociologues – pratiquement tout le monde sauf Max Clinter – semblez d'accord sur tout. Je n'ai jamais vu un consensus aussi douillet autour de ce qui est pour l'essentiel une série de crimes non résolus.

— *Douillet* ?

Il y avait de l'acide dans sa voix.

— Je ne sous-entends rien de louche. Simplement, on dirait que chacun – à l'exception manifeste de Max Clinter – est parfaitement satisfait du scénario existant. Tout ce que je vous demande, c'est si cet accord est aussi général qu'il le paraît et dans quelle mesure vous êtes vous-même convaincue.

— Écoutez, David, je n'ai pas toute la soirée pour cette conversation, alors ne tournez pas autour du pot et dites-moi ce qui vous tracasse.

Gurney respira à fond, s'efforçant de désamorcer son irritation face à la sienne.

— Ce qui m'ennuie, c'est que cette affaire comporte un tas d'éléments et qu'ils doivent tous être interprétés d'une certaine manière pour corroborer le récit global. Et j'ai l'impression que c'est ce récit qui guide l'interprétation de ses éléments plutôt que le contraire.

Plutôt que la façon dont on doit mener une analyse objective, sérieuse, sensée, fut-il tenté d'ajouter, mais il n'en fit rien.

Holdenfield hésita.

— Soyez plus précis.

— Chaque donnée, chaque indication, chaque fait soulève des questions évidentes. Les réponses à toutes ces questions semblent provenir de l'orientation de l'enquête alors que l'orientation de l'enquête devrait découler des réponses à ces questions.

— Vous appelez ça être plus précis ?

— D'accord. Questions. Pourquoi uniquement des Mercedes ? Pourquoi s'arrêter à six ? Pourquoi un Desert Eagle ? Pourquoi plusieurs Desert Eagle ? Pourquoi les petits animaux en plastique ? Pourquoi le manifeste ? Pourquoi le mélange d'arguments froids et rationnels et de termes religieux violents ? Pourquoi la répétition rigide de…

Holdenfield l'interrompit, apparemment exaspérée.

— David, chacun de ces points a été examiné et discuté en détail – chacun d'eux. Les réponses sont claires, tout à fait logiques et forment un tableau cohérent. Je ne vous comprends vraiment pas.

— Ainsi, vous me dites qu'il n'y a jamais eu d'hypothèse concurrente.

— Il n'y a jamais eu de base pour ça. Où diable est le problème ?

— Pouvez-vous l'imaginer ?

— Imaginer qui ?

— Le Bon Berger.

— Si je peux l'imaginer ? Je ne sais pas. Est-ce important ?

— À mon avis. Quelle est votre réponse ?

— Ma réponse est que je ne pense pas que ce soit important.

— J'ai l'impression que vous ne pouvez pas l'imaginer. Ni moi non plus. Ce qui me fait dire qu'il pourrait exister des contradictions dans le profil qui perturbent le processus viscéral consistant à imaginer un visage. Bien entendu, *il* pourrait être une femme. Une femme ayant assez de force pour se servir d'un

Desert Eagle. Ou bien *il* pourrait être plus d'une personne. Mais laissons cela de côté pour le moment.

— Une femme ? C'est absurde.

— En discuter maintenant prendrait trop de temps. J'ai une dernière question à vous poser. Dans tout le consensus de spécialistes, avez-vous jamais été, vous ou un de vos collègues de l'Unité d'analyse comportementale, en désaccord entre vous sur quoi que ce soit concernant l'hypothèse de l'affaire ?

— Naturellement. Il y a toujours des opinions divergentes, des différences d'appréciation.

— Par exemple ?

— Par exemple, le concept de figure de résonance met l'accent sur le transfert d'énergie d'un traumatisme initial à une situation présente – ce qui fait pour l'essentiel de la manifestation présente un véhicule inerte que dynamise le passé. L'application du paradigme de l'instinct d'imitation donnerait à la situation actuelle une plus grande validité en soi. C'est une répétition d'un schéma passé, mais elle possède une vie et une énergie propres. Un autre concept pouvant s'appliquer est la théorie de la transmission transgénérationnelle de la violence, qui est un modèle traditionnel de comportement acquis. Toutes ces idées ont été amplement débattues.

Gurney se mit à rire.

— Qu'est-ce qu'il y a de drôle ?

— Vous autres, je vous vois très bien contempler un palmier à l'horizon et discuter du nombre de noix de coco qu'il y a dessus.

— Où voulez-vous en venir ?

— Et si le palmier lui-même est un mirage ? Un délire collectif ?

— David, si quelqu'un délire ici, ce n'est pas moi. C'est tout pour les questions ?

— À qui profite l'hypothèse existante ?

— Pardon ?

— À qui profite…

— Je vous ai entendu. Que voulez-vous dire, nom d'une pipe ?

— Je sens comme une synergie désagréable reliant les faits du dossier aux points faibles de la méthodologie du FBI et à la dynamique des carrières de la corporation médico-légale.

— Je n'arrive pas à croire que vous disiez ça. Vraiment. C'est tellement insultant. Écoutez, je suis sur le point de raccrocher. Je vous donne une dernière chance de vous expliquer. Parlez. Et vite.

— Rebecca, nous faisons tous des erreurs de temps à autre. Dieu sait que ça m'arrive. Il n'y a aucune intention insultante dans ma remarque. Quand vous, vous regardez l'affaire du Bon Berger, vous voyez simplement l'histoire d'un psychopathe brillant dont la rage enfouie a trouvé une expression dramatique dans ses attaques contre les symboles de la richesse et du pouvoir. Quand moi, je regarde la même affaire, je ne suis pas sûr de ce que je vois – ou alors une affaire dont les gens ne devraient pas être aussi sûrs qu'ils le paraissent. C'est tout. Je pense que beaucoup trop de conclusions ont été tirées – et adoptées – trop hâtivement.

— Et où est-ce que ça vous mène ?

— J'ignore où ça me mène. Mais ça me rend assurément curieux.

— Curieux comme Max Clinter ?

— C'est une vraie question ?

— Oh, sans aucun doute.

— Au moins, Max sait que cette affaire n'est pas aussi bien ficelée, tant s'en faut, que vous le pensez, vous et vos copains du FBI. Au moins, il sait qu'il pourrait exister d'autres liens entre les victimes que la possession d'une Mercedes.

— David, qu'avez-vous contre le FBI ?

— Parfois, ils se laissent abuser par leur façon d'agir, leur façon de prendre les décisions, leur obsession du contrôle, bref leur *démarche*.

— La réalité toute simple est qu'ils sont excellents dans ce qu'ils font. Intelligents, objectifs, disciplinés et réceptifs aux bonnes idées.

— Est-ce que cela signifie qu'ils paient vos honoraires de consultant en temps voulu et sans rechigner ?

— S'agit-il encore d'une de vos remarques sans intention insultante ?

— C'est une remarque montrant que nous avons tendance à voir le bon côté des gens qui voient notre bon côté.

— Vous savez, David, vous racontez tellement de conneries que vous devriez être avocat.

Il éclata de rire.

— Amusant. J'aime bien l'idée. Mais je vais vous dire une chose. Si j'étais avocat, j'aimerais avoir le Bon Berger comme client. Parce que j'ai l'impression que la théorie du FBI est à peu près aussi solide que de la fumée dans le vent. Et ça me démange d'en apporter la preuve.

— Je vois. Eh bien, bonne chance.

La communication fut coupée.

Gurney remit le téléphone dans sa poche, son ton inhabituellement agressif résonnant dans sa tête. Son regard glissa lentement vers le paysage au loin. Du coucher de soleil, il ne restait plus qu'une traînée violacée dans le ciel gris, semblable à une meurtrissure s'assombrissant au-dessus de la ligne des collines.

— Qui était-ce ?

La voix était celle de Kim.

Il se retourna. Madeleine, Kyle et elle étaient toujours assis à la table, les yeux fixés sur lui. Ils avaient tous l'air soucieux, Kim plus que les autres.

— Une psychologue médico-légale qui a beaucoup écrit sur l'affaire du Bon Berger et conseillé le FBI à propos d'autres problèmes de tueurs en série.

— Qu'est-ce que… qu'est-ce que vous êtes en train de faire ?

Il y avait de la tension dans sa voix assourdie, comme si elle était furieuse et essayait de ne pas le montrer.

— Je veux savoir tout ce qu'il y a à savoir sur l'affaire.

— Qu'est-ce que c'était que cette histoire comme quoi tout le monde en a une idée fausse ?

— Pas nécessairement fausse, juste peu étayée par les faits.

— Je ne sais pas de quoi vous parlez. Je vous ai déjà dit que Rudy Getz allait de l'avant avec mon documentaire, avec la série d'entretiens tests que j'ai réalisée. Il envisage d'utiliser les séquences brutes que j'ai tournées avec ma propre caméra. Il prétend que ça renforce l'impression de réalité. Je vous l'ai dit…

qu'il préparait l'émission… au niveau national, sur RAM News. Et maintenant vous m'annoncez que tout est faux, ou pourrait l'être. Je ne vois pas où vous allez avec ça. Ce n'est pas ce que je vous ai demandé. Vous êtes en train de tout mettre sens dessus dessous. Pourquoi faites-vous ça ?

— Rien n'a été mis sens dessus dessous. J'essaie seulement de comprendre. Des choses bizarres nous sont arrivées, à vous et à moi, et je n'ai pas l'intention…

— Ce n'est pas une raison pour foncer tête baissée dans le projet, le mettre en pièces, essayer de prouver que tout est faux !

— La dernière fois que j'ai foncé tête baissée, c'est en dégringolant votre escalier. Et je n'ai aucune envie que l'un de nous soit à nouveau pris au dépourvu.

— Alors gardez un œil sur mon imbécile de petit ami. (Elle se reprit.) Mon imbécile d'ex-petit ami.

— Et si ce n'était pas lui ? Si…

— Ne soyez pas stupide ! Qui d'autre est-ce que cela pourrait être ?

— Quelqu'un qui est au courant du projet et qui ne veut pas que vous le meniez à bien.

— Qui ? Pourquoi ?

— Deux excellentes questions. Commençons par la première. Combien de personnes savent sur quoi vous travaillez ?

— Savent pour le documentaire ? Peut-être un million.

— Comment ?

— Un million, au moins. Peut-être beaucoup plus. Le site RAM, les communiqués de presse sur Internet, les envois d'e-mails aux chaînes et aux journaux locaux, les pages Facebook de RAM News, ma propre page Facebook, celle de Connie, mon compte Twitter – il y en a tellement –, les participants éventuels, leurs contacts…

— Pratiquement n'importe qui peut donc avoir accès à cette information.

— Bien sûr. Publicité maximale. C'est le but.

— D'accord. Ce qui veut dire que nous devons aborder les choses sous un autre angle.

Kim le dévisagea avec une expression de douleur.

— Nous n'avons pas besoin de les « aborder » du tout – pas de la manière dont vous en parlez. Mon Dieu, Dave… (Elle avait les larmes aux yeux.) Il s'agit d'un moment décisif. Vous ne comprenez pas ? Je n'arrive pas à le croire. Mon premier épisode doit être lancé dans deux jours, et vous êtes au téléphone à raconter à des gens que toute l'affaire du Bon Berger est… est… quoi ? Je ne comprends même pas ce que vous leur dites. (Elle secoua la tête, essuya ses larmes avec le bout de ses doigts.) Je suis désolée. Je ne… Je ne… Merde ! Excusez-moi.

Elle se précipita hors de la pièce, et, quelques secondes plus tard, Gurney entendit claquer la porte de la salle de bains.

Il regarda Kyle, qui avait repoussé sa chaise de trente centimètres et semblait étudier une tache sur le sol. Il considéra Madeleine, qui l'observait d'un air préoccupé, ce qui le troubla.

Il tourna ses paumes vers le haut en un geste interrogateur.

— Qu'est-ce que j'ai fait ?

— Réfléchis, répondit-elle. Tu le sauras.

— Kyle ?

Le jeune homme releva la tête, haussa légèrement les épaules.

— Je pense que tu lui as fichu les boules.

Gurney fronça les sourcils.

— En suggérant à quelqu'un que le point de vue du FBI sur l'affaire était peut-être erroné ?

Comme Kyle se taisait, Madeleine dit à voix basse :

— Tu as fait plus que ça.

— C'est-à-dire ?

Elle ignora la question et se mit à débarrasser la table.

Gurney s'obstina, s'adressant à un point à mi-chemin entre elle et Kyle.

— Qu'est-ce que j'ai fait de si affreux ?

Cette fois, ce fut Kyle qui répondit.

— Tu n'as rien fait d'*affreux*, pas volontairement, mais… je pense que Kim a eu l'impression que tu mettais brusquement un frein à son projet.

— Tu n'as pas juste dit qu'il existait peut-être une petite faille quelque part, ajouta Madeleine. Tu as laissé entendre que l'histoire dans sa totalité ne tenait pas debout, et pas seulement ça, mais que tu allais le prouver. Bref, que tu allais faire voler en éclats toute l'affaire.

Gurney inspira profondément.

— Il y avait une raison à ça.

— Une raison ? (Madeleine avait l'air amusée.) Tu as toujours une raison.

Il ferma un instant les yeux comme s'il était plus facile de trouver de la patience dans les ténèbres.

— Je voulais inquiéter suffisamment Holdenfield pour qu'elle prenne contact avec l'agent du FBI responsable de l'enquête, monsieur Trout-du-cul, et l'inquiéter suffisamment, lui, pour l'inciter à prendre contact avec moi.

— Pourquoi le ferait-il ?

— Pour découvrir si je sais vraiment quelque chose sur l'affaire qui pourrait le mettre dans l'embarras. Ce qui me permettrait de découvrir s'il possède des éléments qui n'ont pas été rendus publics.

— Eh bien, si ta stratégie, c'est d'inquiéter les gens, tu peux te vanter d'avoir réussi. (Elle désigna son assiette.) Tu vas manger ça ?

— Non. (Conscient de la brusquerie défensive de son propre ton, il se reprit.) Pas tout de suite. Je crois que je vais sortir un moment, prendre l'air, me changer les idées.

Il quitta la table, gagna le cellier, enfila une veste légère. Comme il sortait par la porte latérale dans le crépuscule s'assombrissant, il entendit Kyle dire quelque chose à Madeleine, d'une voix basse, hésitante, les mots presque impossibles à distinguer.

Les deux seuls qu'il entendit clairement étaient « papa » et « colère ».

Alors que Gurney était installé sur le banc près de l'étang, la nuit tombait vite. La maigre lune argentée derrière de lourds nuages ne procurait qu'une perception faible et incertaine du monde environnant.

La douleur dans son avant-bras était revenue. Elle se manifestait par intermittence, n'ayant aucun rapport apparent avec l'angle, la position ou la tension musculaire du bras. Désagrément que ne faisait qu'accentuer la frustration qu'il éprouvait à l'égard de l'attitude de Holdenfield au téléphone, de sa propre acrimonie et de la réaction violente de Kim.

Il savait deux choses : deux faits s'opposant l'un à l'autre. D'une part, qu'une objectivité froide et rigoureuse avait toujours été une des clés de ses succès de détective. Et d'autre part, que son objectivité posait désormais problème. Il soupçonnait la lenteur de son rétablissement, son sentiment de vulnérabilité, son impression d'être sur la touche – sa peur de l'inutilité – de le remplir d'une agitation et d'une colère pouvant aisément fausser son jugement.

Il frotta son avant-bras sans aucun effet notable sur la douleur. On aurait dit que la source de celle-ci se trouvait ailleurs, dans un nerf coincé de sa colonne vertébrale peut-être, et que son cerveau rapportait de façon inexacte l'emplacement de l'inflammation. Un peu comme avec l'acouphène, qui lui faisait prendre un désordre neural pour un minuscule son lointain.

Pourtant, en dépit de ces doutes, de ces termites de l'incertitude, il était prêt à parier qu'il y avait quelque chose de tordu dans cette affaire du Bon Berger, quelque chose qui ne *collait pas*. Son flair aiguisé pour les contradictions ne l'avait jamais trahi, et il ne pensait pas que…

Le cours de ses pensées fut interrompu par ce qui ressemblait à des pas provenant apparemment de la zone de la grange. Lorsqu'il pivota dans cette direction, il vit une petite lumière bougeant dans le pré entre la grange et la maison. Il comprit alors qu'il s'agissait d'une lampe de poche tenue par quelqu'un qui descendait le sentier.

— Papa ?

C'était la voix de Kyle.

— Je suis là ! cria Gurney. Près de l'étang !

Le faisceau lumineux dériva vers lui, finit par le trouver.

— Est-ce qu'il y a des animaux ici la nuit ?

Gurney sourit.

— Pas qui auraient envie de te rencontrer.

Une minute plus tard, Kyle arrivait au banc.

— Je peux m'asseoir ?

— Bien sûr.

Gurney se déplaça un peu pour lui faire de la place.

— Dis donc, il fait sacrément sombre.

Quelque chose fit un bruit en tombant dans les bois, de l'autre côté de l'étang.

— Merde ! Qu'est-ce que c'est que ça ?

— Aucune idée.

— Tu es sûr qu'il n'y a pas d'animaux dans ces bois ?

— Les bois sont pleins d'animaux. Cerfs, ours, renards, coyotes, lynx.

— Des ours ?

— Des ours noirs. Inoffensifs, en général. À moins qu'ils aient des petits.

— Et il y a vraiment des lynx ?

— Quelques-uns. Il m'arrive d'en voir un dans mes phares quand je monte la colline.

— Ouah ! C'est drôlement sauvage. Je n'ai jamais vu de lynx, pas en vrai. (Il se tut un instant. Gurney s'apprêtait à lui demander à quoi il pensait lorsqu'il continua.) Tu crois vraiment qu'il y a beaucoup plus dans l'affaire du Bon Berger ?

— Possible.

— Tu semblais plutôt catégorique au téléphone. C'est ce qui a ennuyé Kim, à mon avis.

— Oui, eh bien…

— Qu'est-ce que tout le monde a raté, d'après toi ?

— Que sais-tu de cette affaire ?

— Comme je te l'ai dit avant le dîner : tout. Du moins, tout ce que la télé a diffusé.

Gurney secoua la tête dans le noir.

— C'est curieux, je n'ai pas le souvenir que ça t'ait intéressé à l'époque.

— Ben, si. Mais il n'y a pas de raison que tu t'en souviennes. Je veux dire, tu n'étais pas beaucoup là, en fait.

— J'étais là quand tu venais le week-end. Le dimanche, en tout cas.

— Tu étais là physiquement, mais tu avais toujours l'air… je ne sais pas, d'avoir l'esprit accaparé par quelque chose d'important.

Après un silence, Gurney dit, non sans une certaine hésitation :

— Et… je présume que… après t'être mis avec Stacey Marx… tu ne venais pas chaque week-end.

— Non, sans doute.

— Après votre rupture, tu es resté en contact avec elle ?

— Je ne te l'ai pas déjà raconté ?

— Je ne pense pas.

— Stacey a commencé à débloquer. Séjours en centres de désintox. Elle a comme qui dirait perdu la boule. Je l'ai vue au mariage d'Eddie Burke. Tu te souviens d'Eddie Burke, n'est-ce pas ?

— Vaguement. Un rouquin ?

— Non, ça, c'était son frère Jimmy. Enfin, peu importe. En fait, Stacey a complètement déjanté.

Un long silence s'installa entre eux. Gurney se sentait l'esprit vide, inquiet, perdu.

— Il fait un peu frais ici, dit Kyle. Tu veux rentrer ?

— Oui. J'arrive dans une minute.

Aucun d'eux ne bougea.

— Eh bien… tu n'as pas fini de dire ce qui te turlupine à propos de l'affaire du Bon Berger ? Il semble que tu sois la seule personne à avoir un problème avec ça.

— Là est peut-être le problème.

— Beaucoup trop zen pour moi.

Gurney éclata de rire.

— Le problème, c'est un énorme manque d'esprit critique. Toute cette foutue histoire est trop bien emballée, trop simple et trop utile à un tas de gens. Elle n'a pas été remise en cause, débattue, testée, examinée sous toutes les coutures parce que beaucoup trop d'experts dans beaucoup trop de positions de pouvoir et d'influence trouvent très bien que les choses soient ainsi – un classique des meurtres en série par un psychopathe tout droit sorti d'un manuel.

Après un court silence, Kyle dit :

— Tu as l'air à cran.

— As-tu déjà vu à quoi ressemble quelqu'un ayant reçu une balle à tête creuse de calibre .50 dans la tempe ?

— Pas terrible, je suppose.

— On ne peut pas imaginer plus déshumanisant. Le prétendu Bon Berger a fait ça à six personnes. Il ne s'est pas contenté de les tuer. Il les a mutilées, transformées en une chose horrible et dérisoire. (Le regard de Gurney se perdit dans les ténèbres pendant un long moment.) Ces gens méritent mieux que ce à quoi ils ont eu droit. Ils méritent un débat plus sérieux. Ils méritent des *questions*.

— Alors quel est le plan ? Faire la lumière sur ce qui est resté inexpliqué ou a été occulté ?

— Si je peux.

— C'est un de tes points forts, non ?

— Ça l'était. On verra.

— Tu réussiras. Tu n'as jamais connu d'échec.

— Bien sûr que si.

Il y eut à nouveau un bref silence, rompu par Kyle.

— Quelle sorte de questions ?

— Hmm ?

L'esprit de Gurney s'était mis à vagabonder dans les profondeurs de ses insuffisances.

— Je me demandais juste… quelle sorte de questions as-tu en tête ?

— Oh, je ne sais pas. Quelques grandes questions générales sur le genre de personnalité susceptible de se cacher derrière le langage du manifeste, la logistique des attaques, le choix de l'arme. Et une kyrielle de petites questions, par exemple pourquoi toutes les voitures étaient de la même marque…

— Ou pourquoi elles venaient toutes de Sindelfingen ?

— Pourquoi elles venaient… pardon ?

— Les six voitures avaient été fabriquées dans une usine Mercedes de Sindelfingen, à côté de Stuttgart. Ça ne veut probablement rien dire. Juste un petit détail bizarre.

— Comment diable es-tu au courant de ça ?

— Je t'ai dit que j'y avais accordé pas mal d'attention.

— Cette information sur Sindelfingen était dans les actualités ?

— Non. L'année et le modèle, si. Je… j'essayais de comprendre. Je me suis demandé ce que ces voitures pouvaient avoir en commun mis à part ce qui sautait aux yeux. Mercedes possède des usines d'assemblage dans pas mal de pays. Mais ces six voitures venaient toutes de Sindelfingen. Simple coïncidence, n'est-ce pas ?

Bien qu'il fît trop noir pour discerner son visage, Gurney se tourna vers Kyle sur le banc.

— Je ne saisis toujours pas pourquoi tu...

— Pourquoi j'ai pris la peine de vérifier ? Je ne sais pas. Je suppose que... je veux dire, je m'intéressais à plein de choses comme ça... les crimes... les meurtres... ce genre de trucs.

Gurney était abasourdi. Dix ans plus tôt, son fils avait joué au détective. Et combien d'années avant ? Ou après ? Et pourquoi ne l'avait-il pas su ? Comment cela avait-il échappé à son attention ?

Bon Dieu de bon Dieu, étais-je aussi inaccessible ? Aussi absorbé par ma carrière, mes pensées, mes priorités personnelles ?

Il était presque en larmes, ne savait pas quoi faire.

Il toussa, se racla la gorge.

— Qu'est-ce qu'ils font à Sindelfingen ?

— Leur camelote haut de gamme. Ce qui expliquerait que ce soit un facteur commun. Si le Bon Berger ne prenait pour cible que les modèles Mercedes de luxe, c'est normal qu'elles aient toutes été fabriquées là-bas.

— C'est quand même un détail intéressant. Et tu as pris le temps de le dénicher.

— Alors, tu veux remonter à la maison ? demanda Kyle après un temps d'arrêt. On dirait qu'il va pleuvoir.

— Dans une minute. Vas-y, j'arrive.

— Tu veux que je te laisse la lampe de poche ?

Kyle l'alluma, éclairant la pente en direction du carré d'asparagus.

— Pas besoin. Je connais les obstacles jusque là-bas par cœur.

— D'accord. (Kyle se leva lentement, vérifiant que le sol devant le banc était bien plat. Il y eut un léger plouf au bord de l'étang.) Qu'est-ce que c'était ?

— Une grenouille.

— Tu es sûr ? Il y a des serpents ?

— Presque pas. Tous petits et inoffensifs.

Kyle sembla méditer là-dessus un instant.

— Très bien. À tout à l'heure.

Gurney le regarda, ou plutôt le faisceau de sa lampe électrique, grimper peu à peu le sentier. Puis il se pencha en arrière sur le banc et ferma les yeux, humant l'air humide, à bout de nerfs.

Il ouvrit soudain les yeux au bruit d'une petite branche se brisant quelque part dans les bois derrière la grange. Peut-être dix secondes plus tard, il entendit à nouveau le bruit. Il se leva du banc et écouta, plissant les yeux pour scruter les masses noires et les espaces mal définis qui constituaient la zone alentour.

N'entendant plus rien dans l'immédiat, avançant avec hésitation, il marcha prudemment depuis le banc jusqu'à la grange, à une centaine de mètres environ. Ayant atteint le coin le plus proche de la vaste construction en bois, il entreprit de la contourner, progressant lentement sur le bord herbeux tout autour, s'arrêtant de temps à autre pour écouter. À chaque arrêt, il songeait à sortir le Beretta de son étui. Mais, chaque fois, cette pensée était suivie du sentiment d'une réaction excessive.

Le silence de la nuit semblait maintenant absolu. La condensation dans l'herbe commençait à transpercer ses chaussures et à s'infiltrer dans ses chaussettes. Il se demanda ce qu'il espérait découvrir, pourquoi il s'était même donné la peine de faire le tour de la grange. Il regarda la pente en direction de la maison. La lumière ambrée aux fenêtres avait l'air accueillante.

Coupant à travers le champ, il trébucha sur un terrier de marmotte et tomba, ce qui fit resurgir quelques secondes la douleur aiguë entre son épaule et son poignet. Lorsqu'il pénétra dans la maison, il comprit à l'expression de Madeleine qu'il devait être en piteux état.

— J'ai fait un faux pas, expliqua-t-il en lissant sa chemise. Où est tout le monde ?

Elle parut étonnée.

— Tu n'as pas vu Kim dehors ?

— Dehors ? Où ça ?

— Elle est sortie il y a quelques minutes. Je pensais qu'elle voulait peut-être te dire un mot.

— Elle est dehors, seule, dans le noir ?

— En tout cas, elle n'est pas à l'intérieur.

— Où est Kyle ?

— Là-haut.

Son ton lui sembla bizarre.

— Là-haut ?

— Oui.

— Il reste pour la nuit ?

— Apparemment. Je lui ai proposé la chambre jaune.

— Et Kim prend l'autre ?

C'était une question idiote. Bien sûr qu'elle prenait l'autre. Mais avant que Madeleine ait eu le temps de répondre, il entendit la porte latérale s'ouvrir et se refermer, suivi du bruissement d'une veste qu'on accrochait. Un instant après, Kim entrait dans la cuisine.

— Vous vous êtes perdue ? demanda Gurney.

— Non. Je jetais un coup d'œil.

— Dans le noir ?

— Je voulais voir s'il y avait des étoiles. Respirer l'air de la campagne.

Elle semblait mal à l'aise.

— Pas une bonne nuit pour les étoiles.

— Non, pas très bonne. En fait, c'était un peu sinistre. (Elle hésita.) Écoutez… j'aimerais m'excuser pour la façon dont je vous ai parlé tout à l'heure.

— Pas besoin. En fait, c'est moi qui m'excuse de vous avoir tracassée. Je sais combien tout ça est important pour vous.

— N'empêche, je n'aurais pas dû vous dire ce que je vous ai dit de la façon dont je l'ai fait. (Elle secoua légèrement la tête, gênée.) Le moment était vraiment mal choisi.

Il ne comprit pas à quel moment elle faisait allusion, mais il ne le demanda pas, pas plus qu'il ne prolongea l'échange d'excuses, qu'il trouvait embarrassant.

— Je vais faire du café. Vous en voulez ?

— D'accord. (Elle parut soulagée.) Bonne idée.

— Pourquoi ne pas vous asseoir tous les deux à la table ? dit Madeleine d'une voix ferme. Je vous apporterai ce qu'il faut.

Ils s'installèrent. Madeleine brancha la cafetière. Deux secondes plus tard, les lumières de la cuisine s'éteignirent.

— Bon sang, qu'est-ce qui s'est passé ? fit Gurney.

Ni Madeleine ni Kim ne répondirent.

— Peut-être que la machine a fait sauter le disjoncteur ? suggéra-t-il.

Il fit mine de se lever, mais Madeleine l'arrêta.

— Ce n'est pas le disjoncteur.

— Alors qu'est-ce qui a bien pu… ?

Une petite lumière tremblotante vint du couloir menant à l'étage.

Elle grandit. C'est alors qu'il entendit la voix de Kyle, chantonnant, et au bout d'un moment le jeune homme franchit la porte cintrée, portant un gâteau couvert de bougies allumées, sa voix devenant de plus en plus forte à chaque mot.

— Joyeux anniversaire, joyeux anniversaire, joyeux anniversaire, papaaa, joyeux anniversaire !

— Mon Dieu… marmonna Gurney en clignant des yeux. C'est aujourd'hui… vraiment… ?

— Joyeux anniversaire, dit doucement Madeleine.

— Joyeux anniversaire ! cria Kim avec un enthousiasme nerveux. Maintenant vous savez pourquoi je me sens aussi stupide de m'être conduite de cette manière, ce soir entre tous.

— Seigneur, s'exclama Gurney en secouant la tête. Pour une surprise…

Avec un grand sourire, Kyle posa délicatement le gâteau illuminé au milieu de la table.

— Ça me cassait les pieds qu'il oublie mon anniversaire. Jusqu'au moment où j'ai compris qu'il n'arrivait même pas à se rappeler le sien, alors ce n'était pas si grave.

Kim rit.

— Fais un vœu et souffle les bougies, dit Kyle.

— Très bien, répondit Gurney.

Puis, en silence, il fit son vœu : *Seigneur, aidez-moi à dire ce qu'il faut.* Il marqua un temps d'arrêt, respira à fond et souffla les deux tiers des bougies. Il prit à nouveau sa respiration et termina le travail.

— Bravo ! fit Kyle.

Il retourna dans le couloir, jusqu'à l'interrupteur principal commandant les lampes de la cuisine, et l'abaissa.

— Je croyais que j'étais censé les éteindre toutes d'un seul coup, dit Gurney.

— Pas quand il y en a autant. Personne ne peut souffler quarante-neuf bougies d'un seul coup. La règle veut que tu aies droit à un second essai pour tout nombre supérieur à vingt-cinq.

Gurney regarda Kyle et les bougies encore fumantes avec perplexité et sentit à nouveau les larmes lui monter aux yeux.

— Merci.

La machine à café commença à émettre des crachotements. Madeleine alla s'en occuper.

— Vous savez, déclara Kim, vous n'en paraissez absolument pas quarante-neuf. Je vous en aurais donné dix de moins.

— Ça m'en ferait treize lorsque Kyle est né, répondit Gurney, et onze lorsque j'ai épousé sa mère.

— Hé ! j'oubliais, dit brusquement Kyle.

Il passa une main sous sa chaise et ramena un paquet cadeau d'une taille à contenir une chemise ou une écharpe. Enveloppé d'un papier bleu brillant avec un ruban blanc. Sous le ruban était glissée une enveloppe du format d'une carte d'anniversaire. Il le lui tendit par-dessus la table.

— Nom d'un chien, fit Gurney, le prenant avec gaucherie.

Kyle et lui n'avaient pas échangé de cadeaux d'anniversaire depuis... combien d'années ?

Kyle avait l'air anxieux.

— Juste un truc sur lequel je suis tombé par hasard et dont j'ai pensé que tu devrais l'avoir.

Gurney défit le ruban.

— Regarde d'abord la carte, dit Kyle.

Gurney ouvrit l'enveloppe et retira la carte.

Sur le devant était marqué d'une écriture cursive enjouée : *« Un message d'anniversaire rien que pour toi. »*

Il sentit une masse dure au centre – sans nul doute un de ces gadgets produisant une musique éraillée. Il se dit qu'au moment où il l'ouvrirait, il aurait droit à une nouvelle version de « Joyeux Anniversaire ».

Mais il n'eut pas le temps de s'en assurer.

Kim, dont l'attention avait été apparemment attirée par quelque chose au-dehors, se leva si soudainement de la table que sa chaise bascula en arrière. Ignorant le fracas, elle se précipita vers la porte-fenêtre.

— Qu'est-que c'est ? s'écria-t-elle avec une frayeur grandissante, fixant, les yeux écarquillés, le pré en pente tandis qu'elle portait ses mains à son visage. Mon Dieu, oh mon Dieu, qu'est-ce que c'est ?

CHAPITRE 22

Matin blême

IL AVAIT PLU PAR INTERMITTENCE de minuit jusqu'à l'aube. À présent, une fine brume flottait dans l'air du milieu de matinée.

— Tu as l'intention de sortir comme ça ? demanda Madeleine avec un regard acéré à Gurney.

Elle avait l'air réfrigérée, assise à la table de petit déjeuner avec un pull léger passé sur sa chemise de nuit, serrant entre ses mains sa tasse de café.

— Non. Je regarde juste.

— Chaque fois que tu te mets là, la fumée pénètre à l'intérieur.

Gurney ferma la porte-fenêtre, qu'il avait ouverte un instant plus tôt – pour la dixième fois ce matin-là – afin de mieux voir la grange, ou ce qu'il en restait.

La majeure partie du revêtement en bois et la totalité de la toiture avaient disparu dans l'énorme incendie de la veille. Ne subsistait qu'un squelette de poteaux et de chevrons, mais en trop mauvais état pour pouvoir être réutilisés. Il faudrait démolir tout ce qui tenait encore debout.

La brume vaporeuse dérivant avec lenteur conférait à la scène une étrangeté déconcertante. Ou peut-être, songea Gurney, cette étrangeté venait-elle de lui – effet naturel d'une nuit sans sommeil. La personnalité de glace du spécialiste des incendies de la Brigade criminelle n'aidait pas non plus. Il était arrivé à 8 heures pour prendre la relève des pompiers et des agents en tenue. Cela faisait maintenant deux heures qu'il farfouillait dans les cendres et les débris.

— Ce type est toujours là ? demanda Kyle.

Il était assis à l'autre bout de la pièce, dans un des fauteuils près de la cheminée. Kim se trouvait dans l'autre.

— Il prend son temps, répondit Gurney.

— Tu crois qu'il va découvrir quelque chose d'utile ?

— Tout dépend de ses capacités et des précautions prises par le pyromane.

Dans la grisaille, l'enquêteur de la BC faisait une fois de plus, avec une consciencieuse lenteur, le tour du périmètre de la construction en ruines. Il était accompagné d'un grand chien au bout d'une longue laisse. Un labrador noir ou brun – sans doute aussi entraîné à la détection des accélérants que son maître à la collecte des indices.

— Je sens encore la fumée, dit Madeleine. Ça doit être nos vêtements. Tu devrais prendre une douche.

— Dans un instant, répondit Gurney. Trop de choses à penser pour le moment.

— Tu pourrais au moins changer de chemise.

— Je le ferai. Mais pas tout de suite, d'accord ?

— Eh bien, interrogea Kyle après un silence pesant, est-ce que tu as des soupçons sur qui a pu faire ça ?

— J'ai des soupçons, comme j'en ai sur quantité de choses. Quant à accuser quelqu'un, c'est une autre paire de manches.

Kyle s'avança au bord de son siège.

— J'y ai pensé presque toute la nuit. Même après le départ des camions de pompiers. Je n'arrivais pas à dormir.

— Je doute qu'aucun de nous ait dormi. Je sais que moi pas.

— Il se trahira probablement.

Gurney se tourna vers Kyle.

— Le pyromane ? Qu'est-ce qui te fait croire ça ?

— Est-ce que ces crétins ne finissent pas toujours par se vanter de leurs exploits à un mec dans un bar ?

— Parfois.

— Tu ne penses pas que celui-là le fera ?

— Tout dépend de la raison qui l'a poussé à mettre le feu, pour commencer.

Kyle parut surpris de la réponse de son père.

— Et s'il s'agissait d'un cinglé de chasseur ivre, rendu furieux par tes panneaux « Chasse interdite » ?

— C'est une possibilité, je suppose.

Madeleine adressa un froncement de sourcils à sa tasse de café.

— Vu qu'il a arraché une demi-douzaine de nos panneaux et qu'il y a mis le feu devant la porte de la grange, est-ce que ça n'en fait pas plus qu'une possibilité ?

Gurney jeta un coup d'œil à la colline derrière lui.

— Attendons de voir ce que l'homme au chien a à dire.

Kyle semblait intrigué.

— Quand il a arraché les panneaux pour les brûler, il a dû laisser des empreintes de pas dans la terre, voire des empreintes digitales sur les poteaux de la clôture. Peut-être a-t-il laissé tomber quelque chose. Est-ce qu'on ne devrait pas le mentionner à ce type des incendies criminels ?

Gurney sourit.

— S'il connaît son boulot, nous n'avons pas besoin de lui en parler. Et s'il ne le connaît pas, lui en parler ne servira à rien.

Kim émit un étrange petit bruit frémissant et s'enfonça davantage dans son fauteuil.

— Ça me donne la chair de poule de savoir qu'il était là dehors en même temps que moi, alors que je me baladais dans le noir.

— En même temps que vous tous, fit observer Madeleine.

— C'est vrai, dit Kyle. En bas sur le banc. Bon Dieu ! Il était peut-être à quelques mètres de nous. Putain !

Ou à quelques dizaines de centimètres, se dit Gurney, ou même à quelques centimètres, et il se rappela avec un pincement désagréable son périple autour de la grange.

— Je viens de penser à un truc, lança Kyle. Depuis que vous habitez ici, est-ce que des types sont venus vous voir parce qu'ils voulaient chasser sur votre propriété ?

— Quelques-uns, au début, répondit Madeleine. Nous avons toujours dit non.

— Eh bien, ce salopard fait peut-être partie de ceux qui ont essuyé un refus. Est-ce que l'un d'entre eux avait l'air particulièrement furieux ? Ou prétendait qu'il avait le droit de chasser là ?

— Certains étaient plus aimables que d'autres. Je ne me souviens pas que quiconque ait revendiqué des droits particuliers.

— Des menaces ? demanda Kyle.

— Non.

— Ou du vandalisme ?

— Non.

Elle vit Gurney considérer la flèche à plumes rouges posée sur le buffet.

— À mon avis, ton père est en train de se demander si cela s'apparente à du vandalisme.

— Qu'est-ce qui s'apparente à du vandalisme ? demanda Kyle, ses yeux s'élargissant.

Madeleine se contenta de garder les yeux fixés sur Gurney.

— Une flèche aiguisée comme un rasoir, répondit celui-ci en l'indiquant du doigt. Je l'ai trouvée enfoncée dans un des massifs de fleurs l'autre jour.

Kyle s'approcha et la prit, les sourcils froncés.

— Bizarre. Il est arrivé d'autres trucs dingues ?

Gurney haussa les épaules.

— Pas à moins de compter un tracteur au frein curieusement coincé et qui ne l'était pas la dernière fois que je m'en suis servi, ou un porc-épic dans le garage…

— Ou un raton laveur dans la cheminée, ou un serpent dans la boîte aux lettres, ajouta Madeleine.

— Un *serpent* ? Dans votre *boîte aux lettres* ?

Kim paraissait horrifiée.

— Un tout petit. Il y a un peu plus d'un an, précisa Gurney.

— J'ai eu une peur bleue, dit Madeleine.

Kyle les regarda tour à tour.

— Si tout ça s'est passé *après* que vous avez mis vos pancartes de chasse interdite, est-ce que ça ne vous met pas la puce à l'oreille ?

— Comme on te l'a sûrement fait remarquer dans tes cours de droit, répondit Gurney avec plus de raideur qu'il n'en avait l'intention, « une succession ne prouve pas la causalité ».

— Mais s'il démolit vos pancartes... Je veux dire... si le pyromane n'est pas un chasseur taré qui pense que vous le privez de son droit sacro-saint de faire des cartons sur les chevreuils, alors qui est-ce ? Qui d'autre ferait une chose pareille ?

Pendant qu'ils discutaient près de la porte-fenêtre, Kim s'était éloignée discrètement de la cheminée pour les rejoindre. Elle prit la parole d'une petite voix mal assurée.

— Est-ce que vous croyez que cela pourrait être la même personne que celle qui a scié la marche dans mon sous-sol ?

Gurney et son fils s'apprêtaient à répondre quand un bruit métallique venant de l'extérieur détourna tout à coup l'attention de chacun.

Gurney regarda par la porte vitrée vers les vestiges de la grange. Il y eut un second bruit métallique. Il put seulement distinguer la forme agenouillée de l'enquêteur tapant avec ce qui semblait être un petit marteau sur le sol en béton de la grange.

Kyle vint se placer à côté de son père.

— Qu'est-ce qu'il fabrique ?

— Il agrandit probablement une fissure avec un marteau et un ciseau pour prélever un échantillon de la terre en dessous.

— Pour quoi faire ?

— Quand on répand un liquide accélérant, il a tendance à s'infiltrer dans les fissures existantes, puis à couler dans le sol. Si l'on peut récupérer un échantillon non brûlé, cela rend l'identification précise plus facile.

Les yeux de Madeleine s'emplirent de colère à l'idée de cette nouvelle profanation.

— Notre grange a été arrosée d'essence avant qu'on y mette le feu ?

— De l'essence ou quelque chose de semblable.

— Comment le savez-vous ? demanda Kim.

Comme Gurney ne répondait pas tout de suite, Kyle expliqua :

— À cause de la vitesse avec laquelle il a progressé. Normalement, un incendie ne se propage pas aussi vite à travers un bâtiment. (Il jeta un regard à son père.) Exact ?

— Exact, marmonna Gurney à voix basse. (Il s'était mis à repenser à la suggestion de Kim selon laquelle le saboteur de l'escalier et l'incendiaire de la grange pouvaient être un seul et même individu. Il se tourna vers elle.) Pourquoi avez-vous dit ça ?

— Dit quoi ?

— Qu'il s'agissait peut-être du même intrus – ici et dans votre sous-sol.

— Ça m'est juste passé par la tête.

Il réfléchit. Cela soulevait une question qu'il n'avait pas voulu lui poser la veille au soir.

— Dites-moi, demanda-t-il doucement. Est-ce que l'expression « ne réveillez pas le diable qui dort » vous évoque quelque chose ?

Sa réaction fut aussi immédiate que stupéfiante.

— Ah, mon Dieu ! Comment le savez-vous ?

CHAPITRE 23

Soupçons

SURPRIS PAR SA RÉACTION, GURNEY HÉSITA.

— Robby ! s'écria-t-elle. Nom d'un chien, c'est Robby qui vous en a parlé, n'est-ce pas ? Mais alors, pourquoi me poser la question ?

— Je voulais l'entendre de votre bouche.

— Ça n'a aucun sens.

— Il y a deux jours, dans votre sous-sol, j'ai cru distinguer quelque chose.

L'expression de Kim se figea.

— Quoi ?

— Une voix. Un chuchotement, en fait.

Elle blêmit.

— Quel genre de chuchotement ?

— D'un genre pas très agréable.

— Bonté divine ! (Elle avala sa salive.) Il y avait quelqu'un dans le sous-sol ? Un homme ou une femme ?

— Difficile à dire. Mais un homme, je pense. Il faisait sombre. Je n'ai pas pu voir.

— Et qu'est-ce qu'il a dit ?

— « Ne réveillez pas le diable qui dort. »

— Mon Dieu !

Son regard apeuré semblait balayer un terrain semé d'embûches.

— Qu'est-ce que ça signifie pour vous ?

— C'est… la fin d'une histoire que mon père me racontait quand j'étais petite. L'histoire la plus effrayante qu'il m'ait été donné d'entendre.

Tout en parlant, elle creusait avec l'ongle de son majeur la cuticule de son pouce, s'efforçant d'arracher les peaux mortes.

— Asseyez-vous, dit-il. Du calme. Tout ira bien.

— Me calmer ?

Il sourit, parla avec douceur.

— Pouvez-vous nous raconter cette histoire ?

Elle s'immobilisa en se tenant au dossier de la chaise la plus proche de la table. Puis elle ferma les yeux et avala plusieurs goulées d'air.

Au bout d'une minute environ, elle rouvrit les yeux et commença d'une voix tremblante :

— C'est une histoire… assez courte et simple, en réalité, mais quand j'étais petite, elle paraissait si… longue. Si effrayante. Un monde dans lequel j'étais entraînée. Semblable à un cauchemar. D'après mon père, il s'agissait d'un conte de fées. Mais il la racontait comme si elle était vraie. (Elle déglutit.) Il y avait un roi, qui décréta que, une fois par an, tous les méchants enfants de son royaume devraient être conduits à son château – tous ceux qui s'étaient attiré des ennuis, qui avaient menti ou désobéi. D'une telle méchanceté que leurs parents ne voulaient plus d'eux. Le roi les gardait dans le château pendant une année entière. Ils mangeaient bien, avaient de beaux vêtements et des lits confortables, et ils étaient libres de faire tout ce qu'ils désiraient. À une exception. Dans la partie la plus profonde et la plus sombre du sous-sol du château, il y avait une pièce dont ils avaient reçu l'ordre de se tenir éloignés. C'était une petite cave froide, qui ne contenait qu'une seule chose. Un long coffre en bois à moitié moisi. Ce coffre était en fait un vieux cercueil en train de pourrir. Le roi expliqua aux enfants qu'il contenait un diable endormi – le diable le plus malfaisant de la terre. Toutes les nuits, une fois les enfants couchés, le roi allait d'un lit à l'autre en murmurant à l'oreille de chacun d'eux : *« Ne descends jamais dans la pièce la plus noire. Ne t'approche pas du cercueil pourrissant. Si tu tiens à passer la nuit, ne réveille pas le diable qui dort. »* Mais tous les enfants n'étaient pas assez avisés pour obéir. Certains le soupçonnaient d'avoir inventé cette histoire de diable dans le coffre parce que c'est là qu'il cachait ses joyaux. Et, de temps à autre, un des enfants se relevait en pleine nuit pour se glisser sans faire de bruit dans cette pièce noire et ouvrir le coffre moisi ressemblant à un cercueil. Un cri perçant retentissait alors à travers le château, comme celui d'un animal pris entre les mâchoires d'un loup. Et on ne revoyait plus jamais l'enfant.

Il y eut un silence de mort autour de la table.

Kyle fut le premier à parler.

— Putain ! C'est le genre d'histoire que ton père te racontait pour t'endormir quand t'étais gosse ?

— Il ne la racontait pas si souvent, mais à chaque fois, j'étais terrorisée. (Elle regarda Gurney.) Quand vous avez dit « Ne réveillez pas le diable qui dort », ça m'a à nouveau glacé les sangs. Mais... je ne comprends pas comment quelqu'un aurait pu vous attendre dans le sous-sol. Ni pourquoi on vous aurait murmuré ça à l'oreille. À quoi est-ce que ça rime ?

Madeleine avait manifestement une question qui la tracassait, elle aussi. Mais avant qu'elle ait eu le temps de la poser, on frappa avec fermeté à la porte.

Lorsque Gurney alla ouvrir, l'enquêteur se tenait là. Il était plus vieux, plus lourd, plus grisonnant et moins athlétique que la plupart des détectives de la BC. Les coins extérieurs de ses yeux semblaient tirés vers le bas par une vie entière de déceptions causées par les êtres humains.

— J'ai fini mon premier examen du site. (Sa voix lasse complétait son expression.) À présent, j'aurais besoin que vous me donniez quelques renseignements.

— Entrez, dit Gurney.

L'homme s'essuya les pieds avec soin, de façon presque compulsive, sur le paillasson, puis suivit Gurney à travers le petit cellier jusque dans la cuisine. Il jeta des coups d'œil autour de lui avec un air d'indifférence masquant, Gurney en était sûr, une attention soupçonneuse. Les enquêteurs spécialisés dans les incendies criminels qu'il avait connus à New York étaient tous des observateurs minutieux.

— Comme je viens d'en informer M. Gurney, j'aurais besoin d'obtenir des renseignements de chacun de vous.

— Quel est votre nom déjà ? demanda Kyle. Je ne l'ai pas entendu ce matin lorsque vous êtes arrivé.

Son interlocuteur le fixa d'un regard vide – évaluant sans nul doute, pensa Gurney, l'intonation agressive dans la voix du jeune homme. Au bout d'un moment, il répondit :

— Enquêteur Kramden.

— Vraiment ? Comme Ralph ?

Nouveau regard vide.

— Ralph Kramden ? Dans *The Honeymooners* ?

L'homme secoua la tête d'une façon qui ressemblait davantage à un rejet de la question qu'à une réponse. Il pivota vers Gurney.

— Je peux conduire ces entretiens dans ma camionnette ou dans cette maison s'il y a un endroit approprié.

— Ici à cette table serait très bien.

— Ils doivent être menés individuellement, sans qu'un tiers soit présent, afin d'éviter que les souvenirs d'un témoin influencent ceux des autres.

— Cela me va parfaitement. Reste à savoir si ma femme, mon fils et Mlle Corazon sont d'accord.

— Cela me va aussi, dit Madeleine, encore que sur un ton peu agréable.

— Je n'ai… aucune objection, fit Kim d'une voix mal assurée.

— Apparemment, l'enquêteur Kramden pense qu'il se pourrait très bien que nous soyons suspects, lança Kyle comme s'il cherchait l'affrontement.

L'homme sortit de sa poche un petit appareil enregistreur semblable à un iPod et se mit à l'étudier comme si c'était beaucoup plus intéressant que la remarque de Kyle.

Gurney sourit.

— Je ne le blâmerais pas. Dans les incendies criminels, les propriétaires sont en général les principaux suspects.

— Pas toujours, dit doucement Kramden.

— Vous avez obtenu un bon échantillon du sol ? demanda Gurney.

— Pourquoi cette question ?

— Pourquoi ? Parce que quelqu'un a mis le feu à ma grange hier soir, et que j'aimerais savoir si les deux heures que vous avez passées là-bas ont été fructueuses.

— On peut le dire. (Il marqua un temps d'arrêt.) Ce qu'il faut maintenant, c'est procéder à ces entretiens.

— Dans quel ordre ?

Kramden plissa à nouveau les yeux.

— Vous d'abord.

— Je suppose que nous devrions aller dans le bureau en attendant notre tour ? dit Madeleine avec froideur.

— Si ça ne vous dérange pas.

Comme Kyle et Kim quittaient la pièce avec elle, elle se retourna sur le seuil.

— Je présume, enquêteur Kramden, que vous nous ferez part à un moment donné de ce que vous avez découvert concernant *notre* grange ?

— Je vous ferai part de ce que je pourrai.

C'était une réponse tellement dénuée de sens que Gurney faillit éclater de rire. Il avait fait la même un nombre incalculable de fois au fil du temps.

— Je suis ravie de l'entendre, répliqua Madeleine d'un air montrant clairement qu'elle ne l'était pas.

Puis elle suivit Kim et Kyle le long du couloir en direction du bureau.

Gurney s'approcha de la table de petit déjeuner, prit place sur une des chaises et invita Kramden à s'installer en face de lui.

L'homme posa l'enregistreur sur la table, appuya sur un bouton et se mit à parler d'une voix monocorde, bureaucratique.

— Enquêteur Everett Kramden, Siège de la police régionale d'Albany, Brigade criminelle… Entretien enregistré à 10 h 17, le 26 mars 2010… La personne interrogée est David Gurney… Le lieu, la maison de celui-ci à Walnut Crossing. L'entretien a pour but de rassembler des informations sur un incendie suspect ayant détruit une dépendance de la propriété, dépendance désignée comme une grange et située à deux cents mètres environ de l'habitation principale. Transcription et affidavits à suivre.

Il considéra Gurney d'un regard aussi incolore que son ton.

— À quel moment avez-vous pris conscience qu'il y avait le feu ?

— Je n'ai pas regardé l'heure. Je dirais qu'il était entre 20 h 20 et 20 h 40.

— Qui s'en est aperçu en premier ?

— Mlle Corazon.

— Qu'est-ce qui a attiré son attention ?

— Je ne sais pas. Elle regardait par cette porte vitrée et elle a vu les flammes.

— Savez-vous pourquoi elle regardait dehors ?

— Non.

— Qu'a-t-elle fait quand elle a vu les flammes ?

— Elle a crié quelque chose.

— Qu'a-t-elle crié ?

— « Mon Dieu, qu'est-ce que c'est que ça ? », je crois, ou une phrase du même genre.

— Qu'avez-vous fait ?

— J'ai quitté la table où j'étais assis, j'ai vu le feu et je me suis précipité sur le téléphone pour appeler police-secours.

— Avez-vous passé d'autres coups de fil ?

— Non.

— Quelqu'un d'autre dans la maison a-t-il téléphoné ?

— Pas que je sache.

— Qu'avez-vous fait ensuite ?

— J'ai mis mes chaussures et j'ai couru jusqu'à la grange.

— Dans le noir ?

— Oui.

— Seul ?

— Avec mon fils. Il se trouvait juste derrière moi.

— Kyle, qui était ici il y a une minute ?

— Oui, mon... fils unique.

— De quelle couleur était l'incendie ?

— Majoritairement orange. Vif, très chaud, bruyant.

— Il brûlait surtout à un endroit ou à plusieurs ?

— Presque partout.

— Avez-vous remarqué si les fenêtres de la grange étaient ouvertes ou fermées ?

— Ouvertes.
— Toutes ?
— Je crois.
— Est-ce ainsi que vous les aviez laissées ?
— Non.
— Vous en êtes sûr ?
— Oui.
— Des odeurs inhabituelles ?
— Un distillat de pétrole. Presque certainement de l'essence.
— Vous vous y connaissez en matière d'accélérants ?
— Avant d'être affecté au service des homicides du NYPD, j'ai reçu une brève formation dans une unité s'occupant d'incendies criminels.

Des tremblements imperceptibles dans l'expression glaciale de Kramden semblèrent indiquer une succession rapide de pensées muettes.

— Je présume, continua Gurney, que vous et votre chien avez relevé des traces d'accélérant le long de la base intérieure des murs – ainsi que dans votre échantillon de sol ?
— Nous avons effectué un examen approfondi du site.

Cette non-réponse fit sourire Gurney.

— Et vous allez analyser dès maintenant cet échantillon avec un chromatographe portable qui se trouve dans votre camionnette. Est-ce que je me trompe ?

La seule réaction de Kramden à cette hypothèse fut un gonflement passager des muscles de sa mâchoire, suivi d'une courte pause avant sa question suivante.

— Avez-vous essayé d'éteindre l'incendie ou de pénétrer dans le bâtiment avant l'arrivée des premiers intervenants ?
— Non.
— Vous n'avez pas tenté d'en retirer des objets de valeur ?
— Le feu était trop intense.
— Qu'auriez-vous pris si vous l'aviez pu ?
— Des outils… une fendeuse à bois électrique… nos kayaks… la bicyclette de ma femme… de vieux meubles.
— Est-ce que quoi que ce soit de valeur a été enlevé du bâtiment durant le mois qui a précédé l'incendie ?

— Non.
— Le bâtiment et son contenu étaient-ils assurés ?
— Oui.
— Quel type de contrat ?
— Assurance habitation.
— J'aurai besoin d'un inventaire du contenu du bâtiment, ainsi que le numéro de votre police, le nom du courtier et celui de la compagnie d'assurances. Y a-t-il eu des augmentations de la couverture récemment ?
— Non. Sauf s'il y a un ajustement automatique lié à l'inflation dont je ne suis pas au courant.
— Est-ce qu'ils ne vous l'auraient pas signalé s'il y en avait un ?
— Je ne sais pas.
— Avez-vous une autre police couvrant les dommages causés par le feu ?
— Non.
— Avez-vous déjà eu des sinistres assurés de quelque nature que ce soit ?
Gurney réfléchit un instant.
— Un vol pour lequel on m'a indemnisé. J'avais une moto, qui a été volée à New York il y a près de trente ans.
— C'est tout ?
— C'est tout.
— Êtes-vous en conflit avec des voisins, des parents, des associés ou qui que ce soit d'autre ?
— Il se pourrait que nous ayons un conflit dont nous n'avions pas conscience – avec l'incendiaire qui a arraché nos pancartes « Chasse interdite ».
— Quand ont-elles été mises ?
— Ma femme les a posées il y a environ deux ans, peu après notre installation ici.
— D'autres conflits ?
Gurney se dit qu'une marche sciée cédant sous lui et un bizarre avertissement chuchoté à son oreille pouvaient sans doute être interprétés comme des signes de conflit. D'un autre côté, il

n'existait aucune preuve que le sabotage ou l'avertissement le visaient personnellement. Il s'éclaircit la voix.

— Pas d'autre conflit, à ma connaissance.

— Avez-vous quitté la maison à un moment donné au cours des deux heures qui ont précédé la découverte de l'incendie ?

— Oui, je suis allé m'asseoir sur le banc près de l'étang après le dîner.

— Quand ça ?

— La nuit venait de tomber, donc... vers 20 heures, probablement.

— Pourquoi y être allé ?

— Pour m'asseoir sur le banc, comme je l'ai dit. Me relaxer. Me détendre.

— Dans le noir ?

— Oui.

— Vous étiez contrarié ?

— Fatigué, impatient.

— À quel propos ?

— Une question d'ordre privé.

— Impliquant de l'argent ?

— Pas vraiment.

Kramden se laissa aller en arrière, fixant des yeux un petit point sur la table. Il finit par le toucher avec son doigt.

— Et pendant que vous étiez assis là dans l'obscurité, à vous relaxer, avez-vous vu ou entendu quelque chose ?

— J'ai entendu plusieurs bruits dans les bois derrière la grange.

— Quel genre de bruits ?

— Peut-être de petites branches se cassant ? Je ne peux pas dire avec certitude.

— Y avait-il quelqu'un d'autre à l'extérieur de la maison pendant les deux heures qui ont précédé l'incendie ?

— Mon fils est venu jusqu'au banc, où il est resté quelques instants. Et Mlle Corazon est également sortie un moment, j'ignore combien de temps.

— Où est-elle allée ?

— Je ne sais pas.

Il haussa un sourcil.

— Vous n'avez pas demandé ?

— Non.

— Et votre fils ? Savez-vous s'il est allé à un autre endroit au lieu de faire simplement l'aller et retour entre la maison et le banc ?

— Il est juste venu au banc puis il est rentré à la maison.

— Comment pouvez-vous en être sûr ?

— Il tenait une lampe électrique allumée.

— Et votre femme ?

— Eh bien ?

— Est-ce qu'elle s'est absentée de la maison ?

— Pas que je sache.

— Mais vous n'en êtes pas certain ?

— Pas totalement.

Kramden hocha lentement la scène, comme si ces différents éléments formaient une sorte de scénario logique. Il fit courir son ongle sur la petite imperfection noirâtre dans le plateau de la table.

— Est-ce vous qui avez mis le feu ? demanda-t-il en continuant à fixer l'endroit.

Gurney savait que c'était là une des questions classiques que l'on posait dans toute enquête sur un incendie criminel.

— Non.

— Avez-vous chargé quelqu'un de le mettre ?

— Non.

— Savez-vous qui l'a provoqué ?

— Non.

— Quelqu'un aurait-il eu une raison de le faire, à votre connaissance ?

— Non.

— Avez-vous d'autres informations qui pourraient aider l'enquête ?

— Pas dans l'immédiat.

Kramden le dévisagea.

— Qu'est-ce que ça signifie ?

— Ça signifie que, *dans l'immédiat*, je n'ai pas d'autre information susceptible d'aider l'enquête.

Un minuscule éclair de fureur scintilla dans le regard méfiant de son interlocuteur.

— Parce que vous prévoyez d'en avoir dans le futur ?

— Oh, oui, Everett, j'aurai certainement des informations utiles dans le futur. Vous pouvez compter là-dessus.

CHAPITRE 24

Les enchères grimpent

KRAMDEN NE CONSACRA QUE VINGT MINUTES environ à chacun de ses entretiens avec Madeleine et Kyle, mais passa ensuite plus d'une heure avec Kim.

À ce stade, il était un peu plus de midi. Madeleine lui proposa de déjeuner, mais il refusa avec une expression plus revêche que courtoise. Sans un mot de plus, il quitta la maison, descendit le pré et monta dans sa fourgonnette, garée à mi-chemin entre l'étang et les débris de la grange.

Le brouillard matinal s'était dissipé, et le soleil brillait faiblement derrière la couverture nuageuse en altitude. Gurney et Kim étaient assis à la table, tandis que Madeleine lavait des champignons pour faire une omelette. Kyle regardait par la fenêtre de la cuisine.

— Qu'est-ce qu'il peut bien manigancer à présent ?

— Il vérifie probablement où en est son chromatographe gaz-liquide, répondit Gurney.

— Ou bien il mange son propre casse-croûte de son côté, dit Madeleine avec une pointe de ressentiment.

— Une fois qu'on a mis en route un CGL, continua Gurney, il faut environ une heure pour effectuer une analyse.

— Qu'est-ce que ça peut lui indiquer ?

— Beaucoup de choses. Un CGL est capable de scinder n'importe quel accélérant en ses composants – avec les quantités exactes de chacun –, ce qui fournit pour l'essentiel une empreinte du produit chimique par type, quelquefois même par marque s'il s'agit d'une formule particulière. Ça peut être extrêmement précis.

— Dommage que ça ne puisse pas être précis sur le salaud qui a mis le feu, dit Madeleine en hachant un gros champignon avec une force excessive, le couteau heurtant la planche à découper.

— Eh bien, s'exclama Kyle, l'enquêteur Kramden a beau avoir une machine intelligente, c'est tout de même un connard de première. N'a pas arrêté de me poser des questions sur ma lampe électrique, quel chemin exactement j'ai pris en partant et en revenant, combien de temps je suis resté à l'étang avec papa. Il avait l'air d'insinuer que je mentais en affirmant que je ne savais pas qui avait mis le feu. Pauvre type. (Il regarda vers Kim.) C'est toi qu'il a gardée le plus longtemps. De quoi s'agissait-il ?

— Il voulait apparemment tout savoir sur *Les Orphelins du meurtre*.

— Ton émission de télé. Et pourquoi ça ?

Elle haussa les épaules.

— Il pense peut-être que les deux choses sont liées ?

— Était-il déjà au courant à propos des *Orphelins* ? s'enquit Gurney. Ou est-ce vous qui lui en avez parlé ?

— Je lui en ai parlé... lorsqu'il m'a demandé comment nous nous connaissions et ce que je faisais là.

— Que lui avez-vous dit sur mon rôle dans le projet ?

— Que vous faisiez fonction de conseiller technique pour les questions relatives à l'affaire du Bon Berger.

— C'est tout ?

— Quasiment.

— Lui avez-vous parlé de Robby Meese ?

— Oui, il m'a interrogée là-dessus.

— Sur quoi ?

— Si j'avais des conflits avec quelqu'un.

— Vous avez donc mentionné les... incidents bizarres qui se sont produits ?

— Il était très insistant.

— Et pour l'escalier ? Et le chuchotement ?

— L'escalier, oui. Le chuchotement, non. Je ne l'ai pas entendu personnellement, alors je me suis dit que c'était à vous de décider.

— Quoi d'autre ?

— C'est à peu près tout. Ah oui, il voulait savoir où j'étais exactement quand je suis sortie hier soir. Est-ce que j'avais entendu quelque chose, est-ce que je vous avais vu, est-ce que j'avais vu Kyle, est-ce que j'avais vu quelqu'un d'autre, ce genre de choses.

Gurney sentit une vague d'inquiétude lui monter lentement dans la poitrine. Il existait, dans tout entretien ou interrogatoire d'enquête, un large éventail de données qui pouvaient être divulguées ou pas. À un bout du spectre, il y avait les petits détails privés qu'aucun officier raisonnable ne s'attendait à ce qu'on lui fournisse spontanément. Et à l'autre bout, les faits cruciaux pour la compréhension du délit, faits dont la dissimulation constituait une obstruction à la justice.

Au milieu s'étendait une zone grise, sujette à discussion et à justification.

La question ici était de savoir si le conflit personnel dans la vie de Kim pouvait être considéré également, en raison de l'épisode du sous-sol, comme un conflit dans la vie de Gurney. Si elle avait fait état d'un lien potentiel entre la marche sciée et la grange brûlée, n'aurait-il pas dû en faire état, lui aussi ?

Plus encore, pourquoi ne l'avait-il pas fait ? Était-ce simplement son vieux penchant de flic à contrôler les situations en contrôlant l'information ?

Ou était-ce l'autruche qui s'enfouit la tête dans le sable ? Son trop long rétablissement des suites de sa blessure ? Sa peur que ses capacités ne s'en trouvent amoindries, qu'il ne soit plus aussi solide, vigilant, rapide qu'autrefois ? Fut un temps où il ne se serait pas cassé la figure, n'aurait pas laissé le chuchoteur jouer la fille de l'air…

— Tu finiras par trouver la solution, dit Madeleine en inclinant la planche à découper pour verser les champignons et les oignons hachés dans un grand poêlon sur la cuisinière.

Il se rendit compte qu'elle l'avait observé et faisait à nouveau preuve de cette étrange aptitude à lire dans ses pensées – à discerner dans son regard ses sentiments aussi clairement que s'il les avait exprimés. Au début de leur mariage, cette faculté lui avait paru presque effrayante. Elle lui apparaissait aujourd'hui comme une des réalités les plus inoffensives et les plus précieuses de leur vie commune.

Le poêlon se mit à grésiller et une odeur alléchante se répandit dans la pièce.

— Hé, ça me fait penser, s'écria Kyle en jetant des coups d'œil autour de lui. Le cadeau d'anniversaire de papa... Il n'a pas fini de l'ouvrir au dîner hier.

Madeleine montra le buffet. La boîte, encore dans son emballage bleu clair, reposait près de la flèche. Avec un grand sourire, Kyle alla la chercher et la plaça sur la table devant son père.

— Bien... fit Gurney, quelque peu embarrassé.

Il entreprit d'ôter le papier.

— David, pour l'amour du ciel, on dirait que tu désamorces une bombe.

Il rit nerveusement, retira le reste de l'emballage et ouvrit la boîte, d'un bleu assorti. Ayant déplié plusieurs couches de papier crépon blanc, il découvrit un élégant cadre en argent, format dix-huit vingt-quatre. Dans le cadre, une coupure de journal que l'âge commençait à jaunir. Il la regarda, clignant des yeux.

— Lis à haute voix, dit Kyle.

— Je... euh... je n'ai pas mes lunettes de lecture.

Madeleine le considéra avec un mélange de curiosité et d'inquiétude. Elle éteignit le gaz sous le poêlon, traversa la pièce et lui prit la coupure encadrée. Elle la parcourut rapidement.

— Il s'agit d'un article du *New York Daily News*. Il est intitulé : « Le monstre en série capturé par un inspecteur nouvellement promu ». Le texte continue ainsi : « David Gurney, l'un des plus jeunes membres de la Brigade criminelle de New York, a mis fin la nuit dernière à l'horrible carrière de meurtrier de Charles Lermer, alias "Le Boucher". Les supérieurs de Gurney lui accordent la part du lion dans l'adresse avec laquelle ont été menées la traque, l'identification et l'arrestation finale du monstre responsable, estime-t-on, d'au moins dix-sept meurtres impliquant des actes de démembrement et de cannibalisme au cours des dix dernières années. "Il a imaginé une manière radicalement nouvelle d'aborder cette affaire qui a permis une avancée capitale. Nous pouvons tous dormir tranquilles cette nuit", a déclaré le lieutenant Scott Barry, porte-parole du NYPD, qui se refuse à apporter d'autres commentaires, expliquant que la procédure judiciaire en cours lui interdit de donner davantage de détails pour le moment. Gurney lui-même était injoignable. D'après un de ses collègues, le policier héros est en effet "allergique à la publicité". » C'est daté du 1er juin 1987.

Madeleine rendit l'article encadré à Gurney.

Qui le tint soigneusement, avec ce qu'il espérait être l'expression de reconnaissance qui convenait. Le problème, c'est qu'il n'aimait pas recevoir des cadeaux – surtout des cadeaux onéreux. Il n'aimait pas non plus être le centre de l'attention, éprouvait de l'ambivalence à l'égard des louanges et n'avait aucun sens de la nostalgie.

— Merci, dit-il. Quel présent attentionné. (Il eut un froncement de sourcils en direction de la boîte bleue.) Est-ce que ce cadre en argent vient de là où je pense ?

Kyle sourit fièrement.

— Y a des trucs super chez Tiffany's.

— Grand Dieu ! Ma foi, je ne sais pas quoi dire. Merci. Comment diable as-tu déniché ce vieil article ?

— Je l'ai depuis presque toujours. Ce qui m'étonne, c'est qu'il ne soit pas encore en lambeaux. Je le montrais à tous mes copains.

Gurney se sentit envahi par l'émotion. Il se racla bruyamment la gorge.

— Tiens, passe-moi ça, dit Madeleine en le lui reprenant. Il faut lui trouver une place de choix.

Kim observait, fascinée.

— Ça vous déplaît d'être un héros, n'est-ce pas ?

L'émotion de Gurney éclata sous la forme d'un rire âpre.

— Je ne suis pas un héros.

— Beaucoup de gens vous voient ainsi.

Il secoua la tête.

— Les héros relèvent de la pure fiction. Ils sont inventés pour servir un but dans les histoires. Les conteurs des médias créent des héros. Et après les avoir créés, ils les détruisent.

Cette observation provoqua un silence gêné.

— Parfois, les héros sont réels, dit Kyle.

Ayant emporté le cadre à l'autre bout de la pièce, Madeleine le calait sur le manteau de la cheminée.

— À propos, dit-elle, il y a quelque chose écrit à la main sur le bord mat que je n'avais pas vu : « Bon anniversaire au plus grand détective du monde ».

On frappa un coup à la porte, et Gurney bondit sur ses pieds.

— J'y vais, annonça-t-il en s'efforçant de dissimuler son empressement.

Même si les épanchements n'étaient pas son fort, il ne tenait pas à avoir l'air de fuir à toutes jambes devant les élans de générosité des autres.

Le pessimisme glacial gravé sur le visage d'Everett Kramden était, paradoxalement, moins dérangeant pour lui que l'enthousiasme filial de Kyle. L'homme se tenait un peu en retrait de la porte lorsque Gurney l'ouvrit, comme si une force magnétique inverse l'avait repoussé.

— Monsieur, puis-je vous demander de sortir un instant ?

Ce n'était pas vraiment une question.

Gurney s'exécuta – surpris par le ton de son interlocuteur, mais sans manifester la moindre réaction.

— Êtes-vous propriétaire d'un jerricane d'essence en polyéthylène de vingt litres ?

— Oui. De deux, en fait.

— Je vois. Et où les mettez-vous ?

— Un là-bas, pour le tracteur. (Gurney indiquait une remise délabrée de l'autre côté du carré d'asparagus.) Et l'autre dans l'appentis rajouté à l'arrière de… (Il s'interrompit une seconde.) Je veux dire, là où se trouvait l'arrière de la grange.

— Je vois. Pourriez-vous venir maintenant jusqu'à la camionnette pour me dire si ce jerricane est l'un des vôtres ?

Kramden avait garé son véhicule derrière la voiture de Gurney. Il ouvrit la porte du fond, et Gurney identifia aussitôt le bidon à l'intérieur.

— Vous en êtes sûr ?

— Absolument. Il y a une entaille sur la poignée. Ça ne fait aucun doute.

Kramden hocha la tête.

— Quand l'avez-vous utilisé pour la dernière fois ?

— Je ne m'en sers pas souvent. Surtout pour la débroussailleuse que je range là. Alors… pas depuis l'automne dernier.

— Quelle quantité d'essence y avait-il dedans ?

— Je n'en ai aucune idée.

— Où l'avez-vous vu en dernier ?

— Probablement à l'arrière de la grange.

— Quand y avez-vous touché pour la dernière fois ?

— Là encore, je n'en ai aucune idée. Peut-être pas depuis l'été. Peut-être plus récemment si je l'ai déplacé pour prendre autre chose. Je ne me souviens pas précisément.

— Mettez-vous un additif d'huile pour moteur à deux temps dans l'essence ?

— Oui.

— Quelle marque ?

— La marque ? Homelite, je crois.

— Avez-vous une idée de la raison pour laquelle ce jerricane d'essence était caché dans un canal d'évacuation ?

— Caché ? Quel canal d'évacuation ?

— Permettez-moi de reformuler ma question. Avez-vous une idée de la raison pour laquelle ce jerricane se trouvait ailleurs qu'à l'endroit où vous dites l'avoir laissé ?

— Non, pas la moindre. Où l'avez-vous découvert exactement ? De quel canal d'évacuation parlez-vous ?

— Malheureusement, je ne peux pas donner plus de détails à ce sujet. Y a-t-il quelque chose que vous ne m'avez pas dit, concernant l'incendie ou cette enquête, que vous souhaiteriez me dire maintenant ?

— Non.

— Dans ce cas, nous en avons fini pour le moment. Avez-vous d'autres questions, monsieur ?

— Pas auxquelles vous accepteriez de répondre.

Deux minutes plus tard, la camionnette de l'enquêteur Kramden descendait lentement la route du village avant de disparaître.

L'air était parfaitement calme. Il n'y avait pas un mouvement dans les hautes herbes brunes, ni même dans les plus petites branches à la cime des arbres. Le seul bruit était le léger bourdonnement continu dans les oreilles de Gurney – ce bruit dont le neurologue lui avait expliqué qu'il n'en était pas un en réalité.

Alors qu'il pivotait pour regagner la maison, la porte latérale s'ouvrit et Kyle en émergea avec Kim.

— Le connard est parti ? demanda Kyle.

— Apparemment.

— Pendant que Madeleine finit de préparer l'omelette, j'emmène Kim faire un tour rapide en moto.

Il avait l'air surexcité. Elle, contente.

Lorsque Gurney atteignit la cuisine, le moteur à double carburateur émettait des rugissements sourds.

Madeleine réglait la minuterie du four. Elle jeta un œil dans sa direction.

— Est-ce que tu as déjà vu le film *L'Homme au parapluie noir* ?

— Je ne pense pas.

— Il y a une scène ingénieuse. Un homme, vêtu d'un imperméable noir et portant un parapluie noir replié, est suivi par une équipe de tueurs armés de fusils à lunette. Ils le talonnent à travers les rues sinueuses d'une vieille ville. C'est un dimanche matin brumeux, et les cloches de l'église sonnent au loin. Chaque fois que les deux assassins essaient de prendre l'homme au parapluie en ligne de mire, il disparaît à un nouveau carrefour. C'est alors qu'ils arrivent sur une place dominée par une grande église en pierre. Juste au moment où les assassins mettent leur fusil en joue, l'homme monte précipitamment les marches et s'engouffre à l'intérieur de l'édifice. Ils décident de prendre position de chaque côté de la place, d'où ils peuvent surveiller les portes de l'église et attendre qu'il ressorte. Ils se préparent à tirer. Le temps passe, il se met à pleuvoir, les portes de l'église s'ouvrent. Les tueurs s'apprêtent à faire feu. Mais *deux* hommes sortent alors, vêtus l'un et l'autre d'un imperméable noir et portant également un parapluie noir, de sorte que les tueurs ne peuvent pas voir clairement leur visage. Après quelques instants de perplexité, ils décident d'abattre les deux. Mais ensuite sort un autre homme en imperméable noir avec parapluie noir, puis un autre, et encore dix, vingt, jusqu'au moment où la place entière est bondée de types sous des parapluies noirs. Cela devient carrément surréaliste – le spectacle de tous ces parapluies noirs dont le nombre ne cesse d'augmenter sur la place. Et les assassins sont là sous la pluie, trempés jusqu'aux os, sans savoir quoi faire.

— Comment ça finit ?

— Je ne me rappelle pas – je l'ai vu il y a longtemps. La seule chose dont je me souviens avec netteté, ce sont les parapluies. (Elle essuya le comptoir avec une éponge qu'elle rinça dans l'évier.) Qu'est-ce qu'il voulait ?

Il fallut une seconde à Gurney pour comprendre de quoi elle parlait.

— Il a trouvé le jerricane d'essence que je rangeais d'habitude à côté de la grange. Et le plus curieux, c'est qu'il se trouvait caché près de la route.

— Caché ?

— C'est ce qu'il a dit. Il voulait que je l'identifie. Ça n'a pas grand sens.

— Pourquoi l'aurait-on caché ? Quelqu'un s'en est-il servi pour mettre le feu ?

— Peut-être. En fait, je n'en sais rien. L'enquêteur Kramden n'était pas très communicatif.

Elle inclina la tête sur le côté, intriguée.

— De toute évidence, on a mis le feu délibérément. Il n'y a pas de mystère, avec la quantité de pancartes « Chasse interdite » devant la porte, alors à quoi bon se cacher…

— Aucune idée. À moins, bien sûr, que l'incendiaire ait été tellement ivre que dissimuler l'essence revêtait un sens pour lui.

— Tu crois vraiment que c'est l'explication ?

Il poussa un soupir.

— Probablement pas.

Elle le gratifia d'un de ces regards incisifs qui lui donnaient l'impression d'être transparent.

— Eh bien, demanda-t-elle d'un ton léger, qu'est-ce qui se passe ensuite ?

— Je ne peux pas parler pour Kramden. En ce qui me concerne, il faut que j'examine les faits disponibles, que je comprenne ce qui se rapporte à quoi. J'ai besoin d'aller au-delà d'un certain nombre de questions de base.

— Comme de savoir si tu as affaire à un adversaire ou à deux ?

— Exactement. En un sens, je préférerais qu'il y en ait deux.

— Pourquoi ?

— Parce que si c'est la même personne qui se cache derrière les intrusions dans la maison de Kim et cette agression contre nous, alors on se trouve devant quelque chose – et quelqu'un – de beaucoup plus sérieux qu'un chasseur rancunier.

Le minuteur du four fit entendre trois ding sonores. Madeleine ignora l'avertissement.

— Quelqu'un lié à l'affaire du Bon Berger ?

— Ou à Robby Meese – que j'ai peut-être sous-estimé.

Le minuteur sonna à nouveau.

Madeleine inclina la tête vers la fenêtre.

— Je les entends qui montent la route.

— Pardon ?

Le mot était moins une question que l'expression de son agacement dû à ce brusque changement de sujet. Elle ne prit pas la peine de répondre. Elle attendit, et, au bout de quelques instants, il distingua lui aussi le rugissement de la BSA de collection.

Quarante-cinq minutes plus tard, une fois l'omelette consommée et la table débarrassée, Gurney était dans son bureau, réexaminant une fois encore les documents qu'il avait reçus de Hardwick par e-mail, dans l'espoir de découvrir quelque chose d'important qui lui avait échappé.

Il différa le moment de jeter un nouveau coup d'œil aux photos de l'autopsie jusqu'à ce qu'il ait regardé tout le reste. Il faillit renoncer à cette épreuve pénible et inutile – d'autant plus que le souvenir des images atroces était encore vivace dans son esprit. Mais il y fut finalement poussé par ce gène obsessionnel compulsif qui avait été un atout dans sa carrière et un boulet de démolition dans sa vie privée.

Est-ce parce qu'il parcourut les photos dans un autre ordre, ou parce que son esprit était plus réceptif à cet instant... dans tous les cas, il nota quelque chose qu'il n'avait pas remarqué la première fois. Pour deux des têtes, les blessures d'entrée semblaient situées exactement au même endroit.

Il fouilla dans son tiroir en quête d'un marqueur effaçable, n'en trouva pas, se rendit à la cuisine, finit par en dénicher un dans le tiroir du buffet.

— On dirait que tu es sur une piste, fit observer Kyle.

Kim et lui étaient assis près de la cheminée, dans des fauteuils qui avaient été légèrement rapprochés l'un de l'autre, constata Gurney.

Il opina sans répondre.

De retour dans le bureau, sur son écran d'ordinateur, prenant une carte de crédit comme règle, il traça un rectangle autour d'une des deux têtes portant des blessures semblables. Puis il tira des intersections au milieu du rectangle, reliant les coins diagonalement opposés pour établir son centre et confirmer ce qu'il soupçonnait déjà, à savoir que les lignes passaient par le milieu de la blessure d'entrée. Il essuya en toute hâte l'écran à l'aide de sa manche de chemise et recommença l'opération sur l'autre photo – avec un résultat identique.

Il appela Hardwick et laissa un message.

— Gurney à l'appareil. J'aurais besoin de te poser une question rapide sur les photos d'autopsie. Merci.

Puis, une par une, il examina avec soin les quatre autres photos. Il en était à la quatrième lorsque Hardwick rappela.

— Hé, champion, que se passe-t-il ?

— Je me demandais une chose. Dans au moins deux cas que je suis en mesure de vérifier, la blessure d'entrée se situe juste au centre du profil. Difficile à dire pour les quatre autres, parce que les têtes pivotaient peut-être vers la vitre latérale au moment de l'impact. Il est possible que les blessures d'entrée se trouvent également au centre, en fonction de la direction du coup de feu. Comme elles ne sont pas orientées par rapport à l'appareil photo de l'autopsie selon le même angle que celui du canon de l'arme à feu, je ne peux pas être affirmatif.

— Je ne suis pas sûr de bien comprendre.

— Je voulais savoir si les légistes ont pris d'autres clichés et mesures angulaires que ce qui figure dans les synthèses que tu m'as envoyées. Parce que si…

Hardwick l'interrompit.

— Attends ! Pas si vite ! N'oublie pas, mon vieux, comment les données dont tu disposes sont arrivées en ta possession. Ce serait de ma part une violation passible des tribunaux que de te balancer des matériaux officiels provenant des dossiers du Bon Berger.

— Tout à fait. Maintenant, laisse-moi finir. Ce que je cherche, c'est une série de chiffres déterminant la position de la blessure d'entrée sur chaque visage selon la position de celui-ci par rapport à la vitre latérale au moment de l'impact du projectile.

— Pourquoi ?

— Parce que, sur deux des photos, les balles ont atteint très précisément le centre du profil tel qu'il se présentait au tireur. Si la tête de la victime avait été une cible en papier, le coup de feu dans chacun des cas aurait mis en plein dans le mille. Et je dis bien, *en plein dans le mille*. Dans des conditions impossibles, à bord de véhicules en mouvement, et avec une visibilité pratiquement égale à zéro.

— Et qu'est-ce que tu en déduis ?

— Je préférerais attendre de savoir pour les quatre autres. J'espère que tu peux avoir accès aux notes d'autopsie complètes, ou à quelqu'un qui en a la possibilité, ou encore que tu connais suffisamment bien un des légistes pour lui poser la question.

— Tu préférerais attendre que je me sois échiné à faire des recherches pour toi sur les quatre autres avant de me dire de quoi il s'agit ? Je te suggère de cracher le putain de morceau tout de suite, ou la réponse risque d'être : « Va te faire foutre. »

Accoutumé aux manières de Hardwick, Gurney ne se laissa pas démonter.

— Le morceau, répondit-il calmement, c'est qu'un tel degré de précision, en tirant par la fenêtre d'un véhicule en mouvement avec rien d'autre pour éclairer la victime que la lumière minimale du tableau de bord – surtout si le tireur a réussi dans les six cas –, signifie qu'il avait de bonnes lunettes de vision nocturne, une main ferme et de l'eau glacée dans les veines.

— Et alors ? N'importe qui peut acheter un équipement de vision nocturne. Il existe une centaine de sites sur Internet.

— Ce n'est pas ce que je veux dire. Mon problème, c'est que plus je récupère d'éléments sur le Bon Berger, moins le tableau est clair. Qui est ce type ? C'est un super tireur, mais il se sert d'un canon de bande dessinée comme arme à feu. Son manifeste regorge de tirades bibliques enflammées – mais sa méthode est froide, cohérente et raisonnable au possible. Il se lance dans une mission dévorante consistant à tuer tous les individus cupides de la terre – mais il s'arrête à six. Son objectif affiché est dément – mais il semble intelligent, logique et avoir une aversion au risque.

— *Une aversion au risque* ? (La voix rauque de Hardwick était encore plus sceptique que d'habitude.) Foncer la nuit sur des routes non éclairées en tirant sur les gens, ce n'est pas précisément ce que j'appellerais de l'aversion au risque.

— Et le fait qu'il ait atteint chacune de ses cibles dans un virage minimisant les chances de collision, qu'il ait intercepté la voiture de chacune des victimes à peu près au milieu du virage, qu'il se soit apparemment débarrassé de chacune des armes après utilisation, qu'il se soit arrangé pour ne jamais être filmé par une caméra de surveillance et ne jamais être vu par un témoin ? Cette façon de faire nécessite de la réflexion, du temps et de l'argent. Bon sang, Jack, fiche en l'air un Desert Eagle hors de prix après s'en être servi une seule fois ? Rien que ça m'a l'air d'un très sérieux investissement dans le contrôle des risques.

Hardwick poussa un grognement.

— Alors tu me dis que nous avons d'un côté un cinglé brandissant une Bible et débordant de haine à l'égard des rupins qui bousillent la planète…

— … et de l'autre, compléta Gurney, un tueur totalement froid, et apparemment assez riche pour jeter par les fenêtres pour quinze cents dollars d'armes à feu.

Un silence prolongé indiqua que Hardwick réfléchissait.

— Et tu veux les résultats d'autopsie… pour prouver quoi ?

— Rien, Jack. Juste pour savoir si je suis sur la bonne voie en ayant l'impression d'un tas de contradictions dans cette affaire.

— C'est tout ? Tu sais, champion, j'ai comme dans l'idée qu'il y a autre chose.

Gurney ne put s'empêcher de sourire devant l'acuité de Hardwick. L'homme pouvait se montrer narquois, acerbe, grossier. Mais il était loin d'être stupide.

— Oui, ça se pourrait. J'ai commencé à mettre à mal la théorie admise sur les meurtres du Bon Berger. Et j'ai bien l'intention de continuer. Dans le cas où quelques frelons du FBI voudraient s'en prendre à moi, j'aimerais m'entourer du plus grand nombre de données possible.

L'intérêt de Hardwick s'accrut de manière notable. Il faisait une véritable allergie à l'autorité, la bureaucratie, les procédures, les types en costume cravate – autrement dit, les organismes comme le FBI. Agiter un bâton pointu dans cette direction était une activité qui ne pouvait que rencontrer son approbation.

— Tu as suscité un petit crêpage de chignon avec nos frères fédéraux, c'est ça ? demanda-t-il presque avec espoir.

— Pas encore, répondit Gurney. Mais ça ne va peut-être pas tarder.

— Je verrai ce que je peux faire.

Hardwick coupa la communication sans dire au revoir, ce qui n'avait rien d'exceptionnel.

CHAPITRE 25

Amour et haine

GURNEY REMETTAIT SON TÉLÉPHONE dans sa poche quand on frappa un léger coup à la porte ouverte derrière lui. Il se tourna et vit Kim sur le seuil.

— Puis-je vous déranger une minute ?

— Entrez. Vous ne me dérangez pas.

— Je voulais m'excuser.

— De quoi ?

— D'être allée faire un tour sur la moto de Kyle.

— Vous excuser ?

— Ce n'était pas la bonne chose à faire. Je veux dire, le moment était vraiment mal choisi – sortir pour un stupide tour en moto – avec tout ce qui vient de se passer. Vous devez me prendre pour une idiote égocentrique.

— Faire une petite pause au milieu d'un énorme bordel me semble plutôt raisonnable.

Elle secoua la tête.

— Ce n'était pas très convenable de ma part de me conduire comme si de rien n'était, surtout si votre grange a été détruite à cause de moi.

— Robby Meese est capable de ça, d'après vous ?

— Il fut un temps où j'aurais répondu : « Jamais de la vie. » Maintenant, je n'en suis plus aussi sûre. (Elle semblait confuse et désemparée.) Vous pensez que c'est lui ?

Kyle apparut dans l'encadrement de la porte derrière elle, écoutant sans rien dire.

— Oui et non, dit Gurney.

Kim hocha la tête comme si sa réponse signifiait bien davantage.

— Il y a encore une chose que je dois vous dire. Vous vous rendez compte, j'espère, qu'il y a une semaine, je ne savais absolument pas dans quoi je vous entraînais. À ce stade, je concevrais très bien que vous décidiez de vous retirer.

— À cause de l'incendie ?

— L'incendie, ainsi que l'escalier piégé dans le sous-sol.

Gurney sourit.

Elle fronça les sourcils.

— Qu'est-ce qu'il y a de drôle ?

— C'est précisément pour ça que je ne veux pas me retirer.

— Je ne comprends pas.

Kyle intervint.

— Plus ça devient ardu, plus il est déterminé.

Elle se retourna, surprise.

Il poursuivit :

— Pour mon père, la difficulté est un aimant. L'impossibilité possède un attrait irrésistible.

Elle reporta son attention sur Gurney.

— Est-ce que ça signifie que vous êtes prêt à continuer à vous occuper du projet ?

— Au moins jusqu'à ce que nous ayons clarifié les choses. Qu'avez-vous de prévu ?

— D'autres entretiens. Avec Eric, le fils de Sharon Stone. Et avec Paul, celui de Bruno Mellani.

— Quand doivent-ils avoir lieu ?

— Samedi.

— Demain ?

— Non, sa... Ah, mon Dieu, c'est demain samedi. J'ai sauté une journée. Pensez-vous que vous seriez disponible ?

— Dans la mesure où il n'y a pas de nouvelles surprises.

— Très bien. Formidable. Je ferais mieux de partir. C'est fou comme le temps passe vite. Dès que je serai à la maison, je vous confirmerai les rendez-vous et vous communiquerai les adresses. Demain, on se retrouvera à l'endroit du premier entretien. Ça vous va ?

— Vous retournez à votre appartement de Syracuse ?

— J'ai besoin de vêtements et d'autres affaires. (Elle semblait mal à l'aise.) Je n'y resterai probablement pas cette nuit.

— Comment y allez-vous ?

Elle se tourna vers Kyle.

— Tu ne lui as pas dit ?

— Je crois que j'ai oublié. (Il sourit, s'empourpra.) Je vais ramener Kim chez elle.

— À l'arrière de la moto ?

— Le soleil est en train de faire son apparition. Tout ira bien.

Gurney regarda par la fenêtre. Les arbres à la lisière du champ projetaient de légères ombres sur l'herbe morte.

— Madeleine va lui prêter une veste et des gants, ajouta Kyle.

— Et pour le casque ?

— On peut en prendre au village chez le concessionnaire Harley. Peut-être un grand Darth Vader noir avec un crâne et des os en croix.

— Eh bien, merci, fit Kim en lui donnant un coup sur le bras avec son doigt.

Il y avait pas mal de choses que Gurney avait envie de dire. Après mûre réflexion, aucune ne semblait plus opportune que le silence.

— Viens, dit Kyle.

Kim sourit nerveusement à Gurney.

— Je vous appelle avec l'horaire des entretiens.

Après leur départ, Gurney se laissa aller en arrière, les yeux fixés sur le flanc de la colline, aussi immobile et muette qu'une photo sépia. Le téléphone fixe à l'extrémité du bureau se mit à sonner, mais il ne fit pas un geste pour répondre. Il sonna une seconde fois. Puis une troisième. La quatrième fut interrompue au milieu, Madeleine ayant à l'évidence décroché dans la cuisine. Il distingua sa voix, mais les mots étaient indistincts.

Quelques instants plus tard, elle entra dans le bureau.

— Ton monsieur Trout, murmura-t-elle en passant le combiné à Gurney.

Il s'attendait plus ou moins à cet appel, mais fut surpris de la rapidité avec laquelle il était venu.

— Gurney à l'appareil.

C'est ainsi qu'il répondait au téléphone à l'époque où il travaillait. Une fois à la retraite, il n'avait pas réussi à perdre cette habitude.

— Bonjour, monsieur Gurney. Je suis Matthew Trout, agent spécial supérieur, Bureau fédéral d'investigation.

Les mots s'échappaient de sa bouche comme un tir d'artillerie.

— Oui ?

— Je suis chargé de l'enquête sur les meurtres multiples du Bon Berger. Mais je crois que vous êtes au courant ? (Comme Gurney ne répondait pas, il continua.) Le Dr Holdenfield m'a avisé qu'une de vos clientes et vous-même étiez impliqués dans cette enquête.

Gurney ne dit rien.

— Est-ce exact ?

— Non.

— Excusez-moi ?

— Vous me demandez si c'est exact. Je vous réponds non.

— En quoi est-ce que ça ne l'est pas ?

— Vous laissez entendre qu'une journaliste que je conseille en matière de police essaie de s'immiscer dans votre enquête et que j'essaie moi-même d'en faire autant. Ces deux affirmations sont fausses.

— Peut-être m'a-t-on mal informé. On m'a rapporté que vous aviez manifesté un grand intérêt pour cette affaire.

— C'est vrai. L'affaire me passionne. J'aimerais la comprendre mieux. Mais j'aimerais aussi comprendre pourquoi vous m'appelez.

Il y eut un temps d'arrêt, comme si l'homme avait été ébranlé par le ton brusque de Gurney.

— Le Dr Holdenfield m'a dit que vous désiriez me voir.

— C'est vrai aussi. Y a-t-il un moment qui vous convienne ?

— Pas vraiment. Mais la convenance n'est pas la question. Il se trouve que je suis actuellement en vacances dans notre maison familiale des Adirondacks. Vous savez où se trouve le lac Sorrow ?

— Oui.

— Cela m'étonne. (Il y avait un mélange de snobisme et d'incrédulité dans son ton.) Rares sont les gens qui en ont entendu parler.

— J'ai la cervelle remplie de faits inutiles.

Trout ne réagit pas à cet affront pas très subtil.

— Pouvez-vous venir demain matin à neuf heures ?

— Non. Que diriez-vous de dimanche ?

Il y eut une nouvelle pause. Lorsque Trout parla enfin, ce fut d'une manière rigide, comme s'il se forçait à sourire pour ne pas laisser percer sa colère.

— À quelle heure pouvez-vous dimanche ?

— Comme vous voulez. Le plus tôt sera le mieux.

— Bien. Soyez là à neuf heures.

— Que je sois où, à neuf heures ?

— Il n'y a pas d'adresse affichée. Si vous ne quittez pas, mon assistant vous fournira les indications. Je vous conseille de les noter avec soin, mot pour mot. Les routes par ici sont traîtresses, et les lacs profonds. Et très froids. Vous ne voudriez pas vous perdre.

L'avertissement était presque comique.

Presque.

Lorsqu'il eut marqué les indications pour le lac Sorrow et regagné la cuisine, Kim et Kyle descendaient le pré sur la BSA. Un soleil pâle transperçait les nuages clairsemés, et les chromes de la moto scintillaient.

L'esprit de Gurney s'élançait dans un dédale d'anxieux « et si », quand il entendit tout à coup le bruit d'un cintre tombant par terre dans le cellier.

— Maddie ?

— Oui ?

Elle apparut à la porte, vêtue de façon plus conformiste que d'ordinaire – c'est-à-dire, moins comme un arc-en-ciel.

— Où vas-tu ?

— À ton avis.

— Si je le savais, je ne te le demanderais pas.

— Quel jour sommes-nous ?

— Vendredi ?

— Et ?

— Et ? Ah, c'est vrai. Une de tes réunions à la clinique.

Elle resta là à le regarder avec une de ses expressions complexes qui semblaient contenir de l'amusement aussi bien que de l'exaspération, de l'amour ou de l'inquiétude.

— As-tu besoin que je fasse quelque chose concernant l'assurance ? demanda-t-elle. Ou veux-tu t'en charger ? J'imagine qu'il faut appeler quelqu'un ?

— Oui. Notre courtier, je suppose. Je trouverai. (C'était une tâche simple qui lui avait traversé l'esprit à plusieurs reprises depuis la veille au soir.) En fait, je vais m'en occuper maintenant avant d'oublier.

Elle sourit.

— Quoi qu'il arrive, on s'en sortira. Tu sais ça, n'est-ce pas ?

Il posa les indications pour le lac Sorrow sur la table, s'approcha et la prit dans ses bras, lui embrassa la joue et le cou, puis la tint serrée. Elle l'étreignit à son tour, se pressa contre lui d'une manière qui fit regretter à Gurney qu'elle parte travailler.

Elle s'écarta, le regarda dans les yeux et rit – juste un petit rire, un murmure affectueux. Puis elle pivota et sortit par la porte latérale pour aller à sa voiture.

Il resta à la fenêtre jusqu'à ce que la voiture soit hors de vue.

C'est alors que son regard tomba sur un bout de papier scotché au mur au-dessus du buffet. Il comportait une courte phrase écrite au crayon. Il se pencha et reconnut l'écriture de Kyle.

« N'oublie pas ta carte d'anniversaire », pouvait-on lire. Au-dessous, il y avait une petite flèche dirigée vers le bas. Sur le buffet juste en dessous se trouvait l'enveloppe bleue qui avait été attachée au cadeau de Gurney. Le bleu Tiffany caractéristique fit resurgir sa gêne que Kyle ait dépensé une telle somme.

Il décacheta l'enveloppe et retira la carte. Elle était sobre, avec juste quelques mots sur le devant : *« Une mélodie spécialement pour toi. »*

Il ouvrit la carte, s'attendant à nouveau à ce qu'un dispositif intégré joue une version irritante de « Happy Birthday ». Mais pendant trois ou quatre secondes, il n'y eut aucun son – peut-être pour laisser le temps de lire un second message inscrit à l'intérieur : *« Paix et bonheur à toi en ce jour spécial. »*

Et soudain la musique commença – près d'une minute entière d'un passage remarquable du « Printemps » des *Quatre Saisons* de Vivaldi.

Vu la taille du dispositif, plus petit qu'un jeton de poker, la qualité du son était étonnante. Mais ce n'est pas cette qualité qui stupéfia Gurney, ce furent les souvenirs qu'elle réveillait en lui.

Kyle avait onze ou douze ans et continuait à venir chaque week-end de chez sa mère à Long Island à l'appartement de Dave et de Madeleine dans le centre-ville. Il commençait à montrer de l'intérêt pour le genre de musique qui semble à des oreilles parentales criminelle, rudimentaire et franchement stupide. Gurney instaura donc une règle : Kyle pourrait écouter la musique qu'il voulait pour autant qu'il consacre un temps égal à un compositeur classique. Cela eut le double effet de limiter son exposition à la musique effroyable pour laquelle ses oreilles de collégien éprouvaient apparemment de l'attrait et de lui faire connaître des chefs-d'œuvre qu'il n'aurait jamais entendus sans cela.

Cet arrangement n'alla pas sans tensions et disputes. Mais il fut également la source d'une heureuse surprise. Kyle découvrit qu'il aimait un des compositeurs classiques que Gurney avait mis à sa disposition. Il aimait Vivaldi. En particulier *Les Quatre Saisons*. Et des quatre, c'est « Le Printemps » qu'il préférait. L'écouter devint le tribut qu'il acceptait de payer pour entendre le brouhaha assourdissant qu'il prétendait aimer.

C'est alors que quelque chose se produisit. Si graduellement que Gurney le remarqua à peine. Kyle commença à écouter, de-ci de-là, non seulement Vivaldi, mais encore Haydn, Haendel, Mozart, Bach – moins comme le prix qu'il lui fallait payer pour écouter des âneries que parce qu'il en avait envie.

Des années plus tard, il mentionnerait en passant, non pas à Gurney mais à Madeleine, que « Le Printemps » lui avait ouvert une porte magique et que cette révélation était l'une des meilleures choses que son père ait jamais faites pour lui.

Il se souvenait de Madeleine lui rapportant ces propos. Se souvenait combien il s'était alors senti bizarre. Content, bien sûr, que son initiative ait suscité une réaction aussi bénéfique. Mais triste aussi qu'il s'agisse d'une si petite chose – une chose exigeant si peu de lui-même. Il se demanda si la raison qui l'avait fait apprécier par son fils ne tenait pas à la rareté des gestes paternels.

Ce même télescopage d'émotions l'emplissait à cet instant, tandis qu'il tenait la carte ouverte et que l'exquise mélodie baroque s'estompait. Sa vision se brouilla, et il se rendit compte, non sans une certaine inquiétude, qu'il était à nouveau au bord des larmes.

Mais qu'est-ce que tu as ? Bon sang, Gurney, reprends-toi !

Il alla à l'évier de la cuisine et s'essuya sommairement les yeux avec un morceau d'essuie-tout. Ces deux derniers mois, il avait été plus souvent sur le point de pleurer, se dit-il, qu'au cours de toute sa vie d'adulte.

J'ai besoin de faire quelque chose – n'importe quoi. Bouger. Agir.

La première idée qui lui vint à l'esprit fut de dresser l'inventaire des principaux objets détruits dans l'incendie. La compagnie d'assurances le réclamerait sûrement.

Il n'avait guère envie de le faire, mais il se força. Ayant pris un bloc et un stylo dans le bureau, il grimpa dans sa voiture et roula jusqu'aux ruines calcinées de la grange.

En mettant pied à terre, il grimaça sous l'effet de l'odeur âcre des cendres humides. De quelque part au loin lui parvenait le gémissement intermittent d'une tronçonneuse.

À contrecœur, il s'avança vers les tas de planches brûlées qui gisaient à l'intérieur de la carcasse tordue mais toujours debout de la grange. Dans la zone où leurs kayaks jaune vif reposaient auparavant sur des chevalets ne subsistait qu'une masse informe, boursouflée, durcie et brunâtre. Il n'y avait jamais été très attaché, contrairement à Madeleine, il le savait, pour qui descendre la rivière en pagayant sous un ciel estival était un grand plaisir. Mais voir les petits bateaux détruits – réduits à une espèce de mélasse pétrochimique solidifiée – l'attrista et le rendit furieux. Le spectacle offert par la bicyclette était pire. Les freins, la selle et les câbles avaient fondu. Les jantes étaient déformées.

Il s'obligea à circuler lentement à travers la scène hideuse avec son bloc et son stylo, notant les outils et le matériel endommagés. Lorsqu'il eut fini, il se détourna, écœuré, et réintégra sa voiture.

Sa tête était remplie de questions. La plupart pouvant se ramener à un seul mot : *Pourquoi* ?

Aucune des hypothèses tangibles n'était convaincante.

Surtout pas la théorie du chasseur enragé. La campagne environnante avait beau pulluler de panneaux « chasse interdite », elle ne pullulait pas pour autant de granges brûlées.

Alors quoi d'autre ?

Une erreur d'un incendiaire qui s'était trompé dans l'adresse de sa cible ? Un pyromane désireux de convertir un truc volumineux en flammes ? Un jeune vandale sans cervelle ? Un ennemi que Gurney s'était fait du temps où il appartenait à la police et qui essayait de se venger ?

Ou est-ce que cela avait un rapport avec Kim, Robby Meese et *Les Orphelins du meurtre* ? L'incendiaire était-il le chuchoteur du sous-sol ?

Ne réveillez pas le diable qui dort. S'il s'agissait d'une citation d'une histoire que le père de Kim lui racontait dans son enfance, comme elle le prétendait, alors l'avertissement lui était forcément destiné. Il n'avait de signification particulière que pour elle. Pourquoi le chuchoter à Gurney ?

Se pouvait-il que l'intrus ait cru que c'était Kim qui avait fait une chute dans l'escalier ?

Une telle erreur semblait pratiquement impossible. Lorsque Dave était tombé, la première chose qu'il avait entendue, c'était la voix de Kim dans le petit couloir en haut des marches – criant, l'appelant désespérément – suivi du bruit de ses pas tandis qu'elle courait chercher la lampe électrique. Ce n'est qu'ensuite, alors qu'il était étendu par terre, qu'il avait entendu, tout près de lui, l'étrange voix étouffée – la voix de quelqu'un qui, à ce stade, devait savoir qu'il ne parlait pas à Kim.

Mais s'il savait que la personne par terre n'était pas Kim, alors pourquoi… ?

La réponse frappa Gurney comme une gifle.

Plus précisément, elle le frappa comme la mélodie cristalline d'un concerto de Vivaldi.

Il retourna à la maison avec une telle hâte qu'il cogna deux fois le châssis de la voiture contre des trous de marmotte.

Il alla droit à la carte d'anniversaire musicale, regarda au dos et vit ce qu'il espérait – le nom et le site Web d'une société : KustomKardz.com.

Une minute plus tard, il consultait le site sur son ordinateur portable. L'activité de Kustom Kardz consistait à proposer des cartes de vœux personnalisées comportant un appareil de lecture numérique à pile, « avec un choix de plus d'une centaine de mélodies différentes extraites des œuvres classiques et des airs populaires les plus appréciés au monde ».

Sur la page « Contactez-nous » figurait, en plus d'un lien e-mail, un numéro de téléphone que Gurney composa. Tout d'abord, il avait une question clé pour la représentante du service clientèle. Était-il possible de personnaliser la puce de lecture avec des paroles plutôt qu'un morceau de musique ?

La réponse fut oui, bien sûr. Il suffisait de les enregistrer – ce qui pouvait se faire au téléphone –, de les mettre dans le bon format audio et de les télécharger dans la puce.

Il avait deux autres questions, si ça ne la dérangeait pas. Quelles étaient les options de lancement de lecture si un tel système était utilisé avec un autre support qu'une carte de vœux ? Et quel délai entre le lancement et la lecture pouvait-on intégrer au système ?

Elle expliqua qu'on pouvait effectuer le lancement de plusieurs façons : par pression, relâchement de la pression, ou même par un signal sonore, comme ces interrupteurs d'éclairage réagissant à une frappe des mains. D'autres possibilités pouvaient être envisagées avec M. Emtar Gumadin, leur gourou de la technologie.

Une dernière question. Quelqu'un qu'il connaissait avait reçu une intéressante carte parlante disant « Ne réveillez pas diable qui dort ». Est-ce que, par hasard, Kustom Kardz avait déjà chargé ce message sur une de ses puces ?

Elle ne pensait pas, mais si Gurney voulait bien patienter, elle allait vérifier auprès d'Emtar.

Au bout d'une ou deux minutes, elle l'informa que personne ne se souvenait de rien de tel – à moins que Gurney fasse allusion à la berceuse commençant par « Dodo, l'enfant-do… ».

Leur société avait-elle beaucoup de concurrents ?

Malheureusement, oui. Le coût de la technologie était en baisse et son emploi en pleine explosion.

Dès que Gurney eut terminé sa communication avec Kustom Kardz, il appela Kyle. Il ne s'attendait pas à joindre autre chose qu'une boîte vocale, dans la mesure où il pensait que la BSA était maintenant en train de bourdonner le long de la I-88 et qu'il n'y avait guère de chance que même un jeune homme de vingt-six ans impatient sorte son téléphone de sa poche tout en fonçant sur une moto.

Mais, comme pour montrer la futilité des anticipations, Kyle répondit immédiatement.

— Hé, papa, qu'y a-t-il ?

— Où es-tu ?

— À une station d'essence au bord de la nationale. Près d'un bled appelé Afton, me semble-t-il.

— Je suis content que tu aies décroché. J'aimerais que tu me rendes un service quand tu arriveras chez Kim à Syracuse. La voix que j'ai entendue dans son sous-sol. Je pense qu'il s'agissait d'un enregistrement… probablement un lecteur miniature, comme celui de la carte que tu m'as offerte.

— Putain, comment est-ce que tu as trouvé ça ?

— C'est ta carte qui m'en a donné l'idée. Voici ce que je voudrais que tu fasses. Une fois à l'appartement, descends au sous-sol – à supposer que les lumières fonctionnent et qu'il n'y ait pas de nouveaux signes d'intrusion. Regarde à proximité de l'escalier s'il n'y a pas un endroit où l'on aurait pu cacher un objet de la taille d'une pièce de monnaie. Vers le bas des marches. La voix que j'ai entendue était sans nul doute à quelques dizaines de centimètres de là où je suis tombé.

— Comment pouvait-on le dissimuler ? Je veux dire, pour que le son soit net…

— Tu as raison… Il ne pouvait pas être complètement enfoncé dans le mur, mais on a pu le glisser dans un léger renfoncement, peut-être recouvert de papier ou de tissu imprimé pour passer inaperçu – quelque chose de ce genre.

— Pas dans le sol, hein ?

— Non, la voix venait d'un endroit au-dessus de ma tête, comme si quelqu'un se penchait sur moi.

— Est-ce que ça pourrait être dans l'escalier lui-même ?

— Ça pourrait, oui.

— Bon. On va y aller. Je t'appelle dès qu'on est là-bas.

— Ne va pas trop vite. Une demi-heure de plus ou de moins ne fera aucune différence.

— D'accord. (Il y eut une pause.) Eh bien… tu as aimé la carte ?

— Pardon ? Oh, oui. Oui, tout à fait. Merci.

— Tu as reconnu « Le Printemps » ?

— Bien sûr.

— OK. Super. Je t'appelle dans un petit moment.

Pour empêcher « Le Printemps » en question et ce qu'il lui rappelait de le plonger dans un bourbier émotionnel, Gurney chercha quelque chose à faire jusqu'à ce qu'il ait des nouvelles de Kyle.

Dans le classeur du bureau, il dénicha le numéro de téléphone de leur courtier d'assurances et appela. Après plusieurs options d'aiguillage, le répondeur automatique lui donna un autre numéro « pour signaler un accident, un incendie ou toute autre perte couverte par votre contrat d'assurance habitation ».

Il s'apprêtait à composer le nouveau numéro lorsque le téléphone sonna dans sa main. Il jeta un coup d'œil à l'écran, vit s'afficher le nom de Hardwick. Il considéra quelques instants le dilemme puis décida que le coup de fil à l'assurance pouvait attendre.

Il avait à peine appuyé sur la touche que Hardwick se mit à parler.

— Merde alors, Gurney, ce que tu m'as demandé m'a vraiment cassé le cul, tu sais ?

— Tu manques peut-être d'exercice.

— J'ai autant besoin de ça que d'un régime végétarien.

— Qu'est-ce que tu as pour moi, à part des boniments ?

Hardwick se racla la gorge avec sa minutie habituelle.

— La plupart des notes de l'autopsie initiale sont enfouies plus profondément que je ne peux aller à l'heure actuelle. Comme je t'ai dit, c'est un gigantesque…

— Je sais ce que tu as dit, Jack. La question est : qu'est-ce que tu as ?

— Tu te rappelles Wally Thrasher ?

— Le légiste de l'affaire Mellery ?

— En personne. Une espèce de connard arrogant.

— J'en connais d'autres.

— Va te faire foutre. Parmi ses innombrables qualités, Wally est un maniaque de l'organisation. Et il se trouve que c'est lui qui a effectué l'autopsie de la star de l'immobilier.

— Sharon Stone ?

— Elle-même.

— Et ?

— Bingo.

— Tu veux dire…

— Blessure d'entrée au centre sur le côté de la tête. Autrement dit, en plein dans le mille, bordel. Naturellement, pour la blessure de sortie, c'est une autre paire de manches. Difficile de localiser le centre de quelque chose quand il ne reste plus rien qui pourrait en avoir un.

— C'est la blessure d'entrée qui importe.

— Bien. Alors maintenant, te voilà avec les deux tirs au but que tu connaissais déjà, plus un troisième. Tu crois que c'est suffisant pour valider tes brillantes intuitions ?

— Possible. Je te remercie pour le tuyau.

— Je n'existe que pour servir.

La communication fut coupée.

CHAPITRE 26

Menaces en série

CES NOUVELLES INFORMATIONS lui redonnèrent du cœur à l'ouvrage, même s'il ne savait pas trop quelles en seraient les implications, ni comment il pourrait en tirer parti lors de sa rencontre avec Trout dimanche. Sa cervelle s'étant remise à fonctionner à plein régime, comme s'il avait pris un double espresso, il s'empressa d'orienter son attention vers un autre problème.

Il rappela Kyle, mais tomba sur sa boîte vocale. La moto avait dû reprendre la route.

— Dès que tu as ce message, demande à Kim combien de personnes sont au courant de cette histoire qu'on lui racontait quand elle était petite. Pas ceux qui en ont vaguement entendu parler, ceux qui connaissent les détails, en particulier la phrase : « Ne réveillez pas le diable qui dort ». S'il y en a plus que deux ou trois, j'aimerais qu'elle liste leurs noms, les adresses dont elle dispose en précisant la nature de ses rapports avec eux. Merci. Soyez prudents. On se rappelle.

À la seconde où il raccrocha, un nouveau problème lui vint à l'esprit. Il saisit à nouveau le numéro et laissa un second message.

— Pardon pour les demandes à répétition, mais je viens de penser à autre chose. Quand tu auras vérifié le mini-enregistreur dans le sous-sol, explore les abords en quête de micros. Contrôle les endroits les plus vraisemblables : détecteurs de fumée, protecteurs de surtension, veilleuses. Cherche quelque chose à l'intérieur qui n'aurait rien à faire là. Si tu déniches quoi que ce soit, n'y touche pas. Laisse-le en place. C'est tout pour le moment. Appelle-moi dès que tu pourras.

L'idée que l'appartement de Kim puisse être sur écoute – qu'il ait pu l'être depuis Dieu sait combien de temps – soulevait une kyrielle de questions déconcertantes aux réponses potentiellement alarmantes. Il récupéra son exemplaire du projet de Kim dans le tiroir de son bureau et s'installa sur le canapé pour le relire encore une fois.

Une demi-heure plus tard, à mi-parcours, son énergie chuta aussi vite qu'elle avait surgi. Il décida de fermer les yeux cinq minutes, dix, tout au plus, et s'adossa aux coussins moelleux. Il venait de vivre deux journées harassantes au cours desquelles il avait à peine fermé l'œil.

Juste un petit somme…

Il se réveilla en sursaut. Quelque chose sonnait, il ne comprit pas tout de suite quoi. En se redressant, il se découvrit une douleur lancinante dans le cou, raidi par l'angle bizarre de sa tête pendant son sommeil.

La sonnerie s'interrompit. Il entendit la voix de Madeleine.

— Il fait une sieste. (Un temps.) Quand je suis rentrée il y a une demi-heure, il dormait à poings fermés. (Une autre pause.) Une seconde. Je vais voir.

Elle apparut sur le seuil. Gurney s'était redressé. Les deux pieds par terre, il se frottait les yeux.

— Tu es réveillé ?

— Si on veut.

— Peux-tu parler à Kyle ?

— Où est-il ?

— Chez Kim. Il a essayé de te joindre plusieurs fois sur ton portable.

— Quelle heure est-il ?

— Presque sept heures.

— Sept heures ! Mon Dieu !

— Il a l'air d'avoir quelque chose d'important à te dire.

Gurney ouvrit les yeux plus grand, se leva.

— Quel téléphone ?

Elle désigna la ligne fixe sur le bureau.

— Je vais raccrocher à la cuisine.

Gurney porta le combiné à son oreille.

— Allô !

— Salut, papa ! Ça fait deux heures que j'essaie de te joindre. Ça va ?

— Ça va. Fatigué, c'est tout.

— C'est vrai, ça fait plusieurs jours que tu n'as pas dormi. J'avais oublié.

— Tu as fait des découvertes intéressantes ?

— Étranges, je dirais. Par où veux-tu que je commence ?

— Par le sous-sol.

— D'accord. Le sous-sol. Tu vois les longues planches de part et d'autre de l'escalier, dans lesquelles les marches s'emboîtent ? Eh bien, j'ai trouvé une petite ouverture découpée à la base de l'une d'elles, à soixante centimètres environ au-dessus de la marche manquante. Il y a un truc à l'intérieur, à peu près de la moitié de la taille d'une clé USB.

— Tu l'as sorti ?

— Tu m'as dit de ne toucher à rien. J'ai juste tiré un peu dessus avec la pointe d'un couteau pour voir la taille. Le plus bizarre est à venir. En le remettant en place au fond du trou, j'ai dû déclencher quelque chose parce que, dix secondes plus tard, j'ai entendu un chuchotement à vous glacer les sangs. Comme un cinglé dans un film d'horreur sifflant entre ses dents : *Ne réveillez pas le diable qui dort*. J'ai failli pisser dans mon froc, je te jure.

— Cette fente dans la planche, était-elle évidente à trouver ?

— Pas du tout. On dirait que le type a utilisé un minuscule copeau de bois coupé au rabot pour dissimuler l'ouverture.

— Dans ce cas, comment as-tu… ?

— Tu as dit que, s'il y avait quelque chose planqué quelque part, ça devait se trouver à moins d'un mètre de l'endroit où tu es tombé. Ça ne fait pas une grande surface. J'ai cherché jusqu'à ce que je trouve.

— As-tu demandé à Kim qui d'autre était au courant pour le conte… ?

— Elle affirme que la seule personne à qui elle en a parlé est son ex. Le dingo. Évidemment, il a pu le raconter à d'autres gens.

Un silence s'ensuivit, au cours duquel Gurney tenta une fois de plus de rassembler les éléments disparates qui partaient dans autant de directions qu'il y avait de paramètres dans cette affaire. De quelle affaire parlait-on, d'ailleurs ? De celle, non résolue, des six meurtres commis sur la route, liés par le manifeste du Bon Berger ? Du harcèlement présumé de Kim Corazon par Robby Meese qui aurait dégénéré en vandalisme et mise en danger de la vie d'autrui ? De l'incendie criminel ? Ou d'une hypothétique affaire plus vaste où tous ces événements seraient associés ? Y compris la flèche retrouvée dans le jardin, allez savoir !

— Tu es toujours là, papa ?

— Oui, oui.

— Ce n'est pas fini. Je ne t'ai pas encore annoncé le pire.

— Bon Dieu ! Quoi ?

— Toutes les pièces de l'appartement de Kim sont sur écoute, même la salle de bains.

Gurney sentit un petit frisson lui parcourir l'échine.

— Qu'as-tu découvert exactement ?

— Dans ton message, tu mentionnais les endroits les plus évidents à explorer. J'ai commencé par le détecteur de fumée du salon pour la bonne raison que je sais à quoi ressemble l'intérieur d'un tel appareil. Je suis tombé sur un petit boîtier qui n'avait rien à faire là. Une sorte d'ouvre-porte de garage miniature, avec un fil métallique tout fin au bout. Une antenne, j'imagine.

— Y avait-il quelque chose qui ressemblait à un objectif photo ?

— Non.

— Ça pourrait avoir la taille d'un demi-grain de…

— Non, crois-moi, pas d'objectif. J'y ai pensé, j'ai vérifié.

— Bon, dit Gurney, réfléchissant à la portée de cette information. Pas de capacité vidéo. Le dispositif en question ne fait donc pas partie de l'équipement de vidéosurveillance promis par la police. Pour identifier un intrus, on installe une caméra, pas un micro. Tu as vérifié les autres détecteurs de fumée ?

— Il y en a un dans chaque pièce. Tous équipés du même bidule.

— D'où m'appelles-tu ?

— De dehors. Je suis sur le trottoir.

— Tu fais bien. J'ai comme l'impression que tu as autre chose à me dire ?

— Tu savais qu'il y avait une trappe menant à l'appartement du dessus ?

— Non, mais ça ne m'étonne pas. Où se trouve-t-elle ?

— Dans le coin buanderie, à côté de la cuisine.

Gurney se souvenait que le plafond de la cuisine et de la buanderie était composé de grands carrés formés par des bandes de moulure décorative s'entrecroisant. Idéal pour dissimuler un panneau escamotable.

— Qu'est-ce qui a bien pu te pousser à...

— Vérifier les plafonds ? Kim m'a confié que, de temps à autre, elle entendait des craquements la nuit, d'autres petits bruits inquiétants. Elle m'a raconté tous ces trucs bizarres qui se produisaient – les objets déplacés, disparaissant, réapparaissant, les taches de sang –, alors qu'elle a fait changer les serrures et que le logement du dessus est censé être inoccupé. Quand on met tous ces éléments bout à bout...

— Bravo, s'exclama Gurney, impressionné. Tu as compris que l'accès le plus vraisemblable à son appartement devait être le plafond.

— Celui avec des panneaux à moulure, c'est logique.

— Qu'as-tu fait ensuite ?

— Je suis allé chercher une échelle en bas et j'ai entrepris d'appuyer sur tous les carrés jusqu'à ce que j'en déniche un qui résiste moins, qui ne fasse pas la même impression sous les doigts. J'ai écarté les moulures autour avec la pointe d'un couteau, suffisamment pour voir des lignes découpées en dessous. Je me suis arrêté là. Comme tu tenais à ce que je laisse les micros en place, je me suis dit que tu préférerais que je ne touche pas au panneau. De toute façon, il est fixé de l'autre côté. Il aurait fallu que je le casse, ce que je n'avais pas trop envie de faire sans savoir ce que je risquais de trouver là-haut.

— Bonne décision. (L'exaltation de Kyle était tangible dans sa voix, tempérée par une prudence à peine rassurante.) Tu n'as pas chômé cet après-midi, dis-moi.

— Il faut arrêter ce criminel à tout prix. Quelle est l'étape suivante ?

— En ce qui vous concerne, Kim et toi, elle consiste à foutre le camp et à rappliquer ici. Pour ma part, il faut que je laisse ces nouvelles données faire leur chemin dans mon esprit. Quand je m'endors avec des questions plein la tête, il m'arrive de me réveiller avec les réponses.

— C'est vrai ?

— Non, mais ça sonne bien.

Kyle éclata de rire.

— Avec quelles interrogations vas-tu te coucher ce soir ?

— Laisse-moi te retourner la question. Après tout, c'est toi qui as fait ces découvertes. On a une meilleure vision des choses quand on est sur les lieux. À ton avis, quelles grandes questions devons-nous nous poser ?

Même dans l'hésitation de son fils, Gurney perçut son excitation.

— Il y en a une essentielle, selon moi.

— À savoir ?

— Avons-nous affaire à un harceleur, ou à un individu nettement plus pervers ? (Kyle marqua une pause.) Qu'est-ce que tu en penses ?

— Ça pourrait être l'un *et* l'autre.

CHAPITRE 27

Des réactions contradictoires

GURNEY ATTENDIT QUE KIM ET KYLE arrivent de Syracuse ce soir-là. Lui sur sa BSA, elle au volant de sa Mazda. Après un réexamen rapide de tout ce dont ils avaient parlé au téléphone, il avait deux nouvelles questions à leur soumettre. La première s'adressait à Kyle. Il eut la réponse alors qu'il ne l'avait qu'à moitié formulée.

— Quand tu as ôté les couvercles des détecteurs de fumée...

— Je les ai enlevés tout doucement en prenant des précautions. Pendant ce temps-là, on parlait de tout autre chose, Kim et moi – d'un cours qu'elle suit à la fac –, pour qu'on ne puisse pas se douter de ce que j'étais en train de faire, au cas où on nous surveillerait.

— Décidément, tu m'impressionnes.

— Pas de quoi être impressionné ! J'ai vu ça dans les films d'espionnage.

L'autre question était pour Kim.

— Avez-vous remarqué quoi que ce soit d'insolite chez vous récemment : un petit appareil quelconque, radio-réveil, peluche, iPod, quelque chose que vous n'aviez jamais vu auparavant ?

— Non, pourquoi ?

— Je me demandais si Schiff avait trouvé le temps d'apporter l'équipement de vidéosurveillance promis. Quand le locataire est au courant, il est plus facile d'utiliser un émetteur vidéo précâblé logé dans un objet plutôt que de le cacher dans un plafonnier ou ailleurs sur place.

— Non. Je n'ai rien remarqué.

Le lendemain matin au petit déjeuner, Gurney constata que Madeleine avait fait l'impasse sur son sempiternel bol de flocons d'avoine. Elle avait à peine touché à son café. Tourné vers la porte-fenêtre, son regard semblait fixé sur de sombres méditations plutôt que sur le paysage ensoleillé.

— Tu penses à l'incendie ?

Elle mit tellement longtemps à répondre qu'il se demanda si elle l'avait entendu.

— On peut dire ça comme ça. Sais-tu ce qui m'est venu à l'esprit ce matin au réveil, pendant peut-être trois secondes ? J'ai eu l'idée de profiter de cette belle matinée pour faire une promenade en vélo sur la petite route le long de la rivière. Et là, bien entendu, je me suis rappelé que je n'avais plus de bicyclette. Cette chose carbonisée, toute tordue, par terre dans la grange n'en est plus vraiment une, pas vrai ?

Gurney ne savait pas quoi dire.

Les yeux étrécis par la colère, Madeleine garda le silence quelques instants. Finalement elle reprit, s'adressant plus à sa tasse qu'à lui :

— Ce type qui a mis l'appartement de Kim sur écoute, que sait-il sur nous, à ton avis ?

— Sur nous ?

— Sur toi, alors. Qu'a-t-il appris à ton sujet, d'après toi ?

Il prit une grande inspiration.

— Bonne question, marmonna-t-il. (Question qui, de fait, le tourmentait depuis le coup de fil de Kyle la veille au soir.) Les dispositifs d'écoute transmettent vraisemblablement à un enregistreur activé par la voix, ce qui lui a permis d'épier les discussions que j'ai eues avec Kim chez elle, ainsi que toutes ses conversations téléphoniques.

— Avec toi, sa mère, Rudy Getz…

— Oui.

Madeleine plissa les yeux.

— Il sait des tas de choses alors.

— Des tas de choses.

— Devrions-nous avoir peur ?

— La vigilance s'impose. Il faut que je sache ce qui se passe exactement.

— Je vois. Je guette un maniaque potentiel pendant que toi, tu joues avec les pièces du puzzle ? C'est ça, le plan ?

— Je vous dérange peut-être ?

Kim venait d'apparaître sur le seuil.

Madeleine parut sur le point de répondre par l'affirmative.

— Vous voulez du café ? s'empressa de demander Gurney.

— Non, merci. Je... je tenais juste à vous rappeler... On doit s'en aller dans une demi-heure environ pour notre premier rendez-vous de la journée. Eric Stone, à Markham Dell. Il vit toujours dans la maison de sa mère. Vous allez l'adorer. C'est un personnage !

Avant de partir, Gurney appela l'inspecteur James Schiff, au commissariat de Syracuse, pour se renseigner sur l'équipement de vidéosurveillance destiné à l'appartement de Kim. Schiff étant à l'extérieur, l'appel fut transféré à son coéquipier, Elwood Gates. Ce dernier était au courant, mais parut assez peu intéressé par la question et ne prit même pas la peine de s'excuser du retard.

— Si Schiff a dit qu'on le ferait, ce sera fait.

— Vous savez quand ?

— Quand on aura réglé certaines priorités, j'imagine.

— Priorités par rapport à un fou dangereux s'introduisant régulièrement chez une jeune femme dans l'intention de lui faire subir de graves sévices corporels ?

— Vous faites allusion à la marche cassée ?

— Je vous parle d'un piège installé dans un escalier au-dessus d'une chape de béton, et conçu pour provoquer des lésions potentiellement fatales.

— Eh bien, monsieur Gurney, laissez-moi vous dire une chose. Pour le moment, il n'y a rien de *potentiel* là-dedans. Vous n'avez pas l'air d'être au courant de la petite guerre entre dealers de crack qui a éclaté dans le coin hier au soir ? Vous l'ignorez, hein ? C'est bien ce que je pensais. Cela dit, votre mégaproblème d'intrusion figure en bonne place sur notre liste, sachez-le. On s'en occupera dès qu'on aura mis sous les verrous une dizaine d'enfoirés complètement marteaux, armés de AK-47. Pigé ? Nous vous tiendrons au courant, soyez-en sûr. Bonne journée.

Empochant son portable, Gurney s'aperçut que Kim le regardait fixement.

— Qu'est-ce qu'il a dit ?

— Il a dit : « Après-demain, peut-être. »

Ils prirent la route de Markham Dell, chacun dans sa voiture, à la demande expresse de Gurney. Il tenait à se laisser la possibilité d'échapper à la série d'interviews de Kim, en cas d'imprévu.

Elle roulait plus vite que lui ; il la perdit de vue avant d'avoir atteint l'autoroute. C'était une magnifique journée – la première depuis le 21 mars qui illustrât le printemps à la perfection. Le ciel était d'un bleu perçant, émaillé de petits nuages cotonneux. Une profusion de minuscules perce-neige tapissaient les zones ombragées le long de la route. Lorsque son GPS l'informa qu'il avait accompli la moitié du trajet, Gurney s'arrêta pour faire le plein. Il alla chercher un café dans la boutique de la station-service. Quelques minutes plus tard, alors qu'il sirotait son café dans sa voiture, fenêtres ouvertes, il décida d'appeler Hardwick afin de solliciter deux faveurs supplémentaires de sa part. Un échange de bons procédés qui risquait de lui coûter un maximum quand viendrait le moment de rendre la pareille, il en était douloureusement conscient. Mais il avait besoin d'informations et ne voyait pas de moyen plus efficace de les obtenir. Il composa le numéro, espérant à moitié tomber sur la messagerie. Il eut droit à la voix sarcastique, râpeuse comme du papier de verre, de Hardwick en personne.

— Mon petit Dave ! Notre limier lancé aux trousses du mal incarné ! Qu'est-ce que tu me veux encore ?

— Pas mal de choses, en fait.

— Sans blague ! La surprise est de taille.

— Je vais t'être sérieusement redevable.

— C'est déjà le cas, champion.

— Exact.
— Tant que tu en es conscient… Vas-y, je t'écoute.
— Pour commencer, j'aimerais avoir un maximum de renseignements au sujet d'un étudiant de l'université de Syracuse du nom de Robert Meese, alias Robert Montague. Je souhaiterais également des infos sur un dénommé Emilio Corazon, père de Kim Corazon, ex-mari de la journaliste new-yorkaise Connie Clarke. Il a disparu de la circulation et interrompu toute communication avec les siens il y a tout juste dix ans. Les recherches effectuées par la famille n'ont rien donné.
— Quand tu dis « un maximum de renseignements », qu'entends-tu exactement…
— Tout ce qu'on peut dégoter d'ici deux ou trois jours.
— Rien d'autre ?
— Tu veux bien t'en charger ?
— Dès lors que tu n'oublies pas ta dette envers moi.
— Je le jure. C'est vraiment gentil à toi, Jack…
Gurney remarqua alors que la ligne avait été coupée.
Il reprit la route et, suivant les instructions de son GPS, il ne tarda pas à quitter l'autoroute pour prendre une série de petites routes qui s'enfonçaient de plus en plus dans la campagne. Kim l'attendait à la bifurcation pour Foxledge Lane, sur le bas-côté. Elle lui fit un signe de la main, regagna la chaussée devant lui et s'engagea dans le sentier au pas.
Ils n'eurent qu'une courte distance à parcourir. Une première allée, flanquée d'imposants murs de pierres sèches, conduisait à un endroit baptisé le Whittingham Hunt Club. Pas d'adresse visible ni nom à l'allée suivante, un peu plus loin. Kim la prit néanmoins. Gurney la suivit.
Au bout de cinq cents mètres, ils atteignirent la demeure d'Eric Stone, une grande bâtisse de style colonial, typique de la Nouvelle-Angleterre. La peinture s'écaillait un peu partout. Les gouttières avaient besoin d'être rajustées. Des fissures provoquées par le gel zébraient le chemin. Gazon et parterres étaient jonchés de débris, vestiges du dernier hiver. Un pavement en brique irrégulier reliait l'allée aux trois marches de la porte d'entrée tapissées de brindilles et de feuilles en décomposition.

Alors qu'ils approchaient, la porte s'ouvrit brusquement. Un homme vint se planter sur la première marche. Un tablier blanc immaculé enveloppait du cou jusqu'aux genoux sa silhouette étroite d'épaules, au ventre rebondi. Il ressemblait à un œuf.

— Faites attention à vous, je vous en prie. C'est une vraie jungle dehors.

Cette formule théâtrale s'accompagna d'un sourire tout en dents et d'un regard anxieux qui vint se fixer sur Gurney. Une raie bien nette séparait ses cheveux courts, prématurément gris. Son petit visage tout rose était rasé de frais.

— Des biscuits au gingembre ! annonça-t-il d'un ton joyeux en s'écartant pour les laisser entrer.

Au moment où Gurney se glissait devant lui, à une vague odeur de talc se substitua l'arôme douçâtre et épicé de la seule variété de biscuit qu'il avait véritablement en horreur.

— Remontez le couloir jusqu'au bout, lança Stone. La cuisine est l'endroit le plus confortable de la maison.

En plus d'un escalier conduisant au premier étage, le vaste hall traditionnel comportait deux portes, rarement ouvertes à en juger d'après la patine de poussière sur les poignées.

Confortable, la cuisine au fond de la maison l'était uniquement dans le sens où il y faisait bon et où flottaient des effluves émanant du four. Immense, haute de plafond, elle recelait toute la panoplie d'appareils ménagers professionnels devenus incontournables dix ou vingt ans plus tôt sous le toit des nantis. La hotte de trois mètres de haut rappela à Gurney un autel sacrificiel qu'il avait vu dans un des films de la série *Indiana Jones*.

— Ma mère était une fervente adepte de la qualité, déclara l'homme-œuf, faisant bizarrement écho à la vision qui venait de traverser l'esprit de Gurney. Elle se prosternait devant l'autel de la perfection.

— Depuis combien de temps vivez-vous ici ? demanda Kim.

Au lieu de répondre à la question, leur hôte se tourna vers Gurney.

— Je sais qui vous êtes, et je présume que vous aussi, vous connaissez mon identité, mais j'estime malgré tout qu'il serait approprié de nous présenter en bonne et due forme.

— Où avais-je la tête ! s'exclama Kim. Pardonnez-moi. Dave Gurney. Eric Stone.

— Ravi de faire votre connaissance, dit Stone en tendant la main, un sourire patelin aux lèvres. (Ses grandes dents régulières étaient d'un blanc aussi immaculé que son tablier.) Votre remarquable réputation vous a précédé.

— Ravi, moi aussi, répondit Gurney.

La main de Stone était chaude, douce, mais d'une moiteur désagréable.

— J'ai parlé à Eric de l'article que ma mère a écrit sur vous, dit Kim.

Après un silence malaisé, Stone désigna une table en pin éraflée à l'extrémité de la cuisine, la plus éloignée du fourneau.

— On s'assied ?

Une fois Kim et Gurney installés, leur hôte leur demanda s'ils désiraient boire quelque chose.

— Je dispose de toute une gamme de cafés plus ou moins corsés, ainsi que d'une grande variété de tisanes. Je peux également vous proposer un soda à la grenade. Des amateurs ?

Ils refusèrent l'un et l'autre. Avec une moue de déception exagérée, Stone prit la troisième chaise autour de la table. Kim sortit trois petites caméras et deux minitrépieds de son sac à bandoulière. Elle en installa deux sur les trépieds, l'une face à Stone, l'autre face à elle.

Après quoi elle se lança dans une explication circonstanciée de la philosophie de la production : les « gens de chez RAM News » souhaitaient garder l'atmosphère de l'interview aussi simple et naturelle que possible en s'en tenant à un cadre visuel et sonore familier pour les spectateurs habitués à immortaliser des épisodes de leur vie domestique sur leur iPhone. L'objectif était de rester ancré dans le réel. La simplicité. Une conversation sur le vif, au lieu d'une scène orchestrée d'avance. Sous un éclairage normal, et non des projecteurs. Rien de professionnel. Des êtres humains tels quels. Etc.

Cette volonté d'authenticité suscita-t-elle la moindre réaction chez Stone ? Difficile à dire. Ses pensées semblèrent vagabonder ailleurs pour se focaliser à nouveau quand Kim acheva son laïus en demandant :

— Avez-vous des questions ?

— Juste une, répondit-il en se tournant vers Gurney. Vous pensez qu'ils arriveront à lui mettre la main dessus ?

— Le Bon Berger ? J'ose l'espérer.

Stone leva les yeux au ciel.

— Je parie qu'on fait des tas de réponses de ce genre dans votre métier… Des réponses qui n'en sont pas vraiment.

Il avait dit ça d'un ton plus dépité qu'impertinent.

Gurney haussa les épaules.

— Je n'en sais pas encore suffisamment pour vous en dire davantage.

Kim procéda à quelques ajustements des viseurs avant de mettre les deux caméras en mode vidéo HD. Elle fit de même avec la troisième qu'elle garda à la main. Puis elle écarta ses cheveux de son visage, se redressa, lissa quelques plis sur son blazer, sourit et attaqua.

— Eric, je tiens à vous remercier une fois de plus d'avoir accepté de participer à notre émission *Les Orphelins du meurtre*. L'idée est d'évoquer spontanément, en toute honnêteté, vos pensées et vos sentiments. Il n'y a aucun interdit, rien de déplacé. Nous sommes chez vous et non dans un studio. C'est votre histoire, les émotions aussi sont les vôtres. Commencez par où vous voulez.

Stone prit une grande inspiration un peu tremblotante.

— En tout premier lieu, je vais répondre à la question que vous m'avez posée lorsque vous êtes entrée dans ma cuisine il y a quelques minutes. Vous vouliez savoir depuis combien de temps j'habite ici. Vingt ans. Dont dix ans au paradis, et dix ans en enfer. (Il marqua une pause.) Les dix premières années, j'ai vécu dans un monde inondé de soleil grâce à une femme remarquable, les dix dernières dans les ténèbres.

Kim laissa passer un long silence avant de répondre d'une voix douce, empreinte de tristesse.

— Parfois, c'est la profondeur de la douleur qui nous permet de mesurer l'ampleur de ce que nous avons perdu.

Stone hocha la tête.

— Ma mère était un roc. Une fusée. Un volcan. Une force de la nature. Permettez-moi de le répéter : *une force de la nature.* C'est un cliché, approprié au demeurant. Sa perte équivalait à une abrogation de la loi de la pesanteur. *Exit la loi de la pesanteur !* Imaginez un monde sans pesanteur. Sans rien pour maintenir sa cohésion.

Des larmes contenues avec peine brillaient dans ses yeux.

Kim enchaîna sur une note pour le moins surprenante. En demandant à Stone s'il voulait bien lui donner un biscuit.

Il éclata de rire – un rire vertigineux, hystérique, qui fit déborder les larmes.

— Mais oui, bien sûr ! Mes biscuits au gingembre sortent à peine du four, mais j'en ai préparé d'autres, aux pépites de chocolat et aux noix de pécan, des sablés au beurre, d'autres encore à l'avoine et aux raisins secs. Tout ça aujourd'hui.

— J'en veux bien un aux raisins secs.

— Excellent choix, mademoiselle.

En dépit de son chagrin, on aurait dit qu'il essayait d'imiter un sommelier obséquieux. Il gagna l'autre bout de la cuisine et revint avec une assiette pleine à ras bord de galettes marron. Kim brandit sa troisième caméra, gardant leur hôte dans le cadre tout du long.

Au moment où il s'apprêtait à poser l'assiette sur la table, une pensée interrompit son geste. Il pivota vers Gurney.

— Dix ans, répéta-t-il, comme si ce chiffre avait acquis une nouvelle dimension qui le surprenait lui-même. Presque jour pour jour. Une décennie complète. (Il éleva brusquement la voix.) Dix ans, et je reste un cas désespéré. Qu'en pensez-vous, inspecteur ? Mon état pathétique vous motive-t-il suffisamment pour débusquer, arrêter, faire exécuter le monstre qui a assassiné la femme la plus incroyable du monde ? Ou me trouvez-vous ridicule au point que ça vous donne envie de vous bidonner ?

Les manifestations d'émotion tendaient à glacer Gurney. Comme d'habitude, il répondit avec une objectivité toute prosaïque :

— Je ferai de mon mieux.

Stone lui décocha un regard sceptique mêlé de condescendance, mais se garda d'insister.

Il leur proposa du café. À nouveau ils refusèrent.

Ensuite, Kim le pria de faire un compte rendu de sa vie avant et après l'assassinat de sa mère. Selon son récit détaillé, l'existence était meilleure avant, à tous égards. Sharon Stone occupait une place de plus en plus prépondérante sur le marché de la résidence secondaire de luxe. Peu avant l'intervention tragique du Bon Berger, elle avait accepté de cosigner un accord financier à hauteur de trois millions de dollars destiné à faire de son fils le propriétaire de la meilleure auberge de la région viticole des Finger Lakes.

Sans sa signature à l'appui, toutefois, l'affaire n'avait pas pu être conclue. Au lieu de mener l'existence enviable d'un restaurateur et hôtelier d'élite, à trente-neuf ans, Stone habitait une maison qu'il n'avait même pas les moyens d'entretenir et survivait tant bien que mal en confectionnant des biscuits destinés aux épiceries fines et B & B du coin, dans l'ancienne cuisine de rêve de sa défunte mère.

Au bout d'une heure environ, Kim ferma le petit carnet qu'elle avait consulté à intervalles réguliers durant l'interview et prit Gurney au dépourvu en lui demandant s'il avait des questions à poser.

— Une ou deux peut-être, si monsieur Stone n'y voit pas d'inconvénient.

— Monsieur Stone ? Appelez-moi Eric, s'il vous plaît.

— Entendu, Eric. Savez-vous si votre mère a eu des contacts personnels ou professionnels avec une ou plusieurs autres victimes ?

Stone fit la grimace.

— Pas que je sache.

— Des ennemis dont vous auriez connaissance ?

— Ma mère ne supportait pas les imbéciles.

— Ce qui veut dire ?

— Qu'elle avait tendance à hérisser les gens, à froisser leur susceptibilité. L'immobilier, en particulier au niveau où elle opérait, est un secteur extrêmement compétitif. Elle n'appréciait pas trop que des idiots lui fassent perdre son temps.

— Vous rappelez-vous pourquoi elle a acheté une Mercedes ?

— Bien sûr. (Stone sourit.) Chic. Élégante. Puissante. Souple. Nettement au-dessus du lot, comme ma mère.

— Au cours des dix dernières années, avez-vous eu vous-même des contacts avec une personne liée aux autres victimes ?

Nouvelle grimace.

— Ce mot. Il ne me plaît pas du tout.

— Quel mot ?

— *Victime.* Je n'aime pas penser à elle en ces termes. Cela paraît affreusement passif, désespéré, autant d'adjectifs qui ne conviennent pas du tout à ma mère.

— Je vais exprimer les choses autrement. Concernant d'éventuels contacts avec les familles...

Stone l'interrompit.

— La réponse est oui. Des contacts, il y en a eu, au début. Une sorte de groupe de soutien s'est constitué après les fusillades.

— Toutes les familles en faisaient-elles partie ?

— Pas vraiment. Le fils du chirurgien de Williamstown s'est joint à nous une ou deux fois, puis il nous a annoncé qu'il n'avait que faire d'un groupe d'entraide pour les endeuillés vu qu'il ne pleurait personne. Il a ajouté qu'il était content que son père ne soit plus de ce monde. Un type assez horrible. Hostile. Pernicieux.

Gurney jeta un coup d'œil dans la direction de Kim.

— Jimi Brewster, dit-elle.

— C'est tout ? demanda Stone.

— Encore deux petites questions. Votre mère a-t-elle jamais fait allusion en votre présence à quelqu'un, ou quelque chose, qui lui faisait peur ?

— Jamais. C'était la personne la moins timorée de la planète.

— Est-ce que Sharon Stone était son vrai nom ?

— Oui et non. Surtout oui. Officiellement, elle s'appelait Mary Sharon Stone. Après le succès retentissant de *Basic Instinct*, elle a changé de look. Elle s'est teinte en blonde, a laissé tomber le Mary et promu son nouveau personnage. Ma mère était un génie de la promotion. Elle a même eu l'idée d'afficher des photos d'elle, assise en tailleur, vêtue d'une petite jupe courte, sur des panneaux publicitaires, en référence à la célèbre scène du film.

Gurney indiqua à Kim qu'il en avait fini.

— Elle avait des jambes à mourir, ajouta Stone avec un petit sourire déconcertant.

Une heure plus tard, Gurney se garait près de la Mazda de Kim, devant le sinistre local du cabinet d'experts-comptables Bickers, Mellani et Flemm, coincé entre un studio de yoga et une agence de voyage dans les faubourgs de Middletown.

Kim était sur son portable. Gurney s'adossa à son siège en se demandant ce qu'il ferait s'il s'appelait Flemm. Changerait-il de nom ou l'arborerait-il comme un signe de défi ? Le refus de prendre un autre patronyme lorsqu'on en avait un aussi grotesque qu'un âne tatoué sur le front était-il d'une honnêteté louable ou la preuve d'un acharnement absurde ? À quel stade l'orgueil devenait-il une marque de dysfonctionnement ?

Seigneur, pourquoi est-ce que je m'encombre l'esprit avec ces sornettes ?

Deux petits coups secs. La mine déterminée de Kim derrière la vitre le ramena à la réalité. Il sortit de sa voiture et la suivit dans le bureau.

La porte d'entrée donnait sur une vaste salle d'attente ; quelques chaises dépareillées s'alignaient contre le mur. Des exemplaires écornés de *Smart Money* se déployaient en éventail sur une petite table basse moderne, de style danois. Une cloison à hauteur de taille séparait cette zone d'une autre plus réduite où trônaient deux bureaux vides devant un mur percé d'une unique porte. Close. Une clochette ancienne reposait sur le meuble de séparation – un dôme en argent surmonté d'un bouton poussoir.

Kim appuya fermement dessus, produisant un *ding* retentissant. Faute d'une réaction, trente secondes plus tard elle réitéra. Au moment où elle s'apprêtait à sortir son téléphone, la porte du fond s'ouvrit. Un homme mince, pâle, aux traits tirés apparut. Il les dévisagea sans que ses yeux expriment la moindre curiosité.

— Monsieur Mellani ? fit Kim.

— Oui.

Sa voix était sèche, sans timbre.

— Kim Corazon.

— Oui.

— Nous avons parlé au téléphone. Je devais venir vous voir pour préparer notre entretien.

— Je m'en souviens.

— Eh bien... (Elle regarda autour d'elle, un peu troublée.) Où voudriez-vous que... ?

— Ah oui. Vous pouvez venir dans mon bureau, ajouta-t-il en retournant à l'intérieur.

Gurney souleva le panneau monté sur pivots du meuble de cloisonnement, poussiéreux, comme les deux tables inoccupées derrière, et fit signe à Kim de passer. Il la suivit dans la pièce sans fenêtre, comportant une grande table en acajou et plusieurs chaises à dossier droit. Les rayonnages couvrant trois des quatre murs étaient remplis de gros volumes de comptabilité et de droit fiscal. La poussière, omniprésente, s'était également déposée sur les livres. Ça sentait le renfermé.

L'unique éclairage provenait d'une lampe à l'extrémité de la table. Il y avait bien un néon au plafond, mais il était éteint. En passant la pièce en revue à la recherche d'endroits où placer ses caméras, Kim demanda à Mellani s'il était possible de l'allumer.

Il haussa les épaules et actionna l'interrupteur. Après une série de flashs vacillants, la lumière se stabilisa en émettant un faible bourdonnement. La lueur fluorescente accentuait la pâleur de leur hôte et les cernes sous ses yeux qui lui donnaient un aspect cadavérique.

Kim se mit à disposer ses caméras, comme elle l'avait fait dans la cuisine de Stone. Gurney et elle s'installèrent ensuite d'un côté de la table, Mellani de l'autre. Puis elle répéta, pour ainsi dire mot pour mot, le discours qu'elle avait tenu à Stone à propos des objectifs de la production – spontanéité, simplicité, naturel – de façon à coller le plus possible au type de conversation à bâtons rompus que deux amis pourraient avoir dans l'intimité.

Mellani ne fit aucun commentaire.

Elle ajouta qu'il devait se sentir libre de dire tout ce qu'il souhaitait.

Toujours pas de réaction. Il restait assis là, à la dévisager.

Elle jeta des coups d'œil autour d'elle dans la pièce oppressante dont l'éclairage blafard n'avait fait qu'intensifier la grisaille.

— Bon, commença-t-elle d'un ton hésitant, prenant conscience qu'elle allait devoir mener l'entretien de bout en bout, nous nous trouvons dans votre bureau principal.

Mellani parut réfléchir à la question.

— Juste mon bureau.

— Vos collaborateurs sont-ils… là ?

— Je n'ai pas de collaborateurs.

— Je pensais que Bickers…

— C'était le nom de la société. Constituée en partenariat. J'étais l'associé principal. Depuis nous nous sommes… séparés. Le nom de la firme était une entité juridique, indépendante des personnes qui y travaillaient. Je n'ai jamais trouvé l'énergie de le changer. (Il parlait lentement comme s'il se débattait avec la complexité de ses propos.) Un peu comme les femmes divorcées qui gardent leur nom d'épouse, précisa-t-il. Je ne sais pas pourquoi je ne l'ai pas modifié. Je devrais le faire, non ?

Il n'avait pas l'air d'attendre une réponse.

Le sourire de Kim se crispa un peu plus. Elle s'agita sur son siège.

— Une question rapide avant que nous allions plus loin. Puis-je vous appeler Paul, ou préférez-vous que je m'en tienne à monsieur Mellani ?

Au bout de quelques secondes d'un silence de mort, il répondit d'une voix quasiment inaudible.

— Paul ira très bien.

— Bon, Paul, nous allons commencer. Comme nous en avons discuté au téléphone, nous allons avoir un petit entretien à propos de votre vie après le décès de votre père. Cela vous convient-il ?

— D'accord, fit-il après une nouvelle pause.

— Parfait. Bon. Depuis combien de temps exercez-vous le métier de comptable ?

— Depuis toujours.

— Précisément, je veux dire. Combien d'années ?

— D'années ? Depuis que j'ai fini mes études. J'ai... quarante-cinq ans. J'en avais vingt-deux quand j'ai décroché mon diplôme. Quarante-cinq moins vingt-deux, ça fait que je suis comptable depuis vingt-trois ans.

Il ferma les yeux.

— Paul ?

— Oui ?

— Est-ce que ça va ?

Il rouvrit un œil, puis l'autre.

— J'ai accepté de participer, alors je vais le faire, mais j'aimerais qu'on en termine vite. J'ai déjà analysé tout ça en thérapie. Je peux vous donner les réponses. C'est juste que... je n'aime pas entendre les questions. (Il soupira.) J'ai lu votre lettre... On a parlé au téléphone... Je sais ce que vous voulez. L'avant et l'après, n'est-ce pas ? D'accord. Je vais vous fournir ça. Un abrégé du passé et du présent.

Il émit un autre petit soupir.

Gurney eut une vision de mineurs coincés sous un éboulis à qui l'oxygène commençait à manquer – souvenir d'un film qu'il avait vu dans son enfance.

Kim fronça les sourcils.

— Je ne suis pas sûre de comprendre.

— J'ai déjà analysé tout ça en thérapie, répéta Mellani, et ces mots parurent encore plus pesants la seconde fois.

— D'accord... et donc, vous...

— Donc, je peux répondre à vos questions sans que vous ayez à les poser. C'est mieux pour tout le monde, non ?

— Ça me semble parfait... Allez-y, je vous en prie.

— Ça tourne ? demanda-t-il en désignant une caméra.

— Oui.

Il ferma à nouveau les yeux. Lorsqu'il entama finalement son récit, les sentiments que la situation inspirait à Kim se manifestèrent sous la forme de tics aux commissures de ses lèvres.

— Ce n'est pas comme si j'étais heureux avant... l'événement. Je ne l'ai jamais été. Mais à une époque, j'avais de l'espoir, je crois. Quelque chose comme de l'espoir. La sensation que l'avenir pouvait être meilleur. Après, cette impression s'en est allée à jamais. Les couleurs se sont éteintes, tout est devenu gris. Vous comprenez ? Plus de couleurs. À un moment donné, j'ai trouvé l'énergie de monter un cabinet, de *créer* quelque chose. (Il prononça le mot comme si l'idée lui semblait bizarre.) Des clients... des associés... un élan. Quelque chose de mieux, de plus vaste. Jusqu'à ce que ça se produise...

Il sombra dans le silence.

— Ça ? relança Kim.

— L'événement. (Il rouvrit les yeux.) C'est comme si on m'avait poussé du bord de quelque chose. Pas d'une falaise, juste... (Il leva la main, imitant le mouvement d'une voiture atteignant le sommet d'une colline avant de basculer légèrement en avant.) Les choses ont commencé à aller de travers. À se désagréger. Petit à petit. Le moteur ne tournait plus.

— Quelle était votre situation familiale ?

— Situation ? En dehors du fait que mon père était mort, et ma mère plongée dans un coma dépassé ?

— Je vous demande pardon. J'aurais dû être plus claire. Ce que je voulais savoir, c'est si vous étiez marié, si vous aviez fondé une famille.

— J'avais une femme. Jusqu'à ce qu'elle en ait assez que tout s'effondre.

— Des enfants ?

— Non. Tant mieux. Enfin, peut-être pas. Tout l'argent de mon père est allé à ses petits-enfants – les enfants de ma sœur. (Mellani esquissa un sourire empreint d'amertume.) Vous savez pourquoi ? C'est drôle. Ma sœur était complètement paumée. Une grande angoissée. Ses deux gamins sont bipolaires, TDAH, TOC, je ne sais pas trop. Mon père a décidé que j'allais bien en comparaison, que j'étais l'élément sain de la famille, qu'ils avaient besoin d'un maximum de soutien.

— Êtes-vous en contact avec votre sœur ?

— Elle est morte.

— Je suis désolée, Paul.

— Il y a des années. Cinq ? Six ans ? Cancer. Ce n'est peut-être pas si terrible d'être mort.

— Qu'est-ce qui vous fait dire ça ?

À nouveau, ce sourire amer, teinté de tristesse.

— Vous voyez ? Des questions. Toujours des questions. (Il regarda fixement le plateau de la table comme s'il cherchait à discerner le contour de quelque chose dans une eau trouble.) Ce qu'il y a, c'est que mon père attachait beaucoup d'importance à l'argent. Rien n'avait plus de valeur à ses yeux. Vous comprenez ?

Sa tristesse se reflétait dans les yeux de Kim.

— Oui.

— Mon thérapeute m'a affirmé que c'est cette obsession de mon père pour l'argent qui m'a incité à choisir le métier de comptable. Après tout, que comptent les comptables, à part du pognon ?

— Et lorsqu'il a tout laissé à la famille de votre sœur… ?

Mellani leva à nouveau la main, mimant cette fois-ci la longue descente d'un véhicule dans une vallée profonde.

— La thérapie apporte de la clarté, une nouvelle perception, mais ce n'est pas toujours une bonne chose, hein ?

Ce n'était pas une question.

Émerger du sinistre bureau de Paul Mellani une demi-heure plus tard dans le parking ensoleillé donna à Gurney l'impression troublante de sortir d'une salle de cinéma obscure pour surgir en pleine lumière – un passage d'un monde à l'autre.

Kim inspira à fond.

— Oulala ! C'était…

— Lugubre ? Affligeant ?

— Juste triste.

Elle avait l'air secouée.

— Avez-vous remarqué les dates de parution des magazines à la réception ?

— Non. Pourquoi ?

— Ils remontaient tous à plusieurs années. Pas un seul d'actuel. À propos de dates, vous rendez-vous compte à quelle époque de l'année nous sommes ?

— Que voulez-vous dire ?

— C'est la dernière semaine de mars. Il reste moins de trois semaines avant le 15 avril. Période où les comptables ne savent plus où donner de la tête, en général.

— Seigneur ! Vous avez raison. Ce qui signifie qu'il n'a plus de clients. Ou très peu. Que fait-il là dans ce cas ?

— Bonne question.

Le trajet de retour à Walnut Crossing, chacun dans son véhicule, leur prit près de deux heures. Vers la fin, le soleil était suffisamment proche de l'horizon pour projeter un éclat brumeux sur le pare-brise crasseux de Gurney, lui rappelant pour la troisième ou quatrième fois cette semaine qu'il était à court de liquide lave-glace. Ce qui l'agaçait plus encore que ce réservoir vide, c'était sa dépendance croissante à l'égard des listes qu'il dressait. S'il ne notait pas quelque chose…

La sonnerie de son portable interrompit ses ruminations. Il fut surpris de lire le nom de Hardwick sur le petit écran.

— Oui, Jack ?

— La première question était facile, mais ne t'imagine pas que ça réduise ta dette.

Gurney repensa au service qu'il lui avait demandé le matin même.

— Le passé de M. Meese-Montague, tu veux dire ?

— M. Montague-Meese, en fait. Je t'en dirai plus sous peu.

— Sous peu ?

— Oui. *Sous peu.* En d'autres termes, bientôt. L'une des expressions favorites de William Shakespeare. Chaque fois qu'il voulait dire bientôt, il écrivait « sous peu ». J'essaie d'élargir mon vocabulaire pour pouvoir tenir la dragée haute aux enfoirés d'intellectuels de ton espèce.

— C'est bien, Jack. Je suis fier de toi.

— Bon, voici un premier acompte. Il y aura peut-être une suite plus tard. L'individu dont nous parlons est né le 28 mars 1989, à l'hôpital Saint-Luc de New York.

— Hum.

— Comment ça « hum » ?

— Ça signifie qu'il aura vingt et un ans demain.

— Qu'est-ce qu'on en a à faire ?

— Intéressant, c'est tout. Continue.

— Il n'y a pas de nom pour le père sur le certificat de naissance. Le petit Robert a été confié aux services sociaux par sa mère, qui s'appelait Marie Montague, en vue d'une adoption.

— Il était donc un Montague avant de devenir un Meese. *Très* intéressant.

— Ça le devient encore plus après. Il a été adopté presque immédiatement par un éminent couple de Pittsburgh, Gordon et Celia Meese. Il se trouve que Gordon, héritier d'une fortune minière des Appalaches, est plein aux as. Devine la suite.

— Ton excitation manifeste laisse à penser qu'il est arrivé quelque chose de terrible.

— À l'âge de douze ans, Robert a été retiré de chez les Meese par les services de protection de l'enfance.

— As-tu trouvé le motif de cette décision ?

— Non. Le dossier de l'affaire a été mis sous scellés, et pas qu'un peu, crois-moi.

— Ça ne m'étonne pas vraiment. Qu'est-il advenu de Robert après ça ?

— Sombre histoire. Il a été trimbalé d'un foyer à un autre, personne n'étant disposé à le garder plus de six mois. Un garçon difficile. On lui a prescrit divers traitements pour trouble d'anxiété généralisée, personnalité borderline, accès de violence intermittents… Avoue que celui-là est gratiné.

— Je ferais sans doute mieux de ne pas te demander comment tu as eu accès à…

— Effectivement, donc évite. En un mot, on a affaire à un jeune homme mal dans sa peau, ayant un sens assez contestable de la réalité et un gros problème de colère.

— Alors, comment ce parangon de stabilité…

— S'est-il retrouvé à l'université ? C'est simple. Au cœur de cet esprit détraqué se cache un QI exceptionnel. Et un QI exceptionnel, allié à un passé troublé et à des ressources financières nulles, c'est la formule magique pour décrocher une bourse universitaire complète. Depuis qu'il a intégré la fac de Syracuse, Robert a fait des étincelles dans le cours d'art dramatique, et obtenu des notes médiocres, voire minables, partout ailleurs. On dit de lui que c'est un acteur né. Un physique de vedette de cinéma, fabuleux sur les planches, charmeur sur commande, mais plutôt du genre impénétrable. Il a repris le nom de Montague récemment. Comme tu le sais, il a cohabité quelques mois avec la petite Kim. Ça s'est mal terminé, apparemment. Il vit seul maintenant, dans un trois pièces en location à l'étage d'une demeure victorienne située dans une jolie rue de Syracuse. On ignore l'origine des revenus qui lui permettent de se loger, d'avoir une bagnole et de couvrir ses autres frais.

— Il a peut-être un job ?

— Ça ne saute pas aux yeux. C'est tout pour l'instant. Si j'exhume d'autres bricoles, je te les balance.

— Je t'en dois une.

— Je ne te le fais pas dire !

Tant d'informations se bousculaient dans la tête de Gurney ce soir-là que lorsque, à la fin du repas, Madeleine fit un commentaire sur le coucher de soleil spectaculaire qui avait incendié le ciel une heure plus tôt, il ne se souvenait même plus de l'avoir vu. Une foule d'images, d'individus, de détails alarmants avaient éclipsé cette vision.

Le pâtissier à la Humpty Dumpty refusant de considérer sa mère toute-puissante comme une victime. Cette mère qui « hérissait les gens et froissait les susceptibilités ». Gurney se demanda si on avait jamais parlé à son fils du lobe d'oreille orné d'un diamant retrouvé sur le buisson de sumac.

Paul Mellani, dont le père fortuné avait donné tout son argent, et partant son amour, à quelqu'un d'autre. Un être aux pensées sombres et amères, dont la carrière avait perdu tout sens, dont la vie s'était ternie. Dont le langage, le comportement, le bureau sans vie équivalaient à une lettre de suicide.

Seigneur ! Et si...

Madeleine l'observait.

— Qu'est-ce qu'il y a ?

— Je pensais à une des personnes auxquelles Kim et moi avons rendu visite aujourd'hui.

— Continue.

— J'essaie de me remémorer ses propos. Il avait l'air… assez déprimé.

Le regard de Madeleine se fit plus pénétrant.

— Qu'a-t-il dit exactement ?

— C'est ce que j'essaie de me rappeler. Une remarque qu'il a faite m'est revenue à l'esprit. Il venait de nous informer que sa sœur était morte. Et il a ajouté : « Ce n'est peut-être pas si terrible d'être mort. » Quelque chose comme ça.

— Rien de plus… direct ? Il n'a pas exprimé l'intention de passer à l'acte ?

— Non. C'était juste… une lourdeur, un manque de… Je ne sais pas.

Madeleine avait l'air angoissée.

— Le type dans ta clinique, celui qui a mis fin à ses jours, enchaîna Gurney. Avait-il parlé explicitement de… ?

— Bien sûr que non. Sinon on l'aurait emmené dans un hôpital psychiatrique. Mais il donnait cette même impression de… lourdeur. De noirceur, de détresse.

Gurney soupira.

— Malheureusement, ce que nous pensons que quelqu'un *risque* de faire ne pèse pas lourd dans la balance. La seule chose qui importe, c'est ce qu'il verbalise. (Il fronça les sourcils.) Il y a pourtant une chose que j'aimerais bien savoir. Rien que pour ma tranquillité d'esprit.

Il alla prendre son portable sur la desserte et saisit le numéro de Hardwick. L'appel aboutit sur la boîte vocale.

— Jack, je souhaiterais augmenter mon énorme dette envers toi en sollicitant une petite faveur supplémentaire. (Bien qu'il eût formulé la chose sur le ton de la plaisanterie, la réalité de ce qu'il lui devait commençait à le préoccuper sérieusement. C'était une source trop efficace, toutefois, pour qu'il s'en passe.) Il y a un comptable dans le comté d'Orange, du nom de Paul Mellani. Qui se trouve être le fils de Bruno Mellani, la toute première victime du Bon Berger. J'ai besoin de savoir s'il possède une licence de port d'armes. Je me fais du souci pour lui, et j'aimerais établir jusqu'à quel point je dois m'inquiéter. Merci.

Après s'être rassis à la table, distrait, il mit une troisième cuillerée de sucre dans sa tasse.

— Plus c'est sucré, meilleur c'est, commenta Madeleine avec un petit sourire.

Il haussa les épaules en remuant lentement son café.

La tête légèrement penchée sur le côté, elle étudiait son visage d'une manière qui le mettait mal à l'aise jadis, mais qu'il en était venu à apprécier ces dernières années – non qu'il comprît ce qu'elle pensait, pas plus que les conclusions auxquelles cette « étude » la menait, mais parce qu'il y voyait une preuve de son affection. Lui demander ce qu'elle avait en tête reviendrait à exiger d'elle qu'elle définisse leur relation. Or, ce qui rend toute relation précieuse ne peut en aucun cas être défini sur commande.

Elle porta sa tasse à ses lèvres des deux mains, but une gorgée, la reposa délicatement.

— Souhaites-tu m'en dire un peu plus sur ce qui se passe ?

Pour Dieu sait quelle raison, la question le désarçonna.

— Tu tiens vraiment à le savoir ?

— Bien sûr.

— On en a pour un moment.

— Je t'écoute.

— D'accord. N'oublie pas que c'est toi qui me l'as demandé.

Il s'adossa à son siège et parla presque sans interruption pendant vingt-cinq minutes, débitant pêle-mêle tout ce qui lui venait à l'esprit – du stand de tir de Roberta Rotker au squelette pendu sur le portail de Max Clinter –, sans prendre la peine d'organiser les données, de les condenser ou de leur donner un ordre de priorité. Au fur et à mesure, il fut lui-même frappé par le nombre d'individus perturbés, de digressions bizarres, de complexités saumâtres existant dans cette affaire.

— Pour finir, conclut-il, il y a la question de la grange.

— Oui, la grange, répéta Madeleine, et ses traits se durcirent. Tu penses que c'est lié à tout le reste ?

— Il me semble.

— Alors, quel est ton plan ?

Une question dont il se serait bien passé. Elle l'obligeait à admettre que ses intentions étaient loin de ressembler à un *plan*.

— Fureter dans les ombres, armé d'un aiguillon pour bétail, histoire de voir si quelqu'un pousse un cri, répondit-il du tac au tac. Allumer un feu sous la vache sacrée, peut-être.

— Pourrais-tu me redire ça en termes clairs ?

— Je veux déterminer si quelqu'un au sein des services de police dispose de faits solides, ou si la sacro-sainte théorie qui prévaut dans l'affaire du Bon Berger est aussi fragile que je le pense.

— C'est ça que tu comptes faire demain avec ton type du FBI ?

— L'agent Trout. Dans sa cabane au bord du lac Sorrow, au cœur des Adirondacks. Oui.

Kyle et Kim entrèrent à cet instant par la porte latérale, enveloppés d'un courant d'air glacé.

CHAPITRE 28

Plus sombre, plus froid, plus profond

LE LENDEMAIN MATIN À L'AUBE, Gurney était de retour à la table de petit déjeuner avec sa première tasse de café de la journée. Assis près de la porte-fenêtre, il regardait une faucheuse en train de traîner un perce-oreille au bord de la terrasse. Le malheureux continuait à se débattre.

L'espace d'un instant, Gurney fut tenté d'intervenir – jusqu'à ce qu'il se rende compte que son impulsion n'avait rien de charitable. Il cherchait juste à faire disparaître ce combat de sa vue. Une preuve de plus de son… de son quoi ? Son égoïsme forcené ? Son âme sans cœur ?

— Que se passe-t-il ?

C'était la voix de Madeleine.

Il sursauta. En relevant les yeux, il la vit debout près de lui, vêtue d'un tee-shirt rose et d'un short en madras vert. Elle sortait de la douche.

— J'observe les atrocités de la nature, répondit-il.

Elle porta son regard vers le ciel côté est.

— Nous allons avoir une belle journée.

Il hocha la tête, bien qu'il l'eût à peine écoutée. Une autre pensée avait capté son attention.

— Avant que je monte me coucher hier soir, Kyle a dit qu'il avait l'intention de retourner à Manhattan ce matin. A-t-il précisé vers quelle heure il comptait se mettre en route ?

— Ils sont partis il y a une heure.

— Comment ?

— Ils sont partis, il y a une heure. Tu dormais comme une souche. Ils n'ont pas voulu te réveiller.

— *Ils* ?

Elle lui décocha un regard qui parut associer sa surprise à la sienne.

— Kim devait être en ville cet après-midi, afin d'enregistrer une interview. Kyle l'a persuadée de partir de bonne heure avec lui pour qu'ils puissent faire des choses ensemble avant ça. Il n'a eu aucun mal à la convaincre, apparemment. D'ailleurs, je crois qu'elle projette de loger chez lui ce soir. Tu n'as rien vu venir ? Je n'arrive pas à y croire.

— Peut-être que si, mais je ne pensais pas que ça se ferait si vite.

Madeleine alla se servir une tasse de café.

— Ça t'inquiète ?

— L'inconnu m'inquiète. Les surprises m'inquiètent.

Elle but une gorgée avant de revenir sur ses pas.

— La vie en est pleine, malheureusement.

— J'ai remarqué, oui.

Elle resta debout près de la table à contempler le sillon de lumière qui s'élargissait au-dessus de la crête.

— Tu te fais du souci pour Kim ?

— Dans une certaine mesure, oui. Je me pose des questions à propos de Robby Meese. Il a l'esprit plutôt tordu, pourtant elle l'a laissé s'installer avec elle. Il y a quelque chose qui cloche là-dedans.

— Je partage ton point de vue, mais peut-être pas dans le sens où tu l'entends. Des tas de gens – les femmes en particulier – sont attirés par les êtres meurtris. Plus ils sont mal en point, mieux c'est. Elles ont des liaisons avec des criminels, des drogués. Elles ont envie de les remettre d'aplomb. C'est un terrible point de départ pour une relation, mais cela n'a rien d'inhabituel. Je vois ça tous les jours à la clinique. C'est peut-être ce qui s'est passé entre Kim et Robby Meese – jusqu'au jour où elle a trouvé la force et l'équilibre mental nécessaires pour le chasser de sa vie.

Muni d'un itinéraire détaillé, Gurney prit la route pour le lac Sorrow peu après le lever du soleil. Le trajet à travers les contreforts des Catskill et les champs vallonnés de Schoharie jusqu'aux Adirondacks fit resurgir des souvenirs déconcertants. Réminiscences de vacances passées, enfant, avec sa mère au bord du lac Brant, au plus fort de la crise de la séparation d'avec son père, qui avait fait d'elle un être anxieux, dépendant, sans cesse en quête d'attention. Rien que d'y penser, quarante ans plus tard, il en grinçait encore des dents.

À mesure qu'il montait vers le nord, le dénivelé s'accentuait, les vallées rétrécissaient, les ombres s'approfondissaient. D'après les instructions fournies par l'assistant de Trout, la dernière pancarte qu'il rencontrerait indiquerait Shutter Spur. À partir de là, il lui faudrait compter sur un kilométrage précis pour être sûr de tourner au bon endroit parmi un dédale d'anciennes routes forestières. La forêt émaillée de quelques cabanes occupées uniquement pendant la belle saison s'intégrait dans un vaste domaine privé. Pas un seul magasin, ni station-service, ni bipèdes sans plumes, et aucune couverture réseau la plupart du temps.

La puissance motrice de l'Outback suffisait à peine pour négocier le terrain. Au bout du cinquième tournant censé le mener directement à la cabane de Trout, il aboutit dans une petite clairière.

Il sortit de la voiture et fit le tour du périmètre. Quatre sentiers partaient en rayon dans les bois. Comment savoir lequel il devait emprunter ? Il était 8 h 58 – soit deux minutes avant l'heure prévue du rendez-vous.

Il était sûr d'avoir suivi les consignes à la lettre, et à peu près certain que le type scrupuleux qu'il avait eu au bout du fil n'avait pas pu commettre d'erreur. Restait une poignée d'explications possibles, dont une seule lui semblait plausible.

Il retourna à la voiture, s'assit au volant, ouvrit la fenêtre pour avoir un peu d'air, inclina son siège au maximum et ferma les yeux. De temps à autre, il vérifiait l'heure. À 9 h 15, il entendit un bruit de moteur. Le véhicule s'arrêta à une courte distance.

Quand le petit coup attendu résonna près de son oreille, il ouvrit les yeux, bâilla, releva son siège et baissa sa vitre. Un homme mince, à la mine sévère, aux yeux bruns perçants, aux cheveux noirs coupés court, se tenait devant lui.

— Vous êtes David Gurney ?

— Vous attendiez quelqu'un d'autre ?

— Il faut que vous laissiez votre voiture ici et que vous veniez dans le 4 × 4 avec moi, répondit son interlocuteur en désignant une Kawasaki Mule à motif camouflage.

— Vous ne me l'aviez pas précisé au téléphone.

Le type cilla. Il n'imaginait sans doute pas que sa voix puisse être aussi facilement reconnaissable.

— La route directe n'est pas praticable en ce moment.

Gurney sourit. Il le suivit jusqu'au 4 × 4, se hissa sur le siège passager.

— Vous savez ce que je serais tenté de faire si j'habitais dans le coin ? De temps à autre, j'aurais peut-être envie de jouer un petit tour à un de mes visiteurs. Je lui ferais croire qu'il s'est perdu, qu'il a raté un virage, histoire de voir s'il panique en se retrouvant au milieu de nulle part sans couverture cellulaire. S'il a fait fausse route en montant ici, comment se débrouillera-t-il pour sortir de là, hein ? C'est toujours amusant de voir qui perd les pédales et qui garde la tête froide dans ce genre de situation. Vous me suivez ?

L'homme serra les mâchoires.

— Pas vraiment.

— Bien sûr que non. Comment pourrait-il en être autrement ? Pour comprendre ce dont je parle, il faut être un maniaque du contrôle.

Trois minutes plus tard, après un parcours chaotique de six cents mètres sur un chemin rocailleux au cours duquel le regard courroucé du conducteur ne quitta pas un instant la chaussée traîtresse, ils parvinrent à une clôture en maillon de chaîne. Une porte s'ouvrit latéralement à leur approche.

Un peu plus loin, le sentier se perdait sous un vaste tapis d'aiguilles de pin. Soudain, la « cabane » se profila devant eux à travers les branchages. Une structure à deux étages dans le style chalet suisse de certains camps traditionnels des Adirondacks : construction rustique en rondins avec de petits balcons, des portes et bordures de fenêtres peintes en vert et un toit en bardeaux du même ton. La façade était si foncée et la terrasse tellement dans l'ombre qu'il fallut que la Kawasaki approche des marches du perron pour que Gurney s'aperçoive de la présence de Trout – ou l'homme qu'il supposait être ledit agent –, planté avec des airs de propriétaire sur le porche lugubre, jambes écartées. Il tenait un imposant doberman au bout d'une courte laisse noire. Que ce soit accidentel ou délibéré, cette pose arrogante et le redoutable chien de garde firent surgir dans l'esprit de Gurney la vision d'un commandant de camp de prisonniers.

— Bienvenue au lac Sorrow. (Le ton glacial, professionnel, n'avait rien d'accueillant.) Matthew Trout.

Quelques rais de soleil fins comme des stalactites filtraient à travers les immenses pins alentour dont l'odeur puissante imprégnait l'air. Le grondement continu d'un moteur à combustion interne, un générateur probablement, émanait d'une dépendance située à droite du chalet.

— Joli coin.

— Entrez, je vous prie.

Un ordre sans appel qui fit faire demi-tour au doberman. Son maître et lui précédèrent Gurney à l'intérieur.

La porte d'entrée donnait sur un salon spacieux dominé par une cheminée en pierre. Au centre du manteau grossièrement taillé trônait un faucon à queue rouge, aux yeux jaunes furibonds, aux longues griffes, flanqué de deux lynx prêts à bondir.

— Ils ont réapparu, indiqua Trout d'un ton appuyé. On en signale chaque semaine dans ces montagnes.

Gurney suivit son regard.

— Les lynx ?

— Des bêtes remarquables. Quarante-cinq kilos de muscles. Des griffes comme des lames de rasoir.

L'enthousiasme était manifeste dans ce regard levé vers les animaux empaillés.

C'était un homme de petite taille, remarqua Gurney, un mètre soixante-cinq tout au plus, mais doté d'une carrure de culturiste.

Trout se pencha pour détacher la laisse du chien qu'un ordre guttural envoya trottiner sans bruit hors de vue, derrière le canapé en cuir où Gurney se vit offrir un siège.

Il accepta sans hésitation. Même si les tentatives d'intimidation manifestes de son hôte lui paraissaient ridicules, il ne pouvait pas s'empêcher de craindre ce qui viendrait ensuite.

— J'espère que vous êtes conscient que tout cela n'a strictement rien d'officiel, lança Trout, toujours debout.

— D'artificiel… ? enchaîna Gurney, feignant d'avoir mal compris.

— D'officiel.

— Désolé. Un petit problème d'acouphène. Ma tête a arrêté une balle en pleine trajectoire.

— C'est ce qu'on m'a dit. (Trout marqua un temps d'arrêt, examinant le crâne de Gurney avec l'intérêt qu'on pourrait manifester envers un melon douteux.) La convalescence se passe bien ?

— Qui vous l'a dit ?

Trout cligna des paupières.

— Dit quoi ?

— Que j'avais été blessé à la tête. Qui vous a raconté ça ?

Un portable bourdonna dans la poche de chemise de Trout. Il le sortit, regarda d'où venait l'appel. Fronça les sourcils. Il parut hésiter un instant avant de décrocher.

— Ici Trout. Où êtes-vous ? (Pendant qu'il tenait le téléphone plaqué contre son oreille, son maxillaire se crispa à plusieurs reprises.) Je vous vois sans tarder alors ?

Il enfonça une autre touche, rempocha l'appareil.

— C'était la réponse à votre question.

— La personne qui vous a informé à mon sujet nous rejoint, c'est ça ?

— Exactement.

Gurney sourit.

— Impressionnant. Je ne pensais pas qu'elle travaillait le dimanche.

Sa remarque provoqua un battement de paupières étonné et un temps d'arrêt. Trout se racla la gorge.

— Comme je vous le disais il y a un instant, notre petit entretien est informel. J'ai décidé de vous rencontrer pour trois raisons. D'abord, parce que vous avez demandé au Dr Holdenfield s'il était possible qu'on se voie. Ensuite, parce qu'il m'a paru judicieux d'avoir un geste de courtoisie envers une personne ayant appartenu aux forces de l'ordre. Troisièmement, parce que j'espère que notre petite discussion évitera tout risque de confusion quant aux attributions respectives dans le cadre de l'enquête sur les meurtres du Bon Berger. Les bonnes intentions finissent souvent par compromettre la procédure officielle. Vous seriez étonné de voir ce que les avocats du ministère de la Justice peuvent invoquer comme entraves à la justice.

Trout secoua la tête, comme si ces hommes de loi par trop scrupuleux qui risquaient de s'abattre sur Gurney comme une tonne de briques le désespéraient.

Ce dernier lui décocha un grand sourire.

— Croyez-moi, Matt, je vous suis à cent pour cent à cet égard. Les doublons n'amènent que des ennuis. Je suis en faveur d'une transparence totale. On met cartes sur table. On ne cache rien. Pas de secrets, ni de mensonges, ni de bla-bla.

— Bien. (Le ton glacial de Trout compromettait sérieusement cet assentiment de façade.) Si vous voulez bien m'excuser, j'ai une petite affaire à régler. Je n'en ai pas pour longtemps.

Il sortit de la pièce par une porte située à gauche de la cheminée.

Le doberman laissa échapper un long grognement.

Gurney s'enfonça dans le canapé, ferma les yeux et cogita sur sa stratégie, si tant est qu'on puisse appeler ça comme ça.

Lorsque son hôte revint, un quart d'heure plus tard, il était en compagnie de Rebecca Holdenfield. Qui semblait déborder d'énergie, et pas contrariée le moins du monde d'avoir dû interrompre son week-end.

Trout esquissa un sourire d'une cordialité sans précédent.

— J'ai prié le Dr Holdenfield de se joindre à nous. J'ai pensé qu'ensemble, nous devrions être en mesure de répondre aux curieuses préoccupations que vous semblez avoir et vous tranquilliser l'esprit. Sachez qu'il s'agit là d'un arrangement des plus inhabituel. J'ai également demandé à Daker d'être présent. Une paire d'oreilles supplémentaire, un autre point de vue.

Son assistant se profila à cet instant sur le seuil près de la cheminée – où il se posta pendant que Trout et Rebecca prenaient place dans les fauteuils en cuir face au canapé.

— Bon, lança Trout, renonçant à sa cordialité de façade, venons-en à ces problèmes singuliers que vous pose l'affaire du Bon Berger. Plus vite on s'en débarrassera, plus vite nous pourrons rentrer chez nous.

Il fit signe à Gurney de prendre la parole.

— J'aimerais commencer par une question. Au cours de votre enquête, avez-vous découvert des faits qui vous ont paru en contradiction avec votre thèse de base ? De petites interrogations qui ne trouvaient pas de réponse ?

— Cela vous ennuierait-il d'être un peu plus précis ?

— La nécessité des lunettes de sniper a-t-elle fait débat ?

Trout se renfrogna.

— De quoi parlez-vous ?

— Ou le choix absurde des armes ? Combien y en a-t-il eu en tout ? Comment s'en est-il débarrassé ?

En dépit d'efforts tangibles pour rester de marbre, une succession d'inquiétudes et de calculs défilèrent dans le regard de Trout.

Gurney embraya :

— Et puis il y a ce conflit curieux entre l'aversion au risque avéré chez le tireur et le fanatisme dont il a fait état. Sans parler du contraste saisissant entre sa planification, d'une logique à toute épreuve, et ses objectifs totalement incohérents.

— La plupart des attentats suicide sont pleins de contradictions similaires, souligna Trout en écartant le problème d'un geste de la main.

— Les attentats en eux-mêmes certes, mais pas les individus impliqués. Le commanditaire motivé par des considérations politiques, le stratège qui choisit la cible et monte le coup, le recruteur, l'instructeur, le superviseur sur le terrain, le martyr qui se porte volontaire pour se faire sauter, tous ces gens-là fonctionnent peut-être en équipe, mais chacun d'eux reste ce qu'il est. Le résultat final est sans doute démentiel, contreproductif, mais chaque composante est en soi cohérente et compréhensible.

— Je ne vois pas le rapport, commenta Trout en secouant la tête.

Toujours en faction sur le pas de la porte, Daker bâilla.

— Il est pourtant évident. Les Oussama Ben Laden de ce monde ne deviennent pas pilotes et ne précipitent pas leurs avions dans des tours. Les paramètres psychologiques qui engendrent un certain type d'individu n'en produisent pas un autre. Soit le Bon Berger n'a pas agi seul, soit les conclusions que vous avez tirées au sujet de ses motivations et de sa personnalité sont erronées.

Trout poussa un gros soupir.

— Très intéressant. Vous voulez que je vous dise ce que je trouve encore plus intéressant ? Votre remarque à propos de l'arme – des armes. Elle prouve que vous avez eu accès à des informations confidentielles. (Il s'adossa à son fauteuil en joignant ses doigts sous son menton d'un air songeur.) C'est très ennuyeux. Pour vous, qui n'avez pas à être au courant, et pour la personne à l'origine de ces fuites, dont la carrière risque de s'arrêter tout net. Laissez-moi vous poser la question clairement. Disposez-vous d'autres renseignements provenant de dossiers confidentiels de la police fédérale, concernant cette affaire ou toute autre affaire ?

— Grand Dieu, Trout ! Ne soyez pas ridicule.

Les tendons de son cou se crispèrent, mais il garda le silence.

— Je suis venu pour parler d'une méprise potentiellement monumentale dans une affaire de meurtre non moins monumentale, enchaîna Gurney. Vous tenez vraiment à jouer une stupide partie de bras de fer avec moi pour une violation de documents hypothétique ?

Rebecca leva la main droite en une imitation parfaite du geste de l'agent de la circulation arrêtant les voitures.

— Puis-je faire une suggestion ? Si on baissait le ton d'un cran ? Nous sommes ici pour parler de faits, d'éléments de preuve, d'interprétations. La dimension affective est un obstacle. On pourrait peut-être simplement…

— Vous avez tout à fait raison, coupa Trout, un sourire crispé aux lèvres. Je pense qu'on devrait laisser monsieur Gurney – Dave – dire ce qu'il a à dire. Mettre cartes sur table. Si notre interprétation des données pose problème, alors allons au fond des choses. Dave ? Vous n'en avez pas fini, je présume. Continuez, je vous en prie.

L'empressement de Trout à le pousser à se compromettre en avouant, sous peine de poursuites, avoir été en possession de dossiers volés était d'une évidence telle que Gurney faillit lui rire au nez. Avec un manque de sincérité flagrant, Trout ajouta :

— J'ai peut-être été trop près de tout ça ces dix dernières années. Vous abordez ces questions avec un œil neuf. Dites-moi, à côté de quoi suis-je passé ?

— Du fait que vous avez édifié une vaste thèse sur la base de données éparses, par exemple ?

— C'est ce qui fait l'art de définir l'orientation d'une enquête.

— C'est aussi de ça que sont faits les délires schizophréniques.

— Dave…

Rebecca leva la main pour le mettre en garde.

— Désolé. J'ai bien peur que ce cas d'école inscrit dans les annales de la psychologie contemporaine ne soit qu'un gigantesque tour de piste. Le manifeste, les spécificités des fusillades, le profil du coupable, les mythes concoctés par les médias, l'imagination populaire, les théories savantes, tout cela a contribué à bâtir cette histoire, à la façonner, la fignoler pour en faire au final une vérité irréfutable. Le problème, c'est qu'il n'y a rien de solide pour étayer tout ça.

— À l'exception, bien sûr, des deux premiers éléments que vous avez mentionnés, qui sont on ne peut plus solides, intervint Rebecca d'un ton sec. À savoir le manifeste et les particularités des agressions.

— Imaginez un instant que ces deux éléments aient été conçus spécialement pour faire pendant l'un à l'autre et se renforcer mutuellement. Supposez que le meurtrier soit deux fois plus futé qu'on le pense ? Qu'il se paie la tête de l'inspecteur Trout et de son équipe depuis dix ans ?

Le regard de Trout se durcit.

— Vous avez pris connaissance du profil du coupable, dites-vous ?

Gurney sourit.

— Ce que vous considérez comme une preuve supplémentaire d'un accès illicite à vos précieux dossiers ? Vous vous méprenez. J'ai fait référence au profil en question, je n'ai pas dit que je l'avais lu. Permettez-moi d'avancer quelques hypothèses. Je parie que ce profil cherche à démontrer que l'assassin est à la fois efficace et inefficace, stable mais dérangé, athée mais dévot, laconique et prolixe. Comment est-ce que je m'en sors ?

Trout poussa un soupir agacé.

— Sans commentaire.

— Vous êtes parti du principe que le manifeste était une expression légitime de la pensée du tueur – dans la mesure où elle confirme les idées que vous vous faisiez déjà à propos de cette affaire. Cela confortait votre point de vue. Il ne vous est jamais venu à l'esprit que c'était peut-être de la pure comédie, qu'on se jouait de vous. Le Bon Berger vous disant que vos conclusions étaient justes, vous l'avez cru, bien évidemment.

Trout secoua la tête en une pâle imitation d'une tristesse résignée.

— Nous ne sommes pas sur la même longueur d'onde, j'en ai peur. Étant donné vos antécédents, j'étais pourtant persuadé qu'on serait dans le même camp.

— Une idée séduisante, mais déconnectée de la réalité.

Trout continuait à secouer la tête.

— Dans cette affaire, comme dans toutes les autres, et comme cela devrait toujours être le cas pour un policier honnête, l'objectif du FBI est de découvrir la vérité. Si on avait la même intégrité professionnelle, vous et moi, on devrait être du même bord.

— Vous croyez ?

— C'est à la base de tout ce que nous entreprenons.

— Écoutez, Trout, j'ai été en activité aussi longtemps que vous, sinon plus. Vous vous adressez à un flic, et non aux membres d'un foutu Rotary Club. Le but est bien évidemment de découvrir la vérité – sauf lorsqu'une autre visée fait obstacle. La plupart du temps, nous passons à côté de la vérité. Avec un peu de chance, on parvient à une conclusion satisfaisante. On trouve un moyen crédible de condamner quelqu'un. Vous savez aussi bien que moi que, dans la réalité, les services de police ne récompensent pas la quête de la vérité et de la justice, mais des conclusions satisfaisantes. Individuellement, les flics ont peut-être pour ambition secrète de faire la lumière sur une affaire, mais ils sont payés pour *l'élucider.* Remettre entre les mains du procureur un coupable à juger, de préférence avec un compte rendu des faits et un mobile cohérents à l'appui, mieux encore avec des aveux signés de sa main, telles sont véritablement les règles du jeu.

Trout leva les yeux au ciel puis jeta un coup d'œil à sa montre.

— Vous aviez un compte rendu cohérent des faits, poursuivit Gurney en se penchant en avant. Ainsi que des aveux signés, d'une certaine manière – le manifeste. Certes, la nature insaisissable de l'auteur des crimes était le grain de sable dans l'engrenage. Et après ! Vous avez dressé son profil. Vous aviez une déclaration d'intention détaillée et six meurtres en adéquation avec ce que votre Unité d'analyse comportementale et vous-même *saviez* à propos du Bon Berger. Du travail solide, des conclusions logiques. Le tout cohérent, professionnel et défendable.

— Où est le problème dans tout ça, au juste ?

— À moins que vous ne disposiez d'éléments de preuve que vous n'avez pas révélés, tout ce que vous croyez savoir se fonde sur du fictif. J'espère me tromper. Dites-moi que vous avez des infos dans vos dossiers que personne ne connaît.

— Ce que vous dites n'a aucun sens, Gurney, et je suis à court de temps. Aussi, si vous voulez bien…

— Posez-vous deux questions, Trout. D'abord, quelle autre théorie aurait pu surgir dans ce dossier si vous n'aviez jamais reçu ce manifeste ? Ensuite, et si ce précieux document n'était qu'un tissu de mensonges ?

— Des questions intéressantes, à n'en pas douter. Laissez-moi vous en poser une à mon tour, avant que vous ne partiez. (Les mains jointes retournèrent se loger sous le menton en une pose toute professorale.) En l'absence de statut officiel, ou de tout autre motif susceptible de justifier une implication quelconque de votre part dans cette affaire, où ces théories hostiles vous mènent-elles à part dans les emmerdes jusqu'au cou ?

Ce fut peut-être la menace implicite dans le regard de Trout. Ou le petit sourire narquois flottant sur les lèvres de Daker, adossé au chambranle de la porte. Ou le rappel perturbant du fait qu'il n'était plus détenteur d'un insigne. Quelle que fût l'origine de l'impulsion qu'éprouva Gurney, elle le poussa à lâcher une chose qu'il n'avait pas prévu de dire.

— Du coup, je vais sans doute être obligé d'accepter une proposition que je n'avais pas sérieusement prise en considération jusqu'à présent. Émanant de RAM News. Ils m'ont demandé d'animer une émission.

— *Vous* ?

— Oui. À cause de mon image, des statistiques relatives aux arrestations auxquelles j'ai procédé.

Trout jeta un coup d'œil intrigué dans la direction de Daker, qui se borna à hausser les épaules.

— Ils semblent très impressionnés par le fait que j'ai le taux d'élucidation d'homicides le plus élevé de toute l'histoire du service.

Trout ouvrit la bouche, la referma sans proférer un mot.

— Ils veulent que je me replonge dans un certain nombre d'affaires célèbres non résolues et que je leur dise si, à mon avis, les enquêtes ont dérapé. En commençant par celle du Bon Berger. Ils ont l'intention d'intituler la série *Que justice soit faite*. Accrocheur, non ?

Trout examina ses doigts joints une longue minute avant de secouer tristement la tête, une fois de plus.

— Tout me ramène inéluctablement au problème de la fuite d'informations, à l'accès non autorisé à nos dossiers, à la transmission d'informations confidentielles, à la violation des règlements et des lois fédérales et de l'État. Une liste interminable de complications désagréables.

— Ce n'est pas si cher payé. Après tout, comme vous l'avez dit tout à l'heure, l'essentiel, c'est la justice. Ou était-ce la vérité ? Quelque chose comme ça, en tout cas.

Trout l'enveloppa d'un regard glacial avant de répéter en détachant bien ses mots :

— Une liste interminable… de complications désagréables. (Son regard se porta sur les lynx dressés sur le manteau de la cheminée.) Pas si peu cher payé que ça ! Je préfère ne pas être à votre place. Surtout maintenant. Avec cette histoire d'incendie criminel en plus.

— Pardon ?

— Je suis au courant pour votre grange.

— Quel rapport avec ce dont nous sommes en train de parler ?

— Une pression supplémentaire dans votre vie, c'est tout. Encore une complication. (Il consulta à nouveau sa montre, ostensiblement.) Nous manquons vraiment de temps.

Il se leva. Gurney l'imita. Ainsi que Rebecca.

Un sourire vide étira les lèvres de Trout.

— Merci de nous avoir fait part de vos inquiétudes, monsieur Gurney. Daker vous reconduira à votre voiture. (Il se tourna vers Rebecca.) Pourriez-vous m'accorder quelques minutes supplémentaires ? Il y a plusieurs points dont je souhaiterais m'entretenir avec vous.

— Pas de souci.

Rebecca s'interposa entre les deux hommes, tendit la main à Gurney.

— C'était un plaisir de vous revoir, David. Il faudra que vous me racontiez plus en détail ce qui est arrivé à votre grange. C'est la première fois que j'entends parler de ça.

En lui serrant la main, il sentit un bout de papier plié, pressé contre sa paume. Qu'il empocha en veillant à le maintenir hors de vue.

Daker ne l'avait pas quitté des yeux, mais ne semblait pas avoir remarqué le transfert.

— Il est l'heure d'y aller, fit-il en désignant la porte d'entrée.

Gurney attendit d'être dans sa voiture, contact mis, pour extraire le bout de papier de sa poche alors que la Kawasaki s'éloignait sur le sentier.

Un petit carré d'un centimètre et demi. Ouvert, il en mesurait à peine quatre. Une unique phrase y était inscrite : *Attendez-moi au Nid d'Aigle, à Brownville.*

Il n'avait jamais mis les pieds dans ce restaurant, qui venait d'ouvrir en raison du combat mené par la ville pour s'élever de l'état de bidonville rural à celui de hameau pittoresque. Un lieu de rendez-vous commode. Il passait par là, de toute façon.

La rue principale de Brownville se faufilait au fond d'une vallée le long d'un cours d'eau bucolique, unique source de charme locale qui provoquait néanmoins à l'occasion des inondations dévastatrices. La route de campagne reliant l'autoroute à l'agglomération descendait en serpentant une série de collines pour rejoindre finalement la grand-rue à un pâté de maisons seulement du Nid d'Aigle. Il était près de midi quand Gurney pénétra dans l'établissement, mais une seule table était occupée, sur une douzaine. Il en prit une pour deux personnes près de la baie vitrée donnant sur la rue et commanda un Bloody Mary – fait exceptionnel chez lui. Il n'en revenait toujours pas quand la serveuse le lui apporta quelques instants après.

Un cocktail généreux, dans un grand verre. Le goût, conforme à ce à quoi il s'attendait, fit naître un petit sourire sur ses lèvres – autre rareté chez lui depuis des mois. Il le savoura en prenant son temps. À 12 h 15, son verre était vide.

Une minute plus tard, Rebecca le rejoignait. Elle s'assit aussitôt.

— J'espère ne pas vous avoir fait attendre trop longtemps.

Son sourire accentua les contours crispés de sa bouche. Tout était contrôlé chez elle. Elle était la vigilance même.

— Ça ne fait que quelques minutes que je suis là.

Elle regarda autour d'elle, évaluant froidement son environnement, comme elle le faisait toujours.

— Qu'est-ce que vous buvez ?

— Un Bloody Mary.

— Parfait.

Elle se retourna pour faire signe à la serveuse.

Lorsque celle-ci arriva, armée de deux menus, Rebecca lui décocha un coup d'œil sceptique.

— Avez-vous l'âge réglementaire pour servir de l'alcool ?

— J'ai vingt-trois ans, lança la fille, déconcertée par la question et apparemment affligée par le chiffre annoncé.

— Si vieille que ça ? répliqua Rebecca sur un ton ironique qui passa inaperçu. Je prendrai un Bloody Mary également.

Elle désigna le verre de Gurney, un point d'interrogation dans les yeux.

— Non merci.

La serveuse s'éloigna.

Fidèle à elle-même, Rebecca alla droit au but, sans perdre une seconde.

— Comment se fait-il que vous ayez fait preuve d'une telle agressivité vis-à-vis de nos amis du FBI ? Et qu'est-ce que c'est que ces histoires de lunettes de sniper, d'armes dont on se débarrasse, de profil douteux ?

— J'essayais juste de le décontenancer un peu.

— *Un peu* ? Vous n'y êtes pas allé avec le dos de la cuiller.

— Je me sens un tantinet frustré.

— Et d'où vient cette frustration, selon vous ?

— J'en ai assez de me justifier.

— Faites-le quand même pour moi.

— Vous traitez tous ce manifeste comme parole d'évangile. Or, c'est loin d'être le cas. C'est une arnaque. Les gestes sont plus éloquents que les paroles. Les actes de cet assassin étaient on ne peut plus rationnels. Il avait tout planifié scrupuleusement, avec un pragmatisme extrême. Le manifeste, c'est une autre affaire. Il s'agit d'une fiction, visant à créer de toutes pièces un personnage, des motivations que vous et vos copains de l'Unité d'analyse comportementale puissent passer au crible et régurgiter dans ce profil aussi prétentieux qu'inepte.

— Écoutez, David…

— Une seconde. Vous m'avez demandé de « faire ça pour vous ». Je m'y applique. La fiction a engendré sa propre dynamique. Il y avait à boire et à manger pour tout le monde là-dedans. De quoi publier d'interminables articles dans le *Journal américain des sornettes théoriques*. Plus personne ne peut reculer maintenant. Vous vous efforcez tous désespérément de consolider le château de cartes. S'il s'effondre, il risque d'entraîner des carrières dans son sillage.

— Vous avez terminé ?

— Vous vouliez savoir pourquoi j'étais frustré.

Elle se pencha vers lui et souffla :

— David, je ne pense pas être la plus aux abois dans cette affaire. (Elle marqua une pause et se redressa quand la serveuse arriva avec son Bloody Mary. Dès que celle-ci eut battu en retraite au fond de la salle, elle poursuivit.) J'ai déjà travaillé à vos côtés. Dans les réunions, vous étiez toujours la personne la plus calme, la plus pondérée. Le David Gurney dont je me souviens n'aurait jamais menacé un agent spécial du FBI. Il n'aurait pas qualifié mon opinion professionnelle de sornettes, pas plus qu'il ne m'aurait accusée d'être malhonnête et stupide. Du coup, je me demande ce qui se passe vraiment dans votre tête. Pour être tout à fait sincère, ce nouveau Gurney m'inquiète.

— Vraiment ? Vous craignez que la balle ayant chiffonné mon cerveau n'ait mis quelques circuits hors d'état ?

— Je dis simplement que votre mécanisme mental est dominé par une composante émotionnelle plus conséquente qu'auparavant. Ça vous contrarie ?

— Ce qui me contrarie, c'est cette façon que vous avez de vous focaliser sur mon *mécanisme mental* alors que le vrai problème réside dans le fait que vos collègues et vous avez associé vos noms et vos réputations à un ramassis de conneries qui ont permis à un tueur en série de prendre le large.

— Très élégant. Savez-vous qui d'autre évoque cette affaire en des termes tout aussi fleuris ? Max Clinter.

— Dois-je y voir une critique foudroyante ?

Elle but une gorgée.

— Ça vient de me traverser l'esprit. Une association d'idées. Il y a des tas de points communs entre vous. Vous avez été grièvement blessés tous les deux, et en invalidité pendant au moins un mois. Vous êtes l'un et l'autre d'une méfiance sans nom. Vos carrières dans la police sont officiellement derrière vous. Vous donneriez cher pour prouver que la thèse officielle sur l'affaire du Bon Berger est erronée. Vous êtes des chasseurs dans l'âme, qui ne supportez pas d'être mis à l'écart. (Après une autre gorgée, elle conclut.) Vous a-t-on fait des analyses pour voir si vous ne souffriez pas de SSPT ?

Gurney la dévisagea, bouche bée. Cette question l'avait pris au dépourvu même s'il n'avait aucune raison de s'en étonner puisque Rebecca venait de le comparer à Clinter.

— C'est pour ça que vous êtes là ? Pour cocher les cases du diagnostic ? Avez-vous évoqué la question de ma stabilité psychologique avec Trout ?

Elle lui rendit son regard.

— Je n'avais jamais ressenti une telle hostilité venant de vous.

— Permettez-moi de vous demander... Pour quelle raison teniez-vous à me rencontrer ici ?

Elle cilla, baissa les yeux sur la table, inspira à fond avant de laisser échapper un long soupir.

— La conversation que nous avons eue au téléphone l'autre jour... C'était très troublant. En toute sincérité, je me fais du souci pour vous.

Elle prit son verre et en vida plus de la moitié.

Quand leurs regards se croisèrent à nouveau, elle reprit la parole sur un ton adouci.

— C'est un choc de se faire tirer dessus. L'esprit revit continuellement l'instant, la menace, l'impact. Nous réagissons naturellement par la peur, la colère. La plupart des êtres humains préfèrent la colère à la peur. Ils la trouvent plus facile à gérer. Je pense que la découverte de votre vulnérabilité, du fait que vous n'êtes pas parfait, pas Superman... vous a mis hors de vous. La lenteur de votre rétablissement a dû attiser votre fureur.

Cette fervente psychologue était-elle aussi sincère qu'elle le paraissait à cet instant ? Exprimait-elle une opinion honnête, bienveillante ? En avait-elle vraiment quelque chose à faire ? Ou s'agissait-il seulement d'une étape supplémentaire dans la funeste entreprise visant à l'inciter à se poser des questions sur lui-même plutôt que sur la thèse officiellement admise dans cette affaire ?

Il fouilla dans ses yeux en quête d'une réponse.

Son regard intelligent soutint le sien, imperturbable.

Sentant alors monter en lui la rage dont elle venait de parler, il songea qu'il avait intérêt à fiche le camp de là rapidement avant de dire quelque chose qu'il regretterait.

TROISIÈME PARTIE

À n'importe quel prix

Prologue

IL LUI AVAIT FALLU DU TEMPS pour parvenir au résultat souhaité, plus de temps qu'il ne l'avait prévu. Il s'était passé tellement de choses dans l'intervalle qu'il avait dû gérer. Mais au final, il était satisfait. Le message exprimait clairement sa pensée :

> *La cupidité se propage dans une famille comme du sang vicié dans l'eau du bain. Elle contamine tous ceux qu'elle touche. Si bien que les femmes et les enfants que vous considérez comme des objets dignes de pitié et de chagrin devront être abattus eux aussi. Les enfants de la cupidité sont le mal, tout comme ceux qui les étreignent. Ils devront être éradiqués. Tous ceux que les dupes de ce monde sont censés consoler périront, qu'ils soient liés par le sang ou le mariage à cette progéniture engendrée par la rapacité.*
> *Consommer le fruit de l'avidité, c'est en consommer la faute. Le fruit laisse son empreinte. Les bénéficiaires de la cupidité en endossent la responsabilité ; il leur faut subir le châtiment. Ils mourront à la lumière de vos louanges. Vos louanges causeront leur perte. Votre compassion est un poison. Votre apitoiement les condamne à mort.*
> *La vérité ne vous saute-t-elle pas aux yeux ? Seriez-vous aveugles ?*

Le monde est devenu fou. Les mascarades de la cupidité passent pour des ambitions louables. La richesse se veut la marque du talent et de la valeur. Les voies de communication sont désormais entre les mains de monstres. On porte aux nues le pire du pire.
Les démons étant en chaire, les anges battus froid, il incombe aux honnêtes gens de punir ce que récompense ce monde dément.
Telles sont les ultimes paroles véridiques du Bon Berger.

Il imprima deux copies à envoyer par la poste. L'une pour Corazon, l'autre pour Gurney. Après quoi il porta l'imprimante dans le jardin de derrière et la fracassa avec une brique. Il rassembla les morceaux, même les bouts de plastique de la taille d'une rognure d'ongle, et les fourra dans un sac-poubelle avec le reste du papier machine en attendant d'aller enterrer le tout dans les bois.

Mieux valait être trop prudent que pas assez.

CHAPITRE 29

Trop d'éléments disparates

ALORS QUE GURNEY LAISSAIT BROWNVILLE derrière lui pour s'enfoncer dans les vallons et les pâturages au nord-est du comté de Delaware, mille pensées lui tourbillonnaient dans la tête. L'aisance avec laquelle il organisait d'ordinaire les données en schémas signifiants s'en trouvait perturbée.

Cela revenait à chercher une logique parmi un amas de minuscules pièces de puzzle sans savoir s'il les avait toutes à disposition – ni même combien de puzzles distincts elles constituaient. Un moment, il avait la certitude que tous ces débris résultaient d'une unique tempête au cœur de tout ; l'instant d'après, il n'était plus sûr de rien. Sans doute était-il trop pressé de trouver une explication, une équation qui tienne debout.

Une pancarte lui souhaitant la bienvenue à Dillweed lui suggéra une modeste initiative. Il se rangea sur le bas-côté et appela le seul habitant de cette bourgade qu'il connaissait. Une dose non diluée de Jack Hardwick avait des chances d'être un bon antidote à toutes ces idées fantaisistes.

Dix minutes plus tard, au bout de six kilomètres sur des chemins de terre sinueux, il arriva devant l'humble ferme, à laquelle un coup de peinture n'aurait pas fait de mal, que Hardwick appelait sa maison. Il vint lui ouvrir, en tee-shirt et pantalon de survêtement.

— Ça te dit ? demanda-t-il en brandissant une bouteille de Grolsch vide.

Gurney refusa dans un premier temps, puis se ravisa. Sachant qu'il empesterait de toute façon l'alcool en rentrant chez lui, il préférait que la faute soit attribuée à une bière bue avec Jack plutôt qu'à un Bloody Mary en compagnie de Rebecca.

Hardwick alla chercher deux bières puis, s'affalant dans un gros fauteuil en cuir, il fit signe à son visiteur de prendre l'autre.

— Alors, mon fils, chuchota-t-il d'une voix râpeuse, feignant un état d'ébriété que démentait son regard acéré, depuis combien de temps ne vous êtes-vous pas confessé ?

— Trente-cinq ans environ, répondit Gurney, se prêtant complaisamment au jeu dans son désir de soutirer à son interlocuteur quelques tuyaux.

Il goûta la bière. Pas mauvaise. Passa en revue le petit salon. D'une sobriété excessive, le cadre n'avait pas changé d'un iota depuis sa dernière visite. Même la poussière n'avait pas bougé.

Hardwick se gratta le nez.

— Tu dois être dans la merde jusqu'au cou pour chercher le réconfort de notre Sainte Mère l'Église après une si longue absence. Exprime-toi librement, mon fils, parle-moi de tous tes blasphèmes, de tes mensonges, tes vols, tes adultères. Ces derniers m'intéressent particulièrement, acheva-t-il avec un sourire d'une salacité grotesque.

Gurney s'enfonça dans son grand siège mou, but une nouvelle gorgée.

— L'affaire du Bon Berger se complique.

— Elle n'a jamais été simple.

— Le problème, c'est que je ne sais pas trop à combien d'affaires je m'attaque.

— Trop de merde pour une seule latrine ?

— Comme je te dis, je n'en suis pas sûr.

Après quoi il débita la litanie de faits, d'événements, de bizarreries, de doutes et d'interrogations qui lui occupaient l'esprit.

Hardwick sortit un mouchoir froissé de sa poche, se moucha.

— Que veux-tu de moi, exactement ?

— J'aimerais que tu m'indiques les paramètres qui, d'après toi, semblent cadrer dans une même perspective et ceux qui te paraissent n'avoir aucun rapport.

Hardwick fit claquer sa langue.

— Pour ce qui est de la flèche, je ne sais pas trop. Si on t'en avait planté une dans les fesses, passe encore, mais… fichée dans le sol au milieu des navets ? Je ne vois pas bien.

— Et pour le reste ?

— Le reste mériterait davantage d'attention. Un appartement sur écoute, une grange incendiée, un escalier piégé, la trappe dans le plafond de l'appartement de la fille. Tout ça suppose un investissement en temps et en énergie, en plus d'une sacrée prise de risques. C'est du lourd. Ce qui veut dire que l'enjeu est conséquent. Je ne t'apprends rien, n'est-ce pas ?

— Pas vraiment.

— Tu me demandes si je pense que tout est lié au sein d'une vaste conspiration ? (Il plissa le nez en une expression outrée d'indécision.) La meilleure réponse à te donner est une remarque que tu m'as faite il y a longtemps, à l'époque où on travaillait sur l'affaire Mellery : « Mieux vaut partir du principe qu'il y a un rapport même s'il se révèle faux plutôt que d'en ignorer un qui s'avérera fondé. » Mais il y a une question plus importante. (Il s'interrompit pour roter.) Si nous n'avons pas affaire à un tueur qui s'estime investi d'une mission, qu'est-ce que ça pourrait être d'autre ? Résous cette énigme, monsieur Holmes, et tu auras les réponses à toutes les autres. Tu veux une autre bière ?

Gurney secoua la tête.

— À propos, si tu tiens vraiment à déboulonner les assises de l'enquête, tu vas te retrouver au cœur d'une tourmente du feu de Dieu. Galilée au Vatican. Tu vois ce que je veux dire ?

— J'ai commencé à capter le message aujourd'hui.

Gurney repensa à l'agent Trout sur son lugubre porche Adirondack, tenant en laisse son doberman. Aux « complications désagréables » dont il avait parlé. À son allusion à l'incendie criminel. À Daker avec sa mine de truand.

— OK, mon fils, juste pour que tu saches… (La sonnerie de son portable l'interrompit. Il l'extirpa de sa poche.) Hardwick. (Au début il garda le silence, la mine de plus en plus perplexe.) D'accord… D'accord… Comment ?… Putain !… Ouais…

C'était le seul ?... Vous avez la date de demande d'enregistrement ?... Entendu... D'accord... Merci... Ouais... Ciao.

Après avoir raccroché, il regarda fixement son téléphone comme si des éclaircissements supplémentaires pouvaient en surgir.

— C'était quoi ? demanda Gurney.

— La réponse à ta question.

— Laquelle ?

— Tu voulais savoir si Paul Mellani avait une licence de port d'armes.

— Et alors ?

— Il possède une arme de poing. Un Desert Eagle.

Pendant l'essentiel du trajet de retour à Walnut Crossing – une demi-heure –, cette découverte le hanta. Toutefois, elle était plus alarmante qu'exploitable, un peu comme si on venait d'établir qu'un tueur à la hache et sa victime que l'on croyait jusque-là étrangers l'un à l'autre avaient partagé un pupitre en maternelle. Intéressant certes, mais quelle conclusion pouvait-on en tirer ?

Il serait important de savoir depuis combien de temps Mellani était détenteur d'une arme. Cependant, le dossier auquel le collègue de Hardwick avait eu accès, révélant un permis de port d'armes en cours de validité, ne précisait pas la date de la demande d'enregistrement. Les appels au bureau de l'expert-comptable et sur son portable avaient basculé sur sa boîte vocale. Même si Gurney décidait de le rappeler, rien n'obligeait Mellani à justifier son choix peu commun.

Cette étrange révélation augmenta l'inquiétude de Gurney : la dépression alliée à une arme de poing à disposition pouvait engendrer une situation à haut risque. Mais cela restait une hypothèse. Rien ne prouvait que le comptable fût un danger pour lui-même ou pour les autres. Il n'avait rien exprimé de semblable – n'avait proféré aucune des phrases clés, de ces mots qui sonnent l'alarme chez les psychiatres et qui justifieraient d'informer la police de Middletown ou d'intervenir au-delà des coups de fil que Gurney venait de passer.

Il n'empêche qu'il n'arrêtait pas d'y penser – imaginant la teneur probable des contacts que Kim avait eus avec lui avant leur réunion du samedi, sa lettre et son coup de fil l'informant de son projet d'émission. Ces rappels du décès tragique de son père et de son manque de sollicitude apparent à son égard avaient peut-être focalisé l'attention de Mellani sur la vacuité de sa vie, sa carrière en chute libre.

Perdu dans les affres de la dépression, se pouvait-il qu'il envisage de mettre un terme à ses jours ? À moins qu'il ne soit déjà passé à l'acte ? Dieu nous en préserve ! Cela expliquait peut-être qu'il ne décroche pas ?

Et si Gurney avait tout compris de travers ? Si l'objectif du Desert Eagle était non pas le suicide, mais l'homicide ?

S'il en était ainsi *depuis le début* ? Si…

Seigneur ! Si... Si... Si... Assez ! L'homme était détenteur d'un permis d'armes légal. Il y avait des millions de déprimés dans ce bas monde qui ne songeaient pas forcément à se faire sauter la cervelle ou à s'en prendre aux autres. Le modèle de l'arme de poing soulevait, certes, des questions évidentes, qui trouveraient une réponse dès que Mellani rappellerait, ce qu'il n'allait pas manquer de faire. Les coïncidences étranges avaient généralement des explications des plus banale.

CHAPITRE 30

Le spectacle commence

QUAND GURNEY RENTRA CHEZ LUI À 14 h 02, Madeleine était sortie. En voyant sa voiture garée près de la porte latérale, il en conclut qu'elle était en balade sur un des sentiers forestiers qui partaient en éventail depuis le pré.

Au cours des derniers kilomètres du trajet, il avait cessé de penser au Desert Eagle pour concentrer son attention sur la grande question soulevée par Hardwick : si ce n'était pas la mission décrite dans le manifeste qui avait poussé le Bon Berger à commettre une série de meurtres, *qu'est-ce qui était en cause* ?

Muni d'un carnet et d'un stylo, il s'installa à la table de petit déjeuner. Tout consigner était de son point de vue la meilleure méthode pour éviter la surcharge mentale. Durant l'heure qui suivit, il posa les jalons d'une nouvelle enquête et dressa une liste de questions « de départ » susceptibles d'ouvrir des pistes méritant d'être explorées.

> *PRINCIPE DE BASE : il y a des différences inconciliables tant dans le processus de pensée que dans le style entre la planification et l'exécution quasi robotique des crimes et les déclarations sentencieuses, faussement bibliques, contenues dans le manifeste. Les actes sont révélateurs de la personnalité profonde d'un être. On ne peut feindre l'efficacité, une intelligence supérieure. Le décalage entre le mode opératoire du tueur et la justification psychologique de son geste*

fondée sur l'idée d'une mission suggère que ces explications sont vraisemblablement factices et destinées à détourner l'attention d'un mobile plus pragmatique.

QUESTIONS :
Si ce n'est pas leur « cupidité » qui a motivé le choix des victimes, de quoi s'agit-il ?
Pourquoi des véhicules du même modèle ?
Pourquoi les meurtres ont-ils eu lieu à ces dates-là, au cours du printemps 2000 ?
Leur ordre chronologique a-t-il un sens ?
Avaient-ils tous la même importance ?
Pourquoi six crimes ?
Pourquoi une arme aussi spectaculaire ?
Quelle est la signification des petits animaux en plastique retrouvés sur les lieux des agressions ?
Quelles pistes l'arrivée du manifeste a-t-elle interrompues ?

Gurney relut ce qu'il venait de noter, sachant que ce n'était qu'une première étape et qu'il ne devait pas s'attendre d'emblée à une percée fulgurante. Les éclairs de lucidité ne se produisaient jamais sur commande.

Il décida de soumettre sa liste à Hardwick pour voir sa réaction. Ainsi qu'à Holdenfield, pour le même motif. Il songea à en adresser une copie à Kim, mais changea d'avis. Ils n'avaient pas les mêmes motivations, et toutes ces interrogations ne feraient que la plonger dans la confusion.

Il s'installa devant son ordinateur, rédigea deux messages d'introduction distincts à l'intention de Hardwick et de Holdenfield, puis les envoya. Après avoir imprimé une copie supplémentaire pour la montrer à Madeleine, il s'allongea sur le canapé et s'endormit aussitôt.

— Tu veux manger quelque chose ?
— Hmm ?
— C'est l'heure du dîner.
La voix de Madeleine. Quelque part.

Il cligna des paupières, regarda le plafond d'un œil trouble, vit deux araignées glissant sur la surface blanche. Il cilla de nouveau, se frotta les yeux. Les araignées disparurent. Il avait mal à la nuque.

— Quelle heure est-il ?

— Presque six heures.

Elle se tenait sur le seuil.

— Bon Dieu ! (Il se redressa lentement en se massant le cou.) Je me suis assoupi.

— Ça, c'est sûr ! Bon, on passe à table.

Elle retourna dans la cuisine. Il s'étira, puis alla à la salle de bains s'asperger le visage d'eau froide. Quand il rejoignit Madeleine, elle avait disposé sur la table deux grands bols de soupe de poisson fumante, deux assiettes de salade verte, une de pain à l'ail.

— Ça sent bon.

— As-tu parlé des micros à la police ?

— Comment ?

— Les dispositifs d'écoute, la trappe dans le plafond – en a-t-on informé la police ?

— Pourquoi me demandes-tu ça maintenant ?

— Je me posais la question, c'est tout. C'est illégal de mettre un appartement sur écoute, non ? Si c'est un délit, il faut le signaler à la police.

— Oui et non. On devrait sans doute le faire, mais dans la plupart des cas, la loi ne requiert pas de dénoncer un tel délit, à moins que de ce fait on ne fasse entrave à une enquête en cours.

Madeleine le dévisagea, l'air d'attendre la suite.

— Dans la situation qui nous occupe, ajouta-t-il, si j'étais chargé de l'affaire, je préférerais qu'on laisse les choses en l'état.

— Pourquoi ?

— Cela pourrait se révéler un atout. Un micro découvert à l'insu de la personne qui l'a installé pourrait nous fournir un moyen de le piéger.

— Comment ça ?

— On le laisse épier une conversation réglée d'avance qui le pousse à prendre une initiative permettant de l'identifier, voire de l'incriminer. Ça peut se révéler fort utile. Schiff ou les autres inspecteurs de Syracuse ne verront peut-être pas les choses sous cet angle. Ils risquent de démonter le dispositif et de tout faire capoter. Une fois que j'en aurai touché un mot à Schiff, je ne serai plus maître de la situation. D'ici là, je préfère m'accrocher au moindre avantage dont je dispose.

Madeleine hocha la tête avant de goûter la soupe.

— Mange pendant que c'est chaud.

Il prit une cuillerée, reconnut que c'était délicieux.

Elle brisa une tranche de pain à l'ail.

— Pendant que tu faisais la sieste, j'ai lu le papier qui traînait sur la table basse près du canapé, répertoriant les questions que tu te poses à propos de l'affaire.

— Je l'avais laissé là pour ça.

— Es-tu vraiment sûr que la thèse qui prévaut n'est pas fondée ?

— À peu près certain.

— Tu t'attaques à cette enquête comme si elle venait de démarrer.

— C'est une nouvelle affaire qui se trouve remonter à dix ans.

Madeleine examina sa cuiller.

— Si tu tiens à recommencer à la case départ, la première chose à déterminer, je suppose, c'est pourquoi des gens tuent leurs semblables ?

— En dehors des délires liés à quelque mission sacrée, les principaux mobiles sont le sexe, l'argent, le pouvoir et la vengeance.

— Pour quoi pencherais-tu, en l'occurrence ?

— Vu le profil des victimes, je vois mal comment on pourrait alléguer le sexe.

— Je te parie que c'est une question d'argent.

— Pourquoi dis-tu ça ?

Elle haussa légèrement les épaules.

— Des voitures de luxe, des armes coûteuses, des victimes richissimes, tout semble tourner autour de ça.

— Il ne serait pas question de haine de l'argent ? Du pouvoir qu'il confère ? D'éliminer la cupidité ?

— Sûrement pas. Probablement l'inverse.

Gurney sourit. Madeleine avait peut-être flairé une piste.

— Finis ta soupe, dit-elle. Tu ne voudrais pas rater le premier épisode des *Orphelins du meurtre.*

Ils n'avaient pas la télévision, mais disposaient d'un écran d'ordinateur. En plus de diffuser l'émission sur ses chaînes câblées, RAM News avait fait tout un battage autour de sa transmission en simultané sur Internet.

Quand ils se furent installés devant l'iMac, Gurney navigua sur leur site. Il était toujours consterné de découvrir à quel point le monde des médias était devenu *trash.* Et ça allait de mal en pis. Ce sensationnalisme crétin lui faisait l'effet d'un mécanisme qui ne s'orientait que dans une seule direction. La programmation délétère de RAM News battait tous les records.

À la page d'accueil, essentiellement composée d'un énorme logo rouge, blanc et bleu – RAM NEWS NETWORK : LE MONDE SANS FARD –, succédait une autre page présentant leurs séries les plus populaires. Il en parcourut rapidement la liste à la recherche des *Orphelins du meurtre.*

> SECRETS ET MENSONGES : Ce que les médias grand public ne vous disent pas
> DEUXIÈME AVIS : Remise en cause des idées reçues
> APOCALYPSE NOW : Le combat pour sauver l'âme de l'Amérique

La mine sombre, il passa à la page suivante. En tête du récapitulatif des ÉMISSIONS SPÉCIALES, il tomba dessus. Une brève accroche figurait sous le titre : « Qu'advient-il des survivants d'une famille quand un assassin leur a arraché le cœur ? De bouleversantes histoires vraies de rage et de chagrin. Premier épisode ce soir à 19 heures. »

Dix minutes plus tard, à 19 heures précises, le premier épisode débuta.

L'écran était presque entièrement sombre. Le hululement lugubre d'une chouette laissait supposer que le spectateur avait sous les yeux une route de campagne en pleine nuit. Un homme surgissait des ténèbres dans l'étroit faisceau de lumière projeté par les phares d'une voiture garée sur le bas-côté. Sous l'éclairage oblique, il avait les traits anguleux d'un personnage de film policier.

Il prit la parole d'une voix posée, solennelle :

« Tout a commencé il y a dix ans exactement, au printemps 2000, dans les coteaux du nord de l'État de New York, sur une route isolée comme celle-ci par une nuit sans lune, alors que la rigueur de l'hiver se faisait encore sentir. Bruno et Carmella Mellani rentraient chez eux à la campagne après avoir assisté à un baptême en ville. Ils parlaient peut-être des événements joyeux de la journée, des chers parents et amis qu'ils avaient été contents de revoir après si longtemps quand un véhicule surgit soudain derrière eux et entreprit de les dépasser dans un long virage. Au moment où la voiture lancée à toute vitesse arrivait à la hauteur du couple... »

La séquence suivante se déroulait à l'intérieur faiblement éclairé d'un véhicule roulant dans la nuit. Impossible de discerner les traits du conducteur et de sa passagère qui bavardaient à voix basse en s'esclaffant de temps à autre. Quelques secondes plus tard, les phares de la voiture dans leur sillage apparaissaient, de plus en plus aveuglants, avant de se déplacer vers la gauche, laissant supposer qu'elle était sur le point de les dépasser. Soudain, un éclair de lumière blanche envahit l'écran, accompagné d'un effet sonore retentissant – un coup de feu. On entendit ensuite le crissement de pneus d'un véhicule dérapant sur la chaussée, des froissements métalliques interminables assortis de bris de verre.

Face à la caméra, le présentateur se pencha pour ramasser un pan de carrosserie tordue qu'il brandit comme s'il détenait une pièce à conviction.

« La voiture des Mellani quitta la route, tellement compactée que les premiers intervenants d'urgence eurent du mal à identifier le modèle et la marque. Un tiers du crâne de Bruno Mellani avait été arraché par l'impact d'une énorme balle provenant d'une arme de poing extrêmement puissante. Les blessures de Carmella, son épouse, la plongèrent dans le coma où elle se trouve encore aujourd'hui. »

Les yeux rivés sur l'écran, Madeleine plissa le nez de dégoût. Elle semblait trouver l'approche de RAM News plus dérangeante encore que l'événement évoqué.

Le narrateur se lança ensuite dans une description tarabiscotée des cinq autres agressions perpétrées par le Bon Berger, avec en point d'orgue un exposé détaillé du fiasco Harold Blum à l'origine du désastre dans la vie et la carrière de Max Clinter.

— Il en rajoute beaucoup, je trouve, commenta Madeleine en se tournant vers Gurney.

Celui-ci hocha la tête.

La caméra zooma sur le narrateur changé en présentateur, assis dans un studio de la chaîne en compagnie de deux hommes.

« Dix ans, reprit-il. Dix longues années. Pour certains d'entre nous, pourtant, c'est comme si c'était arrivé hier. Pourquoi revenir sur ces horreurs maintenant ? me direz-vous. La réponse est simple. Parce que dix ans est une étape, une étape où nous trouvons souvent approprié de faire une halte et de méditer sur nos triomphes aussi bien que nos tragédies.

Le présentateur se tourna vers l'homme à la peau sombre en face de lui.

— Docteur Mirkilee, vous êtes expert en psycholinguistique judicaire. Pourriez-vous expliquer ce terme à nos téléspectateurs ?

— Bien sûr. Il s'agit de déceler la pensée à travers les mots. (Il parlait d'une petite voix précise, rapide, comme c'est souvent le cas des Indiens. Un bandeau apparut au bas de l'écran : Docteur Sammarkan Mirkilee, PhD.)

— La pensée ?

— D'un individu. Ses émotions. Son passé. Le mode de fonctionnement de son esprit.

— Votre spécialité consiste donc à définir la manière dont les mots, la grammaire, le style d'une personne concourent à révéler sa personnalité ?

— C'est cela.

— Très bien, docteur. Je vais vous lire quelques extraits d'un document envoyé par le Bon Berger aux médias il y a dix ans. Ensuite je vous demanderai votre avis sur l'esprit de son auteur. Vous êtes prêt ?

— Tout à fait. »

Le présentateur débita un long topo à propos de la nécessité d'« éradiquer la cupidité » et d'« exterminer ses adeptes » afin de libérer la planète de « cette infâme contamination », que Gurney reconnut comme étant l'introduction de la déclaration d'intention du Bon Berger, plus connue sous le nom de manifeste.

« Bien, docteur Mirkilee, reprit-il en posant la feuille sur la table, à quel type d'individu avons-nous affaire ?

— En termes simples, il est à la fois très logique et très émotif.

— Pourriez-vous développer, je vous prie ?

— Beaucoup de tension dans l'écriture, des styles, des attitudes distincts.

— Seriez-vous en train de nous dire qu'il a des personnalités multiples ?

— Ça, ce sont des sornettes. Un tel trouble n'existe pas. C'est pour les romans, le cinéma.

— Je croyais que vous aviez dit…

— On décèle plusieurs *tons*. Successifs. Nous avons affaire à un être très instable.

— Vous jugeriez un tel individu dangereux, je présume ?

— Évidemment. Il a tué six personnes, non ?

— Je ne vous le fais pas dire ! Une toute dernière question. Pensez-vous qu'il rôde encore quelque part dans l'ombre ? »

Le docteur hésita.

« Je vous dirai ceci. Si c'est le cas, je suis prêt à parier qu'il regarde cette émission à l'heure qu'il est. Qu'il la regarde et qu'il réfléchit.

— Qu'il *réfléchit* ? (Le présentateur marqua une pause, comme s'il s'efforçait d'évaluer la portée de ce commentaire.) Voilà qui donne la chair de poule. Un assassin arpentant nos rues à cet instant, en train de *ruminer sa prochaine attaque*. »

Il prit une grande inspiration, pour se calmer les nerfs sans doute, avant d'enchaîner alors que la caméra zoomait sur lui :

« Le moment est venu d'adresser quelques messages importants à nos téléspectateurs… »

Gurney saisit la souris et fit glisser l'icône du son sur zéro. Sa réaction instinctive aux spots publicitaires.

Madeleine lui jeta un regard en coulisse.

— On n'a même pas encore vu Kim, et déjà je perds patience.

— Moi aussi, mais il faut au moins que je regarde l'interview qu'elle a faite de Ruth Blum.

— Je sais, répondit Madeleine, un petit sourire au coin des lèvres.

— Qu'est-ce qu'il y a ?

— Au fond, toute cette situation a quelque chose d'ironique. Quand tu étais en convalescence et que les effets secondaires ne se dissipaient pas aussi vite que tu le souhaitais, tu as sombré. Plus tu t'enfonçais, moins tu en faisais. Et moins tu en faisais, plus tu t'enfonçais. C'était pénible de te voir comme ça. Ça te tuait d'être inactif. Voilà que toute cette folie, ce danger, t'ont ramené à la vie. Avant, tu restais assis à la table de petit déjeuner à passer ta main le long de ton bras, à tâter la zone engourdie pour voir si tu notais un changement, si ça avait empiré. Tu ne l'as pas fait une seule fois depuis le début de la semaine, figure-toi.

Ne sachant que répondre, il préféra garder le silence.

Sur l'écran, la dernière publicité s'acheva par un fondu au noir. Le studio réapparut.

Gurney remonta le son, juste à temps pour entendre la question adressée par le présentateur à son autre invité.

« Nous sommes ravis de vous avoir parmi nous, docteur Cockrell. L'Amérique vous connaît en qualité de spécialiste de la colère. Pouvez-vous nous dire, docteur, comment vous interprétez cette vague de crimes perpétrés par le Bon Berger ? »

Cockrell marqua un temps d'arrêt pour faire bonne mesure.

« C'est la guerre, il n'y a pas d'autre mot. Les agressions et le manifeste destiné à les justifier ont pour but de provoquer une guerre des classes. Il s'agit d'une tentative illusoire visant à punir ceux qui font de brillantes carrières au nom de tous ceux qui échouent. »

Le présentateur et ses deux invités se lancèrent ensuite dans une discussion à bâtons rompus de trois minutes – une éternité à la télévision – pour finalement tomber d'accord sur le fait que le droit au port d'armes était parfois la seule protection contre ces esprits pernicieux.

Gurney baissa à nouveau le son et se tourna vers Madeleine.

— Quoi ? demanda-t-elle. Je vois bien que tu fais marcher tes méninges.

— Je pensais à ce qu'a dit l'Indien.

— Que le meurtrier devait être en train de regarder cette émission débile ?

— Oui.

— Pourquoi prendrait-il cette peine ?

C'était une question rhétorique à laquelle Gurney ne répondit pas.

Il leur fallut patienter péniblement encore cinq bonnes minutes avant que démarre l'interview de Ruth Blum. Kim et elle étaient assises face à face à la terrasse d'une maison. Il faisait beau. Elles portaient toutes les deux des vestes légères à fermeture Éclair.

Ruth Blum était une femme rondelette, d'âge moyen, dont les traits paraissaient marqués par la tristesse. Gurney trouva sa coiffure un peu grotesque, touchante – une masse désordonnée de boucles châtain. On aurait dit qu'un yorkshire s'était perché sur sa tête.

« C'était le meilleur homme du monde. (Elle marqua une pause, comme pour laisser à Kim le temps d'apprécier cette grande vérité.) Gentil, chaleureux… cherchant inlassablement à se bonifier. Avez-vous remarqué que les meilleurs d'entre nous s'efforcent toujours de s'améliorer ? Mon Harold était comme ça.

— Sa perte a sans doute été la pire chose qui vous soit arrivée dans la vie.

— Mon médecin m'a recommandé des antidépresseurs. *Des antidépresseurs*, répéta-t-elle, à croire que c'était le conseil le plus inconsidéré qu'on lui ait jamais donné.

— Le temps a-t-il apaisé votre souffrance ?

— Oui et non. Il m'arrive encore de pleurer.

— Mais la vie continue.

— Oui.

— Avez-vous appris des choses sur l'existence que vous ignoriez avant le meurtre de votre mari ?

— Je me rends compte à quel point tout est éphémère. Autrefois, je pensais que j'aurais toujours ce que j'avais, que Harold serait toujours auprès de moi, que jamais je ne perdrais ce qui importait à mes yeux. C'était idiot. Il n'empêche que c'est ce que je croyais. En vérité, si l'on vit assez longtemps, on perd tout, et tout le monde. »

Kim sortit un mouchoir de sa poche et se tamponna les yeux.

« Comment vous êtes-vous rencontrés, Harold et vous ?

— À un bal du lycée. (Ruth retraça alors les épisodes marquants de sa relation avec son mari pour en revenir finalement à son thème du cadeau que vous fait la vie avant de vous le reprendre.) On pensait que ça durerait éternellement. Mais il n'en est jamais ainsi, pas vrai ?

— Comment vous en êtes-vous sortie, en définitive ?

— Grâce aux autres victimes, principalement.

— Les autres victimes ?

— Au soutien que nous nous sommes apporté mutuellement. Nous avions tous perdu un être cher dans les mêmes circonstances. Nous avions cela en commun.

— Vous avez constitué un groupe de soutien ?

— Nous avons formé une vraie famille pendant quelque temps. Nous étions encore plus proches qu'une famille. On était tous différents, mais on avait ce lien solide entre nous. Je me souviens de Paul, le comptable, si discret. Il ne desserrait presque jamais les dents. De Roberta, plus robuste qu'un homme. Le docteur Sterne était la voix de la raison, il avait le don de calmer les gens. Et puis il y avait ce jeune homme qui voulait ouvrir un restaurant chic. Qui d'autre ? Oh oui, mon Dieu ! Jimi. Comment ai-je pu l'oublier ? Jimi Brewster. Il détestait tout, et tout le monde. Je me demande souvent ce qu'il est devenu.

— Je l'ai retrouvé, indiqua Kim, et il a accepté de me parler. Il va participer à notre programme.

— Tant mieux pour lui. Ce pauvre Jimi. Tant de colère contenue. Vous savez ce qu'on dit à propos des gens qui écument de rage à ce point ?

— Non. Que dit-on ?

— Que c'est eux-mêmes qu'ils blâment. »

Kim garda le silence un long moment avant de reprendre :

« Et vous, Ruth ? Êtes-vous en colère à cause de ce qui s'est passé ?

— Parfois, mais surtout je suis triste... »

Les larmes commencèrent à couler sur ses joues.

Un fondu au noir mit fin à la vidéo de l'interview. Suivit un plan du présentateur dans le studio en compagnie de Kim. Gurney supposa que c'était pour enregistrer ce passage de l'émission qu'elle s'était rendue en ville.

« Je ne sais pas quoi dire, déclara le présentateur. J'en reste sans voix. C'était tellement... poignant. »

Kim baissa les yeux avec un sourire gêné.

« Tellement poignant, répéta-t-il. J'aimerais en parler dans un instant avec vous, Kim, mais avant cela je souhaiterais vous poser une question. (Il se pencha vers elle et baissa la voix, prenant un ton confidentiel.) Est-ce vrai que vous avez embarqué un inspecteur des homicides réputé dans ce projet de documentaire ? Dave Gurney. L'homme que le magazine *New York* a qualifié un jour de superflic ? »

Un coup de feu n'aurait pas attiré plus sûrement l'attention de Gurney. Il étudia le visage de Kim sur l'écran. Elle n'avait pas l'air d'en revenir.

« Si l'on veut, dit-elle après un temps d'arrêt. Disons qu'il m'a conseillée sur certains aspects de cette affaire.

— Cela vous ennuierait d'être plus précise ? »

L'hésitation de Kim persuada Gurney que le présentateur l'avait réellement prise au dépourvu.

« Il s'est passé des choses étranges que je préférerais ne pas évoquer pour le moment. Quelqu'un essaie semble-t-il d'empêcher la diffusion des *Orphelins du meurtre*. »

Le présentateur afficha une inquiétude feinte.

« Continuez...

— Eh bien, il s'est produit un certain nombre d'incidents que l'on pourrait interpréter comme des mises en garde, pour nous inciter à prendre nos distances avec l'affaire, à laisser tomber.

— Votre *conseiller* a-t-il des théories à ce sujet ?

— Il semble avoir un point de vue distinct de l'avis général sur cette enquête. »

Le présentateur paraissait fasciné.

« Votre expert pense que le FBI a fait fausse route pendant toutes ces années ? C'est ça ?

— Il faudra que vous lui posiez vous-même la question. Je me suis déjà trop étendue. »

Je ne te le fais pas dire, pensa Gurney.

« Dès lors que c'est la vérité, Kim, on n'en dit jamais assez ! Je poursuivrai peut-être avec l'inspecteur Gurney en personne – à temps pour le prochain volet de notre série, je l'espère. En attendant, j'invite nos téléspectateurs à réagir ! Faites-nous part de vos impressions. Connectez-vous sur notre site et dites-nous ce que vous pensez de tout ça. »

L'adresse Web – RAM4NEWS.COM – apparut en bas de l'écran en lettres clignotantes, rouges et bleues.

Le présentateur se pencha vers Kim.

« Il nous reste une minute. Pourriez-vous résumer le fond de l'affaire du Bon Berger en quelques mots ?

— En quelques mots ?

— Oui. »

Elle ferma les yeux.

« Amour. Perte. Souffrance. »

La caméra zooma sur le présentateur.

« Voilà, mesdames messieurs. Amour, perte et souffrance extrême. La semaine prochaine, nous nous intéresserons au cas d'une autre famille anéantie par le Bon Berger. Et n'oubliez pas, d'après ce qu'on en sait, l'homme est toujours quelque part parmi nous. *Un homme pour qui... la vie humaine... ne signifie rien.* Restez à l'écoute de RAM News. Nous vous tenons au courant de tout. Et soyez vigilants, mes amis. Nous vivons une époque dangereuse. »

Un autre fondu au noir suivit.

Gurney ferma le navigateur et mit l'ordinateur en veille avant de s'adosser à son fauteuil.

Madeleine lui décocha un regard en coulisse.

— Qu'est-ce qui te préoccupe ?

— Là, tout de suite ? Je ne sais pas trop.

Il remua sur son siège, ferma les yeux, attendit que le premier élément perturbant remonte à la surface. Curieusement, ce ne fut pas l'émission qu'ils venaient de regarder, aussi exécrable fût-elle.

— Que penses-tu de cette histoire entre Kim et Kyle ?

— Ils éprouvent manifestement de l'attrait l'un pour l'autre. Qu'est-ce qu'il y a à en penser ?

Il secoua la tête.

— Je ne sais pas.

— Ce que Kim a dit à la fin de l'émission, à propos de tes doutes quant à l'attitude du FBI dans cette affaire, cela risque-t-il de te causer des ennuis ?

— Ça pourrait rendre les choses encore plus désagréables avec l'agent Trout. Peut-être taper sur ses nerfs de maniaque du contrôle au point de lui donner envie de me compliquer la vie sur le plan juridique.

— Y a-t-il un moyen d'empêcher ça ?

— Bien sûr. Il suffit que je prouve que son enquête n'a ni queue ni tête. Auquel cas, il aurait des problèmes plus graves que moi à régler.

CHAPITRE 31

Le retour du Berger

QUAND GURNEY SE RÉVEILLA le lendemain matin à sept heures et demie, il pleuvait. Le genre de crachin pouvant durer des heures.

Comme d'habitude, les deux fenêtres à guillotine étaient baissées de quelques centimètres. Il faisait frais et humide dans la chambre. Bien que le soleil fût levé depuis une heure, le losange de ciel visible depuis l'endroit où sa tête reposait sur l'oreiller était d'un gris peu engageant qui faisait penser à une dalle mouillée.

Madeleine était déjà debout. Gurney s'étira, se frotta les yeux. Il n'avait aucune envie de se rendormir. Son dernier rêve, agité, incluait un parapluie noir. Alors qu'il s'ouvrait, de lui-même apparemment, le tissu se déployant telles les ailes d'une énorme chauve-souris qui se métamorphosait en un vautour noir, la poignée incurvée du parapluie s'affinait pour figurer un bec recourbé. Puis, au gré de cette logique étrange laissant libre cours au monde onirique, l'oiseau de proie se transformait à son tour dans le courant d'air froid provenant des fenêtres entrouvertes – dont le contact désagréable l'avait tiré de son sommeil.

Il s'extirpa du lit. Une manière de mettre une certaine distance entre ce cauchemar et lui. Il prit une douche bien chaude, ce qui avait le don de lui éclaircir les idées, de simplifier la réalité, se rasa, se brossa les dents, s'habilla puis descendit prendre un café dans la cuisine.

— Appelle Hardwick, lui dit Madeleine, sans lever les yeux de la cuisinière, en ajoutant une poignée de raisins à la mixture qui mijotait dans une petite casserole.

— Pourquoi ?

— Il a téléphoné il y a un quart d'heure.

— A-t-il précisé ce qu'il voulait ?

— Il a dit qu'il avait une question à te poser à propos de ton mail.

— Hum. (Il s'approcha de la cafetière, se servit une tasse.) J'ai rêvé d'un parapluie noir.

— Il avait l'air pressé que tu rappelles.

— Je vais le faire. Mais dis-moi, comment finit ce film déjà ?

Madeleine transvasa le contenu de la casserole dans un bol qu'elle porta à la table du petit déjeuner.

— Je ne m'en souviens pas.

— Tu m'as décrit cette scène en détail – celle où des tireurs d'élite traquaient un type. Il se réfugie dans une église, et quand il en ressort un peu plus tard, ses poursuivants n'arrivent pas à l'identifier parce que tous les fidèles sont vêtus de noir eux aussi et portent un parapluie noir. Que se passe-t-il ensuite ?

— Il a la vie sauve, me semble-t-il. Parce que les tueurs ne peuvent pas tirer sur tout le monde.

— Hmm.

— Qu'est-ce qu'il y a ?

— Imagine qu'ils les aient tous abattus.

— Ce n'est pas ce qui arrive dans le film.

— Mais imagine. Suppose qu'ils aient descendu tout le monde, sachant que c'était le seul moyen pour eux d'être sûrs d'avoir atteint leur cible. Et qu'en débarquant sur les lieux, la police ait découvert une multitude de cadavres gisant là dans la rue. Qu'aurait-elle pensé ?

— Je n'en ai pas la moindre idée. Peut-être qu'un fou avait décidé de s'en prendre à des pratiquants ?

Gurney hocha la tête.

— Exactement. Surtout si elle avait reçu une lettre le jour même d'un individu déclarant que les gens dévots étant la lie de la terre, il prévoyait de les exterminer.

— Attends une minute... (Madeleine n'avait pas l'air d'en croire ses oreilles.) Serais-tu en train de suggérer que si le Bon Berger a perpétré cette tuerie, c'est parce qu'il n'arrivait pas à savoir qui était vraiment sa cible ? Qu'il a continué à tuer des gens à bord d'un véhicule d'une certaine marque jusqu'à ce qu'il soit certain d'avoir abattu celui qu'il visait ?

— Je n'en sais rien, mais j'ai la ferme intention d'en avoir le cœur net.

Madeleine secoua la tête.

— Je ne vois pas comment... (Elle fut interrompue par la sonnerie du téléphone posé sur le comptoir à côté du réfrigérateur.) Je te conseille de répondre. Ça doit être tu sais qui.

Il décrocha. C'était bien lui.

— T'es enfin sorti de ta douche ?

— Bonjour, Jack.

— J'ai reçu ton mail. Ton orientation d'enquête ainsi que ta liste de questions.

— Et alors ?

— Tu mets l'accent sur le fait qu'il y a une différence de style entre le texte du manifeste et les actes commis par le tireur ?

— On peut dire ça comme ça.

— Tu sous-entends qu'à en juger d'après son mode opératoire, le gus est beaucoup trop pragmatique, pondéré et réfléchi pour avoir le genre d'idées décrites dans le manifeste. Ai-je bien compris en dépit de la petite taille de ma cervelle ?

— Il me semble qu'il y a un décalage, oui.

— Je vois. Intéressant. Mais ça pose un problème au lieu d'en résoudre un.

— Comment ça ?

— Tu laisses entendre que le mobile de ces crimes n'a rien à voir avec ce qu'il proclame dans sa déclaration d'intention.

— Exact.

— Les victimes ont donc été choisies pour une autre raison – pas parce que ce sont des rupins qui affichent leurs goûts de luxe et méritent de crever ?

— C'est ça.

— Notre petit génie super cool, à l'esprit ultra pratique, aurait donc un motif pragmatique secret de trucider les gens ?

— Oui.

— Tu vois où est le problème ?

— Dis-moi.

— Si la motivation foncière du tueur concernant le choix de ses cibles est sans rapport avec le fait qu'elles étaient au volant d'une Mercedes d'une valeur de 100 000 dollars, nous sommes forcés d'en déduire que cette donnée est hors de propos. Que c'est une putain de coïncidence. Tu es déjà tombé sur un truc pareil, mon petit Davey ? Ce serait comme si on découvrait que toutes les victimes de Bernie Madoff avaient par hasard un petit lutin tatoué sur la fesse. Tu me suis ?

— J'ai compris, Jack. Autre chose dans mon mail qui t'aurait fait tiquer ?

— À vrai dire, oui. Une autre de tes questions. En fait, trois questions tournant autour du même problème. *Tous ces crimes avaient-ils la même importance ? Leur ordre chronologique a-t-il un sens ? L'un d'eux aurait-il été rendu nécessaire par un autre ?* Qu'est-ce qui, dans cette affaire, soulève de telles interrogations ?

— Mon attention est parfois attirée par ce qui manque. Étant donné la nature de la thèse dominante, il manque un paquet de trucs – entre les pistes inexplorées et les questions restées sans réponse. Selon le postulat de base, ces meurtres étaient les composantes identiques d'une déclaration pseudo-philosophique rédigée par l'assassin. Dès lors qu'on accepte ce principe, on cesse de les considérer comme des événements distincts ayant en puissance des objectifs différents. Or, il est concevable que ces crimes n'aient pas tous la même importance, et même qu'ils n'aient pas été commis pour le même motif. Tu me suis ?

— Difficile à dire. Ça t'ennuierait d'être un peu plus précis ?

— As-tu vu un film intitulé *L'Homme au parapluie noir* ?

Il ne l'avait pas vu, n'en avait même jamais entendu parler. Gurney lui raconta donc l'histoire en concluant sur l'hypothèse qu'il avait émise en présence de Madeleine : et si les tireurs embusqués avaient abattu tout le monde ?

Après un long silence, Hardwick posa une question qui se trouvait être une variante de celle que Madeleine avait soulevée un peu plus tôt.

— Tu veux dire que les cinq premières agressions auraient été des *erreurs* ? Qu'à la sixième tentative, l'assassin aurait finalement tiré le gros lot ? Aide-moi à comprendre. S'il s'agissait d'un homme de main, comme les gars dans ton film, quel profil de cible lui aurait-on fourni ? Un type au volant d'une Mercedes de luxe ? Il devait rouler la nuit, tirer à travers des vitres de bagnole avec le plus gros pétard du monde et voir qui il descendait ? J'ai un peu de mal à avaler ça.

— Moi aussi. Mais tu sais quoi ? Je commence à avoir l'impression que je suis sur le bon terrain de jeu même si je ne sais pas encore très bien à quoi on joue.

— *Pas très bien ?* Tu n'as pas la queue d'une idée, tu veux dire.

— Tu devrais être un peu plus positif.

— Tu as d'autres paroles sensées à me servir, Sherlock, avant que je me mette à dégobiller ?

— Juste une chose. L'agent spécial Trout est obsédé par l'idée que je puisse avoir accès à des informations confidentielles. Surveille tes arrières, Jack.

— Qu'il aille se faire voir ! D'autres petits secrets que tu voudrais que je balance dans ta direction ?

— Puisque tu me poses la question, as-tu progressé dans tes recherches sur Emilio Corazon ?

— Pas encore. Il s'est volatilisé, va savoir comment.

À 8 h 45, Madeleine partit à la clinique. Il pleuvait toujours.

Gurney s'installa devant son ordinateur, imprima une copie du mail qu'il avait envoyé à Hardwick et passa une nouvelle fois en revue les questions qu'il avait listées, s'arrêtant sur une en particulier : « Pourquoi les crimes ont-ils eu lieu au cours du printemps 2000 ? »

Plus il se persuadait que ces crimes étaient essentiellement pragmatiques, plus l'élément du *timing* acquérait de l'importance.

En règle générale, les tueries liées à la notion psychotique de « mission » appartiennent à deux catégories bien définies : l'approche « Big Bang », où le tireur s'introduit au milieu d'une foule, dans une poste ou une mosquée par exemple, et se met à canarder tous azimuts sans que personne n'en réchappe. 99 % du temps, ces types-là (et ce sont toujours des hommes) finissent par retourner l'arme contre eux quand il n'y a plus personne à descendre. Et l'autre catégorie : les gars qui déversent leur bile au compte-gouttes sur une période de dix ou vingt ans. Ils éprouvent du plaisir à faire exploser la tête ou la main de quelqu'un avec une lettre piégée chaque année, ou un an sur deux, mais tiennent à avoir la vie sauve.

Les crimes du Bon Berger ne cadraient avec aucun de ces schémas. Il y avait une froideur palpable chez lui, une absence totale d'émotion, et puis cette planification, cette exécution parfaites. Gurney était abîmé dans ses pensées quand le téléphone sonna, à 9 h 15.

C'était Hardwick, une fois de plus, mais il avait un ton plus pesant qu'auparavant.

— Quelle que soit la partie de cons qui se joue sur ce foutu terrain, ça ne s'arrange pas. Ruthie Blum vient d'être retrouvée assassinée.

La première pensée de Gurney, qui lui donna instantanément la nausée, fut qu'elle avait dû prendre une balle dans le crâne comme son mari, dix ans plus tôt. L'image répugnante qui lui vint à l'esprit fut celle de cette espèce de yorkshire plein d'entrain qu'elle avait sur la tête, réduit en une bouillie sanglante.

— Oh, non ! Mon Dieu ! Où ça ? Comment ?

— Chez elle. Un pic à glace en plein cœur.

— Quoi ?

— C'est la surprise ou tu es dur de la feuille ?

— Un pic à glace ?

— Un seul coup, sous le sternum. De bas en haut.

— Mon Dieu ! Quand est-ce arrivé ?

— Un peu après onze heures hier soir.

— Comment le sait-on ?

— Elle a posté un message sur Facebook à 22 h 58. On a découvert le corps à 3 h 40 ce matin.

— Elle habitait déjà dans cette maison il y a dix ans quand…

— Exact. Même baraque. C'est également là que notre petite Kim l'a interviewée pour son émission sur RAM.

Gurney réfléchissait à toute vitesse.

— Qui a trouvé le corps ?

— Des flics de la garnison d'Auburn en Zone E. C'est une longue histoire. Une amie de Ruth, qui veillait tard, a lu son message sur Facebook, qu'elle a trouvé troublant. Du coup, elle a répondu, pour savoir si tout allait bien. Pas de réaction. Elle a envoyé un mail. Toujours rien. Elle s'est décidée à appeler. Que dalle. Le répondeur. À la fin, elle a paniqué et contacté le poste de police local. L'appel a été transmis au bureau du shérif, et finalement à Auburn. Auburn a joint une voiture qui patrouillait dans le coin. Le flic s'est rendu chez elle, tout avait l'air tranquille. Aucun signe d'agitation, rien…

— Attends une seconde. As-tu la moindre idée de ce que disait le message de Ruth Blum pour provoquer tout ce remue-ménage ?

— Je viens de te l'envoyer par mail.

— Comment l'as-tu eu ?

— Andy Clegg.

— C'est qui ?

— Un petit jeune de la Zone E. Tu ne te souviens pas de lui ?

— Je devrais ?

— L'affaire Piggert.

— Ah. Ce nom me dit quelque chose maintenant. Mais je ne me rappelle plus sa tête.

— Son premier job à sa sortie de l'école de police – le jour même où il a été embauché – a été de répondre à ma demande de renforts quand j'ai retrouvé la moitié du corps de Mme Piggert. Ça a aussi été sa première occasion de rendre ses tripes en public. Il en a largement profité.

La célèbre affaire de l'homicide incestueux perpétré par Peter Piggert avait été le point de départ de la relation tendue mais productive entre Hardwick et Gurney. Ce dernier travaillait au NYPD à l'époque, et Hardwick à la NYSP. Ils enquêtaient l'un et l'autre sur des aspects de l'affaire relevant de leur juridiction respective quand un sinistre hasard les avait réunis. À cent cinquante kilomètres de distance, ils avaient découvert chacun la moitié d'un corps. Le même jour.

— Nous l'avons rencontré à une petite réunion alors que tu avais mis la main sur l'insaisissable M. Piggert, baiseur et assassin de sa mère. Le jeune Andy avait été très impressionné par tes talents, et dans une moindre mesure par les miens. On a gardé le contact.

— Et où tout cela nous mène-t-il ?

— Quand les premières infos sur le meurtre de Blum nous ont été transmises ce matin par l'intermédiaire du CJIS, j'ai passé un petit coup de fil à Andy et j'ai eu droit à toute l'histoire. Je me suis dit que c'était maintenant ou jamais. Dès que Trout sera au parfum et aura mesuré les implications, il ne manquera pas d'intervenir en déclarant que ce crime s'inscrit dans le cadre de l'enquête en cours sur le Bon Berger. Il bloquera toute issue, tu peux en être sûr.

— Ce qui nous ramène à ma question. Qu'est-ce que le message de…

— Jette donc un œil au mail que je t'ai envoyé.

— Entendu.

Gurney posa le téléphone et ouvrit sa boîte mail. Le message était bien là.

Posté par Ruth J. Blum :
Quelle journée ! J'ai passé un temps fou à me demander à quoi allait ressembler le premier épisode des Orphelins du meurtre tout en essayant de me rappeler les questions que Kim m'avait posées quand elle est venue me voir. Et mes réponses. Certaines m'étaient sorties de l'esprit. J'espère avoir réussi à exprimer ce que je ressentais. J'estime qu'en règle générale, la télé passe à côté des choses importantes, comme Kim me l'a fait remarquer elle-même. Ils mettent trop l'accent sur le sensationnel, au lieu de se concentrer sur les faits essentiels. J'avais dans l'espoir qu'il en serait autrement pour cette émission dans la mesure où Kim me

semblait sortir du lot. Je n'en suis plus si sûre à présent. J'étais un peu déçue. J'ai l'impression qu'ils ont coupé une bonne partie de l'interview pour faire de la place pour leurs « experts », les réclames et tout le reste. J'appellerai Kim demain matin pour lui poser la question.

Désolée. Je dois m'interrompre. Quelqu'un vient de se garer dans mon allée. Qui ça pourrait bien être ? Il est presque onze heures. C'est une de ces grosses cylindrées d'aspect militaire. À plus tard.

Gurney relut le message avant de reprendre son téléphone.

— Tu es toujours là, Jack ?

— Ouais… Sa copine d'Ithaca vérifie donc ses mails, sur le coup de minuit. Elle s'aperçoit qu'elle a un message sur Facebook. Elle clique dessus et trouve le texte posté par Ruth à 22 h 58, avant qu'elle descende voir qui est venu lui rendre visite dans ce gros véhicule militaire. Ça pourrait être un Hummer. Qu'est-ce que tu en penses ?

— C'est possible.

Gurney entrevit le Humvee couvert de peinture de camouflage, fin prêt pour le combat, de Max Clinter.

— Si ce n'était pas un Hummer, qu'est-ce que ça pouvait bien être ? Bref, la copine se démène pour joindre Ruthie, et comme je te l'ai dit, un gars en patrouille finit par se pointer, fait le tour du périmètre, en conclut que tout va bien. Il s'apprête à rebrousser chemin quand l'amie débarque, dans tous ses états. Elle vient de se taper quarante bornes et insiste pour que le gars force la porte parce qu'elle a le pressentiment qu'il est arrivé quelque chose. Elle décrète que, dans le cas contraire, c'est elle qui le fera. Grosse dispute. Le jeune flic est sur le point de lui passer les menottes quand un de ses collègues plus âgé, plus aguerri, arrive sur les lieux et calme le jeu. Ils entreprennent d'inspecter la baraque et finissent par trouver une fenêtre ouverte. Re-palabres. Ils se foutent sur la gueule, etc., etc. En bref, les deux policiers finissent par entrer et tombent sur le corps de Ruth Blum.

— Où ça ?

— Dans l'entrée, près de la porte. À croire qu'elle a ouvert, et bang !

— Le légiste est sûr qu'il s'agissait d'un pic à glace ?

— Pas le moindre doute. D'après Clegg, il était toujours enfoncé.

— Tu penses qu'il me laisserait accéder à la scène de crime ?

— Hors de question. Elle a été scellée avec un kilomètre de ruban jaune par des gars aux yeux desquels tu représentes forcément un problème. Leur tâche consiste à figer ladite scène jusqu'à ce que les techniciens rentrent chez eux et que l'équipe de la Brigade refile le bébé au FBI. Ne compte pas sur eux pour exposer leur popotin afin qu'une huile de la ville retirée des affaires ait tout loisir de se balader sur les lieux.

Gurney mourait d'envie d'aller faire un tour là-bas. La description d'une scène de crime fournissait à peu près dix pour cent des informations qu'on pouvait recueillir soi-même sur place. Mais Hardwick avait sans doute raison. Gurney ne voyait pas en quoi quelqu'un de la BC, sans parler du FBI, pourrait trouver un avantage à l'impliquer dans cette affaire. Du coup, il se demanda quel intérêt Jack avait à le faire. Chaque fois qu'il transmettait des informations provenant d'un dossier confidentiel ou d'une source interne, il prenait des risques. Or, c'était presque devenu une habitude chez lui.

Était-il à ce point désireux de faire éclater la vérité en toutes circonstances qu'il n'hésite pas à faire fi du règlement et à mettre sa carrière en péril ? À moins qu'il ne soit motivé par une volonté obsessionnelle de mettre les gros bonnets dans l'embarras. Et si le danger en soi, le bord vertigineux de la falaise, l'attirait avec autant de force qu'il rebutait des êtres plus sains d'esprit ? Gurney s'était déjà posé ces questions à son sujet. Une nouvelle fois, il en conclut qu'on pouvait sans doute répondre à toutes par l'affirmative.

— Alors, mon petit Davey… (La voix de Hardwick le ramena brusquement dans le présent.) L'intrigue se corse, on dirait. À moins que tout te paraisse désormais plus clair. Qu'en est-il ?

— Je n'en sais rien, Jack. Un peu des deux. Tout dépend de ce qui va se passer ensuite. C'est tout ce que tu as pu tirer de Clegg ?

— À peu de choses près, oui. (Hardwick hésita. Son engouement pour les pauses oratoires agaçait Gurney au plus haut point, mais c'était un prix acceptable à payer pour ce qui suivait le plus souvent.) Tu te souviens des petits animaux en plastique que le Bon Berger laissait sur les lieux des agressions ?

— Oui.

Il y avait pensé le matin même en se demandant quelle était leur fonction.

— Eh bien, on en a retrouvé un sur la scène de crime. Posé délicatement sur la bouche de Ruth Blum.

— Sur sa bouche ?

— Sa bouche.

— Quel genre d'animal ?

— Clegg pense qu'il s'agit d'un lion.

— Le premier de la série d'origine n'était-il pas un lion aussi ?

— Bonne mémoire, champion. Quelles sont les chances, à ton avis, d'en voir cinq autres apparaître ?

Gurney ne sut que répondre.

Dès qu'il eut raccroché, il appela Kim. Était-elle toujours chez Kyle ? Son coup de fil les surprendrait-il au lit ensemble ? Que prévoyaient-ils de faire de leur journée ? Savaient-ils…

L'appel bascula sur la boîte vocale. Il laissa un bref message.

— Bonjour. Je ne sais pas si vous êtes déjà au courant, mais Ruth Blum est morte. Elle a été assassinée chez elle, à Aurora, tard dans la nuit. Le Bon Berger est peut-être de retour, ou bien quelqu'un cherche à nous le faire croire. Appelez-moi dès que possible.

Il tenta de joindre Kyle, laissa le même message.

Il resta planté là à contempler le flanc de colline gris et humide par la fenêtre côté nord. La pluie avait cessé, mais les avant-toits continuaient à dégouliner. Les nouvelles données fournies par Hardwick dispersaient ses pensées plus qu'elles ne contribuaient à les organiser. Tant de fragments disparates. Impossible de discerner un chemin dans ce labyrinthe. Pour faire un pas en avant, il fallait déjà savoir où *l'avant* se situait. Il fut submergé par la désagréable sensation que le temps lui était compté, que la fin de la partie approchait à grands pas, même s'il ne savait pas trop ce que cela voulait dire.

Il fallait à tout prix qu'il agisse, d'une manière ou d'une autre.

Faute d'une meilleure idée, il monta dans sa voiture et prit la direction d'Aurora.

Deux heures plus tard, il s'engageait sur la route longeant le lac Cayuga. Son GPS indiquait qu'il n'était plus qu'à cinq kilomètres de chez Ruth Blum. Le lac et les villas disséminées sur la rive apparaissaient à travers la barrière d'arbres dénudés sur sa gauche. À droite, séparé de la route par un fossé de drainage profond et plein de mauvaises herbes, un paysage champêtre de prairies bordées de fourrés s'élevait doucement vers un horizon de champs couverts de chaume de maïs. Trois établissements commerciaux, du même côté de la route, s'éparpillaient parmi un essaim de maisons anciennes, bien entretenues : une station-service, une clinique vétérinaire et un atelier de carrosserie avec un parking où étaient garées une douzaine de voitures à divers stades de réparation.

Après avoir négocié un long virage, un peu après l'atelier de carrosserie, sur sa gauche, Gurney découvrit les premiers indices d'une importante scène de crime : un assortiment de voitures de la police locale, du comté et de l'État. Outre quatre camionnettes dont deux d'organes de presse régionaux, surmontées d'antennes satellites, une portant l'emblème de la NYSP, qui devait contenir l'équipement des techniciens ; la dernière, banalisée, appartenait sans doute au photographe légiste. Pas de véhicule de la morgue en vue, ce qui signifiait qu'un employé du service médico-légal était déjà venu et reparti et que le corps ne se trouvait plus sur les lieux.

En se rapprochant, Gurney dénombra six officiers de police en uniforme arborant l'insigne de différentes juridictions, un homme et une femme dans la tenue classique prisée par les inspecteurs de police, un expert vêtu d'une combinaison blanche en Tyvek et ganté de latex comme le requérait sa tâche, plus une femme élégante, sans doute journaliste, en plein conciliabule avec deux techniciens à queue-de-cheval.

Un policier en uniforme planté au milieu de la chaussée faisait des gestes agressifs à tous les automobilistes qui passaient leur chemin trop lentement. En arrivant à sa hauteur, et à celle de la maison de Ruth Blum derrière lui, Gurney vit le ruban jaune qui entourait toute la propriété, du rivage jusqu'au bord de la route. Il plongea une main dans la boîte à gants et en sortit un portefeuille en cuir tout mince dont il extirpa un badge doré d'inspecteur du NYPD, portant la mention « Retraité » en petits caractères, tout en bas.

Avant que le policier à la mine renfrognée ait le temps de l'examiner d'un peu trop près, Gurney s'empressa de le ranger puis demanda si l'inspecteur Jack Hardwick était là.

La casquette du flic était inclinée vers l'avant. Son bord raide dissimulait ses yeux.

— Hardwick ? De la BC ?

— C'est ça.

— Y aurait-il une raison particulière pour qu'il se trouve sur les lieux ?

Gurney poussa un soupir las.

— Je travaille sur une enquête à laquelle Ruth Blum pourrait être mêlée. Hardwick est au courant.

L'homme semblait avoir de la peine à déchiffrer cette réponse.

— Comment vous appelez-vous ?

— Dave Gurney.

Il le dévisagea avec ce mélange de politesse de façade et de méfiance instinctive avec lequel la plupart des policiers considèrent les inconnus.

— Garez-vous là, fit-il en désignant un emplacement sur le bas-côté, entre la camionnette des techniciens et un van de la presse. Restez dans votre véhicule.

Il fit volte-face et se dirigea vers trois individus en grande conversation près de l'allée. Il s'adressa à une femme corpulente aux cheveux bruns coupés court, vêtue d'un tailleur pantalon bleu marine. L'homme grisonnant à sa droite portait une combinaison blanche ; le plus jeune, à sa gauche, un costume sombre, une chemise blanche et une cravate foncée – un accoutrement standard commun aux inspecteurs de police et aux entrepreneurs de pompes funèbres. Sa carrure d'athlète, son cou de taureau et ses cheveux rasés ne laissaient guère de doute sur la catégorie à laquelle il appartenait.

Tandis que le policier leur parlait, ils se retournèrent tout d'une pièce vers Gurney. Un sourire aux lèvres, le jeune glissa quelques mots à sa voisine en pointant un doigt vers lui.

Ce sourire lui évoquait vaguement quelque chose, au point de faire presque resurgir un nom.

— Inspecteur ! s'écria la jeune femme en levant la main pour attirer son attention. Inspecteur Gurney !

En sortant de sa voiture, il fut accueilli par le bourdonnement assourdissant d'un hélicoptère survolant la zone. Il leva les yeux et aperçut, à travers la cime des arbres, l'appareil qui tournait lentement en rond dans le ciel. Trois lettres blanches géantes, RAM, peintes sous la cabine de pilotage, lui arrachèrent une grimace.

— Le lieutenant Bullard voudrait vous parler.

Le policier était revenu à ses côtés. Il souleva le ruban pour lui permettre d'accéder au périmètre clos. Son ton rendait son geste plus possessif que courtois.

Gurney se pencha pour se glisser en dessous. Ce faisant, il remarqua que de la poussière provenant de la chaussée s'était déposée dans une longue crevasse entre l'allée goudronnée et le revêtement composite plus rugueux sur le bas-côté. Pendant qu'il y regardait de plus près, le policier lâcha le ruban et retourna à ses fonctions d'agent de la circulation.

Au moment où il se redressait, Gurney vit s'approcher de lui le jeune homme en costume sombre dont il se souvenait vaguement.

— Vous ne vous rappelez probablement pas de moi, monsieur. Andrew Clegg. Nous nous sommes rencontrés lors de l'enquête sur…

— Je me souviens très bien de vous, Andy, l'interrompit Gurney d'un ton chaleureux. Vous avez pris du galon, on dirait.

Nouveau sourire qui lui donna l'air d'un adolescent.

— Le mois dernier. J'ai fini par me faire intégrer dans la Brigade. Vous avez été une de mes sources d'inspiration.

Tout en parlant, il entraîna Gurney vers la femme qui discutait avec le technicien en blanc.

— Si vous tenez à embarquer le tapis, ça ne me pose pas de problème. C'est à vous de voir. (Elle se tourna vers Gurney. Elle avait une expression alerte, d'un professionnalisme agréable.) Andy me dit que Jack Hardwick et vous avez collaboré dans l'affaire Piggert. Est-ce vrai ?

— Absolument.

— Bravo. Une belle victoire pour les forces de l'ordre.

— Merci.

— Son enquête sur le Père Noël satanique a fait encore plus de bruit, souligna Clegg.

— Satanique... ? (C'était au tour du lieutenant de fouiller dans ses souvenirs.) Vous voulez parler de ce psychopathe qui découpait ses victimes et envoyait les morceaux aux flics du coin ?

— Dans de jolis paquets enrubannés ! En guise de cadeaux de fin d'année ! compléta Clegg, à l'évidence plus fasciné qu'horrifié.

Bullard dévisagea Gurney d'un air émerveillé.

— Et vous...

— Je me suis trouvé au bon endroit au bon moment, voilà tout.

— Remarquable. (Elle lui tendit la main.) Lieutenant Bullard. Vous êtes clairement un homme qu'on n'a plus besoin de présenter. À quoi devons-nous le plaisir de votre visite ?

— L'affaire Ruth Blum. Avez-vous vu l'émission dans laquelle elle est passée hier soir, sur RAM News ?

— Je suis au courant. Pourquoi me posez-vous la question ?

— Cela pourrait vous aider à comprendre ce qui s'est passé ici.

— Comment ça ?

— Cette émission était la première d'une série ayant trait aux répercussions des six meurtres commis par le Bon Berger en 2000. Le crime qui vient d'avoir lieu est presque certainement le septième perpétré par lui. Et il risque d'y en avoir d'autres.

La cordialité du lieutenant avait cédé le pas à une froide évaluation de son interlocuteur.

— Que faites-vous ici au juste ?

Gurney commença par choisir ses mots avec soin – avant de se résoudre à prendre le taureau par les cornes.

— Je suis ici parce que j'ai le sentiment que le FBI a géré l'affaire en dépit du bon sens depuis le départ. Ce drame pourrait bien en apporter la preuve.

Difficile de déchiffrer l'expression de la policière.

— Leur avez-vous dit ce que vous en pensez ?

— Ils n'ont pas très bien pris la chose, répondit-il avec un petit sourire.

Bullard secoua la tête.

— Je ne suis pas sûre de saisir. J'ignore au nom de qui ou sous l'égide de quelle autorité vous êtes venu ici. (Elle lança un regard à Clegg, qui se balançait d'un pied sur l'autre d'un air gêné.) Andy m'a dit que vous étiez à la retraite. Les premières heures d'une enquête sont cruciales, vous le savez aussi bien que moi, et nous sommes en plein dedans. À moins que vous m'expliquiez votre présence ici, et son objectif précis, je vais devoir vous prier de quitter les lieux. J'espère être claire sans me montrer grossière.

— Je comprends. (Il prit une grande inspiration.) J'ai été engagé comme consultant par la jeune femme qui a interviewé Ruth Blum. En conséquence, j'ai étudié de près l'affaire du Bon Berger, et j'en suis arrivé à la conclusion qu'il y a une faille importante dans la thèse qui prévaut. J'espère que l'enquête menée sur ce crime ne capotera pas comme dans le cas des six premiers.

— Je vous demande pardon ?

— Il ne s'est pas garé dans l'allée.

— De quoi parlez-vous ?

— L'assassin de Ruth Blum ne s'est pas garé dans l'allée. Si vous êtes convaincue du contraire, vous ne comprendrez jamais ce qui s'est passé ici.

Bullard jeta un nouveau coup d'œil dans la direction de Clegg, peut-être pour déterminer s'il en savait plus qu'elle sur ce défi inattendu. Son regard ne manifestait ni surprise ni confusion. Elle reporta son attention sur Gurney puis consulta sa montre.

— Suivez-moi. Vous avez cinq minutes, pas une de plus, pour vous expliquer. En attendant, Andy, restez ici et ayez l'œil sur les vautours de la télé. Je ne veux pas qu'ils mettent un seul orteil à l'intérieur du périmètre sécurisé.

— Entendu, inspecteur.

Elle précéda Gurney sur la pelouse en pente vers le côté de la maison, puis gravit les marches de la terrasse de derrière – qu'il reconnut aussitôt : c'est là que Kim avait interviewé Ruth Blum. Dans le sillage de Bullard, il franchit la porte reliant la terrasse à une vaste cuisine-salle à manger. Un photographe assis à la table dans le coin petit déjeuner était en train de télécharger les photos de son SLR numérique sur son ordinateur portable.

Elle regarda autour d'elle dans la cuisine, qui n'offrait guère de possibilités de s'entretenir en privé.

— Excusez-moi, Chuck, ça vous ennuierait de nous laisser un instant ?

— Pas de problème, lieutenant. Je finirai ça dans la camionnette.

Il ramassa son matériel et la minute d'après il avait disparu.

Bullard prit une chaise à la table et fit signe à Gurney de s'asseoir en face.

— Bon, reprit-elle d'un ton égal, la journée a été longue et elle est loin d'être finie. Je n'ai pas de temps à perdre. J'apprécierais un peu de clarté et de concision. Allez-y, je vous écoute.

— Pourquoi croyez-vous qu'il s'est garé dans l'allée ?

— Qu'est-ce qui vous fait penser ça ? riposta-t-elle en plissant les yeux.

— La façon dont vous vous teniez prudemment sur le côté tous les trois quand je suis arrivé. Le fait que tout le monde évite de marcher dessus, alors que vos techniciens ont probablement déjà étudié ça de près. J'en ai conclu qu'on protégeait la zone en vue d'une analyse plus approfondie. Comment se fait-il que vous soyez persuadée qu'il a rangé son véhicule là ?

Elle l'observa un instant puis un petit sourire cynique flotta sur ses lèvres.

— Vous savez déjà quelque chose, pas vrai ? D'où vient la fuite ?

— Inutile de s'engager sur cette voie. Elle est réservée au FBI. C'est contre-productif.

Elle continua à scruter son visage, un peu moins longtemps cette fois-ci, et parut prendre une décision.

— La victime a posté un message sur sa page Facebook hier soir. Après quelques commentaires divers à propos de l'émission de RAM News, elle a fait allusion à une voiture qui se serait engagée dans son allée alors qu'elle était devant son ordinateur. Pourquoi ai-je la nette impression que vous êtes déjà au courant ?

Gurney ignora sa question.

— De quel type de véhicule s'agissait-il ?

— Une grosse cylindrée. De type militaire. Elle n'a pas précisé la marque, ni le modèle.

— Une Jeep ? Un Land Rover ? Un Hummer ? Quelque chose comme ça ?

Elle hocha la tête.

— Théoriquement son visiteur se serait donc garé dans l'allée devant la maison, aurait gagné la porte d'entrée, aurait frappé... Et après ? Il l'a tuée sur le pas de sa porte ? Elle l'a laissé entrer ? Elle le connaissait ? Elle ne le connaissait pas ?

— Moins vite, vous voulez bien. Vous m'avez demandé pourquoi nous pensions que le meurtrier – ou la personne qui aurait rendu visite à Ruth par pure coïncidence à l'heure où elle a été tuée – a garé sa voiture dans l'allée. Je vous ai répondu. Si nous partons de cette hypothèse, c'est parce que la victime elle-même nous a précisé ce qui s'était passé. Nous avons son témoignage oculaire, posté sur sa page Facebook avant le meurtre. (Une pointe d'inquiétude ternissait l'expression triomphale de Bullard.) À présent, vous me devez une explication courte mais claire sur la raison pour laquelle, à votre avis, Ruth Blum aurait écrit tout ça si ce n'était pas la vérité.

— Elle n'a rien écrit.

— Je vous demande pardon ?

— Ça ne s'est pas passé du tout comme ça. Le scénario que vous décrivez n'a aucun sens. Avant que nous abordions l'aspect logique des choses, vous avez le problème de la preuve tangible au bout de l'allée.

— De quoi parlez-vous ?

— Le sol est assez sec. À quand remonte la dernière pluie ?

Elle réfléchit un instant.

— Il a plu hier matin. À midi, l'averse était passée. Pourquoi ?

— Il y a une bande de terre dans une crevasse au bord de la route, de deux centimètres de large à peu près. Toute personne qui aurait accédé à l'allée serait passée dessus, à moins d'être arrivée par les bois ou la pelouse. Or cette bande de terre ne semble pas avoir été remuée, tout au moins pas depuis la dernière pluie.

— Deux centimètres ne suffisent pas forcément pour marquer...

— Peut-être pas, mais c'est une indication. En outre, il y a le facteur psychologique. Si le Bon Berger est de retour, si nous avons bien affaire à sa septième victime, alors toutes les données dont nous disposons à son sujet doivent faire partie de l'équation.

— Quoi, par exemple ?

— Nous savons que c'est un homme très prudent, qui réduit les risques au minimum. Cette courte allée est trop exposée. Tout véhicule stationné là – surtout de la taille d'un Hummer – aurait eu son pare-chocs arrière pratiquement sur la route. Beaucoup trop repérable. Cela n'aurait pas manqué d'attirer l'attention. Un policier passant dans le coin au cours d'une ronde aurait remarqué la présence de ce véhicule insolite. Il se serait peut-être arrêté pour en savoir plus. Il aurait peut-être même lancé une recherche du numéro de la plaque d'immatriculation.

Bullard fronça les sourcils.

— En attendant, Ruth Blum a bel et bien été assassinée. Si le meurtrier est venu en voiture, il a bien fallu qu'il la range quelque part. Qu'essayez-vous de me dire, en fait ? Où s'est-il garé ? Sur le bas-côté de la route ? Encore moins discret.

— Je pencherais pour l'atelier de carrosserie.

— Le quoi ?

— À cinq cents mètres sur la route, en direction d'Ithaca, il y a un carrossier. Plusieurs voitures et camions attendent dans un petit parking miteux situé juste à côté qu'on les répare ou qu'on vienne les chercher. C'est le seul endroit des environs où la présence d'un véhicule inconnu ne soulèverait pas de questions – où il passerait inaperçu. Si je devais tuer quelqu'un dans cette maison au milieu de la nuit, je me garerais là-bas et je ferais le reste du trajet à pied en empruntant la rigole de drainage le long de la route pour éviter d'être vu par les automobilistes qui passent.

Bullard garda les yeux rivés sur la table comme si elle s'efforçait de composer un mot avec ses lettres dans une partie de Scrabble imaginaire. Elle fit la grimace.

— A priori, ça pourrait sembler logique. Le problème, c'est que le message que Ruth a posté sur Facebook fait spécifiquement référence à un véhicule s'engageant…

— Le message posté sur Facebook, point barre…

— Je ne comprends pas…

— Vous partez du principe que c'est elle qui l'a rédigé.

— C'était son texte, sa page, son ordinateur, son mot de passe.

— Son meurtrier a très bien pu lui soutirer son mot de passe avant de passer à l'acte, ouvrir sa page et composer le message lui-même, non ?

Bullard s'absorba dans l'examen du plateau de la table. Elle secoua la tête d'un air incertain.

— C'est concevable, mais, comme dans le cas de votre théorie sur l'atelier de carrosserie, aucune preuve ne vient l'étayer.

Ce léger revirement fit sourire Gurney.

— Quand vos petits gars en combinaison blanche auront confirmé que la terre enfouie dans la crevasse au bout de l'allée est intacte, demandez-leur d'aller faire un petit tour du côté du carrossier. Ce serait intéressant de voir s'ils arrivent à dénicher des empreintes de pneus relativement récentes qui ne correspondent à aucun des véhicules stationnés là.

— Mais… pour quelle raison un assassin prendrait-il le temps et la peine de laisser un message pareil sur Facebook ?

— De la poudre aux yeux. Un nouveau tournant dans le labyrinthe. Il est très doué pour ça.

Quelque chose dans l'expression de Bullard indiquait qu'elle était prête à se jeter sur le moindre indice pouvant lui tomber sous la main.

— Que savez-vous de l'affaire initiale ? demanda-t-il.

— Pas autant que je devrais, reconnut-elle. Quelqu'un du bureau du FBI est en route pour me mettre au courant. À ce propos, j'ai besoin de votre adresse, de votre mail et des numéros de téléphone où je peux vous joindre vingt-quatre heures sur vingt-quatre. Ça vous pose un problème ?

— Pas le moindre.

— Je vais vous donner mon adresse mail et mon numéro de portable. Je suppose que vous me communiquerez volontiers tous les faits pertinents qui vous seront rapportés ?

— Volontiers.

— Bon. Je n'ai plus une seconde devant moi. On se reparle plus tard.

Quand Gurney ressortit, l'hélicoptère de RAM tournoyait toujours bruyamment au-dessus de la maison, le souffle de son hélice arrachant des plus hautes branches des arbres les quelques feuilles mortes qui s'y agrippaient encore, les envoyant voltiger vers le sol. Avant d'atteindre sa voiture, il fut alpagué par la journaliste ultra maquillée, à la coupe de cheveux duveteuse, qui se cramponnait à son micro. Son cameraman la suivait à la trace.

— Jill McCoy, de WBIF, Syracuse, annonça-t-elle, arborant cette expression mêlant curiosité et appréhension propre aux gens de son espèce. Est-il vrai que le Bon Berger, le célèbre tueur en série, a frappé une fois de plus ?

— Excusez-moi, dit Gurney en la contournant.

Alors qu'il ouvrait la portière de sa voiture, elle tendit le micro en braillant un chapelet de questions dans son dos. Il monta, referma derrière lui, mit le contact.

— Est-ce à cause de son apparition à la télé qu'on l'a tuée ? Elle aurait dit quelque chose ? Cette terrible affaire dépasse-t-elle les compétences de notre police locale ? C'est pour ça qu'on vous a fait venir ? Dans quelle mesure êtes-vous impliqué ? Est-il vrai que vous avez des démêlés avec le FBI ? Pour quelles raisons, inspecteur Gurney ?

Alors qu'il sortait du parking au pas, la caméra le suivait toujours, à quelques centimètres derrière sa vitre. Le policier chargé de la circulation ne fit rien pour lui venir en aide. Il était en pleine conversation avec un nouvel arrivant. Au moment où il s'engageait sur la route, Gurney glissa un regard vers ce dernier – un homme massif, aux cheveux noirs, à la mine sombre. Il le reconnut en un instant.

C'était Daker.

CHAPITRE 32

Effet multiplicateur

GURNEY AVAIT À PEINE FRANCHI le premier virage que la boutique du carrossier surgit devant ses yeux. Il ralentit, notant au passage l'enseigne sur la façade en béton : Lakeside Collision. Le parking tout autour se composait d'un patchwork de macadam, de feuilles mortes et de terre brute. Il n'en demeurait pas moins que c'était un emplacement idéal pour se garer incognito.

À mi-chemin de Walnut Crossing, il vit un panneau publicitaire pour les portables Verizon, ce qui lui fit penser qu'il avait éteint le sien quand il s'était installé à la table de la cuisine avec Bullard. Il le ralluma pour vérifier ses messages. Il en avait sept. Avant d'avoir pu en écouter seulement un, il reçut un nouvel appel.

Il appuya sur la touche pour répondre.

C'était Kyle. Très agité apparemment.

— Ça fait plus d'une heure qu'on essaie de te joindre.

— Que se passe-t-il ?

— Kim flippe complètement. Elle n'a pas arrêté de t'appeler. Elle t'a déjà laissé trois messages.

— Au sujet de Ruth Blum ?

— Principalement. À cause de l'émission d'hier soir aussi. Elle déteste la manière dont ils l'ont montée, ce qu'ils ont coupé, ajouté, les deux corniauds en particulier. Elle craque complètement.

— Où est-elle ?

— Dans la salle de bains. En pleurs. Attends. Elle a ouvert la porte, je crois. Ne quitte pas.

Gurney entendit Kim demander à son fils à qui il parlait, la voix de Kyle répondant : « À mon père. » Kim reniflant, se mouchant. Le téléphone passant d'une main à l'autre. Des voix étouffées. Nouveau mouchage. Un raclement de gorge.

— Dave ? dit finalement Kim.

— Je suis là.

— C'est un cauchemar. Je n'arrive pas à y croire. Je voudrais aller me coucher et me réveiller pour m'apercevoir que rien de tout ça n'est réel.

— J'espère que vous ne vous accusez pas de ce qui est arrivé à Ruth.

— Évidemment que si !

— Vous n'y êtes pour rien…

Kim l'interrompit d'une voix perçante.

— Ruth serait encore de ce monde si je ne l'avais pas convaincue de participer à cette émission stupide.

— Vous n'êtes pas responsable de sa mort, pas plus que de ce que RAM News a fait de votre interview, de ce qu'ils ont ajouté, ou de la manière dont…

— Ils ont caviardé mon interview et étoffé l'émission avec toutes ces fadaises ânonnées par leurs soi-disant *experts*, riposta-t-elle d'un ton véhément. Oh mon Dieu, j'aimerais disparaître de la surface de la terre. Tout effacer. Effacer ce qui a causé la mort de Ruthie.

— Elle a été la victime d'un assassin.

— Mais ça ne serait pas arrivé si…

— Écoutez-moi, Kim. Un meurtrier a tué Ruth Blum. Un homme qui avait ses propres motivations. Sans doute celui qui a tué son mari il y a dix ans.

Kim ne répondit rien. Il l'entendait respirer. Des inspirations lentes, vacillantes. Quand elle brisa finalement le silence, son état quasi hystérique s'était réduit à de la détresse pure et simple.

— C'est ce que Larry Sterne n'arrêtait pas de me rabâcher. Et ça s'est confirmé. Il prétendait que RAM News allait tout déformer et produire une émission moche, *cheap*, sordide. Qu'ils profiteraient de moi et que je ne tirerais rien d'eux. Qu'ils n'avaient qu'une idée en tête : faire un maximum d'audience. Que le prix à payer pour mon projet dépasserait les bénéfices. Il avait raison. Cent pour cent raison.

— Que comptez-vous faire ?

— Prendre un maximum de distance vis-à-vis de RAM. Tout laisser tomber.

— En avez-vous informé Rudy Getz ?

— Oui.

Il perçut une légère hésitation dans sa voix.

— Oui... *mais* ?

— Je l'ai appelé ce matin – avant d'avoir votre message au sujet de Ruth. Je lui ai expliqué que j'étais affreusement déçue, que l'émission n'avait rien à voir avec ce dont nous avions parlé.

— Et... ?

— Je lui ai dit que si c'était comme ça, je ne voulais plus la faire.

— Et... ?

— Il m'a répondu qu'il fallait qu'on se voie. Qu'on ne pouvait pas régler le problème au téléphone. Qu'il fallait qu'on en discute face à face.

— Vous avez accepté de le rencontrer ?

— Oui.

— Lui avez-vous reparlé depuis que vous êtes au courant du décès de Ruth ?

— Oui. Il m'a dit que c'était d'autant plus important qu'on se parle de vive voix. Que ce crime était un multiplicateur.

— Un *quoi* ?

— Un multiplicateur. Que ça faisait monter les enchères, qu'il fallait à tout prix qu'on en discute.

— Monter les enchères ?

— C'est ce qu'il a dit.

— Quand avez-vous fixé le rendez-vous ?

— Mercredi, à midi. Chez lui, à Ashokan.

Gurney avait le sentiment qu'elle avait autre chose à lui dire.

— À part ça ?

Un temps d'arrêt.

— Oh, mon Dieu… Ça me gêne affreusement de vous demander ça. J'ai l'impression d'être une idiote naïve et sans défense.

Gurney attendit, à peu près certain de ce qui allait suivre.

— Ce que j'imaginais… espérais… Ce que j'essaie de vous dire, c'est qu'à l'évidence… je n'appréhende pas ces choses-là d'une façon très judicieuse. J'ai besoin… J'ai besoin d'un soutien, de l'appui d'un esprit plus lucide. Je n'ai pas le droit de vous demander ça, mais… s'il vous plaît… ?

— Vous voudriez que je sois à vos côtés lors de cet entretien avec Getz ?

— J'aimerais tellement. Vous voulez bien ? Vous pourriez faire ça ?

CHAPITRE 33

Message compris

EN ATTEIGNANT LA PANCARTE AU SOMMET de Franklin Mountain lui souhaitant la bienvenue dans le comté du Delaware, Gurney laissa derrière lui le soleil de l'après-midi pour s'enfoncer dans une vallée sous les nuages.

Pendant tout le reste du trajet, il dut faire marcher ses essuie-glaces par intermittence. Il avait horreur de conduire sous la pluie – dans l'averse, le crachin, la bruine, tout ce qui était gris et humide. La grisaille et l'humidité avaient tendance à accroître ses inquiétudes.

Il prit soudain conscience d'une douleur dans son maxillaire. Il avait serré les dents – un effet secondaire de la tension et de la colère qui alimentaient sa réflexion.

SSPT. Syndrome de stress post-traumatique. Trois mots exaspérants. Et si Holdenfield avait raison, si sa capacité de raisonnement en avait pris un coup… ?

De quoi Kim avait-elle dit avoir besoin ? De l'appui d'un esprit plus lucide ? Il ricana. La lucidité n'était pas son fort en ce moment.

L'évocation de leur conversation téléphonique lui rappela les sept messages qu'il n'avait pas écoutés. Alors qu'il s'apprêtait à bifurquer sur le sentier menant à sa ferme, il décida de les consulter dès qu'il serait rentré. Puis, craignant d'oublier à nouveau, il préféra s'arrêter et le faire tout de suite.

Les trois premiers venaient de Kim – l'exhortant sur un ton de plus en plus frénétique à la rappeler.

Le quatrième émanait de Connie Clarke, la mère de Kim.

« David ! Que se passe-t-il, pour l'amour du ciel ? Tous ces trucs démentiels aux infos aujourd'hui ! Au sujet de Ruth Machin-truc, assassinée après son interview avec Kim, et tous ces présentateurs qui clament sur les toits que le Bon Berger est de retour... ? Seigneur ! Appelez-moi. Expliquez-moi ce qui se passe. Je viens de recevoir un message hystérique de Kim. Elle veut laisser tomber, se retirer de l'émission, tout envoyer balader. Elle a perdu les pédales. Je n'y comprends rien. Je l'ai rappelée, mais impossible de la joindre. J'ai laissé un message. Pas de nouvelles depuis. Je présume que vous êtes en contact avec elle ? Que vous êtes au courant de tout ça ? C'était l'objectif à la base, non ? Pour l'amour du ciel, rappelez-moi ! »

Il le ferait peut-être, ou peut-être pas. Il n'avait pas la moindre envie de rester pendu une demi-heure au téléphone avec elle pour l'informer de cette situation chaotique, évoquer toutes ces questions sans réponses, juste parce que sa fille refusait de la rappeler.

Le cinquième message provenait d'un « appelant inconnu », mais il aurait reconnu entre mille la fébrilité maniaque de la voix de Max Clinter.

« Je regrette infiniment que vous ne soyez pas en mesure de décrocher, monsieur Gurney. Je me réjouissais d'échanger quelques mots avec vous. Il s'est passé tellement de choses depuis la dernière fois que nous avons parlé. Il semblerait que le Berger soit de retour parmi nous. La petite Corazon lui a redonné vie. J'ai entendu votre nom mentionné au cours de cette minable émission de télé, *Les Orphelins du meurtre*. Cette merde produite par RAM TV. De nouvelles idées ont germé dans votre esprit, on dirait. Des idées bien personnelles. Peut-être pas si différentes des miennes, au fond. Vous voulez qu'on confronte nos points de vue ? Perdre ou gagner, le moment est venu de choisir. Le dénouement ne saurait tarder. Cette fois-ci, je serai prêt. Ultime question : David Gurney est-il ami ou ennemi ? »

Gurney réécouta le message deux fois. Il n'arrivait toujours pas à savoir si Max Clinter débloquait complètement ou s'il se complaisait dans le rôle de zinzin. Holdenfield soutenait que c'était un emmerdeur et un déséquilibré, mais Gurney n'était pas tout à fait prêt à faire fi de l'homme qui avait réussi à s'introduire à coups de boniments dans ce petit bureau de Buffalo où il avait laissé sur le carreau cinq cadavres de truands armés jusqu'aux dents.

Il jeta un coup d'œil à la pendule du tableau de bord. 16 h 01. La bruine avait cessé, pour le moment en tout cas. Il reprit le sentier et monta la pente.

En atteignant le petit emplacement pour se garer près de la porte latérale, il vit de la lumière dans la chambre au premier dont Madeleine se servait quelquefois pour ses travaux d'aiguilles. Il y avait un mois ou deux à peine qu'elle avait recommencé à s'y tenir. Cette pièce avait été le théâtre d'une intrusion à faire froid dans le dos en septembre dernier, pendant l'affaire Perry, au cours de laquelle il avait fini par être grièvement blessé. À ce souvenir, il posa instinctivement la main sur la zone engourdie de son avant-bras, pour repérer un éventuel changement de sensation – habitude que l'agitation de cette dernière semaine lui avait fait perdre. Il ne serait pas mécontent de s'en débarrasser pour de bon. Il sortit de la voiture et entra dans la maison.

Madeleine n'était pas en train de tricoter. Il l'entendit jouer de la guitare.

— Je suis rentré ! cria-t-il.

— Je descends tout de suite.

Elle joua quelques mesures supplémentaires d'une mélodie agréable, qui s'acheva par un accord retentissant.

Après un moment de silence, elle lui cria d'en haut :

— Écoute le troisième message sur le répondeur.

Encore un message perturbant ? Il en avait eu plus que son compte pour la journée. Avec un peu de chance, celui-là serait anodin. Il décrocha le vieux téléphone fixe sur son bureau, appuya sur la touche 3.

« J'espère que je suis chez le bon inspecteur Gurney. Si je me suis trompé, je vous prie de m'excuser. Celui que je cherche a baisé une pute du nom de Kim Corazon. C'est un vieux connard pathétique et immonde qui a au moins deux fois l'âge de la pute en question. Si vous n'êtes pas le bon inspecteur Gurney, vous pourriez peut-être transmettre ma question à l'intéressé. Demandez-lui s'il est au courant que son fiston tringle la même pute. Tel père, tel fils. Rudy Getz pourrait peut-être en faire un reality show pour RAM TV : le Gang Bang de la famille Gurney. Bonne journée, inspecteur. »

C'était la voix de Robby Meese, sans la moindre affectation de douceur, l'équivalent sonore d'un couteau dentelé.

Alors qu'il repassait le message, Madeleine apparut sur le seuil, une expression indéchiffrable sur le visage.

— Qui est-ce, à ton avis ? demanda-t-elle.

— L'ex-petit ami de Kim.

Elle hocha la tête d'un air sombre comme si l'idée lui avait traversé l'esprit.

— Il a l'air de savoir qu'il y a quelque chose entre Kim et Kyle. Comment est-ce possible ?

— Il les a peut-être vus ensemble.

— Où ça ?

— À Syracuse ?

— Comment a-t-il pu découvrir que Kyle était ton fils ?

— Si c'est lui qui a mis l'appartement sur écoute, il doit être au courant de pas mal de choses.

Elle croisa les bras sur sa poitrine.

— Tu penses qu'il les a suivis jusqu'ici ?

— C'est possible.

— Il a pu aussi les suivre hier, jusqu'à l'appartement de Kyle ?

— Ce n'est pas aussi facile qu'il y paraît de filer quelqu'un dans la circulation. On se laisse facilement distancer avec tous ces feux rouges.

— Il a l'air motivé.

— Que veux-tu dire ?

— Il semble nourrir une véritable haine envers toi.

CHAPITRE 34

Alliées et ennemis

ILS FINISSAIENT DE BONNE HEURE leur dîner, composé de saumon au coulis de poivrons, de riz et de petits pois. Ils avaient parlé de la réunion à laquelle Madeleine devait assister ce soir-là à la clinique afin d'analyser plus en détail le suicide récent et les procédures à mettre en place pour déceler d'éventuels signes de danger chez les patients. Elle était clairement préoccupée et un peu sur les nerfs.

— Avec cet horrible message et tout ce qui s'est passé aujourd'hui, j'ai oublié de te dire que quelqu'un de l'assurance est venu cet après-midi.

— Pour inspecter la grange ?

— Et poser des questions.

— Comme Kramden ?

— Explorer les mêmes pistes. La liste des objets endommagés, qui a fait quoi à quelle heure, les spécificités des autres polices d'assurance que nous avons, etc.

— Tu lui as donné des copies des mêmes documents qu'à Kramden, je suppose ?

— Elle voulait...

— Elle ?

— C'était une femme. Elle voulait les factures de la bicyclette et des kayaks. (Gurney perçut de la tristesse et une pointe de colère dans la voix de Madeleine.) As-tu une idée de l'endroit où elles pourraient se trouver ?

Il secoua la tête.

Elle marqua une pause.

— Je lui ai demandé quand on pourrait démolir le bâtiment.

— La partie de la grange encore debout ?

— Elle a répondu que sa compagnie nous le ferait savoir.

— Elle n'avait même pas une petite idée ?

— Non. Avant de donner leur accord, il leur faut une autorisation écrite de la brigade des incendies criminels. (Madeleine serra les poings.) Je ne supporte plus d'avoir cette ruine sous les yeux.

Il l'observa longuement.

— Tu m'en veux ?

— J'en veux au salopard qui a détruit notre grange. Au monstre qui a laissé ce message ignoble sur notre répondeur.

Sa colère fit naître un silence entre eux, qui se prolongea jusqu'au départ de Madeleine. Il songea à dire plusieurs choses entre-temps, mais estima préférable de tenir sa langue.

Après l'avoir suivie des yeux alors qu'elle descendait le sentier, il porta les assiettes du dîner dans l'évier, versa une giclée de détergent dessus, fit couler de l'eau chaude.

Son portable sonna dans sa poche.

L'écran affichait : G. B. Bullard.

— Monsieur Gurney ?

— Lui-même.

— Je voulais vous informer d'un nouvel élément, dans la mesure où c'est lié à un détail que vous avez mentionné vous-même aujourd'hui.

— Je vous écoute.

— La question des traces de pneus…

— Oui ?

— Je tenais à ce que vous sachiez que nous en avons effectivement trouvé là où vous nous aviez suggéré de vérifier, dans le parking du carrossier.

— Indiquant que le véhicule était garé sur un emplacement qui, selon le propriétaire des lieux, était inoccupé ?

— C'est à peu près ça. Même s'il n'en est pas tout à fait sûr.

— Et la bande de terre au bout de l'allée de Ruth Blum ?

— Rien de probant.

— En d'autres termes, pas assez de surface pour avoir une certitude dans un sens ou dans l'autre, mais aucune preuve tangible d'un véhicule entrant ou sortant ?

— Exact.

Gurney se demandait quel était le véritable objet de son appel. Il était rare qu'un enquêteur fasse part des progrès accomplis à qui que ce soit en dehors de sa hiérarchie directe, et *a fortiori* à un individu ne faisant pas partie du service.

— Par ailleurs, nous avons un petit rebondissement inattendu. J'aimerais avoir votre opinion à ce sujet. Le porte-à-porte a fait apparaître deux témoins qui auraient vu un Humvee dans le voisinage hier en fin d'après-midi. L'un d'eux affirme qu'il s'agissait du modèle militaire d'origine, pas de la version plus récente de General Motors. Ils l'ont vu passer deux ou trois fois dans la rue de Ruth Blum.

— Et vous vous dites que quelqu'un faisait du repérage dans le secteur ?

— C'est possible, mais comme je vous le disais, il y a un rebondissement inattendu. D'après les marques de pneus, le véhicule garé dans le parking de l'atelier de carrosserie hier soir n'était pas un Humvee. (Bullard marqua une pause.) Qu'est-ce que ça vous inspire ?

Deux scénarios lui vinrent à l'esprit.

— Soit le meurtrier avait un acolyte. Soit…

Il hésita, analysa l'alternative un instant pour en évaluer la vraisemblance.

— Soit quoi ?

— Eh bien, imaginons que j'ai raison à propos du message Facebook. À savoir qu'il a été posté par le tueur et non par la victime. Le message en question fait référence à un véhicule de type militaire. L'objectif était peut-être de faire germer l'idée d'un Humvee dans nos esprits. Il en aurait fait circuler un dans le coin pour qu'on le remarque, qu'on signale sa présence et qu'on se persuade que l'assassin roulait dans ce genre de véhicule.

— À quoi bon se donner tout ce mal s'il avait l'intention de garer une autre voiture à un endroit où elle passerait inaperçue ?

— Le Humvee est sans doute censé nous mener sur une autre piste.

Vers Max Clinter, en l'occurrence. Mais pourquoi ?

Bullard garda le silence si longtemps que Gurney fut sur le point de demander si elle était toujours au bout du fil.

— Vous vous intéressez de très près à toute cette affaire, n'est-ce pas ? finit-elle par dire.

— J'ai essayé d'être clair sur ce point plus tôt dans la journée.

— Écoutez, je ne vais pas y aller par quatre chemins. J'ai un rendez-vous demain matin avec Matt Trout pour discuter de l'enquête et définir nos champs de compétence. Ça vous dirait de m'accompagner ?

Gurney en resta sans voix. Cette proposition n'avait aucun sens. Quoique…

— Vous connaissez bien l'agent Daker ?

— J'ai fait sa connaissance aujourd'hui, répondit-elle d'un ton refroidi. Pourquoi me demandez-vous ça ?

Sa réaction encouragea Gurney à prendre un risque.

— Parce qu'à mon avis, son patron et lui sont d'arrogantes petites teignes qui veulent tout contrôler.

— Il m'a semblé qu'ils vous tenaient en haute estime, eux aussi.

— C'est aussi bien comme ça. Daker vous a-t-il fait un résumé de l'affaire d'origine ?

— C'était l'objectif officiel de sa visite. En définitive, j'ai eu droit à un ramassis de données sans queue ni tête.

— Ils cherchent probablement à vous submerger de manière à vous convaincre que cette enquête est un fatras d'une complexité inextricable, dans l'espoir que vous ferez profil bas et leur céderez les rênes sans discuter.

— Malheureusement, répondit Bullard, j'ai l'esprit de contradiction. J'ai du mal à tourner le dos à une bagarre en puissance. Surtout, je n'apprécie vraiment pas qu'on me sous-estime, pas venant de… comment avez-vous dit déjà ? D'arrogantes petites teignes ? Je ne sais pas pourquoi je vous raconte tout ça. Je ne vous connais pas, j'ignore de qui vous vous réclamez. C'est un peu fou de ma part de vous parler ainsi.

Gurney songea qu'elle savait pertinemment ce qu'elle faisait.

— Vous savez que Trout et Daker ne peuvent pas me sentir, enchaîna-t-il. N'est-ce pas une garantie suffisante ?

— Il va falloir que je m'en contente. Savez-vous où se trouve notre Q.G. à Sasparilla ?

— Oui.

— Pourriez-vous y être à 9 h 45 demain matin ?

— Pas de problème.

— Bon. Retrouvons-nous dans le parking. J'oubliais. Les techniciens du labo ont examiné le clavier d'ordinateur de la victime. Ils ont découvert quelque chose. Ses empreintes…

— Laissez-moi deviner, l'interrompit Gurney. Les empreintes sur les touches nécessaires pour composer le message posté sur Facebook étaient légèrement étalées, ce qui n'était pas le cas sur les autres touches. Et vos gars ont estimé que ce détail était compatible avec le port de gants en latex.

Une seconde de silence, puis…

— Pas forcément en latex, mais comment…

— C'est le scénario le plus vraisemblable. Sinon, la seule solution pour le meurtrier aurait consisté à obliger Ruth à taper elle-même le texte, sous sa dictée. Elle aurait été si terrorisée que cela aurait posé des problèmes. Il se serait senti suffisamment vulnérable rien qu'en lui soutirant son mot de passe. Plus longtemps elle restait en vie, plus il prenait des risques. Elle aurait pu craquer et se mettre à crier. Une éventualité qui devait le mettre pour le moins mal à l'aise. Il aura voulu la tuer le plus vite possible. De façon à minimiser les risques d'imprévu.

— Vous n'êtes pas du genre à cacher vos opinions, alors dites-moi, monsieur Gurney. Autre chose dont vous souhaiteriez me faire part ?

Il pensa à la liste de commentaires et de questions qu'il avait envoyée à Hardwick et à Holdenfield.

— J'ai des idées plutôt impopulaires sur l'affaire initiale, que vous trouverez peut-être utile de connaître.

— Je commence à me dire que l'impopularité fait figure de vertu à vos yeux.

— Vertu, non. Je trouve ça hors de propos, voilà tout.

— Vraiment ? Je pensais avoir décelé chez vous un certain goût pour l'affrontement. Bonne soirée. Ça devrait être intéressant demain.

Il ferma à peine l'œil de la nuit.

Son intention de se coucher de bonne heure fut contrariée par le retour de Madeleine après sa réunion à la clinique, avide d'exprimer la sempiternelle plainte des travailleurs sociaux :

— Si on consacrait l'énergie dépensée en balivernes bureaucratiques pour que chacun couvre ses arrières à aider les gens, on changerait le monde en une semaine !

Trois tasses de tisane plus tard, ils finirent par monter dans leur chambre. Madeleine s'installa de son côté du lit avec *Guerre et Paix*, le chef-d'œuvre soporifique dont elle semblait décidée à venir à bout en le grignotant résolument par petits morceaux.

Après avoir réglé le réveil, Gurney resta allongé, à réfléchir aux motivations de Bullard et à ce que la réunion à Sasparilla risquait de donner. Elle semblait le considérer comme un allié, un instrument tout au moins, dans le conflit inéluctable avec Trout et compagnie. Peu lui importait qu'on se serve de lui tant que cela ne portait pas atteinte à ses propres objectifs. Son alliance avec elle serait ponctuelle, superficielle, il le savait. Il allait devoir être sensible à tout changement de régime des vents. Il avait l'habitude. Au NYPD, les vents changeaient constamment.

Une heure plus tard, alors que son esprit glissait dans un état plaisant de vacuité, Madeleine posa son livre sur la table de nuit et demanda :

— Es-tu arrivé à recontacter ce comptable déprimé qui te causait du souci, celui qui possède une arme de gros calibre ?

— Pas encore.

Cette question emplit son esprit de tout un fatras de questions et d'angoisses, si bien que tout espoir d'une nuit paisible s'évapora. Ses pensées et ses rêves agités étaient envahis à répétition d'images d'armes, de pics à glace, de bâtiments en feu, de parapluies noirs, de crânes fracassés.

Au lever du soleil il sombra dans un sommeil profond, d'où l'arracha la sonnerie stridente du réveil une heure plus tard.

Le temps qu'il se douche, s'habille, prenne un café pour se réveiller, Madeleine était déjà dehors en train de bêcher un parterre de fleurs.

Il se souvint qu'elle avait exprimé récemment son intention de planter des pois mange-tout.

La matinée semblait parfaitement terne, inoffensive, sans complication. Dès lors qu'un intervalle minimal de sommeil l'avait démarquée de la veille, chaque nouvelle journée donnait l'illusion d'un nouveau départ libérant du passé, d'une certaine manière. Les humains étaient des créatures foncièrement diurnes, dans le sens où ils étaient destinés à vivre un seul jour à la fois, *distinct* des autres. La privation de sommeil avait le pouvoir de mettre un homme en pièces. Pas étonnant que la CIA s'en serve comme torture. Rien que quatre-vingt-seize heures de vécu sans interruption – vision, ouïe, sensations, pensées – pouvait pousser un être à vouloir mourir.

Le soleil se couche, nous dormons. Le soleil se lève, nous nous réveillons. Nous sortons du sommeil et, un bref instant, aveuglément, nous avons l'agréable illusion de recommencer à zéro. Puis, immanquablement, la réalité reprend ses droits.

Ce matin-là, alors que, planté à la fenêtre de la cuisine, sa tasse de café à la main, il contemplait le pré couvert de chaume, la réalité s'imposa à lui sous la forme d'une silhouette sombre, immobile, à califourchon sur une moto, entre la mare et les vestiges calcinés de la grange.

Il posa sa tasse, enfila une veste et une paire de bottes et sortit. Le motard ne broncha pas. L'air sentait plus l'hiver que le printemps. Quatre jours après l'incendie, il charriait encore une odeur de cendres.

Gurney descendit à pas lents le sentier de la prairie. Le motard démarra son engin – une grosse moto-cross maculée de boue – et commença à gravir le chemin en zigzag, avançant à peu près au même rythme que Gurney. Ils se rencontrèrent approximativement au milieu du champ. Il fallut que l'homme relève sa visière pour que Gurney reconnaisse le regard intense de Max Clinter.

— Vous auriez dû me prévenir que vous aviez l'intention de passer, dit-il sans se laisser démonter, comme à l'ordinaire. J'ai un rendez-vous ce matin. Vous auriez pu me rater.

— J'ai pris la décision au dernier moment, répondit Clinter – aussi nerveux que son interlocuteur était calme. J'ai une pétée de trucs à faire. Difficile de déterminer dans quel ordre. Or, l'ordre est crucial. Vous êtes conscient que le dénouement est proche ?

Son moteur continuait à tourner.

— Je suis conscient que le Bon Berger est de retour, ou que quelqu'un essaie de nous en convaincre.

— Il est de retour, pas de doute là-dessus. Je le sens dans mes os – des os brisés il y a dix ans ce mois-ci. Cette ordure est de retour, soyez-en sûr.

— Que puis-je pour vous, Max ?

— Je suis venu vous poser une question.

Son regard étincelait.

— Si vous m'aviez laissé un numéro lorsque vous m'avez téléphoné, je vous aurais rappelé.

— Quand j'ai vu que vous ne décrochiez pas, j'ai pris ça pour un signe.

— Un signe de quoi ?

— Qu'il vaut toujours mieux poser les questions en face. En regardant son interlocuteur dans les yeux et pas seulement en entendant sa voix. Voici ma question. Où vous situez-vous dans cette histoire foireuse avec RAM ?

— Je vous demande pardon ?

— Le monde est malfaisant, monsieur Gurney. Le mal et son miroir. Le meurtre et les médias. J'ai besoin de savoir où vous vous situez par rapport à tout ça ?

— Vous me demandez ce que je pense des reportages sur la violence ? Et vous, quel est votre sentiment ?

Un rire rauque jaillit de la gorge de Clinter.

— Du mélo pour les imbéciles ! Concocté par des mouches à merde ! Des exagérations, des mensonges, de la foutaise ! Voilà ce que j'en pense, monsieur Gurney. Une glorification de l'ignorance ! Des conflits fabriqués pour faire du profit ! De la colère, de la rancune en guise de divertissement ! Les gens de RAM sont les pires. Ils vomissent de la bile, de la merde au bénéfice de porcs !

De la salive blanche s'était accumulée aux commissures de ses lèvres.

— Je vous trouve passablement en colère vous-même, commenta Gurney avec cette placidité qui le dominait toujours en présence d'émotions fortes.

— En colère ? Oh que oui ! J'irai même jusqu'à dire qu'elle me consume, me gouverne. Mais je n'en fais pas commerce. Je ne suis pas un baratineur qui vend de la colère à la télé. Ma rage à moi n'est pas à vendre.

Le moteur tournait toujours, faiblement maintenant. Clinter actionna la manette des gaz, ce qui le fit rugir.

— Vous n'êtes donc pas un vendeur, dit Gurney quand le grondement se calma. Mais qu'êtes-vous, Max ? Je n'arrive pas à en avoir le cœur net.

— Je suis ce que ce fumier a fait de moi. La colère de Dieu.

— Où est le Humvee ?

— C'est drôle que vous me posiez la question.

— Se pourrait-il que vous vous soyez trouvé quelque part aux alentours du lac Cayuga avant-hier soir ?

Clinter le dévisagea longuement.

— Tout à fait possible, oui.

— Ça vous ennuie que je vous demande pourquoi ?

Nouveau regard appuyé.

— J'avais reçu une invitation spéciale.

— Pardon ?

— Son ouverture d'attaque.

— Je ne vous suis pas très bien.

— J'ai reçu un texto du Bon Berger m'invitant à le retrouver sur la route, pour finir ce qu'on avait laissé inachevé. J'ai été bête de prendre ses mots au pied de la lettre. Je m'étonnais qu'il ne soit pas venu, je n'arrivais pas à comprendre, jusqu'à ce que j'entende les nouvelles ce matin. Le meurtre de Blum. Il m'a tendu un piège, vous ne voyez donc pas ? Il m'a fait faire des allées et venues devant chez elle, sous l'emprise de la haine, d'une soif de vengeance. Il savait que je viendrais. Un point pour lui. Le prochain, il est pour moi.

— Pas moyen de retracer l'appel, j'imagine ?

— Un portable anonyme muni d'une carte prépayée ? Même pas la peine d'essayer. Mais dites-moi une chose, Gurney. Comment savez-vous que j'étais en balade près du lac ?

— L'enquête de voisinage le lendemain du meurtre. Deux personnes se rappelaient avoir vu un Humvee. Ils en ont parlé aux flics qui ont eu la gentillesse de m'en faire part.

Le désir de revanche incendiait le regard de Clinter.

— Vous voyez bien ! Il m'a piégé, le salopard ! Et je suis tombé dans le panneau !

— Alors vous avez décidé d'aller planquer le Humvee quelque part ?

— Jusqu'à ce que j'en aie besoin.

Clinter marqua un temps d'arrêt, s'humecta les lèvres, puis s'essuya la bouche du revers de sa main gantée de noir.

— Le problème, c'est que je ne sais pas jusqu'où ce piège va me mener. Si on me convoquait pour un interrogatoire, ou si on me mettait en garde à vue, je ne serais pas en position de traiter avec l'ennemi. Vous voyez dans quelle galère je suis ?

— Je crois que oui.

— Pourriez-vous m'indiquer un peu plus clairement dans quel camp vous vous situez ?

— Je me situe où je suis, Max. Je ne suis d'aucun camp, à part le mien.

— D'accord.

Clinter augmenta à nouveau le régime de son moteur, maintenant la poignée au maximum pendant au moins cinq secondes assourdissantes avant de le laisser tourner au ralenti. Il plongea la main à l'intérieur de son blouson et en sortit ce qui semblait être une carte de visite. Elle ne comportait ni nom ni adresse. Rien qu'un numéro de téléphone. Il la tendit à Gurney.

— Mon portable. Je l'ai toujours sur moi. Communiquez-moi tout ce que vous estimerez utile de me faire savoir. Les secrets engendrent des heurts. J'ose espérer que nous ne nous affronterons pas.

Gurney glissa la carte dans sa poche.

— Une petite question avant que vous ne partiez, Max. J'ai le sentiment que vous vous êtes penché plus que quiconque sur la vie privée des victimes. Je me demandais ce qui vous est resté gravé en mémoire.

— Gravé en mémoire ? Comme quoi ?

— Quand vous pensez à ces victimes ou à leurs familles, n'y aurait-il pas une petite bizarrerie qui remonte à la surface – susceptible de faire le lien entre elles ?

D'un air songeur, Clinter débita les noms en une sorte de litanie rythmée :

— Mellani, Rotker, Sterne, Stone, Brewster, Blum. (Un froncement de sourcils remplaça le regard pensif.) Des bizarreries, il y en a des tas. Les connections possibles sont plus difficiles à cerner. J'ai passé des semaines, des années sur Internet. Les noms conduisant à des articles de presse, les articles menant à d'autres noms, des organisations, des firmes, en va-et-vient, chaque élément débouchant sur une dizaine d'autres. Bruno Mellani et Harold Blum ont fréquenté le même lycée à Brooklyn, à quelques années d'écart. Le fils d'Ian Sterne a eu une petite amie qui a été l'une des victimes de l'Étrangleur de la Montagne blanche. Elle était en dernière année à Dartmouth quand Jimi Brewster, lui, était en première année. Il se pourrait que Sharon Stone ait fait visiter une maison à Roberta Rotker, dont les rottweilers venaient d'un chenil situé à Williamstone, soit à quatre kilomètres de la propriété du docteur Brewster. Je peux continuer comme ça longtemps. Vous avez compris où je voulais en venir. Des liens ténus dont la portée reste à définir.

Un souffle de vent frais balaya le champ, faisant ployer le chaume.

Gurney fourra ses mains dans les poches de sa veste.

— Vous n'avez jamais pu trouver un élément qui les relie tous ?

— Rien, à part les bagnoles. Évidemment, c'est moi qui ai fait les recherches. Je sais ce que mes collègues se disaient : les voitures étaient le rapport évident, alors pourquoi chercher autre chose ?

— Mais vous, vous pensez qu'il y a un autre lien, n'est-ce pas ?

— Ce n'est pas que je le pense. J'en suis certain. Un plan nettement plus ambitieux, que personne n'a décelé. Seulement, on est au-delà de ça maintenant.

— Au-delà de ça ?

— Le Berger a repris ses activités. Il me piège. Dans le but de m'achever. Les choses vont atteindre leur paroxysme. À quoi bon cogiter, évaluer, calculer ? L'époque de la réflexion est derrière nous. Le moment est venu de se battre. Il faut que j'y aille. Le temps presse.

— Une dernière question, Max. La formule « Ne réveillez pas le diable qui dort » signifie-t-elle quelque chose pour vous ?

— Strictement rien. (Il écarquilla les yeux.) C'est un dicton qui fait froid dans le dos, en attendant, vous ne trouvez pas ? Ça oriente l'esprit dans une direction particulière. Où avez-vous entendu ça ?

— Dans un sous-sol obscur.

Clinter le regarda fixement un long moment. Puis il ajusta son casque, fit gronder son moteur et esquissa un petit salut militaire. Ensuite il fit pivoter sa moto et descendit la pente.

Une fois le motard et son engin hors de vue, Gurney remonta à pas lents vers la maison en réfléchissant aux curieux petits « liens » que Clinter avait établis entre les familles. Cela lui rappela la théorie des six degrés de séparation, et la probabilité associée qu'une analyse relativement approfondie de l'existence d'individus a des chances de faire émerger un nombre surprenant de lieux où leurs chemins se sont croisés.

Le rapport le plus évident était toujours, selon l'expression de Clinter, les « bagnoles ».

De retour dans la cuisine, Gurney se servit un autre café. En entrant dans la maison par le cellier, Madeleine lui demanda d'une petite voix douce :

— Un ami à toi ?

— Max Clinter.

Il commença à lui raconter ce que son visiteur lui avait dit jusqu'au moment où il vit l'heure à la pendule.

— Pardonne-moi, il est plus tard que je ne pensais. Je dois être à Sasparilla à 9 h 45.

— Quant à moi, je vais à la salle de bains.

Quelques minutes plus tard, il lui cria qu'il partait. Elle lui recommanda d'être prudent.

— Je t'aime, ajouta-t-il.

— Moi aussi, je t'aime.

Alors qu'il avait parcouru un peu plus d'un kilomètre sur la route de montagne, il vit une camionnette du courrier express monter dans sa direction. Il n'y avait que deux autres maisons entre cet endroit et la sienne, toutes deux occupées surtout le week-end, ce qui voulait dire que le colis lui était destiné, à lui ou à Madeleine. Il se rangea sur le bas-côté et sortit de sa voiture en agitant la main.

Le chauffeur s'arrêta, le reconnut, alla prendre une enveloppe à l'arrière de son véhicule et la lui remit. Après un échange de formules compatissantes à propos du printemps trop frais, l'homme repartit. Gurney ouvrit l'enveloppe, qui lui était adressée.

À l'intérieur il trouva une autre enveloppe en papier kraft ordinaire, qu'il ouvrit à son tour avant d'en extraire une unique feuille. Il lut le message :

La cupidité se propage dans une famille comme du sang vicié dans l'eau du bain. Elle contamine tous ceux qu'elle touche. Si bien que les femmes et les enfants que vous considérez comme des objets dignes de pitié et de chagrin devront être abattus eux aussi. Les enfants de la cupidité sont le mal, tout comme ceux qui les étreignent. Ils devront être éradiqués. Tous ceux que les dupes de ce monde sont censés consoler périront, qu'ils soient liés par le sang ou le mariage à cette progéniture engendrée par la rapacité.

Consommer le fruit de l'avidité, c'est en consommer la faute. Le fruit laisse son empreinte. Les bénéficiaires de la cupidité en endossent la responsabilité ; il leur faut subir le châtiment. Ils mourront à la lumière de vos louanges. Vos louanges causeront leur perte. Votre compassion est un poison. Votre apitoiement les condamne à mort.

La vérité ne vous saute-t-elle pas aux yeux ? Seriez-vous aveugles ?

Le monde est devenu fou. Les mascarades de la cupidité passent pour des ambitions louables. La richesse se veut la marque du talent et de la valeur. Les voies de communication sont désormais entre les mains de monstres. On porte aux nues le pire du pire.

Les démons étant en chaire, les anges battus froid, il incombe aux honnêtes gens de punir ce que récompense ce monde dément.

Telles sont les ultimes paroles véridiques du Bon Berger.

CHAPITRE 35

Invitation à la fête

Au moment où Gurney s'engageait sur la Route 7, la principale voie qui traversait Sasparilla, son portable sonna. C'était Kyle, mais en décrochant il reconnut la voix de Kim.

La colère et la culpabilité de la veille avaient cédé la place à la terreur.

— J'ai reçu un message de *lui* par courrier express il y a quelques minutes… le Bon Berger… Il parle de gens à abattre. De gens qui doivent mourir.

Gurney lui demanda de lui en faire la lecture. Il voulait s'assurer que c'était le même message que celui qu'on lui avait adressé.

Copie conforme.

— Que faut-il faire ? demanda-t-elle. Devrions-nous appeler la police ?

Il lui expliqua qu'il avait reçu la même missive et que, dans quelques minutes, il allait prendre part à une réunion au cours de laquelle il la transmettrait à la police de l'État ainsi qu'au FBI. En attendant, il avait une question à poser à Kim.

— Comment l'enveloppe était-elle libellée ?

— C'est ce qu'il y a de plus terrifiant, répondit-elle d'une voix tremblante. La première enveloppe était adressée à Kyle, à son domicile, mais il y en avait une autre à l'intérieur, portant mon nom. Le Bon Berger sait donc que je suis ici, qu'on est ici *ensemble*. Comment a-t-il pu l'apprendre ?

Lorsque le message malveillant de Meese avait incité Madeleine à lui poser une question similaire la veille au soir, Gurney avait écarté la possibilité qu'il les ait filés. Il n'en était plus aussi sûr à présent.

— Comment a-t-il pu le savoir ? insista Kim, son ton montant d'un cran.

— Il ne sait peut-être pas vraiment que vous y êtes ensemble. Il s'est peut-être seulement dit que Kyle devait avoir un moyen de vous atteindre, de vous transmettre le message.

En prononçant ces mots, Gurney se rendit compte qu'ils n'avaient aucun sens, qu'il s'efforçait simplement de la calmer.

Cela n'eut pas l'air de marcher.

— Il l'a envoyé en express. Ça prouve qu'il tenait à ce que je l'aie ce matin. Et il a employé nos deux noms. *Il sait forcément qu'on est là tous les deux.*

Cette logique était loin d'être parfaite, mais Gurney n'allait pas la contester. L'espace d'un instant, il songea à faire appel au NYPD, pour que Kyle et elle aient la visite d'un policier en uniforme, afin de créer au moins un semblant de protection. Mais la confusion, les problèmes des compétences respectives et la nécessité de fournir des explications que cela ne manquerait pas d'entraîner l'emporteraient sur les avantages concrets. D'un point de vue bureaucratique, il n'y avait pas la moindre preuve avérée qu'une menace imminente pesait sur eux. Impliquer le NYPD avait toutes les chances de provoquer d'emblée un conflit qui aboutirait forcément à un imbroglio.

— Voilà ce que je vous demande de faire. Restez à l'appartement – tous les deux. Assurez-vous que la porte est fermée à clé. N'ouvrez à personne. Je vous rappellerai après mon rendez-vous. Entre-temps, en cas de menace tangible ou d'un signe quelconque de sa part en dehors du message que vous avez déjà reçu, contactez-moi sur-le-champ. Compris ?

— Entendu.

— À présent, permettez-moi de vous poser une autre question. Vous est-il possible d'accéder à l'enregistrement vidéo de votre interview avec Jimi Brewster ?

— Bien sûr. J'en ai une copie sur mon iPod.

— Vous l'avez avec vous ?

— Oui.

— Dans un format que vous pouvez m'adresser par mail ?

— Ça dépend du volume de document que votre serveur accepte. Je vais réduire la résolution pour minimiser la taille du dossier. Il ne devrait pas y avoir de problème.

— Très bien, tant que je comprends ce que j'ai sous les yeux.

— Vous voulez que je vous l'envoie tout de suite ?

— S'il vous plaît.

— Puis-je vous demander pourquoi ?

— Le nom de Brewster a surgi dans un autre contexte – une conversation que j'ai eue avec Max Clinter. J'aimerais me faire une idée un peu plus claire de sa personnalité.

Au moment de raccrocher, il s'engagea dans le parking du Q.G. de secteur de la police de l'État de New York. Après avoir dépassé une rangée de voitures de patrouille, il se gara à côté d'une étincelante BMW 640i gris métallisé.

Un véhicule flambant neuf d'une valeur de 85 000 dollars semblait un choix discutable de la part d'un fonctionnaire, mais venant d'une consultante ayant le vent en poupe, cela s'expliquait assez bien. Il ne lui était pas venu à l'esprit que Rebecca Holdenfield participerait à la réunion, mais, à cet instant, il aurait été prêt à le parier. C'était son genre de voiture.

Il jeta un coup d'œil à sa montre. Il avait cinq minutes devant lui. Il décida d'en profiter pour rappeler Connie Clarke en prétextant la réunion pour abréger la conversation au cas où elle décrocherait. Au moment où il saisissait son numéro, une des Crown Victoria noires de la NYSP se rangea à côté de lui. Bullard occupait le siège passager, Andy Clegg était au volant.

Le lieutenant lui fit signe de les rejoindre en désignant la banquette arrière de l'imposante conduite intérieure. Gurney fit ce qu'on lui demandait, emportant son enveloppe avec lui.

Bullard se mit à parler sur le ton de quelqu'un ayant soigneusement réfléchi à ses propos.

— Bonjour, David. Merci d'être venu en dépit du bref préavis. Avant que nous entrions, je tiens à vous faire connaître ma position. Comme vous le savez, l'unité Auburn de la brigade enquête sur le meurtre de Ruth Blum. Cette affaire pourrait être liée à celle du Bon Berger qui remonte à dix ans, mais rien n'est moins sûr. Nous sommes peut-être confrontés au même auteur, à moins que ce crime ait inspiré quelqu'un d'autre ou qu'il y ait une troisième possibilité encore indéfinie.

De l'avis de Gurney, cette troisième option n'existait pas, mais il comprenait que Bullard veuille jeter des bases plus vastes dans l'espoir de garder les rênes en main.

— Je suis consciente de l'existence d'une théorie qui fait autorité dans la première affaire, et je sais que vous l'avez vigoureusement remise en cause. Je veux que vous sachiez que je viens à la table l'esprit ouvert. Je n'ai aucune préférence particulière pour une version ou une autre. Les rivalités d'ego me laissent de marbre. Tout ce qui m'intéresse, ce sont les faits. J'y suis très attachée. Si je vous ai demandé de vous joindre à nous ce matin, c'est parce que je sens que vous partagez peut-être mon point de vue à cet égard. Des questions ?

Tout cela paraissait aussi limpide que la voix énergique du lieutenant, mais Gurney savait que la réalité avait une autre facette. Il était à peu près certain que si Bullard l'avait convié, c'était parce qu'elle avait découvert – probablement par l'intermédiaire de Daker – qu'il s'était mis Trout à dos. Autrement dit, son rôle implicite revenait à compliquer la chimie interne de la réunion en déséquilibrant l'agent du FBI. En bref, il était un joker dans le jeu du lieutenant.

— Des questions ? répéta-t-elle.

— Juste une. Je présume que Daker vous a montré le profil du Bon Berger dressé par le FBI ?

— Oui.

— Qu'en avez-vous pensé ?

— Je ne sais pas très bien.

— Tant mieux.

— Pardon ?

— Ça prouve que vous avez vraiment l'esprit ouvert. Avant que nous entrions, je dois vous annoncer une nouvelle qui va vous faire l'effet d'une bombe. (Il ouvrit l'enveloppe qu'il avait gardée sur ses genoux, puis celle qui contenait le message.) J'ai reçu cette lettre ce matin. Je l'ai déjà manipulée, mais il serait préférable que personne d'autre n'y touche.

Bullard et Clegg se tournèrent légèrement sur leurs sièges pour lui faire face. Tandis qu'il lisait la missive à voix haute, en détachant chaque mot, il fut à nouveau frappé par le raffinement du style. En particulier la conclusion : *« Les démons étant en chaire, les anges battus froid, il incombe aux honnêtes gens de punir ce que récompense ce monde dément. »* Le problème étant que cette élégante manifestation d'émotion donnait précisément l'impression d'être dépourvue de toute émotion.

Quand il eut fini, il retourna la lettre devant lui et la brandit pour que Bullard et Clegg puissent la lire à leur tour. Bullard semblait électrisée.

— C'est l'original ? demanda-t-elle.

— L'un des deux originaux dont j'ai connaissance. L'autre a été adressé à Kim Corazon.

Elle cligna des yeux à plusieurs reprises – signe qu'elle devait être en train de réfléchir à toute vitesse.

— Une fois à l'intérieur, nous en ferons une demi-douzaine de copies avant de mettre l'original dans un sachet à indice à envoyer au service légiste d'Albany. (Bullard leva les yeux vers Gurney.) Pourquoi vous ?

— Parce que je donne un coup de main à Kim Corazon ? Et qu'il veut lui mettre des bâtons dans les roues ?

Nouveaux cillements. Elle se tourna vers Clegg.

— Il faut alerter les gens qui sont concernés par ce message. Toute personne correspondant à sa définition de « l'ennemi ». (Elle reporta son attention sur Gurney.) Montrez-moi ça encore une fois. (Elle parcourut le texte.) Il semblerait qu'il menace tous les proches des victimes initiales, leurs enfants, les familles de leurs enfants. Il nous faut des noms, des adresses, des numéros de téléphone. Vite. Qui pourrait avoir ça ?

Elle jeta un coup d'œil dans la direction de Clegg.

— Il y avait une liste de noms et de coordonnées dans les dossiers que Daker nous a montrés. Reste à savoir s'ils sont encore d'actualité.

— La source d'informations la plus récente est Kim Corazon, à mon avis, intervint Gurney. Elle a pris contact avec la plupart de ces gens.

— Bon. Parfait. Allons-y. Notre priorité est d'alerter tous ceux qui sont susceptibles d'être en danger, sans provoquer la panique. Faites-vous aider.

Elle fut la première à sortir de la voiture et à se diriger vers le bâtiment. Gurney reconnut la démarche décidée de l'individu galvanisé par une situation de crise. Au moment où il s'apprêtait à pénétrer derrière elle dans le hall d'entrée, il aperçut un 4 × 4 noir qui s'engageait sur le parking. Le visage mince, sans expression, derrière le volant appartenait à l'agent Daker.

Un reflet sur la vitre dissimulait la tête de son passager. En conséquence, Gurney ne put déterminer si Trout l'avait vu, et le cas échéant, quelle sinistre impression sa présence lui avait faite.

CHAPITRE 36

Pics à glace et animaux

En raison de l'effervescence provoquée par le message du Bon Berger et du temps nécessaire pour lancer les différentes dispositions à mettre en place, la réunion commença avec quarante-cinq minutes de retard. L'ordre du jour avait été remanié entre-temps, et le café sentait à présent le brûlé.

Elle eut lieu dans une salle de conférences comme tant d'autres, sans fenêtre, avec un tableau en liège hérissé de punaises fixé sur un mur, un autre d'un blanc étincelant sur le mur voisin. L'éclairage fluo à la fois blafard et terne rappela à Gurney l'étouffant bureau de Paul Mellani. Une table rectangulaire toute simple entourée de six chaises occupait l'essentiel de l'espace. Sur une autre table plus petite dans le coin, il y avait un percolateur en aluminium, des tasses en polystyrène, des cuillers en plastique, du lait en poudre et une boîte de sachets de sucre presque vide. Gurney avait passé d'innombrables heures dans ce genre d'environnement, et sa réaction était toujours la même. Dès l'instant où il mettait les pieds dans une pièce comme celle-là, il avait envie de tourner les talons.

Daker, Trout et Holdenfield avaient pris place d'un côté de la table. Face à Bullard, Clegg et lui-même. Un arrangement propice à l'affrontement. Devant chaque participant, Bullard avait posé une copie du nouveau message du Bon Berger – que chacun avait eu le temps de lire plusieurs fois.

Devant Bullard elle-même, il y avait également un gros dossier sur lequel trônait, au grand étonnement de Gurney, le résumé de ses réflexions relatives à l'affaire initiale qu'il lui avait adressé par e-mail.

Le lieutenant faisait face à Trout, dont les mains étaient jointes devant lui.

— Je vous remercie d'avoir fait le trajet jusqu'ici, dit-elle. Au-delà de l'importance évidente de ce nouveau message censé émaner du Bon Berger, y aurait-il une question que vous souhaiteriez qu'on aborde en priorité ?

Esquissant un sourire morne, Trout tourna ses paumes vers le ciel en un geste classique de soumission.

— C'est votre territoire, lieutenant. Je suis là pour vous écouter. (Il glissa un regard nettement moins cordial vers Gurney.) Mon seul souci pourrait bien être la participation d'un élément non habilité à une discussion en interne relative à l'enquête en cours.

Bullard manifesta sa perplexité par une grimace.

— Non habilité ?

Le sourire réapparut.

— Permettez-moi d'être un peu plus précis. Je ne fais pas référence à la carrière passée de M. Gurney au sein de la police qui a fait couler beaucoup d'encre, mais à la nature indéfinie de son implication actuelle avec des individus qui pourraient se révéler être des paramètres importants de cette enquête.

— Vous voulez parler de Kim Corazon ?

— Et de son ancien petit ami, pour n'en nommer que deux dont j'ai connaissance.

Intéressant qu'il soit au courant pour Meese, pensa Gurney. Deux sources possibles : Schiff, à Syracuse, ou Kramden, l'expert en incendie criminel, qui avait cuisiné Kim à propos de menaces ou d'ennemis éventuels. À moins que Trout ne se soit mis en tête de fureter dans la vie de la jeune femme par d'autres moyens. Mais pourquoi ? Était-ce une manifestation supplémentaire de son obsession du contrôle ? De son acharnement à adopter une position défensive ?

Bullard hocha la tête d'un air songeur tout en laissant son regard dériver vers le tableau blanc vide.

— Cela me semble une préoccupation raisonnable. Ma position, davantage fondée sur l'émotivité, l'est sans doute un peu moins. J'ai le sentiment que l'auteur des crimes s'efforce d'écarter Dave Gurney de cette affaire, ce qui me donne encore plus envie de l'inclure. (Il y avait une certaine dureté dans sa voix et ses traits.) Voyez-vous, quand j'entends ses objections, j'ai tendance à abonder dans son sens. Et je suis tout aussi disposée à émettre un certain nombre de réserves quant à l'intégrité individuelle – l'intégrité de chaque personne présente dans cette pièce, j'entends.

Trout s'écarta de la table.

— Ne vous méprenez pas, protesta-t-il. Je ne mets en cause l'intégrité de personne.

— Désolée. J'ai sans doute mal compris. Il y a quelques instants, vous avez employé le mot « implication ». Dans mon esprit, ce terme a des connotations précises. Mais ne nous enferrons pas avant même d'avoir commencé. Je suggère qu'en premier lieu, nous passions en revue ce que nous savons à propos du meurtre de Blum, après quoi nous parlerons du message reçu ce matin, et de la nature du lien entre cet homicide et les assassinats qui se sont produits au printemps 2000.

— Sans oublier la question de nos champs de compétence respectifs, ajouta Trout.

— Bien sûr. Mais nous pourrons uniquement nous pencher là-dessus à la lumière des faits en présence. Commençons par là.

Un petit sourire étira les lèvres de Gurney. Bullard lui faisait l'effet d'être à la fois coriace, futée et dotée d'un solide sens pratique. Une combinaison gagnante.

— Certains d'entre vous ont peut-être pris connaissance de la mise à jour détaillée du CJIS # 3, que nous avons postée hier soir ? Dans le cas contraire, j'en ai des exemplaires ici.

Elle sortit plusieurs imprimés de son dossier qu'elle distribua à la ronde.

Gurney y jeta un rapide coup d'œil. C'était un résumé concis des indices relevés sur la scène de crime chez Ruth Blum et des conclusions préliminaires de l'expertise médico-légale. Il fut content d'y voir la validation des hypothèses qu'il avait émises sur place, tout comme il se réjouit des froncements de sourcils de Trout et de ses acolytes.

Après leur avoir laissé le temps d'assimiler ces informations et leurs retombées, Bullard mit l'accent sur quelques points clés avant de demander s'il y avait des questions.

Trout brandit le rapport du CJIS.

— Quelle importance attribuez-vous au pataquès relatif à l'endroit où le tueur a garé sa voiture ?

— Je pense que le terme de « machination » conviendrait mieux que celui de pataquès.

— Appelez ça comme vous voulez. Ma question est : quelle importance y accordez-vous ?

— Peu, en soi, en dehors du fait que cela semble indiquer un certain degré de prudence. En corrélation avec le message de Facebook, toutefois, je dirais que cela dénote une volonté de nous induire en erreur quant au déroulement des événements. Tout comme le corps de la victime déplacé de la chambre à l'étage, où l'agression a eu lieu, jusque dans l'entrée où on l'a trouvé.

Trout haussa un sourcil.

— Des rayures microscopiques provenant des talons de la victime sur la moquette de l'escalier, prouvant qu'on l'a traînée, expliqua Bullard. On a essayé de nous faire avaler une version du crime différente de ce qui s'est passé en réalité.

Holdenfield prit la parole pour la première fois.

— Dans quel but ?

Bullard sourit tel un professeur à un élève qui aurait finalement posé la bonne question.

— Eh bien, si nous avions gobé cette supercherie – le scénario de l'assassin se garant dans l'allée, frappant à la porte, donnant un coup mortel à Blum au moment où elle lui ouvre, puis disparaissant dans la nuit au volant de sa voiture –, nous aurions fini par croire que le message sur Facebook émanait bien de la victime, que tout ce qu'elle y disait était vrai, y compris la description du véhicule du tueur. Sans parler du fait qu'il s'agissait probablement d'un individu qu'elle ne connaissait pas.

Holdenfield avait l'air franchement intriguée.

— Quelqu'un qu'elle ne connaissait pas ? Pourquoi ?

— Pour deux raisons. D'abord, le message sur Facebook laissait entendre qu'elle n'a pas reconnu la voiture. Ensuite, la position trompeuse du corps suggérait, à tort, qu'elle ne l'avait pas laissé entrer. Alors que si, en fait, nous le savons maintenant.

— On n'a pas beaucoup d'indices pour étayer tout ça, souligna Trout.

— Nous avons la preuve qu'il est entré dans la maison et qu'il s'est donné du mal pour nous abuser sur ce point. On peut imaginer plusieurs raisons à ça, la plus convaincante étant qu'il a cherché à cacher que la victime le connaissait bel et bien et l'a invité à entrer chez elle.

Cet argument parut prendre Trout au dépourvu.

— Vous êtes en train de nous dire que Ruth Blum connaissait personnellement le Bon Berger ?

— Je dis que certains éléments relevés sur la scène de crime nous obligent à prendre cette possibilité au sérieux.

Trout se tourna vers Daker. Ce dernier haussa les épaules, l'air de dire que cela n'avait pas beaucoup d'importance. Puis il porta son attention vers Holdenfield qui semblait penser, pour sa part, que ça avait une portée considérable, au contraire.

Bullard se cala contre son dossier et laissa le silence s'installer avant d'ajouter :

— Ce scénario bidon bâti par le Bon Berger autour du meurtre de Ruth Blum m'incite à me poser des questions sur la première série de crimes.

— À vous poser des questions ? (Trout se redressa, tout agité.) Quel genre ?

— S'il avait la même prédilection pour la supercherie à l'époque, par exemple. Qu'en pensez-vous, Trout ?

À sa manière, Bullard venait de lâcher une petite bombe. Une bombe qui n'avait rien d'inédit, bien sûr. Cela faisait une semaine que Gurney susurrait la même chose, et dix ans que Clinter le clamait sur les toits. À cet instant, cependant, pour la première fois, elle avait été jetée sur la table non pas par un tiers, mais par une enquêtrice respectée à laquelle on reconnaissait le droit de mener l'affaire jusqu'à sa conclusion.

Elle semblait inviter Trout à revenir sur l'idée que le fond de l'affaire puisse se résumer au manifeste et au profil du coupable.

Comme on pouvait s'y attendre, il chercha à se dérober et riposta :

— Un peu plus tôt, vous avez mis l'accent sur l'importance des faits. J'aimerais qu'on m'en fournisse d'autres avant de trancher. Je ne suis pas trop pressé de reconsidérer une affaire ayant fait l'objet de l'analyse la plus minutieuse de toute l'histoire de la criminologie moderne, pour l'unique raison qu'un type a essayé de nous leurrer sur l'emplacement où il a garé sa voiture.

Cette pointe de sarcasme fut une erreur. Gurney le comprit en remarquant la mâchoire crispée de Bullard et les deux secondes supplémentaires durant lesquelles elle soutint le regard de Trout avant d'enchaîner en s'emparant de l'imprimé du mail qu'il lui avait envoyé.

— Comme vous et vos collègues du FBI avez été au cœur de toute cette *analyse*, j'espère que vous pourrez m'éclairer sur un certain nombre de points. Cette histoire de petits animaux ? Je suis sûre que vous avez lu dans le rapport du CJIS qu'un lion en plastique de cinq centimètres a été retrouvé sur la bouche de notre victime. Qu'est-ce que vous en pensez ?

Trout se tourna vers Holdenfield.

— Becca ?

Elle esquissa un sourire.

— C'est un aspect de l'enquête où l'on est un peu dans le flou. Dans le cas de la première série de meurtres, la source des figurines – un jeu inspiré de l'arche de Noé – suggère une connotation religieuse. De même que la Bible décrit le déluge comme l'émanation du jugement de Dieu sur un monde dépravé, les actes du Bon Berger traduisent son propre jugement sur ce même monde. De surcroît, il n'a déposé qu'un seul animal de chaque couple sur les différents lieux d'agression. Cette séparation pourrait avoir une signification inconsciente. Sa manière à lui d'« éliminer le troupeau ». Dans l'optique freudienne, cela refléterait un désir d'enfance de briser le mariage de ses parents, en tuant l'un d'eux, par exemple. J'insiste sur le fait que nous en sommes réduits à des suppositions.

Bullard hocha la tête d'un air pensif, comme si elle digérait une pensée profonde.

— Et l'arme de gros calibre ? lança-t-elle. D'un point de vue freudien, cela représenterait un gros pénis ?

Holdenfield parut sur ses gardes tout à coup.

— Ce n'est pas si simple.

— Ah, s'exclama le lieutenant, c'est bien ce que je craignais ! Juste quand je pensais commencer à comprendre... (Elle se tourna vers Gurney.) Quel est votre avis sur le gros pistolet et les petits animaux ?

— Je pense que leur fonction était de provoquer cette conversation.

— Vous voulez bien me redire ça ?

— Il me semble que le gros calibre comme les animaux ne sont rien d'autre que des diversions délibérées.

— Diversions par rapport à quoi ?

— Au pragmatisme foncier de toute cette mise en scène. Ils ont pour but de suggérer une motivation névrotique sous-jacente, voire une forme d'aliénation mentale.

— Le Bon Berger cherche à nous faire croire qu'il est dérangé ?

— Sous la justification de surface typique chez un tueur qui s'estime investi d'une mission se cachent toujours des motivations névrotiques ou psychotiques. C'est la source inconsciente de l'énergie meurtrière qui étaye la « mission » consciente. N'est-ce pas, Rebecca ?

Elle ignora la question.

Gurney enchaîna :

— J'estime que le meurtrier est parfaitement conscient de tout cela. Selon moi, l'arme et les animaux sont les touches finales apportées par un manipulateur hors pair. Sachant que les profileurs s'attendent à trouver ce genre de choses, il leur en a fourni. Elles contribuent à rendre le concept de « mission » crédible. La seule thèse que le tueur ne voulait pas qu'on examine, c'est qu'il était parfaitement sain d'esprit et que ses crimes avaient un mobile purement pratique. Un mobile de meurtre traditionnel. Cela aurait orienté l'enquête dans une direction totalement différente, et on l'aurait probablement démasqué assez rapidement.

Trout poussa un soupir agacé avant de s'adresser à Bullard.

— Nous avons déjà étudié tout ça avec M. Gurney, et ses hypothèses ne sont toujours rien d'autre que des hypothèses. Basées sur aucun fondement probant. Franchement, je trouve ce rabâchage lassant. La thèse admise offre une vue totalement cohérente de l'affaire – la seule vue rationnelle, cohérente qu'on ait jamais mise en avant. (Il prit sa copie du nouveau message du Bon Berger, la brandit.) De plus, cette nouvelle communication est à cent pour cent en adéquation avec le manifeste d'origine et apporte une explication parfaitement crédible de l'agression subie par la veuve de Harold Blum.

— Qu'en pensez-vous, Rebecca ? demanda Gurney en désignant la feuille que Trout tenait à la main.

— J'aimerais avoir davantage de temps pour l'analyser. Pour l'heure, d'un point de vue professionnel, je dirais avec un degré de certitude raisonnable que ce message a été rédigé par le même individu, auteur du premier document.

— Quoi d'autre ?

Elle pinça les lèvres, soupesant les différentes réponses possibles.

— Il exprime la même rancœur obsessionnelle, renforcée désormais par la diffusion des *Orphelins du meurtre* à la télévision. Son nouveau grief, le facteur de motivation à l'origine de l'assassinat de Ruth Blum, est que cette émission est une glorification intolérable de gens infâmes.

— Tout cela me semble logique, intervint Trout, et consolide ce que nous disons sur cette affaire depuis le début.

Gurney ignora cette interruption, maintenant son attention sur la psychologue.

— Jusqu'à quel point était-il en colère ?

— Pardon ?

— Dans quelle mesure l'homme qui a écrit cette lettre était-il en colère ?

La question parut la surprendre. Elle prit son exemplaire de la lettre et le relut.

— Eh bien… Il recourt fréquemment à des termes et des images émotionnellement fortes… *sang*, *mal*, *tâche*, *culpabilité*, *châtiment*, *mort*, *poison*, *meurtres*… manifestant ainsi une sorte de rage d'inspiration biblique.

— Est-ce de la rage que nous percevons dans ce document, ou une *description* de la rage ?

Il nota un tic presque imperceptible au coin de sa bouche.

— La différence étant… ?

— Je me demande si nous avons affaire à un homme furieux exprimant sa colère, ou à un être calme écrivant ce qu'il imagine qu'un type fou de rage exprimerait en pareilles circonstances.

Trout le coupa à nouveau.

— Quel est l'intérêt de tout ça ?

— C'est somme toute assez simple, répondit Gurney. Je me demande si le Dr Holdenfield, psychothérapeute hautement avisée, estime que l'auteur de ce message déployait une émotion authentique, ou s'il a mis ces paroles dans la bouche d'un personnage fictif qu'il aurait fabriqué de toutes pièces – le soi-disant Bon Berger.

Trout se tourna résolument vers Bullard.

— On ne va pas passer toute la journée à ressasser ce genre de théorie fantaisiste, lieutenant. C'est vous qui nous avez convoqués. Je vous recommande vivement de vous en tenir autant que faire se peut à l'ordre du jour.

Gurney soutenait toujours le regard de Holdenfield.

— La question est simple, Rebecca. Qu'en pensez-vous ?

Elle prit son temps avant de répondre.

— Je ne sais pas très bien.

Gurney perçut enfin une certaine sincérité dans ses yeux, et dans sa réponse.

Bullard avait l'air troublée.

— David, il y a quelques minutes, vous avez employé l'expression « purement pratique » à propos du Bon Berger. Quel genre de mobile *purement pratique* pourrait inciter un meurtrier à choisir six victimes dont le principal point commun est qu'elles roulaient dans des voitures de luxe ?

— Des Mercedes noires de luxe, corrigea Gurney, plus pour lui-même que pour elle.

L'Homme au parapluie noir lui était soudain revenu à l'esprit. Cela semblait risqué de faire référence à l'intrigue d'un film dans un débat relatif à un crime bien réel, compte tenu du climat hostile en particulier. Il résolut néanmoins de tenter le coup. Il raconta comment les snipers aux trousses de l'homme au parapluie s'étaient retrouvés démunis quand ce dernier s'était mêlé à une foule de gens armés d'ustensiles identiques.

— Quel rapport avec ce dont on parle ?

C'était la première fois que Daker ouvrait la bouche depuis le début de la réunion.

— Je ne saurais vous le dire, répondit Gurney en souriant. J'ai le sentiment qu'il y en a un, c'est tout. J'espérais que quelqu'un dans la pièce serait assez perspicace pour le voir.

Trout leva les yeux au ciel.

Bullard reprit le mail que Gurney lui avait envoyé. Son regard se figea au milieu de la page, et elle lut à haute voix :

— Les crimes avaient-ils la même importance ? (Elle jeta un coup d'œil à la ronde.) C'est une question intéressante, à mon avis, dans le contexte de cette histoire de parapluies.

— Je ne vois vraiment pas le rapport, s'obstina Daker.

Bullard s'était remise à cligner des yeux, comme si elle cochait mentalement les différentes options.

— Supposez que les victimes ne soient pas toutes des cibles principales.

— Les autres, ce serait quoi ? Des erreurs ? demanda Trout, abasourdi.

Gurney avait déjà examiné cette piste avec Hardwick, et leurs réflexions les avaient conduits à des scénarios trop invraisemblables pour être pris en considération.

— Des erreurs, non, répondit Gurney. Juste des victimes secondaires, en quelque sorte.

— *Secondaires* ? répéta Daker. Qu'est-ce que ça veut dire, bon sang ?

— Je ne sais pas encore. Cela reste un point d'interrogation.

Trout abattit ses mains sur la table.

— Je ne le dirai pas deux fois. Il arrive un moment au cours d'une enquête, quelle qu'elle soit, où il faut arrêter de contester les éléments de base et se concentrer sur la poursuite du criminel.

— Le problème, en l'occurrence, répliqua Gurney, c'est qu'on n'a jamais contesté quoi que ce soit depuis le début.

— Ça suffit, coupa Bullard en levant les deux mains de part et d'autre en un geste d'interruption. Je voudrais qu'on en vienne aux mesures à prendre.

Elle se tourna vers Clegg, assis à sa gauche.

— Faites-nous un résumé rapide de la situation, Andy.

— Entendu, lieutenant. (Il sortit un mince appareil numérique de la poche de sa veste, enfonça quelques touches, scruta l'écran.) L'équipe technique a évacué la scène de crime. Elle est accessible. Les indices matériels ont été mis sous scellés, étiquetés et intégrés dans le système. On a envoyé l'ordinateur de la victime au service d'investigations informatiques. Les empreintes latentes sont traitées par l'IAFIS. On a le rapport préliminaire du médecin légiste. D'ici soixante-douze heures, on aura le rapport d'autopsie et l'analyse des données toxicologiques. Les photos du site et de la victime sont dans la boîte. Idem pour le rapport d'incident, celui du CJIS – la troisième mise à jour. Situation du porte-à-porte : 48 visites effectuées. Total prévu à la fin de la journée : 66. Comptes rendus *in extenso* disponibles. Résumés à venir. Sur la base de deux témoignages oculaires de la présence d'un Humvee ou d'un véhicule de style Hummer dans le voisinage, le service des cartes grises est en train de compiler une liste des propriétaires de véhicules similaires enregistrés dans le centre de l'État de New York.

— Que compte-t-on faire de ces listes exactement ? demanda Trout.

— Établir une base de données à comparer avec les noms et identités des suspects éventuels à mesure que ces informations nous parviendront, répondit Clegg.

Bien qu'il eût l'air sceptique, Trout n'ajouta rien.

Gurney était gêné par le fait qu'il connaissait déjà la réponse à la question que Clegg se posait. En temps normal, il prônait la plus grande ouverture. En l'occurrence, toutefois, il redoutait qu'une telle divulgation ne fasse perdre un temps précieux en orientant l'attention sur Clinter. Ce dernier ne pouvait pas être le Bon Berger. C'était un homme singulier. Sans doute fou. Mais malveillant ? Non. Gurney en était presque certain.

Il avait une autre raison moins objective de garder le silence. Il ne voulait pas donner l'impression de bien connaître Clinter, d'être sur la même longueur d'onde, en connivence avec lui, de peur que ce rapprochement ne lui porte préjudice. Pendant le déjeuner à Brownville, Holdenfield avait évoqué un diagnostic de SSPT le concernant. Que l'on avait également associé à Max Clinter à un moment donné. Gurney n'appréciait pas trop cet effet d'écho.

Clegg arrivait au bout de son rapport.

— Les traces de pneus découvertes dans le parking de Lakeside Collision sont en cours d'analyse. On a envoyé les photos au service informatique des véhicules pour une comparaison avec l'équipement d'origine et les services après-vente. Nous avons une double empreinte complète assez nette. On croise les doigts pour avoir une largeur d'axe unique. (Il releva les yeux.) C'est tout ce que je sais pour le moment, lieutenant.

— Une idée de l'heure à laquelle on va nous rappeler concernant l'analyse matérielle du message du Bon Berger – encre, papier, données concernant l'imprimante, défaut caché de l'une ou l'autre enveloppe, etc. ?

— Ils prétendent qu'ils en auront une meilleure idée dans l'heure qui vient.

Bullard opina.

— Où en est-on des notifications à envoyer ?

— On vient juste de démarrer la procédure. Grâce aux documents de base remis par l'agent Daker, nous disposons d'une liste préliminaire des membres des familles. Je pense que, sur la suggestion de M. Gurney, on est en train de contacter Mlle Corazon pour qu'elle nous fournisse sa propre liste de numéros de téléphone validides. Carly Maxon, du service d'information sur le public, est chargée de rédiger le message ad hoc.

— Elle est consciente de l'objectif de cette communication – alerte grave, mais pas de panique – et de l'importance d'une formulation exacte ?

— On l'en a informée, oui.

— Bon. J'aimerais jeter un coup d'œil au texte avant qu'on passe des coups de fil. Remuons-nous sur ce front-là.

Gurney commençait à se faire une idée plus précise de la personnalité de Bullard. Elle dévorait le stress comme d'autres des vitamines. Son travail était probablement son unique addiction. La diligence devait être sa priorité en toutes circonstances. Ses adversaires avaient intérêt à être vigilants.

Elle jeta un coup d'œil à la ronde.

— Des questions ?

— Vous semblez courir après des tas de lièvres à la fois, souligna Trout.

— Quoi de neuf ?

— J'essaie de vous faire comprendre qu'il arrive un moment où nous avons tous besoin d'aide.

— Assurément. N'hésitez pas à m'appeler si vous vous trouvez dans cette situation.

Trout éclata de rire – un son aussi chaleureux et mélodique qu'un starter dont la batterie est sur le point de rendre l'âme.

— Je tenais juste à vous rappeler qu'au niveau fédéral, nous avons des moyens dont vous ne disposez peut-être pas à Auburn ou à Sasparilla. Plus la relation entre ce nouvel homicide et l'ancienne affaire sera claire, plus les institutions feront pression sur nous pour qu'on mette ces ressources fédérales sur la table.

— Demain peut-être. Mais aujourd'hui, c'est aujourd'hui. Un jour à la fois.

Trout sourit – une expression mécanique assortie à son rire.

— Je ne suis pas philosophe, lieutenant. Je vous explique juste d'une manière réaliste la manière dont les choses se présentent et où cette affaire risque d'aboutir. Vous pouvez décider de l'ignorer jusqu'à ce qu'on en arrive là, mais nous devons dès à présent établir des règles de base et bien définir les axes de communication.

Bullard jeta un coup d'œil à sa montre.

— En attendant, nous allons faire une courte pause pour le déjeuner. Il est midi pile. Je propose que nous nous retrouvions à 12 h 45 pour parler des questions que vous venez d'évoquer, après quoi nous nous mettrons au travail pour de bon, si ces *règles de base* le permettent. (Un sourire atténua son sarcasme.) Le café et les snacks des distributeurs de ce bâtiment sont immondes. Souhaitez-vous que nous vous recommandions un endroit pour déjeuner dans le coin, messieurs ?

— Inutile, répondit Trout. Ça ira très bien.

Holdenfield avait l'air pensive, nerveuse, mal à l'aise.

Daker semblait indifférent à tout – à part à l'envie de liquider tous les fauteurs de troubles de la planète, un par un.

Bullard et Gurney avaient pris place dans un des box en forme de fer à cheval d'un petit restaurant italien où il y avait un bar et trois téléviseurs incontournables.

Ils avaient commandé un petit antipasti chacun et une pizza à partager. Clegg était resté dans le service pour faire avancer les multiples démarches qu'il avait initiées. Bullard n'avait pas desserré les dents depuis qu'ils étaient installés. Elle était occupée à isoler les piments de son plat au bord de son assiette. Quand elle eut débusqué les derniers, elle leva les yeux vers Gurney.

— Dites-moi, Dave, qu'est-ce que vous fabriquez exactement ?

— Précisez votre pensée, et je me ferai un plaisir de vous répondre.

Elle baissa les yeux, empala un des piments avec sa fourchette, l'engloutit, le mâcha avec application et l'avala sans la moindre difficulté apparente.

— Je perçois beaucoup d'énergie dans votre engagement. *Beaucoup*. Cela va au-delà d'un service rendu à une gamine qui a eu une brillante idée. Qu'est-ce qui vous motive ? J'ai besoin de le savoir.

Il sourit.

— Daker vous aurait-il précisé par hasard que RAM News m'a demandé d'animer une émission sur des enquêtes policières ratées ?

— Quelque chose comme ça.

— Eh bien, je n'ai pas l'intention de me prêter au jeu.

Elle l'enveloppa d'un regard.

— D'accord. Avez-vous d'autres intérêts financiers ou professionnels dans cette histoire dont vous auriez omis de me faire part ?

— Aucun.

— De quoi s'agit-il alors ? Qu'est-ce qui vous séduit là-dedans ?

— Il y a un hiatus dans cette affaire, assez vaste pour laisser passer un camion. Et pour m'empêcher de dormir la nuit. Par ailleurs, il s'est passé des choses bizarres destinées, d'après moi, à pousser Kim à renoncer à son projet, et à m'inciter moi-même à abandonner la partie. Je réagis de façon contradictoire à ce genre de tentatives de dissuasion. Poussez-moi vers la porte, ça me donne envie de m'incruster dans la pièce.

— Je vous ai expliqué à peu près la même chose à mon sujet. (Elle avait dit ça d'un ton tellement neutre qu'il était difficile de savoir si cela se voulait un signe de camaraderie ou une mise en garde exhortant Gurney à ne pas essayer de la manipuler. Avant qu'il ait tranché la question, elle enchaîna.) Mon petit doigt me dit qu'il y a autre chose. Je me trompe ?

Dans quelle mesure devait-il s'ouvrir à elle ?

— Vous avez raison. J'hésite à vous révéler ce qu'il en est de peur de vous paraître stupide, mesquin, plein de ressentiment.

Elle haussa les épaules.

— N'est-ce pas là un des choix fondamentaux dans l'existence ? Se donner de grands airs, ou bien dire la vérité.

— Quand j'ai commencé à étudier l'affaire du Bon Berger pour le compte de Kim Corazon, j'ai demandé à Holdenfield si, à son avis, l'agent Trout était disposé à écouter mon point de vue sur la question.

— Elle vous a répondu que non, dans la mesure où vous ne faisiez plus partie des forces de l'ordre ?

— Pire que ça. « Vous plaisantez ! » Voilà ce qu'elle m'a rétorqué. Exaspérant. Vous me direz que c'est une raison absurde de me cramponner à cette histoire, de refuser de lâcher prise.

— Évidemment que c'est absurde. Mais au moins, je comprends maintenant ce qui se cache derrière tant de ténacité. (Elle engloutit un second piment.) Revenons-en à ce hiatus qui vous tient éveillé la nuit. Avec quel genre de questions est-ce que vous vous débattez à deux heures du matin ?

Il n'eut pas à réfléchir bien longtemps.

— Trois questions essentielles. Premièrement, le facteur temps. Pourquoi ces crimes ont-ils débuté à ce moment-là, au printemps 2000 ? Deuxièmement, quelles pistes a-t-on abandonnées en cours de route, ou jamais explorées, avant l'arrivée du manifeste ? Troisièmement, qu'est-ce qui a fait du « Tuer des rupins » la couverture adéquate pour occulter les véritables motivations du meurtrier ?

Bullard leva un sourcil intrigué.

— À supposer qu'il y ait véritablement un autre mobile au-delà d'une volonté de liquider les gens riches et cupides – un postulat que vous êtes sacrément plus prêt à admettre que moi.

— Vous y viendrez, vous verrez. D'ailleurs...

Le Bon Berger est de retour ! L'à-propos agaçant de cette annonce émanant de la télévision au-dessus du bar interrompit Gurney au milieu de sa phrase. L'un des présentateurs mélodramatiques de RAM TV partageait l'écran avec un évangéliste bien connu, à la banane grisonnante, le révérend Paul Prunk.

« Selon des sources fiables, le tueur en série tant redouté qui a fait des ravages au nord de l'État de New York est de retour. Ce monstre hante à nouveau nos campagnes. Il y a dix ans, le Bon Berger a mis fin à l'existence de Harold Blum en lui tirant une balle dans la tête. Il a réapparu avant-hier soir. Au domicile de sa veuve, Ruth. Il est entré dans la maison au milieu de la nuit et lui a planté un pic à glace dans le cœur. (Le langage emphatique du journaliste était aussi accrocheur que repoussant.) C'est inhumain... au-delà des limites imaginables... Pardonnez-moi, mesdames, messieurs, mais il y a des choses dans ce monde qui vous laissent tout bonnement sans voix. (Secouant tristement la tête, il se tourna vers l'autre moitié de l'écran, comme si l'évangéliste était assis à côté de lui dans le studio.) Révérend Prunk, vous qui trouvez toujours les mots justes, aidez-nous. Quelle est votre opinion sur cet épouvantable rebondissement ?

— Eh bien, Dan, comme tout être normalement constitué, face à une situation pareille, je passe par toute une gamme d'émotions allant de l'horreur à l'indignation. Toutefois, conformément à l'approche que le Seigneur nous a enseignée, j'ai la conviction que chaque événement a une raison d'être, aussi horrible soit-il aux yeux du commun des mortels. Mais, révérend Prunk, pourrait-on me rétorquer, quelle pourrait être la finalité de ce cauchemar ? Je répondrais que, par le biais d'un tel fléau, il y a beaucoup à apprendre sur la nature du mal qui sévit aujourd'hui dans notre société. Ce qui me semble évident dans les crimes barbares commis par le Bon Berger, au passé comme au présent, c'est leur mépris absolu de la dignité humaine. Ce monstre n'a aucun respect pour ses victimes. Ce sont des brins de paille que le vent de son obstination emporte. Elles ne sont rien. Une volute de fumée. Une poussière. Telle est la leçon que Dieu nous a inculquée. Il nous montre le vrai visage du mal. Toute vie humaine est un don sacré. Y mettre fin, souffler dessus comme sur un nuage de fumée, la piétiner comme de la poussière, voilà l'essence du mal ! Telle est la leçon que Dieu offre aux vertueux afin qu'ils mesurent les méfaits du Malin.

— Merci, révérend. (Le présentateur se tourna vers la caméra.) Comme toujours, des paroles sages de la part du révérend Paul Prunk. À présent, quelques précieuses informations émanant des généreux sponsors qui permettent à notre chaîne d'exister. »

Un chapelet de spots publicitaires tapageurs, surexcités, prit la place du présentateur.

— Mon Dieu ! marmonna Gurney en reportant son attention vers Bullard.

Elle planta ses yeux dans les siens.

— Assurez-moi que vous ne faites pas affaire avec ces gens-là.

— Je ne fais pas affaire avec ces gens-là.

Elle soutint son regard encore un instant, puis fit la grimace, comme si un piment lui provoquait des renvois.

— Revenons-en à la question des pistes susceptibles d'avoir été abandonnées à l'arrivée du manifeste. Y avez-vous réfléchi ?

— C'est évident. Pour commencer, *cui bono* ? La question de savoir qui aurait pu profiter de ces six meurtres doit figurer en tête de la liste des éléments auxquels on a dû cesser de s'intéresser dès lors que le manifeste orientait les esprits dans la direction d'un tueur investi d'une mission.

— D'accord. Je vous suis. Quoi d'autre ?

— Un rapport antérieur entre les victimes. Un lien quelconque.

— En dehors de la Mercedes ?

— Absolument.

Bullard avait l'air sceptique.

— Le problème, c'est que, du coup, la marque des véhicules devient secondaire. Si ce n'était pas le motif principal des agressions, alors cet élément devient fortuit. Sacrée coïncidence tout de même, vous ne trouvez pas ?

Son objection faisait écho à celle de Hardwick. Gurney n'avait rien trouvé à répliquer à ce dernier. Il était toujours à court d'arguments.

— Quoi d'autre ?

— On a omis de procéder à des investigations en profondeur sur chaque crime.

— Que voulez-vous dire ?

— Une fois que la notion de meurtres en série s'est imposée, c'est ce type d'enquête-là qu'on a mené.

— Naturellement. Et alors ?

— Je me borne à énumérer les pistes qui n'ont pas été explorées. Je ne dis pas qu'on aurait dû le faire – simplement que ça n'a pas été fait.

— Donnez-moi un exemple.

— Si ces crimes avaient été analysés individuellement, la procédure aurait été tout autre. Dans le cas d'un meurtre prémédité sans motif ou suspect évident, vous savez aussi bien que moi ce qui se produit. On commence par passer au crible l'existence de la victime, ses relations : amis, amants, ennemis, liens éventuels avec le milieu, casier judiciaire, mauvaises habitudes, mariages ratés, divorces pénibles, conflits professionnels, dispositions testamentaires ou successorales, dettes, pressions ou aubaines financières. En d'autres termes, on décortique la vie de la victime, en quête de situations ou de gens, disons, intéressants. En l'occurrence…

— Oui, oui, bien sûr, dans ce cas, il ne s'est rien passé de tel. Quand quelqu'un se balade en voiture en mitraillant des vitres de Mercedes au beau milieu de la nuit, on ne gaspille pas de temps ni d'argent à analyser les problèmes personnels de chaque victime.

— C'est évident. Une cause psychopathologique, surtout avec un unique déclencheur tel un véhicule noir rutilant, fait qu'on se concentre exclusivement sur la traque du cinglé ayant fait le coup. Les victimes ne sont que des composantes du schéma général.

Bullard l'observa longuement.

— Dites-moi que vous n'êtes pas en train de me suggérer que les meurtres du Bon Berger ont été provoqués par six mobiles distincts liés à la vie de chacune des victimes.

— Ça paraît absurde, pas vrai ?

— Oui, autant que l'idée que la présence de six voitures similaires puisse être fortuite.

— Je ne vous dirai pas le contraire.

— Bon, assez parlé de pistes inexplorées. Il y a quelques instants, vous avez mentionné le facteur temps parmi les problèmes qui vous tracassent. Des idées particulières à ce sujet ?

— Rien de précis pour l'instant. Parfois, en s'intéressant de plus près au *moment* où un événement a eu lieu, on arrive à comprendre indirectement pourquoi il s'est produit. Votre allusion à mes nuits agitées m'a fait penser à une chose dont je tenais à vous faire part. Il se trouve que Paul Mellani, le fils de Bruno, participant probable à l'émission de Kim, est détenteur d'un permis de port d'armes pour un pistolet Desert Eagle.

— Quand l'a-t-il obtenu ?

— Je n'ai pas eu accès à cette information.

— Vraiment ? (Elle marqua une pause.) À propos d'accès à l'information, j'ai l'impression que l'agent Trout s'est découvert un vif intérêt pour cette question.

— Je sais. Il perd son temps. Mais c'est gentil à vous de m'en faire part.

— Il s'intéresse aussi de près à votre grange.

— Comment le savez-vous ?

— Daker m'a raconté que votre grange avait brûlé dans des circonstances suspectes, qu'un enquêteur spécialiste des incendies criminels avait trouvé un jerricane d'essence. Il m'a conseillé de faire preuve d'une prudence particulière dans mes rapports avec vous.

— Qu'en avez-vous conclu ?

— Qu'ils ne vous aiment pas beaucoup.

— Vous parlez d'une révélation !

— Matthew Trout pourrait vous donner du fil à retordre.

— La vie n'est pas un long fleuve tranquille.

Bullard hocha la tête, esquissa un sourire.

Puis elle prit son téléphone.

— Andy ? J'ai besoin d'une info concernant un permis de port d'armes... Paul Mellani... Oui, le même... Pour un Desert Eagle... On m'a laissé entendre qu'il en possédait un. La question est de savoir quand il l'a obtenu... La date d'origine du permis... Entendu... Merci...

Ils mangèrent en silence quelques instants, finissant leur antipasti, reprenant un peu de pizza tandis que les trois téléviseurs du restaurant beuglaient une série de promos pour les absurdes reality shows de RAM TV.

L'un d'eux, baptisé *Montagnes russes*, mettait en concurrence quatre hommes et quatre femmes. L'objectif consistait à prendre et perdre, ou perdre et reprendre, un maximum de kilos pendant une période de vingt-six semaines au cours desquelles la joyeuse petite bande vivait en vase clos. Le gagnant de la série précédente était passé de 65 à 130 kilos avant de redescendre à 63, remportant ainsi les deux trophées.

Pendant que Gurney se demandait si l'Amérique était détentrice d'une licence spéciale pour la folie de ses médias, ou si le monde entier avait perdu l'esprit collectivement, son téléphone se mit à vibrer. C'était un texto de Kim lui disant de chercher dans ses mails le dossier vidéo de son entretien avec Jimi Brewster.

En voyant son nom sur le minuscule écran, un autre détail logistique lui revint en mémoire. Il se tourna vers Bullard en train de faire signe à la serveuse pour avoir l'addition.

— Vous devez soumettre la copie du message du Bon Berger adressé à Kim Corazon au laboratoire d'Albany, je suppose. Comment voulez-vous qu'elle vous la fasse parvenir ?

— Où est-elle à l'heure qu'il est ?

— Chez mon fils à Manhattan.

Bullard hésita une ou deux secondes, comme si elle remisait l'information dans un coin de sa tête pour y repenser plus tard.

— Dites-lui de la porter au bureau de liaison de la police de l'État au Q.G. du NYPD, 1 Police Plaza. Quand nous serons de retour dans le service, je vous donnerai des instructions complémentaires.

Gurney était sur le point de glisser son téléphone dans sa poche quand il lui vint à l'idée que la vidéo de Brewster était susceptible d'intéresser Bullard.

— À propos, lieutenant, il y a quelque temps, Kim a interviewé Jimi Brewster, l'un des « orphelins ». C'est celui qui…

Elle hocha la tête.

— Celui qui détestait son père chirurgien. J'ai lu le dossier que Daker m'a passé.

— D'accord. Bon, Kim m'a fourni une copie vidéo de cet entretien. Ça vous intéresse ?

— Évidemment. Pourriez-vous me la communiquer sans tarder ?

Trout, Daker et Holdenfield étaient déjà installés quand ils regagnèrent la salle de conférences. Ils n'avaient qu'une minute de retard, ce qui n'empêcha pas Trout de consulter ostensiblement sa montre d'un œil mauvais.

— Vous avez rendez-vous ailleurs ? demanda Gurney dont le ton désinvolte et le sourire placide dissimulaient à peine un niveau d'hostilité inquiétant.

Trout préféra ne pas répondre. Il ne leva même pas les yeux et entreprit de curer l'interstice entre ses dents de devant avec un ongle.

Bullard et Gurney à peine assis, Clegg entra dans la pièce et posa une feuille devant le lieutenant, qui la parcourut d'un air intrigué en fronçant les sourcils.

— Dois-je en conclure que vous avez commencé à passer des coups de fil ?

— Pour établir le contact et déterminer rapidement qui est joignable et qui ne l'est pas, répondit Clegg. Nous expliquons aux gens qui décrochent que nous les recontacterons d'ici une heure pour leur donner des informations plus précises. Quand on tombe sur le répondeur, on leur demande de nous rappeler.

Bullard hocha la tête tout en continuant sa lecture.

— D'après ce document, vous avez parlé avec la sœur de Ruth Blum qui se trouve quelque part sur la route entre l'Oregon et Aurora, à Larry Sterne à Stone Ridge, à Jimi Brewster à Barkville. Qu'en est-il des autres personnes figurant sur cette liste ?

— On a laissé des messages sur la boîte vocale d'Eric Stone, de Roberta Rotker et de Paul Mellani.

— Avez-vous leur adresse mail ?

— Je crois que Kim Corazon nous en a fourni pour tous les gens de sa liste de contacts.

— Dans ce cas, envoyez-leur des mails aussitôt après leur avoir laissé un message téléphonique. Chaque fois que nous n'avons pas de retour dans la demi-heure qui suit, on relance. Dites à Carly qu'elle a un quart d'heure pour me soumettre son texte. Faute de réaction au second message, il faudra envisager d'envoyer des policiers au domicile des intéressés.

Lorsque Clegg eut quitté précipitamment la pièce, Bullard s'adossa à sa chaise en prenant une grande inspiration et contempla Trout d'un air songeur.

— Pour en revenir à des questions plus ardues, quel est votre sentiment concernant le mobile du meurtre de Ruth Blum ?

— Comme je l'ai dit plus tôt, ce n'est pas sorcier. Il vous suffit de lire le message du Bon Berger.

— Je le sais par cœur.

— Dans ce cas, vous connaissez le mobile aussi bien que moi. La première de la série d'émissions *Les Orphelins du meurtre* l'autre soir a touché une corde sensible et ravivé l'idée de mission visant à éliminer la vermine pleine aux as.

— Docteur Holdenfield ? Vous êtes d'accord avec ça ?

Rebecca hocha la tête avec raideur.

— En gros, oui. Plus précisément, je dirais que cette émission a ravivé sa *rancœur*. Un barrage retenant depuis dix ans des émotions fortes s'est rompu. La rage a recommencé à s'épancher pour aboutir à cette fixation sur l'injustice sociale. D'où le meurtre.

— C'est un point de vue intéressant, commenta Bullard. Dave ? Votre avis ?

— Rationnel, calculé, un minimum de risques. Tout le contraire de la description faite par Rebecca. Pas une once de rage.

— Et le mobile *rationnel* pour tuer Ruth Blum serait...

— D'interrompre le travail effectué pour l'émission, dans la mesure où cela représente une menace pour lui.

— Une menace. Comment ça ?

— Soit quelque chose que Kim pourrait découvrir au cours de ses interviews, soit un élément qu'un téléspectateur risquerait de déceler en regardant la série.

Bullard manifesta à nouveau son scepticisme.

— Un lien qui pourrait associer les victimes, vous voulez dire ? En dehors de leurs automobiles ? Nous venons de discuter du problème de...

— Peut-être pas un *lien* à proprement parler. L'objectif affiché de Kim – largement médiatisé – était de révéler les effets du crime sur l'existence des familles. Peut-être y a-t-il quelque chose dans la vie actuelle de ces gens que le tueur ne veut pas qu'on dévoile – un détail susceptible de nous orienter vers son identité.

Trout étouffa un bâillement.

S'il s'en était abstenu, Gurney ne se serait peut-être pas senti contraint d'ajouter une ultime possibilité.

— À moins que ce meurtre, en corrélation avec le message explicatif, n'ait pour but d'inciter tout le monde à considérer les nouvelles agressions perpétrées par le Bon Berger de la même manière qu'avant. Afin de parer à l'éventualité que quelqu'un se décide enfin à démarrer l'enquête qu'on aurait dû mener à l'époque.

La fureur de Trout était palpable.

— Qu'est-ce que vous en savez de ce qu'on aurait dû faire à l'époque ?

— Une chose me semble claire : vous avez abordé cette affaire comme le Bon Berger l'espérait et vous avez agi en conséquence.

Trout se leva brusquement.

— Lieutenant Bullard, je vous annonce qu'à partir de maintenant, cette affaire passe sous le contrôle des Fédéraux. Le chaos et les théories fumeuses que vous encouragez ici ne me laissent pas le choix. (Il pointa le doigt sur Gurney.) C'est vous qui avez convié cet homme à notre réunion. Il n'a aucun statut officiel. Il a manifesté à plusieurs reprises un manque de respect stupéfiant envers le Bureau. Il y a de fortes chances qu'il soit au cœur d'une affaire d'incendie criminel. Il se pourrait également qu'il ait été le destinataire de documents subtilisés dans les dossiers du FBI et de la BC. Il a subi un traumatisme crânien et souffre vraisemblablement de troubles physiques et psychologiques compromettant sa perception et son jugement. Je refuse de perdre davantage de temps à débattre avec lui, ou en sa présence. Je vais de ce pas m'entretenir avec votre chef, Forbes, en vue d'une redistribution des rôles dans le cadre de cette enquête.

Daker se leva à son tour, l'air satisfait.

— Navrée que vous voyiez les choses ainsi, répondit calmement Bullard. En confrontant des points de vue opposés, mon objectif était d'en évaluer les mérites respectifs. Vous ne pensez pas que je l'ai atteint ?

— On a perdu notre temps.

— Trout va être célèbre, lança Gurney avec un sourire glacial. (Tous les regards se tournèrent vers lui.) Son nom restera dans les annales comme celui de l'unique agent de supervision qui aura mené la même enquête à deux reprises et se sera débrouillé pour foirer les deux fois.

Il n'y eut ni au revoir, ni échange de poignées de main.

Trente secondes plus tard, Bullard et Gurney se retrouvèrent seuls dans la pièce.

— Dans quelle mesure êtes-vous sûr de vous ? demanda-t-elle. Sûr d'avoir raison et que les autres se trompent ?

— À 95 % environ.

À peine avait-il prononcé ces mots qu'un terrible doute l'envahit.

Être sûr de quoi que ce soit à 95 % dans des circonstances aussi obscures lui fit subitement l'effet d'une présomption insensée.

Il était sur le point de demander à Bullard d'ici combien de temps elle pensait que le contrôle des opérations passerait entre les mains du bureau régional du FBI quand Clegg apparut sur le seuil. Il avait la mine effarée typique des jeunes flics soumis au stress.

Bullard leva les yeux.

— Oui, Andy ?

— On a un autre meurtre sur les bras. Eric Stone. Devant sa porte. Un pic à glace dans le cœur. Un petit zèbre en plastique sur les lèvres.

CHAPITRE 37

Prêt à tuer

— OH, MON DIEU ! s'exclama Madeleine en faisant la grimace. Qui l'a trouvé comme ça ?

Debout devant l'évier, elle tenait une passoire remplie de pâtes à moitié égouttées. Gurney était assis sur un haut tabouret en face d'elle. Il lui avait fait part des difficultés, des heurts de la journée – ce qu'il avait de la peine à faire naturellement. Depuis toujours. Il mettait ça sur le compte de ses gènes. Son père n'avait jamais admis qu'il puisse être perturbé par quoi que ce soit, connaître la peur, la colère, le moindre trouble. « La parole est d'argent et le silence est d'or. » Tel était son adage préféré. De fait, jusqu'à ce que l'école lui apprenne qu'il en était tout autrement, Gurney pensait que c'était la fameuse règle d'or.

Son instinct l'incitait à ne jamais exprimer au premier abord ce qu'il ressentait. Dernièrement, toutefois, il avait tenté de lutter contre cette habitude ancrée de longue date. Les blessures qu'il avait subies à l'automne avaient amoindri sa tolérance au stress ; il avait découvert que partager ses pensées et ses sentiments avec Madeleine l'aidait dans une certaine mesure à soulager la tension.

Un peu mal à l'aise sur son tabouret près de l'évier, il continua à lui relater les événements de la journée en répondant du mieux possible à ses questions.

— C'est une cliente qui a découvert le corps. Stone gagnait sa vie en confectionnant des pâtisseries pour les auberges et les B & B de la région. La cliente en question était venue chercher sa commande de biscuits au gingembre. Elle a remarqué que la porte d'entrée n'était pas complètement fermée. Comme Stone ne répondait pas quand elle a frappé, elle a poussé le battant. Il gisait là. Exactement comme Ruth Blum. Sur le dos, dans l'entrée. Le pic à glace planté juste en dessous du sternum.

— Quelle horreur ! Qu'a-t-elle fait ?

— Elle a appelé la police.

Madeleine secoua lentement la tête, puis cligna des yeux, étonnée de voir qu'elle tenait toujours la passoire. Elle transvasa les pâtes fumantes dans un plat.

— Ta journée à Sasparilla s'est terminée ainsi ?

— À peu de choses près.

Elle s'approcha de la cuisinière pour prendre la poêle dans laquelle elle avait fait sauter des morceaux d'asperges et de champignons et en versa le contenu sur les nouilles avant de poser la poêle vide dans l'évier.

— La confrontation avec ce Trout dont tu m'as parlé, ça t'inquiète ?

— Je ne sais pas très bien.

— Il me fait l'effet d'un casse-pieds un peu trop zélé.

— Aucun doute là-dessus.

— Mais tu redoutes d'avoir affaire à un casse-pieds dangereux ?

— On peut dire ça comme ça.

Elle porta le plat sur la table, alla chercher des assiettes et des couverts.

— C'est tout ce que j'ai préparé. Si tu veux de la viande, il reste des boulettes dans le réfrigérateur.

— Ça va très bien.

— Il y en a en quantité, et…

— Je t'assure. C'est parfait. À propos, j'ai oublié de te dire, j'ai suggéré à Kyle et Kim de revenir passer quelques jours ici.

— Quand ça ?

— Tout de suite. À partir de ce soir.

— Je veux dire… Quand le leur as-tu suggéré ?

— Je les ai appelés pendant le trajet de retour. Il est clair que l'expéditeur du message sait où Kyle habite puisqu'ils ont reçu ce message par la poste. J'ai pensé qu'il serait plus sûr…

Madeleine fronça les sourcils.

— Il connaît aussi notre adresse.

— Je trouve simplement… Je préfère les avoir ici auprès de nous. L'union fait la force, pas vrai ?

Ils mangèrent pendant quelques instants sans échanger un mot.

Madeleine posa sa fourchette alors qu'elle avait à peine touché à son assiette, qu'elle poussa légèrement vers le milieu de la table.

Gurney releva les yeux.

— Quelque chose ne va pas ?

— Quelque chose ne va pas ? (Elle le dévisagea d'un air incrédule.) Je n'arrive pas à croire que tu me demandes ça.

— Je veux dire… Bon Dieu, je ne sais pas ce que j'ai voulu dire.

— On a l'impression que tout part à vau-l'eau. Littéralement.

— Je suis assez d'accord.

— Que comptes-tu faire ?

Elle lui avait posé la même question après l'incendie de la grange. C'était encore plus troublant maintenant, dans la mesure où la situation s'était détériorée à vitesse grand V. Des gens mouraient, avec des pics à glace plantés dans le cœur. L'équipe du FBI semblait plus que jamais déterminée à salir sa réputation, à lui faire peur, à se protéger plutôt qu'à découvrir la vérité. Holdenfield lui avait porté préjudice en fournissant à Trout des munitions dès lors qu'elle avait fait allusion à son « traumatisme crânien » et à sa « déficience psychologique ». Bullard était peut-être une semi-alliée pour le moment, mais cette entente pouvait rapidement tourner court si elle estimait tout à coup qu'il était dans son intérêt de faire la paix avec Trout.

Et ça ne s'arrêtait pas là. Au-delà de ce fatras de détails funestes et de menaces concrètes, Gurney avait le sentiment d'un mal qui progressait inexorablement, d'un sort sinistre, sans visage, prêt à s'abattre sur lui, sur Kim, sur Kyle et Madeleine. Le diable contre lequel ce petit enregistrement dans le sous-sol l'avait mis en garde s'était réveillé et rôdait dans les parages. Et que prévoyait-il de faire de son côté, à part étudier avec plus d'attention les pièces du puzzle, continuer à chercher l'image cachée, ébranler le château de cartes de la thèse officielle jusqu'à ce qu'il s'effondre – ou que ses défenseurs réussissent à le décourager pour de bon ?

— Je n'ai pas de plan précis, répondit-il enfin. Mais si tu as une minute, j'aimerais te montrer quelque chose.

Madeleine leva les yeux vers la pendule.

— J'ai une heure devant moi, peut-être un peu moins. On a encore une réunion à la clinique. Que veux-tu me montrer ?

Il l'entraîna dans le salon. Pendant qu'il téléchargeait la vidéo de l'entretien avec Jimi Brewster, il lui expliqua le peu qu'il savait à ce sujet.

Ils s'installèrent dans leurs fauteuils devant l'écran de l'ordinateur.

La vidéo débutait par une séquence tournée depuis le siège passager de la voiture de Kim, au cœur de l'hiver, semblait-il. Une pancarte plantée dans une congère annonçait l'entrée de Barkville, le hameau du nord des Catskill près duquel vivait Jimi Brewster.

Sa maison se situait dans les hauteurs voisines, loin de la grappe de maisons délabrées et de magasins désaffectés qui constituaient le village. Les seuls endroits ouverts étaient un bar à la vitrine crasseuse, une station-service dotée d'une seule pompe, et la poste, dans un bâtiment en parpaing de la taille d'un garage pour une seule voiture.

La Mazda de Kim continuait sur une route truffée de nids-de-poule. Des congères la séparaient d'un chapelet d'habitations minables et d'arbres qui paraissaient morts depuis longtemps, et pas seulement dépouillés par l'hiver. Prenant note de tout ça, Gurney fut frappé que Barkville représente un cadre aussi éloigné de Williamstown, où avait vécu le père de Jimi, que l'autre face de la lune. Il se demanda si cette distance tant visuelle que culturelle était délibérée.

Cette question occupa de plus en plus son esprit à mesure que les images défilaient sous ses yeux. Qui tenait la caméra ? Robby Meese a priori – ce qui situait cette visite chez Jimi Brewster un peu avant sa rupture avec Kim.

La voiture ralentit en approchant d'une petite maison sur la droite. La bicoque et le terrain désolé autour attestaient d'un mépris presque agressif des apparences. Depuis les poteaux soutenant le toit affaissé au-dessus du porche de guingois jusqu'à la porte de la dépendance voisine, rien n'était droit. D'après l'expérience de Gurney, une indifférence flagrante à l'angle droit était un signe de pauvreté, d'incapacité physique, de dépression ou d'un trouble cognitif quelconque.

L'homme qui émergea de la porte d'entrée était mince. Visiblement nerveux, il jeta des regards autour de lui. Il portait un jean noir et un tee-shirt dans les mêmes tons orangés que ses cheveux presque ras et sa barbe taillée de près.

S'il était en première année d'université vingt ans plus tôt, il devait avoir au bas mot trente-sept ans. Il en faisait bien dix de moins. L'adage « Défi total » imprimé en grosses lettres sur le devant de son tee-shirt corroborait cette impression de jeunesse.

« Entrez, dit-il en leur faisant signe d'approcher d'un geste impatient. Il fait un froid de canard dehors. »

La caméra le suivit dans la maison. Le dos de son tee-shirt proclamait : « À bas l'autorité ».

L'intérieur était aussi peu accueillant que l'extérieur. Le petit salon contenait quelques meubles fatigués – du Ikea d'occasion, et encore ! Un canapé décoloré contre le mur, une petite table rectangulaire poussée contre le mur d'en face avec une chaise pliante de chaque côté.

Gurney remarqua deux portes fermées de part et d'autre du canapé. Une autre, ouverte, au fond de la pièce, laissait entrevoir une cuisine tout en longueur. La lumière provenait de la grande fenêtre au-dessus de la table.

Tandis que la caméra faisait un panoramique de l'espace exigu, on entendait la voix de Kim.

« Arrête ça, Robby, le temps qu'on s'installe. »

Il avait continué à filmer, zoomant lentement sur l'homme roux chétif qui se balançait fébrilement d'un pied sur l'autre. Difficile de dire s'il souriait ou s'il faisait la grimace.

« Robby. La caméra. Arrête-la. S'il te plaît. »

En dépit du ton péremptoire de Kim, la vidéo se prolongeait encore au moins dix secondes avant un fondu au noir.

Quand l'image et le son revinrent, Kim et Jimi Brewster étaient assis à la table. L'angle de vue laissait supposer que Meese s'était posté près du canapé.

« Bon, dit Kim avec cet enthousiasme que Gurney avait remarqué chez elle le jour de leur rencontre. Entrons directement dans le vif du sujet. Je tiens à vous redire à quel point je vous suis reconnaissante d'avoir accepté de prendre part à ce projet de documentaire. Avant toute chose, préférez-vous que je vous appelle Jimi ou monsieur Brewster ? »

Leur hôte secoua la tête. Un petit mouvement saccadé.

« Ça m'est égal. »

Il se mit à pianoter doucement sur la table du bout des ongles.

« D'accord. Dans ce cas, je vais vous appeler Jimi. Comme je vous l'ai expliqué hors caméra, cet entretien se veut un récapitulatif des questions que je vous soumettrai plus tard lors d'un entretien plus formel… »

Interrompant son tambourinage, Brewster lança à brûle-pourpoint :

« Vous pensez que c'est moi qui l'ai tué ?

— Pardon ?

— C'est ce que tout le monde se demande, secrètement.

— Je suis désolé, Jimi, mais je ne vous suis… »

Il la coupa encore une fois.

« Seulement, si c'est moi qui ai fait le coup, il aurait fallu que je trucide tous les autres. C'est pour ça qu'ils n'ont pas pu m'arrêter. Pour les cinq premiers, j'avais un alibi.

— Je suis perdue, là, Jimi. Je n'ai jamais pensé que…

— Cela dit, j'aurais bien voulu. »

Abasourdie, Kim marqua une pause.

« Vous auriez bien voulu… tuer votre père ?

— Et les autres. Vous trouvez que je ressemble au Bon Berger ?

— Comment ?

— À l'idée que vous vous faites de lui, je veux dire ?

— Je ne… je ne l'ai jamais… imaginé. »

Brewster recommença à tapoter sur la table.

« Parce qu'il a fait tout ça dans le noir ?

— Dans le noir ? Non, c'est juste… que je ne me suis jamais figuré la tête qu'il pouvait avoir. Je ne sais pas pourquoi.

— Vous pensez que c'est un monstre ?

— … Un monstre physiquement ?

— Physiquement, mentalement, spirituellement – dans tous les sens du terme. Vous pensez que c'est un monstre ?

— Il a tué six personnes.

— Six monstres. Ce qui fait de lui un héros, pas vrai ?

— Pourquoi dites-vous que toutes ces victimes étaient des monstres ? »

Pendant ce dialogue, Meese avait zoomé peu à peu, tel un intrus avançant sur la pointe des pieds, sondant les moindres tics ou rides sur leurs visages.

Les cils de Jimi Brewster frémissaient sans qu'il cligne vraiment des yeux.

« Facile. Si vous claquez 100 000 dollars pour une voiture – une putain de bagnole –, vous êtes forcément un sale connard. »

Son ton vibrant, accusateur, lui donnait un air encore plus juvénile. On aurait dit un lycéen en plein désarroi plutôt qu'un homme mûr approchant de la quarantaine.

« Un sale connard ? C'est ce que vous pensiez de votre père ?

— Le grand chirurgien grippe-sou ? Cet enfoiré de première ?

— Vous éprouvez toujours autant de haine envers lui ?

— Ma mère est-elle toujours aussi morte qu'elle l'était alors ?

— Pardon ?!

— Ma mère s'est tuée avec des somnifères que lui avait prescrits ce génie de la chirurgie. À qui on a fait sauter sa cervelle de grand génie. Vous voulez que je vous dise ? Quand ils m'ont appelé pour me prévenir, je les ai fait répéter trois fois. Ils croyaient que j'étais sous le choc. Pas du tout. J'étais dans un état d'euphorie totale. Je voulais être sûr de ne pas rêver. Entendre la nouvelle encore et encore. Ça a été le plus beau jour de ma vie. »

Le regard rivé sur Kim, Brewster, rayonnant, marqua un temps d'arrêt.

« Aha ! s'exclama-t-il. Tenez ! Je la vois dans vos yeux !

— Qu'est-ce que vous voyez ?

— La grande question.

— Quelle grande question ?

— Celle que tout le monde se pose. Jimi Brewster pourrait-il être le Bon Berger ?

— Je vous le répète, cette idée ne m'a jamais traversé l'esprit.

— Mais elle est là maintenant. Ne mentez pas. Vous vous dites : toute cette haine, était-ce assez pour liquider six merdes ?

— Vous avez affirmé que vous aviez un alibi. Si vous en aviez un... »

Il l'interrompit à nouveau.

« Croyez-vous que certaines personnes ont le pouvoir de se trouver physiquement dans un endroit et en esprit ailleurs ?

— Je ne suis pas sûre de comprendre.

— On raconte que certains yogis indiens ont été vus simultanément dans deux lieux distincts. Le temps et l'espace ne sont peut-être pas ce que nous pensons. Vous avez l'impression que je suis ici avec vous, mais je pourrais très bien être ailleurs.

— Désolé, Jimi, mais je ne saisis...

— Toutes les nuits, dans ma tête, je roule sur des routes obscures à la recherche de médecins de génie – de ces robots qui vous bourrent de pilules. Quand j'en vois un dans sa rutilante bagnole de merde, je braque mon arme vers lui en visant un point à mi-chemin entre la tempe et l'oreille. J'appuie sur la détente. Un éclair de lumière venu du ciel – la lumière blanche de la vérité et de la mort – jaillit alors, et la moitié de sa tronche explose ! »

Le rythme du tambourinage s'intensifia.

Gros plan sur le visage de Brewster. Il fixait éperdument Kim, attendant sa réaction en se mordillant la lèvre inférieure. La caméra fit un zoom arrière pour les inclure tous les deux dans le cadre.

Au lieu de réagir, Kim changea de sujet après une grande inspiration.

« Vous êtes allé à l'université ? »

Brewster parut déconcerté, déçu.

« Oui.

— Où ça ?

— À Darmouth.

— Qu'avez-vous étudié ? »

Un petit spasme étira ses lèvres. Un sourire fugace ?

« J'étais en prépa médecine.

— Vous m'étonnez.

— Pourquoi ?

— Compte tenu des sentiments que vous avez exprimés vis-à-vis de votre père, je ne pensais pas que vous auriez envie de marcher dans ses pas.

— Ce n'est pas ce que j'ai fait. »

Cette fois-ci, le spasme était clairement un sourire, au demeurant glacial.

« J'ai arrêté d'aller en cours un mois avant la fin de l'année. »

Kim fronça les sourcils.

« Pour le décevoir ?

— Pour voir s'il était conscient de mon existence.

— Et alors ?

— Pas vraiment. Il a dit que c'était idiot. Comme s'il parlait de la fenêtre de ma voiture restée ouverte sous la pluie. Ça ne l'a même pas mis en colère. Il ne se sentait pas suffisamment concerné pour ça. Il était toujours d'un calme olympien. Si vous l'aviez vu à l'enterrement de ma mère !

— Vous avez gaspillé beaucoup d'argent en n'achevant pas cette première année. En avez-vous conçu de la honte ?

— Il passait huit heures par jour, cinq jours par semaine, dans la salle d'opérations. Il faisait assez de fric en deux semaines, l'enfoiré, pour payer mes quatre années d'études à Dartmouth. Ma chambre d'étudiant, la bouffe, les frais de scolarité, une bagatelle pour lui, je vous le dis ! Comme ma mère. Il tenait plus à ses bagnoles qu'à nous. »

Kim se garda de tout commentaire. Elle pressa ses mains jointes contre ses lèvres et ferma les yeux, comme si elle s'efforçait de réprimer ses émotions. Le silence se prolongea. Finalement elle s'éclaircit la voix.

« Comment vivez-vous ? »

Il éclata d'un rire rauque.

« Comment vivent les gens, en général ?

— Comment gagnez-vous votre vie, je veux dire ?

— Vous faites de l'ironie, là ?

— Je ne comprends pas.

— Vous vous imaginez que je vis grâce à l'argent qu'il m'a laissé, et que je prétends haïr. Vous vous dites : le sale petit hypocrite ! Vous êtes persuadée que je suis comme lui, que tout ce que j'ai toujours voulu, c'est son putain de fric.

— Je n'ai pas songé à ça une seconde. C'était juste une question innocente. »

Nouvel éclat de rire grinçant.

« Une journaliste, poser une question innocente ? C'est comme un foutu démon avec un cœur d'or. Un chirurgien qui aurait une âme. Une question innocente. Ben voyons ! Et puis quoi encore ?

— Libre à vous de penser ce que vous voulez, Jimi. Avez-vous une réponse à me donner ?

— Je comprends tout maintenant. Vous voulez savoir ce qu'on a palpé les uns et les autres. Combien on a eu en héritage ? C'est ça qui vous intéresse, hein ?

— Je ne vous demande rien de plus que ce que vous voulez bien me dire.

— À propos de l'argent. C'est forcément ça qui passionne vos téléspectateurs. De la pornographie financière ! Bon, d'accord. Celui qui a eu une sacrée poisse, c'est ce comptable à la noix qui s'est fait piquer le pognon par sa sœur parce qu'elle avait des gosses complètement chtarbés. Il y avait cet abruti de pâtissier qui a surtout hérité des dettes de sa grosse blondasse de mère. La gentille femme du petit avocat s'en est bien tirée, elle, en empochant deux ou trois millions. Il faut dire que son mari avait une flopée d'assurances. C'est le genre de conneries qu'ils échangent dans leur foutu groupe de soutien. C'est ça que vous voulez que je vous raconte ?

— Tout ce que vous voudrez bien me dire, répéta Kim.

— Bien sûr. Je vois. Larry Sterne s'est retrouvé avec l'usine de produits d'esthétique dentaire de son père, qui vaut des millions, j'en suis sûr. Roberta, la bonne femme terrifiante avec ses cabots terrifiants, a récupéré la fabrique de son père baiseur de putes. Soit plusieurs millions de dollars. Et puis, bien sûr, il y a moi. Mon enfoiré de père avait un compte de placement chez Fidelity, qui pesait un peu plus de douze millions de dollars quand il s'est pris un pruneau. Au cas où votre public friand de vérité souhaite avoir la dernière actualisation, ce compte, désormais à mon nom, est estimé aujourd'hui aux environs de dix-sept millions de dollars. Ce qui fait sûrement surgir une question dans votre petite tête. Si le petit Jimi Brewster possède un tel paquet d'oseille, pourquoi vit-il dans ce foutu taudis ? La réponse est simple. Vous devinez ?

— Non, Jimi, je n'en ai pas la moindre idée.

— Oh, je pense que vous y arriveriez avec un effort, mais je vais vous le dire. J'économise le moindre centime pour le donner au Bon Berger, si jamais ils l'attrapent un jour.

— Vous voulez donner l'argent de votre père à l'homme qui l'a tué ?

— Jusqu'au dernier centime. Ça devrait représenter un bon petit pécule pour les frais de défense, vous ne pensez pas ? »

CHAPITRE 38

L'Étrangleur de la Montagne blanche

LA VIDÉO SE PROLONGEAIT PENDANT dix ou quinze minutes, mais rien n'avait le même impact que l'annonce faite par Jimi quant à ce qu'il comptait faire du patrimoine légué par son père. Après une brève discussion à propos des revenus qui lui permettaient de payer ses factures – une petite boîte de conception de sites informatiques et de conseil en électronique –, l'interview tournait court. À la fin, la mine grave, Kim prenait congé de son hôte en promettant de le recontacter bientôt.

— Mon Dieu ! s'exclama Gurney en fermant l'ordinateur avant de s'adosser à son siège.

Madeleine soupira.

— Pétri de culpabilité.

Il la dévisagea d'un air intrigué.

— De culpabilité ?

— Il haïssait son père et souhaitait probablement sa mort. Il espérait peut-être même que quelqu'un le tuerait. Et puis c'est arrivé. Difficile de se remettre d'un truc pareil.

— Même s'il n'y était pour rien…

Gurney réfléchissait à haute voix.

— Il était impliqué d'une certaine manière. Quand son rêve est devenu réalité, il n'a pas pu éluder le fait qu'il en avait rêvé. Il a eu ce qu'il voulait.

— J'ai perçu plus de colère que de culpabilité dans cette vidéo.

— La colère fait moins mal.

— Tu veux dire qu'on a le choix ?

Madeleine l'observa un long moment avant de répondre :

— Si on demeure fixé sur l'idée que son père a fait des choses terribles au point qu'il mérite de mourir, on peut lui en vouloir sa vie durant au lieu de se sentir coupable d'avoir souhaité sa disparition.

Gurney avait la désagréable sensation qu'elle ne faisait pas seulement allusion à Jimi Brewster, mais aussi à sa relation sclérosée avec son propre père, un homme qui l'avait ignoré durant son enfance, et qu'il avait lui-même ignoré à l'âge adulte jusqu'à sa mort. Un terrain semé d'embûches sur lequel il n'avait aucune envie de s'aventurer pour le moment. La vaste sphère des rapports père-fils était un marécage où il s'embourbait facilement.

La concentration, de fait, était de mise. D'autres questions se posaient, d'autres initiatives devaient être prises. Il alla chercher son portable resté sur le plan de travail dans la cuisine.

Le lieutenant Bullard avait la vidéo de l'interview de Brewster en sa possession depuis l'heure du déjeuner. Elle avait sûrement eu la curiosité de la visionner depuis le temps. Bizarre qu'elle n'ait pas encore appelé pour en parler. Ou pas si bizarre que ça après tout, étant donné les pressions fluctuantes qui s'exerçaient sur elle. Il avait peut-être intérêt à lui passer un coup de fil, histoire de prendre le pouls de la situation. Sauf si le fait d'attendre qu'elle téléphone elle-même envoyait un message plus éloquent.

L'apparition de la voiture rouge de Kim sur la colline près des vestiges de la grange, et de Kyle derrière elle, sur sa BSA, lui évita d'avoir à prendre une décision immédiate.

À proximité de la zone dégagée près de la maison, la Mazda s'enfonça brutalement dans une ornière due à un terrier de marmotte creusé dans le sentier. Quand Kim sortit de sa voiture après s'être garée à côté de l'Outback, rien dans son expression n'indiquait qu'elle avait remarqué le choc. L'anxiété qui figeait sa bouche et ses yeux tenait clairement à des préoccupations plus profondes qu'un essieu malmené. Gurney nota la même tension dans le soin excessif avec lequel Kyle mit la moto en équilibre sur sa béquille.

Quand Kim se retrouva face à lui sur le pas de la porte, il vit qu'elle se mordillait la lèvre comme pour se retenir de pleurer.

— Je suis désolée de m'être montrée aussi émotive. C'était absurde.

— Ne vous faites pas de souci pour ça.

— Je ne comprends pas ce qui se passe.

Elle avait l'air d'une gamine effarouchée demandant l'absolution pour une offense trop complexe pour qu'elle se l'explique.

Kyle la rejoignit. Sa propre détresse se manifestait dans la crispation de sa mâchoire.

— Entrez, dit Gurney en leur souriant aussi chaleureusement que possible.

Alors qu'ils pénétraient dans la cuisine, Madeleine entra elle aussi, depuis le couloir. Elle arborait ce que Gurney appelait sa « tenue clinique » – un pantalon marron foncé et une veste beige –, nettement plus discrète et professionnelle que la débauche de couleurs tropicales qu'elle affectionnait d'ordinaire.

Elle adressa un pâle sourire aux nouveaux arrivants.

— Si vous avez faim, il y a de quoi vous restaurer dans le réfrigérateur et la réserve.

Elle récupéra sur le plan de travail le sac qui lui servait de fourre-tout, orné d'un logo représentant une chèvre entourée du slogan : « Soutenez les fermiers locaux ».

— Je devrais être de retour dans deux heures, ajouta-t-elle en quittant la pièce.

— Prends soin de toi, lui lança Gurney.

Il se tourna vers Kim et son fils. Ils avaient l'air fatigués, énervés, presque affolés.

— Comment a-t-il su ? demanda Kim, une question apparemment tellement présente à son esprit qu'elle supposait qu'elle serait évidente pour tout le monde.

— Vous voulez dire, comment le Bon Berger a-t-il su qu'il pouvait vous faire parvenir un courrier à l'adresse de Kyle ?

Elle hocha la tête.

— Ça fait froid dans le dos de penser qu'il nous a traqués, épiés.

Elle se frotta les bras comme pour se réchauffer.

— Tout autant que l'enregistrement de ce bref message, les gouttes de sang dans la cuisine, ou le couteau à la cave.

— Mais tout ça, c'était Robby, cet enfoiré de Robby. Alors que là... c'est le meurtrier. Celui qui a tué Ruthie... et Eric... avec des pics à glace ! Oh mon Dieu... Va-t-il assassiner tous les gens avec qui j'ai parlé ?

— J'espère bien que non. Pour l'heure, ce serait une bonne idée, je pense, d'allumer le poêle. Il fait frais dans la maison une fois que le soleil est couché.

— Je m'en occupe, dit Kyle, manifestement désireux de se rendre utile.

— Merci. Kim, si vous essayiez de vous détendre dans le fauteuil à côté du foyer. Il y a une couverture en laine posée dessus. Je vais nous faire du café.

Dix minutes plus tard, ils étaient installés dans les fauteuils en demi-cercle autour du poêle. L'odeur apaisante du bois de cerisier, les flammes rouge jaune vacillant dans le ventre du poêle, les tasses de café fumantes entre leurs mains leur offraient un léger réconfort suggérant que tout ce chaos pouvait avoir des limites.

— Je suis à peu près sûr que personne ne nous a suivis en ville, dit Kyle, et j'ai la certitude qu'on n'avait personne à nos trousses en venant ici.

— Comment peux-tu l'affirmer ? s'exclama Kim, exprimant là moins un défi que son besoin d'être rassurée.

— Je t'ai suivie tout du long, parfois de très près, à d'autres moments à une bonne distance. Je n'ai pas arrêté de vérifier. Si quelqu'un nous avait filés, je l'aurais repéré. Et quand on a quitté la Route 17 à Roscoe, il n'y avait plus du tout de circulation.

Les explications de Kyle parurent atténuer un tant soit peu les craintes de Kim. Dans l'esprit de Gurney, en revanche, elles firent surgir de nouvelles possibilités qu'il décida de garder pour lui, dans un premier temps en tout cas, sachant qu'elles angoisseraient encore davantage la jeune femme.

— Vous avez mentionné Robby Meese il y a quelques minutes, reprit-il. Je me demandais si Jimi Brewster et lui s'étaient vus souvent ?

— On ne peut pas dire, non.
— N'a-t-il pas filmé la vidéo que vous m'avez envoyée ?
— Si, mais ils n'avaient pas de très bons rapports. L'insécurité de Robby avait déjà pointé sa vilaine tête.
— Comment ça ?
— Plus Robby était en contact avec les gens engagés dans mon projet, plus il semblait rechercher leur approbation. C'est alors que j'ai commencé à découvrir un aspect de sa personnalité qui m'avait échappé jusque-là – celui du flagorneur idolâtrant l'argent. Jimi s'en est rendu compte aussi, je pense, lui qui était si farouchement opposé à ce genre de comportement.
— Qui a-t-il flatté ainsi ?
— À peu près tout le monde. Eric Stone, jusqu'au moment où il a compris que tous ses biens étaient hypothéqués au-delà de leur valeur. Ruthie aussi, une femme vulnérable assez riche pour l'intéresser. (Kim secoua la tête.) Il a bien caché son jeu pendant les premiers mois de notre relation, le petit salopard. C'est sordide quand on y pense.

Gurney attendit qu'elle poursuive, ce qu'elle fit, après une grande inspiration.

— Et puis, bien sûr, il y avait Roberta, héritière d'une grosse fortune grâce à l'entreprise de plomberie de son père. Elle était plus intimidante qu'impressionnable. Il n'empêche que Robby l'appelait constamment. Sans oublier Larry, plein aux as lui aussi grâce à la juteuse affaire de dentisterie esthétique de son père. Je pense que Larry avait vu clair dans le jeu de Robby lorsqu'il a constaté à quel point il s'efforçait d'attirer l'attention. Il le plaignait si ça se trouve. Pourquoi parlons-nous de ça ? Ce n'est pas Robby qui a tué Ruthie ou Eric. Il en aurait été bien incapable. C'est une ordure, mais pas ce type d'ordure-là. Enfin, quelle importance tout ça peut-il avoir ?

Gurney n'avait pas de réponse à lui donner. La sonnerie de son portable resté dans la cuisine lui épargna d'avoir à l'admettre. Ce devait être le lieutenant Bullard souhaitant lui faire part de ses réactions à la vidéo sur Brewster – réactions qui, de son point de vue, s'étaient fait attendre. Son silence prolongé laissait supposer qu'elle avait décidé de mettre une distance stratégique entre elle et lui, pour des raisons diplomatiques sans doute, ce qu'il trouvait regrettable. Il regarda le nom affiché à l'écran. Ce n'était pas elle. Mais Hardwick.

— Mon petit Davey, je ne sais pas si tu es au courant, mais tu as réussi à te changer en un énorme pet dans l'ascenseur.

— On s'est plaint de moi ?

— Plaint ? Si te coller un crime de premier degré sur le dos et te flanquer dans la déchiqueteuse de la justice pénale correspond à ta définition d'une plainte, alors ouais, je dirais qu'on se plaint de toi.

— Trout a décidé de donner suite à l'affaire de la grange ?

— Le service des incendies criminels de la Brigade est officiellement en charge, mais le bureau local du FBI manifeste un intérêt certain. Ils proposent toute l'aide nécessaire pour examiner ta santé financière et voir si tu ne te trouverais pas dans une situation difficile qui rendrait le montant d'une assurance alléchant – dette de jeu, problèmes d'hypothèques, de santé, de petite amie.

— Salopard, marmonna Gurney en se mettant à faire les cent pas autour de la table.

— Tu t'attendais à quoi, bordel ? Tu menaces de baisser son froc en public. Ça ne pouvait pas en rester là.

— Sa réaction ne m'étonne pas. Je me rends compte avec effroi que le temps presse, c'est tout.

— Au fait, en dehors de foutre tout le monde en rogne, tu avances dans ton grand déballage de la vérité cachée ?

— Tu dis ça comme si je cherchais quelque chose qui n'existait pas.

— Pas du tout. Je me demandais juste si tu te rapprochais du foutu pot aux roses.

— Je ne le saurai pas tant que je n'aurai pas le nez dessus. En attendant, que sais-tu au sujet de l'Étrangleur de la Montagne blanche ?

Sa question fut suivie d'un bref silence.

— Une vieille histoire ? Quinze ans à peu près ? Dans le New Hampshire ?

— Plutôt vingt, je dirais. À Hanover et dans les environs.

— Ça me revient maintenant, dit Hardwick. Cinq ou six femmes étranglées avec des foulards en soie dans un laps de temps relativement court. Pourquoi tu remets ça sur le tapis ?

— L'une des proies de l'Étrangleur était la petite amie du fils d'une des victimes du Bon Berger. Elle était en dernière année à Dartmouth. Il se trouve que le fils d'une autre victime de notre tueur en série y a fait ses études en même temps, en première année.

— Hein ? Petite amie du... fils... victime de... dernière année... première année ? De qui on parle, bordel ?

— D'une élève en dernière année à Darmouth qui est sortie avec Larry Sterne et qui a été tuée par l'Étrangleur à l'époque où Jimi Brewster commençait ses études de médecine dans la même fac.

Nouveau silence. Gurney voyait presque des petits éclairs de lumière jaillir du calculateur mental de Hardwick. Finalement, celui-ci s'éclaircit la voix.

— Suis-je censé trouver un sens à tout ça ? J'ai envie de dire, et alors ? On a deux familles du Nord-Est qui ont chacune perdu un membre à cause d'un tueur en série en 2000. Il se trouve que dix ans plus tôt, en 1990, le fils d'une de ses futures victimes fréquentait une grosse université parmi les plus sélectes du pays quand la copine du fils d'une autre future victime a été assassinée par un étrangleur en série. Je reconnais que ça sonne drôlement, mais je pense que des tas de coïncidences toutes simples peuvent sembler bizarres. Je ne vois pas ce que ça pourrait signifier. Serais-tu en train d'imaginer que Jimi Brewster et l'Étrangleur de la Montagne blanche ne font qu'un ?

— Je n'ai aucune raison de le penser. Mais juste pour que j'arrive à me sortir cette question de la tête, pourrais-tu fureter dans vos bases de données – de vieux rapports du CJIS peut-être, si on peut encore y accéder –, et me rapporter les faits essentiels ?

— Comme quoi ?

— Pour commencer, j'aimerais avoir davantage de détails sur le mode opératoire, le profil des victimes, les pistes explorées, tout ce qui pourrait constituer un lien avec Brewster.

— *Pour commencer ?*

— Au bout du compte on aura peut-être intérêt à retrouver l'enquêteur qui s'est chargé de l'affaire et nous plonger un peu plus dedans pour savoir si le nom de Brewster n'a pas surgi au cours des investigations.

Cela donna lieu à un silence encore plus long que le précédent.

— Tu es toujours là, Jack ?

— Je suis là. En train de me dire que tes petites requêtes commencent à me faire franchement chier.

— Je sais.

— Puis-je espérer que ça finisse un jour ?

— Comme je te l'ai dit, le temps presse, c'est évident. Alors, oui, la fin est en vue. D'une manière ou d'une autre. Il me reste peut-être à peine une journée.

— Pour faire quoi ?

— Pour voir clair dans tout ça. Ou crouler pour de bon sous le poids.

Un autre silence, un peu moins long.

Puis Hardwick éternua, se moucha.

— L'affaire du Bon Berger traîne depuis dix ans et tu as l'intention de l'élucider dans les prochaines vingt-quatre heures ?

— Je n'ai pas d'autre choix, j'en ai peur. Au fait, Jimi Brewster a dit à Kim qu'il avait un alibi pour les crimes commis par le Bon Berger. Saurais-tu ce qu'il en est, par hasard ?

Hardwick se moucha à nouveau.

— Difficile d'oublier ça. L'assassinat de Brewster est la dernière annonce aux familles dont la Brigade s'est occupée dans cette affaire. Le médecin a été tué dans le Massachusetts, mais son fils résidait ici, si bien que c'est nous qui l'avons avisé, avant que le FBI prenne en main ce qui était dès lors une enquête inter-États.

— Comment se fait-il que ça te soit resté gravé en mémoire ?

— Parce que l'alibi de Jimi ressemblait plus à un mobile – pour ce qui était du meurtre de son père, en tout cas. À l'époque où les quatre premières agressions ont eu lieu, Jimi était derrière les barreaux pour possession de LSD à la prison du comté, et dans l'impossibilité de payer sa caution. Son paternel a refusé d'intervenir, le laissant croupir deux semaines dans une cellule. Jimi a fini par soutirer le montant de la caution à une de ses ex. Il est sorti, écumant de rage, environ trois heures après que son père eut été zigouillé.

— L'a-t-on jamais considéré comme un suspect ?

— Pas vraiment. Le mode opératoire était la copie conforme de celui des autres crimes. Jimi n'aurait pas pu s'en inspirer pour la bonne raison qu'aucun détail n'avait été divulgué à ce stade.

— On peut oublier Jimi alors.

— Il semble que oui. Dommage, en un sens. Il aurait joliment cadré avec l'une des options figurant sur ta liste.

— Comment ça ?

— Tu te demandais si toutes les victimes du Bon Berger avaient une importance égale. Eh bien, s'il y avait eu moyen que Jimi les liquide tous, son père aurait été indéniablement celui qui comptait le plus dans le tas, les autres n'étant au fond que les conséquences d'une sorte de débordement émotionnel – vu qu'ils roulaient dans le même genre de véhicule que son père, ce qui, dans son petit esprit tordu, les rendait peut-être tout aussi méprisables et dignes d'être éliminés. Des duplicatas. Coupables par association. (Hardwick marqua une pause.) Oh et puis merde ! Qu'est-ce que je raconte ? Des conneries. Rien que des conneries.

CHAPITRE 39

Du sang et des ombres

AU RETOUR DE SA RÉUNION À LA CLINIQUE, épuisée, indignée, Madeleine semblait sur sa propre longueur d'onde. Après quelques remarques à propos de la détresse engendrée par la bureaucratie, elle alla se coucher avec *Guerre et Paix* sous le bras.

Quelques instants plus tard, Kim monta à son tour après avoir annoncé qu'elle voulait être fraîche et dispose pour son entretien du lendemain avec Rudy Getz.

Kyle suivit peu après.

En entendant Madeleine éteindre sa lampe de lecture à l'étage, Gurney ferma le poêle, vérifia que les portes et fenêtres étaient verrouillées, lava les quelques verres restés dans l'évier. S'apercevant qu'il bâillait, il décida qu'il était temps pour lui aussi d'aller se mettre au lit.

Il avait beau être fatigué, la tête pleine à craquer, dormir était une autre affaire. Se retrouver allongé dans le noir eut principalement pour effet de créer un espace sans limites dans lequel les paramètres de l'affaire du Bon Berger, libérés des entraves du monde réel, pouvaient tourbillonner allègrement.

Il avait les pieds moites et glacés à la fois. Il avait envie d'enfiler des chaussettes chaudes, mais n'arrivait pas à trouver le courage de sortir de sous la couette. En regardant dehors d'un œil morne par la grande fenêtre sans rideaux la plus proche, il songea que l'éclat argenté phosphorescent qui nimbait le pré sous le clair de lune lui faisait penser à un poisson mort.

Son esprit troublé finit par l'obliger à se lever et à s'habiller. Il redescendit et s'installa dans un fauteuil entre la cheminée et le poêle encore agréablement chaud. Les braises rouges éparpillées sur la grille chatoyaient. La station assise offrait une géométrie plus stable à ses pensées, une position plus ferme pour mettre de l'ordre dans ses idées.

Quelles certitudes avait-il exactement ?

Le Bon Berger était intelligent, inébranlable sous la pression. Méthodique dans sa planification, méticuleux dans l'exécution, il limitait les risques au maximum. La vie d'autrui n'avait aucune valeur à ses yeux. Il tenait à tout prix à empêcher la série des *Orphelins du meurtre* de continuer. Il maniait aussi bien une arme de poing de la taille d'un canon qu'un pic à glace.

L'aversion au risque était l'élément qui revenait constamment. Se pouvait-il que ce soit la clé de l'énigme ? Ce facteur sous-tendait tellement d'aspects de l'affaire. La recherche patiente de sites idéaux pour ses agressions ; le choix exclusif de virages à gauche pour minimiser les risques de collision après la fusillade ; l'élimination coûteuse des armes après un usage unique ; la priorité donnée à la nécessité de passer inaperçu plutôt qu'à la commodité dans le choix du lieu de stationnement lors du meurtre de Ruth Blum. Sans oublier les efforts déployés pour la mise en place d'écrans de fumée complexes – du manifeste lui-même au faux message posté sur la page Facebook de Ruth.

Ce type tenait avant tout à se protéger.

Quoi qu'il en coûte en temps, en argent et en vies humaines.

Ce qui soulevait une question intéressante. Quelles autres stratégies visant à assurer sa sécurité avait-il pu employer, en plus de celles déjà définies ? Pour dire les choses autrement, quels autres risques aurait-il eu à affronter dans ses opérations homicides, et comment aurait-il pu décider de les contourner ?

Il fallait essayer de se mettre à sa place.

Quelles contingences inquiéteraient le plus Gurney s'il projetait d'abattre un automobiliste en pleine nuit sur une route isolée ? Une idée lui vint immédiatement à l'esprit : *Et s'il ratait sa cible ?* Si la victime, épargnée, arrivait à déchiffrer sa plaque d'immatriculation ? Il y avait peu de chances que ça arrive, mais c'était une éventualité suffisamment réaliste pour tracasser un homme qui voulait ne rien laisser au hasard.

Les criminels de profession volaient souvent des voitures pour accomplir leurs méfaits. Il était peu probable que le Bon Berger ait opté pour cette solution, compte tenu du danger encouru en conduisant un véhicule volé bien après que le vol eut été signalé et enregistré dans les bases de données de la police. D'un autre côté, recourir à une voiture différente chaque fois lui aurait fait prendre des risques supplémentaires. Un scénario avec lequel le Bon Berger ne se serait sûrement pas senti à l'aise.

Qu'aurait-il fait alors ?

Dissimuler en partie sa plaque d'immatriculation en l'enduisant de boue ? Cela l'exposait à une contravention. Et alors ? Un risque infime comparé à celui qui aurait été éliminé par la même occasion.

Quels autres éléments avaient pu angoisser le Bon Berger ?

Gurney fixait obstinément les braises, mais son esprit refusant de se concentrer, il finit par se lever, alluma le lampadaire, se prépara un café. Il avait découvert depuis belle lurette qu'un des meilleurs moyens de résoudre une énigme consistait à s'en écarter en s'absorbant dans autre chose. Soulagé de la pression d'avoir à se focaliser sur une voie unique, le cerveau trouve souvent son chemin tout seul. Comme l'un des voisins de Gurney, dans le Delaware depuis toujours, lui avait dit une fois : « Le beagle n'attrapera pas le lapin tant qu'on ne lui aura pas ôté sa laisse. »

Alors mieux valait passer à autre chose. Ou en revenir à un autre problème.

Par exemple, au malaise qu'il avait ressenti quand Kyle avait affirmé que personne ne les avait suivis jusqu'en ville ou sur le chemin du retour à Walnut Crossing. Sur le moment, Gurney n'avait pas jugé bon de leur faire part de ses doutes, mais il avait besoin d'élucider cette question, qui n'avait cessé de le turlupiner depuis lors. Il prit les trois lampes-torches dans le tiroir de la cuisine, les testa l'une après l'autre, choisit celle dont les batteries lui paraissaient le moins usées. Puis il enfila sa veste de jardin tachée de peinture pendue dans le cellier, alluma l'éclairage extérieur et sortit.

Il faisait vraiment frisquet maintenant. Il s'agenouilla sur l'herbe devant la voiture de Kim pour examiner l'espace entre le châssis et le sol. Ce n'était pas suffisant pour ce qu'il envisageait de faire, aussi retourna-t-il dans la maison récupérer les clés du véhicule.

Qu'il trouva dans le sac de Kim resté sur la table basse près de la cheminée.

De retour dehors, il alla dans le hangar du tracteur prendre la paire de rampes métalliques dont il se servait d'ordinaire pour soulever la tondeuse électrique quand il devait changer les lames. Il les disposa devant la Mazda qu'il avança ensuite pas à pas sur les rampes jusqu'à ce que l'avant se trouve à une quinzaine de centimètres au-dessus du sol. Après quoi il mit le frein à main et retourna devant la voiture. Couché sur le dos, sa lampe électrique à la main, il se glissa en se contorsionnant sous le châssis surélevé.

Il ne lui fallut guère de temps pour trouver ce qu'il cherchait. Un boîtier métallique noir à peine plus grand qu'un paquet de cigarettes, fixé par un aimant sur un des éléments du cadre avant. Un fil électrique montait dans la direction de la batterie.

Il s'extirpa de dessous la voiture, la descendit des rampes, rentra et remit les clés de Kim en place.

Il fallait qu'il réfléchisse. La découverte d'un dispositif de localisation GPS sur la Mazda ne changeait pas grand-chose à l'affaire, mais cela lui donnait incontestablement une autre dimension. Une décision s'imposait : devait-il le laisser en place ou non ?

Tandis qu'il passait en revue les conséquences de l'une et l'autre option, des questions restées en suspens lui encombraient obstinément l'esprit. Il décida de s'en débarrasser, pour le moment tout au moins, en passant un coup de fil.

Il était 23 h 30. Il y avait peu de chances que Hardwick décroche, mais en lui laissant un message, il s'éclaircirait un peu les idées. Comme on pouvait le prévoir, il tomba sur la boîte vocale.

— Salut, Jack, je viens encore t'embêter avec mes questions. Y a-t-il moyen d'accéder sans trop de difficultés à la base de données de l'État pour avoir des renseignements sur des infractions au code de la route remontant à une dizaine d'années ? Plus précisément, je m'intéresse à des contredanses dressées à cause d'une plaque d'immatriculation masquée, voire de simples avertissements, dans les comtés du nord de l'État de New York pendant la période où le Bon Berger a perpétré ses crimes. Par ailleurs, as-tu du nouveau concernant l'Étrangleur de la Montagne blanche ?

Dès qu'il eut raccroché, il recommença à se creuser les méninges au sujet du GPS. Le fait qu'il soit raccordé au système électrique de la voiture signifiait que, contrairement à un dispositif à batterie doté d'une durée de vie limitée, il aurait pu être installé il y a un bout de temps, et demeurer opérationnel. Restait à savoir quand, pourquoi et par qui ? On avait forcément affaire au même individu qui avait installé les micros dans l'appartement de Kim. Son ex-petit ami, le harceleur ? Gurney avait le sentiment que la situation était un peu plus compliquée que ça.

D'ailleurs, il était tout à fait possible que...

Il retourna dans le cellier, remit sa veste et ressortit.

Il fit passer les rampes de l'avant de la Madza à celui de l'Outback. Comme il avait oublié ses clés et la torche, il retourna les chercher puis démarra sa voiture et répéta la même manœuvre qu'auparavant.

S'attendant à moitié à tomber sur un système de repérage similaire, il inspecta avec soin le cadre avant. En vain. Il ouvrit le capot, explora le compartiment moteur. Toujours rien. Il suivit les fils de la batterie jusqu'à leurs différents raccords sans rien remarquer d'insolite.

Pour achever de se rassurer, il déplaça les rampes de l'avant à l'arrière de la voiture qu'il hissa dessus, en marche arrière. Puis il se faufila sous le châssis avec sa lampe de poche.

C'est là qu'il le trouva. Un deuxième boîtier noir, légèrement plus grand que le précédent pour contenir une batterie. Fixé par un aimant en haut d'un des supports du pare-chocs. La marque et les consignes d'utilisation imprimées sur le côté indiquaient qu'il provenait du même fabricant et fonctionnait à peu près comme celui qu'il avait déniché sous la voiture de Kim, la source d'alimentation mise à part.

Le changement de modèle pouvait s'expliquer de diverses manières, la plus vraisemblable étant le temps d'installation requis – au moins une demi-heure pour la version câblée, quelques minutes pour la batterie. La première était donc à privilégier – ce qui laissait supposer que l'individu ayant installé ces dispositifs avait eu plus facilement accès à la voiture de Kim qu'à l'Outback. Ce qui désignait inévitablement Meese.

Il était minuit passé, mais Gurney savait qu'il n'arriverait pas à dormir. Il alla prendre un carnet et un stylo sur son bureau et passa un moment, coincé sous l'un et l'autre véhicules, à recopier les indications imprimées sur les boîtiers, dans l'intention de vérifier leurs indices de performance sur le site Web du fabricant. Tous les modèles basés sur le GPS fonctionnaient en gros de la même façon, transmettant les coordonnées qui s'affichaient sur une carte, sous forme d'icônes visibles, sur à peu près n'importe quel ordinateur doté d'une connexion Internet avec le logiciel approprié. Les différences de prix entre les divers systèmes en vente sur le marché tenaient à la gamme, l'exactitude du positionnement, la sophistication du logiciel et leur précision par rapport au temps réel. Même aux plus hauts niveaux de performance, cette technologie était désormais relativement bon marché, accessible à peu près à tous.

Au moment où il s'extirpait de sous la Mazda pour la deuxième fois de la soirée, une vibration contre sa hanche droite le fit tressaillir. L'associant instinctivement à ce qu'il était en train de faire, il pensa qu'elle avait été provoquée par le GPS d'une façon ou d'une autre. Au bout d'une seconde, il se rendit compte qu'il s'agissait de son portable, qu'il avait mis sur vibreur pour éviter de réveiller tout le monde dans la maison si Hardwick le rappelait. C'était bien lui.

Se redressant maladroitement, il sortit son téléphone de sa poche.

— Tu as fait vite, dit-il.

— Vite ? De quoi parles-tu ?

— Pour trouver les réponses à mes questions.

— Quelles questions ?

— Celles que j'ai laissées sur ta boîte vocale.

— Je ne vérifie pas ma messagerie au milieu de la nuit. Ce n'est pas pour ça que je t'appelle.

Gurney eut une vague prémonition. Ou peut-être connaissait-il suffisamment bien les changements d'intonation dans la voix de Hardwick pour identifier les signes de la mort. Il s'arma de courage en attendant la mauvaise nouvelle.

— Lila Sterne. La femme du dentiste. Dans le hall d'entrée. Un pic à glace dans le cœur. Ça fait trois, plus les six anciens. Soit neuf au total. On n'en voit pas la fin. J'ai pensé que tu aimerais le savoir. Je me suis dit que personne d'autre ne se donnerait la peine de te prévenir.

— Seigneur ! Dimanche, lundi, mardi. Un chaque soir.

— Qui est le suivant ? Des paris pour le pic à glace du mercredi ?

Le ton de Hardwick avait changé à nouveau – passant à un registre cynique qui fit à Gurney l'effet d'ongles crissant sur un tableau noir.

Il comprenait que les policiers aient fondamentalement besoin de détachement et d'humour noir, mais Hardwick semblait en faire un peu trop. Cette exagération expliquait en partie sa propre réaction, même s'il savait que cela tenait à quelque chose de plus profond : le ton de Jack lui rappelait son père.

— Merci de m'avoir prévenu.

— À quoi servent les amis, sinon ?

De retour dans la maison, Gurney resta planté au milieu de la cuisine à essayer de digérer toutes les données qui avaient surgi au cours de l'heure écoulée. Il s'approcha du plan de travail. Les lumières étant allumées, il ne voyait rien dehors. Il éteignit. La lune était presque pleine – une boule, avec un côté légèrement aplati. Sa clarté était suffisamment vive pour donner un lustre gris à l'herbe et projeter des ombres noires bien nettes sous les arbres en bordure du pré. Il avait l'impression qu'en plissant les yeux, il arrivait à discerner les branches inclinées des sapins du Canada.

Et puis il crut voir quelque chose bouger. Retenant son souffle, il se pencha vers la fenêtre. Au moment où il prenait appui sur le plan de travail, il poussa un cri en réaction à la douleur fulgurante qui lui avait transpercé le poignet droit. Il sut, avant de le constater de ses propres yeux, qu'il avait posé la main sur la pointe aiguisée comme un rasoir de la flèche qui traînait là depuis une semaine, et qu'elle s'était enfoncée profondément dans sa chair. Il ralluma et vit que le sang s'amoncelait déjà dans sa paume et coulait jusqu'au sol entre ses doigts.

CHAPITRE 40

Reconnaître la réalité

INCAPABLE DE TROUVER LE SOMMEIL malgré la fatigue, Gurney resta assis à la petite table dans la pénombre, les yeux rivés sur la crête. L'aube se propageait à l'est telle une pâleur maladive sur le ciel, reflétant son état d'esprit.

Réveillée par son cri de douleur un peu plus tôt, Madeleine l'avait conduit aux urgences du petit hôpital de Walnut Crossing.

Elle était restée à ses côtés pendant quatre heures, qui auraient pu se réduire à moins d'une heure si trois ambulances n'avaient pas amené les survivants très ébranlés d'un accident tragi-comique au cours duquel un conducteur en état d'ivresse avait renversé un poteau téléphonique à l'origine de la chute d'un panneau d'affichage. Celui-ci avait servi de rampe à un motard lancé à pleine vitesse, qui avait atterri sur le capot d'un véhicule venant en sens inverse. Tel était du moins le récit que les urgentistes et les ambulanciers ne cessaient de rabâcher devant le box où Gurney attendait qu'on veuille bien le recoudre.

C'était sa deuxième visite à l'hôpital en moins d'une semaine, ce qui en soi était troublant.

Les coups d'œil inquiets de Madeleine dans sa direction ne lui avaient pas échappé, pendant le trajet, dans la salle d'attente et au retour. Pourtant, ils avaient à peine ouvert la bouche, si ce n'est pour parler de sa main, de cet accident singulier, de la nécessité de se débarrasser de cette fichue flèche, ou de la ranger dans un endroit sûr.

Il aurait pu lui parler d'autre chose. Il aurait sans doute dû le faire. Du dispositif de localisation trouvé sous la voiture de Kim. Sous la sienne. Du troisième meurtre au pic à glace. Mais il s'en était bien gardé.

Cela n'aurait fait que la perturber davantage, s'était-il dit en guise de justification. Cependant, une petite voix dans sa tête lui tenait un tout autre discours – à savoir qu'il cherchait à éluder la question, à avoir le champ libre. Il s'était persuadé qu'il finirait par lui dire la vérité, que ce n'était qu'une question de temps, et non de franchise.

En arrivant à la maison, une demi-heure avant le lever du soleil, Madeleine était allée se coucher avec cette expression inquiète qu'il avait surprise maintes fois sur son visage durant la nuit.

Trop agité pour dormir, il resta assis à se débattre avec les conséquences de toutes ces choses qu'il n'avait pas voulu aborder avec elle, de l'escalade des meurtres notamment.

Parmi les multiples méthodes qui permettent d'appréhender les assassins, rares sont celles qui s'appliquent lorsqu'on a affaire à des individus intelligents et disciplinés. Or, le Bon Berger était probablement le plus futé et le plus discipliné de tous.

Une seule solution pour lui mettre le grappin dessus : une coordination massive des forces de police. Cela nécessiterait un nouvel examen approfondi des données liées à l'affaire d'origine. Des effectifs considérables. Outre un mandat autorisant à reprendre complètement l'enquête. Dans les circonstances actuelles, il ne fallait même pas y songer. Ni le FBI ni la Brigade n'arriveraient à prendre suffisamment de recul pour s'écarter des sentiers battus. Sentiers qu'ils avaient tracés eux-mêmes, consolidés pendant dix ans. Qui les avait rendus inutiles et dangereusement sur la défensive.

Qu'était-il censé faire alors ?

Mis sur la touche, diabolisé, avec une possible accusation grave sur le dos et une étiquette de SSPT collée sur le front, quelle marge de manœuvre avait-il ?

Rien ne lui venait à l'esprit.

Rien, à part un adage d'une simplicité exaspérante.

On joue avec les cartes qu'on a en main.

Mais de quelles cartes disposait-il ?

Elles étaient sans valeur, pour la plupart. Ou injouables au vu des moyens voisins de zéro à sa disposition.

Il avait tout de même un atout.

Qui valait peut-être quelque chose, même si rien n'était moins sûr.

Le soleil se leva, voilé par la brume matinale. Il était encore bas dans le ciel quand la sonnerie de la ligne fixe retentit. Gurney alla répondre dans le bureau. C'était quelqu'un de la clinique qui voulait parler à Madeleine.

Alors qu'il s'apprêtait à lui porter le combiné dans la chambre, elle apparut sur le seuil, en pyjama, et tendit la main vers le téléphone comme si elle attendait cet appel.

Elle vérifia le nom sur l'écran avant de parler – sur un ton agréablement professionnel qui tranchait avec son expression ensommeillée.

— Bonjour, ici Madeleine.

Elle écouta en silence ce qui était à l'évidence une longue explication. Gurney retourna dans la cuisine préparer du café.

Il entendit à nouveau sa voix, brièvement – juste quelques mots distincts –, avant qu'elle raccroche. Elle avait accepté de faire quelque chose, semblait-il. Quelques instants plus tard, elle apparut à l'entrée de la cuisine et le regarda avec le même air anxieux que la veille au soir.

— Comment va ta main ?

L'effet de la lidocaïne qu'on lui avait administrée avant les neuf points de suture s'était amenuisé. Une douleur sourde se faisait sentir dans le bas de sa main.

— Pas trop mal, répondit-il. Quel service t'a-t-on encore demandé ?

Elle ignora sa question.

— Tu devrais la maintenir en hauteur comme le médecin te l'a recommandé.

— C'est vrai. (Il leva sa main de quelques centimètres au-dessus de l'évier en attendant que le café soit prêt.) Encore un suicide ? ajouta-t-il d'un ton un peu trop ironique.

— Carol Quilty a démissionné hier soir. Ils ont besoin de quelqu'un pour la remplacer aujourd'hui.

— À quelle heure ?

— Le plus tôt sera le mieux. Je vais prendre une douche, avaler un toast et je file. Ça ira pour toi ?

— Bien sûr.

Elle désigna sa main en fronçant les sourcils.

— Plus haut.

Il la leva à hauteur de ses yeux.

Elle poussa un soupir, lui décocha un petit clin d'œil comique avant d'aller prendre une douche.

Il s'émerveilla une fois de plus de sa gaieté naturelle, de sa capacité de s'accommoder de la vie en toutes circonstances et d'y faire face avec une attitude nettement plus positive que la sienne.

Elle affrontait les événements tels qu'ils se présentaient en faisant au mieux.

Elle jouait avec les cartes qu'elle avait en main.

Ce qui le fit penser à son atout.

Quoi qu'il vaille, il devait en faire usage rapidement, l'abattre avant que la partie ne touche à sa fin.

En proie à la désagréable sensation qu'il n'en tirerait peut-être rien du tout, il se dit qu'il n'avait qu'un moyen d'en avoir le cœur net.

Cet « atout » n'était autre que l'équipement d'écoute dissimulé dans l'appartement de Kim. Peut-être par le Bon Berger qui, a priori, surveillait encore les transmissions. Si ces deux hypothèses étaient valides – ce dont il ne pouvait avoir la certitude –, c'était un mode de communication possible avec le tueur. Un moyen de s'entretenir avec lui. De lui envoyer un message.

Quel message ?

La question était simple – les réponses illimitées.

Il ne lui restait plus qu'à trouver la bonne formulation.

Peu après le départ de Madeleine, il reçut un nouvel appel sur la ligne fixe. C'était Hardwick.

— Jette un œil aux archives en ligne du *Manchester Union Leader*. Ils ont publié une série d'articles sur l'affaire de l'Étrangleur de la Montagne blanche en 1991. Je parie que tu vas trouver un paquet de trucs qui t'intéressent là-dedans. Faut que j'aille pisser. Prends soin de toi.

Il avait une manière bien à lui de prendre congé.

Gurney passa une heure à éplucher les archives de l'*Union Leader* ainsi que d'autres journaux de la Nouvelle-Angleterre qui avaient publié des articles en nombre sur les crimes de l'Étrangleur.

Cinq agressions avaient eu lieu en l'espace de deux mois, toutes fatales. Les victimes étaient des femmes ; elles avaient été étranglées avec des foulards en soie blancs laissés autour de leur cou. Les points communs entre elles étaient plus circonstanciels que personnels. Trois vivaient seules ; elles avaient été assassinées à leur domicile. Les deux autres travaillaient tard, dans un environnement isolé.

La première avait trouvé la mort dans un parking obscur derrière son magasin d'artisanat, l'autre dans un endroit similaire, à proximité de sa petite boutique de fleurs. Les cinq attaques s'étaient produites dans un rayon de quinze kilomètres autour de Hanover, où se trouvait Dartmouth College.

Bien qu'un mobile sexuel fût souvent présent dans les affaires de strangulation en série de femmes, il n'y avait aucune trace de viol ou d'abus sexuels. Quant au « profil de la victime », Gurney le trouvait étrange. Il n'y en avait pas vraiment, pour tout dire. La seule caractéristique physique que ces femmes semblaient avoir en commun était leur relative petite taille. En dehors de ça, elles ne se ressemblaient pas du tout. Des coupes de cheveux et des styles vestimentaires très divers. Elles représentaient en outre un curieux mélange sur le plan socio-économique : une étudiante à Darmont (la petite amie de Larry Sterne à l'époque), deux commerçantes, une employée à temps partiel de la cafétéria de l'école primaire locale et une psychiatre. Elles avaient entre vingt et un et soixante et onze ans. L'étudiante était une petite bourgeoise blonde. La psychiatre à la retraite, une Afro-Américaine grisonnante. Gurney avait rarement vu une telle diversité parmi les victimes d'un *serial killer*. Difficile de discerner la fixation du tueur dans tout ça, l'obsession susceptible d'expliquer ses actes.

Pendant qu'il réfléchissait aux particularités de cette affaire, il entendit la douche couler à l'étage. Quelques instants plus tard, Kim apparut à la porte du bureau, l'air terriblement anxieuse.

— Bonjour, lança-t-il en fermant la page de recherche sur l'ordinateur.

— Je suis désolée de vous avoir entraîné dans tout ça, balbutia-t-elle, au bord des larmes.

— C'est ce que je faisais avant, pour gagner ma vie.

— Quand vous le faisiez professionnellement, personne ne mettait le feu à votre grange.

— Rien ne prouve que la grange ait quoi que ce soit à voir avec notre affaire. Il se pourrait que ce soit...

— Oh mon Dieu, coupa-t-elle, qu'est-il arrivé à votre main ?

— La flèche restée sur le plan de travail... je me suis appuyé dessus hier soir par mégarde.

— Oh mon Dieu ! répéta-t-elle en faisant la grimace.

Kyle apparut dans le couloir derrière elle.

— Bonjour, papa, comment ça... (Il s'interrompit en voyant le bandage.) Que s'est-il passé ?

— Pas grand-chose. C'est moins grave que ça en a l'air. Vous voulez déjeuner ?

— Il s'est coupé avec cette vilaine flèche, expliqua Kim.

— La vache ! Elle était aiguisée comme un rasoir, s'exclama Kyle.

Gurney se leva.

— Venez, dit-il. On va se préparer des œufs, des toasts et du café.

Il s'efforçait d'avoir l'air normal, mais tandis qu'il les précédait dans la cuisine, un sourire désinvolte aux lèvres, il était tourmenté par la question de ce qu'il devait leur dire à propos de Lila Sterne et des dispositifs de localisation. Avait-il le droit de garder tout ça pour lui ? Qu'est-ce qui l'incitait à le faire, d'ailleurs ?

Les doutes que lui inspiraient ses propres motivations avaient toujours miné, telles des termites, le peu de sérénité qu'il arrivait parfois à atteindre momentanément. Il tenta de concentrer son attention sur les détails pratiques du petit déjeuner.

— Si on commençait par un verre de jus d'orange ?

En dehors de quelques commentaires épars, ils mangèrent pour ainsi dire sans un mot, au point que c'en était presque gênant. Dès qu'ils eurent fini, dans son empressement à s'occuper, Kim insista pour débarrasser la table et faire la vaisselle. Kyle s'absorbait dans la vérification de ses textos, qu'il passa en revue plusieurs fois.

Dans le silence, Gurney repensa à la manière dont il devait jouer son atout. Un problème crucial. Il n'avait qu'une seule chance de viser juste. En proie à la sensation presque physique de la fuite du temps, du sable s'engouffrant dans l'extrémité étroite de l'entonnoir pour s'accumuler à ses pieds, il imaginait une fin de partie où il serait face à face avec le Bon Berger, où les pièces du puzzle s'emboîteraient. Une fin de partie qui prouverait que son point de vue divergent était le fruit d'un esprit sain, et non le fantasme d'un flic brisé dont les plus beaux jours étaient incontestablement derrière lui.

Il n'avait pas le temps de s'appesantir sur la rationalité de cet objectif – ou la probabilité de son succès. La seule chose dont il était capable pour le moment, c'était de réfléchir à la manière de provoquer l'affrontement. Et dans quel cadre.

Le lieu serait facile à déterminer.

La méthode représentait un réel défi.

Le téléphone sonna, le ramenant à l'instant présent, à la table, en plein soleil maintenant. Il constata avec étonnement que, pendant qu'il s'abîmait dans ses pensées, Kim et Kyle avaient fui vers les fauteuils au bout de la pièce. Son fils avait démarré un petit feu dans le poêle.

Gurney alla répondre dans le bureau.

— Bonjour, Connie.

— David ? (Elle semblait surprise d'avoir réussi à le joindre.)

— Oui, je suis là.

— Dans l'œil du cyclone ?

— C'est l'impression que ça donne.

— Ça ne m'étonne pas, répondit-elle d'un ton énergique, crispé. (Elle avait toujours cette voix-là quand elle avait pris des remontants.) Dans quel sens est-ce que le vent souffle en ce moment ?

— Pardon ?

— Ma fille s'accroche-t-elle ou prend-elle le chemin de la sortie ?

— Elle se dit déterminée à renoncer à son projet.

— À cause de l'agitation ?

— L'agitation ?

— Les meurtres au pic à glace, la renaissance du Bon Berger, la panique dans les rues. C'est ça qui lui fait peur ?

— Elle avait de l'affection pour les gens qui ont été assassinés.

— Le journalisme n'est pas fait pour les mauviettes. Ça n'a jamais été le cas et ça ne le sera jamais.

— Elle a aussi le sentiment que son idée de documentaire sérieux, émouvant, est en train d'être transformée en un *soap opera* sordide.

— Bon sang, David, on vit dans une société capitaliste !

— Ce qui veut dire ?

— Que les médias – surprise, surprise – sont un business. Les subtilités, c'est bien joli, mais c'est la tragédie qui fait vendre.

— Vous feriez peut-être mieux d'avoir cette conversation avec elle plutôt qu'avec moi.

— Certainement pas ! On est comme l'eau et l'huile, elle et moi. Et comme je vous l'ai déjà dit, elle vous admire. Elle vous écoute.

— Que voulez-vous que je lui dise ? Que RAM News est une entreprise noble, que Rudy Getz est un prince ?

— D'après les rumeurs, Rudy est une ordure. Mais il est sacrément malin. Ainsi va le monde. Certains d'entre nous y font face, d'autres pas. Je veux qu'elle y réfléchisse à deux fois avant de tout envoyer promener.

— Ce n'est peut-être pas une mauvaise idée, en l'occurrence.

Cette remarque fut suivie d'un silence – chose rare lors d'une conversation avec Connie Clarke. Quand elle reprit la parole, elle avait baissé d'un ton.

— Vous ignorez où cela pourrait la mener. La décision qu'elle a prise de faire des études de journalisme, de décrocher un diplôme, de se bâtir une carrière dans les médias…, ça lui a sauvé la vie. Une véritable planche de salut, vu d'où elle venait.

— À savoir ?

Un autre silence.

— La jeune femme ambitieuse, passionnée que vous voyez aujourd'hui est une sorte de miracle. Si vous l'aviez connue il y a quelques années – quand elle a tourné le dos à la vie, après la disparition de son père. Ça faisait peur ! Pendant l'adolescence, elle était complètement à la dérive. Elle ne voulait rien faire, ne s'intéressait à rien. À certains moments ça allait, jusqu'à ce qu'elle sombre à nouveau au fond du trou. Cette histoire de documentaire – le projet des *Orphelins* – lui a donné une motivation. Une raison d'être. Je préfère ne pas penser à ce qui risque de se passer si elle baisse les bras.

— Voulez-vous lui parler ?

— *Elle est là ?* Chez vous ?

— Oui. C'est une longue histoire.

— Là maintenant, dans la même pièce que vous ?

— Celle d'à côté, avec mon fils.

— Votre fils ?

— Encore une longue histoire.

— Je vois. Eh bien… j'aimerais l'entendre quand vous aurez le temps de me la raconter.

— J'en serais ravi. Dans un jour ou deux peut-être. Les choses sont un peu compliquées en ce moment.

— J'ai cru comprendre. En attendant, s'il vous plaît, n'oubliez pas ce que je vous ai dit.

— Je ferais mieux d'y aller.

— Entendu, mais… faites votre maximum, David, je vous en conjure. Ne la laissez pas s'autodétruire.

Après avoir raccroché, il se planta devant la fenêtre et fixa son regard sur la crête, sans vraiment la voir. Comment faisait-on pour empêcher quelqu'un de s'autodétruire ?

Des élancements dans le creux de sa paume interrompirent le cours de ses pensées. Il leva la main, la posa contre le châssis de la fenêtre. La douleur passa. Il entendait Kim et Kyle parler à voix basse dans la cuisine, le bruit d'assiettes qu'on rangeait dans l'égouttoir. Il consulta la pendule sur le bureau. Dans moins d'une heure, Kim et lui allaient devoir partir pour leur rendez-vous avec Rudy Getz.

En attendant, il avait des problèmes plus pressants à résoudre.

L'atout. La possibilité d'envoyer un message au Bon Berger.

Comment le formuler ?

Une invitation ?

Où ? Pour quoi faire ? Sous quel prétexte ?

Qu'est-ce qui pouvait le motiver ?

La sécurité semblait être son principal objectif.

Et s'il lui offrait la possibilité d'éliminer un des éléments de risque ? Un adversaire ?

La possibilité de tuer quelqu'un de gênant ?

Ça devrait faire l'affaire.

Et Gurney connaissait le lieu idéal pour un meurtre.

Il ouvrit le tiroir de son bureau, sortit une carte de visite ne comportant pas de nom. Juste un numéro de téléphone.

Il prit son portable et composa le numéro. L'appel bascula sur la messagerie. Pas de salutation, ni d'identification. Rien qu'une injonction brutale : « Indiquez l'objet de votre appel. »

— Ici Dave Gurney. Rappelez-moi. C'est urgent.

La réponse survint moins d'une minute plus tard.

— Maximilian Clinter à l'appareil. Que se passe-t-il, fiston ?

Son accent du terroir ressortait pleinement.

— Il faut que je vous demande quelque chose. J'ai un truc à faire et j'ai besoin d'un endroit spécial.

— Eh bien, eh bien. Est-ce important ?

— Oui.

— Très important ?

— Extrêmement.

— Extrêmement. Eh bien, eh bien. Ça ne peut vouloir dire qu'une seule chose. Ai-je raison ?

— Je ne lis pas dans les pensées, Max.

— Moi si.

— Vous n'avez pas à me poser la question, dans ce cas.

— Ce n'est pas une question, juste une demande de confirmation.

— Je vous confirme que c'est important, et je souhaiterais que vous me prêtiez votre cabane pour une nuit.

— Ça vous ennuierait de me donner quelques détails ?

— Je n'ai pas encore précisé les choses.

— L'idée de base, au moins.

— Je préfère éviter.

— J'ai le droit de savoir.

— Je vais inviter quelqu'un à se joindre à moi là-bas.

— L'homme en personne ?

Gurney ne répondit pas.

— Putain ! C'est vrai ? Vous l'avez trouvé ?

— En fait, je veux que ce soit lui qui me trouve.

— Dans ma cabane ?

— Oui.

— Pourquoi aurait-il envie d'y aller ?

— Pour me tuer peut-être, si je peux lui fournir un assez bon motif de le faire.

— Je vois. Vous avez l'intention de passer la nuit dans ma cabane, au milieu des marais de Hogmarrow, dans l'espoir d'avoir la visite nocturne d'un zèbre ayant une bonne raison de vous liquider. C'est bien ça ?

— Plus ou moins.

— Et ça se finit bien ? Une fraction de seconde avant qu'on vous fasse sauter la cervelle, je tombe du ciel pour vous sauver comme Batman ?

— Non.

— Non ?

— Je me sauve moi-même. Ou pas.

— Vous êtes quoi, une armée à vous tout seul ?

— C'est trop dangereux pour impliquer quelqu'un d'autre.

— Je devrais en être.

Gurney continuait à regarder aveuglément par la fenêtre tout en passant en revue la pile chancelante d'hypothèses censées étayer son soi-disant plan. Agir seul était extrêmement risqué, mais faire intervenir des renforts, quelqu'un comme Clinter en particulier, le serait encore davantage.

— Désolé. On fait les choses à ma manière, ou pas.

Clinter explosa :

— Vous êtes en train de parler du salopard qui a foutu ma vie en l'air. Que je rêve de massacrer. De donner à dévorer à mon chien. Et vous me dites qu'il faut le faire *à votre manière*. Nom de Dieu ! Vous avez perdu la tête ou quoi ?

— Je n'en sais rien, Max, mais j'entrevois une vague possibilité d'arrêter le Bon Berger. De l'empêcher peut-être de tuer Kim Corazon. Ou mon fils. Ou ma femme. C'est maintenant ou jamais, Max. Ma seule chance. Il y a déjà trop de variables, de suppositions. Une personne de plus impliquée dans cet imbroglio ne ferait que compliquer les choses. Désolé, Max, je ne peux pas l'accepter. À ma manière ou pas du tout.

Un long silence s'ensuivit.

— D'accord, fit Clinter d'un ton monocorde.

Plus d'accent. Ni la moindre émotion.

— D'accord, quoi ?

— Vous pouvez aller dans ma cabane. Quand vous la faut-il ?

— Le plus tôt sera le mieux. Disons, demain soir. Du crépuscule à l'aube.

— OK.

— Mais je tiens à ce que vous restiez à l'écart.

— Et si vous avez besoin d'aide, en fin de compte ?

— Qui vous a prêté main forte dans ce petit bureau à Buffalo ?

— C'était différent.

— Peut-être pas tant que ça. La porte de la cabane est-elle verrouillée ?

— Non. Mes petites vipères sont les seules clés nécessaires.

— Vos fameux serpents à sonnette ?

Gurney se souvenait de cette étrange information recueillie lors de sa visite à la cabane de Clinter la semaine précédente. Il avait l'impression que ça remontait à des mois.

— Les rumeurs sont parfois plus convaincantes que les faits, fiston. Ne sous-estimez pas le pouvoir de l'esprit. Un serpent dans la tête en vaut deux dans les broussailles.

L'accent du terroir avait refait surface.

CHAPITRE 41

Le complice du diable

PEU AVANT ONZE HEURES CE MATIN-LÀ, Kyle s'installa devant l'ordinateur de son père, son imprimante et, armé d'un câble USB, il entreprit de transférer des fichiers PDF de son BlackBerry. Un camarade lui faisait parvenir ses notes de cours et les devoirs à faire, de sorte que la pression de ne pas être en ville lui pesait moins. Il avait également expliqué à son père qu'il pouvait s'acquitter de son boulot partiel via Internet, au moins temporairement.

À onze heures précises, Gurney et Kim partirent pour leur rendez-vous avec Getz, prévu à 12 h 30. Ils prirent la Mazda. Comme Kim conduisait, Gurney espérait avoir un peu de temps pour réfléchir à la manière d'attirer le Bon Berger à la cabane de Max Clinter. Avec un peu de chance, il arriverait peut-être même à faire un petit somme avant d'arriver à Ashokan.

Pour certains crimes, c'est en établissant le mobile que l'on démasquait le coupable. D'autres fois, l'inverse. On identifiait l'auteur, et seulement après on déterminait le mobile. Il n'avait pas assez de temps devant lui cette fois-ci pour s'atteler à l'une ou l'autre approche. Son seul espoir était que le meurtrier se dévoile de lui-même. Un défi quasi impossible. Comment piéger un homme ayant un œil de lynx pour repérer les pièges ?

À mi-chemin d'Ashokan, sur la Route 28, il finit par sombrer dans un sommeil dont il avait désespérément besoin. Kim le réveilla vingt-cinq minutes plus tard aux abords de Falcon's Nest Lane, à deux kilomètres de chez Getz.

— Dave ?

— Oui ?

— Que faut-il que je fasse, à votre avis ? demanda-t-elle en regardant droit devant elle.

— C'est la grande question, répondit-il évasivement. Avez-vous un plan B si vous décidez de laisser tomber RAM News ?

— Pourquoi me faudrait-il un plan B ?

Avant qu'il ait le temps de trouver une réponse, ils arrivèrent devant l'imposante entrée de la propriété de Getz. Kim roula entre les piliers en pierre, dans le tunnel de rhododendrons qui conduisait à la maison.

En sortant de la voiture, ils furent accueillis par le grondement assourdissant d'un hélicoptère. Le bruit s'accrut encore tandis qu'ils en cherchaient la source parmi les cimes des arbres. L'appareil ne tarda pas à se rapprocher, à tel point que Gurney en sentait les vibrations. Il demeura hors de son champ de vision derrière la maison, jusqu'au moment où il fut sur le point de se poser. Pris un bref instant dans le souffle des rotors, les cheveux de Kim voltigèrent autour de son visage.

Dès que le calme fut revenu, elle plongea la main dans son sac et en sortit une petite brosse à cheveux. Elle se repeigna, tirailla sur son blazer avant d'adresser un petit sourire à Gurney. Ils gravirent les marches en porte-à-faux jusqu'à la porte d'entrée. Gurney frappa.

Pas de réponse. Il fit une nouvelle tentative. Au bout d'une demi-minute environ, alors qu'il s'apprêtait à frapper une troisième fois, l'un des battants s'ouvrit.

Un vague sourire étirait les lèvres de Getz. Ses yeux aux paupières lourdes brillaient d'un éclat donnant l'impression qu'il était ivre. Il portait un jean et un tee-shirt noirs, comme lors de leur précédente visite, mais une veste de sport couleur lavande avait remplacé celle en lin blanc.

— Bonjour. Ça fait plaisir de vous voir ! Vous êtes à l'heure. C'est bien. Entrez, entrez !

L'intérieur moderne avec son mobilier en métal et en verre n'avait pas changé. Comme mû par une énergie nerveuse, Getz claquait frénétiquement des doigts. Il désigna la table ovale en plexiglas et les chaises où ils avaient pris place lors de leur premier entretien.

— Installez-vous. C'est l'heure de boire un verre. J'adore les hélicoptères. C'est ma passion. RAM en a toute une flotte à sa disposition. C'est bien connu. Les Ramcoptères. À chaque événement important, un de nos appareils est toujours sur place avant tout le monde. Si c'est un scoop, on en envoie deux. Personne d'autre n'a les moyens d'en faire autant. C'est notre fierté. Mais chaque fois que je vole, je crève de soif à l'atterrissage. Vous prenez quelque chose avec moi ?

Avant que ses invités aient le temps de répondre, Getz posa deux doigts sur ses lèvres et siffla – un son strident qui, dehors, aurait été audible à cinq cents mètres. Presque aussitôt, la patineuse entra dans la pièce par une porte au fond. Gurney reconnut les rollers, le justaucorps noir étiré sur cette silhouette splendide, la chevelure aux épis d'un bleu intense, les yeux d'un bleu aussi choquant que les cheveux.

— Vous avez déjà bu de la Stoli Elit ? demanda Getz.

— Je prendrai juste un verre d'eau, si c'est possible, répondit Kim.

— Et vous, inspecteur Gurney ?

— De l'eau.

— Dommage. La Stoli Elit, c'est très spécial. Ça coûte une fortune. (Il se tourna vers la patineuse.) Claudia, mon cœur, apporte-m'en un verre. Sans glace.

Il brandit trois doigts à l'horizontale pour lui montrer quelle quantité il voulait.

Elle pivota sur la pointe de ses patins et se glissa hors de la pièce par la même porte.

— Nous sommes au complet. Asseyons-nous et causons.

Getz désigna à nouveau les chaises. Kim et Gurney s'installèrent d'un côté de la table, leur hôte en face.

Claudia réapparut et posa un verre devant Getz. Il but quelques gorgées d'un liquide clair et sourit.

— Parfait.

La fille jeta un regard curieux dans la direction de Gurney avant de disparaître à nouveau par où elle était venue.

— Bon, fit Getz, venons-en à nos affaires. (Son regard étincelant se posa sur Kim.) Je sais que vous avez des choses à me dire, ma mignonne. Réglons ça d'abord. Allez-y, je vous écoute.

Kim sembla perdue l'espace d'un instant, puis elle se lança :

— Je ne sais pas quoi dire, si ce n'est que je suis horrifiée. Horrifiée de ce qui s'est passé. Je me sens responsable. Ces gens qui ont été assassinés, c'est à cause de moi. Des *Orphelins du meurtre*. Il faut que ça s'arrête. Tout de suite.

Getz la dévisagea.

— C'est tout ?

Il paraissait déconcerté, comme s'il auditionnait une actrice devenue muette après sa première réplique.

— Ça, et le ton de l'émission. Ce n'est pas ce que j'attendais. La façon dont les séquences ont été coupées, cette entrée en matière grotesque sur une route de campagne dans le noir, ces soi-disant experts à qui on demande leur opinion. Pour tout vous dire, j'ai trouvé ça nul.

— Nul ?

— En résumé, je veux qu'on annule la série.

— Qu'on annule la série ? C'est plutôt drôle.

— *Drôle ?*

— Oui. Drôle. Vous êtes sûre que vous ne voulez pas boire quelque chose ?

— J'ai demandé de l'eau.

— C'est vrai, c'est ce que vous avez demandé. (En souriant, il pointa son index sur elle comme s'il s'agissait du canon d'une arme à feu. Puis il attrapa sa vodka et l'engloutit en deux longues gorgées.) Bon, mettons certains faits sur la table. Un petit détail administratif, pour commencer. Vous devriez relire votre contrat, ma chère, afin d'avoir une compréhension plus nette des fondements – à savoir qui possède quoi, qui prend les décisions, qui a le droit d'annuler ou pas, etc. Mais ce n'est pas le moment de s'enliser dans des considérations juridiques. Nous avons des questions plus importantes à régler. Laissez-moi vous donner quelques informations à propos de notre chaîne…

— Seriez-vous en train de me dire que vous refusez d'annuler l'émission ?

— Laissez-moi terminer, s'il vous plaît. Permettez-moi de vous préciser le contexte. Sans cela, nous n'arriverons pas à prendre les bonnes décisions. Je vous disais qu'il y a un certain nombre de choses à propos de RAM que vous ignorez sans doute. Par exemple que nous diffusons plus d'émissions phares que n'importe quelle autre chaîne câblée ou du réseau public. Nous avons le plus haut…

— Ça m'est égal.

— Laissez-moi parler, je vous en prie. Ces données vous ont probablement échappé. Nous avons les meilleurs audimats. Chaque année, ils s'améliorent. Notre société mère est la plus grosse entreprise médiatique au monde, et nous sommes le département le plus rentable. L'année prochaine, nous ferons encore mieux.

— Je ne vois pas le rapport.

— S'il vous plaît, écoutez-moi. Nous comprenons la programmation. Le public. Vous voulez qu'on résume ? En résumé, nous savons ce que nous faisons, et nous le faisons mieux que quiconque. Vous aviez une idée d'émission. Nous l'avons changée en or. L'alchimie des médias. C'est ça notre business. On change les idées en or. C'est clair ?

Penchée en avant, Kim haussa le ton :

— Ce qui est clair dans mon esprit, c'est que des gens sont morts à cause de cette émission.

— Combien ?

— Pardon ?

— Savez-vous combien de gens meurent sur cette planète chaque jour ? Combien de millions ?

Kim le dévisagea, bouche bée.

Gurney en profita pour demander d'un ton désinvolte :

— Les nouveaux meurtres vont-ils donner un coup de pouce à l'audimat ?

Getz lui décocha un autre sourire.

— Vous voulez la vérité ? L'audimat va grimper en flèche. Nous avons besoin d'émissions d'infos spéciales, de débats sur le port d'armes, voire d'une série qui s'en inspire. Vous vous souvenez du programme que je vous ai proposé d'animer ? *Que justice soit faite* ? Une analyse sans complaisance d'affaires non élucidées ? Ça pourrait faire un tabac. C'est toujours à l'ordre du jour, inspecteur. *Les Orphelins du meurtre* risque de nous mener loin. L'alchimie des médias.

Kim serrait les poings.

— C'est atroce… ce que vous dites là.

— Vous savez ce que c'est, ma mignonne ? La nature humaine.

Les yeux de Kim brillaient.

— Pour moi, ça ressemble plus à de la haine, de la cupidité.

— Comme je viens de vous le dire, la nature humaine.

— Rien à voir avec la nature humaine. C'est immonde.

— Laissez-moi vous dire une chose. L'animal humain n'est qu'un primate parmi d'autres. Peut-être même le plus laid et le plus stupide. C'est la vérité. Je suis réaliste. Ce n'est pas moi qui ai créé ce foutu zoo. J'en vis, c'est tout. Vous savez en quoi consiste mon travail ? À nourrir les bêtes.

Kim se leva.

— C'est bon. Je m'en vais.

— Vous allez rater un bon déjeuner de sushis.

— Je n'ai pas faim. Il faut que je parte. Tout de suite.

Elle se dirigeait déjà vers l'entrée. Gurney se leva à son tour, sans faire le moindre commentaire, et lui emboîta le pas. Getz n'avait pas bronché.

Alors qu'ils approchaient de la porte, il leur cria :

— Avant que vous ne partiez, j'aimerais vous demander un truc. Nous cherchons un nouveau slogan. On a réduit le choix à deux options. Le premier, c'est « RAM News : l'esprit et le cœur de la liberté ». L'autre : « RAM News : Rien que la vérité. » Lequel préférez-vous ?

Kim ouvrit la porte en secouant la tête et se rua dehors.

Gurney se retourna vers l'homme toujours assis à la table en plexiglas.

Il était en train d'ôter des peluches invisibles de sa veste bleu lavande.

CHAPITRE 42

Des chances minimes

EN DESCENDANT LA ROUTE EN ÉPINGLE À CHEVEUX qui reliait la propriété de Getz, au sommet d'une colline, à la route principale à travers une forêt de pins, Kim conduisit assez brusquement pour détourner Gurney de ses pensées relatives au producteur de RAM News et à ses sordides ambitions médiatiques.

La deuxième fois que la voiture mordit sur l'accotement, il proposa de prendre le volant. Kim refusa mais ralentit.

— Je n'arrive pas à y croire ! s'exclama-t-elle en secouant la tête. J'ai essayé de créer quelque chose de bien. De sincère. Et regardez ce que c'est devenu. Quel horrible gâchis ! Seigneur, ce que j'ai pu être bête ! Quelle naïveté ! C'est ridicule !

Gurney se tourna vers elle. Le blazer bleu classique, la sobriété de son chemisier blanc, sa coupe de cheveux presque sévère concouraient à donner l'impression d'une enfant affublée d'une tenue d'adulte.

— Qu'est-ce que je vais faire ? (Elle avait posé la question d'une voix si ténue qu'il l'entendit à peine.) Imaginez que le Bon Berger continue à tuer des gens. Cette mise en garde – « Ne réveillez pas le diable qui dort » – m'était destinée ! Je l'ai ignorée. Je suis responsable de tous ces meurtres. Comment empêcher Getz de continuer cette série abominable ?

— Je doute qu'on puisse l'arrêter.

— Oh mon Dieu…

— En revanche, je crois avoir trouvé un moyen de coincer le Bon Berger.

— Comment ?

— Ça risque de ne pas être facile.

— Mieux vaut ça que rien.

— Je vais peut-être avoir besoin de votre aide.

Elle se tourna vers lui.

— Je ferais n'importe quoi. Dites-moi. Quoi que ce soit, je...

La voiture dérivait rapidement vers la glissière de sécurité.

— Bon sang ! s'exclama Gurney. Regardez où vous allez.

— Désolée, désolée. Mais demandez-moi ce que vous voulez. Je le ferai.

Il hésitait à lui parler pendant qu'elle conduisait. Mais il ne pouvait pas se payer le luxe d'attendre. Le temps était la ressource qui lui faisait le plus défaut. Il espérait que ses doutes et ses craintes ne transparaîtraient pas, de peur que son plan lui paraisse aussi aléatoire qu'à Clinter.

— Tout repose sur deux convictions que j'ai acquises à propos du Bon Berger. D'abord, qu'il tuerait volontiers toute personne représentant une menace pour lui, dès lors qu'il pense pouvoir y arriver sans prendre de risques. Ensuite, qu'il a des raisons de considérer l'intérêt que je porte à cette affaire comme une menace.

— Comment comptez-vous vous y prendre ?

— Nous allons nous servir du dispositif d'écoute placé dans votre appartement pour lui permettre d'épier une conversation – laquelle lui fera entrevoir une opportunité qu'il jugera, je l'espère, irrésistible.

— Une opportunité de vous tuer ?

— Oui.

— Vous pensez que c'est le Bon Berger qui m'espionnait ? Pas Robby ?

— Ça pourrait être Robby, mais je parierais plutôt pour le Bon Berger.

À l'évidence cette hypothèse la troubla, mais elle hocha bravement la tête.

— OK. Qu'est-ce que vous voulez qu'on dise ?

— Il faut lui laisser entendre que je serai dans un endroit isolé, dans une position de grande vulnérabilité. Qu'il s'imagine que cette situation lui offre une occasion unique de liquider Max Clinter et moi-même – qu'il *doit* nous tuer, et qu'il n'aura jamais de meilleure opportunité de le faire.

— On va dans mon appartement et vous me confiez des choses avec l'espoir qu'il nous écoute, c'est ça ?

— Ou qu'il écoutera plus tard. Je suppose qu'il enregistre vos conversations par le biais d'un dispositif de commande vocale qu'il vérifie probablement une ou deux fois par jour. Quant à ces « confidences », je vais devoir vous les révéler d'une façon subtile. Il va falloir inventer une histoire, un ressort émotionnel, une raison pour expliquer notre présence dans l'appartement, une tension quelconque. Il faut qu'il soit convaincu d'avoir recueilli des informations qui n'étaient pas censées parvenir à ses oreilles.

Lorsqu'ils arrivèrent à la ferme un peu après trois heures, Kyle était assis devant l'ordinateur dans le salon, entouré de sorties imprimées, d'un BlackBerry, d'un iPhone et d'un iPad. Il les salua sans détourner les yeux de l'écran, où s'affichait une sorte de tableur.

— Salut. Ça s'est bien passé ? J'arrive tout de suite. Le temps de fermer tout ça.

Aucun signe de Madeleine qui devait être encore à la clinique. Pendant que Kim allait enfiler une tenue plus confortable, Gurney vérifia le répondeur. Pas de messages. Il alla aux toilettes puis se rendit à la cuisine. Se souvenant qu'il avait sauté le déjeuner, il ouvrit le réfrigérateur.

Quand Kim redescendit quelques minutes plus tard, il contemplait toujours les rayonnages sans rien voir. Il pensait à autre chose – cherchant à agencer mentalement les éléments de la scène que Kim et lui allaient jouer ce soir-là, dont tant de choses dépendaient.

L'arrivée de la jeune femme, en jean et chemisier ample, le ramena au présent.

— Vous voulez manger quelque chose ?

— Non, merci.

Kyle pénétra dans la pièce derrière elle.

— Vous êtes au courant, j'imagine.

Les traits de Kim se figèrent.

— De quoi ?

— Il y a eu un nouveau meurtre. La femme d'une autre personne que tu as interviewée. Lila Sterne.

— Oh mon Dieu, non !

Kim se cramponna au rebord du plan de travail.

— Tu l'as appris par la radio ? demanda Gurney.

— J'ai vu ça sur Internet. Google News.

— Que disaient-ils exactement ?

— Juste qu'elle a été poignardée avec un pic à glace la nuit dernière. « *La police se trouve sur les lieux. L'enquête est en cours. Le monstre court toujours.* » Beaucoup de mélodrame, peu de faits précis.

— Et merde ! marmonna Gurney.

La situation devenait de plus en plus insensée, de moins en moins concevable à mesure que le temps passait.

Kim semblait perdue.

Gurney s'approcha d'elle et la prit dans ses bras. Elle s'agrippa à lui avec une ardeur qui le surprit. Quand elle le lâcha, elle poussa un gros soupir, recula de quelques pas.

— Ça va, dit-elle, en réponse à sa question tacite.

— Tant mieux parce que, tout à l'heure, il va falloir qu'on soit efficaces tous les deux.

— Je sais.

Kyle fronça les sourcils.

— Efficaces ? Pour quoi ?

Gurney lui expliqua aussi posément que possible son objectif et la façon dont il comptait tirer profit du dispositif d'écoute dissimulé dans l'appartement de Kim, conscient qu'il s'efforçait de présenter un plan plus cohérent qu'il ne l'était en réalité dans son esprit. Qui essayait-il de convaincre ? Kyle ou lui-même ?

— Ce soir ? s'exclama son fils, incrédule. Vous avez l'intention de faire ça ce soir ?

— En fait, reprit Gurney, sentant à nouveau la terrible pression du temps, on devrait mettre le cap sur Syracuse le plus vite possible.

Kyle avait l'air très inquiet.

— Êtes-vous… prêts ? C'est énorme. As-tu la moindre idée de ce que tu as l'intention de dire – ce que tu voudrais que le Bon Berger entende ?

Gurney tenta à nouveau de prendre un ton rassurant.

— Voilà ce que je propose – et je reconnais qu'on va devoir passablement improviser. On débarque chez Kim au milieu d'une conversation relative à notre entrevue avec Rudy Getz aujourd'hui. Kim me dit qu'elle veut mettre un terme à la série d'émissions parce qu'elle redoute que le Bon Berger fasse d'autres victimes, elle y compris. Je lui rétorque qu'elle devrait continuer, qu'elle ne peut pas le laisser contrôler la situation comme ça.

— Attends une minute, intervint Kyle. Pourquoi réagirais-tu ainsi ?

— Je veux qu'il voie en moi la principale menace. Et non pas Kim. Qu'il ait la conviction qu'elle souhaite annuler le programme et que c'est moi l'obstacle – mon orgueil, ma détermination à ne pas reculer d'un pas, à gagner la bataille.

— C'est tout ? C'est ça, le plan ?

— Non, ça ne s'arrête pas là. Pendant cette discussion, je reçois un coup de fil. Censément de Max Clinter. Toute personne épiant mon côté de la conversation téléphonique – les micros ne pourront pas en capter davantage – aura l'impression que Max a une nouvelle information désignant le Bon Berger. Cadrant avec certains faits que j'aurais découverts moi-même. Notre « espion » en déduira que Max et moi sommes assez sûrs de connaître son identité, et que nous devons nous retrouver à sa cabane demain soir, afin de confronter nos points de vue et planifier les étapes suivantes.

Kyle garda le silence un long moment.

— Alors l'idée est qu'il… quoi ? Qu'il aille à la cabane de Clinter… pour… te tuer ?

— Si je m'y prends bien, il y verra un moyen peu risqué d'éliminer un danger majeur.

— Et vous… (Le regard de Kyle passa de son père à Kim.) Vous avez l'intention… d'improviser au fur et à mesure ?

— Il n'y a pas d'autre solution. (Gurney leva les yeux vers la pendule.) On ferait mieux de se mettre en route.

Kim avait l'air épouvantée.

— Je vais chercher mon sac, bredouilla-t-elle.

Dès qu'il l'entendit monter, Gurney se tourna vers son fils.

— Je voudrais te montrer quelque chose. (Il l'entraîna dans sa chambre et ouvrit le tiroir du bas de sa commode.) Je ne sais pas à quelle heure je serai de retour ce soir. Au cas où il se produirait un imprévu… une visite indésirable… je veux que tu saches que c'est là.

Kyle baissa les yeux sur le tiroir, qui contenait un fusil de chasse calibre .12 à canon court et une boîte de cartouches.

CHAPITRE 43

Le Bon Berger à l'écoute

GURNEY ET KIM PARTIRENT À SYRACUSE dans leur véhicule respectif. Compte tenu des multiples aléas, mieux valait s'assurer un maximum de souplesse.

Avant d'entrer dans la maison délabrée que l'appartement de Kim occupait pour moitié, Gurney lui exposa rapidement son plan une dernière fois.

— Quels que soient les propos que je tiens, conclut-il, réagissez comme si vous en étiez convaincue. Restez vous-même, et aussi décontractée que possible. Contentez-vous de me donner la réplique. Ça va aller ?

— Je suppose que oui. C'est tout ?

— Une dernière chose. Gardez votre portable à portée de main. À un moment donné, je vous ferai signe pour que vous m'appeliez. Mon téléphone sonnera, après quoi j'aurai une conversation fictive avec Clinter. J'inventerai au fur et à mesure. Jouez votre propre rôle. Ça s'arrête là.

Il lui sourit en faisant un clin d'œil, ce qu'il regretta aussitôt, gêné par cette bravade de façade.

Kim avala péniblement sa salive, ouvrit la porte donnant sur le minuscule hall d'entrée, puis déverrouilla la porte de son appartement. Elle précéda Gurney dans l'étroit couloir qui conduisait au salon. Il considéra tour à tour le canapé futon, la table basse bon marché, les deux fauteuils usés munis chacun d'un lampadaire un peu branlant. Rien n'avait changé depuis sa dernière visite, jusqu'au tapis couleur poussière, effiloché au milieu.

— Asseyez-vous, Dave, je vous en prie. Je reviens dans une minute, dit-elle d'une voix parfaitement naturelle.

Elle s'engouffra dans la salle de bains en fermant bruyamment la porte. Gurney arpenta la pièce, se moucha, se racla la gorge une ou deux fois avant de s'asseoir sur le canapé. Kim revint quelques minutes plus tard. Ils posèrent tous les deux leurs portables sur la table.

— Puis-je vous offrir quelque chose à boire ?

— Volontiers. Que me proposez-vous ?

— Ce que vous voulez.

— Euh, un jus de fruits peut-être. Si vous en avez.

— Je dois avoir ça. Je reviens tout de suite.

Elle se rendit dans la cuisine. Gurney l'entendit heurter des verres l'un contre l'autre, faire couler l'eau du robinet.

Elle réapparut avec deux verres à eau vides, lui en tendit un et trinqua avec lui en lançant : « À la vôtre. » Puis elle s'assit sur le canapé et se mit en biais pour lui faire face.

— Santé. Je vois que vous buvez du vin. Pour vous aider à surmonter cette histoire avec RAM News, j'imagine.

Elle poussa un long soupir.

— Un vrai cauchemar.

Gurney s'éclaircit la voix.

— La télévision, c'est comme ça, il faut croire.

— Je devrais m'estimer heureuse de travailler avec cette ordure de Rudy, vous voulez dire ?

— Non, répondit Gurney, mais vous devez penser à votre avenir.

— Je ne suis pas sûre que ce genre d'avenir soit à mon goût. Êtes-vous intéressé par la proposition que Getz vous a faite d'animer votre propre émission ?

— Jamais de la vie ! répondit Dave. (Il toussa, se racla à nouveau la gorge.) Puis-je avoir un autre verre ? ajouta-t-il en pointant le doigt vers le portable de Kim.

Elle hocha la tête en s'en emparant.

— Vous avez *vraiment* soif. (Elle se leva brusquement en assénant un petit coup à son verre au passage, le renversant.) Flûte ! J'en ai mis partout !

Elle sortit de la pièce d'un pas bruyant.

Le verre était vide, elle n'avait rien renversé, mais leur espion éventuel s'imaginerait un de ces instants un peu gênants qui arrivent dans la vie. Gurney sourit. La jeune Kim avait un vrai talent de comédienne.

Son portable sonna. Il décrocha.

— Max ? Pas de problème. Allez-y. Comment ça ?... Pourquoi me posez-vous la question ? Comment ?... Vous êtes sérieux ?... Oui, oui, bien sûr... Entendu... Non, non, le message Facebook était un faux... Ah, tant mieux... Vous en êtes sûr ?... Écoutez, ce que vous me dites semble parfaitement logique, mais il faut qu'on soit sûrs de cette identification. Sûrs à cent pour cent, je veux dire. Qu'il ne subsiste aucun doute... C'est absolument incroyable, mais, bon Dieu, je crois que vous avez raison... D'accord... Quand ?... Oui, j'apporterai tout ce que j'ai... Entendu... Oui... Soyez très prudent... À minuit demain soir... Parfait !

Gurney posa son téléphone sur la table en murmurant :

— Ça y est ! On le tient !

Kim réapparut.

— Voilà votre verre, dit-elle comme si elle le lui tendait. Qui était-ce ? Vous avez l'air remonté !

— Max Clinter. Il semble que le Bon Berger ait finalement commis des erreurs. Chez Ruth Blum, ainsi qu'à l'atelier de carrosserie au bout de la rue. Celles-là, je les avais déjà repérées, mais Max vient de faire une autre découverte et... nous savons enfin à qui nous avons affaire.

— Oh mon Dieu ! Vous avez identifié le Bon Berger ?

— Oui. Enfin, disons que j'en suis sûr à 90 %. Je veux l'être à 100 %. C'est trop important pour qu'on puisse laisser quoi que ce soit au hasard.

— De qui s'agit-il ? Dites-le-moi.

— Pas tout de suite.

— Comment ça, *pas tout de suite* ?

— Je ne peux pas prendre le risque de me tromper. Il y a beaucoup trop de choses en jeu. J'ai rendez-vous avec Clinter demain soir à sa cabane. Il veut me montrer quelque chose. Si ça correspond avec ce que j'ai, la boucle devrait être bouclée. Et le sort du Bon Berger sera scellé.

— Pourquoi faut-il que vous attendiez jusqu'à demain ? Pourquoi pas maintenant ?

— Clinter est resté à l'écart de la région depuis qu'il a reçu un texto du Bon Berger l'incitant à rôder dans le voisinage de Ruth, à Aurora. Il a la trouille. Il évite même le comté de Cayuga de jour. Il m'a dit qu'il ne pouvait pas aller à sa cabane avant demain soir minuit.

— Je n'en reviens pas. Vous savez qui est le Bon Berger et vous refusez de me le dire !

Elle paraissait effrayée, presque pitoyable.

— C'est plus sûr comme ça. (Gurney attendit quelques secondes, comme s'il ruminait quelque chose.) Je pense que vous devriez prendre une chambre dans un hôtel. Faire profil bas. Pourquoi ne pas préparer votre sac tout de suite ? Après quoi, on y va.

CHAPITRE 44

Évaluation

Ils n'échangèrent pas un mot jusqu'au parking du Marriott, sur la voie de service de la Route 88.

Il était presque sept heures et demie et, en cette fin mars, la nuit tombait déjà. L'éclairage blafard du parking s'était allumé, créant une atmosphère se situant quelque part entre l'obscurité et la lumière du jour – du moins la lumière du jour sur une planète dont le soleil serait d'un bleu glacial et toutes les couleurs ternes et froides.

Kim avait rejoint Gurney dans l'Outback pour discuter de leur « improvisation » et de son impact potentiel sur leur espion présumé. Elle prit la parole la première, soulevant une question pratique.

— Vous pensez qu'il va mordre à l'hameçon ?

— A priori, oui. Il a sûrement des soupçons. C'est le genre d'individu qui doit se méfier de tout. Il va être obligé de faire quelque chose, et pour ça, il faut qu'il se pointe. Selon le scénario que nous avons défini, il prend plus de risques en restant inactif qu'en intervenant. Il le comprendra. On ne fait pas plus logique que lui.

— Vous pensez qu'on s'en est bien tirés, alors ?

— Mieux que ça. Vous étiez parfaitement vous-même. À présent écoutez-moi. Passez la nuit à l'hôtel. N'ouvrez à personne. Sous aucun prétexte. Si quelqu'un essaie de vous persuader de le faire, appelez immédiatement la sécurité. D'accord ? Téléphonez-moi de bonne heure demain matin.

— Serons-nous à nouveau en sécurité un jour ?

Gurney sourit.

— Je pense que oui. Après-demain, j'espère, nous ne courrons plus aucun risque.

Kim se mordait la lèvre.

— Comment comptez-vous vous y prendre exactement ?

Gurney s'adossa à son siège, laissant son regard errer sur le parking sinistre.

— Mon plan consiste à inciter le Bon Berger à intervenir et à se condamner lui-même. Mais ça, c'est pour demain. Ce soir, je rentre chez moi, je me couche et je récupère le sommeil qui me fait cruellement défaut depuis deux jours.

Kim hocha la tête.

— D'accord. (Elle marqua un temps d'arrêt.) Bon, je ferais mieux d'aller prendre une chambre.

Elle attrapa son sac, sortit de la voiture et se dirigea vers l'hôtel.

Après l'avoir suivie des yeux jusqu'à la réception, Gurney sortit de la voiture à son tour, gagna l'arrière, s'allongea à terre et tendit la main sous le châssis. Il parvint sans difficulté à retirer le dispositif de localisation fixé sur le support du pare-chocs. Après s'être réinstallé au volant, il ouvrit le boîtier à l'aide d'un petit tournevis et débrancha la batterie.

À partir de cet instant jusqu'à l'affrontement final, il tenait à garder sa position secrète.

CHAPITRE 45

Le disciple du Diable

LE SEIGNEUR DONNE ET LE SEIGNEUR REPREND.

Cette nuit-là, Gurney eut droit à sept heures précieuses de sommeil ininterrompues. Le lendemain matin, toutefois, il se réveilla en proie à une sensation de terreur – une peur noire, sans nom, qui ne fut que partiellement apaisée lorsqu'une fois douché, habillé, il s'équipa de son Beretta.

À 8 heures, planté devant la fenêtre de la cuisine, il regardait le disque blanc et froid du soleil voilé par la brume matinale. Ayant bu la moitié de sa première tasse de café, il attendait qu'elle fasse son effet. Assise devant un bol de flocons d'avoine et un toast à la table de petit déjeuner, Madeleine lisait *Guerre et Paix*.

— Tu es restée debout toute la nuit à lire ? demanda-t-il.

— Comment ? fit-elle en clignant des yeux, visiblement troublée et un peu agacée.

Il secoua la tête.

— Laisse tomber. Désolé.

C'était une tentative d'humour, mal avisée – pas vraiment de l'humour en fait –, inspirée du souvenir qu'il avait d'elle, assise à la même table avec le même livre la veille au soir, quand il était rentré de Syracuse. Il était monté se coucher aussitôt, se bornant à lui faire un résumé édulcoré de la comédie que Kim et lui avaient jouée.

Il finit son café. Pendant qu'il se resservait, Madeleine ferma son livre et le poussa vers le centre de la table.

— Tu ne devrais peut-être pas en boire autant, remarqua-t-elle.

— Tu as sans doute raison.

Il remplit néanmoins sa tasse, mais en une étrange concession à l'inquiétude qu'elle venait de manifester, il n'ajouta qu'un seul sachet de saccharine au lieu de ses deux habituels.

Elle continua à l'observer. Il sentit que le tourment qui se lisait sur son visage allait nettement au-delà de sa consommation de caféine.

Après avoir éteint la cafetière, il retourna près de la fenêtre.

— Puis-je faire quelque chose pour toi ? demanda-t-elle d'une voix douce.

Cette question eut un curieux effet sur lui. Elle semblait inclure des tas de choses, malgré sa simplicité.

— Je ne pense pas.

Sa réponse lui parut banale, inadéquate.

— Bon. Dis-moi si une idée te vient à l'esprit, ajouta-t-elle du même ton posé.

Il se sentit d'autant plus inapte et tenta d'alléger son humeur en changeant de sujet.

— Quel est ton programme aujourd'hui ?

— Je vais à la clinique, naturellement. Je ne serai peut-être pas là pour le dîner. Je risque d'aller chez Betty après le travail. (Elle marqua une pause.) Ça ne te dérange pas trop ?

C'était une question qu'elle posait souvent, dans des contextes divers. Qu'il s'agisse d'aller quelque part, de planter quelque chose dans le jardin ou du choix d'une recette. Pour Dieu sait quelle raison, il la trouvait toujours agaçante et répondait invariablement de la même manière.

— Pas du tout. Aucun problème.

Cet échange était généralement suivi d'un silence, comme maintenant.

Madeleine tendit la main vers son livre et le rouvrit.

Gurney emporta son café dans le salon et s'installa à la table en réfléchissant aux aspects hasardeux de la situation dans laquelle il allait se fourrer ce soir-là à la cabane de Max Clinter, seul, et sans réelle préparation.

Soudain, une pensée surgit de nulle part. Une nouvelle inquiétude. Abandonnant sa tasse dans le salon, il sortit et se dirigea vers la voiture de Madeleine.

Il revint vingt minutes plus tard, satisfait que sa crainte eût été sans fondement. Il n'avait trouvé aucun système électronique indésirable sous le châssis.

— Quel était le but de cette petite excursion ? demanda Madeleine en lui jetant un coup d'œil par-dessus son livre alors qu'il traversait la cuisine pour regagner le salon.

Estimant qu'il n'avait pas d'autre solution que de lui dire la vérité, il lui expliqua ce qu'il cherchait, et pourquoi – lui révélant au passage les découvertes qu'il avait faites sur le véhicule de Kim et le sien.

— Qui a fait ça, d'après toi ? demanda-t-elle, les commissures des lèvres crispées bien que d'une voix égale.

— Ma foi, je l'ignore.

C'était la vérité, mais cette réponse était pour le moins évasive, il en était bien conscient.

— Ce Meese ? suggéra-t-elle d'un ton presque empreint d'espoir.

— Peut-être.

— Ou bien la personne qui a mis le feu à notre grange ? Et piégé l'escalier de Kim ?

— Possible.

— Ou alors le Bon Berger en personne ?

— Possible aussi.

Elle prit une grande inspiration.

— Faut-il en conclure qu'il t'a suivi ?

— Pas nécessairement. Pas de près, en tout cas. Je m'en serais aperçu. Peut-être qu'il souhaite seulement savoir où je suis.

— Pourquoi voudrait-il le savoir ?

— Gestion des risques. Pour avoir une sensation de contrôle. Un désir naturel de connaître la localisation de l'ennemi à tout moment.

La bouche réduite à une mince fente, Madeleine ne l'avait pas quitté des yeux. Il était clair qu'elle entrevoyait un usage plus radical de ce genre d'informations.

Sur le point d'alléger un peu son inquiétude en lui expliquant qu'il avait débranché le GPS trouvé sur l'Outback, il se rendit compte que Madeleine ne manquerait pas de se demander pourquoi il n'en avait pas fait de même sur la Mazda.

La réponse était simple, en réalité. Si le Bon Berger pouvait penser que la version avec batterie s'était épuisée, il serait difficile de lui faire avaler que le système câblé était tombé en panne simultanément. Gurney répugnait à le dire à Madeleine, sachant qu'elle serait bouleversée à l'idée que le Bon Berger puisse continuer à traquer Kim ne serait-ce qu'un jour de plus. Il y avait une limite au nombre de conflits qu'il se sentait capable d'affronter à la fois. Un tri s'avérait indispensable.

— Alors, papa, vas-tu te décider à nous dire comment ça s'est passé ?

En entendant la voix de Kyle, il fit volte-face. Son fils entrait dans la cuisine, pieds nus, en jean et tee-shirt, les cheveux encore mouillés après sa douche.

— À peu près comme je vous l'ai expliqué hier soir.

— Tu n'as pas dit grand-chose hier soir.

— J'avais juste envie d'aller me coucher, je crois. Je n'en pouvais plus. Ça s'est plutôt bien passé. Pas d'anicroches. L'histoire que nous avons concoctée était plausible.

— Quelle est l'étape suivante ?

Gurney ne tenait pas à s'étendre sur la question en présence de Madeleine, de peur que toute cette affaire lui semble par trop risquée. Aussi répondit-il d'un ton aussi naturel que possible :

— En gros, je me rends sur place et j'attends qu'il tombe dans le piège.

Kyle paraissait sceptique.

— C'est tout ?

Gurney haussa les épaules. Madeleine avait interrompu sa lecture et l'observait à nouveau.

Kyle insista.

— Quelle a été la formule magique ?

— Pardon ?

— Qu'avez-vous dit exactement lors de votre… improvisation… qui va l'inciter à débarquer ?

— On a créé l'illusion que ce serait peut-être un moyen pour lui de se débarrasser de moi. Difficile de se souvenir avec précision…

Son portable sonna.

En jetant un coup d'œil au petit écran, il reconnut le numéro de Kim. Cette interruption tombait à pic, mais le répit ne dura que trois secondes.

Elle respirait par saccades.

— Kim ? Que se passe-t-il ?

— Mon Dieu… Mon Dieu…

— Kim ?

— Oui.

— Qu'est-ce qu'il y a ?

— Robby… est mort.

— Comment ?

— Il est mort.

— Robby Meese est mort ?

— Oui.

— Où ça ?

— Comment ?

— Pouvez-vous me dire où il se trouve ?

— Il est dans mon lit.

— Que s'est-il passé ?

— Je n'en sais rien.

— Comment s'est-il retrouvé dans votre lit ?

— Je n'en ai pas la moindre idée. Il est là, c'est tout. Que faut-il que je fasse ?

— Vous êtes chez vous ?

— Oui. Pouvez-vous venir ?

— Racontez-moi comment c'est arrivé.

— Je ne sais pas. Je suis venue ici ce matin de l'hôtel pour prendre quelques affaires. En entrant dans ma chambre…

— Kim ?

— Oui ?

— Vous êtes entrée dans la chambre…

— Il est là… sur mon lit.

— Comment savez-vous qu'il est mort ?

— Il était allongé sur le ventre. J'ai essayé de le retourner, de le réveiller. Le manche… de quelque chose… fait saillie de sa poitrine.

Gurney réfléchissait à toute vitesse. Les pièces du puzzle semblaient comme prises dans un tourbillon.

— Dave ?

— Oui, Kim ?

— Pourriez-vous venir ? Je vous en supplie.

— Écoutez-moi, Kim, il faut que vous appeliez police-secours. Sans perdre un instant.

— Vous voulez bien venir ?

— Ma présence n'aidera en rien, Kim. Vous devez appeler la police. Faites-le tout de suite. C'est le plus important. Vous comprenez ?

— Oui, mais j'aimerais que vous soyez là.

— Je sais. Je vais raccrocher maintenant, pour que vous puissiez appeler la police. Quand vous aurez rendu compte de la situation au policier de garde, rappelez-moi. Vous avez compris ?

— Oui.

En raccrochant, Gurney s'aperçut que Kyle et Madeleine avaient les yeux rivés sur lui. Cinq minutes plus tard, alors qu'il leur rapportait la teneur de sa conversation avec Kim de façon aussi détaillée que possible, celle-ci rappela.

— La police est en route, dit-elle d'une voix plus maîtrisée.

— Ça va ?

— Je crois que oui. Je ne sais pas très bien. J'ai trouvé un petit mot…

— Pardon ?

— Une lettre de suicide. De Robby. Sur mon ordinateur.

— Vous avez vérifié vos messages ?

— Elle était affichée sur l'écran. Sous mon nez. L'ordi était allumé.

— Vous êtes sûre que c'est une lettre de suicide ?

— Évidemment. Qu'est-ce que vous voulez que ce soit d'autre ?

— Que dit-elle ?

— C'est horrible.

— Que dit-elle ?

— Je ne veux pas la lire à haute voix. Je ne peux pas.

Elle paraissait à bout de souffle.

— Je vous en prie, Kim. Essayez de me la lire. C'est important.

— Vous y tenez vraiment ? C'est atroce.

— Essayez, s'il vous plaît.

— Bon d'accord. Je vais essayer.

Elle lut d'une voix tremblante :

— « La race humaine me dégoûte. La vie me dégoûte. Tu me dégoûtes. Gurney et toi ensemble, ça me débecte. La vie est immonde. J'espère qu'un jour tu verras la vérité et que ça te tuera. Telle est la dernière volonté de Robert Montague. » C'est tout. Que dois-je dire aux policiers quand ils arriveront ?

— Contentez-vous de répondre à leurs questions.

— Faut-il que je leur parle d'hier soir ?

— Répondez à leurs questions de manière concise, en toute sincérité. (Il s'interrompit, cherchant les mots justes.) Si j'étais vous, j'éviterais de leur fournir spontanément des informations qui ne feraient qu'embrouiller les choses.

— Puis-je leur dire que vous êtes venu ici ?

— Oui. Ils vont vouloir savoir si vous étiez chez vous, à quelle heure vous êtes rentrée, à quelle heure vous en êtes repartie, si quelqu'un vous accompagnait. Vous pouvez leur expliquer que nous sommes passés, que nous avons discuté du projet de RAM News. Je ne pense pas que ça serve à grand-chose de détourner leur attention avec des détails hors de propos relatifs à Max Clinter ou à sa cabane. Vous devez leur dire la vérité, vous ne pouvez pas mentir, mais vous n'êtes pas obligée de leur donner des précisions qu'on ne vous a pas demandées. Vous voyez ce que je veux dire ?

— Je crois. Faut-il que je leur précise que j'ai passé la nuit à l'hôtel ?

— Absolument. Ils vont vous demander où vous étiez et vous devrez répondre honnêtement. À votre place, si mon appartement avait été visité par un mystérieux intrus plusieurs fois de suite, je n'aurais aucune envie d'y dormir. Je me sentirais plus en sécurité dans un hôtel, à Walnut Crossing ou chez un ami à Manhattan. Au fait, êtes-vous sortie de l'hôtel à un moment ou à un autre dans la nuit ?

— Non. Bien sûr que non. Mais imaginez... (Gurney entendit des coups répétés en fond sonore). La police est là. Je ferais mieux d'y aller. Je vous rappelle plus tard.

Il resta planté au milieu de la pièce à essayer d'analyser méthodiquement les faits, les implications et les impératifs immédiats. Il avait l'impression qu'on venait de lui lancer une pastèque alors qu'il jonglait déjà avec une demi-douzaine d'oranges.

Une pastèque bourrée de nitroglycérine.

CHAPITRE 46

Pas d'autre issue

— Un suicide ? s'exclama Kyle.

— J'en doute fort, répondit Gurney. Pas son genre. Même dans le cas contraire, un homicide serait tout de même plus logique.

— Tu penses que les flics de Syracuse sont assez futés pour faire la lumière sur cette affaire ?

— Avec un petit coup de pouce, peut-être.

Gurney prit quelques secondes pour réfléchir aux options qui s'offraient à lui, puis il attrapa son portable et composa le numéro de Hardwick.

Celui-ci décrocha à la première sonnerie.

— Putain de heureux hasard ! fit-il de sa voix rauque.

— Je te demande pardon ?

— Je tendais la main vers mon bigophone pour t'appeler et te voilà. Ne me dis pas que ce n'est pas un foutu heureux hasard.

— Comme tu dis, Jack. Je t'appelle pour te donner un tuyau qui pourrait intéresser la BC, et il y a de fortes chances que tu sois le seul de la bande disposé à me parler.

— Ah ouais, eh bien, quand je t'aurai donné une certaine information, tu n'en auras peut-être plus rien à foutre que…

— Écoute-moi. Robby Meese est mort.

— Mort ? Mort dans le sens de zigouillé ?

— C'est ce que je dirais, même si on a essayé de faire passer ça pour un suicide.

— La Brigade n'est pas encore au parfum ?

— La police de Syracuse est au courant. Vous n'allez pas tarder à le savoir, vous aussi. Mais la question n'est pas là. J'ignore qui va se charger de l'enquête médico-légale, mais je veux m'assurer qu'ils examinent de près le clavier de l'ordinateur qui a servi à taper la prétendue lettre de suicide. Je suis prêt à parier que les traces sur les touches ressemblent à s'y méprendre à celles qui ont été relevées sur l'ordinateur de Ruth Blum.

Hardwick marqua une pause comme s'il s'efforçait de comprendre.

— Où est le corps ?

— Chez Kim Corazon.

Un autre silence, un peu plus long.

— Celui qui a laissé des marques de gants en latex sur le clavier de Blum a voulu taper un message de manière à préserver les empreintes déjà présentes sur les touches, pour faire croire que c'est elle qui avait écrit le message. C'est bien ça ?

— Exact.

— Tu vois ça comment, cette fois-ci ? Les empreintes de doigts sur le clavier seraient celles de Corazon et non de Meese. Comment pourrait-on avoir l'impression que c'est lui qui a écrit ce mot ?

— Le tueur aura demandé à Meese de taper quelque chose – un mail, Dieu sait quoi – avant de le tuer. Une fois les empreintes de Meese sur les touches, il aura enfilé des gants et rédigé le mot de suicide.

— Et qu'est-ce que tu veux que je fasse de cette méga-info ?

— Quand tu verras le rapport d'homicide du CJIS relatif à Meese qui, espérons-le, mentionnera le mot tapé sur l'ordinateur, il pourrait te venir à l'esprit – à cause du lien entre Kim Corazon et Ruth Blum – qu'il faudrait comparer les empreintes. Tu pourrais le mentionner au passage à Bullard, à Auburn. Ainsi qu'à l'inspecteur Schiff, à Syracuse.

— Tu ne veux pas t'en charger ?

— Je ne suis pas en odeur de sainteté en ce moment. Toute suggestion de ma part finira en bas de la pile, si tant est qu'elle se retrouve dans la pile.

Hardwick explosa en un accès de toux rauque. À moins que ce ne fût un éclat de rire.

— Tu n'as pas idée à quel point c'est vrai, mon vieux. C'est pour ça que j'étais sur le point de t'appeler. Le service des incendies criminels a décidé de te convoquer pour un interrogatoire. En qualité de suspect.

— Quand ça ?

— Demain matin, vraisemblablement. Peut-être même dès cet après-midi. J'ai pensé qu'il valait mieux t'avertir, au cas où tu préférerais ne pas être chez toi.

— D'accord, Jack. Merci. Je vais me tirer sans tarder. J'ai quelques dispositions à prendre avant.

— Surveille tes arrières, mon ami. Ça se corse.

Après avoir raccroché, Gurney resta figé au milieu de la pièce. Madeleine et Kyle n'avaient pas bougé de la table. Ce dernier le dévisageait, sidéré.

— C'est incroyable, cette histoire de gants sur le clavier. Wouah ! Comment as-tu deviné ?

— Ce n'est qu'une supposition. Je n'en suis pas sûr. J'ai un nouveau problème sur les bras en attendant. Ces imbéciles de Fédéraux font pression sur le service des incendies criminels pour qu'ils me questionnent au sujet de la grange.

Kyle paraissait sous le choc.

— Ce n'est pas ce que cet enfoiré de Kramden a fait quand il est venu ?

— Il a pris ma déposition en qualité de témoin. Ils veulent m'interroger en tant que suspect maintenant.

Madeleine semblait perplexe.

— Que suspect ? s'exclama Kyle. Ils ont perdu la tête ou quoi ?

— Ce n'est pas tout, poursuivit Gurney. Il se pourrait qu'une ou plusieurs unités des forces de l'ordre veuillent me cuisiner à propos de la mort de Robby Meese, dans la mesure où j'étais dans l'appartement de Kim hier soir. Il serait donc préférable que j'aille faire un tour ailleurs. Ce genre d'interrogatoire risque de durer un bout de temps, et j'ai un rendez-vous ce soir que je ne veux rater sous aucun prétexte.

Kyle avait l'air en colère, stressé, désemparé. Il gagna l'autre bout de la pièce et se planta devant le poêle refroidi en secouant la tête.

Le regard de Madeleine était rivé sur Gurney.

— Où comptes-tu aller ?

— À la cabane de Clinter.

— Et ce soir… ?

— Je fais le guet, j'observe, je dresse l'oreille. J'attends de voir qui se pointe. J'improviserai.

— Le calme avec lequel tu dis ça est proprement terrifiant.

— Pourquoi ?

— Cette façon de tout minimiser… alors que tant de choses sont en jeu.

— Je n'aime pas le mélodrame.

Il y eut un silence, ponctué par des croassements au loin. Dans le chaume de la prairie, trois corbeaux prirent leur envol en battant des ailes, décrivant un arc de cercle jusqu'au sommet des sapins de l'autre côté de l'étang.

Madeleine s'appliquait à respirer lentement.

— Et si le Bon Berger surgit avec une arme et te tire dessus ?

— Ne t'inquiète pas. Ça n'arrivera pas.

— Ne t'inquiète pas ? Tu me dis de ne pas m'inquiéter ? J'ai bien entendu ?

— Il y a sans doute beaucoup moins de souci à se faire que tu l'imagines.

— Comment le sais-tu ?

— S'il a écouté la conversation improvisée avec Kim, il m'a entendu dire que Max et moi devons nous retrouver à la cabane ce soir à minuit. Le plus judicieux pour lui serait de s'y rendre une ou deux heures avant nous, de choisir l'emplacement le plus approprié, de faire disparaître son véhicule, de se cacher et d'attendre. Je pense que cette situation le séduira. Il a l'habitude de tirer sur les gens la nuit dans des coins perdus. Il est même très doué pour ça. Cette opportunité lui semblera peu risquée et tout à fait gratifiante. L'isolement, l'obscurité lui sont familiers. Il trouvera ça encourageant. C'est sa zone de confort.

— Uniquement si son cerveau fonctionne comme tu penses qu'il fonctionne.

— On a affaire à un individu très rationnel.

— Rationnel ?

— À l'extrême – dépourvu d'empathie. C'est ce qui fait de lui un monstre, un psychopathe. Ça le rend facile à comprendre. Son esprit est une pure calculatrice des facteurs risques/bénéfices, et les calculatrices sont prévisibles.

Madeleine le regardait fixement comme s'il parlait une langue étrangère.

La voix hésitante de Kyle s'éleva de l'autre bout de la pièce où il était toujours immobile face au poêle.

— Tu prévois donc, en gros, de te pointer d'abord ? De manière à être là à l'attendre, plutôt que l'inverse ?

— Quelque chose comme ça. C'est assez simple, en réalité.

— Es-tu sûr de ton fait ?

— Suffisamment pour mettre mon projet à exécution.

C'était vrai en un sens, mais il aurait été plus honnête d'admettre que tout était relatif. Sa marge de manœuvre était désormais très limitée. Impossible de rester les bras croisés, et il ne voyait pas d'autre moyen de faire avancer les choses.

Madeleine se leva, porta son bol de flocons d'avoine froids et son toast à peine entamé dans l'évier. Le regard empli d'effroi, elle considéra le robinet un instant sans le toucher. Puis, relevant les yeux, un sourire crispé aux lèvres, elle murmura :

— Il a l'air de faire bon dehors. Je vais aller me promener.

— Tu ne travailles pas aujourd'hui ? demanda Gurney.

— On n'a pas besoin de moi à la clinique avant dix heures et demie. J'ai tout mon temps. Il fait trop beau pour rester à l'intérieur.

Elle alla dans la salle de bains et en ressortit deux minutes plus tard, parée d'un éventail de couleurs : un pantalon en laine lavande, une veste en nylon rose et un béret rouge.

— Je descends à l'étang, dit-elle. Je te verrai avant ton départ.

CHAPITRE 47

Le départ d'un ange

KYLE VINT S'ASSEOIR À LA TABLE PRÈS DE SON PÈRE.

— Ça va aller pour elle, tu crois ?

— Bien sûr. Évidemment elle est un peu... Je suis sûr que ça ira. Ça l'aide d'être en plein air. La marche lui fait du bien.

Kyle hocha la tête.

— Et moi, qu'est-ce que je fais ? demanda-t-il comme si c'était la question la plus importante qu'on puisse poser à un père.

Cette pensée fit sourire Gurney.

— Veille au grain. (Il marqua un temps d'arrêt.) Ton travail, ça va ? Et tes cours ?

— Internet, c'est magique !

— Tant mieux. Je m'en veux terriblement de t'avoir embarqué dans cette histoire... d'avoir provoqué un problème qui n'avait rien à faire dans ta vie... un danger. Ce n'est pas une chose qu'un père...

Il laissa sa phrase en suspens, porta son regard vers la porte-fenêtre pour voir si les corbeaux étaient toujours perchés en haut des sapins.

— Tu n'es pas la cause de ce danger, papa. Tu es en train de le régler.

— Oui. Bon... Je ferais bien de me préparer. Je ne tiens pas à me retrouver coincé par cette stupide histoire d'incendie criminel alors qu'il faut impérativement que je sois ailleurs.

— Que veux-tu que je fasse ?

— Comme je te l'ai dit, sois vigilant. Et tu sais… où se trouve le…

Gurney esquissa un geste dans la direction de sa chambre.

— Le fusil. Ouais. Pas de problème.

— Avec un peu de chance, tout sera rentré dans l'ordre d'ici demain matin.

Sur ce, bien que cette réponse sonnât plus creux qu'il ne l'aurait souhaité, Gurney quitta la pièce.

Il n'avait pas tant de choses à faire que ça avant de se mettre en route. Il s'assura que son portable était chargé, que son Beretta fonctionnait, que son étui de cheville était bien ajusté. Puis il alla dans son bureau chercher le dossier que Kim lui avait remis lors de leur première rencontre. Il y joignit les imprimés des rapports envoyés par Hardwick via Internet. Il avait plusieurs heures devant lui avant une éventuelle confrontation. Il comptait mettre ce temps à profit pour revoir tous les documents en sa possession.

À son retour dans la cuisine, il trouva Kyle debout près de la table, manifestement trop angoissé pour s'asseoir.

— Bon, fiston, il est temps que je parte.

— D'accord. On se voit plus tard. Dans la nuit.

Il leva la main en un geste qui se voulait désinvolte – entre un signe et un salut militaire.

— OK. À ce soir.

Gurney sortit rapidement, attrapa sa veste au vol dans le cellier. Il eut à peine conscience de descendre le sentier au volant de sa voiture jusqu'à ce qu'il atteigne l'endroit voisin de l'étang où le pré rejoignait la route. À cet instant, il aperçut Madeleine.

Les yeux clos, le visage levé vers le ciel, elle se tenait près d'un grand bouleau sur la rive en pente de l'étang. Il s'arrêta, sortit de sa voiture et se dirigea vers elle. Il voulait lui dire au revoir, lui assurer qu'il serait là avant le lendemain matin.

Elle ouvrit lentement les yeux et lui sourit.

— N'est-ce pas extraordinaire ?

— Quoi donc ?

— L'air.

— Oh. Oui, très agréable. J'étais sur le point de partir et j'ai pensé…

Son sourire le désarçonna. Il était si plein de… de quoi ? Pas de tristesse, vraiment. Quelque chose d'autre.

Quoi que ce fût, sa voix aussi en était imprégnée.

— Reste juste un instant, murmura-t-elle. Sens l'air sur ton visage.

L'espace de quelques secondes – une minute peut-être, il n'aurait su le dire –, il resta cloué sur place.

— N'est-ce pas extraordinaire ? répéta-t-elle, si doucement que ces mots semblaient faire partie intégrante de cet air dont elle parlait.

— Il faut que j'y aille, répondit-il. Avant que…

Elle l'interrompit.

— Je sais. Je sais que tu dois partir. Fais attention à toi. (Elle lui caressa la joue.) Je t'aime.

— Oh mon Dieu ! souffla-t-il en plongeant son regard dans le sien. J'ai peur, Maddie. J'arrive toujours à trouver une solution. J'espère que je sais ce que je fais cette fois-ci, bon sang ! Je ne vois pas comment m'y prendre autrement.

Elle posa le bout de ses doigts sur ses lèvres avec douceur.

— Tu vas t'en sortir à merveille.

Il ne se souviendrait pas d'avoir regagné sa voiture, d'y être monté.

En revanche, il se rappellerait avoir regardé par-dessus son épaule et vu Madeleine debout sur le versant au-dessus du bouleau, rayonnante sous le soleil dans un arc-en-ciel de couleurs. Elle agitait la main à son adresse, un sourire poignant aux lèvres.

CHAPITRE 48

La cible primordiale

LA CAMPAGNE ENTRE WALNUT CROSSING et le comté de Cayuga offrait une suite ininterrompue de paysages bucoliques – fermettes, vignes, champs de maïs vallonnés, entrecoupés de boqueteaux. Gurney s'en rendit à peine compte. Il ne pensait qu'à sa destination – une petite cabane perdue au milieu de marécages noirâtres –, et à ce qui risquait de se passer ce soir-là.

Arrivé un peu avant midi, il décida de ne pas entrer tout de suite dans la propriété. Il passa au ralenti devant le portail en aluminium de guingois et son squelette en sentinelle. Il était ouvert. Le fait même qu'il le soit semblait de mauvais augure plus qu'accueillant.

Il parcourut encore deux ou trois kilomètres avant de faire demi-tour. À mi-chemin, il aperçut une grange décrépite au milieu d'un champ envahi par les mauvaises herbes. Le toit s'affaissait terriblement. Il manquait des planches sur les côtés, ainsi qu'un des deux battants de la porte. Pas de ferme en vue – rien qu'un dédale de fondations qui en avaient peut-être supporté une jadis.

Cela intrigua Gurney. En atteignant ce qui devait être autrefois l'entrée, il remonta le champ au pas jusqu'à la grange. Il faisait si sombre à l'intérieur qu'il dut allumer ses phares pour essayer de se faire une idée des lieux. Le sol était en béton. Il y avait un long passage depuis la façade jusqu'au fond du bâtiment. C'était sale, avec de la paille en putréfaction partout. À part ça, l'espace était vide.

Prenant une décision rapide, il rentra la voiture dans la grange – aussi loin qu'il le put dans le renfoncement le plus obscur. Puis il récupéra le dossier des *Orphelins du meurtre* et les rapports de police. Avant de partir, il verrouilla les portières. Il était midi pile. Il allait devoir patienter un bout de temps, mais s'apprêtait à en faire bon usage.

À travers champ, puis au bord de la route, il s'achemina jusqu'à l'allée de Clinter. En traversant le pont étroit enjambant la mare aux castors et l'étang voisin, il fut à nouveau frappé par la détermination du propriétaire des lieux à en contrôler l'accès. Sa paranoïa manifeste lui avait permis d'inventer quelques moyens de dissuasion efficaces pour les contrevenants.

La cabane n'était pas fermée à clé. Clinter n'avait pas menti. À l'intérieur, qui semblait constitué d'une seule grande pièce, ça sentait le renfermé, comme dans tous les endroits où on ouvre rarement les fenêtres. Les murs en rondins ajoutaient des senteurs de bois légèrement acides. Le mobilier devait provenir d'une boutique spécialisée dans le style « rustique ». C'était un environnement d'homme. De chasseur.

Il y avait un poêle, un évier, un réfrigérateur contre un mur ; une longue table avec trois chaises contre le mur adjacent. Un lit bas d'une personne, en face. Le sol se composait de planches de pin tachées. Le regard de Gurney fut attiré par le pourtour de ce qui s'apparentait à une trappe avec un passe-doigt creusé près d'un bord, pour la soulever. Par curiosité, il essaya de l'ouvrir. En vain. On avait dû la sceller à un moment donné. Connaissant Clinter, il y avait peut-être un verrou caché quelque part. Peut-être était-ce là qu'il stockait les armes qu'il vendait à d'autres « collectionneurs » en se passant de permis fédéral de détention d'armes.

La fenêtre qui répandait un peu de lumière sur la longue table offrait une vue sur le sentier. Gurney s'installa sur une chaise et entreprit de trier ses papiers dans un ordre logique en prévision des heures à venir. Après avoir fait plusieurs piles, déplacé des documents de l'une à l'autre, réorganisé les tas selon divers ordres de priorité, il renonça à toute velléité méthodique et décida de commencer par où ça le chantait.

S'armant de courage, il s'empara de la liasse de photos d'autopsie vieilles de dix ans et choisit celles qui montraient les blessures à la tête. Une fois de plus, il les trouva horribles – la manière dont les traumatismes massifs avaient déformé les traits des victimes en grotesques fac-similés d'émotions véritables. Une fois de plus, cette violation barbare de leur dignité le choqua, renforçant sa volonté de leur témoigner le respect qu'ils méritaient, de restaurer l'amour-propre qui leur avait été volé en faisant traduire leur assassin en justice.

Cette prise de position ferme lui fit du bien, mais ce sentiment agréable ne tarda pas à s'évanouir.

En contemplant le décor autour de lui – cette pièce austère, impersonnelle, qui faisait office de demeure à Max Clinter –, il fut frappé par l'étroitesse de son monde. Il ignorait ce que sa vie avait pu être avant sa rencontre avec le Bon Berger, mais il ne faisait aucun doute qu'elle s'était encore rétrécie, atrophiée depuis lors. Cette cabane, petite boîte perchée sur un monticule de terre au milieu des marais, était le repaire d'un ermite. Clinter était un être profondément isolé, mû par ses démons, ses fantasmes, sa soif de vengeance. C'était Achab. Un Achab blessé, obnubilé. Au lieu de sillonner les mers, il rôdait dans une région sauvage. Un Achab armé de pistolets au lieu de harpons. Enfermé dans sa quête, il ne voyait rien au-delà de l'aboutissement de sa folle mission, n'entendait rien en dehors des voix de son esprit.

Il était totalement seul.

Cette vérité, sa force même, donna envie de pleurer à Gurney.

Et puis il se rendit compte que ses larmes n'étaient pas pour Max.

Mais pour lui-même.

C'est alors que l'image de Madeleine lui vint à l'esprit. Madeleine, dressée sur la petite colline derrière le bouleau. Entre l'étang et les bois. Lui disant au revoir en agitant la main, souriante, dans une explosion de couleurs et de lumière. Un sourire empreint d'une émotion qui le dépassait complètement. Qui dépassait les mots.

Cela ressemblait à la fin d'un film. Un film à propos d'un homme qui aurait bénéficié d'un don remarquable, un ange pour éclairer son chemin avec amour, un ange qui aurait pu tout lui montrer, le guider n'importe où, si seulement il avait été disposé à le regarder, l'écouter, le suivre. Mais il avait été absorbé par trop de choses, par les ténèbres qui le défiaient, le fascinaient, trop obnubilé par lui-même. Finalement l'ange avait été appelé ailleurs après avoir tout mis en œuvre pour lui venir en aide. L'ange l'aimait, savait tout ce qu'il y avait à savoir sur son compte. Il l'aimait et l'acceptait tel qu'il était, lui souhaitait tout l'amour, la lumière, le bonheur qu'il était capable d'accepter, le meilleur pour toujours. Mais le moment était venu pour lui de s'en aller. Le film s'achevait sur l'image de l'ange souriant avec tout l'amour du monde alors qu'il disparaissait dans la clarté du soleil.

Gurney baissa la tête en se mordant la lèvre. Des larmes coulèrent le long de ses joues. Et il se mit à sangloter. À cause de ce film imaginaire. De la réalité de sa propre existence.

C'était ridicule, pensa-t-il une heure plus tard. Absurde. Des inepties complaisantes, hyperboliques. Quand il aurait le temps, il faudrait qu'il analyse ça d'un peu plus près, afin de savoir ce qui avait provoqué cette petite crise puérile. À l'évidence, il s'était senti vulnérable. Les complexités diplomatiques de l'enquête l'avaient isolé ; sa convalescence imparfaite l'avait laissé frustré, émotif. Il y avait certainement des éléments plus profonds en jeu, faisant écho aux insécurités de son enfance, des peurs, etc. Il allait devoir étudier ça attentivement. Mais pour le moment…

Pour le moment, il devait tirer le meilleur parti du temps dont il disposait. Il fallait qu'il se prépare à l'affrontement, quel qu'il soit, qui découlerait du processus que Kim et lui avaient enclenché.

Il entreprit d'éplucher les documents éparpillés sur la table, des résumés des rapports d'incident d'origine aux notes de Kim relatives à ses premiers contacts avec les familles, du profil du criminel dressé par le FBI au texte intégral de la déclaration d'intention du Bon Berger.

Il relut tout. Scrupuleusement, comme si c'était la première fois. Entre de fréquents coups d'œil vers le sentier et d'occasionnels allers et retours dans la pièce pour vérifier les autres fenêtres, cette tâche lui prit plus de deux heures. Puis il recommença au début.

Quand il eut achevé sa seconde lecture, le soleil s'était couché. Il était fatigué de lire, tout raide à force d'être resté assis. Il se leva, s'étira, extirpa le Beretta de son étui de cheville et sortit sur le pas de la porte. Le ciel sans nuage était à ce stade du crépuscule où le bleu vire au gris. Un plouf sonore se fit entendre du côté de la mare aux castors. Puis un autre. Un autre encore. Le silence revint.

Ce calme s'accompagna d'une impression de tension. Gurney fit le tour de la cabane à pas lents. Rien n'avait changé depuis sa dernière visite, si ce n'est que le Humvee garé derrière la table de pique-nique n'était pas là. De retour côté façade, il entra et ferma derrière lui sans mettre le verrou.

Pendant les trois ou quatre minutes qu'il avait passées dehors, la lumière s'était modifiée. Il retourna à la table, posa le Beretta dessus, à portée de main, et sélectionna parmi les documents la liste de questions qu'il avait dressée à propos de l'affaire. Son attention fut attirée tout particulièrement par celle à laquelle Bullard avait fait allusion à Sasparilla, et que Hardwick lui-même avait mentionnée au téléphone en relation avec deux mobiles hypothétiques qui auraient pu pousser Jimi Brewster à tuer non seulement son père mais aussi les cinq autres victimes.

Hardwick estimait que Jimi aurait pu assassiner son père par pure haine, sous couvert des considérations matérialistes que son choix de voiture représentait, les cinq autres parce qu'ils lui ressemblaient puisqu'ils roulaient dans un véhicule de la même marque. En ce sens, il y aurait eu une victime principale et cinq victimes secondaires.

Même si cette théorie avait quelque chose de tentant, elle ne cadrait pas vraiment avec ce que Gurney savait des tueurs pathologiques qui tendaient à s'en prendre soit à l'objet de leur aversion, soit à une série de substituts. Pas les deux. Si bien que la notion de double mobile, primaire et secondaire, ne collait pas…

Et s'il se trompait ?

Imaginons...

Que le meurtrier avait bien une cible principale. Quelqu'un qu'il voulait éliminer. Et qu'il ait liquidé les cinq autres, non pas parce qu'elles lui rappelaient la première, mais *parce que la police ferait le rapprochement avec la première.*

Imaginons qu'il ait tué les cinq autres dans l'unique but de faire croire à un crime en série. Afin que ces victimes secondaires occupent le terrain au point qu'il devienne impossible pour la police, ou qui que ce soit d'autre, de discerner clairement qui parmi les six était la cible numéro un. Bien évidemment, vu la manière dont le Bon Berger avait procédé, la police ne se serait même pas posé cette question.

Pourquoi leur serait-il venu à l'esprit que « six » était en réalité la somme de un plus cinq ? Qu'est-ce qui aurait pu les inciter à se lancer sur cette piste ? Surtout s'ils partaient d'une thèse solide qui accordait la même importance aux six victimes ? D'autant plus, s'ils avaient reçu un manifeste de la main du tueur conférant une signification égale à tous les meurtres. Une déclaration qui rendait compte de tout. Intelligemment construite, et qui reflétait si bien les crimes dans leur spécificité que les meilleurs limiers auraient tout gobé.

Gurney avait l'impression de se représenter peut-être enfin les choses clairement – que le brouillard commençait à se lever. Pour la première fois, sa vision de l'affaire paraissait, au premier coup d'œil au moins, cohérente.

Comme chaque fois qu'il avait eu des éclairs de lucidité dans sa carrière, il songea qu'il aurait dû y penser plus tôt. Après tout, cette interprétation de l'affaire se distinguait à peine de la description que Madeleine lui avait faite de la scène-clé de *L'Homme au parapluie noir*. Il suffisait parfois d'une mise au point minime.

D'un autre côté, les idées qui semblent bonnes ne le sont pas toujours. Gurney savait d'expérience combien il est facile de négliger des failles dans un raisonnement. Quand le produit de sa propre réflexion est au cœur du sujet, l'objectivité n'est plus qu'illusion. Tout le monde s'imagine avoir l'esprit ouvert, mais ce n'est jamais tout à fait vrai. Il est essentiel de se faire l'avocat du diable.

En matière d'avocat du diable, son choix se porta sur Hardwick. Il prit son téléphone. L'appel bascula sur la boîte vocale. Il laissa un bref message :

— Salut Jack, j'ai un nouvel angle de vue sur notre affaire. J'aimerais connaître ton opinion. Rappelle-moi.

Il vérifia que son téléphone était toujours sur vibreur. Il ignorait ce que la nuit lui réservait, mais selon les scénarios qu'il imaginait, une sonnerie risquait de causer un problème.

Faute de pouvoir tâter le terrain avec Hardwick, il décida d'appeler le lieutenant Bullard. Il ne savait pas trop où elle se situait à ce stade, mais le besoin de recueillir des réactions l'emporta sur ses préoccupations d'ordre tactique. Si son idée se révélait fondée, de surcroît, cela pouvait modifier la situation en sa faveur. Là encore, il tomba sur la boîte vocale, où il laissa grosso modo le même message qu'à Hardwick.

Ne sachant pas quand ils reviendraient vers lui l'un et l'autre, et toujours aussi désireux d'exposer sa nouvelle théorie à quelqu'un, en dépit de sentiments mitigés, il résolut de contacter Clinter. Qui répondit à la troisième sonnerie.

— Salut, fiston, ça ne se passe pas si bien que ça, votre grande nuit ? Vous avez besoin d'un coup de main ?

— Ça va. Je voulais juste vous exposer une idée qui m'a traversé l'esprit. Pas sûr qu'elle tienne la route. Sinon, ça pourrait changer la donne.

— Je suis tout ouïe.

Gurney se rendit compte qu'il existait des similitudes certaines entre Clinter et Hardwick sur le plan psychologique. Clinter, c'était un Hardwick qui aurait franchi la limite. Cette pensée, bizarrement, le rasséréna et le mit mal à l'aise tout à la fois.

Il lui exposa son hypothèse. À deux reprises.

Pas de réaction. En attendant il jeta un coup d'œil par la fenêtre sur la grande mare bourbeuse. La lune, pleine, s'était levée, conférant une présence menaçante aux arbres morts dressés au-dessus des herbes des marais.

— Vous êtes toujours là, Max ?

— C'est captivant, fiston, captivant. Je ne vois aucun défaut majeur dans votre raisonnement. Cela soulève néanmoins un certain nombre de questions.

— Certes.

— Je voudrais être sûr d'avoir bien compris. Vous me dites qu'un seul de ces meurtres compte ?

— C'est ça.

— Et que les autres n'étaient que des diversions.

— Exactement.

— Et qu'aucun de ces crimes n'avait quoi que ce soit à voir avec les maux de la société.

— Tout à fait.

— Et les voitures de luxe auraient été visées... pourquoi ?

— Peut-être parce que la victime numéro un en conduisait une. Une grosse Mercedes noire, coûteuse. Ça pourrait être la base du plan.

— Les cinq autres personnes auraient donc été tuées... au hasard ? Pour l'unique raison qu'ils roulaient dans le même type de bagnole ? Pour donner l'impression d'une logique.

— C'est ça. Je ne pense pas que le tueur connaissait les autres victimes, ni qu'il s'intéressait à elles de près ou de loin.

— Ce qui ferait de lui un sacré salopard, non ?

— Je ne vous le fais pas dire.

— Alors voilà la grande question. Qui était la cible primordiale ?

— Quand je serai en présence du Bon Berger, je lui demanderai.

— Et vous pensez que la rencontre aura lieu ce soir ?

La voix de Clinter vibrait d'excitation.

— Il faut absolument que vous restiez en dehors de tout ça, Clinter. C'est fragile, ce que je suis en train d'échafauder.

— Compris, fiston. Une dernière question, tout de même. Quel éclairage votre théorie sur les anciens meurtres jette-t-elle sur ceux qui ont eu lieu récemment ?

— C'est simple. Le Bon Berger cherche à nous empêcher de comprendre que les six premières victimes étaient la somme de un plus cinq. *Les Orphelins du meurtre* sont susceptibles de faire la lumière sur ce secret, j'ignore comment. Peut-être en désignant la cible d'une manière ou d'une autre. Il tue des gens pour que ça n'arrive pas.

— Il doit être sacrément désespéré.

— Plus pragmatique que désespéré, je dirais.

— Pour l'amour du ciel, Gurney, il a tué trois personnes en trois jours, d'après les informations.

— C'est un fait, seulement je ne pense pas que le désespoir ait quoi que ce soit à voir là-dedans. Je doute que le Bon Berger attache beaucoup d'importance au meurtre en soi. C'est un acte qu'il accomplit chaque fois que cela lui paraît profitable. Quand il sent que supprimer quelqu'un élimine davantage de risques dans sa vie que cela n'en crée. Je ne pense pas que le désespoir participe…

Un signal d'appel l'interrompit au milieu de sa phrase. Il jeta un coup d'œil à l'écran de son téléphone.

— Il faut que je raccroche, Max. Le lieutenant Bullard de la Brigade essaie de me joindre. Et Max, ne vous avisez pas de vous pointer ici ce soir, d'accord ? Je vous en conjure.

Gurney regarda rapidement par la fenêtre. L'étrange paysage noir et argenté sous ses yeux lui donna la chair de poule. Il était pris dans le faisceau du clair de lune qui traversait la pièce de part en part, projetant une image de la fenêtre et de sa propre ombre sur le mur du fond, au-dessus du lit.

Il enfonça la touche d'appel en attente.

— Merci de m'avoir rappelé, lieutenant. Je vous en suis reconnaissant. Je pense avoir…

Il n'acheva jamais sa phrase.

Interrompu par une explosion étourdissante. Un flash de lumière blanche accompagné d'un bruit de tonnerre. Et d'un choc violent sur la main.

Il recula en titubant contre la table sans comprendre ce qui s'était passé pendant plusieurs secondes. Il ne sentait plus sa main droite. Une douleur cuisante lui taraudait le poignet.

Redoutant ce qu'il allait voir, il brandit sa main dans la clarté et la tourna lentement. Il avait encore tous ses doigts, mais ne tenait plus qu'un fragment du téléphone. Il regarda autour de lui, cherchant futilement dans la pénombre d'autres dégâts.

Il crut d'abord que son téléphone avait explosé. Il analysa rapidement cette improbabilité sous tous les angles, essayant de se figurer comment il aurait pu être piégé, cherchant un moment où son portable aurait été accessible à une personne capable de ce genre de sabotage, comment un engin explosif miniature aurait pu être inséré à l'intérieur et déclenché à distance.

Ce n'était pas seulement invraisemblable, mais totalement impossible. L'impact, la force même de l'explosion prouvaient que sa source dépassait celle de tout ce qu'il était capable d'imaginer comme pouvant tenir dans un téléphone opérationnel. Un faux portable peut-être, construit à cette fin, mais pas l'appareil avec lequel il venait d'avoir une conversation.

Puis il sentit une odeur de poudre provenant d'une cartouche ordinaire.

Il ne s'agissait pas d'une minibombe sophistiquée, mais d'une *détonation.*

Une détonation beaucoup trop puissante pour une arme de poing normale – ce qui expliquait qu'il ne soit pas parvenu tout de suite à la bonne conclusion.

Il connaissait au moins une arme capable de produire une déflagration d'une telle ampleur.

Et au moins un individu possédant la précision et une main assez ferme pour mettre une balle dans un portable au clair de lune.

Songeant que le tireur avait dû faire feu par une fenêtre, il s'accroupit instinctivement tout en jetant un coup d'œil dehors au-dessus de la table. Or, les carreaux éclairés par la lune étaient intacts. La balle avait dû pénétrer par une des fenêtres de derrière. Seulement, vu sa position au moment de l'impact, il ne voyait pas très bien comment elle aurait pu atteindre le téléphone sans lui transpercer l'épaule.

Alors comment… ?

La réponse lui donna un petit frisson.

La balle ne venait pas de l'extérieur.

Il y avait quelqu'un d'autre dans la pièce à cet instant.

Il s'en rendit compte sans rien voir – mais en entendant quelque chose.

Le bruit d'une respiration.

À quelques pas de lui.

Une respiration lente, paisible.

CHAPITRE 49

Un homme extrêmement rationnel

À LA SECONDE OÙ GURNEY SE TOURNA dans la direction d'où venait le bruit, il aperçut le rectangle obscur découpé par la trappe ouverte dans la bande de lumière argentée du clair de lune qui se reflétait suffisamment au-delà de l'ouverture pour suggérer la présence d'une silhouette debout.

Un chuchotement rauque le confirma.

— Asseyez-vous à la table, inspecteur. Et mettez les mains sur la tête.

Gurney s'exécuta en silence.

— J'ai quelques questions à vous poser. Vous devez y répondre rapidement. Compris ?

On aurait dit le ronronnement d'un gros matou.

— Compris.

— Si vous ne vous dépêchez pas de répondre, j'en conclurai que vous mentez. C'est clair ?

— Oui.

— Bon. Première question. Clinter va-t-il venir ?

— Je n'en sais rien.

— Vous venez de lui dire de rester à l'écart.

— C'est exact.

— Pensez-vous qu'il va se déplacer quand même ?

— C'est possible. Je ne sais pas. Ce n'est pas un homme prévisible.

— C'est vrai. Vous devez continuer à me dire la vérité. La vérité vous maintiendra en vie. Vous comprenez ?

— Oui.

Gurney semblait parfaitement calme, comme c'était souvent le cas dans les situations extrêmes. Intérieurement, toutefois, il tremblait de peur et de rage. Effrayé par la situation dans laquelle il s'était fourré, et furieux de l'arrogante erreur de calcul qui l'avait conduit là.

Il avait supposé que le Bon Berger s'en tiendrait au *timing* défini lors de la scène d'improvisation avec Kim, et qu'il débarquerait à la cabane deux ou trois heures avant le rendez-vous de minuit présumé avec Clinter. Dans le fatras de faits, de rebondissements, avec les innombrables « et si » qui lui avaient tourbillonné dans la tête, il avait omis de prendre en compte la possibilité pourtant évidente qu'il pouvait débarquer bien avant ça – jusqu'à douze heures plus tôt.

À quoi pensait-il ? Qu'il avait affaire à un être logique, et que l'heure logique de sa venue se situerait peu avant minuit. Que c'était par conséquent ce qui se produirait. Affaire réglée. Question suivante. Bon sang, ce qu'il avait pu être stupide ! Il songea qu'il n'était qu'un être humain, et que les humains faisaient des erreurs. Mais ça n'ôtait rien à l'amertume d'en avoir commise une aussi fatale.

La voix sourde se fit à nouveau entendre.

— Vous aviez l'espoir de me piéger ici ? De me prendre par surprise d'une manière ou d'une autre ?

L'à-propos de cette question était exaspérant.

— Oui.

— La vérité. C'est bien. Elle vous garde en vie. Venons-en à votre coup de fil à Clinter. Vous êtes convaincu de ce que vous lui avez dit ?

— À propos des meurtres ?

— Évidemment, à propos des meurtres.

— Oui.

Pendant quelques secondes, Gurney n'entendit plus que le souffle de son interrogateur, suivi d'une question énoncée si doucement qu'elle était à peine plus audible que la respiration elle-même.

— Quelles autres pensées hantent votre esprit ?

— La seule chose à laquelle je pense à cet instant, c'est que vous allez me tuer.

— Ça ne fait aucun doute. Mais plus vous me direz la vérité, plus vous vivrez longtemps. C'est simple. Vous comprenez ?

— Oui.

— Bon, maintenant exposez-moi vos théories sur les crimes. Vos véritables théories.

— J'ai surtout des questions en tête.

— Lesquelles ?

Ces chuchotements rauques étaient-ils la vraie voix du Bon Berger, ou une manière de la masquer ? La deuxième option était la bonne, supposa Gurney. Les conséquences étaient intéressantes, mais il fallait qu'il se concentre sur la nécessité immédiate de rester en vie.

— Je me demande combien d'autres personnes vous avez tuées, en dehors de celles que nous connaissons déjà. Quelques-unes, sûrement. Ai-je raison ?

— Bien sûr.

Gurney fut stupéfait par la franchise de cette réponse et, l'espace d'un bref instant, il conçut l'espoir d'engager une sorte de dialogue avec cet homme dont l'orgueil le pousserait peut-être à se vanter de ses « exploits ». Après tout, les psychopathes avaient un ego surdimensionné et éprouvaient du plaisir à se trouver dans la chambre d'écho de leurs propres récits de puissance et de cruauté. En le faisant parler de lui, il augmentait ses chances d'une intervention extérieure.

Mais la pièce retomba côté pile quand Gurney comprit la raison de cette bonne volonté apparente : l'homme ne courait aucun risque puisqu'il serait bientôt mort.

La voix rocailleuse était une parodie de gentillesse.

— Quelles autres questions vous posez-vous ?

— Je m'interroge à propos de Robby Meese, de votre relation avec lui. Je me demande ce qu'il a entrepris de sa propre initiative, dans quelle mesure vous l'avez encouragé à agir. Je me demande aussi pourquoi vous l'avez tué à ce moment-là. Et si vous avez cru que son prétendu suicide serait crédible.

— Quoi d'autre ?

— Je me demande si vous avez vraiment cherché à faire porter le chapeau à Max Clinter pour le meurtre de Ruth Blum, ou si vous jouiez simplement à un petit jeu.

— Quoi d'autre ?

— Je me demande si vous avez imaginé qu'on prêterait foi à votre message sur la page Facebook de Ruth.

— Quoi d'autre ?

— Je m'interroge sur ma grange aussi.

Gurney s'efforçait de faire durer l'échange en y insérant un maximum de pauses. Plus il se prolongeait, mieux cela vaudrait – à tous égards.

— Continuez, inspecteur.

— Je me pose des questions sur les dispositifs de localisation installés sur les voitures. Si c'est vous ou Robby, Robby le harceleur, qui a eu l'idée d'en poser un sur celle de Kim.

— Et encore ?

— Certaines initiatives que vous avez prises étaient remarquablement intelligentes, d'autres stupides. Je me demande si vous sauriez faire la distinction entre les deux.

— Inutile de me provoquer, inspecteur. En avez-vous terminé ?

— Je m'interroge sur l'Étrangleur de la Montagne blanche. Une affaire tellement bizarre. Vous la connaissez ? Elle comporte un certain nombre d'éléments intéressants.

Un long silence s'ensuivit. Le temps équivalait à de l'espoir. Il donnait à Gurney de la marge pour réfléchir, peut-être même une chance d'atteindre l'arme posée sur la table derrière lui.

Le Bon Berger reprit la parole d'une voix sirupeuse.

— Quelques ultimes pensées ?

— Juste une. Comment est-ce que quelqu'un d'aussi rusé que vous a pu commettre une erreur aussi colossale à l'atelier de carrosserie de Lakeside Collision ?

Encore un silence prolongé. Alarmant, qui pouvait signifier n'importe quoi. Peut-être avait-il finalement réussi à désarçonner l'adversaire ? À moins que son doigt se presse un peu plus sur la détente. Gurney sentit un frisson lui parcourir l'échine.

— De quoi parlez-vous ?

— Vous le saurez bien assez tôt.

— Je veux le savoir maintenant.

Ses chuchotements avaient pris une nouvelle intensité, et quelque chose de brillant avait bougé dans le faisceau de lumière.

Gurney entrevit pour la première fois le canon d'un énorme pistolet plaqué argent, brandi au niveau de sa tête, à moins de deux mètres de lui.

— *Maintenant*, répéta l'homme. Parlez-moi de Lakeside Collision.

— Vous avez laissé de quoi vous identifier sur place.

— Je n'ai jamais de papiers sur moi.

— Cette nuit-là, si.

— Dites-moi précisément de quoi il s'agit. Tout de suite.

Dans la situation telle que Gurney la voyait, il n'y avait pas de bonne réponse à donner, aucune susceptible de lui sauver la vie. Il ne fallait pas espérer qu'en révélant la découverte des traces de pneus, il obtiendrait un répit. Supplier qu'on le laisse en vie serait pire qu'inutile. Une seule solution lui offrait un vague espoir de ne pas mourir dans la minute suivante : rester évasif, refuser d'en divulguer davantage.

Il reprit la parole en s'efforçant d'empêcher sa voix de trembler.

— Vous avez laissé la solution de l'énigme dans le parking de Lakeside Collision.

— Je n'aime pas les devinettes. Vous avez trois secondes pour répondre à ma question. Une…

L'homme leva lentement son arme dans le rai de lumière.

— Deux.

Il la déplaça légèrement vers la droite et la maintint en place.

— Trois.

Il appuya sur la détente.

CHAPITRE 50

Apocalypse

LE MOUVEMENT DE RECUL DE GURNEY en réaction à l'éclair et à l'explosion assourdissante aurait fait basculer sa chaise en arrière si le bord de la table ne l'avait pas retenue. L'espace d'une minute, il ne vit plus rien, et tout ce qu'il entendit, ce fut le fracas du coup de feu.

Quelque chose d'humide coula le long de son cou, du côté gauche. Un filet de sang. Il porta sa main à son visage, sentit un autre ruissellement près du lobe de son oreille. En portant ses doigts un peu plus haut, il découvrit une zone douloureuse à la pointe de l'oreille – l'origine du sang.

— Remettez les mains sur la tête. Tout de suite.

La voix susurrante, perdue dans l'écho de la déflagration, paraissait lointaine.

Gurney fit de son mieux pour obéir.

— Vous m'entendez ?

— Oui, répondit-il.

— Bon. Écoutez-moi bien. Je vais vous reposer la question. Vous devez répondre. Je suis capable de distinguer le vrai du faux. Si vous me dites la vérité, nous continuons sans dommage. Juste une petite conversation, vous voyez ? Si vous mentez, j'appuie à nouveau sur la détente. Est-ce clair ?

— Oui.

— Chaque fois que j'entends un mensonge, vous perdez quelque chose. La prochaine fois, pas seulement un petit bout d'oreille. Des parties plus importantes de votre anatomie. Compris ?

— J'ai compris.

Il commençait à recouvrer la vue et entrevit à nouveau le pâle faisceau de lumière en travers de la pièce.

— Bon. Je veux tout savoir sur cette prétendue erreur que j'aurais commise à Lakeside Collision. Ne me racontez pas de salades. La pure vérité.

Dans le clair de lune, le canon du pistolet s'orienta peu à peu vers sa cheville droite.

Il serra les dents pour ne pas frémir à la pensée de ce qu'une balle de Desert Eagle ferait à l'articulation. Ce serait déjà grave de perdre son pied gauche en une fraction de seconde, mais le véritable problème serait l'hémorragie artérielle qui s'ensuivrait. Le fait qu'il réponde sincèrement à cette question, ou la suivante, ne changerait rien à l'issue fatale. L'unique levier, c'était l'intime sentiment de sécurité qu'éprouvait le monstre en face de lui. Et ce levier ne pouvait se manœuvrer que dans une seule direction. Impossible de concevoir un scénario où Gurney vivant poserait un moindre risque au Bon Berger que s'il était mort.

La seule variable encore à déterminer, c'était le nombre de parties du corps qu'il pouvait perdre avant de saigner à mort. De mourir en se vidant de son sang dans la cabane de Max Clinter au beau milieu des marais. De nulle part.

Il ferma les yeux et revit Madeleine sur le flanc de coteau.

Dans des tons fuchsia, violet, rose, bleu, orange, vermillon… scintillant dans la clarté du soleil.

Il marcha vers elle sur la pelouse d'un vert incroyable, aux parfums de paradis.

Elle posa ses doigts délicatement sur ses lèvres et sourit.

— Tu es un homme brillant, dit-elle. Absolument brillant.

L'instant d'après, il était mort.

C'est ce qu'il crut, en tout cas.

À travers ses paupières closes, il distingua une brusque illumination accompagnée d'une musique lointaine couvrant peu à peu le bourdonnement dans ses oreilles, et par-dessus tout ça, les battements d'un énorme tambour.

Puis il entendit une voix.

Une voix qui le ramena des marais au milieu de nulle part à la cabane. Une voix puissamment amplifiée par un haut-parleur.

« POLICE... POLICE DE L'ÉTAT DE NEW YORK... LÂCHEZ VOS ARMES... LÂCHEZ VOS ARMES ET OUVREZ LA PORTE... IMMÉDIATEMENT... LÂCHEZ VOS ARMES ET OUVREZ LA PORTE... ICI LA POLICE DE NEW YORK... LÂCHEZ VOS ARMES ET OUVREZ LA PORTE. »

Gurney ouvrit les yeux. À la place du clair de lune, un projecteur inondait la fenêtre de clarté. Il porta son regard vers le fond de la pièce où son ravisseur invisible s'était tapi tel un ninja dans les ténèbres. Un homme de taille moyenne en pantalon marron et cardigan beige, une main en visière pour protéger ses yeux de la lumière éblouissante, s'était substitué à lui. Gurney avait du mal à associer cette silhouette falote au monstre homicide de son imagination. Pourtant, il tenait à la main le lien indéniable avec ce criminel : un étincelant pistolet Desert Eagle calibre .50. L'arme responsable du sang qui dégoulinait toujours le long de son cou, de l'odeur âcre de la poudre dans la pièce, du bourdonnement dans ses oreilles.

L'arme qui avait bien failli lui ôter la vie.

L'homme se détourna un peu du projecteur et baissa calmement la main, révélant un visage lisse, impassible. Un visage banal, sans trait particulier, ne manifestant aucune émotion. Une physionomie ordinaire, équilibrée. Somme toute, peu mémorable.

Gurney savait pourtant qu'il l'avait déjà vu.

Quand il arriva finalement à le situer et à y associer un nom, sa première réaction fut de se dire qu'il avait dû faire erreur. Il battit des paupières à plusieurs reprises en s'efforçant de s'imprégner de l'identité de l'homme en face de lui. Il avait toutes les peines du monde à réconcilier cette personne paisible, en apparence inoffensive, avec les paroles et les actes du Bon Berger. Un de ses actes en particulier.

À mesure qu'augmentait sa certitude de ne pas s'être trompé, il sentait presque les pièces du puzzle se déplacer, s'imbriquer les unes dans les autres pour créer des liens plus significatifs.

Larry Sterne lui rendit son regard d'un air plus pensif qu'inquiet. Larry Sterne qui lui avait fait penser à Mister Rogers. Larry Sterne, le dentiste à la voix suave, l'homme d'affaires serein. Fils de Ian Sterne, à la tête d'un empire d'esthétique dentaire évalué à des millions de dollars.

Larry Sterne, le fils de Ian qui avait invité une ravissante jeune pianiste russe à partager sa demeure de Woodstock. Et presque certainement son lit. En lui octroyant peut-être une place dans son testament.

Bon Dieu, s'agissait-il donc de ça ?

Larry Sterne avait-il tout bonnement cherché à préserver son héritage ?

À défendre son avenir financier contre les coups de cœur de son père ?

Il s'agissait bien évidemment d'un héritage considérable, qui méritait qu'on s'en soucie. Une machine à faire de l'argent, en fait. Dont on n'aurait certainement pas envie de se voir dépossédé.

Se pouvait-il qu'à travers un procédé somme toute simple consistant à éliminer son père, le doux et calme Larry ait cherché à empêcher que cette machine lucrative se retrouve entre les mains de la jeune et charmante pianiste russe ? Après quoi, en semant cinq cadavres supplémentaires dans le paysage, il aurait tout aussi aisément évité que la police se pose ce qui aurait été inévitablement la toute première question si Ian Sterne avait été l'unique victime – la question accablante qui aurait conduit directement à lui :

Cui bono ?

Dans l'étrange embrasement associant le clair de lune aux projecteurs balayant la fenêtre, Gurney vit que Sterne tenait fermement son arme, même si ses yeux étaient braqués sur un monde où ses choix allaient s'amenuisant. Difficile de discerner la moindre émotion dans son regard. De la terreur ? De la rage ? La détermination farouche du proverbial rat acculé ? À moins que la calculatrice soit passée en mode surmultiplié – donnant à ses mécanismes mentaux un caractère frénétique ?

Gurney en conclut qu'il était en présence d'un processus foncièrement cruel. Responsable de… combien de morts ?

Combien de morts ? Telle fut la question qui lui fit soudain voir clair dans l'affaire de l'Étrangleur de la Montagne blanche. Cela concordait avec le schéma général – celui d'une affaire dans laquelle un seul crime comptait, un crime occulté par d'autres, sans conséquence –, tous liés dans un paquet façon tueur en série avec une écharpe en soie blanche. Qu'avait pu bien faire la petite amie de Larry pour que sa vie soit un tel désagrément pour lui ? Était-elle tombée enceinte ? Peut-être ne s'était-il rien produit d'aussi grave. Pour un homme tel que Larry – l'Étrangleur de la Montagne blanche, le Bon Berger –, le crime ne requérait pas une cause sérieuse. Il suffisait qu'il offre la perspective d'un bénéfice plus conséquent que la perte occasionnée.

Les paroles de l'évangéliste de RAM News revinrent à l'esprit de Gurney, provoquant un frisson : « Mettre fin à la vie, souffler dessus comme sur un nuage de fumée, la piétiner comme de la poussière, voilà l'essence du mal ! »

Une sirène retentit cinq secondes quelque part dehors, au-delà de l'étang aux castors, puis l'annonce fut répétée à plein volume.

Gurney se tourna sur sa chaise et regarda par la fenêtre de devant. D'autres projecteurs puissants illuminaient la propriété depuis l'extrémité du pont. Il se rendit compte que c'était la sirène qu'il avait dû entendre plus tôt. Dans son état de confusion extrême, alors que le coup de feu bourdonnait encore à ses oreilles, il l'avait prise pour de la musique. Puis il entendit l'autre bruit qu'il avait imaginé provenir d'un grand tambour – et qu'il reconnut à présent comme étant le vrombissement du rotor de l'hélicoptère tourbillonnant au-dessus. Un hélicoptère dont le projecteur aéroporté balayait la cabane, l'enchevêtrement d'herbes des marais, les troncs d'arbres dénudés jaillissant des eaux sombres.

Gurney se tourna vers Sterne. Deux questions rivalisaient en tête d'une liste qui en comportait une bonne quarantaine. Dont une, pressante.

— Qu'allez-vous faire maintenant, Larry ?

— Procéder aussi raisonnablement que possible.

Dans toute sa rationalité tranquille, cette réponse n'aurait pas pu sembler plus démente.

— Ça veut dire quoi, exactement ?

— Me rendre. Jouer le jeu. L'emporter.

Gurney craignait d'assister au calme avant la tempête – que la douce lueur de la raison et de la capitulation soit sur le point de déboucher sur un effroyable bain de sang.

— L'emporter ?

— Je l'emporte toujours. Il en sera toujours ainsi.

— Mais vous avez bien… l'intention de vous rendre ?

— Évidemment. (Larry sourit comme s'il cherchait à apaiser la peur d'un enfant de la maternelle sur le point de monter dans le bus scolaire.) Qu'est-ce que vous imaginiez ? Que j'allais vous prendre en otage, me servir de vous comme d'un bouclier humain pour m'échapper ?

— Ça s'est déjà fait.

— Pas moi, pas vous. (Il avait vraiment l'air de s'amuser.) Soyez réaliste, inspecteur. Quel genre de bouclier feriez-vous ? D'après ce que j'ai entendu dire, vos collègues seraient ravis d'avoir une occasion de vous tirer dessus. Je m'en sortirais mieux avec un sac de pommes de terre.

Le sang-froid de Sterne laissa Gurney sans voix. Avait-il complètement perdu l'esprit ?

— Je vous trouve plutôt de bonne humeur pour un type qui va finir sur la chaise électrique.

Alors même qu'il prononçait ces mots, frustré par l'attitude de Sterne, il se rendit compte à quel point cette remarque était inopportune et dangereuse.

Il n'avait pas à s'en inquiéter apparemment. Sterne se borna à secouer la tête.

— Ne soyez pas ridicule, inspecteur. Des crétins défendus par des avocats de troisième zone ont réussi à retarder leur exécution de vingt ans et plus. Je peux faire mieux que ça. Nettement mieux. J'ai de l'argent. Beaucoup d'argent. Des relations aussi visibles qu'invisibles. Et surtout, je sais comment fonctionne le système juridique. Comment il fonctionne *vraiment.* Et j'ai quelque chose de très estimable à lui offrir. Un échange, disons.

Son expression rayonnante se situait quelque part entre la sérénité d'un yogi et la folie.

— Qu'avez-vous à offrir ?

— Le savoir ?

— À quel sujet ?

— Au sujet de certaines affaires non élucidées.

Dehors, la sirène rugit pendant cinq secondes avant un nouvel avertissement dont les termes étaient plus pressants : « ICI LA POLICE DE L'ÉTAT... POSEZ IMMÉDIATEMENT VOS ARMES... OUVREZ LA PORTE. TOUT DE SUITE. POSEZ VOS ARMES ET OUVREZ CETTE PORTE. IMMÉDIATEMENT. »

— Quel genre d'affaires non élucidées ?

— Vous vous demandiez il y a quelques minutes combien de personnes je pourrais avoir tuées – de plus que celles que vous avez déjà comptées.

Le grondement de l'hélicoptère s'amplifiait au-dessus de la cabane, et son projecteur se faisait de plus en plus éblouissant. Sterne ne semblait pas s'en rendre compte. Son attention était rivée sur Gurney, qui tentait pour sa part d'analyser et de réagir au moindre rebondissement de ce qui lui faisait l'effet d'une des affaires les plus déconcertantes de sa carrière.

— Je ne vous suis pas, Larry. S'ils peuvent vous pendre pour les meurtres du Bon Berger...

— Un « si » des plus hypothétique.

— D'accord. Mais s'ils y arrivent, je ne vois pas à quoi ça vous avancerait d'en avouer deux ou trois de plus.

Sterne sourit de son air supérieur.

— Je vois très bien ce que vous manigancez. Vous êtes en train de tourner mon offre en ridicule pour que je vous dévoile les atouts dont je dispose. Absurde, votre petit stratagème. Mais je ne vous en veux pas. Pas de secrets entre amis. Laissez-moi vous poser une question *hypothétique*. Quelle importance cela aurait-il pour la police de l'État d'élucider – une fois encore tout à fait hypothétiquement – trente, quarante, cinquante affaires non résolues ?

Gurney se sentait découragé. Larry avait vraiment perdu la tête ou alors c'était un menteur impulsif et mégalomane qui s'imaginait pouvoir inventer n'importe quoi et faire gober ça à tout le monde.

Sterne parut percevoir son scepticisme. Sa réaction fut d'en rajouter.

— Je me dis que ça devrait donner un certain poids d'ajouter une cinquantaine d'affaires au dossier « Classé ». Ça améliorerait considérablement les statistiques du service tout en permettant aux familles de tourner la page. Si cinquante n'est pas un chiffre assez conséquent, on pourrait peut-être leur en proposer soixante. Ou soixante-dix. Le montant qu'il faut pour conclure le marché auquel je songe.

— De quel genre de marché parlez-vous, Larry ?

— Rien de déraisonnable. Vous vous apercevrez, je pense, que je suis l'homme le plus raisonnable que vous ayez jamais rencontré. Inutile de se perdre dans les détails. Je fais simplement référence à un emprisonnement civilisé. Une cellule individuelle, accueillante. Des commodités. Un assouplissement des règlements les plus déraisonnables seulement. Rien que des hommes de bonne volonté ne pourraient aisément négocier.

— En échange de quoi, vous pourriez révéler l'emplacement de cinquante, soixante, soixante-dix corps ? Avec toutes les précisions sur le mobile et la méthode ?

— Théoriquement.

Nouvelle annonce au porte-voix : « CECI EST VOTRE DERNIÈRE CHANCE DE POSER VOS ARMES ET D'OUVRIR LA PORTE. VOUS DEVEZ LE FAIRE MAINTENANT. »

Gurney décida d'attaquer par un autre biais :

— Y compris l'affaire de l'Étrangleur de la Montagne blanche ?

— Théoriquement.

— Et le nombre de victimes est aussi élevé parce que le mode opératoire était toujours le même – tuer cinq ou six personnes chaque fois pour occulter le mobile du crime comptant vraiment ?

— Théoriquement.

— Je vois. Je ne suis pas sûr de comprendre le calcul de risques. Ne serait-il pas raisonnable de supposer qu'un crime bien planifié a moins de chances d'être découvert que cinq ou six ?

— La réponse est non. Aussi bien planifié que soit un meurtre, il n'en focalise pas moins l'attention sur la victime et les conséquences de sa mort. Impossible d'échapper à la singularité de l'événement. En revanche, plusieurs meurtres éliminent pour ainsi dire tout danger que le crime principal reçoive toute l'attention nécessaire, sans engendrer de péril additionnel pour ainsi dire. La plupart des criminels se font prendre à cause de leurs liens avec leur victime. S'il n'y en a aucun… enfin, je suis sûr que vous comprenez le principe.

— Et le prix à payer… les vies ôtées… ça ne vous a jamais posé de problème ?

Sterne ne répondit pas. Son sourire placide était suffisamment éloquent.

Gurney se demanda combien de temps il faudrait pour que les dures conditions de vie d'une prison d'État effacent ce sourire.

Le sourire s'élargit, comme si une fois de plus Sterne avait suivi le fil de sa pensée.

— J'attends avec impatience de découvrir le système carcéral et sa population. Je pense positivement, inspecteur. J'accepte la réalité qui s'impose à moi. Une prison est un nouveau monde à conquérir. J'ai le don d'attirer les gens susceptibles de m'être utiles. Vous semblez avoir remarqué mon succès avec Robby Meese. Réfléchissez-y. Les institutions pénitentiaires regorgent de Robby Meese – des jeunes gens sensibles, en quête d'un modèle de père, de quelqu'un qui les comprenne, qui soit de leur côté, capable de canaliser leurs énergies, leurs peurs, leurs ressentiments. Songez-y, inspecteur. Convenablement guidés, ces jeunes pourraient constituer au final une sorte de garde du palais. C'est une perspective excitante à laquelle j'ai eu l'occasion de réfléchir d'innombrables fois au fil des ans. En bref, je pense que la vie carcérale sera tout à fait gérable. Il se pourrait même que je devienne une sorte de célébrité. J'ai le sentiment que je pourrais bien être une fois de plus la coqueluche de la grande communauté des psychologues, qui tenteront de redorer leur blason à grand renfort de commentaires subtils et inédits sur la véritable histoire du Bon Berger. Sans parler des livres. Des biographies autorisées, et non autorisées. Les émissions spéciales de RAM News. Pourquoi pas un film ? Vous voulez que je vous dise ? Je m'en sortirai peut-être mieux que vous, en définitive. Vous vous êtes attiré plus d'ennemis dehors que je n'en aurai dedans. Ce n'est pas vraiment une victoire pour vous quand on y pense. Je peux payer des gens pour surveiller mes arrières. Des gens qui s'y entendent à merveille. Et vous ? Qui vous protégera ? Si j'étais vous, je me ferais du souci.

« POSEZ VOS ARMES ET OUVREZ LA PORTE TOUT DE SUITE. »

Gurney fixa son regard sur le petit homme ordinaire en cardigan beige à l'autre bout de la pièce.

— Dites-moi une chose, Larry. Avez-vous le moindre regret ?

Il parut surpris.

— Évidemment que non. Tout ce que je fais est parfaitement logique.

— Y compris Lila ?

— Pardon ?

— Y compris le meurtre de votre femme, Lila ?

— Eh bien ?

— C'est parfaitement logique, ça aussi ?

— Évidemment. Sinon je ne l'aurais pas fait – en théorie, j'entends. Pour tout vous dire, il s'agissait plus d'un arrangement commercial que d'un mariage traditionnel entre nous. Lila était une adepte du sexe des plus raffinée. Mais ça, c'est une autre histoire.

Il passa devant Gurney pour gagner la porte d'entrée qu'il ouvrit avant de jeter son gros pistolet dans l'herbe.

« OUVREZ LES MAINS... LEVEZ-LES AU-DESSUS DE VOTRE TÊTE... SORTEZ LENTEMENT. »

Sterne leva les deux mains et sortit de la cabane. Alors qu'il se dirigeait vers le marécage, le projecteur de l'hélicoptère se fixa sur lui. À l'autre bout du pont, un véhicule – phares et feux antibrouillard allumés, outre deux projecteurs – commença à avancer.

C'était bizarre, songea Gurney. Dans ce genre de circonstances, on aurait plutôt tendance à maintenir sa position en laissant le criminel approcher jusqu'à un emplacement préétabli où l'équipe et les renforts seraient en mesure de contrôler la situation sans risque.

Où étaient les renforts, d'ailleurs ? Dans l'appareil qui planait au-dessus de la cabane ? Personne au monde ne gérerait la situation de cette manière, avec deux sous de jugeote.

Gurney avait repéré un certain nombre de projecteurs aux abords, mais pas d'autres phares. Aucune voiture de patrouille. Bon sang, s'il y en avait une, il devrait y en avoir une bonne douzaine d'autres !

Il prit son Beretta sur la table tout en surveillant la scène depuis la fenêtre.

Difficile de distinguer le véhicule qui progressait au pas sur le pont, toutes ses lumières orientées droit devant. Mais une chose semblait claire. Vu l'écart des phares, ça ne pouvait pas être une voiture de patrouille. La NYSP disposait bien d'un type de 4 × 4... mais cet engin était trop large pour qu'il puisse s'agir d'un de ces modèles.

En revanche, cela correspondait assez bien au Humvee de Clinter.

Ce qui voulait dire que l'hélicoptère au-dessus n'appartenait pas non plus à la NYSP.

Putain...

Sterne avait atteint le pont. Il était à une dizaine de mètres du véhicule à l'approche.

Gurney sortit de la cabane, tenant son Beretta dans sa poche, et leva les yeux. Bien qu'ébloui par le projecteur de l'hélicoptère, il n'eut aucun mal à reconnaître le logo géant de RAM News sur le ventre de l'appareil.

Le projecteur balayait le pont, éclairant tour à tour Sterne et le véhicule face à lui – qui semblait effectivement être le Humvee de Clinter. Quelque chose était arrimé sur le capot. Une sorte d'arme. Le faisceau de lumière éclaira l'eau, puis de nouveau la cabane avant de se reporter sur le pont.

Que se passait-il, bon sang ? Qu'est-ce que Clinter fabriquait ?

La réponse survint sous la forme d'un choc monstrueux. Une gerbe de feu jaillit de l'engin monté sur le capot et enveloppa Sterne, de la tête aux pieds, dans un tourbillon orange. Sterne hurla en faisant des moulinets. L'hélicoptère pivota vers l'avant, se rapprochant de lui, mais le souffle du rotor ne fit qu'attiser les flammes. L'appareil bascula avant de s'élever dans les airs.

Gurney courut jusqu'au pont, mais lorsqu'il arriva à la hauteur de Sterne, ce dernier s'était déjà effondré, sans connaissance fort heureusement, englouti par un brasier qui faisait rage avec l'intensité aveuglante d'un napalm artisanal.

En détournant les yeux du corps calciné, Gurney découvrit Max Clinter, en uniforme de camouflage et bottes en peau de serpent, planté près de la portière ouverte du Humvee. Un sourire découvrait ses dents. Il tenait une mitrailleuse comme Gurney n'en avait vu que dans de vieux films de guerre – et encore sur un support. Elle semblait trop grande, trop lourde pour qu'on puisse la manier. Oublieux de son poids apparemment, Clinter s'écarta de son véhicule de quelques enjambées avant de dresser l'énorme canon vers le ciel.

L'angle de visée et la férocité démente qui brillait dans son regard donnèrent momentanément l'impression qu'il allait charger la lune elle-même. La gueule de l'arme s'orienta vers l'hélicoptère de RAM News dont le souffle provoquait une multitude de vaguelettes frémissantes à la surface lisse de l'étang.

Dès qu'il comprit ce que Clinter s'apprêtait à faire, Gurney hurla :

— Max ! Non !

Mais il était inatteignable, il n'entendait plus rien. Impossible de l'arrêter. Il écarta les jambes et en beuglant quelque chose que Gurney ne put saisir dans le vacarme, il commença à tirer.

Au départ, le jet de balles parut rester sans effet, puis l'appareil fit un brusque écart de côté et se mit à descendre en piqué tout en décrivant de petits cercles. Max tirait toujours. Gurney chercha à l'atteindre, mais les flammes se propageant autour du corps de Sterne lui bloquaient le chemin. La fournaise, la puanteur des chairs carbonisées étaient insoutenables.

Avec un brusque frémissement, l'hélicoptère vira à 90 degrés sur le côté avant d'exploser et de s'écraser sur le pont, juste derrière le Humvee. Il y eut une seconde déflagration, puis une troisième quand le véhicule de Clinter fut avalé par le brasier. Clinter ne parut pas se rendre compte qu'une giclée de carburant en feu l'avait atteint.

Gurney sauta dans l'étang pour contourner le corps de Sterne et s'élança, dans l'eau jusqu'à la taille. La vase lui aspirait les pieds. Quand il parvint à se hisser sur le pont, rampant à demi, trébuchant dans la direction de Clinter, les vêtements et les cheveux de ce dernier s'étaient embrasés. Cramponné à sa mitraillette, il se mit à courir comme un fou vers la cabane, ses mouvements rapides attisant encore les flammes qui le consumaient. Gurney se jeta sur lui pour essayer de le précipiter dans l'eau. Ils tombèrent tous deux au bord de l'étang, l'énorme canon entre eux deux envoyant une nouvelle grêle de balles dans la nuit.

CHAPITRE 51

La grâce

LE LENDEMAIN EN FIN DE MATINÉE, Gurney était toujours aux urgences de l'hôpital municipal d'Ithaca, dans une chambre à l'écart de la salle principale. Bien que le personnel soignant fût relativement sûr qu'il n'avait rien de grave – quelques brûlures au second degré, et une au premier degré –, Madeleine avait insisté dès leur arrivée pour qu'on fasse venir le dermatologue de garde.

Maintenant que le dermatologue en question, qui avait l'air d'un gamin jouant le rôle du docteur dans un spectacle d'école, était venu et reparti, confirmant le diagnostic initial, ils attendaient qu'une embrouille en relation avec l'assurance soit réglée afin de compléter le dossier. Quelqu'un ayant un ordinateur en panne – on n'arrivait pas trop à savoir qui –, on les avait informés d'un ton enjoué que cela risquait de prendre un bout de temps.

Kyle, qui avait accompagné Madeleine à l'hôpital, rôdait entre la chambre et la salle d'attente, la boutique de cadeaux et la cafétéria, le poste des infirmières et le parking. Il était clair qu'il tenait à être là et tout aussi évident qu'il était frustré de ne rien avoir à faire d'utile. Il était entré et ressorti d'innombrables fois de la chambre de son père. Après plusieurs tentatives maladroites, il avait fini par formuler la question qui le turlupinait, expliqua-t-il, depuis le jour où Madeleine lui avait dit que le vieux casque de moto de Gurney était remisé dans le grenier.

— Tu sais, papa, on a à peu près le même tour de tête. Je me demandais… ça t'ennuierait… je veux dire, tu veux bien me donner ton casque ?

Gurney lui répondit que oui, bien sûr.

— Merci, papa ! C'est génial. Ouh ! Merci beaucoup.

Kim avait téléphoné – à deux reprises – pour prendre des nouvelles de Gurney, s'excuser de ne pas pouvoir venir à l'hôpital. Elle l'avait remercié avec effusion d'avoir risqué sa vie pour affronter le Bon Berger et l'avait informé que l'inspecteur Schiff l'avait longuement interrogée la veille, au sujet du meurtre de Robby Meese. Elle s'était montrée coopérative, comme il convenait. Cependant quand l'agent Trout, du FBI, s'était joint à Schiff pour la questionner de nouveau à la lumière du terrible drame qui s'était déroulé chez Max Clinter, elle avait estimé judicieux d'exiger la présence d'un avocat – de manière à retarder momentanément ce second entretien.

Hardwick fit irruption dans la chambre de Gurney quelques minutes avant midi. Après un sourire et un clin d'œil rassurant à l'adresse de Madeleine, la mine renfrognée, il examina Gurney de la tête aux pieds, avant d'éclater de rire – plus un grognement rythmique qu'une manifestation de joie.

— Bon Dieu, mon vieux, qu'est-ce que tu as fait à tes sourcils ?

— J'ai décidé de les brûler et de recommencer à zéro.

— T'as aussi décidé de transformer ta tronche en grenade ?

— C'est gentil à toi d'être passé, Jack. J'avais besoin de réconfort.

— Putain, à la télé on aurait dit James Bond. Alors que maintenant…

— Comment ça, à la télé ?

— Ne me dis pas que tu n'as pas vu ça ?

— Quoi donc ?

— Nom de Dieu ! Le gars déclenche la Troisième Guerre mondiale et il plaide l'ignorance. Le binz d'hier soir est passé sur RAM News toute la matinée. Sterne sortant de la cabane. Le foutu lance-flammes monté sur le capot de Maxie. Sterne cramant. Maxie abattant le Ramcopter avec sa mitrailleuse. Toi, le héros, chargeant dans la nuit au péril de ta vie. Le crash de l'hélicoptère suivi de ce que les présentateurs de RAM n'arrêtent pas d'appeler « l'horrible boule de feu ». Un sacré spectacle, mon petit Davey !

— Une seconde, Jack. L'appareil a été abattu. D'où venaient les images du crash alors ?

— Ils ont envoyé deux zincs sur place, les salopards. Quand le premier est tombé, l'autre a pris sa place et continué à filmer. Les horribles boules de feu, ça fait du bien à l'audimat. Surtout quand deux gus meurent brûlés vifs du même coup.

Gurney fit la grimace. L'horrible agonie de Max Clinter était encore péniblement présente à son esprit.

— Et ça passe à la télé ?

— Toute la matinée, je te dis. Le showbiz, mon ami, le putain de showbiz !

— Ces hélicoptères, comment se fait-il qu'ils se trouvaient là, pour commencer ?

— Ton copain Clinter a alerté RAM. Il avait appelé plus tôt pour leur dire qu'il allait se passer un truc énorme cette nuit-là, en rapport avec le Bon Berger, qu'ils devraient se poster dans la région, prêts à intervenir. Il les a rappelés juste avant d'attaquer. Il a toujours détesté cette chaîne, à cause de la manière dégueulasse dont elle a couvert sa débâcle initiale avec le Bon Berger. Apparemment, il avait prévu depuis le début d'abattre l'hélico.

Pendant que Gurney assimilait ces informations, Hardwick se rendit au poste des infirmières, où il interrompit une jeune femme en train de travailler sur son ordinateur.

Quand il revint, une lueur triomphante brillait dans le regard.

— Ils ont quelques télés sur roulettes. La petite nana aux gros lolos va aller nous en chercher une. Il faut que tu voies cette merde de tes propres yeux.

Madeleine soupira.

— En attendant, Sherlock, deux questions. Comment se fait-il que Larry, le dentiste, maniait aussi bien les armes à feu ?

— Il avait une passion extraordinaire pour la précision. Ces gens-là excellent souvent dans beaucoup de domaines.

— Dommage qu'on ne puisse pas mettre ça en conserve pour le vendre à des gens sains d'esprit. Deuxième question, un peu plus personnelle. Savais-tu que tu te trouvais dans une cabane appartenant à Clinter ?

Gurney jeta un coup d'œil à la dérobée dans la direction de Madeleine. Le regard rivé sur lui, elle attendait sa réponse.

— J'y suis allé pour rencontrer le Bon Berger. Le désastre n'était pas prévu.

— Tu en es sûr ?

— Comment ça ?

— Croyais-tu vraiment que Clinter allait rester en dehors de ça, comme tu le lui avais demandé ?

Gurney marqua une pause.

— Comment sais-tu que je lui avais dit de ne pas venir ?

Hardwick éluda la question en en posant une autre.

— Pourquoi s'est-il pointé à ce moment-là, à ton avis ?

Ce petit mystère était resté dans un coin de son esprit. Le *timing* était trop parfait par rapport à la tournure tragique qu'avaient pris les événements dans la cabane. L'explication lui sauta aux yeux.

— Il avait mis sa cabane sur écoute.

— Bravo, Sherlock !

— Et il avait un récepteur dans le Humvee ?

— Exact.

— Donc, il a épié ma conversation avec Larry Sterne ?

— Naturellement.

— Son récepteur a enregistré tout ce qui s'est dit dans la cabane, y compris le coup de fil que je lui ai passé. Et vous avez obtenu l'enregistrement, à un moment ou à un autre. C'est comme ça que tu sais que je lui ai dit de ne pas venir. Mais le Humvee a pris feu, alors comment est-ce que…

— Le gaillard en personne nous a tenus informés directement. Juste avant d'allumer son lance-flammes, il a envoyé le dossier audio à la BC. Il avait l'air de savoir comment tout ce cirque allait tourner. Il semblerait aussi qu'il ait tenu à ce que nous ayons quelque chose de concret à nous mettre sous la dent pour justifier ta position dans cette affaire.

Gurney éprouva un élan de gratitude envers Clinter. Les commentaires et les aveux de Larry Sterne allaient enterrer une fois pour toutes la fiction du « manifeste ».

— Ça va faire beaucoup de malheureux, tout ça.

— Qu'ils aillent se faire foutre, répliqua Hardwick en souriant.

Un long silence s'ensuivit, au cours duquel Gurney se rendit compte que son engagement dans l'affaire du Bon Berger touchait à sa fin. Le crime était résolu. Le danger, passé.

Nombre de policiers et de membres de l'équipe de psychologie légale ne tarderaient pas à se lancer dans une débauche de dénonciations frénétiques, soutenant que des erreurs commises par d'autres les avaient induits en erreur. Une fois la poussière retombée, on lui saurait peut-être gré de sa contribution. La reconnaissance était un bienfait tout relatif qu'il fallait parfois payer cher.

— Au fait, reprit Hardwick, Paul Mellani s'est tiré une balle dans la tête.

Gurney cligna des yeux.

— Comment ?

— Avec son Desert Eagle. Il y a plusieurs jours, apparemment. Hier après-midi, la femme de la boutique d'à côté a rapporté qu'une mauvaise odeur s'échappait du système de ventilation.

— On est sûrs qu'il s'agit d'un suicide ?

— Oui.

— Seigneur !

Madeleine avait l'air sous le choc.

— C'est bien ce pauvre type dont tu m'as parlé la semaine dernière ?

— Oui. (Gurney se tourna vers Hardwick.) Tu as pu déterminer depuis combien de temps il était détenteur de cette arme ?

— Moins d'un an.

— Seigneur ! répéta Gurney, pour lui-même plus que pour Jack. Pourquoi un Desert Eagle plutôt qu'un autre calibre ?

Hardwick haussa les épaules.

— C'est l'arme qui a tué son père. Il voulait peut-être partir de la même manière que lui.

— Il détestait son père.

— Peut-être était-ce le péché pour lequel il devait se racheter.

Gurney le dévisagea. Hardwick disait des choses complètement absurdes parfois.

— À propos de pères, toujours aucune trace d'Emilio Corazon ?

— Bien plus qu'une trace.

— Hein ?

— Quand tu auras un moment, tu auras peut-être envie de réfléchir à la manière de gérer ça.

— Gérer quoi ?

— Corazon est alcoolique au dernier degré, et accro à l'héroïne. Il vit dans un abri de l'Armée du Salut à Ventura, en Californie. Il fait la manche pour avoir de quoi picoler et se piquer. Il a changé de nom une demi-douzaine de fois. Il ne veut pas qu'on le retrouve. Il a besoin d'une greffe du foie pour ne pas clamser, mais n'arrive pas à rester sobre assez longtemps pour s'inscrire sur la liste d'attente. Il perd la boule à cause des niveaux d'ammoniaque qu'il a dans le sang. Les gens du refuge pensent qu'il sera mort dans trois mois. Peut-être même avant.

Gurney avait le sentiment qu'un commentaire s'imposait.

Mais son esprit était vide.

Il se sentait vide.

Douloureux, triste et vide.

— Monsieur Gurney ?

En relevant les yeux, il découvrit le lieutenant Bullard sur le pas de la porte.

— Désolée de vous interrompre. Je voulais juste vous remercier et m'assurer que ça allait.

— Entrez.

— Non, non, je… (Elle se tourna vers Madeleine.) Vous êtes madame Gurney, je présume ?

— Oui. Et vous êtes…

— Georgia Bullard. Votre mari est un homme remarquable. Mais ça, évidemment, vous le savez. (Elle reporta son attention sur Gurney.) Je me demandais… une fois que tout cela sera réglé, peut-être pourrais-je vous inviter à déjeuner, vous et votre femme ? Je connais un petit restaurant italien à Sasparilla.

Gurney éclata de rire.

— Avec plaisir. Le plus tôt sera le mieux, ajouta-t-il avec un clin d'œil.

Elle recula en souriant, agita la main et disparut aussi vite qu'elle était venue.

Gurney repensa au sort d'Emilio Corazon et à l'effet que ces informations risquaient d'avoir sur sa fille. Il posa sa tête sur l'oreiller et ferma les yeux.

Quand il les rouvrit, il n'aurait pas su dire combien de temps s'était écoulé. Hardwick était parti. Madeleine avait déplacé sa chaise du fond de la chambre près du lit et l'observait. Cette scène lui rappela l'issue par trop semblable de l'affaire Perry où il avait failli perdre la vie et subi les dommages physiques dont il continuait à souffrir, dans une certaine mesure. Lorsqu'il avait fini par émerger du coma, Madeleine attendait à son chevet, guettant son réveil.

L'espace d'un instant, en croisant son regard, il fut tenté de lancer cette blague cliché : « Il faut qu'on arrête de se rencontrer dans de telles circonstances. » Mais cela ne lui parut pas adéquat, pas vraiment drôle non plus. Il n'avait pas le droit de faire ce genre de plaisanterie.

Un sourire malicieux éclaira le visage de Madeleine.

— Tu étais sur le point de dire quelque chose ?

Il secoua la tête, la roulant légèrement de côté sur l'oreiller.

— Mais si. Quelque chose de bête. Je l'ai vu dans tes yeux.

Il rit, fit la grimace à cause de la douleur provoquée par l'étirement de la peau autour de sa bouche.

Elle posa sa main sur la sienne.

— C'est Paul Mellani qui te perturbe ?

— Oui.

— Tu te dis que tu aurais dû faire quelque chose, c'est ça ?

— Peut-être.

Elle hocha la tête en lui caressant doucement le dos de la main.

— Dommage que les recherches concernant le père de Kim n'aient pas eu une conclusion plus heureuse.

— Oui.

Elle désigna son autre main, celle qui était bandée.

— La plaie due à la flèche, ça te fait moins mal ?

Il leva sa main, l'examina.

— J'avais oublié.

— Tant mieux.

— Tant mieux ?

— Je ne parle pas de ta blessure, mais de la flèche. Le grand mystère de la flèche.

— Tu n'es pas persuadée que ce soit un mystère ?

— Impossible à élucider, en tout cas.

— Donc, on devrait l'ignorer ?

— Oui. La vie n'est-elle pas faite ainsi ? ajouta-t-elle en voyant qu'il n'avait pas l'air convaincu.

— Pleine de flèches inexplicables qui tombent du ciel, tu veux dire ?

— Je veux dire qu'il y aura toujours des choses qu'on n'aura pas le loisir de s'expliquer totalement.

C'était le genre d'affirmation qui inquiétait Gurney. Non qu'elle fût fausse. Madeleine disait vrai, bien sûr. Mais il avait le sentiment que sa teneur mettait à mal tout processus rationnel. Le fonctionnement même de son esprit. Ce n'était certainement pas un argument qui valait la peine d'être développé en présence de Madeleine.

Une jeune infirmière apparut sur le seuil, poussant devant elle un téléviseur sur un support à roulettes. Mais Gurney secoua la tête. L'« horrible boule de feu » de RAM News pouvait attendre.

— As-tu compris qui était Larry Sterne ? demanda Madeleine.

— En partie peut-être. Pas entièrement. C'était une créature... hors norme.

— Ça fait du bien de se dire qu'il n'y en a pas des milliers comme lui en liberté.

— Il se considérait comme un homme extrêmement rationnel. Pragmatique. Un parangon de lucidité.

— Crois-tu qu'il ait jamais tenu à quelqu'un ?

— Jamais.

— Fait confiance à quelqu'un ?

Gurney secoua la tête.

— La notion de confiance ne devait pas avoir de sens pour lui. Pas dans l'acception ordinaire du terme. Il devait considérer ça comme une forme de faiblesse, une faille irrationnelle, exploitable chez autrui. Son rapport avec ses semblables se fondait sur l'exploitation, la manipulation. Les autres n'étaient que des instruments à ses yeux.

— Il était tout seul alors.

— Oui. Complètement seul.

— C'est terrible !

Ça pourrait aussi bien être moi ! faillit-il dire. Il savait à quel point il était capable de s'isoler du monde, parfois même inconsciemment. Que les relations pouvaient lui échapper, tel un filet de fumée dans le vent. Comme il lui était facile de sombrer en lui-même. À quel point ses obsessions, qui le mettaient à l'écart, pouvaient sembler naturelles et bénignes.

Il avait envie d'expliquer tout ça à Madeleine, cette bizarrerie chez lui. Et puis il eut cette impression qu'il avait parfois quand il était en sa présence – qu'elle savait déjà ce qu'il pensait sans qu'il ait besoin de s'exprimer.

Elle plongea son regard dans le sien, lui pressa la main.

Alors, pour la toute première fois, il éprouva cette même sensation, mais dans le sens inverse : il savait ce qui occupait ses pensées sans qu'elle ait besoin de le formuler.

Il le *sentait* dans sa main, le voyait dans ses yeux.

Elle lui disait de ne pas avoir peur.

De lui faire confiance, de croire en son amour.

Elle lui disait que la grâce dont il dépendait serait toujours avec lui.

Dans la paix profonde qui suivit cet échange tacite, il se sentit soulagé de tous les fardeaux du monde. Tout allait bien. Tout était tranquille. Et là, quelque part au loin, il perçut un son. Indistinct, délicat. Il ne savait pas trop s'il l'entendait, le sentait ou s'il l'imaginait. Mais il n'y avait pas le moindre doute. C'étaient les subtiles harmonies du « Printemps » de Vivaldi.

Remerciements

En règle générale, la fidélité est une qualité appréciable dans les relations professionnelles. Et elle n'a pas de prix quand il s'agit de travailler avec des gens talentueux et dévoués.

Depuis la publication de mon premier roman, *658*, jusqu'à ce *Diable qui dort*, en passant par *N'ouvre pas les yeux*, j'ai eu le privilège de travailler avec la même équipe extraordinaire : un agent magnifique, Molly Friedrich, sa merveilleuse associée, Lucy Carson, ainsi qu'un éditeur d'une perspicacité sans faille, Rick Horgan.

Merci, Rick. Merci, Molly. Merci, Lucy.

Composé par FACOMPO à Lisieux (Calvados)

Cet ouvrage a été imprimé par
CPI BRODARD ET TAUPIN
72200 La Flèche

pour le compte des Éditions Grasset
en février 2013

PAPIER À BASE DE
FIBRES CERTIFIÉES

Grasset s'engage pour
l'environnement en réduisant
l'empreinte carbone de ses livres.
Celle de cet exemplaire est de :
1,1 Kg Èq. CO_2
Rendez-vous sur
www.grasset-durable.fr

N° d'édition : 17633 – N° d'impression : 72190
Dépôt légal : mars 2013
Imprimé en France